Jane Austen

Sanditon

Roman

Vollendet von Marie Dobbs

Deutscher Taschenbuch Verlag

Vollständige Ausgabe.
Aus dem Englischen übersetzt von Elizabeth Gilbert.

Von Jane Austen
sind im Deutschen Taschenbuch Verlag erschienen:

Stolz und Vorurteil (24012)
Mansfield Park (24023)

Juli 1994
Deutscher Taschenbuch Verlag GmbH & Co. KG,
München

Umschlagtypographie: Celestino Piatti
Umschlagbild: Dante Gabriel Rossetti,
Writing on the Sand, 1858/59
(British Museum, London)
Satz: Pustet
Druck und Bindung: C. H. Beck'sche Buchdruckerei,
Nördlingen
Printed in Germany · ISBN 3-423-02337-6

Über dieses Buch

Charlotte Heywood, eine fröhliche, praktisch gesinnte junge Dame, begibt sich in den idyllischen englischen Badeort Sanditon, um dort den Sommer zu verbringen.
Mr. Parker, ihr Gastgeber, will mit Hilfe der kratzbürstigen Lady Denham aus dem kleinen Sanditon ein blühendes Zentrum machen – ein Ziel, das er aufgrund der Turbulenzen, die verschiedene junge Leute verursachen, bisweilen aus den Augen verliert. Da sind seine Brüder, der schrullige Arthur, der lebhaft-interessante Sidney und seine Freunde; seine hypochondrischen Schwestern, ein paar hochmütige Verwandte Lady Denhams, ihre schöne Gesellschafterin, eine reiche, aber gebrechliche Erbin ... alle auf die hintergründig-witzige Art eingeführt, die Jane Austen berühmt gemacht hat. Das Spiel um die geeignetsten Heiratskandidaten kann beginnen, Strände und »Badekarren« locken – da endet die Geschichte.
Jane Austen konnte vor ihrem Tod 1817 gerade noch elf Kapitel dieses letzten Romans fertigstellen.
1975 schließlich hielt die Austen-Verehrerin Marie Dobbs die Ungewißheit nicht mehr aus, spann kunstvoll die Handlung fort und schaffte es schließlich auf so unterhaltsame Weise, etliche glückliche Paare zusammenzubringen, daß es schwerfällt zu glauben, Jane Austen, die Meisterin der feinen Ironie, habe nicht selbst den Schlußpunkt unter dieses sommerlich-heitere Werk gesetzt.

Literatur · Philosophie · Wissenschaft

I

Ein Herr und eine Dame waren mit der Kutsche, von Tunbridge kommend, auf dem Weg zu jenem Teil der Küste von Sussex, der zwischen Hastings und Eastbourne liegt. Aus geschäftlichen Gründen gezwungen, die Hauptchaussee zu verlassen, bogen sie in einen holprigen Feldweg ein. Auf dem langen, beschwerlichen Weg bergauf, halb durch Sand, halb über Steine, wurden sie plötzlich umgeworfen.

Der Unfall ereignete sich just oberhalb des einzigen Herrenhauses dicht am Wege. Auf die Aufforderung hin, diese Richtung einzuschlagen, hatte der Kutscher notgedrungen dieses Haus für das Ziel ihrer Reise gehalten. Mit höchst unwilliger Miene sah er sich dann gezwungen, daran vorbeizufahren. Er brummte vor sich hin, zuckte die Achseln, bedauerte die Pferde und zog die Zügel so scharf an, daß er leicht in den Verdacht geraten konnte, den Wagen absichtlich umgeworfen zu haben, wäre der Weg nicht unstreitig sehr viel schlechter geworden als vorher, kaum daß sie das zu dem besagten Haus gehörige Grundstück hinter sich gelassen hatten. Und er erklärte jetzt mit Unheil verkündender Miene, daß fortan keine Wagen-, sondern nur noch Karrenräder sicher vorankommen könnten.

Die Härte des Sturzes war durch ihr langsames Tempo und die Schmalheit des Weges gemildert worden, und nachdem der Herr aus dem Wagen gekrochen war und seiner Begleiterin herausgeholfen hatte, fühlten sich beide zunächst noch etwas zittrig und zerschlagen. Doch der Herr hatte sich während des Herauskletterns den Fuß verstaucht, und als er bald darauf auch den Schmerz verspürte, sah er sich innerhalb kurzer Zeit genötigt, sowohl seine Vorwürfe gegen den Kutscher als auch seine Beglückwünschungen für seine Frau und sich abzukürzen und sich auf die Böschung zu setzen, da er nicht mehr stehen konnte.

»Hier ist etwas nicht in Ordnung«, sagte er, indem er die Hand auf seinen Fußknöchel legte. Und mit einem Lächeln: »Aber beunruhige dich nicht, liebes Kind. Es hätte an keinem günstigeren Ort passieren können, weißt du. Noch Glück im Unglück. Vielleicht sollte es so sein. Bald werden wir Hilfe bekommen. *Dort,* scheint mir, liegt meine Heilung«, und er deutete auf die hübsche Schmalseite eines Cottages, das, malerisch unter Bäumen auf einer Anhöhe gelegen, in einiger Entfernung zu sehen war. »Verspricht *das* nicht der gesuchte Ort zu sein?«
Seine Frau hoffte von Herzen, daß er es sei, stand aber entsetzt und besorgt da, nicht imstande, etwas zu tun oder vorzuschlagen, und empfing ihren ersten wirklichen Trost durch den Anblick mehrerer Leute, die ihnen jetzt zu Hilfe kamen.
Der Unfall war von einer Heuwiese her beobachtet worden, die neben dem Hause lag, an dem sie vorbeigefahren waren. Und die Personen, die sich näherten, waren ein gutaussehender, kräftiger, distinguierter Mann mittleren Alters, der Besitzer des Grundstückes, der sich zur Zeit inmitten seiner Heumacher aufhielt und der drei oder vier der kräftigsten unter ihnen herbeirief, um ihrem Herrn zu helfen – gar nicht zu reden von all den übrigen auf dem Feld, den Männern, Frauen und Kindern, die nicht sehr weit weg standen.
Mr. Heywood, so hieß der Besitzer, näherte sich mit einer sehr zuvorkommenden Begrüßung, großer Besorgnis wegen des Unfalls und einiger Überraschung, daß jemand sich mit einer Kutsche auf diesen Weg gewagt hatte, und bot bereitwillig seine Hilfe an.
Seine Zuvorkommenheit wurde mit Artigkeit und Äußerungen der Dankbarkeit entgegengenommen, und während zwei Männer dem Kutscher beim Aufrichten des Wagens halfen, sagte der Reisende:
»Sie sind außerordentlich liebenswürdig, Sir, und ich nehme Ihre Hilfe gerne an. Die Verletzung an meinem Bein ist, wie

ich zu behaupten wage, ganz unbedeutend. Doch ist es in solchen Fällen immer am besten, wissen Sie, unverzüglich die Meinung eines Arztes zu hören; und da der Weg in keinem sehr günstigen Zustand zu sein scheint, um mir zu gestatten, ihn persönlich aufzusuchen, wäre ich Ihnen dankbar, wenn Sie einen dieser guten Leute nach dem Arzt schicken würden.«

»Nach dem Arzt!« rief Mr. Heywood aus. »Ich fürchte, einen Arzt werden Sie hier herum kaum finden, aber ich darf wohl behaupten, daß wir auch ohne ihn sehr gut fertig werden.«

»O nein, Sir, wenn *er* nicht anwesend ist, kann es auch ebensogut sein Vertreter sein – oder vielleicht sogar noch besser. Ich würde lieber seinen Vertreter sehen. Ja, ich würde die Behandlung durch seinen Vertreter durchaus vorziehen. Einer dieser guten Leute kann bestimmt in drei Minuten bei ihm sein.« Und mit einem Blick zum Cottage hinüber: »Ich brauche wohl kaum zu fragen, ob es sein Haus ist, das ich sehe. Denn mit Ausnahme Ihres eigenen sind wir in dieser Gegend keinem begegnet, das ein Herrenhaus hätte sein können.«

Mr. Heywood sah höchst überrascht aus.

»Aber, Sir! Meinen Sie wirklich, in diesem Cottage einen Arzt zu finden? Ich versichere Ihnen, wir haben weder einen Arzt noch so etwas wie einen Vertreter in der Gemeinde.«

»Verzeihen Sie, Sir«, erwiderte der andere. »Ich bedaure, wenn ich den Anschein erwecke, Ihnen zu widersprechen, doch nach der Größe der Gemeinde, oder vielleicht haben Sie auch aus irgendeinem andern Grund keine Kenntnis von dem Faktum ... Warten Sie mal! ... Sollte ich mich in dem Ort geirrt haben? Bin ich hier nicht in Willingden? Ist denn das nicht Willingden?«

»Doch, Sir, das ist bestimmt Willingden.«

»Dann, Sir, kann ich Ihnen den Beweis liefern, daß Sie einen Arzt in der Gemeinde haben, mögen Sie es wissen oder nicht.

Hier, Sir«, und er zog sein Notizbuch hervor, »wenn Sie mir den Gefallen tun wollen, einen Blick auf diese Annoncen zu werfen, die ich erst gestern morgen noch selbst aus der *Morning Post* und der *Kentish Gazette* ausgeschnitten habe. Ich denke, das wird Sie überzeugen, daß ich keinen Unsinn rede. Sie werden darin eine Ankündigung über die Auflösung einer Praxisgemeinschaft auf medizinischem Gebiet – eben in Ihrer Gemeinde hier – finden: Ausgedehntes Betätigungsfeld – vortrefflicher Charakter – hervorragende Referenzen – wünscht sich selbständig zu etablieren. Sie werden es in voller Länge finden, Sir«, und er reichte ihm zwei kleine längliche Ausschnitte.

»Sir – auch wenn Sie mir alle Zeitungen brächten, die während einer Woche im ganzen Königreich gedruckt worden sind, würden Sie mich nicht davon überzeugen, daß es in Willingden einen Arzt gibt«, entgegnete Mr. Heywood mit einem gutmütigen Lächeln. »Da ich seit meiner Geburt, als Mann und als Knabe, siebenundfünfzig Jahre hier gelebt habe, hätte ich doch von seiner Existenz etwas wissen müssen, denke ich. Zumindest, wenn ich so sagen darf, hätte er hier bestimmt nicht viel zu tun. Wenn Herren sich allerdings oft in ihren Kutschen auf diesen Feldweg wagen würden, wäre es für einen Arzt wahrscheinlich gar keine schlechte Spekulation, oben auf dem Hügel ein Haus zu besitzen. Doch, was dieses Cottage betrifft, Sir, kann ich Ihnen nur versichern, daß es trotz seines – in dieser Entfernung – schmucken Aussehens nur ein genauso bescheidenes Zweifamilienhaus wie jedes andere in dieser Gemeinde ist und daß mein Schäfer dort die eine und drei alte Frauen die andere Seite bewohnen.«

Während er sprach, nahm er die beiden Zeitungsausschnitte, überflog sie und fügte hinzu:

»Ich glaube, ich kann es erklären, Sir. Ihr Irrtum liegt tatsächlich in dem Ort. Es gibt nämlich in diesem Teil Englands zwei Willingden. Und Ihre Annonce muß sich auf das andere beziehen, das Great Willingden oder Willingden-Abbots heißt und sieben Meilen von hier, auf der anderen Seite von Battles, liegt. Ziemlich weit unten im Weald*. Und *wir*, Sir«, fügte er mit einem gewissen Stolz in der Stimme hinzu, »liegen nicht im Weald.«

»Doch bestimmt nicht *ganz* unten im Weald«, antwortete der Reisende freundlich. »Wir haben eine halbe Stunde gebraucht, um Ihren Hügel heraufzukommen. Also, ich muß annehmen, es ist, wie Sie sagen, und ich habe einen ganz großen, abscheulichen Blödsinn gemacht. Alles geschah in letzter Minute. Die Annoncen hatte ich überhaupt erst in der letzten halben Stunde unseres Stadtaufenthaltes zufällig entdeckt – alles in der Eile und Konfusion, die einen kurzen Aufenthalt immer begleiten. Man kommt nie dazu, alles Geschäftliche zu erledigen, bis die Kutsche vor der Tür steht. So habe ich mich denn auch mit einer kurzen Information begnügt, und als ich feststellte, daß wir tatsächlich in nur ein bis zwei Meilen Entfernung an *einem Willingden* vorbeiführen, habe ich gar nicht weiter nachgeforscht . . .«

Und zu seiner Frau: »Liebes Kind, es tut mir sehr leid, daß ich dich in dieses Dilemma gebracht habe. Aber mach dir wegen meines Beins keine Sorgen. Ich habe keine Schmerzen, solange ich mich ruhig verhalte. Und sobald es diesen guten Leuten gelungen ist, die Kutsche wieder aufzurichten und die Pferde zu wenden, wird es für uns das beste sein, in gemäßigtem Tempo auf die Hauptchaussee zurück und weiter nach Hailsham, ohne irgendwelche neuen Versuche, direkt nach Hause zu fahren. Von Hailsham brauchen wir zwei Stunden nach Hause. Und sind wir erst einmal daheim, haben wir unser Heilmittel ganz in der Nähe, wie du weißt. Eine Dosis unserer eigenen starken Seeluft wird mich bald wieder auf die Beine bringen. Verlaß dich darauf, liebes Kind, das hier ist ein

* Eine grüne Hügellandschaft im Südosten Englands, die von Steilhängen weißer Kreide, den *North Downs* und den *South Downs*, begrenzt wird. (Anmerk. d. Übers.)

typischer Fall für das Meer – Salzluft und Baden werden genau das richtige sein. Das sagt mir mein Gefühl schon jetzt.«

Hier mischte Mr. Heywood sich auf das liebenswürdigste ein, indem er sie dringend bat, doch ja nicht weiterzureisen, bis der Knöchel untersucht worden sei und sie eine kleine Erfrischung zu sich genommen hätten; und er drang sehr herzlich darauf, daß sie in beiden Fällen sein Haus in Anspruch nähmen.

»Wir sind mit allen üblichen Mitteln gegen Verstauchungen und Prellungen immer gut eingedeckt«, sagte er. »Und ich verbürge mich für die Freude, die es meiner Frau und meinen Töchtern machen wird, Ihnen mit allem, was in ihrer Macht liegt, zu Diensten zu sein.«

Ein stechender Schmerz und ein zweiter bei dem Versuch, seinen Fuß zu bewegen, bewirkten bei dem Reisenden, die Wohltat sofortiger Hilfe mehr in Betracht zu ziehen als im Anfang, und nach ein paar kurzen Worten zu seiner Frau, »Was sagst du, liebes Kind, ich glaube, es wird wohl besser für uns sein«, wandte er sich wieder Mr. Heywood zu.

»Bevor wir Ihre Gastfreundschaft in Anspruch nehmen, Sir, und um den ungünstigen Eindruck zu verwischen, zu dem meine lächerliche Eskapade vielleicht Anlaß gegeben hat – erlauben Sie mir, Ihnen zu sagen, wer wir sind. Mein Name ist Parker, Mr. Parker aus Sanditon, diese Dame – Mrs. Parker – meine Frau. Wir kommen aus London und sind auf unserem Heimweg. Mein Name mag Ihnen vielleicht bei dieser Entfernung von der Küste unbekannt sein – obwohl ich keineswegs der erste in meiner Familie bin, dem Grundbesitz im Gemeindebezirk von Sanditon gehört. Doch was Sanditon selbst betrifft – jeder hat schon von Sanditon sprechen hören. Die günstigste – für einen jungen und aufstrebenden Badeort bestimmt die günstigste Lage – von allen, die man entlang der Küste von Sussex finden kann; der von der Natur gesegnetste Fleck Erde und der verspricht, der von Menschen bevorzugteste zu werden.«

»Ja, ich habe von Sanditon gehört«, erwiderte Mr. Heywood. »Alle fünf Jahre hört man von irgendeinem neuen Badeort, der sich am Meer auftut und Mode wird. Wie auch nur die Hälfte von ihnen voll werden kann – das ist ein Wunder! Wo sich nur Menschen mit soviel Geld und Zeit finden können, um sie aufzusuchen! Schlimme Sache für ein Land – das treibt mit Sicherheit die Lebensmittelpreise in die Höhe, und aus den Armen macht es Taugenichtse – das werden Sie sehen, Sir.«

»Keineswegs, Sir, keineswegs!« rief Mr. Parker eifrig. »Ganz im Gegenteil, das versichere ich Ihnen. Eine allgemeine Vorstellung, aber eine falsche. Es mag auf Ihre großen, überlaufenen Plätze wie Brighton oder Worthing oder Eastbourne zutreffen – aber doch *nicht* auf ein Städtchen wie Sanditon, das schon durch seine Kleinheit davor bewahrt ist, irgendwelche Übel der Zivilisation zu erfahren. Das Wachstum des Ortes, der mit seinen Gebäuden und Kinderspielplätzen und auch sonst allen Ansprüchen Rechnung trägt und als Erholungsort der allerbesten Gesellschaft – dieser gediegenen, ruhigen, feinen Familien, die, vornehm in Herkunft und Charakter, überall ein Segen sind –, wird bestimmt den Arbeitseifer der Armen anregen und Wohlbefinden und Verbesserungen jeglicher Art für sie mit sich bringen. Nein, Sir, Sanditon ist nicht der Ort –«

»Ich will damit gar nicht gegen einen Ort im besonderen protestieren«, entgegnete Mr. Heywood. »Ich finde nur, daß unsere Küste schon zu voll davon ist. Aber sollten wir nicht lieber versuchen, Ihnen –«

»Unsere Küste zu voll!« wiederholte Mr. Parker. »In diesem Punkte gehen unsere Meinungen vielleicht nicht ganz auseinander. Zumindest hat es *genügend* davon. Unsere Küste hat sogar überreichlich davon. Sie braucht nicht noch mehr.

Jedermanns Geschmack und jedermanns Geldbeutel können befriedigt werden. Und jene guten Leutchen, die versuchen, ihre Zahl noch zu steigern, sind, meiner Meinung nach, übergeschnappt und müssen bald merken, daß sie die Opfer ihrer eigenen Fehlspekulationen geworden sind. Ein solcher Platz wie Sanditon, Sir, darf ich wohl sagen, war nötig, wurde dringend gebraucht. Die Natur hat es dazu ausersehen, hatte sich in den deutlichsten Zeichen dazu bekannt. Die beste, reinste Seeluft an der Küste – allgemein anerkannt – ausgezeichnetes Baden – schöner fester Sand – tiefes Wasser zehn Meter vom Ufer – kein Schlamm – kein Seetang – keine glitschigen Steine. Nie hat es einen Platz gegeben, der von der Natur augenfälliger als Erholungsort für Invalide entworfen worden wäre – *der* Ort, den Tausende nötig zu haben scheinen! Die günstigste Entfernung von London! Eine ganze, amtlich gemessene Meile näher als Eastbourne. Bedenken Sie doch nur den Vorteil, Sir, bei einer langen Reise eine ganze Meile zu sparen. Aber Brinshore, Sir, das Sie, wie ich annehme, im Auge haben – die diesjährigen Versuche von zwei oder drei Spekulanten, Brinshore, dieses armselige Nest, zu beleben – das noch dazu zwischen einem stehenden Gewässer, einem öden Flachmoor und dem ständigen Gestank einer Anhäufung verfaulender Meeresalgen liegt – kann doch in nichts anderem als ihrer eigenen Enttäuschung enden. Was, bei allen guten Geistern, sollte denn an Brinshore *empfehlenswert* sein? Eine ganz ungesunde Luft – sprichwörtlich abscheuliche Wege – beispiellos schlechtes Wasser, unmöglich, in diesem Ort, im Umkreis von drei Meilen, eine gute Tasse Tee zu bekommen. Und was den Boden betrifft – der ist so kalt und unfruchtbar, daß er kaum dazu gebracht werden kann, einen Kohlkopf herzugeben. Glauben Sie mir, Sir, daß dies die wahrheitsgetreueste Beschreibung von Brinshore ist – nicht im mindesten übertrieben – und sollten Sie etwas anderes darüber gehört haben –«

»Sir, ich habe noch nie in meinem Leben etwas darüber

verlauten hören«, sagte Mr. Heywood. »Ich hatte keine Ahnung, daß es einen solchen Ort auf der Welt überhaupt gibt.«

»Tatsächlich! Da hast du's, liebes Kind«, wandte er sich triumphierend an seine Frau, »du siehst, wie es ist. Soviel für die Berühmtheit von Brinshore! Dieser Herr wußte nicht einmal, daß es einen solchen Ort auf der Welt gibt. Also, wahrhaftig, Sir, auf Brinshore könnte man, im Gegensatz zu Voltaire, die Verszeile des Dichters Cowper* in seiner Schilderung des frommen Hermiten anwenden – ›*Sie* hatte nichts vernommen, und war so nah daheim‹.«

»Meinen Segen haben Sie, Sir – wenden Sie so viele Verse darauf an, wie Sie wollen. Aber ich möchte endlich sehen, daß etwas mit Ihrem Bein geschieht. Und aus dem Gesichtsausdruck Ihrer Gattin sehe ich deutlich, daß sie ganz meiner Meinung ist und es einen Jammer findet, noch mehr Zeit zu verlieren. Und hier kommen meine Töchter, um für sich und ihre Mutter zu sprechen.« Zwei, vielmehr drei vornehm aussehende junge Damen, gefolgt von ebenso vielen Dienstmädchen, sah man jetzt aus dem Haus kommen. »Ich habe mich schon gewundert, daß *ihnen* der Tumult entgangen sein sollte. Ein solcher Zwischenfall erregt in einem einsamen Ort wie unserm Aufsehen. Und nun, Sir, wollen wir sehen, wie wir Sie am besten ins Haus bekommen.«

Die jungen Damen kamen näher und äußerten alles, was sich gehörte, um ihres Vaters Angebote zu bekräftigen, und in einer bewußt natürlichen Art, um es den Fremden leichtzumachen. Da Mrs. Parker überaus dringend nach Hilfe verlangte – und ihr Gatte inzwischen nicht weniger dafür bereit war –, waren die höflichen Bedenken nur sehr kurz, umsomehr, als man am Wagen, der jetzt wieder aufgerichtet war, feststellte, daß er auf der Unfallseite einen

* William Cowper, engl. Dichter (1731–1800). (Anmerk. d. Übers.)

Schaden genommen hatte, der ihn im Augenblick unbrauchbar machte. Mr. Parker wurde daraufhin ins Haus getragen und sein Wagen in eine leere Scheune gerollt.

2

Diese durch so ungewöhnliche Umstände zustandegekommene Bekanntschaft war weder kurz noch bedeutungslos. Da Mr. Parkers Verstauchung sich als zu schwer erwies, um früher abzureisen, wurden die Reisenden vierzehn Tage in Willingden festgehalten. Er war in gute Hände geraten. Die Heywoods waren eine durch und durch honorige Familie, und jede mögliche Aufmerksamkeit wurde den beiden Gatten auf die liebenswürdigste und taktvollste Weise erwiesen. *Er* wurde immer mit der gleichen Bereitwilligkeit gepflegt und behandelt und *sie* aufgeheitert und getröstet. Und da jeder Beweis der Gastfreundschaft und des Wohlwollens so aufgenommen wurde, wie es sich schickte, und da die Güte auf der einen und die Dankbarkeit auf der andern Seite sich die Waage hielten, noch ein Nachlassen des im allgemeinen vorbildlichen Benehmens auf beiden Seiten zu verzeichnen war, gewannen sie sich im Laufe dieser vierzehn Tage sehr gern.

Mr. Parkers Charakter und Lebensgeschichte wurden bald offenbar. Alles, was er von sich wußte, erzählte er bereitwillig, denn er war sehr mitteilsam, und wo er selber über sich im unklaren war, gab sein Geplauder den Heywoods, die zu hören verstanden, noch genügend Aufschluß. Daraus ging hervor, daß er ein Enthusiast war – und in bezug auf Sanditon ein ewiger Enthusiast. Sanditon – der Erfolg von Sanditon als einem kleinen, eleganten Seebad – schien sein einziger Lebenszweck zu sein.

Noch vor ganz wenigen Jahren war es ein kleines, anspruchsloses Dorf gewesen, doch einige natürliche Vorzüge, was seine Lage betraf, und einige unerwartete Umstände hatten ihm und den andern Großgrundbesitzern den Gedanken suggeriert, daß es wahrscheinlich ein profitables Spekulationsobjekt werden könnte, und sie waren darauf eingegangen, hatten geplant und gebaut, es über den grünen Klee gelobt und angepriesen und ihm jüngst zu einer gewissen Anerkennung verholfen, und Mr. Parker konnte kaum noch an etwas anderes denken.

Aus den Fakten, mit denen er sie im mehr persönlichen Gespräch vertraut machte, ging hervor, daß er fünfunddreißig Jahre alt, seit sieben Jahren verheiratet – sehr glücklich verheiratet – war und vier reizende Kinder zu Hause hatte, daß er aus guter Familie war und ein schönes, wenn auch kein großes Vermögen besaß und keinen Beruf ausübte – als ältester Sohn hatte er den Grundbesitz geerbt, den zwei oder drei Generationen vor ihm schon besessen und vergrößert hatten –, noch zwei Brüder und zwei Schwestern hatte, die alle unverheiratet und unabhängig waren – wobei der ältere der beiden ersteren aber, auf Grund einer Erbschaft von anderer Seite, fast genauso wohlhabend war wie er selbst.

Daß er die Hauptchaussee verlassen hatte, um nach einem Arzt zu fahnden, der inseriert hatte, wurde auch offen erklärt. Dieses Vorhaben sei nicht etwa einer Absicht entsprungen, sich, um diesen betreffenden Arzt zu finden, den Knöchel zu verstauchen oder eine andere Verletzung zuzuziehen, noch (wie Mr. Heywood vielleicht anzunehmen geneigt gewesen sei) einem Plan, eine Partnerschaft mit ihm einzugehen. Er sei lediglich seinem Wunsche gefolgt, in Sanditon einen Arzt zu etablieren, den er, durch den Text des Inserats irregeleitet, in Willingden zu finden erwartet habe. Er sei überzeugt, daß ein Arzt am Platz den Aufschwung und die Prosperität des Ortes wesentlich steigern, ja sogar dazu beitragen würde, einen gewaltigen Zustrom zu bewirken, sonst fehle es an nichts. Er habe *allen* Grund anzunehmen, daß zumindest *eine* Familie sich wegen dieses Mankos habe davon abhalten lassen, Sanditon zu versuchen – und wahrscheinlich noch sehr viele andere auch –, und von seinen Schwestern, die bedauerlicherweise leidend seien und die er in diesem Sommer unbedingt habe nach Sanditon bringen wollen, könne man kaum erwarten, sich an einen Ort zu wagen, wo sie nicht jederzeit ärztlichen Rat einholen könnten.

Nach alledem war Mr. Parker offenbar ein liebenswerter Familienvater, der Frau und Kinder, Brüder und Schwestern liebte, und im allgemeinen gutherzig, großzügig, leicht zufriedenzustellen, ein heiteres Temperament und mehr Phantasie als Urteilsfähigkeit besaß. Und Mrs. Parker war offenbar eine gütige, liebenswürdige und sanftmütige Frau, die passendste Gattin auf der Welt für einen Mann von großer Willenskraft, sie besaß aber nicht die Fähigkeit, die kühlere Überlegung beizusteuern, die ihr eigener Gatte so manches Mal nötig gehabt hätte; sie war jeder Situation so vollkommen ausgeliefert, daß sie ihm auch nicht helfen konnte, ob er sein Vermögen riskierte oder sich den Knöchel verstauchte.

Sanditon war eine zweite Frau und vier Kinder für ihn – kaum weniger geliebt und bestimmt fesselnder. Er konnte unaufhörlich davon erzählen. Es nahm sogar die größten Rechte für sich in Anspruch: nicht nur jene als Geburtsort, Landbesitz und Heim, es war seine Goldmine, seine Lotterie, sein Spekulationsobjekt und sein Steckenpferd, seine Mission, seine Hoffnung und seine Zukunft.

Es war sein inniger Wunsch, seine guten Freunde in Willingden dort hinzulocken, und seine Bemühungen in diesem Bestreben waren ebenso von Dankbarkeit bestimmt und uneigennützig wie herzlich. Er versuchte, ihnen das feste Versprechen eines Besuches abzunehmen und sie zu bewegen, ihm so bald wie möglich mit so vielen der Familie nach Sanditon zu folgen, wie sein Haus dort beherbergen könne; und so gesund sie auch alle unstreitig seien, sehe er schon jetzt, wie gut die See jedem einzelnen von ihnen tun würde. Er behauptete sogar, daß kein Mensch wirklich gesund sein könnte, daß kein Mensch (auch wenn er sich gegenwärtig noch mit Hilfe von Leibesübungen und Elan den Anschein von Gesundheit bewahrt hätte) in einem sicheren und dauernden Gesundheitszustand bleiben könne, ohne mindestens sechs Wochen jedes Jahr am Meer zu verbringen. Die Seeluft in Verbindung mit Seebädern sei von fast unfehlbarer Wirkung, da entweder das eine oder das andere genau das richtige Heilmittel für alle Erkrankungen des Magens, der Lunge oder des Blutes sei. Sie wirkten anti-spasmisch, anti-pulmonär, anti-septisch, anti-biliös und anti-rheumatisch. Am Meer erkälte sich niemand, niemand leide an Appetitlosigkeit, niemandem fehle es an Lebensfreude, niemandem gebreche es an Widerstandskraft. Seeluft wirke heilend, beruhigend und entspannend – stärkend und kräftigend – ganz nach Wunsch, wie es schien –, manchmal das eine, manchmal das andere. Sollte die Seeluft versagen, wären Seebäder bestimmt die richtige Medizin – und wer das Baden nicht vertrage, für den sei schon die Seeluft allein von der Natur als Heilmittel erfunden worden.

Sein Überredungsversuch jedoch mußte erfolglos bleiben. Mr. und Mrs. Heywood gingen nie von Hause fort. Da sie früh geheiratet und eine große Familie hatten, war ihre Bewegungsmöglichkeit schon seit langem auf einen kleinen Umkreis beschränkt geblieben, und sie waren in ihren Lebensgewohnheiten älter als an Jahren. Außer zwei Reisen im Jahr nach London, um seine Dividenden zu kassieren, bewegte Mr. Heywood sich nicht weiter fort, als seine Füße oder sein bewährtes altes Roß ihn tragen konnten. Und Mrs. Heywoods Exkursionen beschränkten sich darauf, ihre Nachbarn von Zeit zu Zeit in der alten Kutsche zu besuchen, die neu gewesen war, als sie heirateten, und neue Bezüge erhalten hatte, als ihr ältester Sohn vor zehn Jahren großjährig wurde.

Sie hatten einen sehr schönen Besitz. Auch groß genug – wäre die Familie in vernünftigen Grenzen geblieben –, um ihnen einen sehr standesgemäßen Anteil an Luxusgütern und Abwechslungen zu erlauben; genug, daß sie sich eine neue Kutsche und bessere Straßen und gelegentlich einen Monat in Tunbridge Wells, auch Symptome von Gicht und einen Winter in Bath hätten leisten können. Doch der Lebensunterhalt, die Erziehung und Ausstattung für vierzehn Kinder erforderten einen sehr ruhigen, seßhaften und ökonomischen Lebensstil und zwangen sie, kontinuierlich und gesund in Willingden zu leben. Was die Vernunft anfänglich geboten hatte, war jetzt zu einer lieben Gewohnheit geworden. Sie bewegten sich nie von zu Hause fort, und sie bekannten sich mit Freude dazu.

Doch weit davon entfernt, von ihren Kindern dasselbe zu verlangen, waren sie froh, *ihren* Ausflug in die Welt so sehr wie möglich zu fördern. Sie blieben zu Hause, um ihren Kindern die Möglichkeit zu geben hinauszukommen; und während sie dieses Zuhause besonders gemütlich gestalteten, begrüßten sie doch jede Abwechslung, die Söhnen und Töchtern nützliche Beziehungen oder wertvolle Bekanntschaften vermitteln konnten.

Als Mr. und Mrs. Parker es aufgaben, für einen Familienbesuch zu plädieren, und ihre Absichten darauf beschränkten, nur eine Tochter mit nach Hause zu nehmen, wurden demzufolge keinerlei Schwierigkeiten gemacht. Es herrschte allgemein Freude und Zufriedenheit.

Ihre Einladung ging an Miss Charlotte Heywood, eine sehr anmutige junge Dame von zweiundzwanzig Jahren, die älteste der Töchter, die noch zu Hause waren, und die ihnen gegenüber, unter der Anleitung ihrer Mutter, besonders hilfreich und gefällig gewesen war, sich auch am meisten um sie gekümmert hatte und sie deshalb am besten kannte.

Charlotte ging mit ihnen: bei ausgezeichneter Gesundheit, um zu baden und sich womöglich noch besser zu fühlen, um jedes erdenkliche Vergnügen zu genießen, das Sanditon ihr, veranlaßt durch die Dankbarkeit derer, mit denen sie ging, zu bieten vermochte, und um neue Sonnenschirme, neue Handschuhe und neue Broschen für ihre Schwestern und sich selbst in der Bibliothek* zu kaufen, die zu unterstützen Mr. Parker eifrig bemüht war.

Alles, wozu Mr. Heywood gebracht werden konnte, war das Versprechen, jeden nach Sanditon zu schicken, der ihn um Rat fragte, und daß nichts ihn je dazu verführen könnte (so weit die Zukunft voraussehbar war), auch nur fünf Shillinge in Brinshore auszugeben.

3

Jede Gegend sollte ihre Dame von Adel haben. Die adlige Dame von Sanditon war Lady Denham; und auf ihrer Fahrt von Willingden an die Küste gab Mr. Parker Charlotte eine detailliertere Schilderung von ihr, als bisher notwendig gewesen wäre. In Willingden war zwangsläufig oft die Rede von ihr gewesen – denn da sie ja auch an der Spekulation beteiligt war wie er, konnte man sich nicht lange über Sanditon unterhalten, ohne Lady Denham zu erwähnen. Daß sie eine reiche alte Dame war, die zwei Gatten begraben hatte, den

* Im späten achtzehnten und frühen neunzehnten Jahrhundert waren die Leihbibliotheken ein wichtiger Bestandteil des sozialen Lebens. Besonders in Bade- und Kurorten war die Bibliothek ein allgemein beliebter Treffpunkt, und um 1800 herum gab es in Großbritannien über tausend. Wie aus diesem Abschnitt hervorgeht, liehen sie nicht nur Bücher aus, sondern verkauften auch Billette für Veranstaltungen und Artikel wie Siegellack, Modeschmuck, einheimisches Muschelzierwerk und Tonfiguren. Viele von ihnen hatten noch einen Extrasaal, wo Lotterien und musikalische Unterhaltungen stattfanden; obwohl die Sanditon-Bibliothek noch kaum dieses Stadium der Prosperität und Popularität erreicht haben dürfte. (Anmerk. d. Übers.)

Wert des Geldes kannte, sehr angesehen war und eine arme Nichte hatte, die bei ihr lebte, waren bereits bekannte Fakten; hingegen waren einige zusätzliche Einzelheiten über ihre Vergangenheit und ihren Charakter dazu angetan, den mühselig langen Anstieg auf einen Hügel oder eine schwierige Wegstrecke leichter zu überwinden und der zu Besuch kommenden jungen Dame die entsprechende Kenntnis der Person zu übermitteln, mit der sie jetzt vielleicht täglich in Berührung kam.

Lady Denham war eine reiche Miss Brereton gewesen, die zwar von Haus aus wohlhabend, aber ungebildet war. Ihr erster Gatte, ein Mr. Hollis, war ein Mann gewesen, der einen beträchtlichen Grundbesitz in der Gegend hatte, von dem ein großes Stück, mit Gut und Herrenhaus, einen Teil der Gemeinde Sanditon bildete. Er war schon ein älterer Mann, als sie ihn heiratete – sie selbst annähernd dreißig. Ihre Beweggründe zu einer solchen Verbindung waren nach der Zeitspanne von vierzig Jahren kaum noch festzustellen; aber sie hatte Mr. Hollis so gut gepflegt und zufriedengestellt, daß er ihr nach seinem Tode alles hinterließ – seinen gesamten Besitz, und zwar mit vollem Verfügungsrecht.

Nach einigen Jahren Witwenschaft hatte sie sich überreden lassen, wieder zu heiraten. Dem inzwischen verstorbenen Sir Harry Denham von Denham Park, in der Nähe von Sanditon, war es gelungen, sie, samt ihren großen Einkünften, in seine eigenen Domänen einzugliedern; doch war es ihm nicht gelungen, seiner Familie, die auf ihn angewiesen war, zu dauerndem Reichtum zu verhelfen. Lady Denham hatte sich wohl gehütet, sich ihrer Vollmachten zu begeben, und als sie, nach Sir Harrys Hinscheiden, wieder in ihr eigenes Haus in Sanditon zurückkehrte, soll sie einer Freundin gegenüber die selbstgefällige Bemerkung gemacht haben: »sie habe zwar von der Familie außer ihrem Titel nichts *bekommen*, doch habe sie dafür auch nichts *gegeben*«. Es war anzunehmen, daß sie überhaupt nur des Titels wegen geheiratet hatte, und

Mr. Parker äußerte dazu, daß der Titel allem Anschein nach jetzt nur insofern noch einen Wert für sie habe, um die plausible Erklärung für ihr Benehmen zu liefern.
»Manchmal kommt es vor, daß sie etwas hochmütig ist«, sagte er, »aber es ist nicht beleidigend – und es gibt Momente, es gibt gewisse Punkte, wo ihre Geldgier zu weit geht. Sonst ist sie eine gutmütige – eine sehr hilfsbereite, freundliche Nachbarin, ein fröhlicher, unabhängiger, wertvoller Charakter – und ihre Fehler sind wahrscheinlich gänzlich auf ihren Mangel an Bildung zurückzuführen. Sie besitzt einen ausgezeichneten, natürlichen, nur völlig unkultivierten Verstand. Außerdem hat sie einen klaren, lebhaften Geist, und sie ist, trotz ihrer siebzig Jahre, in großartiger körperlicher Verfassung und setzt sich mit einer wahrhaft bewundernswerten Energie für den Aufschwung von Sanditon ein. Hin und wieder allerdings macht sich *doch* eine gewisse Engstirnigkeit bemerkbar. Sie hat nicht ganz den Weitblick, den ich mir für sie wünschte, und regt sich über eine geringfügige momentane Ausgabe entsetzlich auf, ohne zu bedenken, welchen *Gewinn* sie ihr in ein, zwei Jahren bringen wird. Das heißt, wir *denken* verschieden, Miss Heywood, wir *sehen* Dinge mitunter verschieden. Jeder persönlichen Darstellung ist deshalb mit Vorsicht zu begegnen, verstehen Sie. Wenn Sie uns im Gespräch miteinander sehen, werden Sie sich Ihr eigenes Urteil bilden.«
Lady Denham war tatsächlich eine große Dame, jenseits des gewöhnlichen Lebensstandards der Gesellschaft, denn sie hatte viele Tausende im Jahr zu vererben und drei getrennte Gruppen von Leuten, von denen sie hofiert wurde: ihre eigenen Verwandten, die verständlicherweise den Wunsch hegen mochten, ihre ursprünglichen dreißigtausend Pfund unter sich aufzuteilen, die legalen Erben von Mr. Hollis, die sich von *ihrem* Gerechtigkeitssinn mehr erhoffen mußten, als ihnen der *seine* zugebilligt hatte,

und jene Mitglieder der Denhamfamilie, für die ihr zweiter Gatte ein schönes Stück Geld herauszuholen gehofft hatte. Von diesen allen und deren Abkömmlingen war sie zweifellos schwer belagert worden und wurde es noch immer, und Mr. Parker trug keine Bedenken zu sagen, daß von diesen drei Gruppen Mr. Hollis' Familie die am *wenigsten* und die Sir Harry Denhams die am *meisten* begünstigte sei. Die erstere habe sich selbst zur Zeit von Mr. Hollis' Tod durch Äußerungen eines unklugen und ungerechtfertigten Ressentiments nicht wiedergutzumachenden Schaden zugefügt; die letztere hingegen habe den Vorteil, daß sie der letzte Rest einer Beziehung sei, die ihr bestimmt sehr viel bedeute, daß sie diese schon seit ihrer Kindheit kannte und daß sie immer in der Nähe seien, um ihre Interessen durch verständnisvolle Aufmerksamkeit sicherzustellen.

Sir Edward, der gegenwärtige Baronet, Sir Harrys Neffe, residiere ständig in Denham Park, und Mr. Parker hege kaum Zweifel, daß er und seine Schwester, Miss Denham, die bei ihm lebte, hauptsächlich in ihrem Testament bedacht würden. Er hoffe es von Herzen. Miss Denham habe nur ein sehr kleines Einkommen und ihr Bruder sei, gemessen an seinem gesellschaftlichen Rang, ein armer Mann.

»Er ist ein begeisterter Förderer Sanditons«, sagte Mr. Parker, »und seine Hand wäre so großzügig wie sein Herz, hätte er nur die Mittel. Er wäre ein nobler Spender! Aber auch so tut er, was er kann, und ist im Augenblick daran, auf einem Stück Brachland, das Lady Denham ihm überlassen hat, ein kleines Cottage orné* zu bauen, und ich zweifle nicht daran, daß wir – sogar noch vor Ende *dieser* Saison – eine ganze Reihe von Interessenten dafür haben werden.«

Bis Mitte letzten Jahres habe Mr. Parker Sir Edward immer für den unanfechtbaren Anwärter mit der aussichtsreichsten

* Ein ›cottage orné‹ war ein kleines elegantes Mittelstandsferienhaus, also kein Landarbeiterhaus wie das Ziel Mr. Parkers im ersten Kapitel. (Anmerk. d. Übers.)

Chance gehalten, den größten Teil ihres gesamten Nachlasses zu erben; doch jetzt seien plötzlich die Erbansprüche einer andern Person zu berücksichtigen – nämlich die der jungen Verwandten, welche Lady Denham, auf Zureden hin, in ihr Haus aufgenommen habe. Nachdem sie gegen jeden derartigen Zuwachs immer protestiert habe und ihre wiederholten abschlägigen Antworten auf die Überredungsversuche ihrer Verwandten, diese oder jene junge Dame als Gesellschafterin in ihr Haus aufzunehmen, lange genug und ausgiebig genossen hätte, habe sie am vergangenen Michaelistag* eine Miss Brereton aus London mitgebracht, die, aufgrund ihres Verwandtschaftsverhältnisses zu Hoffnungen berechtigt, im Einverständnis mit Sir Edward mit diesem wetteifere, um sich und ihrer Familie den Anteil des angesammelten Vermögens zu sichern, den zu erben sie gewiß jedes Recht hätten.

Mr. Parker sprach in herzlichem Ton von Clara Brereton, und das Interesse an seiner Erzählung wuchs durch die Einführung eines solchen Charakters beträchtlich. Jetzt hörte Charlotte nicht mehr nur erheitert zu – sie lauschte mit Spannung und Freude, als sie vernahm, daß sie schön, liebenswürdig, vornehm und zurückhaltend sei, sich immer gleichbleibend mit sehr großer Klugheit bewege und offensichtlich durch den ihr eigenen inneren Wert die Zuneigung ihrer Gönnerin gewonnen habe. Schönheit, Sanftheit, Armut und Abhängigkeit fordern die Einbildungskraft eines Mannes zu handeln nicht heraus; mit den üblichen Ausnahmen reagieren Frauen auf Frauen unmittelbar und voller Mitgefühl. Er schilderte die Einzelheiten, die zu Claras Aufnahme in Sanditon geführt hatten, als kein schlechtes Beispiel für diese Charaktermischung – diese Kombination von Kleinlichkeit, Güte, Verstand und sogar Großzügigkeit, die er in Lady Denham sah.

Nachdem sie London viele Jahre gemieden habe – hauptsäch-

* Der 29. September.

lich eben dieser Verwandten wegen, die ihr unentwegt schrieben, sie einluden und belästigten und die sie sich unbedingt habe vom Leibe halten wollen –, sei Lady Denham genötigt gewesen, zum vergangenen Michaelsfest nach London zu reisen, in der Gewißheit, mindestens vierzehn Tage dort verbringen zu müssen.

Sie sei in einem Hotel abgestiegen und habe dort auf eigene Rechnung und so ökonomisch wie nur möglich gelebt, um der notorischen Kostspieligkeit eines solchen Aufenthaltsortes entgegenzuwirken, und nach drei Tagen ihre Rechnung verlangt, um an Hand dieser ihr Budget zu überprüfen. Die Höhe derselben bestimmte sie, auch nicht eine Stunde länger in dem Hause zu bleiben, und voller Zorn und Bestürzung über ihren Eindruck, ungeheuer geneppt worden zu sein, und über ihre Unerfahrenheit, sich nach einer passenderen Unterkunft umzuschaun, machte sie sich bereit, das Hotel auf alle Fälle zu verlassen, als die Kusinen, diese schlauen und vom Glück begünstigten Kusinen – die einen ständigen Spion auf sie angesetzt zu haben schienen –, in diesem entscheidenden Moment hereingeschneit seien; und als sie erfuhren, in welcher Lage sie sich befand, baten sie sie inständig, doch für den Rest ihres Aufenthaltes mit einer Unterkunft vorlieb zu nehmen, wie sie ihr bescheideneres Haus in einem viel einfacheren Viertel Londons bieten könne.

Sie sei darauf eingegangen und entzückt gewesen von dem herzlichen Empfang, der Gastfreundschaft und der Aufmerksamkeit, die ihr von allen Seiten zuteil geworden sei, und habe in ihren guten Verwandten, den Breretons, über alles Erwarten wertvolle Menschen gefunden und sich schließlich, auf Grund ihres persönlichen Eindrucks von deren schmalem Einkommen und finanziellen Schwierigkeiten, gedrängt gefühlt, eines der Mädchen aus der Familie einzuladen, den Winter bei ihr zu verbringen.

Die Einladung habe für *eine* Tochter für sechs Monate gegolten mit der Wahrscheinlichkeit, daß danach eine andere ihren

Platz einnehme. Doch mit der *Wahl* dieser einen habe Lady Denham die gute Seite ihres Charakters gezeigt. Denn nachdem sie die vorhandenen Töchter der Familie in Gedanken hatte an sich vorüberziehen lassen, habe sie Clara, eine Nichte, gewählt, bedürftiger und bemitleidenswerter natürlich als jede andere – ein Opfer der Armut – eine zusätzliche Belastung für einen kinderreichen Familienkreis und eine, die an allen irdischen Gütern so benachteiligt war, daß sie, obgleich von der Natur so überreich bedacht, im Begriff gewesen sei, sich auf eine Stellung vorzubereiten, die kaum der eines Kindermädchens entsprochen habe.

Clara sei also mit ihr zurückgekommen und habe sich inzwischen durch ihre Klugheit und ihre persönlichen Tugenden allem Anschein nach einen großen Einfluß auf Lady Denhams Einstellung gesichert. Die sechs Monate seien längst vorüber und nicht ein Sterbenswörtchen über eine Veränderung oder einen Austausch sei verlautet. Sie sei überall beliebt. Der Einfluß ihres immer gleichbleibenden Verhaltens und ihr sanftes und liebenswürdiges Naturell werde von jedermann empfunden. Die Vorurteile, denen sie anfangs in einigen Kreisen begegnet sei, hätten sich alle zerstreut. Man fühle, daß sie vertrauenswürdig und die einzig richtige Gesellschafterin für Lady Denham sei, die sie leiten und milder stimmen, ihren Gesichtskreis erweitern und ihre Hand öffnen werde. Sie sei so überaus liebenswürdig wie schön, und seit sie die günstige Gelegenheit habe, ihre Sanditon-Seeluft zu atmen, sei diese Schönheit vollkommen.

4

»Wem gehört denn dieses komfortabel aussehende Haus?« fragte Charlotte, als sie in einer Bodensenke, zwei Meilen vom Meer entfernt, dicht an einem mittelgroßen Haus vorüberfuhren, das, von einem schönen Zaun und Grün umgeben, reich an Gartenanlagen, Obstgärten und Wiesen war, welche der Verschönerung eines solchen Wohnsitzes am besten dienen. »Es scheint genauso gemütlich zu sein wie Willingden.«

»Ah«, sagte Mr. Parker. »Das ist mein altes Haus – das Haus meiner Vorfahren, das Haus, wo ich und alle meine Brüder und Schwestern geboren und aufgewachsen sind und wo meine eigenen drei ältesten Kinder geboren wurden, wo Mrs. Parker und ich gelebt haben, bis unser neues Haus fertig war. Ich freue mich, daß es Ihnen gefällt. Es ist eine ehrbare, alte Stätte, und Hillier hält es sehr gut instand. Ich habe es nämlich dem Mann überlassen, der den größten Teil meines Landes gepachtet hat, wissen Sie. Dadurch hat er ein besseres Haus bekommen, und ich einen sehr viel besseren Preis! Noch einen Hügel, und wir sind in Sanditon, dem modernen Sanditon – ein wunderschönes Fleckchen Erde. Unsere Vorfahren haben immer in solchen Landsenken gebaut, wissen Sie. Hier saßen wir, in diesem abgelegenen, engen Winkel, ohne Luft oder Aussicht, nur eindreiviertel Meilen vom prächtigsten Weitblick auf den Ozean zwischen dem South Foreland und Land's End, ohne auch nur das geringste davon zu haben. Sie werden nicht meinen, ich hätte einen schlechten Tausch gemacht, wenn wir in Trafalgar House ankommen – nebenbei bemerkt, wünschte ich beinahe, ich hätte es nicht Trafalgar genannt, denn jetzt wäre Waterloo eher das richtige. Doch Waterloo bleibt in Reserve. Und wenn wir dieses Jahr genügend Auftrieb haben, der uns den Bau eines kleinen ›crescent‹, einer kleinen halbmondförmigen Häuserreihe, erlaubt (was, denke ich, der Fall sein wird), dann werden wir es zu Recht Waterloo-Crescent nennen können, und der Name, der Form des Gebäudes angepaßt, bürgt dafür, uns Mieter zu sichern. In einer guten Saison sollten wir mehr Anmeldungen bekommen, als wir befriedigen können.«

»Es war immer ein sehr komfortables Haus«, sagte Mrs. Parker, während sie mit einem gewissen liebevollen Bedauern durch das Rückfenster blickte. »Und so ein hübscher Garten – so ein vortrefflicher Garten.«

»Ja, mein Liebling, aber *den* nehmen wir ja sozusagen mit. Er versorgt uns wie zuvor mit soviel Früchten und Gemüsen, wie wir nur wollen. Und wir haben effektiv jede Annehmlichkeit eines Gemüsegartens, ohne den ständigen lästigen Anblick seines Wachstums vor Augen zu haben oder alljährlich das Unangenehme seiner verfaulenden Vegetation. Wer hält den Anblick eines Kohlkopfbeetes im Oktober aus?«

»Oh, gewiß, Lieber. Wir sind mit unserm Obst und Gemüse ganz genauso gut dran wie eh und je – denn falls man irgendwann einmal vergessen sollte, es zu bringen, können wir immer in Sanditon House kaufen, was wir brauchen. Der Gärtner dort ist mehr als froh, uns zu bedienen. Aber es war doch ein hübscher Platz für die Kinder zum Herumtummeln. So schattig im Sommer!«

»Auf dem Hügel werden wir Schatten genug haben, liebes Kind, und in wenigen Jahren mehr als genug. Das Wachstum meiner Anpflanzungen erweckt allgemeines Erstaunen. In der Zwischenzeit haben wir ja die Markise, so daß wir uns im Haus vollkommen wohl fühlen. Und für Klein-Mary kannst du bei Whitby einen Sonnenschirm kaufen, oder bei Jepp eine große Haube gegen die Sonne. Und was die Buben betrifft, so sollen *sie* lieber in der Sonne herumlaufen als gar nicht. Ich bin überzeugt, liebes Kind, wir sind uns in dem Wunsche einig, daß unsere Buben so abgehärtet werden wie möglich.«

»Ja, bestimmt. Und ich werde Mary einen kleinen Sonnenschirm kaufen – da wird sie aber wer weiß wie stolz sein. Wie ernsthaft sie damit herumgehen und sich wie eine kleine Dame vorkommen wird. Ich hege nicht den leisesten Zweifel, daß es uns sehr viel bessergeht, wo wir jetzt sind. Wenn einer von uns baden will, müssen wir nicht erst eine Viertelmeile zu Fuß gehen. Aber, weißt du«, noch immer zurückblickend,

»man sieht halt gern einen alten Freund wieder, an einem Ort, wo man glücklich gewesen ist. Die Hilliers schienen den Sturm im letzten Winter überhaupt nicht gespürt zu haben. Ich erinnere mich, daß ich Mrs. Hillier nach einer dieser grauenvollen Nächte traf, wo wir doch buchstäblich in unseren Betten geschüttelt worden sind, und ihr schien der Wind auch nicht stärker vorgekommen zu sein als gewöhnlich.«

»Ja, ja, das ist sehr gut möglich. *Wir* erleben die ganze Großartigkeit des Sturms mit weniger wirklicher Gefahr, weil der Wind, der um unser Haus herum auf nichts stößt, was sich ihm entgegenstellt oder ihn abschwächt, einfach tobt und weiterrast, während man da unten, in diesem Loch, vom Zustand der Luft über den Baumwipfeln nichts merkt und die Bewohner dann gänzlich unvorbereitet von einem jener grauenhaften Orkane überfallen werden können, die mehr Unheil in einem Tal anrichten, wenn sie *losbrechen,* als es ein offenes Gelände im schwersten Sturmwind je erlebt. Aber du sprachst von den Gartenfrüchten, mein Liebling: du meintest, daß ein zufälliger Ausfall der Lieferung sofort von Lady Denhams Gärtner wettgemacht werden könne. Mir scheint jedoch, daß wir bei solchen Gelegenheiten anderswo hingehen sollten und daß der alte Stringer und sein Sohn einen größeren Anspruch darauf haben. Du weißt, daß ich ihn dazu bewogen habe, ein Geschäft zu eröffnen, und ich fürchte, es geht nicht sehr gut. Das heißt, die Zeit ist noch zu kurz. Zweifellos *wird* er noch sehr gut verdienen. Doch im Anfang ist es ein schwerer Kampf, und wir müssen ihm helfen, wo wir nur können. Wenn sonst irgendwelche Gemüse oder Früchte gebraucht werden sollten – und es wird kein Fehler sein, sie oft zu verwenden und an den meisten Tagen das eine oder andere vergessen zu haben, nur um etwas bei ihm zu bestellen, verstehst du, damit der arme alte Andrew sein tägliches Brot nicht verliert – wobei wir unsern Hauptkonsum allerdings von den Stringers beziehen.«

»Sehr gut, Liebster, das ist leicht zu machen. Und die Köchin

wird sehr froh darüber sein, was eine große Erleichterung ist; denn sie beklagt sich jetzt dauernd über den alten Andrew und behauptet, er bringe ihr nie, was sie haben wolle. Sieh mal an – jetzt ist das alte Haus schon ziemlich weit hinter uns geblieben. Was hat doch dein Bruder Sidney noch gesagt – man sollte eine Klinik daraus machen?«
»Aber liebste Mary! Das war doch nur ein Scherz von ihm. Im Scherz schlägt er mir vor, eine Klinik daraus zu machen. Im Scherz macht er sich auch über meine Verschönerungen lustig. Sidney sagt doch, was ihm gerade einfällt, das weißt du doch. Er hat schon von jeher immer über uns und *zu* uns gesagt, was ihm paßte. Ich glaube, Miss Heywood, in den meisten Familien hat es ein solches Mitglied. In den meisten Familien gibt es einen, der es sich, dank seiner überragenden Fähigkeiten oder seines Geistes, leisten kann, alles zu sagen. In der unseren ist es Sidney, ein sehr gescheiter junger Mann und mit einem großen Talent, sich beliebt zu machen. Er lebt zuviel in der Welt herum, um seßhaft zu werden – das ist sein einziger Fehler. Er ist ein Hans Dampf in allen Gassen. Ich wünschte, wir bekämen ihn nach Sanditon. Ich würde mich freuen, wenn Sie einander kennenlernten. Außerdem wäre es eine großartige Sache für den Ort! So ein junger Mann wie Sidney, mit seiner noblen Equipage und seinem eleganten Auftreten. Du und ich, Mary, wir wissen, welche Wirkung das haben könnte. Es würde uns vielleicht so manche gediegene Familie, so manche vorsorgende Mutter und manche hübsche Tochter, zum Schaden von Eastbourne und Hastings, sichern.«
Sie näherten sich jetzt der Kirche und dem hübschen alten Dorf Sanditon, das am Fuße des Hügels lag, auf den sie dann später hinauf mußten – ein Hügel, über dessen Seite sich der Wald und die Umzäunung von Sanditon House erstreckte und auf dessen Gipfel sich ein flachwelliges Gelände hinzog, wo bald die neuen Häuser zu sehen sein würden. Nur ein Seitental wand sich in schrägerer Richtung zum Meer hin. Es

gab einem unbedeutenden Wasserlauf sein Bett und bildete an dessen Mündung aus einer kleinen Gruppe von Fischerhäusern einen dritten Wohnbezirk. Das eigentliche Dorf bestand aus nicht viel mehr als aus kleinen Landarbeiterhäuschen; doch der neue Geist zeigte sich auch hier, wie Mr. Parker mit Entzücken zu Charlotte bemerkte, denn zwei oder drei der besten von ihnen waren durch weiße Gardinen und die Schilder »Zimmer zu vermieten« aufgefrischt worden; und weiter vorn sah man auf dem Rasen im kleinen Hof eines alten Bauernhauses tatsächlich zwei Damen in elegantem Weiß mit ihren Büchern und Klappstühlen sitzen; und als sie bei der Bäckerei um die Ecke fuhren, schien es aus dem oberen Stock fast wie Harfenspiel zu klingen.

Solche Anblicke und Töne waren für Mr. Parker höchste Seligkeit. Nicht, daß er ein persönliches Interesse an dem Erfolg des Dorfes als solchem gehabt hätte – denn da er es für zu weit entfernt vom Strand erachtete, hatte er auch nichts dafür getan; aber es war immerhin ein wertvoller Beweis für die zunehmende Anziehungskraft des Ortes überhaupt. Wenn schon das *Dorf* eine Anziehungskraft ausübte, könnte der Hügel fast voll werden. Er sah eine erstaunliche Saison voraus. Letztes Jahr um dieselbe Zeit – Ende Juli – war auch nicht ein Feriengast im Dorf gewesen! Er konnte sich auch nicht entsinnen, während des ganzen Sommers einen gesehen zu haben, außer einer Familie mit Kindern, die nach dem Keuchhusten der Seeluft wegen aus London gekommen waren und deren Mutter sie nicht näher an den Strand ließ, aus Angst, sie könnten ins Wasser fallen.

»Zivilisation! Wirklich Zivilisation!« rief Mr. Parker ganz entzückt aus. »Schau doch mal, liebste Mary, schau doch bloß mal William Helleys Fenster an – blaue Schuhe und Nanking-Stiefel!* Wer hätte so etwas je in einem Schuhge-

* Damals moderne Halbstiefel für Damen auf Wagenfahrten, Spaziergängen und zum Sport, die oberhalb der Sohle aus einem bräunlich-gelben chinesischen Baumwollstoff – nach seinem Herstellungsort Nanking genannt –

schäft in Alt-Sanditon erwartet! Das ist neu seit letztem Monat. Als wir vor einem Monat hier durchfuhren, hatte er noch keine blauen Schuhe. Wirklich großartig! Also, jetzt *glaube* ich, daß ich zu meinen Lebzeiten etwas erreicht habe. Und nun auf, zu unserem gesunden, heilsamen Hügel!«

Beim Hinauffahren passierten sie das Gärtnerhaus mit den Einfahrtstoren zum Sanditon House und sahen den Giebel des Hauses selbst zwischen seinen Baumgruppen hindurch. In dieser Höhe war es das letzte Gebäude der Gemeinde aus früherer Zeit. Erst etwas weiter oben begannen die modernen Häuser, und als sie durch das offene Gelände fuhren, wurde Charlotte auf ein ›Prospect House‹, ein ›Bellevue Cottage‹ und einen ›Denham Place‹ aufmerksam gemacht, die sie mit der Gelassenheit heiteren Interesses betrachtete und Mr. Parker mit dem gespannten Blick, der keinem leerstehenden Haus zu begegnen hoffte. Mehr Vermietungsschilder an den Fenstern und allem Anschein nach weniger Gäste auf dem Hügel, als er gerechnet hatte – weniger Kutschen und weniger Spaziergänger. Er hatte sich gerade diese Tageszeit als die richtige für ihre Ankunft vorgestellt, wo alle Leute von ihren Exkursionen zum Dinner zurückkamen. Aber der Strand und die Grünanlagen behielten für manche Leute immer ihre Anziehungskraft, und außerdem mußte die Flut im Begriff sein zu steigen – jetzt ungefähr auf Gezeitenmitte. Er sehnte sich danach, am Strand, in den Kliffs, in seinem Haus und überall außerhalb seines Hauses zugleich zu sein. Seine Stimmung hob sich allein schon beim Anblick des Meeres, und er konnte es fast spüren, wie sein Knöchel kräftiger wurde.

Trafalgar House, auf dem höchsten Punkt im Gelände, war ein heller, eleganter Bau inmitten einer kleinen, von einer

bestanden und rund um den unteren Teil mit schwarzem Leder abgesetzt waren. (Anmerk. d. Übers.)

Pflanzung sehr junger Bäume umgebenen Rasenfläche, der, annähernd hundert Meter vom Rande eines steilen, aber nicht sehr hohen Kliffs entfernt, diesem von allen Gebäuden am nächsten lag; mit Ausnahme einer kurzen, sehr hübsch aussehenden Häuserreihe, das Terrace genannt, vor dem eine breite Promenade den Ehrgeiz hatte, die Mall* des Ortes zu sein. In dieser Häuserreihe befanden sich das beste Hutgeschäft und die Bibliothek und ein wenig abseits davon das Hotel und der Billardsaal. Hier begann der Abstieg zum Strand und zu den Badekarren.** Und das war demzufolge auch der bevorzugte Platz, was Schönheit und Mode anbelangte.
Am Trafalgar House, das sich in einer kurzen Entfernung hinter dem Terrace erhob, wurden die Reisenden sicher abgesetzt, und alles war eitel Glück und Freude zwischen Papa und Mama und ihren Kindern, während Charlotte, die inzwischen ihre Zimmer in Besitz genommen hatte, ganz entzückt an ihrem breiten venezianischen Fenster*** stand und über den vielfältigen Vordergrund von unfertigen Häusern, wehender Wäsche und Häusergiebeln hinweg auf das Meer hinausblickte, das in Sonnenschein und Kühle tanzte und glitzerte.

5

Als sie vor dem Abendessen wieder zusammentrafen, war Mr. Parker dabei, die Post durchzusehen.
»Auch nicht eine Zeile von Sidney!« beklagte er sich. »Er ist

* Nach der Allee am St. James Park in London. (Anmerk. d. Übers.)
** Fahrbare Umkleidekabinen. (Anmerk. d. Übers.)
*** Dreiteiliges Fenster, mit Rundbogen über dem Mittelteil. (Anmerk. d. Übers.)

ein Faulpelz. Ich habe ihm meinen Unfall schon von Willingden aus mitgeteilt und geschildert und gemeint, er würde sich zu einer Antwort herbeilassen . . . Aber vielleicht bedeutet das, daß er selber kommt – das könnte noch sein. Doch hier ist ein Brief von meinen Schwestern. *Sie* enttäuschen mich nie. Frauen sind die einzigen Briefpartner, auf die man sich verlassen kann.« Und lächelnd zu seiner Frau: »Nun, Mary, bevor ich ihn aufmache: was, sollen wir sagen, steht über den Gesundheitszustand der Absenderinnen drin – oder besser noch: was würde Sidney sagen, wenn er hier wäre? Sidney ist ein Frechling, Miss Heywood. Sie müssen nämlich wissen, daß er behauptet, ein Großteil der Beschwerden meiner beiden Schwestern sei Einbildung. Aber das stimmt gar nicht – oder wenigstens nur zum Teil. Sie haben eine angegriffene Gesundheit, wie Sie es ja schon oft von uns gehört haben, und neigen zu einer Reihe sehr ernster Störungen. Ja, ich möchte fast sagen, sie wissen nicht, was es heißt, einen ganzen Tag gesund zu sein. Und doch sind sie gleichzeitig ganz außerordentlich tüchtige Frauen und haben eine Charakterstärke, wenn es sich darum handelt, Gutes zu tun, daß sie sich Kraftleistungen zumuten, welche für Leute, die sie nicht ganz genau kennen, ein unverständliches Phänomen sind. Das ist aber keine Effekthascherei bei ihnen, wissen Sie. Sie haben halt nur eine schwächere Konstitution und einen stärkeren Geist, als es einem sonst oft getrennt oder vereint begegnet. Und unser jüngster Bruder, der gerade erst zwanzig ist und mit ihnen zusammenlebt, ist – leider muß ich es sagen – ein fast ebenso Schwerkranker wie sie. Er ist so zart, daß er keinen Beruf auszuüben vermag. Sidney lacht über ihn. Aber es ist wirklich kein Spaß, wenn auch Sidney mich oft, gegen meinen Willen, über sie alle zum Lachen bringt. Also ich weiß, wenn er jetzt hier wäre, würde er mit komischen Äußerungen aufwarten, daß entweder Susan, Diana oder Arthur, diesem Brief nach zu urteilen, während des letzten Monats fast gestorben sei.«

Nachdem er den Brief kurz überflogen hatte, schüttelte er den Kopf und sagte,
»Bedauerlicherweise keine Chance, sie in Sanditon zu sehen. Nur ein sehr unzulänglicher Bericht allerdings. Mein Wort, ein sehr unzulänglicher Bericht. Mary, es wird dir sehr leid tun zu hören, wie krank sie waren und es noch sind. Wenn Sie erlauben, Miss Heywood, werde ich Dianas Brief vorlesen. Ich möchte gern, daß meine Freunde einander kennenlernen, und ich fürchte, daß es mir nur auf diese Art gelingen wird, die Bekanntschaft zwischen ihnen herzustellen. Dianas wegen habe ich keine Bedenken, denn ihr Brief gibt genau wieder, wie sie ist – das rührigste, liebenswürdigste, warmherzigste Wesen, das es gibt –, und muß deshalb einen guten Eindruck vermitteln.«
Und er las:
Mein lieber Tom, Dein Unfall hat uns alle sehr bekümmert, und wenn Du nicht geschildert hättest, in wie gute Hände du gefallen bist, wäre ich unter allen Umständen am Tag nach dem Empfang Deines Briefes bei Dir gewesen, obgleich er mich antraf, als ich gerade den bisher schwersten Anfall meines alten Leidens, dieser Gallenkoliken, hatte und kaum von meinem Bett zum Sofa kriechen konnte. Womit hat man Dich eigentlich behandelt? Teile mir doch in Deinem nächsten Brief nähere Einzelheiten mit. Wenn es tatsächlich nur eine einfache Verstauchung war, wie Du sie beschreibst, wäre nichts so zu empfehlen gewesen wie Reiben – Reiben, aber nur von Hand, vorausgesetzt, daß es sofort angewendet werden könnte. Vor zwei Jahren machte ich zufällig Mrs. Sheldon einen Besuch, als ihr Kutscher sich beim Säubern des Wagens den Fuß verstauchte und kaum noch ins Haus humpeln konnte; aber durch die augenblickliche Behandlung durch ununterbrochenes Massieren (und ich habe seinen Knöchel mit meinen eigenen Händen sechs Stunden ohne Unterbrechung gerieben) war er nach drei Tagen wieder in Ordnung. Vielen Dank, mein lieber Tom, für Deine Güte in bezug auf

uns, die in so starkem Maße dazu beigetragen haben, Deinen Unfall herbeizuführen. Aber bitte, begib Dich nie wieder in Gefahr, nur um einen Apotheker zu suchen, denn wenn Du auch den erfahrensten Mann in seinem Fach in Sanditon hättest, wäre er doch keine Empfehlung für uns. Wir sind mit der ganzen medizinischen Sippschaft endgültig fertig. Wir haben vergebens Arzt für Arzt konsultiert, bis wir uns überzeugt haben, daß sie uns nicht helfen können und daß wir uns für eine Besserung nur auf die eigene Kenntnis unserer eigenen angegriffenen Konstitution verlassen müssen. Solltest Du es jedoch im Interesse des Ortes für ratsam halten, einen Arzt dorthin zu bekommen, werde ich diesen Auftrag mit Vergnügen übernehmen und zweifellos auch Erfolg haben. Ich könnte die nötigen Eisen bald ins Feuer geben. Daß ich nach Sanditon komme, ist eine völlige Unmöglichkeit. Zu meinem Kummer muß ich gestehen, daß ich nicht wage, es zu versuchen; aber mein Gefühl sagt mir zu deutlich, daß die Seeluft für mich, in meinem augenblicklichen Zustand, wahrscheinlich meinen Tod bedeuten würde. Und keiner meiner Getreuen will mich allein lassen, sonst würde ich sie animieren, auf vierzehn Tage hinunterzukommen. Aber ehrlich gesagt bezweifle ich, daß Susans Nerven der Strapaze gewachsen wären. Sie hat viel unter Kopfschmerzen gelitten; und sechs Blutegel pro Tag – zehn Tage hintereinander – haben ihr so wenig geholfen, daß wir es für richtig gehalten haben, unsere Maßnahmen zu ändern. Und da ich nach näherer Prüfung davon überzeugt war, daß ihre Schmerzen vielfach von ihrem Gaumen herrührten, habe ich sie dazu gebracht, das Übel von dort anzugehen. Sie mußte sich in der Folge drei Zähne ziehen lassen, und es geht ihr wesentlich besser, nur mit den Nerven ist sie ziemlich herunter. Sie kann nur im Flüsterton sprechen und ist heute morgen zweimal ohnmächtig geworden, als der arme Arthur versucht hat, einen Husten zu unterdrücken. Er fühlt sich, zum Glück kann ich's sagen, leidlich wohl, wenn auch schwächer, als mir lieb ist – ich fürchte um seine Leber.

Von Sidney habe ich nichts mehr gehört, seit Ihr zusammen in London wart, schließe aber daraus, daß aus seinem Plan mit der Isle of Wight nichts geworden ist, denn sonst hätten wir ihn schon irgendwie gesehen.
Von ganzem Herzen wünschen wir Euch eine gute Saison für Sanditon; und wenn wir auch an Eurer beau monde nicht persönlich teilhaben können, werden wir doch unser möglichstes tun, um Euch die passenden Gäste zu schicken; und wir glauben, ziemlich fest damit rechnen zu können, Euch zwei große Familien zu sichern: die eine eine reiche westindische, die andere ein hochangesehenes Mädchenpensionat oder -bildungsanstalt aus Camberwell. Ich will Dir gar nicht erst erzählen, wie viele Leute ich deswegen bemüht habe – ein großes Hin und Her. Aber der Erfolg ist die schönste Belohnung.

Deine Dich liebende etcetera.

»Sehr gut«, sagte Mr. Parker, als er geendet hatte. »Wenn ich auch sagen muß, daß Sidney in diesem Brief wahrscheinlich etwas ungeheuer Komisches finden und uns alle für eine halbe Stunde zum Lachen bringen würde, erkläre ich, daß ich, für meinen Teil, nichts anderes darin sehen kann als etwas, das entweder sehr bedauernswert oder sehr verdienstvoll ist. Sie sehen deutlich, wie sie mit all ihren Leiden noch darum bemüht sind, sich für das Wohl anderer einzusetzen! So fürsorglich für Sanditon! Zwei große Familien – eine für Prospect House wahrscheinlich, die andere für Denham Place Nummer zwei oder das Endhaus im Terrace, mit Extrabetten im Hotel. Ich habe Ihnen ja gesagt, daß meine Schwestern großartige Frauen sind, Miss Heywood.«
»Sie müssen bestimmt etwas ganz Besonderes sein«, sagte Charlotte. »Und ich bin erstaunt über die fröhliche Art des Briefes angesichts des Zustandes, in dem sich beide Schwestern zu befinden scheinen. Drei Zähne auf einmal gezogen – entsetzlich! Ihre Schwester Diana scheint so krank zu sein wie

nur möglich, aber die drei Zähne Ihrer Schwester Susan sind schmerzhafter als alles übrige.«

»Ach, sie sind so an Operationen gewöhnt – an jede Art von Operation –, ihnen macht das nichts aus!«

»Ihre Schwestern kennen sich selbst sehr gut, muß ich sagen, aber ihre Maßnahmen scheinen mir doch äußerst drastisch. Sosehr ich bei irgendeiner Krankheit das dringende Bedürfnis nach ärztlichem Rat habe, sowenig würde ich es wagen, an mir selbst oder an denen, die ich liebe, herumzuexperimentieren! Aber *wir* sind eben immer eine so gesunde Familie gewesen, daß ich nicht beurteilen kann, was die Gewohnheit der Selbstbehandlung vermag.«

»Also, wenn ich ehrlich sein soll«, bemerkte Mrs. Parker, »finde ich, daß die Damen Parker es manchmal übertreiben. Und du, mein Liebling, findest das auch, ich weiß. Du denkst oft, es würde ihnen bessergehen, wenn sie sich gegenseitig mehr in Ruhe ließen – und besonders Arthur. Ich weiß auch, du hältst es für einen ganz großen Jammer, daß sie auch *ihm* einreden, er sie krank.«

»Nun ja, meine liebe Mary, ich gebe zu, es *ist* ein großes Unglück für den armen Arthur, daß man ihn in seinen jungen Jahren dazu anhalten sollte, seinen Unpäßlichkeiten nachzugeben. Es *ist* schlimm, daß er sich selbst für jede Art von Beruf für zu kränklich hält und sich auf den Zinsen seines eigenen kleinen Vermögens zur Ruhe setzt, ohne auch nur im entferntesten daran zu denken, den Versuch zu machen, es zu vergrößern oder sich einer Beschäftigung zu widmen, die für ihn oder für andere von Nutzen wäre. Aber sprechen wir lieber von erfreulicheren Dingen. Diese zwei großen Familien sind genau das, was wir uns gewünscht haben. Aber hier haben wir etwas noch Erfreulicheres gleich bei der Hand – Morgan mit seinem: ›Bitte zu Tisch‹.«

6

Die Gesellschaft brach nach dem Dinner sehr bald auf. Mr. Parker konnte nicht zufriedengestellt werden, ohne unverzüglich die Bibliothek aufzusuchen und das Abonnentenverzeichnis einzusehen, und Charlotte freute sich darauf, soviel und möglichst bald schon alles Neue zu sehen, das sie umgab.

Sie waren während der stillsten Zeit eines Ferienorttages draußen, in der man dem wichtigen Geschäft des Dinierens oder des Zusammensitzens nach dem Essen in fast jedem bewohnten Logis nachkam. Hier und da sah man vielleicht einen einzelnen älteren Herrn, der aus Gesundheitsgründen gezwungen war, sich gleich nach dem Essen zu bewegen und spazierenzugehen, aber sonst war alles Badeleben jetzt für eine Weile erloschen. Leere und Stille herrschten am Terrace, auf den Kliffs und am Strand. Die Geschäfte waren leer. Die Strohhüte und Spitzenumhänge schienen in den Häusern oder draußen ihrem Schicksal überlassen, und Mrs. Whitby saß in ihrem Kabinett in der Bibliothek, weil nichts zu tun war, und las einen ihrer eigenen Romane.

Das Abonnentenverzeichnis war das gewohnte: die Lady Denham, Miss Brereton, Mr. und Mrs. Parker, Sir Edward Denham und Miss Denham, deren Namen sozusagen die Saison eröffnet hatten und denen nichts Besseres folgte als: Mrs. Mathews, Miss E. Mathews, Miss H. Mathews, Dr. und Mrs. Brown, Mr. Richard Pratt, Lieutenant Smith R. N., Captain Little-Limehouse, Mrs. Jane Fisher, Miss Fisher, Miss Scroggs, Reverend Mr. Hanking, Mr. Beard, Rechtsanwalt, Grays Inn, Mrs. Davis und Miss Merryweather.

Nicht nur, daß Mr. Parker das Verzeichnis als nichts Besonderes empfand, aber die Liste der Namen war auch kürzer, als er erwartet hatte. Doch es war ja erst Juli, und August und

September waren *die* Monate. Und außerdem waren die versprochenen großen Familien aus Surrey und Camberwell ein unerschöpflicher Trost.

Mrs. Whitby eilte unverzüglich von ihrem literarischen Ausflug herbei, entzückt, Mr. Parker zu sehen, dessen Manieren ihn allen Leuten sympathisch machten; und sie waren vollauf mit dem Austausch ihrer mannigfaltigen Höflichkeiten und Informationen beschäftigt, während Charlotte, nachdem sie ihren Namen als ersten Beitrag zum Erfolg der Saison auf die Liste gesetzt hatte, damit beschäftigt war, sogleich zum Wohle jedes der Daheimgebliebenen einige Einkäufe zu tätigen, sobald Mrs. Whitby, mit all ihrem schimmernden Gelock und ihrem falschen Schmuck, eilig aus ihrem Kabinett heruntergeholt werden konnte, um sie zu bedienen.

Die Bibliothek hatte natürlich alles zu verkaufen: alle unnützen Dinge der Welt, ohne die sie nicht auszukommen schien. Und angesichts so vieler reizender Versuchungen und mit soviel gutem Willen, sich in Mr. Parkers Interesse zu größeren Einkäufen ermuntern zu lassen, empfand Charlotte plötzlich, daß sie sich zurückhalten müsse – vielmehr wurde ihr klar, daß es für sie – mit ihren zweiundzwanzig Jahren – keine Entschuldigung gab, das nicht zu tun, und daß sie es sich nicht leisten konnte, ihr ganzes Geld gleich am ersten Abend auszugeben. Sie griff nach einem Buch, und es war zufällig ein Exemplar von *Camilla.** Doch sie war weder so jung wie Camilla, noch hatte sie die Absicht, ihr Schicksal zu erleiden; sodann kehrte sie dem Schaukasten mit den Ringen und Broschen den Rücken, widerstand allen weiteren Lokkungen und bezahlte das, was sie gekauft hatte.

Ihr zuliebe wollte man einen Umweg über das Kliff machen.

* *Camilla* war der dritte Roman von Fanny Burney (1752–1840), der achtzehn Jahre nach ihrem ersten großen Erfolg, *Evelina,* erschien. Jane Austen hatte ihn gelesen und wahrscheinlich den Titel ihres Romans *Pride and Prejudice* dessen letztem Absatz entnommen. Im Band I, am Anfang des Romans, ist die Heldin erst neun Jahre alt. (Anmerk. d. Übers.)

Doch als sie aus der Bibliothek herauskamen, begegneten ihnen zwei Damen, deren Auftauchen eine andere Überlegung nötig machte: Lady Denham und Miss Brereton. Sie waren im Trafalgar House gewesen, und man hatte sie von dort zur Bibliothek gewiesen; und obgleich Lady Denham noch viel zu rüstig war, um den Weg von einer Meile als etwas zu betrachten, das eine Ruhepause verlangte, und davon sprach, direkt wieder heimzukehren, wußten die Parkers, daß sie es am liebsten hätte, inständig von ihnen gebeten zu werden, ihren Tee doch unbedingt bei ihnen zu nehmen, und deshalb wurde der Spaziergang auf den Kliffs wegen der unmittelbaren Heimkehr aufgegeben.
»Nein, nein«, protestierte ihre Ladyschaft, »ich dulde nicht, daß Sie Ihren Tee meinetwegen früher nehmen. Ich weiß doch, daß Sie ihn lieber spät trinken. Durch mein frühes Zubettgehen dürfen meine Nachbarn sich nicht inkommodieren lassen. Nein, nein, Miss Clara und ich kehren zu unserem eigenen Tee zurück. Wir sind auch mit keinem andern Gedanken hergekommen. Wir wollten Sie nur sehen und uns überzeugen, daß Sie tatsächlich gekommen sind – doch jetzt gehen wir heim, zu unserem eigenen Tee.«
Nichtsdestoweniger spazierte sie mit nach Trafalgar House, ließ sich sofort seelenruhig im Salon nieder und schien kein Wort von dem gehört zu haben, was Mrs. Parker dem Mädchen aufgetragen hatte, als sie ins Haus kamen: sofort den Tee hereinzubringen. Charlotte hatte sich wegen des ausgefallenen Spaziergangs vollkommen getröstet, da sie sich ja in Gesellschaft der Menschen befand, auf deren Bekanntschaft sie durch die Unterhaltung am Morgen so neugierig gemacht worden war. Und sie beobachtete sie sehr genau.
Lady Denham war mittelgroß, korpulent, elastisch und lebhaft in ihren Bewegungen, mit einem durchdringenden Blick und selbstbewußter Miene, aber keinem unangenehmen Gesicht. Und obgleich sie in ihrer Art ziemlich unverblümt und kurz angebunden war – wie ein Mensch, der sich etwas darauf

einbildete, ganz aufrichtig zu sein –, strahlte sie Gutmütigkeit und Herzlichkeit aus, eine Nettigkeit und Bereitwilligkeit, mit Charlotte persönlich bekannt zu werden, und eine Wärme bei der Begrüßung ihrer alten Freunde, die das Wohlwollen spürten, das sie zu empfinden schien.

Und was Miss Brereton betraf – ihre Erscheinung entsprach der begeisterten Schilderung Mr. Parkers so vollkommen, daß Charlotte meinte, nie eine schönere und interessantere junge Frau gesehen zu haben. Von eleganter Größe, ebenmäßiger Schönheit, mit einem besonders zarten Teint und sanften blauen Augen, einem freundlich zurückhaltenden und doch natürlich anmutigen Benehmen, konnte Charlotte in ihr nur die vollkommenste Verkörperung derjenigen Heldin sehen, die in all den zahlreichen Bänden, welche sie in Mrs. Whitbys Regalen zurückgelassen hatten, die schönste und verführerischste war. Vielleicht lag es zum Teil auch nur daran, daß sie gerade aus der Leihbibliothek gekommen war; aber sie konnte den Begriff einer idealen Romanheldin nicht von Clara Brereton trennen. Ihre Stellung bei Lady Denham begünstigte diese Vorstellung noch! Sie schien absichtlich bei ihr untergebracht, um ausgenützt zu werden. Eine solche Armut und Abhängigkeit bei soviel Schönheit und Vortrefflichkeit schienen ihr keine andere Wahl gelassen zu haben.

Diese Empfindungen waren bei Charlotte nicht die Auswirkung einer Neigung zur Romantik. Nein, sie war eine sehr besonnene junge Dame, die zwar sehr viele Romane gelesen hatte, um ihre Phantasie zu erheitern, aber durchaus nicht übermäßig von ihnen beeinflußt war; und während sie sich in den ersten fünf Minuten damit unterhielt, sich den Leidensweg vorzustellen – besonders in Form der barbarischen Behandlung seitens Lady Denhams –, der das Schicksal der interessanten Clara eigentlich sein *müßte*, war sie, aufgrund späterer Beobachtung, widerstandslos bereit zuzugeben, daß sie allem Anschein nach sehr vertraut miteinander waren. Sie konnte an Lady Denham nichts Schlimmeres finden als ihre altmodische formelle Art, sie immer *Miss Clara* zu nennen, noch etwas Würdeloses an dem Grad von Ehrerbietung und Aufmerksamkeit, den Clara ihr schenkte. Auf der einen Seite schien es schützende Güte und auf der anderen Dankbarkeit und liebevoller Respekt zu sein.

Die Unterhaltung drehte sich ausschließlich um Sanditon, seine gegenwärtige Gästezahl und die Aussichten auf eine gute Saison.

Es war unverkennbar, daß Lady Denham größere Befürchtungen und mehr Angst vor Verlusten hatte als ihr Partner. Sie wollte, daß der Ort sich schneller füllte, und schien eine Menge beunruhigender Bedenken zu haben, daß die Mieten einiger Sommerwohnungen zu tief angesetzt seien. Die beiden großen Familien Miss Diana Parkers wurden nicht vergessen.

»Sehr gut, sehr gut!« äußerte ihre Ladyschaft. »Eine westindische Familie und eine Schule. Das klingt gut. Das wird etwas einbringen.«

»Kein Volk gibt das Geld leichter aus als die Westindier«, bemerkte Mr. Parker.

»Ei ja, das habe ich auch schon gehört; und weil sie volle Geldbörsen haben, bilden sie sich vielleicht sogar ein, unsern alteingesessenen Gutsbesitzersfamilien ebenbürtig zu sein. Aber noch etwas: Leute, welche so freizügig mit Geld um sich werfen, denken nie daran, ob sie nicht eventuell Schaden damit anrichten, indem sie die Preise in die Höhe treiben. Und ich habe gehört, daß gerade das bei Ihren Westindiern der Fall ist. Und wenn sie sich hier unter uns mischen, um die Preise für unsere Lebensbedürfnisse in die Höhe zu treiben, werden wir ihnen wenig Dank dafür wissen, Mr. Parker.«

»Aber, Madam, sie können doch die Preise für Konsumartikel nur bei einer derartig großen Nachfrage und einem solchen Geldzuwachs unter uns erhöhen, was uns viel mehr nützen als schaden würde. Unsere Metzger und Bäcker und Geschäftsleute im allgemeinen können nicht reich werden, ohne *uns* zum Wohlstand zu verhelfen. Wenn *sie* nicht gut verdienen, muß das unsere Mieten gefährden, und im Verhältnis zur Höhe ihres Profits steigt auch der unsere gelegentlich durch den erhöhten Wert unserer Häuser.«

»Ja, so! Das mag ja sein. Aber mir würde es jedenfalls nicht passen, wenn die Metzger ihre Fleischpreise erhöhten. Ich werde sie niedrig halten, solange ich kann. Ei, ja, diese junge Dame lächelt, wie ich sehe. Ich wette, sie hält mich für eine alte Närrin, aber *sie* wird sich eines Tages selbst für solche Dinge interessieren. Ja, ja, meine Liebe, verlassen Sie sich darauf, auch Sie werden eines Tages noch auf die Fleischpreise achten, auch wenn Sie nicht ganz so viele dienstbare Geister zu füttern haben wie ich. Und ich bin fest davon überzeugt: denen, die das wenigste Dienstpersonal haben, geht es am besten. Ich bin keine Frau, die sich in Szene setzt, wie alle Welt weiß, und ginge es nicht um das, was ich dem Andenken des armen Mr. Hollis schulde, würde ich Sanditon House nie so aufrechterhalten, wie ich es tue. Ich tue es bestimmt nicht zu meinem eigenen Vergnügen. Ja, Mr. Parker, und die andere ist ein Mädchenpensionat, ein französisches Mädchenpensionat, stimmt das? Auch kein Unglück. Sie bleiben halt ihre sechs Wochen. Und wer weiß, unter den vielen sind vielleicht einige schwindsüchtig und brauchen Eselsmilch, und ich habe im Augenblick gerade zwei Milcheselinnen. Aber am Ende ruinieren die kleinen Fräuleins vielleicht noch das Mobiliar. Ich hoffe nur, sie haben eine gute, strenge Gouvernante, die auf sie aufpaßt.«

Der arme Mr. Parker fand mit seinem Plan, der ihn nach Willingden geführt hatte, bei Lady Denham nicht mehr Anklang als bei seinen Schwestern.

»Großer Gott, mein lieber Mann!« rief sie aus. »Wie konnten Sie auch nur an so etwas denken? Das mit Ihrem Unfall tut mir aufrichtig leid, aber auf mein Wort, Sie haben es verdient. Auf der Suche nach einem Doktor! Wahrhaftiger Gott, was sollten wir denn hier mit einem Doktor? Es würde nur unser

Dienstpersonal und die Armen dazu ermuntern, sich einzubilden, krank zu sein, wenn es hier einen Arzt gäbe. Oh! Ich bitte Sie, wir wollen keinen dieser Sorte in Sanditon haben. Es geht uns auch so sehr gut, wie bisher. Wir haben das Meer, die Dünen und meine Milcheselinnen. Und ich habe Mrs. Whitby gesagt, falls Leute nach einem ›Zimmer-Roß‹* fragen sollten, könnten sie es gegen eine kleine Leihgebühr bekommen – das ›Zimmer-Roß‹ vom armen Mr. Hollis – und noch so gut wie neu – was wollen die Leute mehr? Hier habe ich nun gute siebzig Jahre auf dieser Welt gelebt und, außer zweimal, nie ein Abführmittel genommen – und in meinem *eigenen* Fall nie in meinem ganzen Leben das Gesicht eines Arztes gesehen. Und ich glaube wahrhaftig, wenn mein armer lieber Sir Harry auch keins gesehen hätte, wäre er heute noch am Leben. Zehn Honorare, eins nach dem andern, hat der Mann kassiert, der *ihm* den Garaus gemacht hat. Ich flehe Sie an, Mr. Parker, keinen Arzt für hier.«
Das Teegeschirr wurde hereingebracht. »Oh, meine liebe Mrs. Parker, Sie sollten wirklich nicht – warum tun Sie das? Ich war gerade im Begriff, Ihnen einen guten Abend zu wünschen. Aber da Sie so reizend nachbarlich sind, müssen Clara und ich nun wohl bleiben, glaube ich.«

7

Die Beliebtheit der Parkers führte ihnen am nächsten Vormittag einige Besucher zu; unter anderen auch Sir Edward Denham und seine Schwester, die in Sanditon House gewesen und weitergefahren waren, um ihre Aufwartung zu machen. Und nachdem Charlotte ihre Briefschulden abgetragen hatte,

* Wahrscheinlich eine Art orthopädischer Apparat im achtzehnten Jahrhundert zur Heimbehandlung für Invalide. (Anmerk. d. Übers.)

saß sie bereits mit Mrs. Parker im Salon, gerade rechtzeitig, um sie alle zu sehen.
Die Denhams waren die einzigen, die Aufmerksamkeit erregten. Charlotte war froh, ihre Kenntnis der Familie durch das Bekanntwerden mit ihnen zu vervollständigen, und fand sie, zumindest die bessere Hälfte (denn zuweilen mag der *Herr*, solange er unverheiratet ist, für die bessere Hälfte des Paares gehalten werden), der Beachtung nicht unwert zu sein.
Miss Denham war eine vornehme junge Dame, aber kalt und reserviert, die den Eindruck einer Person erweckte, die ihren Stand mit Stolz und ihre Armut mit Mißvergnügen trägt und die augenblicklich von dem Wunsch nach einem eleganteren Wagen zerfressen wurde, statt des einfachen Gigs*, in dem sie herumfuhren und das ihr Stallbursche – noch für sie sichtbar – herumbewegte.
Sir Edward war ihr in Haltung und Benehmen weit überlegen – sah auch gewiß sehr gut aus, aber noch bemerkenswerter an ihm waren seine Gewandtheit und sein Bestreben, Aufmerksamkeit zu schenken und Freude zu bereiten. Er kam erstaunlich ungezwungen ins Zimmer und sprach viel – und sehr viel mit Charlotte, neben die er sich gesetzt hatte –, und sie stellte bald fest, daß er ein feines Gesicht, eine wohltuende Sanftheit in der Stimme und eine Menge Gesprächsstoff hatte. Er gefiel ihr. Besonnen wie sie war, fand sie ihn sympathisch, schlug sich aber nicht weiter mit dem Gedanken herum, ob es ihm vielleicht ebenso ginge, was *eindeutig* daraus ersichtlich war, daß er die Aufforderung seiner Schwester zu gehen ignorierte und unbeirrt auf seinem Platz und bei seiner Unterhaltung verharrte.
Für die Eitelkeit meiner Heldin bitte ich nicht um Verzeihung. Sollte es auf dieser Welt junge Damen ihres Alters

* Ein zweirädriger, offener Einspänner. (Anmerk. d. Übers.)

geben, die unempfindlicher für Verehrung und gleichgültiger dagegen sind, Entzücken zu erregen, kenne ich sie nicht und wünsche sie auch nie kennenzulernen.

Schließlich konnten Charlotte und Sir Edward es nicht vermeiden, während sie dort saßen, durch die tief herunterreichenden Flügelfenster – die einen vollen Überblick über die Straße und alle die das Gelände kreuzenden Wege boten – Lady Denham und Miss Brereton vorübergehen zu sehen; und augenblicklich zeichnete sich eine leichte Veränderung im Gesichtsausdruck Sir Edwards ab – verbunden mit einem beunruhigten Blick, den er ihnen nachsandte, während sie weitergingen, dem eine übereilte Aufforderung an seine Schwester folgte, nicht nur aufzubrechen, sondern zu Fuß miteinander zum Terrace zu gehen. Das alles gab Charlottes Einbildung im Nu eine Wendung, heilte sie von ihrem halbstündigen Fieberwahn und versetzte sie nach Sir Edwards Abschied in die Lage, klarer zu sehen, *wie* sympathisch er tatsächlich gewesen war. ›Vielleicht lag es zum großen Teil an seinem Auftreten und seinen Manieren, und sein Titel gereichte ihm nicht zum Schaden.‹

Sie befand sich sehr bald wieder in seiner Gesellschaft. Nachdem die Morgenbesucher das Haus geräumt hatten, war der erste Gedanke der Parkers, nun auch selber auszugehen. Das Terrace bildete einen allgemeinen Anziehungspunkt. Jeder, der spazierengehen wollte, mußte vom Terrace aus gehen, und dort fanden sie, auf einer der beiden grünen Bänke an der Promenade, die vereinte Denhamgesellschaft vor; aber wenn auch nach außen hin vereint, so doch sehr deutlich auch wiederum getrennt: Die beiden höherstehenden Damen saßen an dem einen Ende der Bank und Sir Edward und Miss Brereton am andern.

Charlotte sah auf den ersten Blick, daß Sir Edwards Ausdruck der eines Verliebten war. Über seine Verehrung für Clara konnte kein Zweifel bestehen. Welche Aufnahme sie bei Clara fand, war weniger sichtbar, doch sie neigte eher dazu, sie für nicht sehr günstig zu halten; denn obwohl sie so, von den andern getrennt, mit ihm allein saß (was sie wahrscheinlich nicht hatte vermeiden können), war ihre Miene ruhig und ernst.

Daß die junge Dame am anderen Ende der Bank etwas wiedergutzumachen suchte, war unverkennbar. Der Unterschied in Miss Denhams Gesichtsausdruck – der Unterschied zwischen der Miss Denham, die in kühler Erhabenheit in Mrs. Parkers Salon gesessen hatte und nur durch das zähe Bemühen anderer von ihrem Schweigen abgehalten worden war, und jener Miss Denham an Lady Denhams Seite, die mit lächelnder Aufmerksamkeit oder besorgter Spannung, entweder sehr amüsiert oder sehr bekümmert, zuhörte oder sprach, je nachdem, ob Gespött oder Moral das Gespräch beherrschte – war ganz verblüffend. Miss Denhams Charakter stand für Charlotte ziemlich fest.

Sir Edward erforderte eine längere Beobachtung. Als sie alle beisammen waren und beschlossen spazierenzugehen, überraschte er sie damit, daß er Clara augenblicklich stehenließ und seine ungeteilte Aufmerksamkeit ihr zuwandte. Er hielt sich ganz dicht neben ihr und schien sie soweit wie möglich von der übrigen Gesellschaft fernzuhalten, um sich mit seiner Unterhaltung ganz ihr zu widmen. Er begann in einem Tonfall großen ästhetischen Empfindens und Gefühls über das Meer und seine Küste zu sprechen und durchlief mit Vehemenz alle die üblichen Phrasen, mit denen ihre Erhabenheit gepriesen wird, und beschrieb die *unbeschreiblichen* Empfindungen, die sie im Gemüt erregen. Die beängstigende Großartigkeit des Ozeans in einem Sturm, seine spiegelnde Oberfläche in einer Windstille, seine Möven und seine Meerfenchel*, die bodenlosen Tiefen seiner Abgründe, seine schnellen Veränderungen, seine verhängnisvollen Täuschun-

* Meer- oder Seefenchel, Bazillenkraut, eine Strandpflanze in den Mittelmeerländern bis England, deren fleischige Stengelspitzen und Blätter, in Essig eingelegt, als Salatwürze benutzt werden. (Anmerk. d. Übers.)

gen, seine Seeleute, die es bei Sonnenschein hinauslockt und die in dem plötzlich aufkommenden Sturm untergehen – alles wurde lebhaft und vollendet angetönt, etwas gemeinplätzig vielleicht, aber von den Lippen eines schönen Sir Edward durchaus erträglich; und sie konnte nicht anders, als in ihm einen Mann mit Gefühl zu sehen, bis er sie plötzlich durch den Schwall seiner Zitate und die Verworrenheit einiger seiner Äußerungen in ihrem Urteil unsicher machte.
»Erinnern Sie sich an Scotts schöne Zeilen über das Meer?« fragte er. »Oh, dieses Bild, das sie vermitteln! Sie gehen mir nie aus dem Sinn, wenn ich hier wandle. Der Mensch, der sie gleichgültig lesen kann, muß die Nerven eines Mörders haben! Bewahre mich der Himmel davor, einem solchen Menschen unbewaffnet zu begegnen!«
»Welche Beschreibung meinen Sie denn?« fragte Charlotte. »Im Augenblick kann ich mich in keinem von Scotts Gedichten an eine Beschreibung des Meeres erinnern.«
»Tatsächlich nicht? Auch ich kann mich im Augenblick nicht genau an den Anfang erinnern. Aber – Sie können unmöglich seine Beschreibung der Frau vergessen haben –

Oh! Weib in unsern Stunden der Muße –

Deliziös! Deliziös! Und hätte er nichts weiter geschrieben – er wäre auch dann unsterblich! Und dann wieder dieser unvergleichliche, unübertroffene Lobgesang auf die Elternliebe –

Gefühle sind den Sterblichen gegeben,
Die mehr von Himmlischem erfüllt denn Leben – usw.

Aber da wir gerade beim Thema Dichtung sind, Miss Heywood – was halten Sie von Burns Versen an seine Mary? Oh! Das hat ein Pathos – zum Verrücktwerden! Wenn es je einen Mann mit *Gefühl* gegeben hat, war es Burns. Montgomery erfaßt das ganze Feuer der Poesie, Wordsworth ihre wahre Seele, und Campbell hat in seinen Freuden der Hoffnung die tiefsten unserer Gefühle angerührt –

Wie Engels Einkehr, ganz wen'ge nur und selten.

Können Sie sich etwas Überwältigenderes, etwas Rührenderes vorstellen, etwas, das mehr von leidenschaftlicher Größe erfüllt ist als diese Zeile? Außer bei Burns – ich bekenne, daß ich von seiner Vorrangstellung überzeugt bin, Miss Heywood. Wenn Scott einen Fehler *hat,* ist es sein Mangel an Leidenschaft – zart, elegant und anschaulich, aber *zahm.* Der Mann, der den Vorzügen der Frau nicht gerecht werden kann, ist für mich das Letzte. Manchmal, allerdings, scheint ein Gefühlsausbruch in ihm aufzublitzen, wie in den Zeilen, von denen wir sprachen –

Oh! Weib in unsern Stunden der Muße –

Burns hingegen ist immer entflammt. Seine Seele war der Altar, in dessen Schrein die holde Weiblichkeit verwahrt war, sein Geist strömte wahrlich den unsterblichen Weihrauch aus, der ihr gebührt.«

»Ich habe verschiedene Burns-Gedichte mit großem Entzükken gelesen«, äußerte Charlotte, als sie endlich zu Worte kam, »aber ich bin nicht dichterisch genug veranlagt, um die Poesie eines Mannes gänzlich von seinem Charakter zu trennen – und die bekannten Verfehlungen des armen Burns beeinträchtigen meine Freude an seinen Versen gewaltig. Es fällt mir schwer, an die *Ehrlichkeit* seiner Gefühle als Liebendem zu glauben. Ich habe kein Vertrauen zu der *Aufrichtigkeit* der zärtlichen Gefühle eines Mannes seiner Art. Er fühlte, er schrieb, und er vergaß.«

»Oh, nein, nein!« rief Sir Edward emphatisch aus. »Er war ganz Leidenschaft und Echtheit! Seine Genialität und seine leicht zu verletzenden Gefühle mögen ihn zu einigen Ausfällen verleitet haben – aber wer ist schon vollkommen? Es wäre übertriebener Kritizismus, eine falsche Philosophie, von der Seele eines hochgestimmten Genies die Unterwürfigkeit eines durchschnittlichen Geistes zu erwarten. Die vom leidenschaftlich erregten Gefühl in der Brust eines Mannes angefachten Funken des Talents sind vielleicht unvereinbar mit einigen der prosaischen guten Sitten im Leben; auch können Sie, holdeste Miss Heywood« – jetzt mit einem Ausdruck tiefen Gefühls – »noch kann irgendeine Frau gerecht beurteilen, was ein Mann zu sagen, zu schreiben oder zu tun getrieben wird durch die alles beherrschenden Impulse unermeßlicher Leidenschaft.«

Das war sehr schön – doch, wenn Charlotte es überhaupt verstanden hatte, nicht sehr moralisch, und da ihr außerdem seine ausgefallene Art von Kompliment keineswegs gefiel, antwortete sie sehr ernst:

»Ich verstehe wirklich nichts von diesen Dingen. Heute ist ein herrlicher Tag. Meinem Gefühl nach müssen wir Südwind haben.«

»Glücklicher, glücklicher Wind, der Miss Heywoods Gedanken beschäftigt!«

Sie fand ihn jetzt nur noch albern. Seinen Wunsch, mit *ihr* spazierenzugehen, hatte sie längst begriffen. Das war nur geschehen, um Miss Brereton zu reizen. Sie hatte es an den ein, zwei kurzen, neugierigen Blicken seinerseits gesehen, aber weshalb er soviel Unsinn verzapfen mußte, war unerfindlich – es sei denn, er konnte nicht anders. Er schien sehr sentimental, ganz erfüllt von irgendwelchen Gefühlen und auf alle die neumodischsten, schwer verständlichen Ausdrükke versessen, hatte keinen sehr klaren Verstand, wie sie annahm, und redete großenteils rein gewohnheitsmäßig. Die Zukunft mochte mehr über ihn aussagen.

Doch als dann der Vorschlag gemacht wurde, in die Bibliothek zu gehen, empfand sie, daß sie von Sir Edward für einen

Morgen mehr als genug gehabt hatte, und nahm Lady Denhams Einladung, mit ihr vor dem Terrace sitzen zu bleiben, sehr gern an. Alle andern machten sich auf den Weg, Sir Edward riß sich nur mit Blicken äußerst galanter Verzweiflung los, und sie versicherten sich ihrer gegenseitigen Sympathie, was bedeutete, daß Lady Denham, als eine wahrhaft große Dame, redete und redete und nur von ihren eigenen Angelegenheiten sprach und daß Charlotte zuhörte und sich in Anbetracht der Gegensätzlichkeit ihrer beiden Gesprächspartner amüsierte. In Lady Denhams Äußerungen war bestimmt keine Spur von zweifelhaften Gefühlen und auch kein schwer verständlicher Satz. Sie ergriff Charlottes Arm mit der Ungeniertheit einer Person, die überzeugt ist, daß jede Annäherung ihrerseits eine Ehre sei, und offenherzig, im Bewußtsein dieser Wichtigkeit, oder auch nur aus eingefleischter Geschwätzigkeit gesprächig, sagte sie sofort in einem Tonfall großer Befriedigung und mit einem ganz durchtriebenen Blick:

»Miss Esther möchte nämlich gern, daß ich sie und ihren Bruder wieder, wie im vorigen Sommer, einlade, eine Woche mit mir in Sanditon House zu verbringen. Aber das werde ich nicht tun. Sie hat auf alle mögliche Art versucht, mich mit ihrem Lob für dieses und ihrem Lob für jenes breitzuschlagen, aber ich habe den Braten gerochen. Ich habe alles durchschaut. Mich wickelt man so leicht nicht ein, meine Liebe.«

Charlotte fiel nichts Harmloseres zu sagen ein als die törichte Frage: »Sir Edward und Miss Denham?«

»Jawohl, meine Liebe. ›*Mein junges Gemüse*‹, wie ich sie manchmal nenne, denn ich kümmere mich sehr viel um sie. Vorigen Sommer, ungefähr um diese Zeit, hatte ich sie eine Woche bei mir – von Montag bis Montag –, und sehr begeistert und dankbar sind sie gewesen. Denn sie sind sehr wohlerzogene junge Leute, meine Liebe. Aber Sie dürfen ja nicht denken, daß ich mich *nur* dem armen, teuren Sir Harry zuliebe ihrer annehme. Nein, nein, sie verdienen es durchaus – oder sie wären nicht soviel in *meiner* Gesellschaft, glauben Sie mir. Ich bin keine Frau, die jemandem unbesehen hilft. Ich erkundige mich immer sehr sorgfältig, was und mit wem ich es zu tun habe, bevor ich einen Finger rühre. Ich glaube nicht, daß ich je in meinem Leben für dumm verkauft worden bin. Und das will allerhand heißen für eine Frau, die zweimal verheiratet war. Unter uns gesagt hatte der arme, teure Sir Harry ursprünglich geglaubt, mehr zu bekommen. Aber«, mit einem leisen Seufzer, »er ist tot, und mit den Toten soll man nicht rechten. Niemand hätte glücklicher zusammenleben können als wir – und er war ein sehr ehrenwerter Mann, ganz der Herr aus alter Familie. Und als er gestorben war, habe ich seine goldene Uhr Sir Edward gegeben.«

Sie sagte es mit einem Blick auf ihre Partnerin, der sein Recht auf einen tiefen Eindruck geltend machte, und als sie keine hingerissene Bewunderung auf Charlottes Gesicht wahrnahm, fügte sie schnell noch hinzu: »Er hatte sie seinem Neffen nicht etwa vermacht, meine Liebe. Sie war kein Vermächtnis. Sie stand auch nicht in seinem Testament. Er hat mir nur gesagt – und auch *das* nur einmal –, es wäre sein Wunsch, daß sein Neffe seine Uhr haben solle; aber das hätte nicht bindend zu sein brauchen, wenn ich dagegen gewesen wäre.«

»Wirklich sehr nett! Sehr schön!« sagte Charlotte, förmlich gezwungen, Bewunderung zu heucheln.

»Ja, meine Liebe, und das ist nicht die *einzige* Freundlichkeit, die ich ihm erwiesen habe. Ich bin Sir Edward gegenüber eine sehr großzügige Freundin. Und der arme junge Mann – er hat es bitter nötig. Denn obwohl ich ja nur die *Witwe* bin und er der *Erbe* ist, stehen die Dinge zwischen uns nicht so, wie sie gewöhnlich zwischen diesen beiden Parteien zu stehen pflegen. Nicht einen Shilling erhalte ich aus dem Denham-Nachlaß. Sir Edward braucht *mir* nichts auszuzahlen. Doch er hat nicht die Oberhand, glauben Sie mir. *Ich* bin es, die *ihm* hilft.«

»Tatsächlich! Er ist ein sehr vornehmer junger Mann, besonders fein in seinem Auftreten.« Charlotte hatte das eigentlich nur gesagt, um überhaupt etwas zu sagen, doch sie sah auch gleich, daß sie dadurch dem Argwohn Lady Denhams preisgegeben war, die ihr einen mißtrauischen Blick zuwarf und antwortete:

»Ja, ja, er ist sehr erfreulich anzuschauen. Und man kann nur hoffen, daß eine sehr vermögende Dame genauso denkt, denn Sir Edward *muß* reich heiraten. Er und ich unterhalten uns oft über dieses Thema. Ein schöner junger Bursche wie er geht flirtend und charmierend herum und macht jungen Mädchen Komplimente, weiß aber, daß er eine reiche Frau heiraten *muß*. Und Sir Edward ist im allgemeinen ein sehr gesetzter junger Mann und hat sehr gute Anlagen.«

»Mit solchen persönlichen Vorzügen«, antwortete Charlotte, »kann Sir Edward Denham fast sicher sein, eine reiche Frau zu gewinnen, wenn ihm daran liegt.«

Dieses großzügige Mitgefühl schien jeden Argwohn zu zerstreuen.

»Ei ja, meine Liebe, das haben Sie sehr verständnisvoll gesagt«, rief Lady Denham. »Wenn wir nur eine junge Erbin nach Sanditon kriegen könnten! Aber Erbinnen sind so fürchterlich selten! Ich glaube, seit Sanditon ein Badeort ist, hatten wir noch keine hier – nicht einmal eine Miterbin. Lauter Familien kommen, doch soweit ich das beurteilen kann, war unter hundert von ihnen nicht eine einzige, die irgendwelchen nennenswerten Besitz, sei es an Land oder Vermögen, gehabt hätte. Ein Einkommen vielleicht – aber keinen Besitz. Vielleicht hat es auch noch Geistliche oder Rechtsanwälte aus London oder Offiziere a. D. oder von ihren Gatten nur sichergestellte Witwen. Aber wem nützen solche Leute schon? Außer, daß sie gerade eben unsere leerstehenden Häuser mieten. Und ganz unter uns – ich finde,

sie sind schön dumm, daß sie nicht zu Hause bleiben. Wenn wir zum Beispiel eine junge Erbin zur Kur herbekommen könnten und man ihr Eselsmilch verordnet hätte, könnte ich sie damit versorgen, und sobald sie gesund wäre, müßte man alles tun, daß sie sich in Sir Edward verliebt!«
»Das wäre allerdings sehr günstig.«
»Und auch Miss Esther muß jemand Vermögenden heiraten. Sie braucht einen reichen Gatten. Ach, junge Damen, die kein Geld haben, sind doch sehr zu bedauern! Aber« – nach einer kleinen Pause –, »wenn Miss Esther glaubt, sie könne mich überreden, sie beide einzuladen, bei mir in Sanditon House zu wohnen, wird sie merken, daß sie sich geirrt hat. Seit dem letzten Sommer hat sich nämlich bei mir verschiedenes geändert, wissen Sie. Ich habe jetzt Miss Clara bei mir, und dadurch ist alles ganz anders geworden.«
Sie äußerte das mit solchem Ernst, daß Charlotte darin den Beweis wirklicher Zuneigung erblickte und sich auf einige ausführlichere Äußerungen gefaßt machte; aber es folgte nur noch: »Ich habe keine Lust, mein Haus so voll zu haben wie ein Hotel. Ich will nicht, daß meine beiden Stubenmädchen ihre ganze Zeit am Morgen damit zubringen, Schlafzimmer aufzuräumen. Sie haben sowohl Miss Claras wie auch mein eigenes Zimmer jeden Tag gründlich sauberzumachen. Wenn sie anstrengende Dienststellen hätten, würden sie höhere Löhne verlangen.«
Auf Einwände dieser Art war Charlotte nicht vorbereitet. Sie fand es unmöglich, Verständnis auch nur zu heucheln, daß sie nichts sagen konnte. Gleich darauf fügte Lady Denham noch mit großem Zynismus hinzu:
»Und abgesehen von alldem, meine Liebe – soll ich vielleicht mein Haus zum Schaden von Sanditon füllen? Wenn Leute am Meer sein wollen – warum mieten sie dann nicht etwas? Wir haben eine ganze Reihe leerstehender Häuser hier – drei davon allein im Terrace. Nicht weniger als drei solcher Schilder springen mir in diesem Moment allein von hier aus

schon in die Augen, Nummer drei, vier und acht. Nummer acht, das Eckhaus, dürfte zu groß für sie sein, aber jedes der beiden andern, hübsche kleine, gemütliche Häuschen, wäre gerade das richtige für einen jungen Herrn und seine Schwester. Und so, meine Liebe, werde ich ihnen dann das nächstemal, wenn Miss Esther wieder von der Feuchtigkeit in Denham Park zu reden beginnt und wie gut ihr das Baden hier tut, den Rat geben, für vierzehn Tage eins dieser Häuser zu mieten. Finden Sie das nicht auch ganz richtig? Schließlich ist sich jeder selbst der Nächste, wissen Sie.«

Charlottes Gefühle schwankten zwischen Belustigung und Empörung, doch die Empörung nahm den überwiegenden und noch wachsenden Teil ein. Sie verzog keine Miene und bewahrte ein höfliches Schweigen. Sie konnte ihrer Geduld nicht mehr zumuten, und ohne sich zu bemühen, noch länger zuzuhören – obwohl in dem Bewußtsein, daß Lady Denham in der gleichen Weise weiterredete –, gab sie sich ihren Gedanken hin: ›Sie ist durch und durch schlecht. Etwas derartig Böses hatte ich nicht erwartet. Mr. Parker hat viel zu freundlich von ihr gesprochen. Seinem Urteil ist anscheinend nicht zu trauen. Er läßt sich durch seinen eigenen guten Charakter irreleiten. Er ist zu gutherzig, um sie zu durchschauen. Ich muß mir mein Urteil selbst bilden. Außerdem ist er schon durch ihre gemeinsamen *Geschäftsinteressen* voreingenommen. Er hat sie überredet, sich an der gleichen Spekulation zu beteiligen, und weil ihr Spekulationsobjekt in diesem Fall das gleiche ist, redet er sich ein, sie empfinde auch in andern Fällen so wie er. Aber sie ist ein durch und durch schlechter Charakter. Ich sehe nichts Gutes in ihr. Arme Miss Brereton! Und sie macht alles um sich herum schlecht. Dieser arme Sir Edward und seine Schwester – wieweit sie von Natur aus anständig sind, kann ich nicht sagen – aber durch ihre Servilität ihr gegenüber sind sie *gezwungen*, charakterlos zu sein. Und ich bin genauso charakterlos, weil ich ihr meine Aufmerksamkeit schenke und dadurch den Eindruck erwecke, als sei ich einer Meinung mit ihr. So ist es, wenn reiche Leute gemein sind.‹

Die beiden Damen setzten schließlich ihren Spaziergang fort, bis die anderen wieder zu ihnen stießen, die gerade aus der Bibliothek kamen, gefolgt von einem jungen Whitby, der mit fünf Büchern unter dem Arm davonrannte und auf Sir Edwards Gig zulief. Und Sir Edward kam auf Charlotte zu und sagte:

»Sie werden bemerkt haben, welcher Art unsere Beschäftigung gewesen ist. Meine Schwester wünschte meinen Rat bei der Wahl einiger Bücher. Wir haben viele Mußestunden und lesen ziemlich viel. Ich bin kein kritikloser Romanleser. Den ausgesprochenen Schund der durchschnittlichen Leihbibliothek verachte ich zutiefst. Sie werden mich nie jene kindischen Machwerke empfehlen hören, die im einzelnen nichts beschreiben als sich widersprechende, unvereinbare Grundideen oder jene faden Produkte aus alltäglichen Geschehnissen, aus denen keine nützlichen Schlußfolgerungen zu ziehen sind. Vergebens werden wir sie in einen literarischen Destillierkolben schütten – wir werden nichts destillieren, was die Wissenschaft bereichern kann. Sie verstehen mich doch bestimmt?«

»Ich bin nicht ganz sicher, ob ich Sie verstehe. Aber wenn Sie mir die Art von Romanen beschreiben würden, die Sie *schätzen,* werde ich bestimmt einen klareren Begriff bekommen.«

»Mit dem größten Vergnügen, schöne Fragerin. Die Romane, die ich schätze, sind solche, welche die menschliche Natur in ihrer Herrlichkeit darstellen, solche, die sie in den Höhenflügen starker Gefühle zeigen, solche, die das Wachsen einer heftigen Leidenschaft aus der Keimzelle embryonaler Empfängnis bis zur endgültigen Erschütterung der halbentthronten Vernunft genau verzeichnen, wo man sieht, wie der starke Funke weiblicher Verführungskraft ein solches Feuer in der Seele des Mannes entfacht, daß er sich dazu hinreißen läßt – ungeachtet der Gefahr des Abirrens vom strengen Pfad ursprünglicher Konventionen –, alles aufs Spiel zu setzen, allem zu trotzen, alles zu erreichen, nur um sie zu gewinnen. Solcher Art sind die Werke, in die ich mich mit Begeisterung vertiefe, und ich darf wohl sagen mit Gewinn. Sie enthalten die wunderbarsten Schilderungen hoher schöpferischer Phantasien, hemmungsloser Leidenschaft, unbändiger Entschlossenheit. Und selbst wenn das Endergebnis, gemessen an den großsprecherischen Manipulationen der Hauptfigur, des starken, immer gegenwärtigen Helden der Erzählung, auch größtenteils das Gegenteil von erfolgreich ist, lassen sie uns erfüllt von noblem Mitgefühl für ihn zurück und zerreißen uns das Herz. Es wäre Heuchelei zu versichern, man sei von der Brillanz seiner Karriere weniger gefesselt als von den zahmen, morbiden Tugenden irgendeines Gegenparts. Unser Beifall für die letzteren ist nur Mitleid. Das sind die Romane, welche die natürlichen Anlagen des Herzens entwickeln, und es kann weder den Geist anfechten, noch kann es entwürdigend für den Charakter des blasiertesten Mannes sein, sich mit ihnen vertraut zu machen.«

»Falls ich Sie recht verstehe«, erwiderte Charlotte, »ist unser Geschmack in Romanen in keiner Weise der gleiche.«

Und hier waren sie gezwungen, sich zu trennen, nachdem Miss Denham von ihnen allen so genug hatte, um noch länger dazubleiben.

Der Fehler war, daß Sir Edward, durch die Verhältnisse zu sehr an einen Ort gebunden, mehr rührselige Romane gelesen hatte, als ihm guttat. Seine Vorliebe für sie war schon frühzeitig durch all die leidenschaftlichsten und anstößigsten Stellen in den Romanen von Richardson* geweckt worden. Und die

* Samuel Richardson, englischer Romanschriftsteller (1689–1761). Jane Austen selbst bewunderte Richardsons Romane sehr, auch wenn sie hier einige von deren Wirkungen auf ihre leidenschaftlichen Leser beklagt. Es ist Richardsons Roman *Clarissa Marlowe,* von dem Sir Edward hier schwärmt und mit dessen Helden *Lovelace* – ein draufgängerischer, geistreicher, gefühlvoller Wüstling, der Clarissa zu verführen versucht und schließlich vergewaltigt – er sich identifiziert.

Art von Autoren, die seitdem aufgetaucht waren, um seinem Beispiel zu folgen (zumindest in der Beziehung, in der die Männer den Frauen hemmungslos nachstellten, ohne Rücksicht auf widerstrebende Gefühle und Ablehnung), hatten seither den überwiegenden Teil seiner täglichen Lektüre gebildet und seinen Charakter geprägt.
Durch die Perversität seines Urteils, die der Tatsache zuzuschreiben ist, daß er von Natur aus keinen sehr kritischen Verstand hatte, überwogen die Entschlossenheit, der Charme, der Geist, der Scharfsinn und die Zähigkeit des Schurken im Roman für Sir Edward bei weitem seine ganzen Bosheiten und seine ganzen Scheußlichkeiten. Ein solches Leben bedeutete für ihn Genialität, Elan und Leidenschaft. Es interessierte und entflammte ihn. Er war ängstlicher um dessen Erfolg besorgt und beklagte seine Fehlschläge mit mehr Erschütterung, als seine Erfinder es je im Sinn gehabt hatten. Wenn er auch dieser Art von Lektüre viele seiner abstrusen Vorstellungen zu verdanken hatte, wäre es unrecht, zu behaupten, daß er nichts anderes läse oder daß seine Sprache nicht durch eine allgemeinere Kenntnis der modernen Literatur geformt worden wäre. Er las alle erscheinenden Essays, Briefe, Reisebeschreibungen und Rezensionen, und durch die gleiche Mißinterpretation, welche ihn aus Sittenlehren falsche Moralbegriffe ableiten ließ und Anregungen zur Lasterhaftigkeit aus der Geschichte zu deren Bekämpfung, suchte er sich aus den Texten unserer größten Schriftsteller nur schwierige Wörter und komplizierte Sätze heraus.
Sir Edwards großer Ehrgeiz im Leben war es, unwiderstehlich zu sein. Mit so vielen persönlichen Vorzügen, wie er sie besaß und deren er sich bewußt war, und solchen Talenten, die er zu besitzen sich einbildete, betrachtete er es sozusagen als eine Ehrensache. Er fühlte sich dazu geschaffen, ein gefährlicher Mann, ganz in der Art solcher Lovelaces, zu sein. Schon der Name Sir Edward, meinte er, trage bereits einen gewissen Grad von Faszination in sich.

Dem schönen Geschlecht gegenüber stets galant und aufmerksam zu sein, jedem hübschen Mädchen Schmeicheleien zu sagen war nur der einfachere Teil der Rolle, die er zu spielen hatte. Er war (seiner eigenen gesellschaftlichen Auffassung nach) berechtigt, sich Miss Heywood oder jeder anderen jungen Dame, die den Anspruch auf Schönheit erheben konnte, schon bei der flüchtigsten Bekanntschaft mit überschwenglichen Komplimenten und schwärmerischen Reden zu nähern.

Aber die einzige, bei der er ernste Absichten hatte, war Clara, und Clara war es, die er zu verführen gedachte – ihre Verführung war beschlossene Sache. Ihre ganzen Lebensumstände riefen danach. Sie war seine Rivalin in der Gunst Lady Denhams. Sie war jung, schön und abhängig. Er hatte die Zwangsläufigkeit des Falles schon sehr früh gesehen und jetzt schon seit langem versucht, mit behutsamer Beharrlichkeit ihr Herz zu gewinnen und ihre Moralbegriffe zu unterminieren. Clara durchschaute ihn und hatte nicht die mindeste Absicht, sich verführen zu lassen, behandelte ihn aber mit sehr viel Nachsicht im Hinblick auf die Art von Anziehung, die ihr schönes Äußeres in ihm geweckt hatte. Doch auch ein stärkerer Grad von Ablehnung hätte Sir Edward keineswegs getroffen. Er war gegen das Höchstmaß von Gleichgültigkeit oder Abneigung gewappnet. Wenn sie durch Liebe nicht zu gewinnen war, mußte er sie eben entführen. Er kannte seinen Weg.

Er hatte in diesem Zusammenhang bereits viele Betrachtungen angestellt. Falls er tatsächlich gezwungen *wäre*, so zu handeln, müßte ihm natürlich daran liegen, sich etwas Ungewöhnliches auszudenken, um diejenigen zu übertrumpfen, die schon vor ihm durchgebrannt waren, und er hatte die größte Lust, sich zu vergewissern, ob nicht vielleicht die Umgebung von Timbuktu ein einsames Haus aufwies, das geeignet wäre, Clara aufzunehmen.

Aber leider! – Die Kosten für Maßnahmen in diesem meisterhaften Stil entsprachen seinem Geldbeutel in keiner Weise, und die Vernunft bestimmte ihn, die unauffälligste Art des Ruins und der Demütigung für den Gegenstand seiner Liebesgefühle der sensationelleren vorzuziehen.

8

Eines Tages, bald nach ihrer Ankunft in Sanditon, als Charlotte gerade vom Strand zum Terrace hinaufstieg, sah sie zu ihrer Freude den mit Postpferden bespannten Wagen eines Herrn vor dem Hoteleingang stehen. Nach der späten Ankunft und der Menge des mitgebrachten Gepäcks zu schließen, das ausgeladen wurde, bestand vielleicht die Hoffnung, daß eine wohlhabende Familie sich zu einem langen Aufenthalt entschlossen hatte.

Glücklich, für Mr. und Mrs. Parker – die beide schon früher heimgegangen waren – eine so gute Nachricht zu haben, eilte sie nach Trafalgar House weiter, so schnell es ihr noch möglich war, nachdem sie die letzten zwei Stunden gegen einen sehr scharfen Wind angekämpft hatte, der ununterbrochen den Strand entlang wehte. Doch sie war noch nicht bei der kleinen Rasenfläche angelangt, als sie hinter sich, in keiner so großen Entfernung, eine Dame sah, die ihr leichtfüßig folgte; und überzeugt, daß es keine ihrer eigenen Bekannten sein konnte, beschloß sie, ihre Schritte zu beschleunigen und, wenn möglich, vor ihr ins Haus zu gelangen. Doch der schnelle Schritt der Fremden verhinderte, daß es dazu kam. Charlotte stand auf den Stufen und hatte geläutet, doch die Tür war noch nicht offen, als die andere über den Rasen kam, und als das Mädchen dann schließlich aufmachte, waren sie genau gleichzeitig im Begriff, ins Haus einzutreten.

Die Ungezwungenheit der Dame, ihr »Wie geht es Ihnen,

Morgan?« und Morgans Gesicht, als er sie erblickte, lösten einen Moment des Erstaunens aus, aber der nächste brachte Mr. Parker in die Vorhalle, um seine Schwester willkommen zu heißen, die er vom Salon her hatte hereinkommen sehen, und kurz darauf wurde Charlotte Miss Diana Parker vorgestellt.

Die Überraschung war groß, aber größer noch die Freude, sie zu sehen. Nichts konnte herzlicher sein als ihr Empfang durch die beiden Gatten. Wie sie hergekommen sei? Und mit wem? Und sie seien ja so froh, wie gut sie die Reise überstanden habe! Und daß sie bei *ihnen* wohnen müsse, wurde als selbstverständlich vorausgesetzt.

Miss Diana Parker war gegen vierunddreißig Jahre alt, mittelgroß und schlank und sah eher zart als kränklich aus, hatte ein angenehmes Gesicht und sehr lebhafte Augen. In ihrem Benehmen glich sie, in der Ungezwungenheit und Offenheit, ihrem Bruder, wenn auch mit mehr Bestimmtheit und weniger Milde in ihrem Tonfall.

Unverzüglich begann sie mit einem Bericht über sich selbst. Sie dankte ihnen für ihre Einladung, doch »*das* käme ja gar nicht in Frage, denn sie seien alle drei gekommen und hätten die Absicht, etwas zu mieten und längere Zeit hierzubleiben.«

»Alle drei gekommen! Was du nicht sagst! Susan und Arthur! Sogar Susan in der Lage zu kommen! Es wird ja immer besser!«

»Ja, wir sind tatsächlich alle gekommen. Notgedrungen. Es blieb gar nichts anderes übrig. Ihr werdet noch alles hören. Aber schicke doch nach den Kindern, liebste Mary – ich sehne mich danach, sie zu sehen.«

»Und wie hat Susan die Reise überstanden? Und wie geht es Arthur? Und weshalb sehen wir ihn nicht mit euch zusammen?«

»Susan hat sie wunderbar überstanden. Sie hat zwar kein Auge zugetan, weder in der Nacht vor unserer Abreise noch vorige Nacht in Chichester, und da das bei ihr nicht so die Regel ist wie bei *mir*, habe ich tausend Ängste um sie ausgestanden. Aber sie hat sich wunderbar gehalten – keine nennenswerten hysterischen Anfälle, bis wir in Sicht des armseligen, alten Sanditon kamen, und der Anfall war nicht sehr heftig, schon fast vorüber, als wir bei eurem Hotel ankamen, so daß wir sie ausgezeichnet, ganz allein mit Mr. Woodcocks Hilfe, aus dem Wagen bekommen haben. Und als ich von ihr fortging, traf sie Anordnungen wegen der Versorgung des Gepäcks und half dem alten Sam beim Losbinden der Koffer. Sie sendet euch ihre herzlichsten Grüße und bedauert es tausendmal, ein so armes Geschöpf zu sein, daß sie nicht mit mir kommen konnte. Und der arme Arthur – er selbst wäre nicht abgeneigt gewesen, aber der Wind ist zu stark, daß ich nicht der Meinung war, er könnte es riskieren; denn ich bin *sicher*, er hat irgendwie Anlage zu Lumbago, und da habe ich ihm in seinen Mantel geholfen und ihn ins Terrace geschickt, um Zimmer für uns zu nehmen. Miss Heywood muß unsern Wagen vor dem Hotel haben stehen sehen. Ich habe Miss Heywood sofort erkannt, als sie vor mir herging. Mein lieber Tom, es freut mich so zu sehen, wie gut du gehst. Laß mich deinen Knöchel fühlen. Der ist in Ordnung, völlig in Ordnung und einwandfrei. Das Spiel deiner Sehnen ist nur *sehr* wenig beeinträchtigt, kaum spürbar. Sehr gut – aber jetzt meine Erklärung, warum ich hier bin. In meinem Brief wegen der beiden beachtlichen Familien schrieb ich dir, daß ich hoffte, sie für dich zu sichern, die westindische und das Mädchenpensionat oder Seminar.«

Hier zog Mr. Parker seinen Stuhl noch näher zu seiner Schwester heran und ergriff ihre Hand wieder auf das liebevollste, als er antwortete.

»Ja, ja, wie aktiv und hilfsbereit du gewesen bist!«

»Die westindische«, fuhr sie fort, »die ich für die wünschenswerteste, für die beste der beiden guten, halte, ist nachweislich eine Mrs. Griffiths und ihre Familie. Ich kenne sie nur durch andere. Du hast mich bestimmt Miss Capper erwähnen hören, die eine enge Freundin *meiner* ganz engen Freundin Fanny Noyce ist. Miss Capper ihrerseits ist nun wieder sehr intim mit einer Mrs. Darling befreundet, die selbst durch eine ständige Korrespondenz freundschaftlich mit Mrs. Griffiths verbunden ist. Nur eine *kurze* Kette von Beziehungen, wie du siehst, und doch kein Glied zuwenig. Mrs. Griffiths hatte nämlich die Absicht, nur ihrer Kinder wegen ans Meer zu gehen, und hatte sich für die Küste von Sussex entschieden, war aber unentschieden in Bezug auf den Ort. Da sie etwas Privates suchte, schrieb sie an ihre Freundin Mrs. Darling und bat sie um ihren Rat. Zufällig war Miss Capper gerade Gast im Hause von Mrs. Darling, als Mrs. Griffiths' Brief eintraf, und wurde in der Sache befragt. *Sie* nun schrieb noch am gleichen Tag an Fanny Noyce und setzte sie davon in Kenntnis, und Fanny, die für *uns alles* tut, griff augenblicklich zur Feder und leitete diese Angaben an mich weiter – bis auf die *Namen*, die erst kürzlich ausgekommen sind. Da gab es für *mich* nur *eins:* Ich beantwortete Fannys Brief mit der gleichen Post und bat sie inständig, doch Sanditon zu empfehlen. Fanny hatte nur befürchtet, daß du kein Haus von der Größe hättest, das eine solche Familie aufnehmen könnte. Aber mir scheint, ich spinne meine Geschichte ins Endlose aus. Du siehst jedenfalls, wie alles bewerkstelligt worden ist. Bald darauf hörte ich zu meiner Freude – durch dieselbe kurze Kette von Beziehungen –, daß Sanditon *tatsächlich* von Mrs. Darling empfohlen worden war und daß die Westindier immer sehr geneigt wären, dorthin zu fahren. So standen die Dinge, als ich dir schrieb. Aber vor zwei Tagen – ja, vorgestern – habe ich wieder von Fanny gehört, wo sie schrieb, daß *sie* von Miss Capper gehört hätte, sie habe einem Brief von Mrs. Darling entnommen, daß Mrs. Griffiths sich in einem Brief an Mrs. Darling sehr unentschlossen zu dem Plan mit Sanditon geäußert habe. Drücke ich mich klar aus? Alles wäre mir lieber, als unklar zu sein.«

»Oh, vollkommen, vollkommen. Und nun?«

»Der Grund dieses Zögerns sei, daß sie niemanden im Ort kenne und keine Möglichkeit habe, sich zu vergewissern, ob sie bei ihrer Ankunft hier auch gute Unterkünfte vorfinden würden, und sie sei in all diesen Dingen so übertrieben besorgt und vorsichtig, mehr einer gewissen Miss Lambe wegen, einer jungen Dame – wahrscheinlich eine Nichte – in ihrer Obhut, als ihret- oder ihrer Töchter wegen. Miss Lambe habe ein enormes Vermögen – größer als alle übrigen – und eine sehr zarte Gesundheit. An diesem allen sieht man ganz deutlich, welche *Art* von Frau Mrs. Griffiths sein muß: so hilflos und indolent, wie man es durch Reichtum und ein heißes Klima leicht werden kann. Doch wir werden ja nicht alle mit der gleichen Energie geboren. Was sollte geschehen? Ich hatte einige Sekunden der Unentschiedenheit, ob ich dir oder Mrs. Whitby schreiben sollte, ihnen ein Haus zu sichern, aber keins von beiden befriedigte mich. Ich hasse es, andere in Anspruch zu nehmen, wenn ich in der Lage bin, selbst zu handeln; und mein Gewissen sagte mir, daß dies eine Gelegenheit sei, die nach mir rief. Hier war eine Familie hilfloser Invaliden, der ich vielleicht einen ganz wichtigen Dienst erweisen könnte. Ich beriet mich mit Susan. Sie hatte denselben Gedanken gehabt. Arthur machte keine Schwierigkeiten. Unser Plan wurde augenblicklich in die Tat umgesetzt, und gestern morgen, um sechs Uhr früh, traten wir die Reise an, verließen Chichester heute früh um dieselbe Zeit – und da sind wir nun.«

»Ausgezeichnet! Ausgezeichnet!« rief Mr. Parker. »Diana, du bist unvergleichlich, wenn es darum geht, deinen Freunden zu helfen und aller Welt Gutes zu tun. Ich kenne niemanden wie dich! Mary, mein Liebling, ist sie nicht ein prachtvolles Geschöpf? Und nun aber – welches Haus beabsichtigst du für sie zu mieten? Wie groß ist die Familie?«

»*Das* weiß ich nicht«, erwiderte seine Schwester, »habe nicht die leiseste Ahnung, habe auch nie genauere Einzelheiten erfahren. Aber ich bin sicher, daß selbst das größte Haus in Sanditon nicht zu groß sein kann. Es ist eher anzunehmen, daß sie ein zweites wollen. Ich jedoch nehme nur eins, und zwar bestimmt nur für eine Woche. Ich bringe Sie ganz durcheinander, Miss Heywood. Sie werden kaum wissen, was Sie von mir denken sollen. Ich sehe Ihnen an, daß Sie nicht gewöhnt sind, so schnelle Entscheidungen zu treffen.«

Die Worte ›sonderbar übertriebener Pflichteifer‹ und ›wildgewordene Betriebsamkeit‹ waren Charlotte gerade durch den Kopf gegangen, doch eine höfliche Antwort war leicht.

»Ich muß in der Tat überrascht aussehen«, sagte sie, »denn das sind doch sehr große Anstrengungen, und ich weiß, wie leidend Sie und Ihre Schwester sind.«

»Leidend, allerdings. Ich schätze, daß es in England keine drei Menschen gibt, die ein so trauriges Recht auf diese Bezeichnung haben! Aber, meine liebe Miss Heywood, wir werden in diese Welt gesandt, um uns in der größtmöglichen Weise nützlich zu erweisen, und wo ein gewisser Grad seelischer Kraft vorhanden ist, wird ein schwacher Leib uns nicht davon befreien, uns selbst davon zu entbinden. Die Welt ist ziemlich gleichmäßig aufgeteilt zwischen den seelisch Schwachen und Starken, zwischen denen, die handeln, und denen, die nicht handeln können, und es ist die heilige Pflicht der Fähigen, sich keine Gelegenheit, nützlich zu sein, entgehen zu lassen. Glücklicherweise treten meine Beschwerden und die meiner Schwester nicht oft in einer Form auf, die *unmittelbar* lebensgefährlich ist. Und solange wir *imstande* sind, uns zu bemühen, andern nützlich zu sein, bin ich überzeugt, daß dem Körper die Belebung zugute kommt, die der Geist erfährt, wenn er seiner Pflicht gehorcht. Während ich mit dieser Idee vor Augen gereist bin, habe ich mich vollkommen wohlgefühlt.«

Das Hereinkommen der Kinder unterbrach diesen kleinen Lobgesang auf ihr eigenes Naturell, und nachdem sie alle begrüßt und geherzt hatte, machte sie sich bereit aufzubrechen.

»Kannst du denn nicht mit uns essen? Gibt es keine Möglichkeit, dich zu bewegen, wenigstens noch mit uns zu Abend zu essen?« tönte es dann von allen Seiten. Und da dies absolut verneint wurde, war es endgültig.

»Und wann sehen wir dich wieder? Und wie können wir dir behilflich sein?« Und Mr. Parker erbot sich eifrig, ihr bei der Wahl des Hauses für Mrs. Griffiths zu helfen.

»Ich komme sofort zu dir hinüber, nachdem ich gegessen habe«, sagte er, »und dann gehn wir miteinander.«

Doch auch das wurde augenblicklich abgelehnt.

»Nein, mein lieber Tom, um keinen Preis der Welt darfst du in einer meiner Angelegenheiten auch nur die kleinste Bewegung machen. Dein Knöchel braucht Ruhe. Ich sehe an deiner Fußstellung, daß du ihn bereits überanstrengt hast. Nein, ich gehe gleich von hier aus auf die Haussuche. Unser Dinner ist erst auf sechs Uhr bestellt, und bis dahin hoffe ich, das Richtige gefunden zu haben. Jetzt ist es gerade erst halb fünf. Ob du *mich* heute noch siehst, kann ich nicht genau sagen. Die andern werden den ganzen Abend im Hotel sein und sich riesig freuen, dich zu sehen. Doch sobald ich zurück bin, werde ich hören, was Arthur in Bezug auf unsere eigene Unterbringung erreicht hat, und wahrscheinlich werde ich gleich, wenn das Dinner vorüber ist, wegen dieser Sache noch einmal ausgehen, denn wir möchten doch morgen nach dem Frühstück gern in irgendeine Wohnung umziehen und dort bleiben. Der arme Arthur – ich habe nicht viel Vertrauen zu seiner Begabung, Wohnungen zu mieten, aber die Aufgabe schien ihm soviel Spaß zu machen.«

»Ich finde, du tust viel zuviel«, sagte Mr. Parker. »Du wirst dich kaputtmachen. Du solltest nach dem Dinner nicht noch einmal ausgehen.«

»Nein, das solltest du wirklich nicht«, eiferte seine Frau, »denn Dinner ist für euch alle doch nichts als ein *Name*, so daß dir *das* nicht guttun kann. Ich kenne euren Appetit.«

»Mein Appetit ist in letzter Zeit sehr viel besser geworden, glaube mir. Ich habe regelmäßig etwas von meinem selbstgebrauten Bitter zu mir genommen, was Wunder gewirkt hat. Susan ißt nie, das gestehe ich dir zu, und im gegenwärtigen Augenblick möchte *ich* nichts essen. Nach einer Reise esse ich ungefähr eine Woche lang nie etwas. Arthur dagegen ist nur allzusehr auf Essen eingestellt. Wir sind oft gezwungen, ihn kurzzuhalten.«

»Aber du hast mir noch gar nichts von der *andern* Gesellschaft erzählt, die nach Sanditon kommt«, sagte Mr. Parker, während er sie zur Haustür begleitete, »dem Camberwell-Seminar. Können wir auch mit *ihnen* rechnen?«

»Oh, bestimmt. Ganz bestimmt. Ich hatte sie im Moment nur vergessen. Aber vor drei Tagen bekam ich einen Brief von meiner Freundin Mrs. Charles Dupuis, der eine feste Zusage von Camberwell enthielt. Camberwell wird mit Gewißheit hier eintreffen, und zwar sehr bald. *Diese* gute Frau – ihren Namen weiß ich nicht –, die nicht so wohlhabend und unabhängig ist wie Mrs. Griffiths, kann allein reisen und ihr Logis selbst wählen. Ich werde dir erzählen, wie ich auf *sie* gekommen bin. Mrs. Charles Dupuis wohnt fast nebenan von einer Dame, die einen Verwandten hat, der kürzlich nach Clapham übersiedelt ist und der gegenwärtig dem Seminar angehört, wo er einigen der Mädchen Unterricht in Rhetorik und Belletristik erteilt. Diesem Mann habe ich einen Hasen von einem von Sidneys Freunden verschafft, und er hat Sanditon empfohlen. Doch das alles hat Mrs. Charles Dupuis so arrangiert – ohne daß ich in Erscheinung getreten bin.«

9

Es war noch keine Woche her, daß Miss Diana Parkers Gefühle ihr gesagt hatten, daß die Seeluft für sie, in ihrem augenblicklichen Gesundheitszustand, den Tod bedeuten würde; und nun war sie in Sanditon mit der Absicht, längere Zeit dazubleiben, und anscheinend ohne die leiseste Erinnerung daran, je etwas Derartiges geschrieben oder empfunden zu haben.

Für Charlotte war es unmöglich, nicht auf den Verdacht zu kommen, daß in einem so ungewöhnlichen Gesundheitszustand ein Großteil Einbildung steckte. Derartig ausgefallene Erkrankungen und Genesungen schienen mehr ein Zeitvertreib lebhafter Geister zu sein, die dringend Beschäftigung brauchten, als echte Leiden und Rekonvaleszenzen. Die Parkers waren zweifellos eine phantasiebegabte und sehr impulsiv reagierende Familie, und während der älteste Bruder das Ventil für seine überschüssige Vitalität darin gefunden hatte, Pläne zu schmieden, waren die Schwestern vielleicht gezwungen, der ihren durch die Erfindung ausgefallener Beschwerden Luft zu machen. Doch das beschäftigte ihre geistige Lebendigkeit offenbar nicht *ganz:* Ein Teil wurde von einer Besessenheit, sich nützlich zu machen, in Anspruch genommen. Fast schien es, als müßten sie entweder zum Wohle anderer vollauf beschäftigt oder andernfalls selbst schwer krank sein.

Eine gewisse, von Natur aus zarte Konstitution allerdings, verbunden mit einer unglückseligen Schwäche für Ärzte, insbesondere für Kurpfuscher, hatte ihnen schon frühzeitig, zu allen möglichen Zeiten, eine Disposition für alle möglichen Unpäßlichkeiten beschieden; der Rest ihrer Leiden bestand aus Einbildung, Geltungsbedürfnis und Freude am Theatralischen. Sie hatten mitfühlende Herzen und viele liebenswerte Gefühle; aber ein Geist unablässiger Aktivität und der Triumph, mehr zu tun als sonst irgend jemand, hatten ihren Anteil an jedem Akt der Nächstenliebe, und Eitelkeit steckte in allem, was sie taten, wie auch in allem, was sie erduldeten.

Mr. und Mrs. Parker verbrachten einen großen Teil des Abends im Hotel. Charlotte aber hatte Miss Diana nur zwei- oder dreimal kurz gesehen, als sie eilig auf der Suche nach einem Haus für diese Dame vorbeilief, welche sie nie gesehen hatte und die sie ihrerseits nie um etwas gebeten hatte. Mit den andern, die in ihre Unterkünfte gebracht worden waren, wurde Charlotte erst am nächsten Tage bekannt gemacht, wo sie dann, nachdem die ganze Gesellschaft auch weiterhin wohlauf war, mit deren Bruder und Schwägerin inständig gebeten wurde, den Tee bei ihnen zu trinken.

Sie wohnten in einem der Terrace-Häuser, und Charlotte fand sie für den Abend in einem hübschen kleinen Salon installiert, mit einer herrlichen Aussicht aufs Meer, wenn sie es gewünscht hätten. Aber obgleich es ein sehr schöner englischer Sommertag gewesen war, stand kein Fenster offen, sondern Sofa, Tisch und alles sonstige befanden sich am andern Ende des Zimmers bei einem prasselnden Feuer.

Miss Parker, der, wie Charlotte sich erinnerte, drei Zähne an einem Tag gezogen worden waren und der sie sich mit einem besonderen Grad respektvollen Mitgefühls näherte, war ihrer Schwester im Aussehen und im Benehmen nicht ganz unähnlich, nur dünner und durch Krankheit und Medikamente geschwächter, entspannter im Wesen und gedämpfter im Tonfall. Sie redete jedoch den ganzen Abend genauso unablässig wie Diana; und abgesehen davon, daß sie mit Riechsalz in der Hand dasaß, zwei- oder dreimal Tropfen aus verschiedenen Fläschchen einnahm, die auf dem Kaminsims schon ganz heimisch schienen, und eine Menge komischer Gesichter und Grimassen schnitt, konnte Charlotte keine Krankheitssymptome bemerken, die sie sich – im Vollgefühl ihrer eigenen guten Gesundheit – nicht zu beheben getraut hätte, indem sie das Feuer löschte, die Fenster öffnete und, auf die eine oder die andere Weise, Tropfen und Riechsalz endgültig abschaffte.

Auf Mr. Arthur Parker war sie erheblich neugierig gewesen, und da sie sich ihn als einen schwächlichen, hinfällig aussehenden jungen Mann, den kleinsten einer nicht sehr kräftigen Familie, vorgestellt hatte, war sie ganz verblüfft, als sie feststellte, daß er ebenso groß wie sein Bruder und erheblich stämmiger, breitschultrig und robust war und außer einem teigigen Teint kein anderes Merkmal eines Leidenden an sich hatte.

Diana war offensichtlich das Oberhaupt der Familie – die treibende und handelnde Kraft. Sie war den ganzen Morgen wegen Mrs. Griffiths oder ihrer eigenen Familie auf den Beinen gewesen und war noch immer die munterste von den dreien. Susan hatte nur ihren endgültigen Auszug aus dem Hotel beaufsichtigt und selbst zwei schwere Kartons hinübergetragen, und Arthur hatte die Luft draußen als so kalt empfunden, daß er nur von einem Haus zum nächsten geeilt war, so schnell ihn seine Füße trugen, immer nur mit dem einen Gedanken, am Kaminfeuer zu sitzen, bis er dann selber ein sehr gutes zum Brennen gebracht hatte.

Dianas Tätigkeit war nur auf die Häusersuche beschränkt geblieben. Ihrem eigenen Bericht zufolge hatte sie sich jedoch während der sieben Stunden nicht ein einziges Mal hingesetzt und bekannte nun, etwas müde zu sein. Indessen war sie viel zu erfolgreich gewesen, um allzu müde zu sein, denn sie hatte nicht nur durch ihr Herumlaufen und durch ihr Unter-den-Tisch-reden von Schwierigkeiten schließlich für Mrs. Griffiths ein passendes Haus für acht Guineen wöchentlich gefunden, sie hatte auch soundso viele Verhandlungen mit Köchinnen, Stubenmädchen, Waschfrauen und Badefrauen geführt, so daß Mrs. Griffiths bei ihrer Ankunft nur die Hand zu heben und sie um sich zu versammeln brauchte, um ihre Wahl zu treffen. Den Abschluß ihrer Bemühung in dieser Angelegenheit bildeten einige höfliche kurze Mitteilungen, da die

Zeit keinen weitschweifigen Intelligenzerguß erlaubte, wie er bisher die Regel gewesen war. Und sie schwelgte jetzt in dem Genuß, mit einem so starken Druckmittel wie dieser unerwarteten Gefälligkeit die ersten Zugänge zu einer Bekanntschaft zu öffnen.

Mr. und Mrs. Parker und Charlotte hatten, gerade als sie sich auf den Weg machten, zwei Postkutschen den Hügel entlang zum Hotel fahren sehen – ein erfreulicher, verheißungsvoller Anblick. Auch die Damen Parker und Arthur hatten etwas gesehen und konnten von ihrem Fenster aus erkennen, daß es sich tatsächlich um eine Ankunft im Hotel handelte, nur nicht, um wie viele Personen. Für *ihre* Gäste genügten zwei Droschken. Könnte es das Camberwell-Seminar sein? Nein, nein! Wäre noch eine dritte Kutsche dagewesen, hätte es sein können, aber so war man sich allgemein darüber einig, daß zwei Postkutschen niemals für ein Seminar ausreichten. Mr. Parker hingegen tippte hoffnungsvoll auf eine andere neue Familie.

Und als endlich, nach einigem Platzwechsel wegen der Aussicht auf das Meer und das Hotel, alle saßen, war Charlottes Platz neben Arthur, der mit einem so unbeschreiblichen Wohlbehagen dicht beim Feuer saß, daß es seiner höflichen Geste, ihr seinen Stuhl anzubieten, einen ganz besonderen Wert verlieh. In der Art ihrer Ablehnung lag nichts Unentschlossenes, und so setzte er sich höchst zufrieden wieder hin. Sie zog ihren Stuhl weiter nach hinten, um von der günstigen Gelegenheit, seine Person als Deckung vor sich zu haben, vollen Gebrauch zu machen, und sie war dankbar für jeden Zentimeter Rücken- und Schulterbreite, der über ihre ursprüngliche Vorstellung hinausragte.

Arthurs Blick entsprach der Schwerfälligkeit seines Körpers, doch war er keineswegs abgeneigt, sich zu unterhalten; und während die anderen vier sich vorwiegend miteinander unterhielten, empfand er es offensichtlich nicht als Strafe, eine reizende junge Dame in seiner Nähe zu haben, die in der üblichen höflichen Form einige Aufmerksamkeit erforderte, wie sein Bruder mit beträchtlichem Vergnügen beobachtete, der das unwiderstehliche Bedürfnis nach einem Anlaß, einem mächtigen, persönlichen Anreiz verspürte, selbst in Aktion zu treten. So stark war die Wirkung blühender Jugend, daß Arthur sogar eine Art von Entschuldigung für das Feuer vorzubringen begann.

»Zu Hause hätten wir keins gehabt«, sagte er, »aber die Seeluft ist immer feucht. Ich fürchte nichts so sehr wie Feuchtigkeit.«

»Ich habe eine so glückliche Disposition, gar nicht zu merken, ob die Luft feucht oder trocken ist«, meinte Charlotte. »Für mich hat sie immer etwas Gesundes, Belebendes an sich.«

»*Ich* habe die Luft auch so gern, wie ein Mensch sie nur gern haben kann«, erwiderte Arthur. »Ich liebe es sehr, am offenen Fenster zu stehen, wenn kein Wind ist. Aber unglücklicherweise tut *mir* feuchte Luft nicht gut. Sie erzeugt Rheumatismus bei mir. Sie sind nicht rheumatisch, nehme ich an?«

»Überhaupt nicht!«

»Das ist ein großer Segen. Aber vielleicht sind Sie nervös?«

»Nein, ich glaube nicht. Ich kann mir nicht vorstellen, daß ich es bin.«

»*Ich* bin sehr nervös. Ehrlich gesagt sind die Nerven, *meines* Erachtens nach, das Schlimmste an meinen Beschwerden. Meine Schwestern meinen, ich sei gallenleidend, aber das bezweifle ich.«

»Sie haben völlig recht, das zu bezweifeln, solange Sie nur irgend können, davon bin ich überzeugt.«

»Wenn ich nämlich gallenleidend wäre, wissen Sie«, fuhr er fort, »würde mir Wein nicht bekommen, aber er tut mir immer gut. Je mehr Wein ich trinke – mit Maßen natürlich –, um so besser fühle ich mich. Am wohlsten fühle ich mich überhaupt immer am Abend. Wenn Sie mich heute vor dem Essen gesehen hätten, hätten Sie mich für eine ganz jämmerliche Figur gehalten.«

Charlotte konnte es glauben. Aber sie blieb ernst und verzog keine Miene.

»Soweit ich begreifen kann, was nervöse Beschwerden sind, erscheinen mir frische Luft und körperliche Bewegung als das wirksamste Mittel dagegen – tägliche, regelmäßige Bewegung –, und *Ihnen* würde ich sogar sehr viel mehr davon empfehlen, als Sie vermutlich im allgemeinen gewöhnt sind.«

»Oh, ich schätze Bewegung selbst sehr«, erwiderte er, »und ich habe mir vorgenommen, sehr viel zu gehen, während ich hier bin – falls das Wetter einigermaßen ist. Ich werde jeden Morgen vor dem Frühstück draußen sein und auf dem Gelände einige Male hin und her laufen, und Sie werden mich oft beim Trafalgar House sehen.«

»Aber Sie nennen doch wohl einen Lauf wie zum Trafalgar House nicht etwa viel Bewegung?«

»Nicht als reine Entfernung, aber der Hügel ist doch so steil! Mitten am Tag den Hügel hinaufzulaufen hätte einen Schweißausbruch bei mir zur Folge! Sie würden sehen, daß ich vollkommen in Schweiß gebadet bin, wenn ich oben ankomme! Ich neige nämlich sehr zu Schweißausbrüchen, und ein sichereres Zeichen von Nervosität kann es wohl kaum geben.«

Sie gerieten jetzt so tief ins Physiologische, daß Charlotte das Hereinkommen des Mädchens mit dem Teegeschirr als eine hochwillkommene Störung ansah. Es rief eine große und unmittelbare Veränderung hervor. Die Aufmerksamkeiten des jungen Mannes waren im gleichen Moment wie abgeschnitten. Er nahm den für ihn bestimmten Kakao selbst vom Tablett herunter – das mit so vielen Teekannen beladen schien, wie es Personen in der Gesellschaft hatte, von denen Miss Parker eine Sorte Kräutertee und Miss Diana eine andere trank – und wandte sich ganz dem Feuer zu, um seinen Kakao hingebungsvoll nach seinem eigenen Geschmack zuzubereiten und einige Scheiben Brot zu toasten, die, zum Toasten hergerichtet, im Toastständer hereingebracht worden waren; und bis dann alles fertig war, hörte sie seine Stimme nur noch in dem Gemurmel einiger abgerissener Sätze von Selbstanweisungen und dem erfolgreichen Abschluß. Nach seiner anstrengenden Beschäftigung jedoch schob er seinen Stuhl in eine ebenso galante Position zurück wie zuvor und bewies ihr mit seiner aufrichtig gemeinten Einladung zu Kakao und Toast, daß er nicht nur für sich selbst tätig gewesen war. Sie war bereits mit Tee versorgt – was ihn überraschte, so vollkommen absorbiert war er gewesen.

»Ich habe gedacht, ich würde rechtzeitig fertig sein«, sagte er, »aber Kakao muß lange kochen.«

»Ich bin Ihnen zwar sehr verbunden«, erwiderte Charlotte, »aber *ich* trinke lieber *Tee*.«

»Dann werde ich selbst zugreifen«, sagte er. »Eine große Portion ganz schwacher Kakao jeden Abend bekommt mir besser als alles andere.«

Es fiel ihr jedoch auf, als er den ganz schwachen Kakao eingoß, daß er in einem sehr schönen, dunkelbraunen Strahl herausfloß, und in diesem Moment schrien auch seine beiden Schwestern schon auf: »Aber Arthur, du trinkst deinen Kakao ja jeden Abend stärker und stärker!«, was Charlotte, nach Arthurs irgendwie schuldbewußter Antwort: »Er *ist* heute abend tatsächlich etwas stärker, als er sein sollte«, davon überzeugte, daß Arthur keineswegs so gerne hungerte, wie sie es gewünscht hätten oder wie er es selber für sich als richtig empfand.

Bestimmt aber war er sehr froh, das Gespräch jetzt auf trockenen Toast zu bringen und nichts mehr von seinen Schwestern zu hören.

»Ich hoffe, Sie werden etwas von diesem Toast essen«, sagte er. »Ich halte mich nämlich für einen ausgezeichneten Toaster. Ich lasse meinen Toast nie verbrennen. Ich lege ihn am

Anfang nie zu dicht ans Feuer. Und wie Sie sehen, gibt es kein Eckchen, das nicht schön gebräunt wäre. Ich hoffe nur, Sie mögen trockenen Toast?«

»Mit der entsprechenden Menge Butter drauf, sehr«, sagte Charlotte, »aber anders nicht.«

»Ich auch nicht«, erklärte er äußerst erfreut, »darin denken wir beide gleich. Ganz davon abgesehen, daß trockener Toast gesund sein soll, ist er, meiner Meinung nach, für den Magen ganz schlecht. Ohne ihn durch ein wenig Butter weich zu machen, verletzt er die Magenwände – davon bin ich überzeugt. Es wird mir ein Vergnügen sein, gleich etwas davon für Sie zu streichen, und dann werde ich auch etwas für mich streichen. Also wirklich, ganz schlecht für die Magenwände – aber *manche* Leute sind einfach nicht zu überzeugen. Er reizt und wirkt wie eine Muskatnußreibe.«

Er konnte jedoch nicht ohne Widerstand an die Butter herankommen, da seine Schwestern ihm vorwarfen, viel zuviel zu essen, und erklärten, ihm nicht trauen zu können, und er hingegen behauptete, daß er nur das Minimum esse, das genüge, um seine Magenwände zu schonen, daß er sie aber außerdem jetzt nur für Miss Heywood brauche. Ein solcher Einwand mußte den Ausschlag geben. Er bekam die Butter und bestrich ihren Toast genüßlich mit einem sicheren Gefühl für das richtige Maß, was zumindest ihn selbst freute. Doch als ihr Toast fertig war und er seinen Toast zur Hand nahm, konnte Charlotte sich kaum das Lachen verbeißen, als sie sah, wie er seine Schwestern beobachtete, während er eifrig fast die ganze Butter wieder herunterkratzte, die er aufgestrichen hatte, um dann in einem unbeobachteten Moment wieder einen großen Klacks dazuzugeben, kurz bevor er ihn in den Mund steckte.

Eines war sicher: Die Art, wie Mr. Parker seine Invalidität genoß, unterschied sich sehr von der seiner Schwestern – auf jeden Fall war sie nicht so differenziert. Ihm hing eine ganze Menge irdischer Schlacke an. Charlotte mußte unwillkürlich auf den Gedanken kommen, daß er diese Lebensform hauptsächlich deshalb angenommen hatte, um seiner Neigung zur Trägheit entgegenzukommen, und entschlossen war, keine andern körperlichen Beschwerden zu haben als solche, die warme Räume und gute Verpflegung erforderten. *Eine* Marotte hatte er jedoch von *ihnen* übernommen, wie sie bald genug feststellte.

»Was!« sagte er. »Sie trauen sich, zwei Tassen starken Tee an einem Abend zu trinken? Müssen Sie starke Nerven haben! Wie ich Sie beneide. Also wenn ich auch nur eine solche Tasse trinken würde, was glauben Sie wohl, welche Wirkung das bei mir hätte?«

»Höchstens würde es Sie vielleicht die Nacht über wach halten«, erwiderte Charlotte, mit der Absicht, seine Entsetzensausbrüche darüber durch ihre eigene Unbekümmertheit in solchen Dingen im Keim zu ersticken.

»Ach, wenn das alles wäre!« rief er aus. »Nein, er wirkt auf mich wie Gift und würde mich, noch keine fünf Minuten, nachdem ich ihn getrunken hätte, des Gebrauchs meiner rechten Seite vollkommen berauben. Das hört sich zwar fast unglaubhaft an, ist mir aber so oft passiert, daß ich nicht daran zweifeln kann. Der Gebrauch meiner rechten Seite ist einfach für mehrere Stunden vollkommen ausgeschaltet!«

»Es hört sich allerdings recht merkwürdig an«, antwortete Charlotte kühl, »aber ich wage zu behaupten, daß der Beweis sich als die einfachste Sache der Welt für diejenigen herausstellen würde, die rechte Seiten und Schwarztee wissenschaftlich untersucht haben und alle Möglichkeiten ihrer Reaktion aufeinander grundlegend kennen.«

Kurz nach dem Tee wurde Miss Diana Parker ein Brief aus dem Hotel überbracht.

»Von Mrs. Charles Dupuis«, sagte sie, »eine persönliche Mitteilung.« Und nachdem sie einige Zeilen gelesen hatte, rief sie laut aus: »Also das ist ja ganz merkwürdig! Wirklich ganz merkwürdig! Daß beide den gleichen Namen haben – zwei

Mrs. Griffiths! Das ist ein Empfehlungs- und Einführungsbrief an mich von der Dame aus Camberwell – und *ihr* Name ist zufällig auch Griffiths.«

Nach ein paar weiteren Zeilen jedoch stieg ihr plötzlich das Blut in die Wangen, und ganz betroffen fügte sie hinzu: »Das Tollste, was es je gegeben hat! Auch *noch* eine Miss Lambe! Eine sehr vermögende junge Dame aus Westindien. Aber das *kann* ja nicht die gleiche sein. Unmöglich, daß das die gleiche sein sollte.«

Um sich zu beruhigen, las sie den Brief laut. Er sollte lediglich dazu dienen, die betreffende Dame Mrs. Griffiths aus Camberwell und drei junge Damen, ihre Schützlinge, bei Miss Diana Parker einzuführen. Da Mrs. Griffiths eine Fremde für Sanditon war, legte sie großen Wert auf eine erstklassige Einführung, und Mrs. Charles Dupuis hatte ihr deshalb, auf die dringende Bitte der vermittelnden Freundin hin, diesen Brief zukommen lassen, da sie wußte, daß sie ihrer lieben Diana keinen größeren Freundschaftsdienst erweisen konnte, als ihr Gelegenheit zu geben, sich nützlich zu erweisen. »Mrs. Griffiths' Hauptsorge sei allerdings die Unterbringung und die Bequemlichkeit einer der ihr anvertrauten jungen Damen, einer Miss Lambe, einer jungen Westindierin mit großem Vermögen, von zarter Gesundheit.«

Es war ganz merkwürdig! Ganz ungewöhnlich! Ganz erstaunlich! Doch alle waren sich über die Unmöglichkeit einig, daß es *nicht zwei* Familien waren; denn eine so vollkommen andersgeartete Gruppierung der Personen, um die es in dem jeweiligen Bericht ging, bestätigte das nur. Es *mußten zwei* Familien sein. Anders war es gar nicht möglich.

»Unmöglich« und »unmöglich« wurde immer wieder von neuem mit großem Nachdruck wiederholt. Eine solche zufällige, wenn auch anfangs noch so verblüffende Gleichheit von Namen und Umständen war im Grunde gar nichts so Unglaubliches, und darauf einigte man sich.

Miss Diana aber fand sofort eine günstige Gelegenheit, um

ihrer Unruhe entgegenzuwirken. Sie mußte ihren Schal überwerfen und gleich wieder losrennen. So müde sie auch war, mußte sie doch unverzüglich ins Hotel zurückeilen, um den wahren Sachverhalt zu erkunden und ihre Dienste anzubieten.

10

Ein *Fehlschluß*. Nicht alle Meinungsäußerungen des gesamten Parkerklans hätten ein gelungeneres Debakel auslösen können, als daß die Familie aus Surrey und die Gesellschaft aus Camberwell ein und dieselbe war. Die reiche Westindierin und das Mädchenpensionat waren in den beiden Postkutschen in Sanditon eingetroffen. *Die* Mrs. Griffiths, die, nach dem Brief ihrer Freundin Mrs. Darling zufolge, geschwankt hatte zu kommen und sich der Reise nicht gewachsen fühlte, war die gleiche Mrs. Griffiths, deren Pläne zur selben Zeit (nur nach einer anderen Darstellung) vollkommen entschieden waren und die keinerlei Befürchtungen oder Schwierigkeiten hatte.

Alles, was den Eindruck von Ungereimtheit in den beiden Mitteilungen erweckte, mag durchaus zu Recht dem Konto der Eitelkeit, der Ignoranz oder grober Versehen seitens der vielen durch die Betriebsamkeit und den Übereifer von Miss Diana Parker an der Affäre Mitbeteiligten zugeschrieben werden. *Ihre* intimen Freundinnen mußten ebenso übertrieben diensteifrig sein wie sie, und das Projekt hatte genügend Briefe, Auszüge und Mitteilungen zur Folge gehabt, um alles als das erscheinen zu lassen, was es nicht war.

Miss Diana empfand es wahrscheinlich als etwas peinlich, als erste genötigt zu sein, ihren Lapsus zuzugeben. Eine lange, unnütze Reise von Hampshire, einen Bruder enttäuscht und ein teures, für eine Woche gemietetes Haus am Halse zu haben müssen einige ihrer ersten Überlegungen gewesen sein; und was viel schlimmer als alles übrige für sie gewesen sein mußte war die plötzliche Erkenntnis, viel weniger klug und unfehlbar zu sein, als sie sich eingebildet hatte. Doch nichts davon schien sie lange zu beunruhigen. Es waren ja so viele da, um die Blamage und die Vorhaltungen mit ihr zu teilen, so daß für sie wahrscheinlich – nachdem sie jeder, Mrs. Darling, Miss Capper, Fanny Noyce, Mrs. Charles Dupuis und Mrs. Charles Dupuis' Nachbarin, den ihr gebührenden Anteil daran zugewiesen hatte – nur mehr ein Minimum an Vorwürfen übrigblieb. Auf alle Fälle sah man sie am nächsten Morgen so eifrig wie zuvor mit Mrs. Griffiths auf der Suche nach einer geeigneten Unterkunft herumlaufen.

Mrs. Griffiths war eine sehr wohlerzogene, vornehm aussehende Frau, die sich selbst durchbrachte, indem sie solche vornehmen jungen Mädchen und jungen Damen bei sich aufnahm, die entweder Pädagogen brauchten, um ihre Bildung zu vervollkommnen, oder ein Pensionat, um sie auf ihr gesellschaftliches Debüt vorzubereiten. Sie hatte außer den dreien, die jetzt nach Sanditon gekommen waren, noch mehrere andere, doch diese waren nicht mitgekommen. Von diesen dreien – überhaupt von allen – war Miss Lambe uneingeschränkt die wichtigste und umworbenste, da sie ihrem Vermögen entsprechend bezahlte. Sie war ungefähr siebzehn Jahre alt, halb Mulattin, kühl und sanft, hatte eine Zofe und mußte überall das beste Zimmer bekommen. In jedem von Mrs. Griffiths' Vorhaben war immer sie der ausschlaggebende Faktor.

Die anderen Mädchen, zwei Miss Beauforts, waren junge Damen, wie sie in mindestens einer von drei Familien im Königreich anzutreffen sind. Sie hatten einen annehmbaren Teint, auffallende Figuren, eine aufrechte, sichere Haltung und einen selbstbewußten Blick. Sie waren sehr geschickt, sehr dumm, und ihre Zeit war aufgeteilt zwischen solchen

Betätigungen, welche etwas Aufsehenerregendes hatten, oder solchen Bemühungen und geschickten Manipulationen, dank derer sie einen Stil von Kleidern tragen konnten, der weit über den hinausging, den sie sich hätten leisten können; sie waren bei jedem Modewechsel unter den ersten. Und der Zweck von alldem war, einen Mann zu kapern, der ein noch viel größeres Vermögen als ihr eigenes besaß.

Mrs. Griffiths hatte nur Miss Lambes wegen einem kleinen, abgeschiedenen Ort wie Sanditon den Vorzug gegeben, und die Misses Beaufort, die natürlich alles andere vorgezogen hätten als Kleinheit und Abgeschiedenheit – um so mehr, als sie sich im Laufe des Frühjahrs den unumgänglichen Kauf von je sechs neuen Kleidern für einen dreitägigen Aufenthalt geleistet hatten –, mußten sich nun wohl oder übel auch mit Sanditon zufriedengeben, bis ihr Lebensstandard wiederhergestellt war.

Hier kamen sie sich mit dem Mieten einer Harfe für die eine und dem Kauf von etwas Zeichenpapier für die andere und dem ganzen Staat, den sie mitgebracht und zur Verfügung hatten, sehr anspruchslos, sehr elegant und sehr weltabgeschieden vor, in der Hoffnung seitens Miss Beaufort indessen, von allen, die in Hörweite ihres Instruments spazierengingen, gelobt und gerühmt zu werden, und von seiten Miss Lätitias, das Interesse und die Begeisterung all derer zu erregen, die sich ihr näherten, während sie zeichnete; und beide trösteten sich in dem Gedanken, die feschesten Mädchen im Ort zu sein.

Die spezielle Einführung von Mrs. Griffiths bei Miss Diana Parker sicherte ihnen sogleich eine Bekanntschaft mit der Trafalgar House-Familie und den Denhams, und die Misses Beaufort waren alsbald sehr befriedigt von dem »Kreis, in dem sie sich bewegten«, um die richtige Formulierung zu gebrauchen, denn jeder mußte sich jetzt »in einem Kreis bewegen« – eine Zwangsläufigkeit, deren schneller Zirkulation möglicherweise die Schwindeleien und Fehltritte vieler zuzuschreiben sind.

Lady Denham hatte andere Motive, Mrs. Griffiths aufzusuchen, als nur die freundschaftliche Gesinnung für die Parkers. In Miss Lambe, die kränklich und reich war, hatte sie genau *die* junge Dame gefunden, welche sie gesucht hatte, und die Bekanntschaft machte sie in Sir Edwards Interesse und im Interesse ihrer Milchesel.

Wie der Baronet darauf reagieren würde, blieb abzuwarten, aber was die Tiere betraf, stellte sich bald heraus, daß all ihre Gewinnspekulationen zu nichts führen würden. Mrs. Griffiths erklärte, daß Miss Lambe auch nicht das kleinste Symptom eines Kräfteverfalls oder sonst irgendein Leiden habe, das Eselsmilch möglicherweise lindern könnte. Miss Lambe sei »unter der ständigen Aufsicht eines erfahrenen Arztes«, und nach seinen Anordnungen hätten sie sich zu richten. Und mit Ausnahme von gewissen Stärkungspillen, für die ein Vetter von ihr eine Lizenz habe, weiche Mrs. Griffiths nie von den strikten medizinischen Vorschriften ab.

Das Eckhaus des Terrace war es, in dem Miss Diana Parker ihre neuen Freunde unterzubringen das Vergnügen hatte. Und wenn man bedachte, daß seine Front Aussicht auf die bei allen Gästen Sanditons beliebte Hotelhalle bot und eine Seite einen Blick auf alles, was immer sonst im Hotel vor sich ging, hätte es keine günstigere Lage für die Weltabgeschiedenheit der Misses Beaufort geben können. Und demzufolge hatten sie – längst bevor sie sich mit einem Instrument oder Zeichenpapier versehen hatten – durch die Häufigkeit ihres Erscheinens an den tief herunterreichenden Fenstern des oberen Stockwerks, um die Jalousien entweder herunterzulassen oder hochzuziehen, einen Blumentopf auf dem Balkon zurechtzurücken oder durch ein Fernrohr auf nichts zu schauen, so manchen Blick nach oben gelenkt und so manchen Gaffer zum nochmaligen Gaffen angeregt.

Eine kleine Novität hat in einem kleinen Ort eine große

Wirkung. Die Misses Beaufort, die in Brighton nichts gewesen wären, konnten hier keinen Schritt machen, ohne beobachtet zu werden. Und selbst Mr. Arthur Parker, der doch sonst wenig zu überflüssigen Kraftanstrengungen neigte, verließ das Terrace auf dem Wege zu seinem Bruder immer durch dieses Eckhaus, um noch schnell zu den Misses Beaufort hinaufzuschauen – obgleich es ein Umweg von einer Viertelmeile war und zum Hügel hinaus zwei Stufen mehr.

II

Charlotte war nun schon zehn Tage in Sanditon, ohne Sanditon House gesehen zu haben, da jeder Versuch, Lady Denham einen Besuch zu machen, daran scheiterte, daß sie einem auf dem Wege dorthin zufällig entgegenkam. Doch jetzt war alles zielbewußter und frühzeitiger geplant worden, um nichts außer acht zu lassen, weder die Höflichkeit Lady Denham gegenüber noch Charlottes Vergnügen.

»Und falls sich dir eine günstige Gelegenheit bieten sollte, Liebling«, sagte Mr. Parker, der nicht die Absicht hatte mitzugehen, »bin ich der Meinung, daß du unbedingt die schlimme Lage der armen Mullins' zur Sprache bringst und mal hörst, wie ihre Ladyschaft über eine Sammlung für sie denkt. Ich habe zwar solche Art Sammlungen in einem Ort wie diesem nicht gern – es ist eine gewisse Belastung für alle Spender. Aber da ihr Elend sehr groß ist und ich der armen Frau gestern so gut wie versprochen habe, dafür zu sorgen, daß etwas für sie getan wird, müssen wir, glaube ich, eine Sammelliste auflegen, und zwar je eher, um so besser, und Lady Denhams Name am Kopf der Liste wäre ein sehr wichtiger Anfang. Du hast doch nichts dagegen, mit ihr darüber zu sprechen, Mary?«

»Ich werde tun, was du von mir erwartest«, erwiderte seine Frau, »aber du würdest es selbst soviel besser machen. Ich werde nicht wissen, was ich sagen soll.«
»Meine liebe Mary«, rief er aus. »Es ist doch unmöglich, daß du wirklich keine Worte finden solltest. Nichts ist einfacher als das. Du brauchst doch schließlich nur die augenblickliche Lage der Familie und ihre inständige Bitte um Hilfe an mich zu erwähnen und daß ich bereit sei, eine kleine Sammelliste zu ihrer Unterstützung aufzulegen, vorausgesetzt, daß sie ihre Billigung findet.«
»Die einfachste Sache der Welt«, rief Miss Diana Parker, die im Augenblick gerade zu einem kurzen Besuch bei ihnen hereingeschneit war. »Alles in weniger Zeit gesagt und getan, als du jetzt eben darüber gesprochen hast. Und wenn du schon bei dem Thema Sammellisten bist, Mary, wäre ich dir dankbar, wenn du Lady Denham einen besonders betrüblichen Fall vortragen würdest, der mir in den ergreifendsten Ausdrücken geschildert wurde. Es gibt da eine arme Frau in Worcestershire, an der einige meiner Freundinnen außerordentlich interessiert sind, und ich habe mich erboten, soviel ich kann für sie zu sammeln. Wenn du Lady Denham gegenüber diesen Umstand nur erwähnen würdest! Lady Denham *kann* spenden, wenn sie in der richtigen Weise darum angegangen wird. Und meinem Dafürhalten nach ist sie eine Person, die, wenn sie es erst einmal über sich gebracht hat, ihr Portemonnaie aufzumachen, bereitwillig lieber zehn Guinees gibt als fünf. Und deshalb: Solltest du sie gerade in Gebelaune antreffen, könntest du auch gleich zugunsten eines andern Hilfswerks mit ihr sprechen, das mir und einigen andern sehr am Herzen liegt – die Einrichtung eines Wohlfahrts-Friedhofs in Burton am Trent. Ja, und dann ist da noch die Familie des armen Mannes, der nach den letzten Assisen in York gehängt worden ist, obgleich wir tatsächlich die Summe *aufgebracht* hatten, die wir

brauchten, um alle frei zu bekommen, also wenn du *kannst*, laß dir eine Guinee für sie von ihr geben, versuch es wenigstens.«

»Meine liebe Diana«, rief Mrs. Parker aus, »ich könnte Lady Denham gegenüber diese Dinge ebensowenig erwähnen, wie ich fliegen kann.«

»Was ist denn daran so schwierig? Ich wünschte, ich könnte mitkommen. Aber in fünf Minuten muß ich bei Mrs. Griffiths sein, um Miss Lambe Mut zuzusprechen, wenn sie zum erstenmal baden geht. Sie hat solche Angst, das arme Ding, daß ich ihr versprochen habe, zu kommen und ihr beizustehen und auch im Badekarren bei ihr zu bleiben, falls sie es wünscht. Und sobald das vorbei ist, muß ich schleunigst nach Hause, denn um eins sollen Susan Blutegel angesetzt werden – was dann eine Angelegenheit von drei Stunden sein wird. Deshalb darf ich auch tatsächlich keinen Augenblick verlieren. Aber abgesehen davon sollte ich, ganz unter uns, selbst längst im Bett sein, denn ich kann mich kaum noch aufrecht halten; und wenn die Egel sich vollgesogen haben, werden wir uns wohl ganz bestimmt beide für den Rest des Tages in unsere Zimmer zurückziehen.«

»Es tut mir aufrichtig leid, das zu hören. Aber wenn es schon so ist, hoffe ich, daß Arthur zu uns kommen wird.«

»Wenn Arthur auf mich hört, wird er auch zu Bett gehen, denn wenn er allein aufbleibt, wird er bestimmt mehr essen und trinken, als er sollte. Aber du siehst, Mary, wie unmöglich es mir ist, dich zu Lady Denham zu begleiten.«

»Wenn ich's recht bedenke, Mary«, sagte ihr Gatte, »werde ich dich nicht damit belasten, über die Mullinsens zu sprechen. Ich werde Lady Denham bei nächster Gelegenheit selbst aufsuchen. Ich weiß, wie wenig es dir liegt, einem im Grunde ablehnenden Geist Dinge aufzuzwingen.«

Da *er* sein Anliegen in dieser Form zurückgezogen hatte, konnte seine Schwester nicht gut auf ihren bestehen, was sein Bestreben war, da er deren ganze Ungehörigkeit empfand und von ihrem nachteiligen Einfluß auf sein eigenes, gediegeners Anliegen überzeugt war. Mrs. Parker war ganz glücklich über diese Entlastung und machte sich mit ihrer Freundin und ihrem kleinen Mädchen sehr vergnügt auf den Weg nach Sanditon House.

Es war ein schwüler, dunstiger Morgen, und als sie auf der Hügelkuppe ankamen, konnten sie eine ganze Weile nicht erkennen, welche Art von Gefährt es war, das sie heraufkommen sahen. In verschiedenen Augenblicken schien es alles, von einem Gig* bis zu einem Phaeton**, von einem Einspänner bis zu einem Vierergespann zu sein, und gerade, als sie sich endgültig zugunsten eines Tandems*** entschieden hatten, erkannten Marys junge Augen den Kutscher, und sie rief ganz aufgeregt: »Das ist doch Onkel Sidney, Mama, er ist es wirklich!«

Und es stimmte. Mr. Sidney Parker, der seinen Diener in einem sehr gepflegten Wagen fuhr, war bald vor ihnen, und alle blieben ein paar Minuten stehen. Das Benehmen der Parkers untereinander war immer ganz ungezwungen, und die Begegnung zwischen Sidney und seiner Schwägerin war sehr freundschaftlich – sie hielt es in der liebenswürdigsten Art für ganz selbstverständlich, daß er auf dem Wege nach Trafalgar House sei.

Das verneinte er jedoch. Er sei soeben aus Eastbourne angekommen und habe vor, zwei, eventuell auch drei Tage in Sanditon zu bleiben – doch sein Quartier müsse unbedingt das Hotel sein. Er erwarte dort nämlich noch ein, zwei Freunde.

Der Rest bestand aus den üblichen Fragen und Bemerkungen, mit freundlichem Interesse für Mary und einer sehr wohler-

* Zweirädriger, offener Wagen, mit Gabeldeichsel für ein Pferd; zum Selbstfahren.

** Ein vornehmes Gefährt. Leichter, vierrädriger Zweispänner, mit Klappverdeck und elegantem Kutschbock.

*** Leichter, ungedeckter, zweirädriger Wagen, vor den zwei oder vier Pferde hintereinander gespannt sind.

zogenen Verbeugung und den passenden Worten zu Miss Heywood, als ihm ihr Name genannt wurde. Und sie trennten sich, um sich in einigen Stunden wieder zu treffen. Sidney Parker war etwa sieben- oder achtundzwanzig Jahre alt, sehr gutaussehend, mit einem sicheren, ungezwungenen und vornehmen Auftreten und einer lebhaften Miene.

Dieses Erlebnis bot für eine ganze Weile angenehmen Gesprächsstoff. Mrs. Parker ging ganz in der Freude ihres Gatten über das Ereignis auf und dachte beglückt, wieviel Sidneys Ankunft für das Prestige des Ortes bedeutete.

Der Weg nach Sanditon House war eine breite, schöne, von Bäumen gesäumte Zufahrt zwischen Feldern, die am Ende einer Viertelmeile durch doppelte Tore in einen Park führte, der, wenn auch nicht sehr ausgedehnt, doch die ganze Schönheit und Ehrbarkeit für sich hatte, wie sie nur durch einen Reichtum an sehr schönen Bäumen entstehen können. Die Einfahrtstore waren so dicht an einer Ecke des Grundstücks oder der Wiese, so dicht an einer seiner Grenzfurchen, daß das Außengitter anfangs fast die Straße streifte, bis eine scharfe Biegung *hier* und eine Kurve *dort* ihm zu einem besseren Abstand verhalfen. Die Umfriedung war ein typisches Parkgitter und in einem ausgezeichneten Zustand; und dichte Gruppen schöner Ulmen und Reihen alten Weißdorns zogen sich fast am ganzen Gitter entlang. *Fast* muß festgehalten werden, denn es gab Zwischenräume, und durch einen von diesen erspähte Charlotte, kaum, daß sie im Park standen, außerhalb des Gitters etwas Weißes und Weibliches auf der Wiese. Es war ein gewisses Etwas, bei dem ihr augenblicklich Miss Brereton in den Sinn kam, und als sie dicht an das Gitter herantrat, sah sie tatsächlich – und trotz des Dunstes ganz deutlich – Miss Brereton nicht weit von sich am Fuße der Böschung sitzen, welche außerhalb des Gitters schräg abfiel und an der sich ein schmaler Pfad entlangzuziehen schien – Miss Brereton, die sichtlich ganz gelassen dasaß, und neben ihr Sir Edward Denham!

Sie saßen so dicht beieinander und schienen so intensiv in leiser Unterhaltung begriffen, daß sie im selben Augenblick fühlte, sie konnte nur eins tun: sich wieder zurückziehen und kein Wort verlauten lassen. Ungestört zu sein war eindeutig ihr Bestreben. Irgendwie fand sie, daß es Claras nicht würdig sei; aber diese befand sich in einer Lage, in der man mit seinem Urteil nicht so streng sein durfte. Sie war so froh, als sie merkte, daß Mrs. Parker nichts aufgefallen war. Wäre Charlotte nicht die beträchtlich Größere von beiden gewesen, hätten sich Miss Breretons weiße Bänder vielleicht auch nicht in das Blickfeld *ihrer* viel schärferen Augen gedrängt. Die moralisierende Überlegung, welche der Anblick dieses Tête-à-tête hervorrief, zwang Charlotte unter anderem auch, die maßlose Schwierigkeit zu bedenken, die heimlich Verliebte haben mußten, um einen geeigneten Ort für ihre verstohlenen Zwiegespräche zu finden. Hier hatten sie sich wahrscheinlich vor Beobachtern vollkommen sicher gefühlt – die ganze Wiese offen vor ihnen, im Rücken eine steile Böschung, die nie eines Menschen Fuß betrat, und dazu kam ihnen noch der schwere Dunst in der Luft zu Hilfe! Und dennoch waren sie von ihr hier gesehen worden. Sie hatten wirklich Pech.

Das Haus war groß und schön. Zwei Bedienstete erschienen und ließen sie ein, und alles machte den geziemenden Eindruck von Vermögen und Rang. Lady Denham bildete sich viel auf ihren noblen Haushalt ein und sonnte sich in dem Ansehen und der Maßgeblichkeit ihres Lebensstils. Sie wurden in das allgemeine Wohnzimmer geführt, das schön in den Proportionen und gut möbliert war, obgleich die Möbel eher ehrwürdig und nur außerordentlich gut gepflegt als neu oder prunkvoll aussahen. Und da Lady Denham noch nicht da war, hatte Charlotte Zeit, sich umzuschaun und von Mrs. Parker instruiert zu werden, daß das Porträt eines stattlichen Herrn in voller Größe, das über dem Kaminsims angebracht war und sofort den Blick auf sich lenkte, das Porträt von Sir

Henry Denham sei und daß eine der vielen Miniaturen in einem anderen Teil des Zimmers, die kaum ins Auge fiel, Mr. Hollis darstellte. Armer Mr. Hollis! Es war unmöglich, nicht zu spüren, daß man kaum Wert auf ihn legte: in seinem eigenen Haus zurückgedrängt zu werden und den besten Platz beim Feuer ständig von Sir Henry Denham besetzt zu sehen.

Lady Denhams forscher Begrüßungsstil bei ihrem Eintritt zeigte unmißverständlich, daß sie ihren Besuch wohl als einen notwendigen Höflichkeitsakt betrachtete, aber keineswegs die Absicht hatte, sich selbst durch eine Erwiderung dieser Höflichkeit inkommodieren zu lassen.

»Wirklich ein glücklicher Zufall, Mrs. Parker, daß Sie mich zu Hause finden«, sagte sie in ihrer schroffen Art. »Ich war gerade auf dem Sprung, in die Bibliothek zu gehen, und nun werden wir wahrscheinlich in einigen Minuten den Rückweg alle gemeinsam antreten. Hodges hat von Mrs. Whitby gehört, daß Mrs. Griffiths sich tatsächlich nach einem ›Zimmerroß‹ erkundigt habe. Was mich nur wundert, ist, daß sie überhaupt nichts davon erwähnt hat, als ich ihr vorgestern einen Besuch machte. Und wenn Miss Lambe nicht mit Eselsmilch geholfen werden kann, wie soll ich da wissen, ob diese tägliche Übung zu Hause auf einem Zimmerroß gerade das ist, was dieser Arzt von ihr für sie verordnet? Ich habe keine Geduld mit Invaliden, die ein Heilmittel verschmähen und krampfhaft nach einem andern greifen. Aber ganz egal – Mr. Hollis' Zimmerroß ist in tadellosem Zustand, und wir können es eventuell noch heute ins Terrace hinüberbringen lassen, sobald ich dort gewesen bin und die Bedingungen ausgemacht habe. Ich warte nur noch, bis Miss Clara von den Jacksons zurückkommt, und zu ihrem Cottage ist es durch den Park keine Viertelmeile.«

Charlotte, die befürchtete, daß Lady Denham sehr viel länger würde warten müssen, als sie meinte, überlegte, wie ein formeller Besuch, nach einem so wenig verheißungsvollen Anfang, auf unbestimmte Zeit ausgedehnt werden könnte, um so mehr, als ihre Gastgeberin selbst keinerlei Anstalten machte, sich zu setzen, und Mrs. Parkers höflichen Bemerkungen nur mit halbem Ohr zuhörte und auch keine Bereitschaft zu einer Unterhaltung bekundete, die nicht ihre eigenen augenblicklichen Pläne vorantrieb.

Doch Mrs. Parker fuhr in ihrer ruhigen, zurückhaltenden Art unerschütterlich fort, indem sie sich nach dem Gesundheitszustand der alten Mrs. Jackson erkundigte, Mr. Sidney Parkers Ankunft in Sanditon erwähnte und über ein schönes Arrangement von Schwertlilien und Rosen in einem Erker sprach.

Darauf folgte eine momentane Pause, während Lady Denham ungeduldig im Zimmer herumzappelte. Weder Charlotte noch Mrs. Parker hatten dort irgend etwas in Unordnung gebracht, aber die kleine Mary, die sich erst in einen Sessel und dann in einen andern setzte, hatte verschiedene Polster eingedrückt, die Überzüge ein wenig verschoben, eine Fußbank woanders hingestellt und einen kleinen Kaminvorleger aus seiner Lage gebracht. Es war augenfällig, daß Lady Denham es nicht länger aushielt zu warten, bis ihre Gäste gegangen waren, bevor sie jedem Stück der Einrichtung seinen gewohnten und ihm zugewiesenen Platz wieder einräumte, und staunend verfolgte Charlotte, mit welcher übertriebenen Geschäftigkeit die kleinen von Mary verursachten Veränderungen in Ordnung gebracht wurden.

»Ich weiß nicht, was Clara aufgehalten haben könnte«, sagte Lady Denham schließlich, während sie ein letztes Polster zurechtklopfte. »Es war doch nur der übliche Topf mit Suppe, wenn die Köchin sie übrig hat – Rindsuppe, wissen Sie. Aber sie kann doch nicht den ganzen Tag mit derartigen Besorgungen vertrödeln – und *meinen* auch, sollte sie bedenken. Das Zimmerroß auszuleihen ist heute vormittag sehr viel wichtiger, und Miss Clara könnte Betsy in der Bodenkammer beim Abnehmen der Schutzhülle überwachen.«

Peinlich berührt von einem so egoistischen, laut geäußerten

Gedankengang kam Charlotte zu dem Schluß, daß Lady Denham über ihren Besuch verärgert sei und nun versuche, sie davon abzuschrecken, noch länger dazubleiben. Da sie selbst sich äußerst unbehaglich zu fühlen begann, hätte sie gewünscht, daß Mrs. Parker aufstehen würde, um ihr Fortgehen zu beschleunigen. Mrs. Parker jedoch, die ihre Gastgeberin viel besser kannte, blieb ruhig sitzen und stellte noch einige ihrer liebenswürdigen, harmlosen Beobachtungen an. Im Verlaufe einer Reihe von Jahren war ihr klargeworden, daß diese Unhöflichkeit unerwarteten Besuchern gegenüber nicht einer Ablehnung, sie zu unterhalten, einer Unzulänglichkeit in der Führung oder Organisation des Haushalts oder gar einem echten Mangel an Gastfreundschaft entsprang. Die Wahrheit lag mehr in einem Nachlassen der geistigen Spannkraft, eine leidige, aber unvermeidliche Folgeerscheinung von Lady Denhams vorgerücktem Alter; sie wollte am liebsten, daß alles und alle um sie herum gemütlich auf den Plätzen blieben, auf die sie gehörten.
Charlotte konnte sie indessen nur für äußerst unhöflich halten. Auch Mrs. Parker, die inzwischen Mary davon abhielt, weiter herumzulaufen, erkannte diesen Egoismus, konnte ihn aber dennoch mit den Lebensumständen Lady Denhams entschuldigen, die ihr ganzes Leben lang viel zuviel ihren Willen bekommen habe und jetzt zu alt sei, um sich zu ändern.
Deshalb bemühte Mrs. Parker sich auch, so liebenswürdig wie nur möglich zu sein, und da sie schon vorher beschlossen hatte, wie lange ihr Besuch dauern sollte, war sie auch nicht gewillt, sich provozieren zu lassen, ihn abzukürzen.

12

Nachdem sie eine Viertelstunde in dieser unerquicklichen Weise verharrt hatten, hörten sie plötzlich schnelle Schritte

Quittung
Buchhandlung Herder Berlin
Tauentzienstraße 13
gegenuber der Gedachtniskirche
Tel: 212 44 - 0
Fax: 212 44 - 299

04.07.94/0279 15:48 05

Artikel Mg. Preis Steuer Summe

WGR 1760 Taschenbucher
1 16.90 7.0% 16.90

TOTAL 1.11 16.90
GEGEBEN Bar 20.00
RUCKGELD 3.10

Vielen Dank fur Ihren Einkauf
(Eingang Ecke Rankestraße)

Anregungen zur Optimierung unseres Service und Warenangebots nehmen wir gern am Kundenservicecenter im 2.OG entgegen

durch die Halle kommen, Miss Brereton erschien, und Charlottes Interesse an diesem Besuch lebte sofort wieder auf. Jetzt sah sie Claras weiße Bänder im engeren Rahmen: sie war aufs neue ganz frappiert von soviel Schönheit und Eleganz, fand aber auch einen neuen Reiz darin, der die Faszination noch erhöhte, als sie festzustellen versuchte, ob sich auf diesem wunderschönen Gesicht auch nur die leiseste Spur von Schuldgefühl oder Falschheit abzeichnete.

Miss Brereton entschuldigte sich bei den Besuchern nur mit einer kurzen Erklärung für die Länge ihrer Abwesenheit: sie wäre sofort wieder nach Hause zurückgeeilt, wenn sie gewußt hätte, daß Mrs. Parker diesen Besuch plante; so aber habe sie die ganze Zeit bei der alten Mrs. Jackson gesessen. Und Charlottes forschender Blick nahm keine Veränderung in der Farbe ihrer Wangen wahr, als sie das zu ihrer einzigen Entschuldigung vorbrachte.

Mrs. Parker war schon aufgestanden und gerade im Begriff vorzuschlagen, daß sie doch jetzt alle zusammen in Richtung Terrace spazieren könnten, als Lady Denham plötzlich und unmotiviert die Bediensteten herbeizitierte und Auftrag gab, Erfrischungen hereinzubringen. Charlotte war über die Vielfalt der Treibhausfrüchte, mit denen Sanditon House so im Nu aufwarten konnte, gebührend überrascht und wunderte sich nur, weshalb man mit dieser Geste zurückgehalten hatte, als sie so nötig gewesen wäre, um eine Leere auszufüllen, und weshalb sie gemacht wurde, als die unwillkommenen Gäste im Begriff waren aufzubrechen; und sie folgte Mrs. Parker zur Kredenz, während ihr logischer Verstand sich noch immer über die freundlichen Absichten, das schlaue Kalkül und das kapriziöse Benehmen klarzuwerden versuchte, die da zusammenkamen, um den Charakter ihrer Gastgeberin zu formen.

Ihr Besuch stellte bald noch größere Ansprüche an ihre geistigen Fähigkeiten, nämlich, sich über eine sogar noch

komplexere Situation klarzuwerden. Das Eintreten von Sir Edward Denham war für alle – außer für sie selbst und vermutlich für Miss Brereton – völlig unerwartet. Aber Charlotte, die ihn während seiner einleitenden Erklärung ganz genau beobachtete, konnte doch zumindest einiges Erstaunen über die vollkommene Gelassenheit verspüren, mit der er sein Erscheinen begründete. Er habe heute vormittag mit Mrs. Whitby gesprochen, und als er von Miss Lambes Bedarf für ein Zimmerroß gehört habe, sei er hergeeilt, um Lady Denham davon zu berichten, mit der heiligen Versicherung unausgesetzten Interesses für alles, was sie betreffe – was mit dem ganzen Wortgeklingel vorgetragen wurde, dessen er fähig war –, und er sei *direkt* von der Bibliothek nach Sanditon House gekommen, sagte er.
Sein Benehmen verriet nicht die leiseste Verlegenheit, als er diese schamlose Lüge von sich gab, und Charlotte wußte nicht, was sie daraus folgern sollte. Ihr Blick schweifte zu Clara hinüber, und sie sah, daß diese, nach einem gleichgültigen Blick zu Sir Edward hin, der kleinen Mary die Zeit vertrieb und ihr zu einer Weintraube verhalf.
Charlotte hatte diese geflissentliche Interesselosigkeit gegenüber Sir Edward schon bei früheren Zusammentreffen beobachtet; doch jetzt wurde ihr plötzlich bewußt, daß alle diese Zusammentreffen in Lady Denhams Gegenwart stattgefunden hatten. Daß Clara seine Annäherung ermutigte und Sir Edward in privaten Zusammenkünften geneigter zuhörte, schien gleichfalls offenkundig. Die Verbindung zwischen ihnen war in mancher Beziehung so unklar, wie sie in andern klar war, und Lady Denham, die Sir Edward sehr selbstgefällig zuhörte und sowohl seine übertriebene Ergebenheit als auch seine Beflissenheit, sie sofort aufzusuchen, als etwas ihr durchaus Gebührendes entgegennahm, wurde von den beiden ganz systematisch hinters Licht geführt. Denn Charlotte hatte in diesem einen Augenblick genug gesehen, um überzeugt zu sein, daß diese heimliche Begegnung am Morgen

weder zufällig noch die erste ihrer Art war. Es sei denn, Sir Edward und Miss Brereton wären aufeinander eingespielte Verschworene, denn sonst hätte sie kaum für möglich gehalten, daß sie ihre Doppelzüngigkeit mit einer solchen Selbstverständlichkeit hätten durchhalten können.

›Miss Brereton macht bestimmt einen Fehler, ihre Zusammenkünfte mit Sir Edward vor Lady Denham geheimzuhalten‹, entschied sie. ›Andererseits ist sie zweifellos in einer schwierigen Lage. Wenn sie ihr gegenüber im Hinblick auf seine Verehrung für sie offener gewesen wäre, wer weiß, wie Lady Denham darauf reagieren würde? *Sie* erwartet doch, daß Sir Edward eine reiche Erbin heiratet – und obgleich *er* vielleicht seinerseits gleichfalls erwartet, daß Miss Brereton noch rechtzeitig eine Erbin werden könnte, mochten seine und Lady Denhams Kalkulationen in diesem Punkt eventuell nicht genau übereinstimmen.‹ Ständig den Launen so einer alten Dame auf Gnade und Ungnade ausgeliefert zu sein dünkte Charlotte für ein junges Paar ganz besonders hart. Doch das änderte ihr ursprüngliches Urteil nicht, daß sie dessen Schliche verwarf und beschloß, in Zukunft in ihrem eigenen Umgang mit beiden sehr vorsichtig zu sein.

So sehr war sie mit diesen Gedanken und deren Interpretationen wegen Miss Breretons Verhalten beschäftigt, daß sie ganz verwirrt war, als sie sich unmittelbar von ihr angesprochen sah. Miss Brereton schien in herzlichster Weise zu versuchen, näher mit ihr bekannt zu werden. Sie erkundigte sich bei Charlotte über das Baden im Meer. Ob sie während ihres Aufenthalts in Sanditon vorhabe, baden zu gehen, und ob sie das vorher schon jemals getan habe?

»Es würde mir großen Spaß machen«, erwiderte Charlotte. »Und Mrs. Parker hat sich sogar liebenswürdigerweise erboten, mich an dem ersten Morgen, an dem wir es einrichten können, zu begleiten.«

»Ach, und ich hatte gehofft, Sie würden mir erlauben, gerade ein solches Erlebnis mit Ihnen zu teilen. Denn ich bin überzeugt, im Meer zu baden muß wunderbar sein, und ich wäre begierig, es auszuprobieren; allerdings war auch das Wetter bisher nicht sehr günstig, und außerdem wollte Lady Denham mich nicht gern ganz allein in so einen Badekarren steigen lassen.«

»Aber ich bitte Sie, Miss Clara, wir wollen doch nicht wieder von diesem Unfug anfangen«, rief Lady Denham. »Dieses ganze Badekarrengetue war in *meiner* Jugend noch nicht Mode, das kann ich Ihnen sagen, und ich bedaure jetzt aus tiefster Seele, daß ich mich von Mr. Parker habe überreden lassen, sie in Sanditon einzuführen!«

»Aber liebe gnädige Frau«, protestierte Mrs. Parker, »heutzutage muß *jeder* Badeort seine Badekarren haben. Sie sind eine große Attraktion. Und Sie müssen doch zugeben, daß unsere äußerst praktisch aufgestellt sind – in einer so geschützten Bucht, wie geschaffen für diesen Zweck, und gleich westlich vom Hauptstrand.«

»Ach was, ersparen Sie mir doch alle diese Anpreisungen. Wenn ich sie nur einmal von Mr. Parker gehört hätte – ich habe sie tausendmal gehört. Aber die einzige, die für mich den Ausschlag gab, war die Kostenlosigkeit. Sie gehören nämlich zu den wenigen von Mr. Parkers Verbesserungen, die mich keinen Penny gekostet haben, soviel kann ich zu ihren Gunsten sagen«, räumte Lady Denham ein. »Die Angebote, die er von Leuten aus dem Ort bekam, Badekarren zu vermieten! Jeder im Ort schien zu glauben, er könnte sein Vermögen mit Badekarren machen. Dabei sollen ihre Preise mäßig sein, wie ich höre: Ein Shilling jeder Herr, erzählt mir Mrs. Whitby, und einen Shilling Sixpence für Damen – wobei sich der Preis für Stammkunden ermäßigt. Aber manche Menschen sind doch Narren. Warum auch das noch bezahlen, nur um seinen Teint zu ruinieren. Ihr jungen Damen werdet eure Haut nur rauh und großporig machen, wenn ihr sie dem Salzwasser aussetzt. Aber so ist das: Ich nehme an, junge Menschen müssen immer alles Neue ausprobieren, ganz gleich, wie weit der Wind auch ihre Beine entblößen mag, wenn sie hineinklettern.«

Hier mischte Mrs. Parker sich wieder ein, indem sie Lady Denhams letzte gehässige Bemerkung seelenruhig als Zustimmung auffaßte und Charlotte ermunterte, Miss Breretons Einladung anzunehmen. Sie selbst war froh, jedem Vorschlag zustimmen zu können, der ihrer jungen Freundin Aussicht auf ein Vergnügen bot, und sie war eine viel zu treu ergebene Verbündete ihres Gatten, um nicht jeder Verleumdung entgegenzutreten, daß Meerwasser je schädlich sein könnte.

»Und was den Teint betrifft, habe ich selbst noch nie etwas Derartiges gehört. Wind und Sonne haben diesen Schaden möglicherweise hervorgerufen, und das Salzwasser hat man dafür verantwortlich gemacht. Ich bin der ehrlichen Meinung, daß Seebäder als solche nur gut sein können«, sagte sie, »wo es mit Maßen geschieht und vorausgesetzt, daß eine gewisse Vorsicht geübt wird.«

»O ganz gewiß«, pflichtete Sir Edward bei, der, ohne Lady Denham offen zu widersprechen, schon seit einiger Zeit versucht hatte, den Badeausflug anzuregen. »Salzwasserbäder sollten nur nicht zu lange ausgedehnt werden, um Niedergeschlagenheit und Erschöpfung zu vermeiden. Und sehr wichtig ist zum Beispiel die Bade*zeit*. Diese muß mit ganz besonderer Umsicht gewählt werden. Sie sollte, wenn möglich, bis nach der Mittagsmahlzeit oder wenigstens doch bis einige Stunden nach dem Frühstück aufgeschoben werden, wenn man annehmen kann, daß die Verdauung der betreffenden Mahlzeit abgeschlossen ist. Auch ein gewisses Maß an Körperübungen sollte vor dem Ins-Wasser-Gehen gemacht werden – und dasselbe nach dem Herauskommen.«

Er breitete sich dermaßen darüber aus, indem er in seinen Vortrag für die jungen Damen so viele minutiöse Verhaltensvorschriften einfügte, wie über ihre genaue Badezeit und die Strecke, welche sie vorher und nachher gehen sollten, daß

Charlotte Verdacht zu schöpfen begann, er ebnete auf diese Weise – indem er Zeit und Ort fast genau festlegte – den Weg für sein nächstes Stelldichein mit Clara und vor Lady Denhams eigenen Ohren.
Dieser Verdacht verdarb ihr zum großen Teil das Vergnügen an dem Badeerlebnis, und obgleich sie offiziell zusagte, sich am nächsten Morgen mit Miss Brereton zu treffen, nahm sie sich doch gleichzeitig vor, genau auf Sir Edward zu achten und seine offenbare Absicht, Clara heimzubegleiten, zu vereiteln.
›Kein Zweifel, beide hoffen, ich werde ihnen sehr nützlich sein, und Miss Brereton versucht sich mit mir anzufreunden und wird dann auf diese Weise eine Entschuldigung haben, aus Sanditon House wegzukommen. Aber ich will an einem solchen Betrug nicht teilhaben, und sie werden in mir eine sehr widerspenstige Anstandsdame finden‹, waren Charlottes Gedanken, als die drei sich ganz natürlich auf dem Rückweg durch den Park hinter Lady Denham, Mrs. Parker und Mary gruppierten.
Sir Edward, der von einem solchen vorgefaßten Widerstand gegen seine Pläne nichts ahnte und nicht imstande gewesen wäre, irgendeiner so gutaussehenden jungen Dame die Rolle einer Anstandsdame zuzumuten, überschüttete beide, Charlotte sowohl wie Clara, mit den gleichen Exzessen von Galanterie, während er zwischen ihnen dahinschritt. Die Badefreuden noch immer in den höchsten Tönen lobend, bemühte er sich, sie mit seinen längsten Silben und lehrhaftesten Satzgebilden zu unterhalten.
»Hineinzutauchen in die erfrischende Brandung und eingehüllt zu werden in das nasse Element ist tatsächlich ein herrliches Erlebnis«, versicherte er ihnen. »Doch müssen Gesundheit und Vergnügen bei diesen wohltuenden Waschungen gleichermaßen berücksichtigt werden; und auf so mancher bleichen Wange kann durch ein gelegentliches Eintauchen in die reinigende Sturzsee des Ozeans der rosige

Hauch der Rose wiedererblühen. Nicht etwa«, beeilte er sich hinzuzufügen, indem er versuchte, sich nach beiden Seiten gleichzeitig zu verneigen, »daß eine meiner reizenden Zuhörerinnen es nötig hätte, die Rose auf ihren Wangen *wieder* erblühen zu lassen.«

Charlotte konnte ihn nur noch fassungslos anstarren, und auch Claras zarte Wangen zeigten einen ganz schwachen Anflug von Erröten, daß Sir Edward, wäre er ein kluger Mann gewesen, sich geniert hätte. Er fuhr jedoch im gleichen Stil fort, bis sie sich bei der Einfahrt zum Trafalgar House trennen mußten.

Überfroh, von seiner Gesellschaft befreit zu sein, beobachtete Charlotte ihn, wie er seine neue Position zwischen Lady Denham und Clara einnahm und sich dienstbeflissen der ersteren zuwandte und die letztere in einer so unbeteiligten Art, nur als deren Gesellschafterin, behandelte, daß die Rätselhaftigkeit der wahren Beziehung zwischen allen dreien sie mehr verwirrte denn zuvor. Es war so eindeutig nicht das, was es nach außen hin schien. Aber was konnte das Ganze bedeuten?

›Es ist für mich sehr schwer zu durchschauen, bevor ich beides, die Menschen und die Umstände, besser kenne‹, sagte sie sich. ›Lady Denham hält sich für scharfsinnig, ist aber gleichzeitig mißtrauisch. Und wenn sie hinter allem geheime Beweggründe argwöhnt und jeden von vornherein für unaufrichtig hält, sollte man vielleicht andere Menschen nicht verurteilen, wenn sie sich dagegen schützen und nicht ganz offen mit ihr sind.‹

Charlotte war sich klar, daß ihre ersten persönlichen Eindrücke nicht ohne Irrtümer waren: Sie hatte ihre Meinung bereits einmal schon über beide, sowohl Sir Edward als auch Lady Denham, geändert und nahm sich vor, keine falschen Schlüsse mehr zu ziehen und sich über Clara Brereton kein zu schnelles und endgültiges Urteil zu bilden.

›Aber ich glaube nicht, daß ich meine Meinung über Sir

Edward noch einmal ändern werde‹, entschied sie. ›Er ist wirklich ein ganz konfuser und törichter junger Mann.‹ Derart waren ihre Gedanken, während sie auf das Haus zugingen und sie Mrs. Parker nur mit halbem Ohr zuhörte, deren liebenswürdigen Äußerungen man im allgemeinen keine Aufmerksamkeit schenken oder beipflichten konnte, ohne jegliche Art von Diskussion ernsthaft zu gefährden.
Und Charlotte hatte schon mehrmals »Ja, ja« gesagt. »Oh, ich stimme Ihnen zu, entschieden gutaussehend, ein sehr vornehmer junger Mann«, und »Besonders elegant in seinen Manieren«, ehe sie merkte, daß nicht von Sir Edward Denham, sondern von Sidney Parker die Rede war.

13

Auch ein noch so zeitweiliges Vergessen des neuen Ankömmlings in Sanditon wurde zu einer Unmöglichkeit, sobald sie die Schwelle von Trafalgar House betreten hatten. Sidney Parker hatte bereits seinen Besuch dort gemacht, und sein Bruder konnte von nichts anderem mehr reden.
»Denk doch bloß, Mary«, rief er. »Ihn endlich bei uns zu haben! Also genau die Schicht von jungen Leuten, die wir zu uns heranziehen wollen – sie werden dem Platz hier eine entsprechend elegante Atmosphäre verleihen. Auch wenn es nur für ein paar Tage ist, kann es schon eine Menge ausmachen – aber ich weiß nicht recht, wie *lange* sie bleiben werden. Es sind bestimmt ganz ausgezeichnete junge Leute, wenn sie Freunde von Sidney sind.«
Charlotte hatte inzwischen schon gemerkt, daß Mr. Parker dazu neigte, Menschen nach ihrer Nützlichkeit für Sanditon zu beurteilen, viel mehr nach dem respektvollen Ton, in dem sie von Sanditon sprachen, oder der Bewunderung, die sie

ihm zollten, als nach ihrer persönlichen Vortrefflichkeit. Sie war also keineswegs erstaunt, als er fortfuhr, Sidney zu rühmen, indem er dessen kürzliches Lob auf Sanditon mit großer Begeisterung wiederholte.

»Er ist ganz außer sich über die Verbesserungen und die Veränderungen, seit er das letztemal hier war – so viele neue Häuser fertiggestellt, unsere Grünanlagen, die sich so schnell entwickeln, und dieses geschäftige Treiben auf dem Hügel und am Terrace. Aber er kann es einfach nicht lassen, sich darüber lustig zu machen. Er macht sich nämlich über alles lustig, wissen Sie. Mich hat er jetzt während einer Stunde herzlich zum Lachen gebracht und ist nun auf dem Wege zu Susan und Diana. Er hat geschworen, daß er sie alle zum Essen mitbringen werde. Ich hoffe nur, Liebling, daß Reynolds sich der Aufgabe gewachsen zeigt, in so kurzer Zeit mit einem Familiendinner aufzuwarten, falls Sidney sich bei ihnen durchsetzen kann? Ich habe ihm gesagt, wir könnten jederzeit ganz ohne Zweifel noch vier mehr hineinzwängen. *Sie* essen doch nichts, wie wir wissen, aber wir müssen alles tun, um ihnen den Mund wässerig zu machen.«

Mrs. Parker, die eine sehr gute Küche führte, murmelte etwas von einem Hammelrücken, den Mr. Parker dann höchst persönlich tranchieren würde, zögerte aber, ob sie nicht noch ein paar Vögel dazugeben sollte oder reichliche Beilagen, und zweifelte zum Schluß, ob wohl die ganze Parkerfamilie je dazu gebracht werden könnte, mit ihnen zu Abend zu essen.

»Diana wird bestimmt kommen, wenn sie sich danach fühlt«, sagte sie sich. »Aber nicht einmal Sidney könnte Arthur oder Susan dazu überreden, sich in die Abendluft hinauszuwagen. Das haben sie bis jetzt noch nie getan.«

»Tatsächlich nicht«, äußerte Mr. Parker ganz betroffen. »Sie müssen endlich einmal mit uns essen.«

»Susan ist ja bisher noch nicht einmal bei Tag unsern Hügel hinaufgestiegen.«

»Verlaß dich auf mich, liebes Kind, Sidney wird sie alle

überreden zu kommen«, versicherte Mr. Parker ihr in unentwegter Hochstimmung. »Er wird jegliche Bedenken, die sie äußern, für puren Nonsens halten und am Schluß seinen Willen durchsetzen.«

Und dieser Optimismus wurde bald gerechtfertigt. Kurz nach der Mittagsstunde traf eine Nachricht von Miss Diana ein, welche das geplante Familiendinner begrüßte; und gegen fünf konnte man Sidney und Arthur von einem oberen Fenster aus beobachten, wie sie ihre Schwestern den Hügel hinaufgeleiteten.

Die wirklich echte Freude, welche die ganze Familie an ihrem Zusammentreffen teilte, konnte von Charlotte nur beifällig bemerkt werden. Ihre eigene große Familie von Brüdern und Schwestern war kaum je getrennt gewesen, und sie fragte sich, ob sie wohl auch eine solche Steigerung ihres Zusammengehörigkeitsgefühls erleben würden wie die Parkers bei ihrer Wiedersehensfeier. Diana, sonst immer lebhaft und redselig, war weicher und gut aufgelegt, Miss Parker weniger grotesk in ihren Grimassen, Mr. Parker noch überschwenglicher denn je, und Arthur trug den Ausdruck vollkommener Befriedigung, den er sich gewöhnlich für seine Nahrungsaufnahme vorbehielt.

Bei ihrem Eintritt in den Salon hielt Charlotte sich in dem ganzen anfänglichen Durcheinander begeisterter Begrüßungen, unbeantworteter Fragen und unvollendeter Sätze zunächst etwas abseits. Arthur aber, als er merkte, daß *ihm* niemand zuhörte, löste sich bald aus dem Kreis bei der Tür und kam auf sie zu. Er brannte darauf, sich mit jemandem, bei dem er Gehör zu finden hoffte, über seine Gefühle in dieser Situation zu unterhalten, und rief aus:

»Was sagen Sie dazu, Miss Heywood, haben Sie je etwas so Herrliches erlebt wie das hier? Sidney ist ein Prachtkerl und stachelt uns alle auf. Das ist immer so. Für die nächsten paar Tage, die er hier ist, wird er sich Pläne einfallen lassen und uns alle umkrempeln.«

Der Enthusiasmus, mit dem Arthur diese Chance zu begrüßen schien, überzeugte Charlotte, daß Langeweile, viel mehr als Krankheit, sein Hauptproblem war. Die ständige Gesellschaft seiner Schwestern mußte ja einen jungen Mann von zwanzig Jahren manchmal entsetzlich langweilen, und die Bewunderung, die er für seinen Bruder hegte, gründete zweifellos zum Teil in einem Bedürfnis nach gelegentlicher Zerstreuung und Abwechslung.

Aber auch Miss Parkers Stimme war inmitten des Gebabbels am Eingang zu vernehmen, die mit Befriedigung voraussagte, daß »jetzt, wo Sidney hier ist, alles drunter und drüber gehen wird«. Und Diana, die Morgan kurze Anweisungen wegen der verschiedenen Kräuterteepackungen gab, welche sie mitgebracht hatten, rief großzügig aus: »Da hat man's – ich wußte doch, daß Sidney vergessen würde, Susans Fläschchen vom Kaminsims mitzubringen! Ach, auch gut – was macht das schon für einen Abend? Es kommt ja nicht oft vor, daß wir uns in einem so heiteren Familienkreis zusammenfinden können.«

Es war ein Kreis, der Charlotte unvermeidlich interessieren mußte. Die Sonderstellung, welche seine Brüder und Schwestern Mr. Sidney Parker einräumten, hatte ihre Aufmerksamkeit bereits erregt, und lange, bevor sie eine Gelegenheit hatte, selbst mit ihm zu sprechen, beobachtete sie ihn und folgte seinem Geplauder wie die andern. Es lag etwas Ungewöhnliches in seinem Charakter, was ihr besonders gefiel. Seine Erscheinung war überaus elegant, denn er war der Größte in der Familie; sein Gesicht, wenngleich nicht regelmäßig, wurde aber fast schön durch ein Paar sehr lebhafter und kluger Augen, und sein Benehmen war so temperamentvoll und gleichzeitig doch so tadellos, daß sie dachte, er bringe es gar nicht über sich, anders als liebenswürdig zu sein, und bereit war, ihm zuzugestehen, es in vollkommener Weise zu sein.

»Und was ist mit diesen Freunden von dir, Sidney?« fragte

Mr. Parker, kaum, daß sie beim Essen saßen. »Du hast uns noch gar keine Beschreibung von ihnen gegeben oder weshalb sie sich hier mit dir treffen. Wollen sie länger bleiben? Hast du sie uns gegenüber schon früher einmal erwähnt? Ich zerbreche mir nämlich schon seit heute morgen den Kopf darüber, warum du dich ausgerechnet in Sanditon mit ihnen triffst.«

»Du hast mich vielleicht schon von ihnen sprechen hören – ich kenne beide schon ziemlich lange – Reginald Catton und Henry Brudenall.«

»Catton – der junge Mann, der immer Karriolen* kauft? Der deine gelbe so bewundert hat und sie kopieren ließ? Du warst doch voriges Jahr Gast bei ihm in Shropshire? Und hast du nicht einmal erzählt, er habe auch ein Stadthaus? Noch nicht verheiratet, wie? Weshalb sollte er dann in einem Hotel in Sanditon absteigen?«

Obgleich Mr. Parker der um sieben Jahre ältere Bruder war, ließen ihn seine brennende Neugier und sein ansteckender Enthusiasmus manchmal als den jüngeren erscheinen.

»Reginald wird nicht länger als eine Nacht oder zwei hierbleiben, wenn überhaupt«, erklärte sein Bruder, der nur die unmittelbarsten der Fragen beantwortete. »Der einzige Zweck seines Kommens ist, unseren gemeinsamen Freund aus London herunterzubringen. Und mein Grund, mich hier mit ihnen zu treffen, ist der, Henry Brudenall mit euch bekannt zu machen. Er wird, seiner Gesundheit wegen, einige Wochen hierbleiben.«

»Seiner Gesundheit wegen?« rief Diana, deren Neugier jetzt auch geweckt worden war. »Was fehlt denn Mr. Brudenall? Ist er gallenleidend – nervös – fieberkrank?«

»Hoffentlich nichts, das unsere gute Seeluft nicht zu heilen imstande wäre«, sagte Mr. Parker.

»Seeluft mag ja für viele Beschwerden heilsam sein, aber da gibt es bestimmt noch viele andere – meine, Susans und

* Leichter zweirädriger Einspänner.

Arthurs sicherlich auch –, für die das Meer überhaupt keinen Wert hat. Jeder Fall mit nervösen Störungen, Galle, Hexenschuß, rheumatischen Beschwerden sollte unbedingt vom Meer ferngehalten werden. Ebenso Bronchialanfälle. Mr. Brudenall leidet doch hoffentlich nicht an Asthma? Sollte das der Fall sein, würde Sanditon ihn bestimmt innerhalb seiner vierzehn Tage hier umbringen.«

Sidney, der, so schien es Charlotte, schon vorher Mühe gehabt hatte, Haltung zu bewahren, versicherte seiner Schwester mit vollkommen ernster Miene, daß Mr. Brudenall nicht an Asthma leide.

»Faktisch fehlt Henry gar nichts Ernsthaftes. Als ich von seiner Gesundheit sprach, bezog sich das weder auf seinen vergangenen noch auf seinen gegenwärtigen, sondern mehr auf seinen zukünftigen Gesundheitszustand«, äußerte er etwas unverständlich; er machte eine Pause, hielt dann aber offensichtlich doch eine ergänzende Erklärung für notwendig und fuhr fort: »Die Sache ist die, daß Henry demnächst nach Indien gehen soll. Als jüngerer Sohn einer vornehmen, aber verarmten Familie hat er in England kaum eine Zukunft, und deshalb wird er hinausgeschickt, um sich in Bengalen ein Vermögen zu erwerben. Bei einer monatelangen Seereise, die ihm bevorsteht, meinte seine Familie, sollte er sich vorher schon etwas der Seeluft aussetzen, um sich abzuhärten.«

»Ich verstehe«, sagte Mr. Parker unsicher.

»Du meinst, er ist sonst ganz gesund?« fragte Diana, deren Enttäuschung ihre Stellungnahme trübte.

»Das scheint mir eine vorzügliche Handlungsweise zu sein«, hatte Mrs. Parker gerade begonnen, als Arthur, der seinen Bruder unverwandt angestarrt hatte, plötzlich in Lachen ausbrach und sagte:

»Ach, aber das ist doch alles vollkommener Schwindel. Sidney hat die ganze Geschichte nur erfunden. Das sehe ich an seinem Gesicht. Das ist nur wieder einer seiner Scherze.«

Sidney lächelte ihn an.

»Ich möchte sagen, ich habe auch nur halb erwartet, daß ihr darauf reinfallen werdet«, gab er freimütig zu. »Und ich muß gestehen, als ich ungeschickterweise seine Gesundheit erwähnte, hatte ich vergessen, daß ihr alle Henry bestürmen und ihn so lange über Asthma und Galle und nervöse Störungen ausfragen würdet, bis ihr ihn zu eurer Zufriedenheit diagnostiziert hättet. Im Moment hatten mich meine Improvisationsgaben im Stich gelassen, und mir fiel keine bessere Geschichte ein als diese. *Wahr* ist allerdings, daß er nach Bengalen geht. Aber jetzt bleibt mir wohl nichts anderes übrig, als euch in das Geheimnis einzuweihen, obgleich ich es für alle Uneingeweihten für das beste hielte, die Fiktion aufrechtzuerhalten, daß Henry seiner Gesundheit wegen in Sanditon sei. Sie wären wahrscheinlich zumindest so taktvoll, ihn nicht so genau nach der Natur seiner Beschwerden auszufragen.«

Er sagte das in einem ernsteren Ton als dem, den er vorher angeschlagen hatte, und fuhr mit der Erklärung fort, daß seines Freundes Niedergeschlagenheit, die nach ein paar Wochen Zurückgezogenheit verlangte, mehr einem Zustand des Herzens als des Körpers zuzuschreiben sei. Mr. Brudenall empfinde schon seit vielen Jahren eine leidenschaftliche Zuneigung für eine Kusine und sie für ihn. Sie hätten von jeher die Absicht gehabt zu heiraten, bevor er sich nach Indien aufmachte, was seine Familie schon in sehr frühem Alter für ihn geplant hatte. Ihrer Verlobung, obgleich ein strenges Familiengeheimnis, sei von beiden Elternpaaren zugestimmt worden; aber auf *ihrer* Seite habe man gefunden, daß sie noch die Freuden einer Londoner Ballsaison genießen sollte, bevor sie sich auf dieses lange und zweifellos freudlose Exil in Bengalen einlasse.

Auf nächstes Jahr seien ihre Hochzeit und Abreise festgesetzt worden. Und wie groß sei Henrys Verzweiflung gewesen, als er – übrigens erst letzten Monat – von der offiziellen Verlobung seiner Kusine mit einem andern gehört habe. Sidney

Parker hielt es für unmöglich, daß ein Mann mehr an einer Frau hängen könne, als Henry an seiner Kusine gehangen habe. Auch jetzt äußere er noch kein Wort des Vorwurfs gegen sie. *Seine* Zukunft empfinde er als eine freudlose, und doch verurteile er sie nicht, daß sie einen passenderen Lebensgefährten und ein komfortableres Leben gewählt habe. Sein Vater aber sei jetzt wirklich darum besorgt, seine Abreise aus England zu beschleunigen – als ein Mittel, seinen Gedanken eine andere Richtung zu geben, ihn von seinem bisherigen Bekanntenkreis zu trennen und ihn so bald wie möglich in den Kreis einzugliedern, wo er den Rest seines Lebens zubringen würde. Seine Reisevorbereitungen seien bereits voll im Gange, doch die Hochzeit seiner Kusine finde innerhalb der nächsten vierzehn Tage statt, und da man von ihrer beider Familien erwartete, daran teilzunehmen, hatte man es in Henrys Interesse für zweckmäßiger gehalten, daß er sich von London absentiere.
Sidney und sein Freund, Reginald Catton, die wegen des Problems konsultiert worden waren, hatten beschlossen, daß Reginald auf seinem Wege nach Brighton Henry in Sanditon absetzen würde. Sidney würde dann seine Einführung bei Fremden sichern, die nichts wußten und die dann während dieser sehr heiklen Periode auch nicht versuchen würden, etwas über ihn zu erfahren.
»Ich habe keine Bedenken, meine eigene Familie darüber ins Vertrauen zu ziehen, aber was ich euch erzählt habe, muß strikt unter uns bleiben«, warnte er. »Henry ist ein besonders sensibler junger Mann und wäre tief betroffen, wenn er das Gefühl hätte, jeder, den er in Sanditon kennenlerne, bemitleide ihn am Hochzeitstag seiner Kusine.«
Die Sympathie und das Wohlwollen für seinen Freund, die Sidney jetzt geweckt hatte, waren sehr groß.
»Dieser arme junge Mann«, sagte Diana. »Aber du hast sehr gut daran getan, uns das zu erzählen, Sidney. Es ist wirklich schlimm, daß seine Zukunftspläne durch eine leichtfertige

junge Frau vernichtet worden sind; aber wer weiß, welche unbedachten Bemerkungen wir vielleicht hätten fallenlassen, wenn wir die ganzen Zusammenhänge nicht gekannt hätten.«

»Ja, tatsächlich«, stimmte Mrs. Parker zu. »Es ist immer besser, die Wahrheit zu sagen.«

Arthur, der seinen Bruder noch immer unverwandt beobachtete, schien diesmal ganz befriedigt. Und nach einem kurzen Blick über die Tafelrunde, der seinen Eindruck bestätigte, daß Henry Brudenall in Sanditon nur Takt und Freundlichkeit begegnen werde, war Sidney froh, das Thema fallenzulassen und die Unterhaltung anderen Dingen zuzuwenden.

14

Nach dem Dinner bot sich Charlotte eine Gelegenheit, Sidney Parker etwas eingehender zu prüfen, als er neben ihr stehenblieb und so ihre Aufmerksamkeit auf die liebenswürdigste Weise in Anspruch nahm.

»Ich bin überzeugt, in Ihnen eine Verbündete zu haben, Miss Heywood. Bei Anlässen dieser Art bin ich nämlich immer auf der Suche nach einem solchen«, sagte er und zog einen Sessel neben den ihren. »Bis man das Teetablett hereinbringt, wird hier niemand von etwas anderem reden als vom Wert der verschiedenen Kräuter für die Verdauung dessen, was sie soeben gegessen haben.«

»Schäm dich, Sidney, du übertreibst«, protestierte Mr. Parker, als er sich zu ihnen gesellte.

»Dann geh doch und überzeuge dich selbst, ob ich übertreibe«, entgegnete Sidney, indem er zu den anderen hinüberwies. »Ich gebe zu, daß es gelegentlich vielleicht auch einen Einwurf über die Vorteile der einen gegenüber der andern Medizin in Verbindung mit der Wirkung des Kräutertees geben mag – vielleicht auch eine geringfügige Meinungsverschiedenheit über die genaue Temperatur, bei welcher beides genommen werden sollte, um den Magen vollkommen zu beruhigen. Aber ich versichere Ihnen, Miss Heywood, ich habe manchmal über eine Stunde dabeigesessen, ohne unsere Familiendiskussion durch ein anderes Thema unterbrechen zu können.«

»Eine Stunde! Was für ein Unsinn!« rief Miss Diana, welche ihr eigenes Gespräch am anderen Ende des Raumes mit einer Mühelosigkeit unterbrach, die bewies, daß sie in der Lage war, gleichzeitig zu reden und zu lauschen. »Ich wäre die letzte, die leugnen würde, daß wir alle bedauernswerte Invaliden sind, und du verweigerst uns dein Mitgefühl. Aber Sie dürfen nicht alles glauben, was Sidney sagt, Miss Heywood. Sein Übermut geht oft mit ihm durch, und er spricht, ohne sich etwas dabei zu denken. Ich bin überzeugt, es kann unmöglich auch nur *irgend jemand* weniger über seinen Gesundheitszustand reden, als wir es im allgemeinen tun; wir, die wir doch soviel Ursache dazu hätten.«

»Und ich bin überzeugt, auch Miss Heywood hat bereits genug unter dieser Nervenprobe gelitten, die ich soeben beschrieben habe, und ist bereit, sich mit mir zu verbünden, um gegen sie anzugehen.«

»Pfui, schäm dich! Jetzt machst du dich wirklich lächerlich.«

»Laß ihn nur, Diana«, riet Mr. Parker ihr. »Das ist doch nur seine übliche Art, so lange zu reden, bis er genau das erreicht hat, was er möchte. Aber dann werden wir ihn eben bei Miss Heywood sitzen lassen, wenn er unbedingt will.« Und er wandte sich in heiterster Laune zum Gehen, um sich zwischen seinen beiden Schwestern auf dem Sofa niederzulassen.

»Jedes Mitglied einer Familie glaubt, die Fehler der andern zu kennen«, sagte Sidney lachend. »Aber da ich nun meinen Willen *bekommen* habe, will ich den Sieg teilen, indem ich Ihnen, Miss Heywood, gestatte, unser nächstes Gesprächsthema zu wählen.«

Charlotte war durchaus bereit, sich über jedes Thema zu unterhalten, und schlug Bücher vor; und bald waren sie damit beschäftigt, ihre Urteile über die Bücher zu vergleichen, die *sie* gelesen hatte, denn sie zweifelte nicht daran, daß er eine ganze Menge mehr gelesen hatte als sie.

Niemand war erpichter darauf, in einem solchen Gespräch zu glänzen als Sidney, der weit davon entfernt war, eine feste Meinung zu haben, um sie ändern zu können, wann immer es ihm paßte: manchmal zustimmend und machmal ablehnend, je nachdem, welche er im Augenblick für die anregendste hielt. Deshalb konnte er auch immer die eine oder die andere Einstellung wählen und immer mit Verve argumentieren. Sie setzten ihre Unterhaltung über die verschiedensten Gebiete fort, denn Sidney verweilte selten lange bei einem Thema, sondern wußte zu allen etwas zu sagen. Und Charlotte war sich bald darüber im klaren, daß er sowohl an angeborenen Fähigkeiten als auch an erworbenen Kenntnissen der übrigen Familie unendlich überlegen war.

Er sprach gut und mit sehr viel Verständnis, und unwillkürlich mußte sie sein Auftreten und die Gesprächsthemen, die er wählte, mit denen der beiden anderen jungen Männer vergleichen, welche sie kürzlich kennengelernt und mit denen sie sich unterhalten hatte. Sir Edward Denham, der während seiner Rede Zitate produzierte wie eingerahmte Bildungsdiplome, war, obgleich eine liebenswürdige Bekanntschaft, eine betrübliche Enttäuschung gewesen. Und was Arthur Parker betraf – er hatte nicht die leiseste Idee, wie man junge Damen faszinierte, und glaubte, seine Diät und seine Krankheitssymptome müßten für alle Frauen von dem gleichen allerhöchsten Interesse sein wie für seine beiden Schwestern. Mr. Sidney Parkers Redegewandtheit und sein wohlerzogenes, sicheres Benehmen machten ihn zu einem viel unterhaltsameren Gesellschafter als die andern beiden, und der Abend verging Charlotte schneller und erfreulicher als irgendeiner seit ihrer Ankunft in Sanditon.

Nun hatte sie seine Meinung über so viele Themen gehört, doch was er wirklich schätzte, blieb ein Rätsel für sie; denn obwohl er fraglos einen umfassenden Geist hatte, überraschte er sie wiederholt durch seinen Mangel an Konsequenz und durch widersprüchliche Meinungsäußerungen. In seiner Indifferenz, einen einheitlichen Standpunkt beizubehalten, war Sidney seiner Partnerin allerdings sehr unähnlich, die schon von klein auf durch ihre Eltern zu einer Urteilsbildung angehalten worden war und immer einen angemessenen und konsequenten Standpunkt einnahm.

»Wie ich sehe, Miss Heywood, ist Ihr gesunder Menschenverstand durch nichts zu erschüttern, und ich werde aufhören, Sie zu necken, und Sie Ihren Tee trinken lassen«, sagte er, als er endlich aufstand. Und Charlotte bemerkte zu ihrer Überraschung, daß das Teetablett schon seit einiger Zeit im Zimmer stand, und konnte nicht begreifen, wie die Zwischenzeit so schnell vergangen war. Jetzt erst kam ihr zum Bewußtsein, daß sie sich kein Gewissen daraus gemacht hatte, Sidneys Aufmerksamkeit in diesem Familienkreise ganz für sich in Anspruch zu nehmen, wo doch alle den Wunsch hatten, mit ihm zu sprechen; und sie machte sich Vorwürfe wegen ihrer Gedankenlosigkeit, sich während der letzten Stunde um niemandes Vergnügen gekümmert zu haben außer um ihr eigenes.

Sehr besorgt, daß man sie andern gegenüber für gleichgültig halten könnte, stand sie auch sofort auf in dem Bestreben, ein so egoistisches Benehmen zu revidieren. Doch er protestierte dagegen und bat sie zu bleiben, wo sie war, während er den Tee für sie beide holte; und wenngleich sie seine Höflichkeit schätzte, beharrte sie dennoch auf einer kleinen Platzveränderung, um sie beide in die allgemeine Unterhaltung miteinzubeziehen. Das quittierte er mit einem Lächeln, dem er noch eine humorvolle Warnung hinzufügte:

»Vielleicht ist es uns gelungen, dem Schlimmsten zu entgehen, aber nach dem, was ich da eben zufällig gehört habe, ist ihr Lieblingsthema noch bei weitem nicht erschöpft.«
Und als Charlotte ihre Aufmerksamkeit wieder der Hauptgesellschaft zuwandte und die Fäden der Unterhaltung aufnahm, stellte sie bald fest, daß seine Schwestern tatsächlich eine neue Gefahr für ihre Gesundheit entdeckt hatten. Miss Parker, die auf eine höfliche Erkundigung ihrer Schwägerin antwortete und bestätigte, daß sie in ihrem neuen Logis im Terrace *einigermaßen gut* untergebracht seien, hatte ihre Zuhörer soeben durch die Bemerkung verblüfft, welche sie in dem gleichen leidenden Tonfall äußerte, daß sie vermute, daß das neue Küchenmädchen sie alle langsam vergifte.
»Vergiften?« rief Mr. Parker ganz entsetzt aus. »Meine liebe Susan, das kann nicht dein Ernst sein. Was sagst du da?«
»Doch, Tom, es ist nur allzu wahr«, pflichtete Miss Diana nachdrücklicher bei. »Ich renne ständig, jede freie Sekunde, in die Küche und versuche, es zu verhindern. Aber ich fürchte, wir werden langsam vergiftet – oh, ganz unabsichtlich, nehme ich an. Tatsache ist, daß wir überzeugt sind, das neue Küchenmädchen, das wir engagiert haben, spült das Geschirr nie nach, und Seife ist, wie du ja weißt, *äußerst* giftig. Aber nichts, was ich sage, scheint sie von der Ernsthaftigkeit der Situation zu überzeugen. Würdest du es für möglich halten – sie hat mich einfach ausgelacht! Sie behauptete, ihre letzte Herrschaft habe nie darauf bestanden, das Geschirr nachzuspülen, und sei nicht einen Tag krank gewesen. Ach, Sally ist ein gutherziges, ganz freundliches Mädchen, aber ich fürchte, sie wird gehen müssen, oder die arme Susan wird sich hier nie gesund fühlen. Und Arthur beginnt auch schon an fast den gleichen Symptomen zu leiden – er hat die entsetzlichste Nacht verbracht und kaum eine Minute lang die Augen geschlossen. Susan und ich haben gemeinsam alles versucht, ihm Erleichterung zu

verschaffen – heiße Ziegelsteine und schwachen Kakao –, da er ja meine Spezialmischung gegen Schlaflosigkeit nie versuchen will – warmes Wasser, mit der eingeweichten zweiten Rinde von einem Stück Erlenholz – habe ich dir das nicht schon mal empfohlen, Mary? Letzte Nacht aber hat der arme Arthur nur nach einem kleinen Gläschen Portwein verlangt, und als ich nach einer ganzen Weile sah, daß keiner von uns würde schlafen können, wenn ich nicht einwilligte, hielt ich es für das beste, ihm nachzugeben. Portwein schadet ja schließlich nur selten, und ich glaube wirklich, er hat den Rest der Nacht ziemlich friedlich verbracht. Jedenfalls haben Susan und ich uns dann zurückgezogen und nichts mehr gehört. Doch die Folge davon ist, daß wir uns heute alle in einem ganz schlechten Zustand befinden. Wäre es nicht Sidneys Ankunft wegen gewesen, wären wir alle heute abend bestimmt schon lange vor dem Essen zu Bett gegangen.«

Während dieser Schilderung von Arthurs Unpäßlichkeit waren Charlottes Blicke zu ihm hinübergewandert, wo er saß und neben seiner Schwägerin seinen Kakao trank und seinen Toast aß. Außer einer gewissen Verschlafenheit und einer gehörigen Portion Indifferenz gab es für Charlotte kein Anzeichen, daß er eine nach Miss Dianas Schilderung zu unangenehme Nacht verbracht hatte. Ihren Blicken folgend und ihre Gedanken ahnend, murmelte Sidney Parker ihr kaum hörbar zu:

»Arthurs Gesundheitszustand war von jeher eine fixe Idee von ihnen. Mein ältester Bruder und ich hatten das Glück, ins Internat geschickt zu werden, bevor unsere Eltern starben, und sind auf diese Weise der Obhut unserer Schwestern entgangen. Arthur war, wie Sie sehen, nicht so begünstigt. Sie haben ihn so lange verweichlicht und gegängelt, daß er es jetzt eindeutig genießt, leidend zu sein.«

Sidney hatte eine so ungezwungene und offenherzige Art, daß Charlotte, obwohl sie selbst sich nicht berechtigt fühlte, so familiär von seiner Familie zu sprechen, gar nicht anders konnte, als darauf zu reagieren und in diesem Moment in der gleichen Weise mit ihm zu sprechen wie er mit ihr.

»Aber es ist doch bestimmt ganz entsetzlich für einen so jungen Menschen, sich für nichts anderes zu interessieren als für seine Gesundheit? Kann man ihn denn nicht auf irgendeine Weise *zwingen*, einen Beruf zu ergreifen? Oder allerwenigstens doch eine Begeisterung für etwas zu entwickeln, was seine Zeit mehr in Anspruch nimmt?«

»Voriges Jahr habe ich wirklich alles versucht, ihn mit ins Ausland zu nehmen; aber er hatte selbst sehr wenig Lust zu reisen, und Susan und Diana haben ihn dann gemeinsam überzeugt, daß er sich auf so einer Reise von einer fremden Stadt zur andern höchst unbehaglich fühlen würde.«

»Wenn er nun etwas Grundbesitz hätte«, sagte Charlotte doch recht zögernd. »Vielleicht würde ihn das zu dem Versuch anregen, etwas daraus zu machen.«

»Er hat ein kleines Einkommen, das, für seine Bedürfnisse völlig ausreichend, keinen großen Anreiz für ihn bietet, es zu vergrößern. Überhaupt, mit Arthur über Geld zu sprechen ist mehr als eine Tortur – ich bin schon seit langem zu der Überzeugung gekommen, daß *ihn* keine noch so vielversprechende Aussicht auf finanziellen Gewinn je in Bewegung setzen wird. Man kann nur *eines* hoffen – daß er von sich aus irgendeine harmlose Liebhaberei entwickelt, eine überwältigende Leidenschaft, Schmetterlinge zu sammeln, Vögel zu beobachten oder Hunde zu züchten: das wären, glaube ich, die Beschäftigungsarten, in denen er sich mit großem Erfolg betätigen könnte; doch sie gehören nicht zu der Art, die ein Bruder ihm vorschlagen oder aufzwingen kann. Eine zufällige Bekanntschaft mit einem Enthusiasten oder ein noch verborgenes persönliches Verlangen muß den Antrieb geben. Schließlich mangelt es unserer Familie ja im allgemeinen nicht an Enthusiasmus, im Gegenteil – die verrückten Einfälle und merkwürdigen Anwandlungen meiner Schwestern gehen oft mit ihnen durch.«

Da Charlotte fand, daß Sidneys Diskussion über seine Familie jetzt etwas zu vertraulich wurde, um sie noch weiter voranzutreiben, wandte sie ihre Aufmerksamkeit wieder der Gesellschaft zu. Doch da die anderen Parkers noch immer in ein Gespräch über den Mangel an temporärem Dienstpersonal, seinen Widerstand gegen Schulung und über die im Augenblick aus Sanditon-Dorf in Frage kommenden Anwärter verwickelt waren, bot sich Charlotte keine unmittelbare Gelegenheit, sich zu beteiligen.

Mr. Parker, der die Liste der für Sallys Stelle in Frage kommenden Kandidatinnen durchgesehen hatte, versuchte alsbald, seine Schwestern davon zu überzeugen, daß schon die Seeluft allein genüge, um etwaige, von ihnen erwartete gräßliche Folgen der Seifenvergiftung zu kompensieren. Und nachdem Charlotte kurze Zeit so gesessen und noch zusätzlichen Erläuterungen Mr. Parkers gefolgt war, hörte sie ein Glucksen neben sich, und Sidney Parker raunte ihr wieder etwas zu:

»Wissen Sie, im Grunde ist nämlich Tom der Schlimmste von ihnen allen. *Seine* plötzliche Begeisterung für die Medizin nimmt nur eine andere Form an: Er setzt sein ganzes blindes Vertrauen auf Dr. Sanditon, was ebenso verrückt und eher noch abwegiger ist als der Glaube meiner Schwestern an Quacksalbereien.«

Wenn sie auch diese Äußerungen nicht gerade verurteilte, empfand Charlotte doch die ganze Unbilligkeit, sie, die doch im Grunde eine Fremde für ihn war, zu seiner Mitwisserin zu machen. Andererseits wiederum waren Sidney Parkers Manieren so offensichtlich die der großen Welt, daß sie sich kleinbürgerlich und provinziell vorkam, wenn sie diese zu kritisieren wagte. Seine Selbstverständlichkeit und seine Offenheit und die Lust, mit der er alles aufgriff, was zu seinem persönlichen Vergnügen oder dem anderer beitrug – das alles, konzedierte sie, war durchaus zulässig bei jemandem, der den größten Teil seiner Zeit in der freizügigeren Gesellschaft

Londons verbrachte. Doch in ihrem engen und begrenzten Lebensbereich, der bisher nur wenig über ihren eigenen gemütlichen und wohlgeordneten Familienkreis hinausgegangen war, wurde eine ganz andere Lebensart praktiziert, und völlig andere Werte waren die einzig gültigen. Die Übung ständiger Zurückhaltung bei allen gesellschaftlichen Anlässen, eine angemessene Rücksichtnahme sowohl auf Nachbarn als auch auf Verwandte und eine taktvolle Nachsicht in der Beurteilung der Schwächen anderer waren die Grundregeln, die man sie zu respektieren gelehrt hatte. Sie war sich auch ihrer Wichtigkeit bewußt, um gute Beziehungen zwischen Menschen aufrechtzuerhalten, die gezwungenermaßen jeden Tag ihres Lebens miteinander in Berührung kamen, aber ihre Unzulänglichkeiten kannten und mit einem eingestreuten Witz oder einer drolligen Bemerkung in fröhlichem Geplauder darüber hinweggingen. Und obgleich sie Sidney um seine Freiheit beneidete zu sagen, was ihm gerade einfiel, wer auch immer gerade in der Nähe war, machte sie doch keinen Versuch, seinem Beispiel zu folgen.

Mit einigem Befremden über ihr anhaltendes Schweigen verlangte er jedoch um so dringender nach ihrer Stellungnahme, bis Charlotte einsah, daß sich eine Antwort nicht vermeiden ließ.

»Sie können doch nicht allen Ernstes von mir erwarten, daß ich Ihnen zustimme, Mr. Parker«, sagte sie mit deutlicher Zurückhaltung und in einem Ton milder Strenge. »Denn wenn es auch für Sie harmlos sein mag, in einer solchen Weise von Ihrer eigenen Familie zu sprechen, wäre es die größte Unverschämtheit von mir, das gleiche zu tun.«

Es war gesagt, und sie bedauerte es nicht. Sie empfand eine gewisse Beklommenheit, daß sie gezwungen worden war, ihre eigenen moralischen Grundsätze zu bekennen, und mehr noch bei der Überlegung, daß er sie wahrscheinlich, verglichen mit seinen üblichen Bekannten, nicht nur langweilig, sondern auch beschränkt finden müsse. Statt dessen stieß diese Zurechtweisung, die sie eine solche Überwindung gekostet hatte, nur auf ein entzücktes Auflachen.

»Oh, Sie feinfühlige und rücksichtsvolle Miss Heywood, wie recht Sie doch haben, mir Vorhaltungen zu machen«, sagte er überaus erheitert. »Sie sind mit meiner Familie schon so gut bekannt, daß ich vergessen hatte, wie kurze Zeit *wir* uns erst kennen. Ich hätte natürlich mindestens noch einen Monat warten müssen, ehe ich den Versuch wagte, unsere Ansichten über alle meine Verwandten miteinander zu vergleichen.«

»Ich zweifle sehr daran, daß ein Monat eine große Änderung in meiner Auffassung bewirken würde«, erwiderte Charlotte sehr entschieden. »Sehr wenige von uns haben keine leichten Unzulänglichkeiten, und wir müssen uns auf unsere gegenseitige Nachsicht verlassen und sie ignorieren.«

»Die Menschen tun doch aber alles und gehen bis zum Äußersten, um ihre Fehler für andere faszinierend zu machen, daß es wirklich sehr unfreundlich wäre, sie zu ignorieren«, protestierte Sidney. »Sie sähen es viel lieber, daß man sich über ihre persönlichen Fehler amüsiert, statt sie aus menschlichen Gründen zu ignorieren.«

Über eine so bedenkenlose Verteidigung seiner eigenen freimütigen Unterhaltungsmethoden mußte Charlotte unwillkürlich lächeln, war jedoch sehr befriedigt, ihren eigenen Standpunkt klar – und dabei so wenig böses Blut gemacht zu haben, daß sie jetzt fest entschlossen war, jeglicher privater Unterhaltung zwischen ihnen ein Ende zu machen. Und vortäuschend, daß die allgemeine Unterhaltung der anderen ihre ganze Aufmerksamkeit fesselte, gelang es ihr, ihren Sessel durch fast unmerkliche Bewegungen auf den größeren Kreis zuzusteuern.

Als er sah, was sie bezweckte, ließ er sie gutwillig gewähren und machte nur einen letzten Versuch, ihr noch ein Lächeln zu entlocken, bevor er aufstand, um das Feld zu räumen.

»Da kommt ja Arthur. Ich bin sicher, daß Sie die Unterhaltung mit ihm weit weniger belastend finden werden. Bei ihm brauchen Sie sich wegen der richtigen Antwort auf irgendeine seiner Äußerungen nicht den Kopf zu zerbrechen«, sagte er. »Nach seinem Gesichtsausdruck zu urteilen würde ich sagen, er hat die Absicht, mit allen Einzelheiten zu erklären, wie und weshalb der Preiselbeerpudding beim Dinner ihm keine *wesentlichen* Gallenbeschwerden gemacht habe.«

Sie versuchte, ihn mißbilligend anzusehen, als er weiterging, um den neben seiner Schwägerin freigewordenen Sessel einzunehmen, fand es dann aber bedeutend schwerer, das Lächeln zu unterdrücken, als Arthur, der nun im Austausch auf dem Platz neben ihr saß, fast wörtlich so begann, wie sein Bruder es vorausgesagt hatte. Nur war es der Entenbraten, mit dem er anfing, um seine Darstellung zu illustrieren, und nicht der Preiselbeerpudding, und Charlotte hatte alle Mühe, ernst zu bleiben, während sie zuhörte.

Ja, einmal, als sie aufblickte und Sidneys Augen auf sich gerichtet sah, mußte sie sich sogar ganz schnell umdrehen, als suche sie ihren Nähkasten, um einen Saum von Mrs. Parker in Ordnung zu bringen. Erst nachdem sie den Saum in der Hand hatte, fiel ihr ein, daß sie ja versprochen hatte, ihn kurz nach dem Dinner fertig zu haben. Sie war die ganze Zeit so gut unterhalten worden, daß sie Mrs. Parkers Saum vollkommen vergessen hatte. Jetzt beschäftigte sie sich damit, um das wirklich große Vergnügen zu verdienen, welches der Abend ihr schon beschert hatte.

Die anderen waren bereits dabei, die Ankunft von Sidneys Freunden zu besprechen, und er war durchaus bereit, ihnen in einem kurzen Abriß die vielen Möglichkeiten zu schildern, die ihm zu ihrer Unterhaltung vorschwebten.

»Ich bezweifle, daß Reginald länger als einen Tag in Sanditon bleiben wird – wahrscheinlich sogar nur einige Stunden –, also brauchen wir seinetwegen keine großen Pläne zu machen, es sei denn, er hätte die Absicht, von Brighton herüberzukommen. Aber für Henry können wir uns gar nicht genug anstrengen. Ich weiß, ich kann mich auf euch verlassen, ihm das Gefühl zu geben, ein gern gesehener Gast zu sein. Viel wichtiger scheint mir jedoch, ihn von seinen persönlichen Problemen abzulenken. Wenn er vielleicht ständig mit ganz neuen Gruppen von Menschen zusammenkäme – und wir speziell für ihn kleine Ausflüge und Festlichkeiten organisieren könnten –«

»Ausflüge, Festlichkeiten! Wo denkst du hin, Sidney? Hier sind Susan und ich, vollkommen erschöpft von der Anstrengung, uns an Sanditon zu gewöhnen! Was sollten wir denn deiner Meinung nach für deinen Freund tun?«

»Wir könnten in netten Gruppen Spaziergänge machen, Fahrten zu den Schönheiten der Umgebung unternehmen«, schlug Sidney eifrig vor. »Und damit meine ich nicht nur *uns*, sondern auch alle Familien in der Nachbarschaft«, wobei er die Arme ausbreitete, als schließe er ganz Sanditon mit ein. »Da ist doch diese Mrs. Griffiths und ihre Gesellschaft, von der du an dem Abend gesprochen hast. Und ich erinnere mich, daß Tom bei meinem letzten Besuch sagte, die Denhams seien ein sehr angenehmes junges Paar – und dann ist da noch diese Nichte oder Kusine, oder wer immer das ist, die Lady Denham bei sich hat –«

»Miss Brereton«, ergänzte Mr. Parker. »Sie und Lady Denham sind natürlich sehr viel mit uns zusammen.«

»So gehen sie und Miss Heywood morgen zusammen das erste Mal baden«, erklärte Mrs. Parker. »Aber was Lady Denham betrifft – sie ist so eigenbrötlerisch geworden, daß ich nicht sicher bin, ob ihr an mehr Kontakt mit ihren Nachbarn sehr viel gelegen wäre. Und was, mein lieber Sidney, sollten wir deiner Meinung nach außerhalb unseres täglichen Zusammenseins mit unseren Freunden sonst noch unternehmen?«

»Einen Ball oder eine Tanzerei, etwas Derartiges«, antwortete ihr Sidney prompt.

»Einen Ball! Eine Tanzerei!«
»Na ja, zumindest gibt es doch genug junge Damen in Sanditon –«
»Ausgeschlossen!« rief Mr. Parker und tat diesen Vorschlag mit einem Achselzucken ab. »Erst voriges Jahr haben wir versucht, alle vierzehn Tage irgendeine Veranstaltung zu arrangieren, und wir mußten den Plan aus Mangel an Beteiligung aufgeben.«
»Aber habe ich dir denn nicht gerade gesagt, daß du in dieser Saison mehr Beteiligung finden wirst?« beharrte Sidney. Eine kleine Abfuhr zu erleiden war für ihn gar nicht schlimm, sie ermunterte ihn sogar eher. Und immer im Vertrauen auf seinen Erfolg verlangte er zu wissen, wo die letztjährigen Veranstaltungen stattgefunden hätten.
»Du kannst sicher sein, es gibt eine ganze Reihe von Gesellschaftsräumen dicht beim Hotel«, erklärte Mr. Parker ihm mit einigem Stolz, und noch aufgebrachter: »Ich sage dir doch, die einzige Schwierigkeit ist, daß niemand da ist, der sie füllt. Nimm Vernunft an, Sidney, das ist schließlich nicht Brighton!«
»Vielleicht nicht Brighton – aber wie heißt denn das andere Seebad noch, auf das du immer wieder zurückkommst? Bridley oder Brincombe?«
»Du meinst Brinshore?«
»Brinshore – genau das. Ich bin überzeugt, in Brinshore haben sie, was Unterhaltung betrifft, bestimmt mehr. Es würde mich sogar außerordentlich wundern, wenn ich hören müßte, Brinshore habe nicht alle vierzehn Tage eine Veranstaltung.«
Charlotte sah förmlich, daß Sidney Parker jetzt versuchte, seinen Bruder an seiner verwundbarsten Stelle zu treffen. Wahrscheinlich hatte er nicht die leiseste Ahnung, was in Brinshore vor sich ging, erkannte aber seinen Wert als treibende Kraft. Und seine Beharrlichkeit in Bezug auf seine Pläne, die durch keinerlei Opposition gedämpft worden war,

verdoppelte sich noch, als er sah, auf welchem Wege er sie verwirklichen konnte. Indem er Brinshore im geeigneten Moment in die Debatte warf, hatte er im gleichen Augenblick eifrige Überlegungen geweckt, was auch Sanditon seinen Gästen an Unterhaltung bieten könnte.
Und Charlotte, die das alles beobachtete und mit anhörte, kam zu dem Schluß, daß Sidneys Bemühungen im Interesse seines Freundes an Intensität allem gleichkamen was seine Schwester Diana fortwährend praktizierte.

15

Der Zufall wollte es, daß Charlotte am nächsten Morgen Zeugin der Ankunft von Sidneys Freunden war. Sie und Miss Brereton hatten Trafalgar House soeben auf ihrem Wege zum Strand hinunter verlassen, als ein sehr eleganter Wagen am Ende der Einfahrt vorbeiraste und in einem schneidigen Tempo den Hügel hinunter zum Hotel fuhr. Er war zu weit weg, um die Insassen deutlich zu erkennen. Charlotte, die ungefähr ahnte, wer in dem Landauer sitzen könnte, meinte, sie sehe zwei junge Männer, doch Miss Brereton, als nicht so informierte Beobachterin, konnte außer einer unbestimmten Zahl von Köpfen, zwei prachtvoll sichtbaren Rappen und einem Übermaß an blanken gemalten Verzierungen, die in der Sonne glitzerten, nichts Aufschlußreiches wahrnehmen.
»Was für vornehme Leute mögen das sein? Weiß Mr. Parker etwas darüber? Lady Denham, das weiß ich, hat nichts von der Ankunft einer solchen Gesellschaft gehört!« waren ihre ersten Ausrufe der Überraschung.
»In einem kleinen Badeort wie Sanditon, denke ich mir, hört gewöhnlich irgend jemand etwas im voraus«, meinte

Charlotte, während sie angestrengt hinschaute, sich aber nicht endgültig äußern wollte.
»O ja. Die Leute melden sich fast immer im voraus an. Freunde empfehlen den Ort, nachdem sie selbst hiergewesen sind. Erst diese Woche haben ein Mr. und Mrs. Marlowe – Gäste vom vorigen Jahr – an Lady Denham geschrieben und eine Familie erwähnt, von der sie *glaubten*, daß sie eventuell für diese Saison nach Sanditon käme. Die Tochter, das arme Ding, soll schwere Migräneanfälle gehabt haben, und ihre Eltern hoffen, die Seeluft könnte ihr vielleicht ein wenig Erleichterung verschaffen. Ob das tatsächlich diese Fletchers sind, die soviel früher eintreffen?«
Die Kutsche war inzwischen vor dem Hotel angekommen, und Charlotte bemühte sich, die Insassen deutlicher zu sehen, die soeben aus dem Wagen stiegen; sie war überzeugt, daß es nur zwei waren, doch das starke Sonnenlicht beeinträchtigte ihre Sicht eher, als daß es ihr diente.
»Mr. Sidney Parker erwartet heute auch ein paar Freunde in Sanditon.«
»Sehr gut, wer immer sie auch sein mögen – das ist doch wenigstens eine Neuigkeit, die ich Lady Denham nachher überbringen kann«, sagte Miss Brereton sehr befriedigt. »Sie wirft mir sowieso immer vor, daß ich unaufmerksam und uninteressiert sei, und ich muß zugeben, daß ich meistens die letzte bin, die erfährt, was in Sanditon passiert.«
Das rückhaltlose Eingeständnis des ihr eigenen Mangels an Temperament schien Charlotte einen Großteil Wahrheit zu enthalten. Sofern es ihre eigene Beobachtung betraf, war Miss Breretons Veranlagung tatsächlich von zurückhaltender, verträumter und verschlossener Natur. Und beim Bergabgehen verstärkte sich dieser Eindruck noch, als sie plötzlich in eine Träumerei versank. Mit einer versonnenen und völlig geistesabwesenden Miene ignorierte sie alle weiteren Versuche Charlottes zu einer Unterhaltung und starrte unverwandt geradeaus auf den Hotelvorplatz und den Wirbel, welchen

die Ankunft der Kutsche hervorgerufen hatte. Daß ihre Gedanken erfreulich waren, ging aus dem leichten Lächeln hervor, das ab und zu über ihr schönes Gesicht huschte; doch welcher Art sie waren, blieb für Charlotte ein Geheimnis. Clara Brereton hatte sichtlich sowohl ihre Begleiterin als auch ihre Unterhaltung völlig vergessen und hing einem glücklichen Gedankengang nach, als wäre sie ganz allein.
Charlotte, die ihren eigenen Gedanken nie hätte gestatten können, sie in einem solchen Übermaß – beinahe bis zur völligen Ausschaltung ihrer Umgebung – zu absorbieren, war faszinierter denn je, als sie zu der Überzeugung gelangte, daß das Fluidum des Geheimnisvollen, welches Miss Brereton anhaftete, ganz unbeabsichtigt war. Nichts schien gespielt zu sein. Im Gegenteil: Miss Brereton schien ehrlich beschämt, ehrlich schuldbewußt, als sie dann später nach ihrem Anfall von Geistesabwesenheit zu sich kam.
Als Charlotte beschloß, diesem Schweigeintermezzo ein Ende zu machen, hielt sie es für das beste, ihren Spaziergang zu unterbrechen und einen Augenblick stehenzubleiben.
»Ich bin nun schon lange genug hier, um den Enthusiasmus zu begreifen, der hier für Neuankömmlinge und deren Bedürfnisse herrscht«, bemerkte sie lauter als notwendig und blieb stehen, um Miss Brereton zu einer Antwort zu zwingen. Doch der leere Ausdruck in dem ihr zugewandten Gesicht bezeugte hinreichend, daß Miss Brereton auch nicht ein einziges Wort dieser prosaischen Bemerkung gehört hatte. Sie versuchte es von neuem.
»Jeder ist hier so interessiert an Badegästen«, sagte sie mit einem Lächeln. »Alle wetteifern miteinander, jede Neuigkeit, die es gibt, zu verbreiten.«
Miss Brereton schien endlich zu sich zu kommen. Ihr kürzliches Eingeständnis, daß Lady Denham sie häufig wegen ihrer Unaufmerksamkeit schalt, so urteilte Charlotte jetzt, gab wahrscheinlich einen sehr nützlichen Aufschluß über beider Charaktere. Lady Denham – selbst so scharf beobachtend

und zielbewußt – mußte über ihre Miss Clara oft ziemlich ärgerlich werden, während die letztere ein beträchtliches Maß an Nachsicht, Geduld und Selbstkontrolle üben mußte, um eine erquickliche Beziehung mit ihr aufrechtzuerhalten. Und da Charlotte die sehr wesentlichen Anstrengungen in Betracht zog, die ihre Begleiterin machen mußte, um die ihr noch verbleibenden privaten Träumereien zurückzudrängen, war sie sehr geneigt, Miss Brereton das ganze Verdienst dafür zuzuschreiben, daß sie alle in einer so beständigen Harmonie miteinander lebten.

»Du meine Güte, ja – die Neuigkeiten in Sanditon!« Sie seufzte. »Und ich muß mich gegen die schärfste Konkurrenz von allen behaupten. Sie müssen nämlich wissen, Miss Heywood, daß der Gärtner von Sanditon House ein großer Sammler lokaler Neuigkeiten sowohl aus dem Dorf wie vom Hügel ist. Er liefert unsern Überschuß an Gartenerzeugnissen jeden Tag nach Sanditon hinein und bringt den ganzen Klatsch zurück. Aber vielleicht ist dies eine Gelegenheit, in der ich Hodges zuvorkommen kann. Falls Sie nichts dagegen haben, würde ich gern, nachdem wir gebadet haben, beim Hotel vorbeigehen, um von Mrs. Woodcock die Einzelheiten zu erfahren.«

Charlotte, die mit Bestimmtheit soeben eine Gestalt in einem blauen Gehrock, gleich dem Mr. Sidney Parkers, gesehen hatte, der die Neuankömmlinge in das Hotel hineinkomplimentierte, war jetzt sicher, sie identifizieren zu können.

»Ich habe gar nichts dagegen, aber diese Mühe kann ich Ihnen bestimmt ersparen«, erwiderte sie. »Das *sind* Mr. Parkers Freunde – ein Mr. Reginald Catton und ein Mr. Henry Brudenall.«

»Reginald Catton – und Henry Brudenall«, wiederholte Miss Brereton getreulich, als präge sie sich die Namen gehorsam ein, um sie Lady Denham später zu wiederholen. »Und –«, sie schien unsicher, was an Einzelheiten noch von ihr verlangt werden könnte – »und werden sie lange hierbleiben?«

»Mr. Catton nicht, glaube ich. Aber Mr. Brudenall ist aus Gesundheitsgründen hergekommen und wird, soviel ich gehört habe, einige Wochen hierbleiben.«

Im Gegensatz zu den Parkers bekundete Miss Brereton nicht das geringste Interesse für Mr. Brudenalls Gesundheitszustand. Sie nahm diese Mitteilung ohne Gegenfrage hin und schien sich damit zufriedenzugeben, daß schon die Namen allein – welche sie mehrmals für sich wiederholte – als die von ihr vor Hodges überbrachte Information genügten.

Nur allzu bereit, ein weiteres Gespräch über die Neuankömmlinge zu vermeiden, ging Charlotte voran zum Terrace hinunter, und als sie nach einigen Minuten beschloß, eine erneute Gesprächspause zu benutzen, um das Thema endgültig fallenzulassen, bemerkte sie:

»Was für einen schönen Tag wir uns zum Baden ausgesucht haben. Einen so wolkenlosen Himmel habe ich den ganzen Sommer nicht gesehen.« Sie blickte fröhlich um sich, auf den blauen Himmel, die grünen Dünen und das glitzernde Meer. »Ich freue mich unendlich darauf – Sie nicht auch? Obgleich ich mir noch gar nicht recht vorstellen kann, wie das Gefühl sein muß, im Meer zu sein. Glauben Sie, daß das Wasser sehr kalt sein wird?«

Als sie keine Antwort darauf erhielt, schaute sie sich nach Miss Brereton um und sah, daß deren Blicke mit einem Ausdruck großer Lebhaftigkeit – fast hätte Charlotte gesagt, voller Erwartung – in die Ferne schweiften. Der unliebsame Verdacht, daß sie bereits nach Sir Edward Ausschau hielt, mußte sich unfehlbar einstellen; doch Charlotte versuchte, ihn nicht aufkommen zu lassen und sich einzureden, daß Miss Brereton sich nur im stillen über die Aussicht zu baden freute – und die Schönheit der weiten Landschaft breitete sich unter einer strahlenden Mittagssonne vor ihnen aus. Ein verwittertes Vorgebirge hinter dem andern, die sich bis in die Ferne erstreckten, war über den mit blanken Kieseln bedeckten Strand hinweg sichtbar, der die ungetrübte blaue See um-

säumte. Einige Wolken hingen hinten am Horizont, und oben kreisten und kreischten einige Möwen – sonst lag der Strand verlassen da.
Charlotte war entschlossen, keinen Versuch einer Unterhaltung mehr zu unternehmen; und als sie am Terrace vorbeigegangen waren und damit die großartigere Sicht von der Hügelseite aus hinter sich gelassen hatten, war Miss Brereton inzwischen selbst recht redselig geworden. Lady Denham habe ihr aufgetragen, unbedingt den Badekarren von Mrs. Gunns zu benutzen, um diese zu unterstützen, und nachher den Tee mit Brot und Butter selbstverständlich in den strohgedeckten Teestuben zu sich zu nehmen, die Lady Denham und Mr. Parker in der vorigen Saison direkt oberhalb des Strandes errichtet hätten.
»Mr. Parker hat uns genau das gleiche geraten«, sagte Charlotte.
»O ja, die Teestuben am Meer sind einzig seine Idee gewesen. Er hatte nie zuvor aus einem anderen Badeort von dieser Neuerung gehört. Und Lady Denham hielt sie in keiner Weise für nötig. Es ist ein einfacher Bau – da, jetzt können Sie ihn sehen – genau unter uns, oberhalb des Strandes –, aber Lady Denham findet ihn zu groß und zu solide. Sie hätte eine provisorischere Konstruktion vorgezogen und fürchtet, daß diese das investierte Geld nie wieder einbringen wird.«
»Ich zweifle nicht daran, daß Mr. Parker in permanenten Teestuben einen der Vorzüge von Sanditon und eine Annehmlichkeit für die Badenden sieht, was dazu beiträgt, Gäste anzuziehen. Der Gewinn müßte eben aus den Mieten kommen, die sie für ihre Häuser kassierten.«
»Ach – Sie hören nur Mr. Parkers Ansichten über die Verbesserungen – und ich Lady Denhams. Es wäre interessant für uns beide, sie gelegentlich zu vergleichen, weil ich überzeugt bin, daß sie nicht übereinstimmen«, sagte Miss Brereton mit einem Lächeln und in einer offeneren und freieren Art, als sie bis jetzt zur Schau getragen hatte. Und Charlotte, die das

Gefühl hatte, daß ihre Unterhaltung endlich zwanglos wurde, lächelte zustimmend zurück. Denn sie war, trotz Miss Breretons zwiespältigem Benehmen und ihrer eigenen Entschlossenheit, jeglicher Freundschaft zwischen ihnen mit Vorsicht zu begegnen, noch immer bereit, sie gern zu haben und zu bewundern, solange Sir Edward außer Sicht blieb.

»Lady Denham versucht jeden zu überreden, die Teestuben aufzusuchen – die Spaziergänger sowohl wie die Badenden«, fuhr Miss Brereton fort. »Aber da sie selbst es noch nie für sehr zweckmäßig gehalten hat, so weit zu gehen, nur um Tee zu trinken, glaube ich kaum, daß es ihr gelingen wird, jemand anderen dazu zu überreden.«

Durch eines ihrer liebenswürdigen, halb schuldbewußten Lächeln gewann Charlotte sie noch lieber, und obgleich sie nur über Teestuben sprachen, bedauerte sie keineswegs, daß ihre Bekanntschaft bereits irgendwie vertraulichere Züge annahm.

Sie waren jetzt am Rande des Geschiebewalls angelangt, der ziemlich steil zum Meer abfiel und von einem Streifen Sandstrand gesäumt wurde. Wenn Ebbe war, verbreiterte sich dieser Streifen, und da gerade fast vollkommene Ebbe war, kamen ziemlich große Flächen feinen, festen Sandes zum Vorschein – besonders am äußersten Ende des Strandes, im Bereich der Felsen und Badekarren. Sie gingen entlang dem natürlichen Kieswall, der den oberen Teil der Küstenlinie bildete, darauf zu und wurden bald darauf von Mrs. Gunn, einer riesigen, beinahe Furcht einflößenden Person, in Empfang genommen.

Sie brachte die jungen Damen zu ihrem Badekarren, spannte das Pferd davor, während sie ihre Badekleider anzogen, und führte den Karren in tiefes Wasser hinaus. Dann ließ sie die grüne Markise an der Vorderseite des Karrens herunter, befestigte dort eine Leiter und überwachte ihren Abstieg ins Wasser, wobei sie sehr vernünftige Anweisungen gab und einen derartig anhaltenden Redefluß beibehielt, daß jegliches

Angstgefühl, das sie vielleicht empfunden hatten, sehr schnell verflogen war.
Alles war so neu und interessant für Charlotte, daß sie nicht einmal hätte sagen können, welcher Eindruck am stärksten auf sie wirkte: die Hitze im Badekarren, auf dessen Dach die Sonne herunterbrannte, die jähe prickelnde Kälte des Meerwassers oder das ziemlich beunruhigende Schäumen und Wogen, wenn es an ihr vorbeischwappte. Das Glitzern der Sonne auf dem Meer war anfangs so blendend und ihre Augen so voll von diesem reflektierten Licht, daß sie mehrere Sekunden lang nichts sehen konnte. Sie war noch nicht einmal ganz sicher, ob es ihr wirklich Spaß machte. Doch als sie sich ein wenig daran gewöhnt hatte und alles um sich herum wahrnehmen konnte, Zeit hatte, alles zu betrachten – das Sonnenlicht, das auf dem Wasser glitzerte, die kleinen Wellen und Schatten, mit denen das Meer auf jeden Wechsel des Sonnenlichts reagierte, und die Möwen, die hin und her flogen, jetzt im Weiß der Wellen verschwindend und jetzt sich gegen Meer und Himmel abhebend –, merkte sie plötzlich, daß sie lächelte – worüber, wußte sie selbst nicht: vielleicht über den Geruch der salzigen Meeresluft, über die sanfte Frische der leichten südlichen Brise, über das rhythmische Fluten des Wassers oder nur aus reiner Freude an diesem Tag.
»Gehen Sie ein bißchen weiter und bewegen Sie sich ständig«, mahnte Mrs. Gunn energisch. »Aber lassen Sie dieses Herumwirbeln und dieses Gespringe. Die Gewohnheit mancher Frauenzimmer, im Wasser herumzutanzen und auf und ab zu hopsen, hat gar keinen Wert – weder medizinisch noch artistisch.«
Charlotte, die selbst gerade vorsichtig ein wenig herumgehüpft war und sich gar nicht erklären konnte, warum ein derartiges Diktum geäußert oder gar befolgt werden sollte, schaute sich fragend um und entdeckte zu ihrer Überraschung, daß Miss Brereton, mit einem vor Vergnügen über ein so köstliches Erlebnis strahlenden Gesicht, viel lebhafter

herumplanschte und -hüpfte. Sie lächelten sich mit einer solchen Rückhaltlosigkeit zu, mit einer so beglückenden, offensichtlichen Freude darüber, dieses schimmernde Meer miteinander zu genießen, daß Charlotte sicher war, Miss Brereton konnte auch nur ein ganz normales Mädchen sein wie sie selbst – schöner und verführerischer vielleicht, aber im Grunde einfach und ohne Falsch – und gewiß nicht die hinterlistige Intrigantin, wie sie sich manchmal eingebildet hatte.

Viel zu früh mußten sie auf Mrs. Gunns Geheiß wieder in den Badekarren zurück, die, trotz ihrer Bitten, noch länger im Wasser zu bleiben, darauf bestand, daß fünfzehn Minuten für das erste Mal mehr als genug seien, und nichts davon wissen wollte.

Den beiden Mädchen, die auf Mrs. Gunns Fußwärmern gestanden hatten und, um die Durchblutung zu beschleunigen, kräftig abgerieben und angewiesen worden waren, sich schnellstens anzuziehen, um Erkältungen zu vermeiden, wurde dann von Mrs. Gunn geraten, leichte Übungen zu machen und die obligatorische Tasse Tee zu trinken, die ganz Sanditon jedermann zu empfehlen entschlossen schien.

Noch immer mit dem gleichen Gefühl der Verbundenheit taten die jungen Damen alles das, und sie sprachen über das Vergnügen, das ihnen das Baden bereitet hatte, und schienen alles unerwähnt zu lassen, was diese neue Verbundenheit zwischen ihnen nicht noch verstärkte. Charlotte nährte sogar schon die leise Hoffnung, daß sie solche unschuldigen Morgenausflüge oft zusammen unternehmen könnten, als sie plötzlich zum Terrace hinaufblickte und Sir Edward Denham zielbewußt in ihre Richtung gehen sah.

»Da kommt Sir Edward«, sagte sie mit ärgerlicher Kühle. »Ich hatte keine Ahnung, daß er beabsichtigte, heute diesen Weg einzuschlagen. Aber *das* braucht *uns* ja nicht aufzuhalten.«

»Nein, nein – natürlich nicht!« rief Miss Brereton, errötete aber doch. »Ich vermute – ich vermute, er hat irgend etwas zu tun, was ihn hierherführt. Bestimmt wird er uns bald sagen, was es ist.«

»Mich interessiert es nicht«, sagte Charlotte gleichgültig, »es sei denn, er würde uns die kurze Strecke zum Trafalgar House begleiten wollen. Mrs. Parker hat nämlich gehofft, daß Sie uns Ihren restlichen Vormittag schenken würden. Und ich habe vor, jetzt dorthin zurückzukehren, wenn es Ihnen recht ist.«

»Gewiß – nein. Das heißt – wollten wir nicht Mrs. Woodcock im Hotel aufsuchen?«

»Aber Sie haben doch ausdrücklich erklärt, das sei nun nicht mehr nötig?« sagte Charlotte ganz überrascht. »Ich hätte kaum gedacht –«

»Ach, ich weiß nicht – vielleicht sollten wir lieber warten, was Sir Edward vorschlägt«, meinte Miss Brereton und sah sogar noch verlegener aus. »Möglicherweise hat er – er hat vielleicht –« Sie hielt völlig verwirrt inne, und Charlotte konnte sie nur ungläubig anstarren. Sie hatte das Gefühl, einer Heroine gegenüberzustehen, deren Handlungen unberechenbar waren, und nicht der kameradschaftlichen Freundin, die sie während der vergangenen Stunde lieben gelernt hatte. Clara Brereton mußte doch ebenso imstande sein wie sie, sich ein angemessenes Urteil über Sir Edward zu bilden. Denn nach ihrer persönlichen Reaktion zu schließen, konnte Charlotte sich nur vorstellen, daß von ihm hofiert zu werden eher lästig als beglückend sein mußte. Und dennoch: Hier war Miss Brereton, die bereit war, darauf zu warten und es zu begünstigen.

Sie berührten dieses Thema nicht mehr, und statt ihres bisherigen munteren Geplauders trat ein peinliches Schweigen ein, denn Charlotte, die sich nicht einmal die Mühe gab, ihren Unmut zu verbergen, war entschlossen, so wenig hilfsbereit und so unzugänglich zu sein, wie es innerhalb der Grenzen allgemeiner Höflichkeit möglich war. Und Miss Brereton, die gespannt zum Terrace hinaufschaute und im Zwiespalt zu sein schien, ob sie sich für die Verzögerung entschuldigen oder versuchen sollte festzustellen, ob die Begegnung, außer von ihnen drei Beteiligten, auch noch von anderen wahrgenommen wurde. Nur Sir Edward schien seinem gewohnten Redefluß freien Lauf zu lassen.

»Welches Glück ich doch habe, die beiden bezaubernden Schönheiten von Sanditon noch am Strand vorzufinden, ganz wie in meinen kühnsten Erwartungen«, begann er, mit einer seiner schwungvollen Verbeugungen. »Es wäre Heuchelei von mir, so zu tun, als sei ich nicht mit Absicht hergekommen, denn ich nahm an, hoffen zu dürfen, daß ich Sie auf Ihrem unerläßlichen Spaziergang begleiten darf.«

»Ich fürchte, Sie kommen zu spät, Sir Edward«, sagte Charlotte entschieden. »Wir sind schon genug gegangen und waren soeben im Begriff, den Heimweg anzutreten.«

»Oh, da haben Sie aber das Maß an Bewegung unterschätzt, das man nach einem Untertauchen in Salzwasser braucht«, rief Sir Edward aus. »Und natürlich kann man auch nicht ewig nur am Strand entlanggehen. Ich hoffe doch, ich kann Sie überreden, sich bis zu meiner köstlichen kleinen Villa zu bemühen, die jetzt schon so weit eingerichtet ist, daß ich vorzeitige Mieter prognostiziere. Ihre Kommentare werden von ganz unschätzbarem Nutzen sein. Die Villa braucht den Scharfblick einer Frau, um mir zu sagen, was jetzt noch darin fehlt.«

Das war für Charlotte, als sie Sir Edward so reden hörte, Aussicht auf fortgesetzte Langeweile. Und obwohl sie den Verdacht hatte, daß Miss Brereton sehr darauf erpicht war zu gehen – ja, diese Begegnung mit Sir Edward sogar geplant hatte, um sein Bauabenteuer in schicklicher Form anschauen zu können –, war sie nicht geneigt, die beiden zu begleiten.

»Die Kommentare Ihrer Schwester müssen doch bestimmt wertvoller sein als unsere. Sie hat soviel mehr Erfahrung, um sich in einem Haus auszukennen«, bemerkte sie. »Und wenn

Sie Urteile von Außenstehenden wünschen, wäre Miss Diana Parker die geeignete Person, Sie zu beraten. Sie sollten gelegentlich eine kleine Besichtigung veranstalten, um Ihr Haus zu zeigen, Sir Edward. Heute vormittag, fürchte ich, erwartet uns Mrs. Parker bereits in Trafalgar House.«

»Aber die Villa ist ja kaum einen Schritt den Strand entlang entfernt – eingebettet in das Felsenkliff, das Sie dort beim Fluß vorragen sehen. Die Verspätung wäre kaum der Rede wert. Kommen Sie – Sie können doch nicht nein sagen.«

»Ich wäre gar nicht so *sehr* abgeneigt –«, begann Miss Brereton.

»Aber ich fühle bereits eine unerträgliche Müdigkeit«, sagte Charlotte völlig unaufrichtig und in keinem sehr freundlichen Ton. »Ich habe gerade noch soviel Kraft, um unseren Hügel hinaufzusteigen.«

Aber so leicht war Sir Edward nicht abzuschütteln. Er fuhr fort zu bitten und zu drängen und in derartig gestelzten Sätzen, daß er sie selber fast nicht mehr verstand, bis Charlotte anfing, sich über diese rücksichtslose Beharrlichkeit zu ärgern, mit der alle ihre Einwände einfach beiseite geschoben wurden, und empört war.

»Mrs. Parker kann sich kaum beunruhigen, wenn Sie eine halbe oder sogar eine Stunde später kommen, verlassen Sie sich darauf. Und Ihre augenblickliche Müdigkeit ist nicht weiter von Bedeutung, sondern einzig und allein dem ungewohnten Wechsel von einem Element in ein anderes zuzuschreiben – doch alles ist ganz dazu angetan, den gesündesten Stimulus für Geist und Körper zu schaffen.«

Charlotte schaute zu Miss Brereton hinüber, sah aber sofort, daß sie von diesem abgewandten Gesicht und diesem hartnäkkigen Schweigen keine Unterstützung erwarten konnte, und wie immer war sie außerstande, sich über die wahren Gefühle der dazugehörigen Besitzerin für Sir Edward klarzuwerden. Die ruhige Zurückhaltung in Charlottes Benehmen verriet nichts von ihrem persönlichen Mißfallen, aber auch keine uneingeschränkte Bewunderung. Vielleicht glaubte sie auch, daß sein Titel und sein schönes Äußeres, in Verbindung mit der Aussicht, Lady Denhams bevorzugter und voraussichtlicher Erbe zu sein, alle seine unangenehmen Seiten wettmachen würden und ihn zu einem annehmbaren Bewerber machten. Charlotte war kaum in der Lage zu beurteilen, ob Miss Brereton imstande wäre, weltlichen Vorteilen jedes bessere Gefühl zu opfern. Von dem fröhlichen jungen Wesen, das noch vor einer Stunde in den Wellen herumgesprungen war, hätte sie es bestimmt nicht für möglich gehalten; die berechnende Fremde indessen, die sie jetzt vor sich hatte, mochte allerdings dazu imstande sein.

Irgendwo in Miss Breretons Innern herrschte große Vorsicht und auch große Entschlossenheit; denn während sie vermied, Charlotte anzusehen, und für ihre Wünsche unempfindlich zu sein schien, stimmte sie aber auch Sir Edwards Vorschlägen nicht unumwunden zu: Alles war vorsichtiges Abwägen, Zurückhalten und Abwarten.

Diese widersprüchliche Art des Verhaltens gefiel Charlotte gar nicht und bestärkte sie noch mehr in ihrem Entschluß, sich der Rolle als Anstandsdame, die man ihr aufzwingen wollte, zu entziehen. Wenn Miss Brereton Sir Edwards Villa zu besichtigen wünschte, mußte sie sich eine andere Gelegenheit dazu aussuchen. Sie selbst war zu der Überzeugung gelangt, daß sie am besten daran täte, dem allgemeinen Mißvergnügen zu entgehen, indem sie rundweg erklärte, daß sie beabsichtige, unverzüglich nach Trafalgar House zurückzukehren.

Als sie eben im Begriff war, diesen Entschluß in die Tat umzusetzen, und zufällig zum Hotel hinaufblickte, bemerkte sie Sidney Parker und einen seiner Freunde, die in diesem Augenblick herauskamen. Sie war überzeugt, daß sie die Gruppe am Strand gesehen hatten, denn sie schienen zu zögern, zu beratschlagen und dann auf sie zuzukommen. Und einem plötzlichen Impuls nachgebend, änderte sie unversehens ihre Absicht in der Meinung, daß eine solche Erweiterung ihrer Gesellschaft ihr vielleicht dabei helfen könnte, Sir Edward und Miss Brereton voneinander fernzuhalten.

»Also gut – ich bin bereit mitzukommen«, sagte sie. »Aber bevor wir uns auf den Weg machen, muß ich vor allen Dingen erst den Stein loswerden, den ich im Schuh habe. Denn so kann ich ganz unmöglich gehen.«

Mit diesen Worten setzte sie sich auf einen Felsvorsprung und machte sich daran, diesen irritierenden, gar nicht vorhandenen Kiesel mit soviel Zeitaufwand wie möglich zu entfernen.

16

Sidney Parkers Begleiter mußte Mr. Reginald Catton sein, vermutete Charlotte, wenn auch aus keinem plausibleren Grunde, als daß er derjenige der beiden erwarteten Freunde war, der weniger geneigt schien, an einem schönen, sonnigen Tag trübselig im Zimmer zu sitzen. Sie beobachtete ihr Näherkommen und versuchte sich auszurechnen, wann das Zusammentreffen der beiden Gruppen nicht mehr zu vermeiden wäre, und schloß sich endlich Sir Edward und Miss Brereton wieder an, nur um zu sagen:

»Da kommen Mr. Sidney Parker und einer seiner Freunde auf uns zu. Ich nehme nicht an, daß Sie sich schon kennen?« und kehrte ihnen dann den Rücken, um jeden Versuch zu vereiteln, den Sir Edward vielleicht machen könnte, um im letzten Moment noch mit ihnen davonzueilen.

Der Fremde war unzweifelhaft der größere und schönere der beiden Näherkommenden, aber es war Sidney Parkers lebhafte Art, welche den größeren Teil von Charlottes Aufmerksamkeit in Anspruch nahm; und als er ihr, noch außer

Rufweite, mit erfreuter Miene über die Begegnung, fröhlich zuwinkte, hatte sie das Gefühl, daß er die Bewunderung, mit der sie ihn am vorhergehenden Abend entweder gesehen oder seither an ihn gedacht hatte, durchaus verdiente. Im Gegensatz dazu machte die weniger lebhafte Erscheinung seines Freundes nur einen sehr geringen Eindruck auf sie, bis Sidney sie damit überraschte, daß er ihn ihr als Mr. Brudenall vorstellte – denn Mr. Reginald Catton war so wenig geneigt gewesen, im Zimmer zu sitzen, und viel zu lebendig und unternehmungslustig, daß er bereits nach Brighton unterwegs war, um eine dringende Abendverabredung einzuhalten.

Henry Brudenall wirkte dann genau, wie er sollte: so romantisch, so melancholisch und so empfindsam, wie sie ihn sich hätte vorstellen können. Aber es blieb ihr kaum Zeit, sich darauf einzustellen und diese interessante Melancholie, auf die sie bei Mr. Brudenall vorbereitet war, auch nur annähernd zu würdigen, bevor die Gelegenheit dazu in dem üblichen allgemeinen Lächeln und Sich-gegenseitig-bekannt-Machen einer sich zufällig begegnenden Gesellschaft unterging. Und so konnte sie nur noch feststellen, daß er ein zurückhaltendes, etwas scheues Benehmen hatte, aber auch durchaus bereit war, jedermanns Bekanntschaft zu machen und jedem Plan zuzustimmen, den sein temperamentvollerer Freund für sie in petto hatte.

»Wie Sie sehen, benützen wir die früheste Gelegenheit, um von Ihrer berühmten Seeluft zu profitieren«, sagte Sidney Parker, sich mit ungezwungener Höflichkeit an Sir Edward wendend. »Und wohin, würden Sie vorschlagen, sollen wir jetzt gehen, um sie zu genießen?«

Sir Edward wies sofort mit einer lebhaften Handbewegung auf die Kliffs über der kleinen Bucht, wo die Badekarren einen geschützten Standort gefunden hatten.

»Dort ist zweifellos die für alle in Sanditon neu eingetroffenen Gäste günstigste Gelegenheit, Sir. Der Blick vom Vorgebirge aus bietet bestimmt die beste Aussicht, die Schönheit und Vielseitigkeit der Umgebung und die grenzenlose Weite des Ozeans in seiner ganzen Erhabenheit zu betrachten.«

»Na, das ist aber ein ziemlich langer Aufstieg, Miss Heywood«, sagte Sidney lächelnd und reichte ihr seinen Arm. »Sie und Miss Brereton werden vielleicht über etwas zusätzlichen Beistand ganz froh sein.«

»Nein, nein, Sie haben mich völlig mißverstanden«, rief Sir Edward, durch dieses ganz natürliche Mißverständnis etwas aus der Fassung gebracht. »Meine Bekannten und ich gehen ja gerade in die entgegengesetzte Richtung! Wie Sie beobachten werden, ist die Färbung ihrer Wangen bereits auffällig glühend und spricht für ihre Müdigkeit, wie es uns die unsterblichen Verse von Cowper so lebhaft vor Augen führen –«

»Vielleicht meinen Sie Donne?« gab Sidney zu bedenken, und eine seiner beweglichen Brauen schien sich aus eigenem Antrieb hochzuziehen. »Obgleich ich nicht sicher bin, daß er damit auf die Müdigkeit anspielte –

Ihr keusches und beredtes Blut
Sprach so im Glühen ihrer Wangen,
Daß man fast sagen könnt, ihr Körper dacht' Verlangen.«

»Genau, Sir. Sie haben sich nämlich heute morgen schon auf einen Wettstreit mit den stimulierenden Wirkungen des Meeres eingelassen und wären eines so anstrengenden Unternehmens, wie ich es Ihnen vorgeschlagen habe, gar nicht mehr fähig. Wir beabsichtigen nur, einen kleinen Spaziergang am Strand entlang zu machen, wo ich meinen reizenden Bekannten ein kleines Projekt von mir, eine bescheidene kleine Villa, zeigen will. Unser kleiner Abstecher würde Sie und Mr. Brudenall nur langweilen.«

Hier sah Charlotte eine günstige Gelegenheit, sich mit dem Vorschlag einzuschalten, der, so unerwünscht er für

Sir Edward war, von Sidney Parker hingegen sehr begrüßt werden mochte. Ein unbegleiteter Aufstieg zu den Kliffs war sowieso nicht die idealste Form, seinen elegischen Freund mit Sanditon vertraut zu machen.

»Ja, wirklich, Sir Edward! Es könnte Ihnen doch sehr dienlich sein, sich ihre so gut wie unsere Meinung über Ihre Villa anzuhören«, sagte sie eifrig. »Ich bin überzeugt, Mr. Parker versteht ziemlich viel von Architektur.«

»Miss Heywood erweist mir zuviel Ehre«, war Sidney Parkers von einer mokant gravitätischen Verbeugung begleitete Antwort. »Wie auch immer – es wird uns ein Vergnügen sein, Sie zu begleiten.«

Diese prompte Annahme einer Einladung, die er nie geäußert hatte, traf Sir Edward völlig unvorbereitet. Aber da Sidney Parker und Henry Brudenall unverzüglich die Richtung einschlugen, die er ihnen beiden als den in Betracht kommenden Weg angegeben hatte, und Charlotte und Miss Brereton sich sofort neben ihnen in Bewegung setzten, konnte er nicht viel mehr tun, als äußerst ungehalten auszusehen, sich umzudrehen und ihnen zu folgen.

Irgendwie erstaunt über die Bereitwilligkeit, mit der die Gesellschaft ihre Anregungen befolgt hatte, war Charlotte noch befriedigter über die Gruppierung, die sich auf dem Wege am Strand entlang ganz natürlich entwickelte. Sidney Parker widmete Sir Edward allein seine uneingeschränkte Aufmerksamkeit und blieb so häufig stehen, um sich über die neuen Häuser zu informieren und die Umgebung zu bewundern, daß ihr Vorwärtskommen sich notwendigerweise beträchtlich verlangsamte, während Mr. Brudenall sein erschöpftes Aussehen Lügen strafte, indem er sich als schneller Fußgänger entpuppte und stumm mit Miss Brereton vorausmarschierte, welcher als seiner anfänglichen Begleiterin keine andere Wahl blieb, als durch einen sich ständig vergrößernden Abstand von den andern getrennt zu werden. Wenn Sir Edward ihren sich entfernenden Gestalten nachblickte, wurden seine guten Manieren einer schweren Prüfung ausgesetzt, und er versuchte, ihr eigenes Tempo zu beschleunigen. Doch Sidney Parker verlangsamte es bald wieder.

»Sie müssen mir mehr von Ihrer kleinen Villa erzählen, Sir Edward«, sagte er ermunternd. »Ich kenne den Stil nicht sehr gut, aber ich habe als einem höchst originellen davon sprechen hören.«

Und da Sir Edward ein unablässiger Schwätzer war, übersprudelte er vor Erklärungen über Dachgiebel und Verstrebungen, kunstvolle Bleidächer, geschnitzte Vordächer und schmiedeeiserne Treppengeländer, bis sie den halben Weg am Strand zurückgelegt hatten; und als sie am Ende ankamen, wo Miss Brereton und Mr. Brudenall standen und geduldig auf sie warteten, war er so in Fahrt, daß er sie fast übersehen hätte.

»Sie werden sehen, Sie werden sehen!« rief er, vorauseilend. »Mein Häuschen liegt ganz versteckt, jenseits des Flusses dort – hinter jenem bewaldeten Kliff. Ich werde inzwischen weiter vorauseilen, um den Eintritt würdig zu gestalten. Sie können gar nicht verfehlen, es zu sehen, wenn Sie den Gipfel erreicht haben – *und hinaufgeeilt den steil aufsteigenden Hügel* – wie der Dichter sagt –«

Sir Edward sprang mit einem Satz über das Geröll hinweg und verschwand einen steilen Pfad hinauf, über den Buschwerk und Ranken herunterhingen.

»Shakespeare, wie mir scheint«, sagte Sidney Parker. »Aber trifft unser Freund in diesen Dingen denn je das Richtige? Noch nie in meinem Leben bin ich einem Menschen begegnet, der so darauf versessen ist, unverständliche Redewendungen und falsche Zitate zu gebrauchen. Redet er immer so?«

Wenn Charlotte auch seinem raschen Urteilsspruch über Sir Edward zustimmte, war sie doch erstaunt über die Eile, mit der er gefällt wurde. Mr. Sidney Parker war ein junger Mann, der in seiner Offenheit ihrer Meinung nach entschieden zu

weit ging, und sie blickte forschend zu Miss Brereton hinüber, ob sie diese letzte Probe seiner Offenheit wohl mit angehört hatte. Zum Glück waren sie und Mr. Brudenall, wenn auch nur ein paar Meter entfernt, in einem ruhigen Gespräch miteinander, und da ihre Aufmerksamkeit sich in diesem Augenblick gerade auf den Flußlauf richtete, gingen sie weiter, um ihn vom Vorgebirge aus genauer zu verfolgen.
»Sir Edward hat vielleicht keinen sehr überragenden Verstand«, erwiderte sie, während sie mit einem kurzen, bedeutsamen Blick zu ihnen hin ihre Stimme senkte. »Aber unter seiner Bekanntschaft hier in Sanditon gilt er allgemein als ein sehr gebildeter junger Mann.«
»Oh! Wohl ein Verehrer von Miss Brereton, wie?« fragte Sidney und bekundete sofort lebhaftes Interesse. »Aber sie schenkt doch seinen Gefühlen bestimmt keine Beachtung? – Wir suchen uns jetzt ein nettes Plätzchen, wo wir hier in der Sonne sitzen und diese komischen Umstände mit allen Einzelheiten diskutieren können.«
Scharfsinn war ihm nicht abzusprechen, doch er machte sich derartig schnell auch die leiseste Andeutung zunutze, daß Charlotte fühlte, wie das Bedürfnis, von ihrer Besorgnis zu sprechen, ihrer Vernunft sehr bald den Rang ablaufen werde.
»Sollten wir jetzt nicht lieber Sir Edward folgen? Ich bin überzeugt, er erwartet, daß wir ihm unverzüglich nachkommen.«
»Davon bin ich auch überzeugt, aber ich finde, Sir Edwards Gesellschaft sollte besser sparsam, in kleinen Dosen, sagen wir in halbstündigen Abständen genossen werden.« Er inspizierte ein umgedrehtes Fischerboot, prüfte die trockene Farbe und ging daran entlang, um ihr die bequemste Stelle am Bug anzubieten. »Kein Rost, kein Schmutz, völlig trocken – ich versichere es Ihnen«, sagte er, einladend gegen die weißen Planken schlagend; und mit einer Mischung aus Fröhlichkeit und Autorität – die ihm selbst merkwürdig vorkam – forderte er Charlotte auf, zu ihm zu kommen, setzte sie hinauf, wo es

für ihn am vorteilhaftesten war, und lehnte sich gegen die Bootswand, als bereite er sich auf einen langen und vertraulichen Meinungsaustausch vor.

»Also, wo sollen wir anfangen? Bei Sir Edward? Wie ist das jetzt, Miss Heywood – läßt nicht Ihr persönlicher Eindruck von seinem Charakter auch manchmal Zweifel in Ihnen aufsteigen, ob er diese ganze allgemeine Anerkennung überhaupt verdient?«

»Bei einer so kurzen Bekanntschaft wie der unsrigen wäre es schwierig, seinen Charakter genau zu beurteilen«, antwortete Charlotte ausweichend. »Das einzige, das man mit Sicherheit beurteilen kann, sind die Manieren, und die von Sir Edward sind allgemein als angenehm bekannt –«

»So sind auch die von Miss Heywood –«, versicherte Sidney und schüttelte enttäuscht über sie den Kopf. »Sehr angenehm sogar. Wie ich sehe, ist sie fest entschlossen, keine wie auch immer geartete abfällige Bemerkung gegen irgend jemanden in Sanditon zu machen. Sagen Sie, weichen Sie eigentlich nie von dieser überkorrekten Einstellung ab?«

»Ich mache mir nur nicht vor, daß es überhaupt Menschen ohne Unzulänglichkeiten gibt«, sagte Charlotte entschieden. »Ich sage nichts weiter, als daß Vortrefflichkeit und Torheit so oft derartig eng miteinander verbunden sind, daß es manchmal unmöglich ist, sie bei einer kurzen Bekanntschaft auseinanderzuhalten.«

»Dann haben Sie also bei Sir Edward Vortrefflichkeit sowohl wie Torheit wahrgenommen?«

»Ich sprach von Menschen im allgemeinen.«

»Sie haben doch inzwischen sicherlich bemerkt, daß das etwas ist, was ich nicht tue, wenn ich es vermeiden kann«, wies er sie zurecht. »Menschen sind so verschieden, daß ich es nicht nur töricht, sondern auch unsinnig finde, darüber zu diskutieren, außer als Individuen. Nachdem ich nun also Ihrem übertriebenen Widerstreben, sich über Sir Edward zu äußern, entnommen habe, daß Ihre Ansichten über ihn die gleichen sind wie meine, lassen Sie uns zu Miss Brereton übergehen, die mich, ich muß gestehen, sehr viel mehr interessiert.« Und er hielt erwartungsvoll inne.

»Ich kenne auch Miss Brereton nicht sehr gut.« Diese Antwort kam sogar ihr selbst unzureichend vor, und da sie mit ihrem Lob nach dieser Seite nicht ebenso zurückhaltend erscheinen wollte, fügte sie schnell noch hinzu: »Sie ist ohne Zweifel eine sehr feine junge Dame – und sehr schön –«

»Was ich natürlich ohne jede Mühe schon selbst gesehen habe«, sagte Sidney mit einem Lächeln. »Aber was ich gern wissen möchte, ist, warum Sie glauben, daß die schöne Miss Brereton so unvernünftig sein sollte, den törichten Sir Edward zu ermutigen?«

Gerade diese Frage hatte Charlotte schon im geheimen gequält, als sie Sir Edward und Miss Brereton das erste Mal zusammen gesehen hatte. Sie fand es bereits ganz natürlich, daß Sidney Parker sie gleich nach seiner ersten Begegnung mit ihnen offen aussprach, fühlte sich aber nicht berechtigt, ihre vagen und wachsenden Verdächtigungen zu äußern, die sich ihr bei jeder folgenden Begegnung mit ihnen aufgedrängt hatten – als sie plötzlich merkte, daß sie nicht einmal imstande war, sie für sich selbst in einen geordneten Zusammenhang zu bringen, sagte sie nur – und zwar vollkommen aufrichtig –:

»Ich fürchte, ich weiß keine Antwort darauf.«

»Aber nichtsdestoweniger mißbilligen Sie eine solche Beziehung und haben sich dagegen verwahrt, gezwungen zu werden, sie anstandshalber zu begleiten, um Sir Edwards Villa zu besichtigen?«

Seine Kombinationsgabe begann Charlotte zu beunruhigen; und nachdem es ihm endlich gelungen war, ihren Gleichmut zu erschüttern, lachte er triumphierend, und ihr ängstlicher Blick bestätigte seine Schlußfolgerung.

»Beruhigen Sie sich, das war schließlich nicht so schwer

zu durchschauen. Sir Edwards sichtliches Mißfallen stand in einem viel zu großen Gegensatz zu *Ihrer* dringenden Einladung, uns der Gesellschaft anzuschließen.«

»Ich brauchte Ihnen gar nicht lange zuzureden«, verteidigte sie sich leicht pikiert. »Und Sie können mir auch ruhig etwas Dankbarkeit bezeugen, was Sie und Mr. Brudenall betrifft. Sie haben doch gesagt, Sie wollten, daß Mr. Brudenall ständig neue Leute kennenlernen solle.«

»O ja. Ich war sogar außerordentlich dankbar für Ihre Einladung«, gab Sidney liebenswürdig zu. »Mir liegt nämlich genausowenig daran, Kindermädchen für Henry zu spielen, wie Ihnen daran liegen könnte, Anstandsdame für Miss Brereton zu spielen.« Und er schaute hinüber, wo sein Freund in ziemlich elegischer Haltung stand und mit schwermütigem Blick in die Wasser des Flusses hinunterstarrte. »Der gute alte Henry war nie sehr gesprächig – eher ein romantischer als ein praktischer Bursche, befürchte ich –, aber nach Reginalds Bericht war die ganze Reise von London hier herunter nur ein einziges langes, trübsinniges Schweigen – geistesabwesend ins Leere starrend, auf keine Frage reagierend und während der ganzen Fahrt vollkommen verzweifelt. Reginald hat mir offen gestanden, noch eine Stunde länger mit ihm wäre mehr gewesen, als er hätte ertragen können – deshalb ist er auch so schnell er nur konnte nach Brighton entwischt. Immerhin hoffe ich, mich dem Unglücklichen gegenüber als ein verläßlicherer Freund zu erweisen – aber ich habe die feste Absicht, jede Hilfe von außen in Anspruch zu nehmen, die sich mir bietet.«

»Vielleicht finden Sie auch noch heraus, daß Außenstehende ihm am besten helfen können«, sagte Charlotte, während sie beobachtete, daß Mr. Brudenall jetzt mit einem deutlichen Ausdruck von Interesse Miss Brereton zuhörte, die soeben etwas gesagt hatte. »Bei seinen Freunden wird man ihm gelegentliche Depressionen vielleicht nachsehen,

bei Fremden muß er sich mehr zusammennehmen, um normal zu erscheinen.«
»Ganz besonders bei schönen jungen Damen«, meinte Sidney, der Miss Brereton jetzt selbst mit Wohlgefallen beobachtete. »Das habe ich auch schon sehr oft gedacht. Henry ist tatsächlich bei Ihrem Geschlecht ein großer Favorit – immer gefühlvoll, aber nie ein bestimmtes Gefühl äußernd. Anscheinend reizt es die Frauen, den anstrengenden Versuch zu machen, dieser Art von Vagheit mit Verständnis zu begegnen, und Henry ist so dankbar, daß er dafür sehr nett zu ihnen ist. Ich habe nicht den geringsten Zweifel, daß er und Miss Brereton großen Gefallen aneinander haben – wenn es nicht so wäre, hätten sie ohne weiteres längst zu uns zurückkommen können.« Er sah Charlotte von der Seite an. »Aber vielleicht würden Sie selbst gern die Rolle übernehmen, die ich Miss Brereton zugeteilt habe?«
Doch das wies Charlotte strikt von sich. Sie hatte den Verdacht, daß Sidney nichts dagegen hätte, ihre Gesellschaft gegen die Miss Breretons einzutauschen, zog es jedoch vor, der schwierigen Aufgabe auszuweichen, Mr. Brudenall selbst trösten zu müssen.
»Ich sehe keinen Grund, weshalb man eine einzelne Person mit einer solchen Aufgabe belasten sollte. Ihren Absichten wäre doch ebenso damit gedient, wenn Sie ihm dazu verhelfen würden, sich einem geselligen Kreis anzuschließen. Wie kann man denn von irgend jemandem verlangen, sich ganz allein, ohne jede Beihilfe, um ihn zu kümmern?«
Sie hatte wohl das größte Mitgefühl für Mr. Brudenall, aber keine Lust, mit seinen Problemen belastet zu werden, und ehe Sidney Parker sie noch mehr hineinverwickeln konnte, entfernte sie sich wieder vom Boot und schlug vor, gemeinsam mit den andern Sir Edward zu folgen.
Doch statt auf ihren Vorschlag einzugehen, schaute er umher – auf die andern an Land gezogenen Boote, die Fischerhütten in der Nähe mit ihren in der Sonne zum Trocknen ausgebrei-

teten Netzen und auf den Fluß, der an dieser Stelle vor einem Geschiebewall aufzuhören und keine sichtbare Verbindung zum Meer zu haben schien. Sidney, der gar keine Eile hatte, ihre Gesellschaft anzutreiben, versuchte jetzt herauszufinden, wie der Fluß sich unterirdisch, zwischen den Steinen hindurch, seinen Weg bahnte. Und nachdem er dieses Naturphänomen untersucht und sich laut darüber verwundert hatte, wandte er sich um Auskunft darüber an Miss Brereton.

»Das nennt man eine Flußschwinde. Ich habe es gerade Mr. Brudenall erklärt, soweit ich etwas davon verstehe«, sagte sie verwirrt.

»Ja, wir waren sehr eingehend damit beschäftigt, dieses Rätsel zu lösen«, bestätigte Mr. Brudenall, »haben es uns aber schließlich nur so erklären können, daß der Fluß sehr träge fließen muß, wenn er sich zwischen den Steinen hindurchwindet, statt sie links und rechts vor sich her zu treiben.«

»Ach, tatsächlich? Ja, ein recht kümmerlicher Fluß, muß ich schon sagen«, stimmte Sidney zu, nachdem er selber eine ganze Weile ernsthaft überlegt hatte. »Ein wirklich starker Fluß würde sich zweifellos einen schönen geraden Durchbruch erzwingen. Sie sind doch bestimmt auch dieser Ansicht, Miss Brereton?«

Charlotte, die sich nicht sehr für den Fluß interessierte, wanderte zum Geschiebewall hinüber, sah aber auch darin nichts Ungewöhnliches. Die andern drei, die stehengeblieben waren, als sie ging, starrten noch immer in das seichte Wasser hinunter, wie es zwischen den Kieseln dahinplätscherte.

»Die Jahreszeit könnte etwas damit zu tun haben«, sagte Miss Brereton schließlich, nach einer ziemlich langen Pause. »Ich glaube, in *gewissen* Monaten ist der Flußlauf direkter – oder zumindest weniger versickert.« Sie hielt wieder inne. »Im Winter, zum Beispiel.«

Überrascht, daß sie so lange gebraucht hatte, um eine so alberne Antwort zu geben, warf Charlotte schnell einen Blick zurück, nur um einen verlegenen Ausdruck und ein leichtes

Erröten in Miss Breretons Gesicht zu bemerken und Sidney Parker zu sehen, der diese ganz fasziniert anstarrte, was wahrscheinlich die Erklärung dafür war. Es bestand kein Grund, warum er Miss Brereton nicht so fasziniert anstarren sollte, sagte sich Charlotte ganz vernünftig. Er hatte ja bereits zugegeben, daß er sie für ein sehr schönes Mädchen hielt, und der leichte Zug von Verschlossenheit und Zurückhaltung erhöhte ihre Reize noch. Aber trotzdem seufzte Charlotte über ihr eigenes Schicksal, in solcher Gesellschaft immer ausgestochen zu werden. Derartig absurde Betrachtungen über ein sich windendes Gewässer, von *ihr* angestellt, hätten nie die gespannte Aufmerksamkeit zweier junger Männer so lange zu fesseln vermocht, bis sie ihr eingefallen wären.

»Aber diese Hindernisse scheinen mir denn doch nicht allzu groß zu sein«, rief Sidney und schleuderte noch ein paar Kieselsteine mehr ins Wasser. »So kleine Steine wie diese braucht man bestimmt nicht wichtig zu nehmen.«

»Es gibt sehr viel mehr davon, als du denkst«, bemerkte Mr. Brudenall lethargisch. Und Charlottes Aufmerksamkeit wandte sich sofort ihm zu. Sie konnte diese Niedergeschlagenheit nur bedauern, gegen die er, wie sie sich vorstellte, ständig ankämpfen mußte, um sie zu überwinden.

»Die Natur braucht oft sehr viel Zeit, um entscheidende Wendungen herbeizuführen«, sagte sie nachdenklich. »Eile kann man von ihr in solchen Situationen schon gar nicht erwarten.«

Zum Glück hörte Sidney Parker endlich auf, Miss Brereton so fasziniert anzustarren, sah plötzlich seinen Freund an und ging augenblicklich in eine humorvollere Art zu sprechen über. Die Wörter waren an sich nicht wichtig, aber der Tonfall war aufmunternd und voller Optimismus. Der Winter, bemerkte er, sei noch viel zu fern, und so lange könnten sie wohl kaum hier stehenbleiben und den Fluß beobachten, noch habe es wenig Sinn, über ihn zu diskutieren, wenn man keine besseren Erklärungen finden könne.

Obgleich Charlotte Sidneys wirklich gütigen Charakter bewunderte, wie er seinem Freund in dieser kritischen Zeit beistand, beneidete sie ihn um seine Aufgabe nicht. Sie beobachtete jedoch dankbar, daß sein Geplauder und seine Entschlossenheit, seinen Freund aufzuheitern, einen allmählichen Stimmungswechsel bewirkten.

Jetzt zeigte sich auch Sir Edward wieder oben auf dem Kliff, der aufgeregt winkte, und notgedrungen kletterten sie zu ihm hinauf. Um eine Baumgruppe herum fanden sie sich plötzlich vor einem ausgesprochen monströsen kleinen Haus – der Größe nach ein kleines Landhaus, aber ein Herrenhaus in den Details. Es hatte spitz zulaufende gotische Fenster, einen Wagenschuppen für zwei Kutschen, schmiedeeiserne Verandasäulen, spitzenartige Bleibeschläge mit komplizierten Mustern und, um dem Ganzen noch die Krone aufzusetzen, ein dickes, malerisches Strohdach. Das Ergebnis war ein Spielzeughaus, in dem zukünftige Mieter sich vielleicht wie Gutsherren vorkommen mochten, die in einer Art Arkadien lebten.

Mr. Brudenall, Miss Brereton und auch Charlotte, die es mit fassungslosem Staunen betrachtet hatten, schienen in Verlegenheit, in welcher Form sie sich dazu äußern könnten. Doch Sidney Parker war seiner Sache in dieser Beziehung sicherer, indem er das Haus lobte und seinen Besitzer durch ein Kompliment erfreute.

»Vorbildlich. Ganz vorbildlich in seiner Art«, sagte er, indem er ein gutes Stück auf dem winzigen Fahrweg zurücktrat und seinen Blick über das wuchernde Zierwerk schweifen ließ. »Es ist Ihnen gelungen, die Illusion ländlicher Einfachheit in vorbildlicher Weise vorzutäuschen – denn ich nehme an, die Wirkung, die Sie eigentlich erzielen wollten, war weit entfernt von ländlich und alles andere als einfach?«

»Genau das, Sir. Sie haben es genau erkannt«, rief Sir Edward ganz begeistert. »Während der ganzen Bauzeit war mein Ziel: Ländlichkeit auszustrahlen. Es gibt so viele Leute, die sich einreden, sie sehnten sich danach, ihren protzigen, pompösen Herrenhäusern in die Einfachheit und Traulichkeit niedriger und dunkler Stuben entfliehen zu wollen. Aber diejenigen, die ländlichen Frieden suchen, denken nicht immer an die Unzulänglichkeiten, die jedes durchschnittliche, echte Landhaus aufweist. In *meinem* Landhaus nun können sie es sich ohne derartige Ungelegenheiten gemütlich machen. Zudem strömt es ein gewisses Meeresfluidum aus, finden Sie nicht auch?«

Sidney Parker sagte, er fände es auch. Und indem er ihm noch wer weiß wie oft zustimmte und immer eine schmeichelhafte Beobachtung einstreute, sobald Sir Edward eine Pause machte und eine solche zu erwarten schien, brachte er es fertig, ihnen eine vollständige Besichtigung des Hauses zu ermöglichen, ohne daß sonst jemand in die peinliche Lage versetzt wurde, eine Bemerkung darüber zu machen.

Miss Brereton und Mr. Brudenall schienen unbekümmert von Zimmer zu Zimmer zu wandern, ohne sich um die Diskussion auch nur zu kümmern. Und Charlotte, die ganz erleichtert war, ihrem Beispiel folgen zu können, fragte sich, ob wohl die andern genausowenig über Sir Edwards ursprünglichen Plan mit dem Haus wüßten wie sie – bis ihr plötzlich klar wurde, daß auch Sidney Parker nicht den leisesten Schimmer hatte, ob für den Bau dieses Hauses ein regelrechter Bauplan überhaupt vorhanden war.

Da sie selbst die Diskussion trotzdem sehr aufmerksam verfolgte und den absurden Nonsens hörte, den Sir Edward salbungsvoll von sich gab, als er versuchte, die Berechtigung jedes einzelnen Details genau zu begründen, stieg in Charlotte der Verdacht auf, daß sein Geist beim Entwerfen seiner Villa ebenso konfus gewesen sein mußte, wie es auch auf den meisten andern Gebieten der Fall zu sein schien, und Sidney, der die günstige Gelegenheit benutzte, um den gleichen Redestil aufzugreifen, antwortete einfach mit einem ähnlichen Wust von Unsinn. Nach einer Stunde jedoch fand er,

daß er eine neue Ruhepause verdient habe. Und obgleich Sir Edward, der inzwischen sein Haus abgeschlossen hatte, nur zu gern weiter darüber diskutiert hätte, hatte Sidney nicht die Absicht, ihn noch länger zu ertragen.
Bergab wählten sie einen anderen Rückweg, ließen das Meer hinter sich und kamen beim Fluß an, über den sich hier eine Steinbrücke spannte, die auf der anderen Seite die Hauptchaussee wieder aufnahm, welche auf den Schlagbaum zuführte.
»Wie wäre es denn mit einem Türmchen – haben Sie nicht auch schon daran gedacht, noch ein Türmchen aufzusetzen?« suggerierte Sidney so nebenbei, als er plötzlich erkannte, wo sie sich befanden. »Ah«, sagte er, und seine Miene hellte sich beträchtlich auf. »Soviel ich mich erinnere, liegt Denham Park nur eine kurze Strecke von diesem Schlagbaum entfernt – habe ich recht? Also dann ... sosehr ich unsere Unterhaltung auch genieße, möchte ich Sie doch nicht länger von Ihrem eigenen Weg ablenken, Sir Edward. Nein, nein, das kommt gar nicht in Frage« – und mit seiner liebenswürdigsten Verbeugung: »Wieviel von Ihrer Zeit haben Sie uns denn nicht heute schon geschenkt? Wir würden auch nicht eine Minute daran denken, ein solches Opfer auch nur zu erwägen. Miss Brereton und Miss Heywood sind inzwischen, darf ich wohl sagen, todmüde, und wir werden sie direkt nach Trafalgar House zurückbegleiten – da wir ja den gleichen Weg haben. Überhaupt keine Umstände, ich versichere Ihnen.«
Und trotz aller Proteste führte er die Gesellschaft über die Brücke und ließ einen verzweifelten Sir Edward am Schlagbaum zurück, dem irgendwie bewußt wurde, daß er eben auf jemanden gestoßen war, der eine größere Meisterschaft darin hatte, seinen Willen durchzusetzen, als er selber. Stirnrunzelnd beobachtete er, wie Miss Brereton ihm entführt wurde, und er versuchte zu ermessen,

wie groß die Beeinträchtigung seiner eigenen Pläne sein könnte, die er von seinem neuen Rivalen zu gewärtigen hätte.

17

Obwohl Sidney Parker durchaus willens war, die Führung der Gesellschaft zu übernehmen, zeigte er keinerlei Neigung, sie direkt nach Trafalgar House zurückzuführen. Sobald sie außer Sichtweite der Brücke waren, begann er Pfade zu inspizieren, die von der Hauptchaussee abzweigten. Und nachdem er schließlich einen auf der rechten Seite gewählt hatte, marschierte er schnurstracks über eine breite Wiese mit der rücksichtsvollen Bemerkung, daß der Boden auch für Damen trocken genug sein sollte, ohne sich jedoch bei ihnen zu erkundigen, ob es die Richtung sei, die sie einzuschlagen wünschten.

»Hätten wir nicht vielleicht links, zum Meer hin, abbiegen sollen?« gab Charlotte zu bedenken, als sie die Grasfläche schon halb durchquert hatten, ohne daß außer ihr jemand Einspruch erhoben hatte. »Oder sogar auf der Chaussee weitergehen sollen? Ich bin beinahe sicher, daß dieser Pfad landeinwärts nach Alt-Sanditon führt.«

»Sehr richtig, so ist es«, gab Sidney zu. »Hatten Sie vielleicht ein anderes Ziel für unseren Spaziergang geplant?«

»Keineswegs. Ich war nur der Meinung, daß wir unsern Spaziergang bereits gemacht hätten.«

»Am Strand entlangschlendern und in einem Haus herumstehen!« protestierte Sidney. »Außer, Sie und Miss Brereton sind von dieser Bummelei völlig erschöpft, sonst schlage ich vor, daß wir uns etwas Bewegung machen.«

»Es muß doch mindestens zwei Uhr sein«, sagte sie unsicher und schaute um Unterstützung zu Miss Brereton hinüber.

»Also drei kann es bestimmt noch nicht sein«, argumentierte Sidney, »so daß wir glatte zwei Stunden zur Verfügung haben, um Alt-Sanditon zu erforschen.«

»Zwei Stunden!« Sir Edwards Beharrlichkeit hatte sie mißbilligt, als er einen Spaziergang vorgeschlagen hatte, der nur eine Stunde gedauert hätte, und sie war überzeugt, daß Miss Brereton die ganze Widersprüchlichkeit einer solchen Planänderung empfinden mußte. Aber Miss Brereton war jetzt genauso zurückhaltend und diplomatisch, wie sie es vormals gewesen war, und ließ Charlotte über ihre wirkliche Meinung im dunkeln. Schließlich war es Mr. Brudenall, der die Angelegenheit entschied, indem er hüstelte und sagte –

»Ich muß offen gestehen, ich würde mir so ein echtes Fischerdorf sehr gerne mal ansehen, bevor es noch verändert und entwickelt ist, um dem neumodischen Standard zu entsprechen.«

Das war für Sidney ausschlaggebend. Die Wünsche seines Freundes gingen allen andern vor, und da er ohne weiteres annahm, daß die übrigen Einwände nicht ernst zu nehmen seien, marschierte er munter den Pfad entlang weiter.

»Oh, du wirst das alte Sanditon noch ganz unverändert finden«, sagte er im Weitergehen. »An sich schon ein viel zu reizvoller kleiner Ort, als daß da noch Grund für Verschönerungen wäre – was meinen Sie, Miss Brereton? Ein idyllisches Dörfchen – es hat etwas so Heiteres an sich – finden Sie nicht auch?« und wandte sich ihr mit einem leichten Lächeln zu. »Und ich bin überzeugt, Sie wollen diese Schönwetterperiode voll ausnutzen. Sind *Sie* nicht dafür, so lange wie möglich draußen zu bleiben?«

Sie kamen gerade am Rande der Wiese an, als er diese Fragen an sie richtete, und so war es ganz natürlich, daß sie nebeneinander in das Wäldchen, das an die Wiese grenzte, hineinspazierten. Nur war der Weg hier nicht breit genug, daß vier nebeneinander hätten gehen können. Und Charlotte, die fand, daß man sie nach hinten zu Mr. Brudenall abgeschoben hatte, versuchte genau festzustellen, *wann* diese Gruppierung sich als unvermeidlich ergeben hatte und ob sie nicht von Sidney absichtlich herbeigeführt worden war. Sie hatte das bestimmte Gefühl, daß er ungeduldig auf eine Gelegenheit wartete, die schöne Clara näher kennenzulernen. Er ging flott voraus und redete ununterbrochen, als strenge er sich ganz besonders an, seiner Partnerin zu gefallen. Henry Brudenall dagegen strengte sich überhaupt nicht an. Niedergeschlagen trottete er vor sich hin, hieb mit einem Stock, den er aufgelesen hatte, auf Büsche ein und sah dabei so verloren aus, daß Charlotte ihm seine Unhöflichkeit gern verzieh und nur Mitleid mit seinem Elend empfand.

Zweimal hatte er Bemerkungen von ihr ignoriert: über den erholsamen Schatten der Bäume im Sommer und das Beglükkende des Vogelgesangs. Beide waren auf ihrem früheren Spaziergang am Strand entlang nicht vorhanden gewesen und an sich vielleicht auch zu abgedroschen, um darüber noch Bemerkungen zu machen – aber dennoch ganz plausibel, fand Charlotte, um ihre eigene Bereitwilligkeit zu einer Unterhaltung zu bezeugen.

Und einmal, an der einzigen morastigen Stelle auf dem ganzen Waldweg, platschte er so gedankenlos hindurch, daß der Saum ihres Kleides mit Schlammspritzern übersät war. Wenn Mr. Brudenall so mit seinen persönlichen Problemen beschäftigt war, daß er nicht einmal diese Ungezogenheit wahrgenommen hatte, folgerte Charlotte, könne man ihr nicht verdenken, wenn auch sie verstummte. Und nachdem sie es aufgegeben hatte, sich zu fragen, wie sie ihn in irgendeine Art von Gespräch verwickeln könnte, fand sie es um so erstaunlicher, daß Miss Brereton es ohne sichtbare Anstrengung über eine Stunde fertiggebracht hatte. Außer ihn mit einem nervösen Blick zu streifen, sobald auf dem Weg ein irgendwie geartetes Hindernis auftauchte, beachtete sie ihn gar nicht weiter und ließ ihn seinen Kummer in Ruhe genießen.

Körperliche Bewegung war Sidneys offizielle Erklärung für

diesen Umweg gewesen, und er schlug da vorn ein schnelles Tempo an. Charlotte und ihr Partner gingen auch ziemlich schnell, kamen jedoch nie so nahe an die andern heran, um ihre Unterhaltung zu belauschen. Sie behielten sie indes immer in Sichtweite, und da es sehr wenig sonst gab, was sie ablenkte, ertappte Charlotte sich dabei, daß sie die beiden ganz intensiv beobachtete und äußerst neugierig wurde, über was sie so ernsthaft diskutierten. Daß Clara selbstbeherrscht und ernst war, wunderte Charlotte nicht im mindesten, doch daß sie die Unterhaltung zu führen schien, überraschte sie ungemein; daß aber auch Sidneys Profil, das sich seiner Partnerin so häufig zuwandte, genauso gedankenvoll und ernst sein sollte, war am allerschwierigsten zu erklären. *Sie* hatte seinen Charakter bisher so eingeschätzt, daß er gewöhnlich danach trachtete, in seinem täglichen Umgang mit Menschen ein eher oberflächliches Niveau beizubehalten.
Das zweite so prägnante Charakteristikum, das sich ihr im Zusammenhang mit ihm aufgedrängt hatte – die Ungezwungenheit seines Benehmens –, war ihm, wie sie konstatierte, so wesenseigen, daß sie auch im Stimmungswechsel keine Veränderung erfuhr. Als sie beobachtete, wie er herunterhängende Zweige für Miss Brereton zurückbog und sich hin und wieder höflich zu ihr hinüberneigte, um zu hören, was sie sonst noch gesagt hatte, gab es ihr unwillkürlich einen kleinen Stich – den man nur mit Eifersucht bezeichnen konnte.
Das war eine Regung, die Charlotte normalerweise gar nicht kannte. Und so versuchte sie, ihren Gedanken eine andere Richtung zu geben, indem sie sich bemühte, eine vernünftige Erklärung für dieses ungewöhnliche Symptom zu finden: Claras Schönheit hatte sie von Anfang an mit der herzlichsten Bewunderung und ohne das geringste Neidgefühl bejaht. Und Sidney Parker war ein würdiger Bewunderer für ein so bewunderungswürdiges Wesen,

daß der Anblick dieser beiden in ein ernsthaftes Zwiegespräch Vertieften für jeden unvoreingenommenen Beobachter eigentlich etwas besonders Erfreuliches hätte sein sollen. Bei dieser durchaus logischen Folgerung angelangt, war Charlotte dann gezwungen, sich ehrlicherweise einzugestehen, daß sie im Augenblick alles andere als eine unvoreingenommene, sondern eine unfreiwillige und mißbilligende Beobachterin war. Jede Aussicht auf ihr persönliches Vergnügen an diesem Spaziergang schien jetzt höchst fragwürdig, und sie hätte mit Freuden einen schweigsamen Mr. Brudenall gegen einen redseligen Sidney Parker ausgetauscht. Aber das war doch bestimmt kein Grund zur Eifersucht? Verletztheit? Ja, bestimmt sogar. Sie meinte, sich mit Recht zurückgesetzt zu fühlen, und sie war noch eifrig damit beschäftigt, das für sie beunruhigendere Gefühl der Eifersucht als rein vorübergehende Empfindungen der Verletztheit und Enttäuschung abzutun, als sie aus dem Wäldchen herauskamen.

Sidney schien ganz darauf aus, die Gruppierung der Gesellschaft im Augenblick noch beibehalten zu wollen, und sein Elan und sein Geplauder hätten genügt, um alle fröhlich zu stimmen. Charlotte aber war versonnen, und keiner der andern sprach mit merkbarer Begeisterung auf ihn an, doch er richtete seine Bemerkungen mit beharrlich guter Laune ohne Unterschied an alle, was Charlotte nur wieder bewundern konnte.

»Nun, Henry, entspricht das deiner Vorstellung von einem echten Fischerdorf?« fragte er, als sie dort ankamen und vom ausgetretenen Fußweg auf Kopfsteine traten. »Hier bestätigt das alte Sanditon, was ich oft meinem Bruder gegenüber behauptet habe. Hier ist nicht nur das Meer außer Sicht – hier sind sogar, außer bei den schweren Stürmen, seine Geräusche und Gerüche ausgeschaltet. Aussichten auf das Meer, behaupte ich nach wie vor, sind nur etwas für Stadtmenschen, die noch nie seine Bedrohlichkeit erfahren

haben. Der echte Seemann wohnt lieber landeinwärts, als daß er den Wunsch hätte, den Ozean vor Augen zu haben.«
»Das finde ich durchaus verständlich«, erwiderte Mr. Brudenall. »Die See ist sein alter Feind. Warum sollte er sie dauernd anschauen wollen? Ich kann aber auch verstehen, daß er sein Haus mit Vorliebe wie ein Schiff baut.« Und mit einer ausladenden Handbewegung die Straße entlang: »Die sehen doch alle aus wie gemütliche, eng zusammengepferchte, mit Holz verschalte Brigantinen.«
So normal hatte Charlotte ihn bisher noch nie sprechen hören. Sie hatte schon geglaubt, er sei überhaupt nicht imstande, ungezwungen zu reden, sich für seine Umgebung zu interessieren und kluge und sachliche Bemerkungen darüber zu machen. Sie starrte ihn an. Aber weder Sidney noch Miss Brereton schienen sein gegenwärtiges vernünftiges Verhalten ungewöhnlicher zu finden als seine vorherige Niedergeschlagenheit.
»Ja, man spürt genau, daß das ein Ort ist, der sich im Laufe von Jahrhunderten natürlich entwickelt hat, und daß er immer von echten Seeleuten bewohnt war«, äußerte Miss Brereton, die Unterhaltung ohne sichtliche Anstrengung weiterführend.
Sie pilgerten weiter durch die Straßen des alten Dorfes – die, zum Schutz gegen Wind und Wetter, eng und gewunden waren –, mit ihren dickwandigen, wahllos hingebauten Häuschen, die zu Mr. Parkers neuen Theorien in bezug auf Baupläne, Bauweise und Lage in völligem Widerspruch standen. Selbst solche bäuerlichen Landstädtchen, mehr landeinwärts, wie Charlotte sie kannte, waren auf lebhafte Markttage angewiesen und hätten es gar nicht vertragen, sich mit so wenig Raum zu begnügen wie das alte Sanditon. Es fiel ihr auch auf, daß die Häuser statt Gärten nur gestutzte Zierbüsche in Holzkübeln, statt Türklopfern Schiffsglocken und mehr Wetterhähne auf ihren Dächern und Fensterläden an ihren Fenstern aufwiesen als ein normales Dorf.

Zu Charlottes Überraschung schloß Sidney sich jetzt *ihr* an, als sie auf der Straße weitergingen, und sprach ständig so auffällig in ihre Richtung hinüber, als wollte er sie aufmerksam machen, daß er jetzt *sie* als seine Partnerin in Anspruch zu nehmen gedenke. Sie konnte dieses Verhalten kaum verstehen und entzog sich geschickt und bewußt einigen Versuchen, sie von den andern zu trennen.
Beim Verlassen des Dorfes hatten sie einen ziemlich steilen Hügel zu bewältigen, bevor sie oben das Plateau gegen die neuen Häuser zu überquerten; und obwohl sie auf der Hauptstraße gingen, wo nicht die geringste Notwendigkeit bestand, nur in Paaren zu gehen, hatte Sidney es doch bald wieder dazu gebracht. Aber diesmal beschloß Charlotte, ihm klarzumachen, daß sie genau wisse, was er beabsichtige; und als sie bei ihrem Aufstieg beim ersten Felsvorsprung ankamen, sagte sie lakonisch –
»Ich denke, wir können jetzt auf alle diese Unterbrechungen verzichten, um die Aussicht, die Vögel und den Rauch zu bewundern, der aus den Schornsteinen aufsteigt. Ich kann mir nicht vorstellen, daß wir immer noch Gefahr laufen, die andern einzuholen.«
»Durchaus richtig«, stimmte Sidney zu, bereit, über sich selbst genauso zu lachen wie über andere. »Da hatte ich mir nun gerade einen so prachtvollen Platz ausgedacht, um diese frische südliche Brise und den würzigen Geruch der Salzluft zu genießen, der jetzt über den Hügel zu uns dringt. Ich glaube, ich habe bisher den Wind unterschätzt, was meinen Sie? Aber ich bin auch bereit, darauf zu verzichten, wenn Sie lieber schneller gehen wollen.«
Ziemlich perplex über diese unmittelbare Bereitwilligkeit, sagte Charlotte rundweg: »Ja danke, es wäre mir lieber«, und stakste voran, den Hügel hinauf.
»Wie beschämend festzustellen, daß meine Regieeinfälle nicht geschätzt werden«, sagte er, sie einholend. »Sie hätten doch wenigstens vortäuschen können, daß Sie sich über

meine Vorliebe, mit Ihnen spazierenzugehen, freuen. Es ist für eine junge Dame viel natürlicher, sich so geschmeichelt zu fühlen, daß sie ignoriert, auf welche Weise so etwas in Wirklichkeit arrangiert wird.«

»Ich sehe aber keine Notwendigkeit, überhaupt etwas zu arrangieren«, erwiderte Charlotte. »Mr. Brudenall ist viel weniger geistesabwesend und höflicher, wenn wir alle zusammen sind. Dann ist er nämlich gezwungen, der allgemeinen Unterhaltung zumindest eine gewisse Aufmerksamkeit zu schenken, statt einherzustampfen und mit einem Stock auf Brennesseln einzuschlagen.«

Sidney amüsierte sich köstlich über diese Charakterschilderung seines Freundes.

»Haben Sie ihn auf Ihrem Waldspaziergang so unmöglich gefunden?«

»Ich konnte gar nichts mit ihm anfangen«, gestand sie. »Es muß aber doch irgendeinen Weg der Verständigung mit ihm geben, denke ich – wenn man genügend Ausdauer hat«, fügte sie warmherzig noch hinzu, »auf *meine* Bemerkungen hat er allerdings überhaupt nicht geantwortet.«

Darüber lachte er laut heraus.

»Ist er auch für diese Schlammspritzer an Ihrem Kleid verantwortlich?«

»Oh, bestimmt ganz unabsichtlich«, sagte Charlotte und sah auf ihren bespritzten Rocksaum hinunter. »Das sind dann schon ganz erhebliche Spritzer, das muß ich sagen. Bestimmt zu groß, um von andern übersehen zu werden, aber Mr. Brudenall hat sie nicht einmal bemerkt.«

»Das ist ja heiter. Hoffentlich lassen sie sich auswaschen?«

»Natürlich lassen sie sich auswaschen«, sagte sie mit einiger Ungeduld. »Mein Kleid ist aus ganz gewöhnlicher Baumwolle.«

»Ich bin sehr beruhigt, das zu hören. Darauf hätte ich *beinahe* schwören können. Ich war überzeugt, daß Sie nie die Torheit begehen würden, unpraktische Kleider zu tragen. Empfindliche Stoffe – wie Taft zum Beispiel – sollten ausschließlich für den Abend sein, denken Sie nicht auch? Allerdings sind auch einige Musseline nicht sehr vernünftig zum Wandern – da sie ja nun einmal dazu neigen, Fäden zu ziehen und auszufransen.«

Charlotte dachte nicht daran, die diversen Eigentümlichkeiten weiblicher Kleidung mit Sidney zu diskutieren, begriff aber allmählich, daß er es verstand, jeder unbequemen Fragestellung auszuweichen, wenn er nicht ganz rücksichtslos damit konfrontiert wurde. Sie gab noch einige belanglose Antworten und wartete, bis seine Kenntnisse auf dem betreffenden Gebiet erschöpft waren, um dann die erste Gesprächspause zu benutzen und zu sagen –

»Falls es Ihnen nichts ausmacht, würde ich jetzt gern erfahren, was Ihre Beweggründe waren, unsere Gesellschaft so oft auseinanderzureißen. Warum halten Sie es für nötig, jeden in dieser Weise herumzudirigieren?«

»Warum halten *Sie* es denn für nötig, es zu erfahren?« antwortete er lächelnd. »Ich nehme an, jeder von uns hat seine eigenen Methoden, mit andern umzugehen – und seine spezielle Begabung, sie anzuwenden, während man sich ihrer Gesellschaft erfreut. Ich dirigiere. Sie beobachten. Sehen Sie, ich habe ein gewisses Verständnis für Ihren Standpunkt. Seine Mitmenschen genau zu beobachten muß ein sehr lohnender Zeitvertreib sein – vorausgesetzt, daß man alles genau versteht, was man beobachtet. Wenn Sie mir also erzählen, was Sie während unseres heutigen Spazierganges beobachtet haben, werde ich mich bemühen, Ihnen meine Gründe auseinanderzusetzen, warum ich nach gewissen Gesichtspunkten dirigiert habe. Kommen Sie, wenn wir uns nun schon freimütig unterhalten, lassen Sie uns doch einmal allem Ungewöhnlichen im einzelnen nachgehen, was Sie vielleicht irritiert haben könnte.«

Nach dieser freundlichen Einladung hätte Charlotte beinahe schon die Fragen gestellt, die ihr das meiste Kopfzerbrechen machten: Welchen persönlichen Kontakt hatte er mit Clara Brereton? Und in welchem Maße waren sie bereits vertraut miteinander? Doch dann hielt sie sich zurück, und da sie sich solchen offenen und persönlichen Befragungen nicht gewachsen fühlte, kam sie auf einem kleinen Umweg auf die gleiche Frage zurück.

»Ich fand es etwas merkwürdig«, sagte sie zögernd, »daß Sie eine so ernsthafte – nein, das ist vielleicht nicht ganz richtig – ein so überaus ernstes Gespräch mit Miss Brereton hatten, als Sie durch den Wald gingen.«

»Ja, richtig«, stimmte Sidney zu. »Aber Sie haben sich doch bestimmt denken können, um was es da ging? Sehen Sie, ich hatte beschlossen, ihr über Henrys Lage reinen Wein einzuschenken. Es tut mir leid, daß ich Sie die ganze Zeit mit ihm allein gelassen habe. Aber ich mußte mir einfach eine Gelegenheit schaffen – ich mußte eine private Unterredung mit Miss Brereton herbeiführen, um ihr zu erklären, wie zartfühlend man Henry zur Zeit behandeln muß.«

»Nein, ich muß zugeben, an *das* hatte ich nicht gedacht. Nach Ihrer gestrigen Bemerkung, daß Mr. Brudenalls Problem nicht über Ihren eigenen Familienkreis hinaus bekannt werden sollte, habe ich natürlich nicht erwartet, daß Sie gleich den ersten Außenstehenden einweihen, den Sie kennenlernen.«

»Aber Miss Brereton ist ein so besonders reizendes Mädchen – ein so warmherziger, mitfühlender Mensch – ich war überzeugt, sie würde sich genauso verhalten, wie ich es gehofft hatte. Sie hat sich sofort erboten, ihn zu trösten und aufzuheitern. Und deswegen«, fügte er freundlich hinzu, »habe ich unsere Gesellschaft jetzt wieder getrennt. Von *ihrer* Mithilfe verspreche ich mir sehr viel.« Er schaute nach vorn, wo Miss Brereton jetzt mit seinem Freund in ein leises Gespräch vertieft war. »Es zeugt von einem sehr guten Charakter, daß *sie* es auf sich nimmt, sich um Henry zu kümmern.«

Das empfand Charlotte als eine persönliche Kritik, errötete, schluckte gerade noch eine reichlich unüberlegte scharfe Replik herunter und spürte wieder, wie dieses ungewohnte Gefühl sich in ihr regte – die Eifersucht.
»Nicht alle haben wir die Begabung, Menschen wieder auf die Beine zu helfen. Besonders, wenn sie verzweifelt sind«, fuhr Sidney in einer pathetischen, viel zu übertriebenen Art fort, die sie aus einigen seiner Bemerkungen wiedererkannte, die er erst vor kurzem noch in Sir Edwards Haus gemacht hatte. »Ich wäre der erste, mein eigenes Versagen in dieser Beziehung zuzugeben. Ich kann wohl manchmal aufheitern, aber niemals trösten – und Aufheiterung allein hat in diesen Fällen nur eine sehr begrenzte Wirkung. Es gibt eben ganz wenige, die mit dieser unwiderstehlichen Sanftheit des Charakters begabt sind, um genau zu wissen, wie man mit den Leidgeplagten umgehen muß. Und *das* scheint Miss Breretons große Begabung zu sein.«
Charlotte glaubte mehr als ein Element versteckten Übermuts in dieser schwülstigen kleinen Moralpredigt zu erkennen. Sie streifte ihn mit einem kurzen Seitenblick und spürte irgendwie, als sie den Anflug eines Lächelns bei ihm wahrnahm, daß er gleichzeitig sein eigenes, ganz besonderes Talent, sie vom Thema abzulenken, bei ihr praktizierte.
»Außerdem«, sagte sie, auf das zurückkommend, was für sie die Hauptsache war, »habe ich auf Ihrem Waldspaziergang noch beobachtet, daß auch Miss Brereton sehr viel gesprochen hat.«
»Sie hat mir von einem sehr ähnlichen Fall wie Henrys erzählt, der in ihrer eigenen Familie vorgekommen ist. Das würde natürlich das echte Interesse erklären, das sie gezeigt hat. Mitgefühl beruht ja gewöhnlich auf – äh – einer gleichartigen Erfahrung. Finden Sie nicht auch, daß das so ist?«
»Ich kenne das alles nicht«, sagte sie kühl. »Gebrochene Herzen, unerwiderte Liebe und Liebeskummer sind Dinge, die ich glücklicherweise nur aus Büchern kenne.« Plötzlich

wurde ihr bewußt, daß sie in Gefahr war, nicht nur sauertöpfisch, sondern auch muffig zu klingen, und welchen schlechten Eindruck sie erwecken mußte.
Doch Sidney lachte nur, bestätigte ihr, daß sie tatsächlich von Glück sagen könne, und fuhr fort, Miss Breretons ganz außergewöhnliches Einfühlungsvermögen zu rühmen – eine Provokation, die Charlotte so übelnahm, daß sie beschloß, ihn für den Rest ihres Spaziergangs völlig sich selbst zu überlassen.
Sidney, der weder Provokation noch Kränkung zu bemerken schien und jede Art von Unterhaltung auch ohne jede Mithilfe bestreiten konnte, ließ sich durch ihr Schweigen nicht abschrecken. Doch da Charlotte im allgemeinen mehr darauf achtete, welchen Eindruck ein Mensch bei ihr hervorrief, als auf den Eindruck, den sie möglicherweise auf ihn machte, fand sie diesen neuen Stand der Dinge äußerst irritierend; und beunruhigt spürte sie eine merkwürdige Enttäuschung, die sich irgendwo in ihre ursprüngliche Bewertung einschlich.
Sie stellte fest, daß Sidney Parker sich genauso in fremde Angelegenheiten mischte wie seine Schwester Diana. Er mochte seine Einmischung rechtfertigen und sich einreden, daß er seinen Freund zu dessen eigenem Besten herumdirigierte, aber in alldem steckte eine gehörige Portion Eitelkeit, die sie nicht gutheißen konnte. Er mochte auch glauben, daß er Henry Brudenall einen Dienst damit erwies, daß er seine Beziehungen mit allen, die er kennenlernte, immer in die gleiche rücksichtsvolle, zartfühlende Atmosphäre hineinmanipulierte und -dirigierte. Für sie hatte der Versuch, das Leben anderer Menschen verändern zu wollen, etwas Abstoßendes und Unzulässiges. Sie hatte den Verdacht, daß Sidney das seit Jahren tat – bis es sich bei ihm zu einer Art Krankheit entwickelt hatte.
Wie alle Parkers hatte er ein mitleidvolles Herz und viele liebenswerte Eigenschaften, ließ sich aber durch eine anmaßende Selbstüberschätzung irreleiten zu glauben, daß er je-

dermanns Angelegenheiten besser organisieren könne als sie selber. Nur seine Fröhlichkeit, sein charmantes Benehmen und seine Ungezwungenheit bewahrten ihn davor, so lächerlich zu wirken wie seine Schwester.
Doch selbst als sie zu dieser Erkenntnis kam und entschlossen war, ihn zu rügen, war Charlotte noch bereit anzuerkennen, daß er mit seinen Bemühungen, sie auf diesem Spaziergang zu unterhalten, erfolgreich gewesen war. Sie merkte sehr genau, daß Sidney ununterbrochen bestrebt war, liebenswürdig zu sein, und schämte sich ein bißchen, daß sie es nicht fertigbrachte, das gleiche zu tun.

18

Das moderne Sanditon besaß keine eigene Kirche. Sonntags ließ Mr. Parker für die Fahrt zur Pfarrkirche im alten Sanditon anspannen. Lady Denham hingegen rühmte sich voller Stolz, daß sie stets zu Fuß zur Kirche gehe. Doch die Parkers wußten, daß sie nur gern bergab ging, um sich rechtzeitig zum Gottesdienst im Privatkirchenstuhl des Herrenhauses einzurichten, und dann jeden Sonntag erwartete, daß sie ihr für die Rückfahrt bergauf einen Platz in ihrer Kutsche anboten.
Am anderen Morgen kam es zu einer Abweichung von dieser wöchentlichen Gewohnheit: Sidney Parker und Henry Brudenall traten zum erstenmal öffentlich in Erscheinung; und die neugierigen Blicke und das verhaltene Geflüster, das ihr Erscheinen in der Kirche hervorrief, waren ein deutliches Zeichen der allgemeinen Neugier, die es erweckte.
Charlotte beobachtete, wie Miss Denham, die vor ihr saß, sich den Hals ausreckte, ihren Bruder anstieß und fragend ansah. Er nickte nur einmal bedeutungsvoll, ehe er sich

wieder seinem Gebetbuch zuwandte, als hätten sie sich über diese Neuankömmlinge schon des längeren unterhalten. Sie hörte auch das aufgeregte Gemurmel der Misses Beaufort hinter sich, das ihre Andachtsübungen unterbrochen hatte. Und nach dem Gottesdienst beeilten sich alle mehr denn je, aus ihren Bänken herauszukommen und ihre Freunde draußen im Sonnenschein zu begrüßen.

Es war jedoch Lady Denhams Vorrecht, als erste durch den Mittelgang voranzuschreiten, und ein paar Schritte hinter ihr Miss Brereton. Allen Gewohnheiten zum Trotz schlüpften Sidney und sein Freund aus ihrem rückwärtigen Gestühl, um sich ihnen anzuschließen; und als die übrige Gemeinde vor der Kirche anlangte, kam sie gerade noch zurecht, um mit anzusehen, wie Sidney den Damen in seine Kutsche half, seinem Stallburschen die Zügel aus der Hand nahm und elegant mit ihnen davonfuhr.

Mr. Parker war der erste, der sich von seiner Verblüffung über dieses Tempo, mit dem das Ganze bewerkstelligt worden war, erholte.

»Na, so etwas! Mein Bruder hat uns doch tatsächlich ein Schnippchen geschlagen, was, Sir Edward?« sagte er jovial. »Wenn wir mit diesen Großstadttricks von ihm konkurrieren müssen, werden wir selbst in Sanditon bald gar keine Damen mehr finden, die wir begleiten können. Kaum einen Tag hier, schnappt er mir auch schon meine einzige Gelegenheit weg, einmal in der Woche galant zu sein.«

Charlotte empfand Sir Edwards Antwort auf diese spaßige Bemerkung etwas forciert, und die Hast, mit der er seine Schwester in seinem eigenen Gig verstaute, bestätigte ihre Vermutung, daß er absolut nicht in der Stimmung war, stehenzubleiben und Höflichkeiten auszutauschen. Miss Denham blieb kaum Zeit, sich bei Mrs. Parker zu erkundigen, welcher von den Fremden ihr Schwager gewesen sei, und sich über den merkwürdigen Umstand auszulassen, daß er das einzige Mitglied der Familie Parker sei, das sie noch nicht kenne.

Auch die Misses Beaufort waren enttäuscht, die Gelegenheit eines frühzeitigen Kennenlernens verpaßt zu haben, und würden sich bestimmt nicht länger damit zufriedengeben, nur auf ihrem Balkon zu sitzen, jetzt, da man erwarten konnte, diese beiden vielversprechenden jungen Männer in Sanditon herumbummeln und seine Umgebung bewundern zu sehen. Ja, sie hielten es sogar für ihre unbedingte Verpflichtung – und waren auf der Stelle bereit –, die Landschaft für sie noch reizvoller zu gestalten, indem sie hie und da anmutige weibliche Umrisse auftauchen ließen, wo immer sie am günstigsten ins Blickfeld kamen.

Gleich am nächsten Tage trug Miss Lätitia ihre Staffelei hinaus und begann sie mit unermüdlichem und uneigennützigem Eifer herumzubewegen, vom Sand auf den Kies, vom Hügel zum Terrace. Ohne Verlangen, ihre angefangenen Skizzen zu vollenden, geriet sie in Widerstreit mit ihrer Mission, jede Aussicht, die es erforderte, durch ihre Gegenwart zu verschönen.

Miss Beaufort, die ihre Harfe eher als störend empfunden hätte, verzichtete aber ohne weiteres auf sie und stellte sich ganz darauf ein, die Umgebung dadurch zu bereichern, daß sie in einer Garderobe paradierte, die sie für den Dernier cri in der Strandmode hielt. Sie hatte gerade einen erstaunlichen Kopfputz fertiggestellt – dessen Entwurf ihr von ihrer wohlmeinenden Freundin, Miss Nicholls, zugeschickt worden war. Dieses Gebilde bestand aus einer Strohhaube über einem mit Spitze besetzten Käppchen, das ein abnehmbarer, grünseidener, am Rande gedrahteter Sonnenschutz zierte. Miss Nicholls hatte ihr versichert, daß diese »Strandhaube« in Ramsgate große Mode sei – sie glaube sogar, daß sie ursprünglich in Brighton kreiert worden sei –, und obgleich sie prinzipiell zum Schutze der Augen gegen die Sonne und der Haare gegen den Wind gedacht sei,

habe sie noch den Vorzug, das Gesicht äußerst kleidsam einzurahmen.
Aus der Nähe betrachtet war es eine höchst sehenswerte Kreation, aber leider hielten Sidney Parker und Henry Brudenall immer eine gewisse Distanz und konnten nur eine auffällige irrlichternde Gestalt, promenierend, wahrnehmen, in Unmengen eines Gewebes gehüllt, das darauf berechnet war, sich bei dem leichtesten Windhauch verführerisch zu bauschen.
Diese ganze Selbstentäußerung zur Verschönerung der Sanditon-Landschaft hätte den Misses Beaufort wahrscheinlich wenig geholfen, wenn sie sich nicht zu ihrem Glück daran erinnert hätten, daß sie Miss Heywood gleich bei ihrer Ankunft vorgestellt worden waren. Da ihnen Charlottes Kleidung, mehr adrett und sauber als modisch-elegant, und ihre soziale Stellung irgendwie dubios gewesen waren, hatten sie sie fortgesetzt ignoriert – außer einem gelegentlichen herablassenden Nicken seitens Miss Beauforts und einem halben Lächeln von seiten Miss Lätitias auf dem Balkon (hauptsächlich, um ihr Profil, welches sie gerade Arthur Parker präsentierte, vorteilhafter erscheinen zu lassen). Gesprochen hatten sie tatsächlich niemals mit ihr.
Nachdem sie aber zweimal beobachtet hatten, wie Charlotte von den beiden interessanten jungen Männern begrüßt wurde, merkten sie plötzlich, daß es ihre Gesellschaft war, die sie von Anfang an gesucht, und nur eine ganz natürliche Scheu sie zurückgehalten hatte, sich ihr zu nähern. Nun, da ihre Skrupel und ihre Scheu einmal überwunden waren, lauerten sie Charlotte bei ihrem nächsten Bibliotheksbesuch auf. Sie wurde in den Salon im Eckhaus gebeten, um Miss Lätitias unvollendete Skizzen anzuschauen, die vernachlässigte Harfe anzuhören und die Neugierde der beiden Schwestern zu befriedigen, indem sie Fragen beantwortete, die so hintenherum und so plump waren, wie sie ihnen entsprachen.
»Wir haben uns ja schon so unendlich lange danach gesehnt –

oh, fast schmerzlich, versichere ich Ihnen, liebe Miss Heywood –, eine Gelegenheit zu finden, unsere Bekanntschaft mit Ihnen fortzusetzen. Seit Tagen machen wir die reizendsten Pläne. Aber da sehen Sie's! Es wäre uns beiden ganz entsetzlich, für *unverschämt* oder *zudringlich* gehalten zu werden! Es fällt uns so furchtbar schwer, *überhaupt* jemanden kennenzulernen.«

»Sanditon, finden wir, ist ein ganz reizender Ort – vielleicht ein bißchen wenig Gesellschaft. Aber jetzt kommen ja schon immer mehr Leute an, würde ich sagen. Das Hotel beginnt sich jedenfalls zu füllen . . .«

»Oh, ich bin geradezu vernarrt in Sanditon, obwohl es ein wenig einsam ist«, unterbrach sie Miss Beaufort, in der Befürchtung, daß ihre Schwester eine Spur zu direkt war. »Meine beste Freundin, Miss Nicholls, ein liebes Geschöpf und wirklich sehr schick, berichtet mir, daß in Ramsgate viel mehr los sei. *Dort* sehe man jeden Tag neue Gesichter – *hier* dagegen ist ein fremdes Gesicht eine ziemliche Seltenheit.«

»Weiß Gott, ja, ich sage doch immer, diese kleinen, abgelegenen Plätze sind den überlaufenen, bekannten Badeorten weitaus vorzuziehen«, stimmte Lätitia ihr zu. »Wenn man aus einer ziemlich großen Stadt im Innern des Landes kommt, sehnt man sich nur nach Einsamkeit in einem kleinen Nest am Meer. Ich muß Ihnen aufrichtig sagen, über die Aussicht von unserem Balkon sind wir ganz begeistert. Manchmal ist stundenlang keine Menschenseele am Strand zu erblicken.«

»Ja, bestimmt – wir sind beide ganz hingerissen von dieser Ruhe – dieser gewöhnlichen Eintönigkeit von Sanditon. Innerhalb von zwei Tagen kennt man faktisch jedes Gesicht in der Umgebung –«

»Das stimmt. Deshalb war ich auch so außer mir, daß ich Lydia rufen mußte, als ich – wenn auch wirklich nur ganz flüchtig, wissen Sie – *zwei,* sage und schreibe *zwei* völlig Fremde sah.«

»Ja, natürlich! Jetzt, da du davon sprichst, Lätitia, erinnere

ich mich an sie. Sie scheinen im Hotel abgestiegen zu sein – irgendwie verwandt mit den Parkers, habe ich zufällig gehört – äußerst vornehm aussehende junge Männer und beide so überaus gut angezogen.«
»Der Typ von Leuten, von denen man eher annehmen würde, daß sie lieber Brighton als Sanditon den Vorzug gäben.«
In diesem Stil plätscherten sie fort und ließen Charlotte kaum Zeit, ihnen alle Auskünfte zu geben, nach denen sie so dringend verlangten. In der ersten Pause, die sie ihr einräumten, tat sie das dann auch sehr bereitwillig. Die Misses Beaufort amüsierten Charlotte mehr, als daß sie sich von ihnen täuschen ließ, und obgleich sie auf ihre Freundschaftsangebote höflich reagierte, hatte sie ihre persönlichen Bedenken über den Wert dieser neuen Bekanntschaft – oder gar ihre Dauerhaftigkeit. Sie ahnte, daß diese ganzen Freundschaftsgelüste abrupt ein Ende hätten, sobald sie ihren Zweck bei ihren neuen Freunden erfüllt und sie mit den Neuankömmlingen bekannt gemacht hatte.
Doch Charlotte hatte auch ihre ganz privaten Gründe, den Kreis der weiblichen Gesellschaft zu vergrößern, der für die Tröstung Henry Brudenalls zur Verfügung stand. Es war ihr mehr als einmal durch den Kopf gegangen, daß Sidney Parkers Lobhudelei auf Miss Breretons besondere Begabung, mit seinem Freund umzugehen, den Zweck gehabt hatte, *sie* in seinem Interesse zu ähnlichen Bemühungen anzustacheln. Und da Sidney wiederholt nachdrücklich geäußert hatte, er hoffe, daß ihr so nettes Quartett sich recht oft zusammenfinden werde, kam ihr auch plötzlich der Gedanke, daß sie dann oft dazu gezwungen würde, sich um Mr. Brudenall zu kümmern, während Sidney so etwas wie einen vergnüglichen Flirt mit Clara weiterspann. Jedes neu hinzukommende weibliche Wesen, welches so irritierende Aufteilungen in unpassende Paare möglicherweise verhindern konnte, würde von Charlotte nur begrüßt werden.
Und bei der erstbesten Gelegenheit, die sich ihr bot – als sie

am nächsten Vormittag mit den beiden jungen Männern auf der Hotelterrasse saß –, lächelte sie den beiden lauernden Misses Beaufort einladend zu und vollzog das unvermeidliche Vorstellungsritual mit Grazie. Es machte ihr dann großen Spaß zu spekulieren, ob die Entschlossenheit der Misses Beaufort, sich der Gesellschaft anzuschließen, stärker war als Sidneys offenkundige, wenn auch höfliche Anstrengungen, sie loszuwerden.

Obgleich nichts endgültig entschieden und keine feste Verabredung getroffen worden war, wußte Charlotte, daß Sidney jetzt auf die Ankunft von Miss Brereton wartete, um anzuregen, sich doch wieder zu einem seiner bevorzugten Spaziergänge zusammenzutun. Er hatte in Charlottes Hörweite verschiedentlich Andeutungen fallenlassen, daß er und Mr. Brudenall sehr gern auch längere und anstrengendere Fußtouren unternehmen würden und nichts gegen Miss Baretons Beteiligung einzuwenden hätten, wann immer Lady Denham ihre Gesellschaft entbehren könne. Das Terrace am Vormittag war bestimmt als geeigneter Treffpunkt für irgendeinen geeigneten Tag erwähnt worden. Und was Charlotte und diesen bewußten Tag betraf, mußte Sidney, wie sie merkte, seiner Schwägerin gegenüber so bestimmt von einer festen Verabredung gesprochen haben, daß Mrs. Parker sie mit dem größten Vergnügen und einer Botschaft für Miss Diana – die sie ihr unterwegs abgeben sollte – verabschiedet hatte. Sie saßen schon seit zehn Minuten vor dem Terrace, gespannt, ob Sidneys Tricks sich auch im Fall von Miss Brereton als gleichermaßen erfolgreich herausstellen würden. Die beiden Freunde waren an diesem Morgen schon früher baden gegangen, und der albernen Theorie hohnlachend, daß zwanzig Minuten im Meer jeden Mann unter vierzig Jahren entkräften können, hatte Sidney soeben vorgeschlagen, daß die Kliffs, welche am ersten Tag von allen abgelehnt worden waren, doch ein ideales Ausflugsziel wären, als die Beaufort-Invasion stattfand.

»Nein, wie schön! Dieses Terrace ist doch wirklich ein schrecklich netter Platz. Ich könnte stundenlang hier sitzen, muß ich schon sagen«, bemerkte Miss Beaufort sehr zufrieden mit ihrer neuen Situation dort. »Wie rücksichtsvoll von Mr. Parker und Lady Denham, diese bequemen Bänke aufzustellen – dadurch wirkt es hier draußen wie das entzückendste Außenvestibül.«

»Ja, tatsächlich! Ganz entzückend. Lydia und ich haben nämlich die größte Abneigung dagegen, im Zimmer zu sitzen, wenn die Sonne uns jede Sekunde hinauslockt.«

»Im Zimmer zu sitzen! Um Himmels willen! Was für eine scheußliche Idee, Lätitia, wo wir doch die Terrasse direkt vor unserer Tür haben. Ich sage doch immer, das ist der einzig richtige Ort, um ganz Sanditon zu treffen.«

»Vorausgesetzt, daß man lange genug hier sitzt – dann ja«, sagte Sidney, der schon bedauerte, selbst einen so populären Treffpunkt gewählt zu haben. »Wir sind nämlich gerade im Begriff, uns auf eine ziemlich anstrengende Fußwanderung zu begeben.«

»Ah! Ein himmlischer Tag für einen langen, erfrischenden Spaziergang«, äußerte Miss Lätitia begeistert. »Ich habe auch einen richtigen Horror davor, längere Zeit auf einem Fleck zu sitzen. Sanditon haben Lydia und ich gründlich erforscht, das kann ich Ihnen versichern.«

»Ja, weiß Gott. Es gibt einfach nichts, was uns mehr Spaß macht als flotte Spaziergänge!«

»Und wir kennen auch die besten Wege an der Küste entlang. In welche Richtung wollten Sie denn heute gehen?«

»Wir hatten gerade erwogen, die Kliffs zu besichtigen«, gestand Sidney. »Aber ich fürchte, für eine so anstrengende Exkursion, wie wir sie vorhaben, wären Ihre Schuhe nicht solide genug. Sie sehen viel zu empfindlich aus, um damit über Steine und Felsen zu klettern. Die würden Sie in den ersten fünf Minuten ruinieren. Und Miss Beauforts wunderschönes Kleid würden die Büsche zerreißen.«

»Ach was! Ich denke nie an meine Kleider«, rief Miss Beaufort und warf ihm unter ihrem grünen Sonnenschutz hervor einen koketten Blick zu. »Nein, wirklich, gegen solche Unterstellungen muß ich entschieden protestieren. Ich sage immer, Kleider haben lediglich den Sinn, der Bequemlichkeit und der Zweckmäßigkeit zu dienen, und sollten nie im Wege sein, wenn es ums Vergnügen geht. Sie können ja gar nicht ermessen, was für ein Segen es ist, daß die Mode uns armen Frauen jetzt kürzere Unterröcke erlaubt, knöchellang, wissen Sie; auf längeren Spaziergängen haben sie sich einem nämlich buchstäblich um die Beine gewickelt. Und was sind schon ein paar kleine Risse und Flecke – die spielen doch wirklich keine Rolle. Aber Lätitia, *du* solltest vielleicht doch auf Mr. Parkers Rat hören, schnell hineingehen und die rosa Schuhe wechseln. Die Nankingstiefel wären für einen Kliffspaziergang wirklich besser geeignet.«

Miss Lätitia, die sich dazu beglückwünscht hatte, den Ehrenplatz zwischen den beiden jungen Männern ergattert zu haben, und die nur ziemlich widerstrebend bereit war, ihn ihrer Schwester zu überlassen, behauptete dagegen, daß ihre Glacélederschuhe durchaus solide seien, und sie denke auch nie an Kleider. Und beide konstatierten emphatisch, daß ja elegante Sachen in einem abgelegenen Nest wie Sanditon überhaupt fehl am Platze seien.

Froh darüber, sich – fast wie Henry Brudenall – in Stillschweigen zu hüllen und Sidney das unangenehme Amt zu überlassen, die Misses Beaufort zu unterhalten, war es Charlotte dennoch gelungen, sie ihrer vollen Sympathie in bezug auf ihre Pläne zu versichern, die beiden jungen Männer bei dieser und jeder nächsten sich ihnen bietenden Gelegenheit ganz für sich in Anspruch zu nehmen. Sie erwiesen sich als gar nicht besonders dankbar dafür, im Gegenteil. Sie stellten ihr vielmehr das Zeugnis aus, eine zwar gutmütige, aber simple Landpomeranze zu sein, die keine Augen im Kopf habe, um einen wirklichen Beau von den ungeschliffenen Landjunkern

zu unterscheiden, an die sie zweifelsohne seit langem gewöhnt sei.
Charlotte saß – aufgrund ihrer eigenen Initiative, aber durchaus bereit, die Schwestern in dem Glauben zu lassen, es sei die ihre gewesen – am äußersten Ende der grünen Bank neben Miss Beaufort, und sobald Miss Lätitia es erreicht hatte, Sidneys Aufmerksamkeit von ihrer Schwester abzulenken, ließ Charlotte eine wohldurchdachte Bemerkung über den Vorteil einer größeren Beteiligung fallen und redete Miss Beaufort zu, doch an ihren Ausflügen teilzunehmen.
»Oh, Miss Heywood, wie recht Sie doch haben!« rief Miss Beaufort, ganz entzückt über deren Begriffsstutzigkeit. »Ich sage doch immer, kein Programm hat Erfolg, wenn es nicht Nummern hat, die für genügend Abwechslung sorgen. Stimmt das nicht genau, Mr. Parker?« brach sie in ein Gespräch ihrer Schwester ein. »Miss Heywood meinte eben, die Gesellschaft für jede Art von Exkursionen könnte gar nicht zu groß sein – weil dann für das Vergnügen aller gesorgt wäre.«
»So – hat sie das gesagt? Miss Heywoods Vergnügen liegt mir natürlich immer besonders am Herzen.«
»In einer großen Gesellschaft sind diejenigen, die sich unterhalten wollen, entschieden ein wichtiger Faktor«, bemerkte Charlotte mit besonderem Nachdruck, um ihn aufmerksam zu machen, daß sie in dieser Sache ihre ganz persönliche Meinung habe. »Und diejenigen, die schweigen möchten, dürfen das tun, ohne damit jemanden vor den Kopf zu stoßen.«
»Sehr richtig«, sagte Sidney. »Und diejenigen, die gern beobachten wollen, dürfen das nach Herzenslust tun. Jeder hat reichlich Gelegenheit, sich ganz so zu benehmen, wie es ihm gefällt; mit Ausnahme derjenigen vielleicht, die sich etwas auf ihr Organisationstalent zugute tun. Für *sie* ist nämlich eine große Gesellschaft viel weniger leicht zu dirigieren. Aber mit Miss Heywood zu argumentieren ist sinnlos. Sie ist immer so

übervoll von Vernunftsgründen – immer hat sie gleich den springenden Punkt erfaßt. Eine sehr rationale und charaktervolle junge Dame, finden Sie das nicht auch, Miss Beaufort?«
Charlotte hätte sich gewundert, wenn Miss Beaufort eine wirklich treffende Antwort auf diese ironische kleine Tirade gefunden hätte. Aber außer einem verdatterten: »Oh, gewiß, ihre Bekanntschaft zu machen hat uns beide sehr entzückt, ganz bezaubernd –«, wurde sie dieser Notwendigkeit durch das überraschende Erscheinen Sir Edward Denhams beim Terrace enthoben. Er hatte inzwischen genügend Zeit gehabt, sich über die Stärke der ihm in Sanditon drohenden Rivalität klarzuwerden, und hatte seine Schwester in seinem Gig von Denham Park herübergebracht.
Eine generelle Neuordnung der Positionen war unvermeidlich – was wiederum mit verschiedenen strategischen Maßnahmen seitens der Misses Beaufort parallel lief, die zum Ziel hatten, sich selbst die vorteilhaftesten Plätze zu sichern. Die beiden jungen Männer vor dem Terrace hatten sie bereits als ihr rechtmäßiges Eigentum betrachtet – und waren sich nur über die Aufteilung der Beute noch nicht einig. Aber auch noch ein anderer Anwärter auf ihr Interesse brachte das Dilemma der Wahl und Unentschiedenheit mit sich.
Henry Brudenall war eindeutig der schönste der drei begehrenswerten Kandidaten; andererseits fanden sie es beide – trotz ihrer Begabung, jede peinliche Gesprächspause durch fröhliches Geplauder zu überbrücken – etwas schwierig, eine Unterhaltung mit ihm anzuknüpfen. Sidney Parker sah sehr gut aus, war liebenswürdig *und* elegant. Er würde bestimmt sehr gut zu einer von ihnen passen. Sir Edward aber besaß die gleichen Qualifikationen – nur dazu noch einen Titel. Es war eine schwierige Entscheidung. Gespannt verfolgte Charlotte diese affektierte Unentschiedenheit.
Miss Denham hingegen war gar nicht unentschieden. Da sie das Glück hatte, durch das Wegfallen ihres Bruders in ihrer Wahl begrenzt zu sein, und sie andererseits das offensichtli-

che Desinteresse Mr. Brudenalls an allen Damen entmutigte, konzentrierte sie kurzerhand ihre volle Aufmerksamkeit auf Sidney Parker, redete auf ihn ein, belagerte ihn und schien entschlossen, ihn nicht mehr loszulassen, während die Misses Beaufort immer noch am Überlegen waren.

Charlotte sah das alles und rechnete es Sir Edward hoch an, daß er seine Schwester mitgebracht hatte, ihn zu unterstützen. Ausdrückliche Anweisungen, Sidneys Aufmerksamkeit auf sich zu lenken, hatte man ihr wahrscheinlich keine gegeben. Doch Miss Denham war schon von sich aus sehr daran interessiert, einen heiratsfähigen, finanziell unabhängigen jungen Mann für sich aufzuspüren. Schon Sidneys ausgesprochene Eleganz hätte genügt, um ihm Miss Denhams Gunst zu sichern. Sie würde sich voraussichtlich als eine unschätzbare Verbündete erweisen, indem sie jede Einmischung, die Sir Edward erwartete, durchkreuzte.

Und als die Sanditon-House-Damen dann auch bald darauf bei ihnen anlangten, war Sidney zu sehr damit beschäftigt, sich selbst in Sicherheit zu bringen, als daß er in der Lage gewesen wäre, sich wirklich um sie zu kümmern. Seine augenblickliche Zwangslage war härter, als Charlotte zu hoffen gewagt hatte. Doch sie war auch nicht sehr überrascht, als er sich mit beachtlicher Wendigkeit daraus befreite und zugleich Lady Denhams begeisterte Zustimmung erntete, indem er vorschlug, daß es wohl jetzt, nachdem sie so viele seien, das beste wäre, zu den Teestuben zu spazieren, wo sie angenehmer sitzen könnten. Charlotte, die sich erinnerte, daß an den Teestubentischen höchstens vier Personen Platz hatten, schloß daraus, daß Sidney vernünftigerweise bestrebt war, den Spielraum seiner Aktivitäten einzuschränken, aber, schon irgendwie gewohnheitsmäßig, einen anderen Grund für seinen Vorschlag angab.

»Mein Bruder sagt mir, daß die Teestuben gar nicht gut besucht seien, und hier haben wir gerade die Art von fröhlicher, ungezwungener Gesellschaft beieinander, die auf ihre Berechtigung aufmerksam machen würde.«

»Gut gesprochen, junger Mann«, rief Lady Denham. »Was Sie da sagen, hat Sinn und Verstand. Und wenn mehr Sommergäste wie Sie bei solchen Anlässen an unsere Teestuben denken würden, hätten wir überhaupt keine Verluste. Ach Gott, ich wollte ja Mrs. Griffiths einen Besuch machen – aber das hat Zeit. Eine ganz ausgezeichnete Idee von Ihnen, Mr. Parker. Auf Ihren kleinen Spaziergang zu unseren Teestuben komme ich selbstverständlich mit.«

Das ergab für Sidney die Gelegenheit, die er brauchte, um von Miss Denham wegzukommen.

»Ihre Teilnahme an diesem Teebesuch, Lady Denham, ist eine ganz große Ehre für mich«, rief er mit aufrichtiger Begeisterung und bot ihr äußerst galant seinen Arm, glücklich, sie gegen ihre Nichte auszutauschen. »Ich hatte auf eine Gelegenheit für eine längere Unterhaltung gehofft, als sie am letzten Sonntag auf unserer kurzen Rückfahrt von der Kirche möglich war. Wissen Sie, erst seit ich Miss Brereton kennengelernt habe – und mir *dann* einfiel, daß das ja Ihr Mädchenname war –, kam mir zum Bewußtsein, daß ich seit langem schon ein anderes enges Mitglied Ihrer Familie kenne – Miss Elizabeth Brereton. Nur meine völlige Ahnungslosigkeit von einem Zusammenhang kann ich als meine Entschuldigung dafür anführen, daß ich sie bei meinen früheren Besuchen in Sanditon nie erwähnt habe.«

Nichts hätte angemessener und geschickter sein können als diese sehr höfliche Phrase. Charlotte mochte sich sehr darüber wundern, daß er es nie für der Mühe wert gehalten hatte, auch nur irgend jemandem gegenüber seine Bekanntschaft mit Elizabeth Brereton zu erwähnen. Aber Sidneys Verhalten war immer darauf angelegt, für sich einzunehmen, so daß Charlotte ohne weiteres annehmen konnte, er erinnere sich jetzt nur daran, um Lady Denham zu gefallen, und daß nichts weiter dahintersteckte als der Wille, ihr eine Freude zu machen.

Demzufolge kam Lady Denhams Reaktion darauf als eine eklatante Überraschung. Sie zog augenblicklich ihre Hand von Sidneys Arm zurück, musterte ihn mißtrauisch von oben bis unten und runzelte die Stirn in plötzlichem Mißfallen.

»Sieh mal an! Sie haben also meine Nichte kennengelernt, sagen Sie? Und ich sage Ihnen, Sie können sich Ihre Komplimente und schönen Reden sparen, und nehmen Sie sich in acht«, sagte sie mit einem ihrer durchbohrendsten Blicke, »sie hat Sie doch bestimmt breitschlagen wollen, mal zu sehen, ob Sie nicht einen Besuch in Sanditon House für sie herausschlagen können! Gott sei Dank bin ich nicht von gestern, wie man so sagt, und meine Haustür steht nicht jeder zufälligen Verwandten offen. Und das können Sie ihr von mir ausrichten, wenn Sie nach London zurückkommen.«

Sidney bekundete seine Betroffenheit über diese Schimpfkanonade. »Hat Ihre Nichte denn den Wunsch, nach Sanditon zu kommen?« sagte er befremdet. »Ich muß gestehen, das überrascht mich sehr. An und für sich wäre das natürlich ein exzellenter Plan«, fügte er schnell noch hinzu. »Doch ist Miss Elizabeth Brereton so kompetent, so hoch geschätzt, so unentbehrlich in ihrer eigenen Familie, daß ich bezweifle, ob die Familie je dazu zu überreden wäre, sie zu Ihnen kommen zu lassen. Vielleicht mißverstehen wir uns, und Sie denken an eine andere Nichte?«

»Nein, nein! Ich meine Miss Elizabeth. Vielleicht hat *sie* diese Absicht gar nicht so direkt geäußert, aber die Breretons haben sie mir schon von jeher aufzwingen wollen. Sie wollten gleich von Anfang an, daß ich sie statt Miss Clara einlade. Oh, verlassen Sie sich darauf, ich habe ihre Absicht durchschaut. Ich durchschaue sowieso alle diese kleinen Machenschaften von allen meinen Verwandten. Und obendrein erklärt Miss Clara noch, diese Elizabeth sei ihre Lieblingscousine, und liegt mir seit Monaten ununterbrochen in den Ohren, sie doch einmal nach Sanditon einzuladen – kein Wunder, daß mir da der Name zum Halse heraushängt. Wer bin ich denn, daß ich in jedem meiner Salons über irgendwelche Nichten stolpern muß?«

Sidney hatte sich inzwischen von seiner Verblüffung erholt und schien nur noch betroffen von der unglücklichen Koinzidenz, daß er in seiner Absicht, sich bei Lady Denham beliebt zu machen, einen Namen genannt hatte, den sie nicht ausstehen konnte, und von den lächerlichen Befürchtungen, die er ausgelöst hatte. Hoch entzückt, daß er sie, ohne es zu wollen, selber hervorgerufen hatte, schien er vollauf damit beschäftigt, sich zu überlegen, wie er sie am besten noch steigern könnte.

»Wie glücklich Sie doch sind, Lady Denham, so viele Nichten zu haben, unter denen Sie wählen können. Und ich glaube, es wäre ein Haupttreffer, wenn Sie Miss Elizabeth dazu bewegen könnten, nach Sanditon zu kommen. Als ich sie das letztemal sah, schien ihr Gesundheitszustand nicht der beste zu sein. Vielleicht wäre ihre Familie *doch* zu überzeugen, daß Seebäder gut für sie wären.«

»Für mich aber gar nicht«, brauste Lady Denham auf. »Oh, es gibt eine Menge Anwärter auf meine leeren Zimmer, glauben Sie mir. Doch *mir* kann man so leicht nichts vormachen, und dasselbe habe ich auch Miss Clara gesagt, als sie letztens wieder die Rede darauf brachte.«

Lady Denham hätte ihrem Mißvergnügen noch sehr viel länger Luft gemacht, aber Sidney dachte nicht daran, sein liebenswürdiges Benehmen an jemanden zu verschwenden, der so völlig unempfänglich dafür war; und ohne sich viel um den Rest ihrer Schimpfereien zu kümmern, fiel ihm bald eine passende Ausrede ein, um dem zu entfliehen, und er nutzte gleich die nächste Pause in ihren Anschuldigungen und sagte –

»Hören Sie, es kommt mir gerade in den Sinn, daß wir meinen

Bruder und meine Schwestern bei unserem kleinen Spaziergang zu den Teestuben nicht vergessen sollten. Keiner von ihnen ist ein großer Spaziergänger. Aber das ist ein so bequemer Weg, der würde ihnen Spaß machen. Wenn Sie mich nur eine Minute entschuldigen wollen, laufe ich schnell hinüber zu Nummer vier und lade sie ein, mit uns zu kommen«, und mit großer, offensichtlicher Erleichterung ließ er die gesamte Denham-Familie hinter sich.

»Vielleicht würden Mrs. Griffiths und Miss Lambe auch gerne mitkommen?« schlug Charlotte harmlos vor. »Es wäre doch jammerschade, sie zurückzulassen.«

»Aber natürlich, natürlich!« sagte Sidney mit einem Lächeln über seine Schulter hinweg, das deutlich sagte: ›Da sehen Sie's, jetzt ist mir die Kontrolle über meinen eigenen kleinen Plan völlig abhanden gekommen. Wir könnten doch ebensogut gleich ganz Sanditon mitnehmen.‹

Auch die Misses Beaufort begrüßten Charlottes Vorschlag mit Beflissenheit und mit solchen Beteuerungen der Zuneigung für Miss Lambe und einer so echten Uninteressiertheit an deren Teilnahme an dem Spaziergang, daß Charlotte daraus schloß, sie fürchteten, und nicht zu Unrecht, auch ihre Konkurrenz. Aber sie waren im Grunde wohlmeinende Mädchen, und wäre einer von ihnen Charlottes Vorschlag zufällig in den Sinn gekommen, hätten sie sich vielleicht sogar dazu durchgerungen, ihn auch von sich aus zu machen. Denn trotz ihres großen Vermögens wurde Miss Lambe infolge ihres Gesundheitszustandes, ihrer Halbblutabstammung und Reserviertheit bei gesellschaftlichen Anlässen immer in den Hintergrund gedrängt, obgleich sie bei sich daheim der Mittelpunkt war, um den sich der ganze Haushalt drehte.

Tatsächlich aber waren die Misses Beaufort der Miss Lambe für viele kleine Gefälligkeiten und großzügige Geschenke zu Dank verpflichtet und nun entzückt, sich bei dieser unerwarteten Gelegenheit mühelos bei ihr dafür zu revanchieren; und sie wetteiferten miteinander, um als erste diese Einladung zu

übermitteln und der »liebsten Adela« eine Freude zu machen.
Ihre Bemühung war erfolgreich, wie auch Sidneys in Nummer vier, und so setzte sich denn schließlich die ganze Gesellschaft langsam auf die Teestuben zu in Bewegung, mit einigen unwesentlichen Plänkeleien unter den jungen Damen um die Inanspruchnahme des begehrtesten Arms. Sidney war es gelungen, sogar Miss Denham zu entgehen, indem er beide Arme seinen beiden Schwestern beim Überschreiten ihrer Türschwelle reichte, und Henry Brudenall trat mit einer Geschwindigkeit zwischen Lady Denham und Miss Brereton, daß Charlotte ihr Urteil über ihn revidierte: Er mochte zwar so *aussehen*, als habe er nichts gehört und interessiere sich für niemanden, doch wenn es darum ging, notorischen Schwätzern auszuweichen, wußte er sich sehr gut zu helfen.
Die Misses Beaufort hingen zwar an Sir Edward, mußten sich indessen ausschließlich mit Arthurs Huldigung begnügen, da er nie auf den Gedanken kam, daß die Hilfe seines Arms vielleicht nützlicher sein könnte.
Charlotte schloß sich mit ganz besonderem Vergnügen Mrs. Griffiths und Miss Lambe an, da sie sich zu der ersteren als einer charaktervollen, vernünftigen Frau hingezogen fühlte und die letztere sie wegen einer gewissen stillen Besinnlichkeit interessierte. Miss Denham aber, die ein höchst unliebenswürdiges viertes Mitglied dieser Gruppe abgab und es äußerst beschwerlich fand, ohne den Halt eines männlichen Arms über Schotter zu stolpern, schien Adela einzuschüchtern. Es war ihr eben noch mit Mühe geglückt, auf Charlottes Äußerungen über den Tag, den Sonnenschein und die Möwen eine kurze Erwiderung zustande zu bringen, als ein gehässiger Einwurf Miss Denhams ihr den Mut für jede weitere raubte.
»Ja, ich liebe es auch, die Möwen zu beobachten –«, hatte sie gerade gesagt.

»Mein Bruder ist einfach rücksichtslos!« fauchte Miss Denham, mit einem giftigen Blick auf seinen sich entfernenden Rücken, eng flankiert von den Misses Beaufort. »Er weiß ganz genau, daß ich es nicht vertragen kann, auf Kieseln herumzuschlittern!«

Adela sah sie verwundert an, suchte verschreckt Schutz bei Mrs. Griffiths, und es war kein Wort mehr aus ihr herauszubringen. Charlotte fand diese Überempfindlichkeit sehr unangenehm, aber sie bedauerte Miss Lambe und verzichtete darauf, sie mit weiteren Fragen zu behelligen. Ein vielseitiges Gespräch zwischen ihr und Mrs. Griffiths begleitete sie den ganzen Weg bis zu den Teestuben, wo Miss Denham sie augenblicklich verließ, und froh darüber, sie los zu sein, hoffte Charlotte, jetzt sehr schnell mit ihren beiden bevorzugten Begleiterinnen näher bekannt zu werden.

Doch das sollte nicht sein. Kaum war sie im Begriff, sich zu einem leeren Tisch für sie hindurchzuschlängeln, als sie auf den höflichen Disput zwischen den andern über die Sitzordnung aufmerksam wurde. Sidney hatte selbstverständlich wieder seine eigenen, ganz bestimmten Vorstellungen, welche vier an einem Tisch sitzen sollten. Aber seine Schwester Diana war ebenso entschlossen, die ganze Gesellschaft zu dirigieren. Und Miss Denham, die Misses Beaufort und auch Lady Denham wehrten sich energisch dagegen, irgendwoanders zu sitzen, als sie selbst beschlossen hatten.

»Ich habe heute vormittag die Absicht gehabt, Mrs. Griffiths einen Besuch zu machen, und darum werde ich jetzt in den Teestuben neben ihr sitzen«, verkündete Lady Denham und verließ den Tisch, an dem bereits Miss Brereton und Henry Brudenall Platz genommen hatten.

»Hier wirst du sehr bequem sitzen, Diana«, sagte Sidney und versuchte, die Einmischung seiner Schwester in seine Pläne zu verhindern, indem er sie schnell auf Lady Denhams freigewordenen Platz setzen wollte.

»Oh, ich denke nie an meine eigene Bequemlichkeit, wenn

ich andern behilflich sein kann«, erklärte Miss Diana wie gewöhnlich und blieb stehen. »Also, wer sitzt denn nun wo? Susan, du kannst hierherkommen«, und bot ihrer Schwester den Stuhl neben Miss Brereton an, vor den Sidney sich gestellt hatte. »Laßt mich mal überlegen – und wenn Miss Denham und Sidney diesen Tisch mit –«

»Du erschöpfst dich nur unnötig, Diana. Wir können unsere Plätze alle selber finden.«

Aber da er ständig von Diana bedrängt und von einer hartnäkkigen Miss Denham beobachtet wurde, hatte Sidney mit seinen ganzen Plänen kein Glück. Während er jeden zu seiner Zufriedenheit plazierte, belegte Diana selbst den letzten Stuhl an Miss Breretons Tisch mit Beschlag, und er und Miss Denham schienen tatsächlich für ein Tête-à-tête an dem einzigen noch übrigen Tisch bestimmt. Doch das war zuviel für ihn.

»Miss Heywood, wollen Sie sich nicht zu uns setzen?« rief er ihr prompt zu. »Ich sehe gerade, daß wir schändlich benachteiligt worden sind und an keinem der lustigen Vierertische mehr Platz finden.«

Der Tonfall war flehend und befehlend zugleich und von einem so dankbaren Blick begleitet, als Charlotte ihm willfahrte, daß sie sich für den Aufschub ihrer näheren Bekanntschaft mit Miss Lambe entschädigt fühlte. Lady Denham hatte sich ihrer stillen Ecke jetzt sowieso mit einer so unmißverständlichen Besitzermiene und so aggressiven und anmaßenden Redensarten bemächtigt, daß sie außerdem bezweifelte, ob es ihr gelungen wäre, die so verschlossene Adela in solcher Gesellschaft aus sich herauszulocken.

Charlotte fand, ihr neuer Platz hatte seine Vorzüge – und die erstaunliche Wandlung in Miss Denhams Benehmen festzustellen, nachdem sie erreicht hatte, was sie wollte, war keiner der geringfügigsten. Sie hatte eine solche Wandlung schon zuvor erlebt, aber die jetzige war so typisch, daß sie fast wie eine Karikatur des verwöhnten, ichbezogenen Kindes wirkte,

dessen Tränen und Wutausbrüche in Lächeln übergehen und dessen Selbstsucht für alle sichtbar ist.
Eigensinn war jetzt eitel Liebenswürdigkeit und darauf aus, Sidney Parker zu umgarnen. Lächelnd und sich ereifernd und jeder seiner Bemerkungen gespannt folgend und einem unablässigen Geplätscher schmeichelhafter Kommentare ihrerseits, gab sie ihm wenig Gelegenheit, sich umzuschauen, was an den anderen Tischen vorging, oder gar ein persönliches Wort mit Charlotte zu wechseln.
Charlotte selbst war gar nicht besonders gekränkt, nicht beachtet zu werden, da Miss Denhams Konversationsstil sie so erheiterte, daß sie eine interessierte Zuhörerin blieb.
»Zu Ihrem Wagen und Ihren Pferden muß ich Sie wirklich beglückwünschen, Mr. Parker. Sie werden über meine Leidenschaft für dieses Gebiet sicher lachen«, und sie blitzte ihn schelmisch an. »Das ist ein Gebiet, welches die Herren komischerweise als ganz persönliche Domäne ihrer Leidenschaft zu betrachten lieben. Ich aber habe mich von jeher für eine elegante Equipage begeistert. Seien Sie versichert« – und sehr kokett – »ich achte mehr auf einen schönen Zweispänner als auf den, der ihn fährt. Mein Bruder lacht oft über mich. Gestern morgen hat er mich schrecklich geneckt, weil ich vor Begeisterung über Ihre Equipage so außer mir war, als sie auf der Zollstraße an uns vorbeifuhr. In dieser Richtung bewegt Ihr Stallbursche wohl auch jeden Tag die Pferde, glaube ich?«
»Das nehme ich an. Ich selbst habe seit meiner Ankunft in Sanditon nicht viel Gebrauch von ihnen gemacht. Aber Miss Heywood, dabei fällt mir ein –«
»Ein so wunderbar aufeinander abgestimmtes Paar! Nicht aufeinander abgestimmte Pferde sind mir ein Greuel! Es ist eine Quelle fortgesetzten Staunens für mich, daß Leute oft soviel Geld für ihre Wagen ausgeben – und dann an ihren Pferden zu sparen versuchen. Mr. und Mrs. Partridge von Halham Lodge sind so ein Fall. Sie haben eine Kutsche, einen Landauer und eine Karriole, und nicht eins ihrer Pferde wäre

wert, vor den Gig meines Bruders gespannt zu werden. Und solche wie *ihre* brauchen überhaupt nie bewegt zu werden.«

»Ja, natürlich, Bewegung ist sehr wichtig. Was ich gerade zu Miss Heywood sagen wollte: ich sollte meinen Pferden mehr Bewegung und uns mehr Vergnügen gönnen, indem wir ein bißchen weiter ins Land hineinfahren. Wenn ich selbst kutschiere, haben vier bequem im Wagen Platz –«

»Und mein Bruder könnte uns in unserem Gig den Weg zeigen«, mischte Miss Denham sich ein, die zwar nicht wußte, welche vier Sidney gemeint hatte, aber entschlossen war, in irgendeiner Funktion an dieser Fahrt teilzunehmen. »Um die sehenswürdigsten Plätze zu finden, brauchen Sie bestimmt einen einheimischen Führer.«

»Oh, ich weiß schon genau, wo ich hinfahren möchte«, sagte Sidney liebenswürdig. »Ich hatte schon immer ein besonderes Verlangen, Brinshore zu besuchen.«

Ob ihm zufällig der Name zuerst eingefallen war oder ob er im Grunde vorhatte, seinen Bruder durch diesen Besuch von Brinshore zu provozieren, war für Charlotte nicht erkennbar. Fest stand jedoch, daß der Plan den Erfolg hatte, Miss Denham aus der Fassung zu bringen.

»Aber Mr. Parker, Sie haben sicher die Entfernungen nicht bedacht. Brinshore muß gute sechzehn Meilen von hier entfernt sein. Ein Pferd kann nicht an einem Tag so weit hin und wieder zurück traben.«

»Meine könnten das bestimmt«, entgegnete Sidney. »Für Sir Edward in seinem Gig ist es vielleicht etwas weit. Aber schon der *Name* Brinshore hat für mich etwas, das ich –«

»Was soll denn dieses ganze Gerede über Brinshore?« fuhr Diana vom Nebentisch dazwischen. »Wer fährt nach Brinshore? Offen gestanden würde ich mir Brinshore sehr gerne selbst einmal anschauen. Unser Wagen steht sowieso bloß in der Hotelremise herum. Wir brauchten ja nur zwei Postpferde von den Woodcocks zu mieten – und Platz hätten wir für vier. Und auch wenn Tom nicht mitkommen wollte, kann er uns seine Reisekutsche leihen. Ich muß Lady Denham fragen, was sie von dem Plan hält und wie viele in ihrem Wagen Platz hätten.«

Und schon lief Diana los und ließ Miss Denham mit der glücklichen Gewißheit zurück, daß sie bei einer so großen Beteiligung an der geplanten Fahrt nun bestimmt auch dabeisein würde.

»Was für eine wunderbare Frau doch Ihre Schwester ist, Mr. Parker. Ihr liegt jedermanns Wohl so sehr am Herzen – immer befürwortet sie Pläne, um andern eine Freude zu machen. Hätte *sie* nur bei Ihren früheren Besuchen in Sanditon sein können, hätten *wir* uns auch längst besser kennengelernt, davon bin ich überzeugt.«

»Ja, es ist wirklich ein Jammer«, bestätigte Sidney. Gleichzeitig aber blitzte in seinem strahlenden Blick der Ausdruck einer derartig heuchlerischen Zustimmung und einer Geringschätzung auf, der Charlotte verriet, daß er es für einen viel größeren Jammer hielt, Miss Denham überhaupt zu kennen. Mittlerweile konnte sie Sidney Parkers Gedanken schon ziemlich genau lesen und fand, daß sie mit sehr vielen von ihnen übereinstimmte. Sie fand auch, daß das Leben in Sanditon seit seiner Ankunft unvergleichlich interessanter geworden war.

Nach seinem erst fünftägigen Aufenthalt war die Verwandlung, die er bewirkt hatte, ganz ungewöhnlicher Natur. Und wenn Charlotte auch nicht alle inzwischen eingetretenen Veränderungen auf ihn allein zurückzuführen vermochte, schienen doch sein Einfluß und seine Anwesenheit überall spürbar, und ein lebhaftes Treiben und plötzliches Bedürfnis nach Geselligkeit waren jetzt im Begriff, diese kleine zersplitterte Gesellschaft in eine feste Gemeinschaft zu verwandeln.

19

Vom Ausflug nach Brinshore sprach man bald als einer beschlossenen Sache. Wenn zwei Menschen wie Sidney Parker und seine Schwester, die so darauf versessen waren zu organisieren (oder sich unter allen Umständen in Szene setzen mußten – welcher Betrachtungsweise immer man mehr zuneigen mag), erst einmal einen solchen Vorschlag gemacht hatten, konnte man mit der unverzüglichen Organisation aller Vorbereitungen bis ins kleinste Detail als einer Selbstverständlichkeit rechnen.

Lady Denhams Indifferenz und Mr. Parkers Abneigung gegenüber dem Plan wurden nicht weiter wichtig genommen, und man nahm als sicher an, daß ihre Pferde und Wagen jedermann in Sanditon zur Verfügung ständen, der Brinshore zu besichtigen *wünschte*.

Diese Pläne schienen zunächst durch die unerwünschte Einmischung Sir Edwards gefährdet. Er war so fest entschlossen, sich nicht wegen der Unzulänglichkeit seines Gigs von der Teilnahme an dem Ausflug ausschließen zu lassen, daß er wiederholte Vorstöße unternahm, sich Lady Denhams Wagen auszuleihen – die sicherste Methode, sowohl ihren Argwohn als auch ihren Widerstand zu wecken. Doch als ihre Ablehnung mittlerweile zu halsstarrig geworden war, beschlossen die Parkers, daß dieses Problem ihre volle Aufmerksamkeit verdiene.

»Wie sollen wir denn sonst alle nach Brinshore transportiert werden?« rief Miss Diana. »In Lady Denhams Kutsche haben vier bequem Platz. Sie ist soviel größer als unsere. Und sie hat auch nicht den leisesten Einspruch erhoben, als ich mit ihr darüber gesprochen habe. Also was verhindert ihre Benutzung jetzt, wenn nicht purer Egoismus? Ich habe keinerlei Geduld mit dieser Art von Menschen, denen jegliche Rücksicht gegenüber andern abgeht. Und ich hätte große Lust, ihr das persönlich zu sagen.«

»Lady Denham überlaß nur mir«, meinte Sidney. »Sie ist immer darauf aus, in der falschen Richtung nach versteckten Motiven zu fahnden und Bosheit vorauszusetzen, wo keine ist; aber ich glaube, ich durchschaue sie jetzt.«

Sidney war von seinem eigenen Wert durchdrungen und besaß eine Zielstrebigkeit in der Durchführung seiner eigenen Pläne, die weder durch das Verhalten noch die geheimen Absichten anderer zu bremsen war; und in der glücklichen Überzeugung zu wissen, wie er sich die Gunst einer älteren Dame erschmeicheln konnte, deren Hauptbeschäftigung in ihrem eigenen Wohlergehen bestand, schickte er sich an, eine Reihe zufälliger Begegnungen mit Lady Denham herbeizuführen.

Dann gab er sich unendliche Mühe, ihren Argwohn zu zerstreuen, ermutigte sie, über ihre häuslichen Probleme zu sprechen, hörte sich geduldig ihre Klagen über ihren Haushalt und ihre Stubenmädchen an, teilte ihre Gefühle wegen seines Bruders kostspieliger Projekte für Sanditon und stimmte feierlich mit ihr darin überein, daß Planmäßigkeit und Sparsamkeit in allem ausschlaggebend seien.

Das hatte zur Folge, daß Lady Denham augenblicklich von seinem gesunden Menschenverstand und seinen festen Prinzipien sehr beeindruckt war. Am Ende der Woche waren Sidney Parker und Henry Brudenall gern gesehene und ständige Gäste in Sanditon House, und Lady Denham war ganz von selbst zu der Überzeugung gelangt, daß ihr Kutscher faul und ihre Pferde schwerfällig würden und ihr Wagen Rost ansetze, weil er zuwenig gebraucht werde. Es wäre bestimmt kein Schaden, verkündete sie in bester Laune, alle auf einen Ausflug zu beordern.

Sidney war der Meinung, daß er sich jetzt mehr als genug bemüht habe, und überließ es Diana gern, die abschließende Besprechung über das Ausleihen von Mr. Parkers Wagen zu führen. Rein brüderliche Einwände, deutete er an, bedürften keiner so zartfühlenden Verhandlungsweise und könnten mit ihrer üblichen energischen Taktik leicht überwunden werden.

Entschlossen, alle noch zu erledigenden Details zu arrangieren und abzuwickeln, ging Miss Diana mit wildem Eifer und einer Reihe strikt zu befolgender Anordnungen an ihre Aufgabe. Sogar das Wetter müsse ihren Befehlen gehorchen, insistierte sie. Und als das schöne Wetter tatsächlich anhielt und ein neuer Sonnentag sie zu dem Brinshore-Ausflug begrüßte, war sie so glücklich über ihren Erfolg, daß sie Sidney noch einen weiteren Teil der Organisation überließ.

Während die große Gesellschaft sich nach einem frühen Frühstück am Trafalgar House versammelte, bat sie ihn sogar noch, ihr bei der Reorganisation ihrer sorgfältigen Planung, die Passagiere auf die vier verfügbaren Wagen zu verteilen, zu helfen.

»Hör zu, Sidney! Was soll jetzt geschehen? Wie ich merke, hat Mrs. Griffiths mir Miss Lambe anvertraut und braucht keinen Platz für sich selbst. Und jetzt kommt Tom und sagt, er und Mary führen auch nicht mit nach Brinshore! Hätte ich das alles vorher gewußt, hätten wir doch einen Wagen weniger gebraucht.«

»Ich habe gewußt, daß sie nie die Absicht hatten mitzufahren«, gestand Sidney. »Aber, weißt du, Diana, auf einer solchen Fahrt ist es immer besser, einige Plätze mehr zur Verfügung zu haben. Henry ist, zum Beispiel, ein sehr schlechter Reisender, ihm wird auf allen Reisen leicht übel. Es wäre also eine ausgezeichnete Lösung, wenn er allein in meinem Wagen sitzen könnte.«

»Ach? Ich hatte vor, ihn einzuladen, mit uns zu fahren. Oder sollten wir vielleicht Miss Lambe mitnehmen? Susan ist sehr leicht, und selbst mit Arthur haben wir für vier Platz –«

»Miss Denham wird erwarten, daß ein solches Zeichen der Ehrerbietung ihr als erster gebührte. Also lade lieber sie ein«,

schlug Sidney vor. »Und Sir Edward sollte selbstverständlich für Lady Denhams Kutsche verantwortlich sein. Aber wir müssen uns jetzt schnellstens fertigmachen und abfahren. Wir haben immerhin zweiunddreißig Meilen zurückzulegen. Und wenn wir dann noch soviel von Brinshore sehen wollen, wie wir vorhaben, wird ein Tag kaum genügen, falls wir jetzt nicht losfahren. Wir können uns nicht leisten, noch mehr Zeit mit Reden zu verlieren.«
Er verbreitete tatsächlich eine derartig gehetzte Atmosphäre, daß sie ihm kaum zu widersprechen versuchten, und hatte zwei Wagen vollbesetzt auf den Weg geschickt, wobei in jedem vier Personen saßen, bevor irgend jemand darauf kam, daß die beiden zurückbleibenden Wagen zusammen nur vier Personen unterzubringen hatten.
»Das war also wirklich ganz dumm von dir arrangiert, Sidney«, bemerkte sein Bruder, der in seiner Einfahrt stand. »Da hast du nun die beiden Misses Beaufort und Miss Lambe, alle in Lady Denhams Wagen zusammengepfercht, mit Sir Edward abfahren lassen, und dabei ist doch hier noch eine Menge Platz in meinem und in deinem Wagen. Nur Miss Brereton und Miss Heywood sind noch hier, siehst du.«
»Und sie können sehr bequem in deiner Kalesche sitzen – sie hat ohnehin nur Platz für höchstens drei«, entgegnete Sidney. »Was mich betrifft, bin ich fest entschlossen, die ganze Strecke als letzter zu fahren. Man weiß nie, was für Unfälle in einer solchen wahrhaftigen Kavalkade passieren können. Kommt, fahren wir los. Leb wohl, Tom, wenn wir zurück sind, werden wir dir von allen Schönheiten in Brinshore erzählen, darauf kannst du dich verlassen.« Und mit einem Peitschenknall gab er den beiden letzten Wagen das Signal, sich den Fahrweg hinunter in Bewegung zu setzen.
Nachdem Charlotte vernommen hatte, daß sie dazu verurteilt war, allein mit Miss Brereton im Parkerwagen zu fahren, fragte sie sich, wie viele Höflichkeitsfloskeln wohl während der nächsten paar Stunden im Austausch erwartet würden.

Sie hatte kein Verlangen, darüber hinauszugehen. Claras reserviertes und übervorsichtiges Benehmen, verbunden mit dem entschiedenen, wenn auch wortlosen Druck, den sie in Anbetracht des Besuches in Sir Edwards Villa ausgeübt hatte, machte Charlotte in bezug auf alle weiteren Annäherungsversuche äußerst zurückhaltend. Und das Fluidum des Geheimnisvollen, das sie bei Miss Brereton immer gespürt hatte, war angesichts ihres kürzlichen Verhaltens eher noch stärker geworden. Ein einziges Mal nur, am Tage ihres Badeausflugs, hatte Charlotte während eines kurzen Augenblicks einen flüchtigen Eindruck von ihr bekommen: Als die Strahlen der Sonne voll auf sie fielen, hatte sie das Gefühl gehabt, sie zu verstehen. Doch seitdem war sie wieder zurückgewichen und hatte es vorgezogen, in ihrer geheimnisvollen Reserviertheit zu verharren, verführerisch und faszinierend.

Überdies war Miss Brereton seit Sidney Parkers Ankunft in Sanditon ausschließlich damit beschäftigt, sich mit ihm zu unterhalten oder mit seinem Freund zu sprechen, um seine gute Meinung von ihr zu rechtfertigen, so daß sie nur noch sehr wenig Zeit für Charlotte gehabt hatte. Und da sie an der sich daraus ergebenden Abkühlung ihrer Beziehung keine Schuld trug, quälte es Charlotte auch nicht sehr.

Um so überraschter war sie deshalb, als Miss Brereton nach einem kurzen und gedankenvollen Schweigen ihr Gespräch mit einer ganz persönlichen Äußerung begann.

»Wie leid mir das tut, daß wir keine Gelegenheit mehr hatten, unseren Badeausflug zu wiederholen, Miss Heywood. Ich denke so oft mit großem Vergnügen daran zurück. Fanden Sie es nicht auch wunderschön?«

»Es hat mir sehr großen Spaß gemacht«, sagte Charlotte aufrichtig.

»Das Meer so glitzernd, die Sonne warm, der Tag so herrlich – ach! und zu alldem kam noch unsere Begeisterung. Ich war so froh, daß Sie alles mit derselben Freude zu genießen

schienen wie ich«, fuhr Miss Brereton fort, als wollte sie Charlottes Aufmerksamkeit unbedingt auf eine freundschaftliche Bindung lenken, die zwischen ihnen bestehen müsse. »Und seit damals habe ich immer an Sie als an eine Freundin gedacht, der ich vertrauen könne.«
Charlotte lächelte etwas unsicher und war gespannt, was wohl als nächstes käme.
»Darum bin ich sehr froh, daß wir jetzt so unerwartet beisammen sind«, fuhr Miss Brereton fort, »denn unter anderen Voraussetzungen hätte ich kaum gewagt, Sie um Rat zu bitten. Aber ich brauche dringend Rat – Rat von jemandem wie Ihnen – von einer anderen *Frau*, ungefähr meines Alters«, kam es ein wenig zögernd nach. »Ich habe so wenige Freundinnen.«
Charlotte hielt eine Entgegnung zurück, daß Freund*innen* im allgemeinen genausoviel Zuspruch brauchten wie Freunde, und sagte nur kühl –
»Aber Sie kennen doch Miss Denham sehr viel länger, als wir miteinander bekannt sind.«
»Miss Denham? Nein, um Gottes willen! Ihr Bruder – o nein, nein! Sie wäre die letzte, die mich verstände.«
Charlotte stimmte, was diese Ansicht über Miss Denhams mitfühlende Eigenschaften betraf, mit ihr überein, und inzwischen etwas milder gestimmt, sagte sie –
»Vielleicht bekommen Sie bald Besuch von Ihrer Kusine, Miss Elizabeth Brereton. Aus dem, was kürzlich bei den Parkers zur Sprache kam, entnahm ich, daß Lady Denham eine solche Einladung jetzt in Erwägung zieht –« Sie hielt inne. Mrs. Parkers Worte zu ihrem Mann hatten gelautet: ›Also Lady Denhams neueste Klage ist, daß Miss Brereton das Interesse an ihren häuslichen Pflichten verloren habe. Sie denkt daran, eine andere Nichte, eine Miss Elizabeth, zu sich ins Haus zu nehmen. Wie sie sagte, sei Miss Elizabeth sehr kompetent und erfahren und werde imstande sein, Miss Clara zu zeigen, wie man einen Haushalt besser organisiert, voraus-

gesetzt, daß ihre Familie sie im Augenblick für einen Besuch entbehren könne.‹

Für Charlottes Ohren hatte das Ganze viel mehr nach Sidney Parker geklungen – tatsächlich ein neues glänzendes Beispiel für seine Überzeugungskraft; und ihr Hauptinteresse an dem Gespräch war die Frage gewesen, warum er Lady Denham in dieser Richtung so zu beeinflussen versuchte. Welchen Hintergedanken könnte er möglicherweise haben, ihrer Nichte eine Einladung nach Sanditon zu verschaffen? Sie konnte das überhaupt nicht verstehen. Aber da Miss Brereton in einer so mitteilsamen Stimmung zu sein schien, hoffte sie jetzt mehr über die Situation von ihr zu erfahren.

»Lady Denham scheint zwar geneigter, einem Besuch Elizabeths zuzustimmen«, gab Miss Brereton zu. »Aber ich weiß doch, wie lange es bei ihr dauern kann, bis es zu einer Einladung kommt. Sie haßt es, auch nur in einer ihrer eingefahrenen Gewohnheiten gestört zu werden. Und obwohl sie jetzt von dem Besuch als einer Möglichkeit spricht, können noch Monate vergehen, bevor etwas geschieht. Bis Elizabeth herkommt, wäre es für mich dann vielleicht zu spät, um über alle meine Probleme mit ihr zu sprechen.«

»Alle Ihre Probleme?« fragte Charlotte ganz überrascht. Sie nahm an, daß Miss Brereton ihre Lage überdramatisierte; aber ein kurzer Blick in das schöne, ernste Gesicht neben ihr bezeugte, daß zumindest Miss Brereton selbst ihre Probleme tatsächlich für sehr schwerwiegend hielt. Und Charlotte versuchte großmütig, sich von dem Verdacht zu befreien, daß das Ganze nur Theater sei.

»Ach Miss Heywood, mir graut davor, Entschlüsse von großer Tragweite überstürzt zu fassen! Und alles scheint sich so schnell zuzuspitzen! Was ich dringend brauche, ist ein vernünftiger Rat von jemandem, der nicht so unmittelbar in den Ausgang dieser abscheulichen Verstrickung verwickelt ist.«

Schwerwiegende Entschlüsse und abscheuliche Verstrickungen hatte Charlotte kaum kennengelernt. Obgleich sie noch immer das Gefühl hatte, in ein ziemlich melodramatisches und ungewöhnliches Gespräch gezogen zu werden, versuchte sie, so verständnisvoll wie nur möglich zu sein.

»Mein Rat dürfte nicht von sehr großem Wert sein«, sagte sie stockend, »da meine Erfahrungen sehr begrenzt sind.«

»Aber das spielt doch überhaupt keine Rolle!« rief Clara eifrig. »Niemand könnte in der Situation viel Erfahrung haben, der ich mich jetzt gegenüber sehe. Ich erwäge nämlich tatsächlich einen Schritt, der mich manchmal entsetzt. Sie wissen ja bestimmt etwas von den Schwierigkeiten meiner Rolle bei Lady Denham. Und Sir Edward und seine Schwester – ach, liebe Miss Heywood, nur schon jemandem meine Probleme schildern zu können würde eine Erleichterung bedeuten.«

Miss Breretons völlig unerwarteter Sprung aus der Verschwiegenheit in die Offenheit hatte Charlotte bereits verwirrt und in ein verlegenes Schweigen gestürzt. Während der danach eintretenden Pause wartete sie peinlich berührt, unsicher, welchen Rat sie ihr geben könnte, nachdem die Situation etwas klarer für sie geworden war.

»Ich sehe schon, ich muß Ihnen reinen Wein einschenken, wenn ich Ihre Hilfe in Anspruch nehmen will – die Sache ist die – kurzum –« und plötzlich aus heiterem Himmel, »ich trage mich mit dem Gedanken durchzubrennen.«

Dieses verwirrende Geständnis war so weit von allem entfernt, was Charlotte erwartet hatte, daß sie zu benommen war, um sofort antworten zu können. Miss Breretons Rolle in Lady Denhams Haushalt, die Schwierigkeiten, die sie angedeutet hatte, vielleicht eine kleine Intrige mit Sir Edward – doch sie hatte sie immer für realistisch genug gehalten, um vor so etwas zurückzuschrecken. Und es *konnte* doch nur Sir Edward sein, den sie meinte.

Der Gedanke, daß Clara Brereton vielleicht beabsichtigen könnte, mit Sidney Parker durchzubrennen, schoß ihr durch den Kopf, nur um ebenso schnell wieder fallengelassen zu werden. Der gesunde Menschenverstand sagte ihr sofort, daß ein solcher Gedanke absurd sei. Ein Zweifel mochte vielleicht bleiben, ob Sidney auch von jeder unbewußten Zuneigung für Clara völlig frei war oder nicht. Denn wenn er sie wirklich heiraten wollte, warum sollte er es dann nicht auf dem normalen Wege tun? Er war finanziell unabhängig, hatte gute Beziehungen und gar keinen Grund, auf die Konvention zu pfeifen. Weder von seiten seiner noch ihrer Familie könnte es kaum irgendwelche Einwände gegen die Verbindung geben. Also warum sollten sie ihre Freunde aufregen und ihre Familien erschrecken, indem sie ihre Absicht hinter deren Rücken wahr machten? Welchen Sinn sollte das haben? Eine solche Entführung wäre doch nichts als purer romantischer Nonsens, so, wie er nach Charlottes Meinung im wirklichen Leben gar nicht existierte. Sie war sicher, daß sie Sidney Parker von einem derartig rücksichtslosen Verhalten freisprechen und ihn, bis auf eine ganz geringfügige Täuschung, entlasten könne. Er hatte bestimmt seine Fehler, doch sie bestanden nur in Leichtsinn und Übermut, nicht in wirklicher Rücksichtslosigkeit andern gegenüber.

Mit einiger Anstrengung löste sie ihre Gedanken von Sidney Parker und versuchte statt dessen, sich auf die Beziehung zwischen Miss Brereton und Sir Edward zu konzentrieren. Miss Brereton hatte Sir Edward im Laufe ihrer merkwürdigen Unterhaltung mehr als einmal erwähnt. Sie hatte von seiner Schwester gesagt, daß sie die letzte sei, die ihre Probleme verstehen würde, und sie hatte von Schwierigkeiten mit Lady Denham gesprochen. *Ihre* Billigung würde eine solche Heirat ganz sicher nicht finden. Und ihre Billigung war ja schließlich entscheidend, wenn sie hofften, ihr Vermögen zu erben. Aber Lady Denham war so unberechenbar, so voll von seltsamen Marotten und Launen – vielleicht waren Clara und Sir Edward auch zu dem Schluß gekommen, nicht länger warten zu können, bis die eine oder der andere von ihnen ihr

Erbe wurde? Indem sie zuerst heirateten und sich ihr dann auf Gnade und Ungnade auslieferten, hofften vielleicht beide, ihre Verzeihung zu erhalten und ihr Vermögen gemeinsam zu erben?

Charlotte gab zu, daß ähnliche Erwägungen den Sinn hinter einer solchen Entführung verständlich machen könnten. Doch das half ihr nicht, Clara Brereton besser zu verstehen. Wie ein kluges Mädchen auf den Gedanken kommen konnte, mit Sir Edward durchzubrennen, überstieg ihr Begriffsvermögen und löste einen heftigen Widerwillen in ihr aus, auch noch eine Erklärung dafür anhören zu müssen, die Miss Brereton vielleicht vorzubringen gedachte. Sie wünschte nicht, in deren sämtliche Probleme verwickelt zu werden, und sie hatte schon gar nicht die Absicht, ihr zu helfen, mit Sir Edward durchzubrennen.

»Es tut mir sehr leid«, sagte sie schließlich. »Ich glaube nicht, daß ich Ihnen helfen kann. Das Geheimnis, das Sie mir soeben anvertraut haben, werde ich selbstverständlich respektieren. Aber ich muß von vornherein klarstellen, daß ich Entführungen mißbillige und keinerlei Ratschläge geben kann.«

Das Schweigen, welches ihrer kurzen, sehr formellen Ablehnung folgte, empfand Charlotte als besonders schrecklich. Miss Brereton sah völlig vernichtet aus und wandte ihr Gesicht dem Fenster zu. Beide saßen stumm da und hörten erst jetzt das gleichmäßige Getrappel der Pferde und das Rumpeln der Wagenräder auf der Chaussee.

Doch wenige Sekunden später erreichte Charlottes augenblickliche Verwirrung ihren Höhepunkt. Sie hatte gerade Zeit gehabt, sich damit abzufinden, dieses peinliche Schweigen möglicherweise noch zwei weitere Stunden ertragen zu müssen, als ein Aufschrei, ein plötzlicher Stoß und das abrupte Aufhören jeder Bewegung sie aufschreckte.

»Ich hoffe, Sie sind nicht beunruhigt«, sagte Sidney Parker, der den Wagenschlag öffnete. »Aber es ist nur eine kleine

Unannehmlichkeit im Vergleich zu dem Unfall, den Sie hätten haben können. Ein Rad Ihres Wagens ist in unmittelbarer Gefahr, sich zu lösen.«

Er half ihnen beiden aus dem Wagen, und sie standen, mit Henry Brudenall und dem Parker-Stallburschen, ziemlich ratlos auf der Straße. Noch erschüttert von Miss Breretons Geständnis und in Gedanken noch immer mit dem Versuch beschäftigt, den Grund oder den Sinn dahinter herauszufinden, nahm Charlotte zunächst gar nicht bewußt auf, was Sidney im einzelnen sagte. Ein Rad könne sich jeden Augenblick lösen. Der Wagen dürfe nicht weiterfahren, bis der Schaden behoben sei – tatsächlich Schicksal, daß er so darauf bestanden habe, als letzter hinter ihnen herzufahren, und daß es ihm glücklicherweise aufgefallen sei! Doch wie das alles ihren Ausflug nach Brinshore beeinträchtigen würde, das zu überlegen, hatte sie noch keine Zeit gehabt.

»Es wundert mich nur, daß mein Bruder diese schwache Stelle nicht schon vorher bemerkt haben sollte«, meinte Sidney, während er besorgt auf eins der Hinterräder schaute. »Das muß noch von dem Unfall herrühren, als er mit dem Wagen umgekippt ist.«

Charlotte betrachtete das Rad, auf das er seine Aufmerksamkeit gerichtet hatte, sehr eingehend, konnte jedoch nicht feststellen, daß es sich von den andern sehr unterschied. In angestrengtem Nachdenken runzelte sie die Stirn.

»Ich bin aber irgendwie sicher, daß der Wagen auf die andere Seite gekippt ist.«

»Ach, das würde natürlich alles erklären«, rief Sidney, und seine Miene hellte sich auf. »Ein Stoß und ein Krachen auf *dieser* Seite blieben unbemerkt, als die ganze Aufmerksamkeit auf die linken Räder gerichtet war! Und die schwache Stelle macht sich beim Fahren viel mehr bemerkbar«, fügte er noch hinzu. »Es neigt sich ganz

schlimm nach außen, besonders beim Einbiegen und wenn es über Unebenheiten holpert. Sie verstehen wohl nicht viel vom Wagenbau, Miss Heywood?«
»Nein – wie sollte ich auch? Ich habe nur einmal beobachtet, wie ein Rad von einem unserer Erntewagen absprang.«
»Also, um mich kurz zu fassen, das Problem hier ist folgendes: Die Speichen sind aus Eichenholz und in versetzter Anordnung – eine von vorn, eine von rückwärts – in der Nabe verzapft, um es stabil zu machen. Sie scheinen noch immer intakt zu sein. Die Felgen sind aus Eschen- oder Buchenholz, und die Zapfenlöcher in dieser Felge hier halten nicht mehr alle Zapfen fest genug. Sie haben zuviel Spiel. Parsons und ich sind der Meinung, daß der Wagen sofort zum Stellmacher gebracht werden muß.«
»Das stimmt, Mr. Sidney. Der gute Toomey kann's gebrauchen«, bestätigte der Stallbursche, aber mit einem belustigten Unterton, der Charlotte veranlaßte, ihn schnell anzuschaun und sich zu fragen, ob Sidney Parker wirklich mehr über Wagenbau wisse als sie selbst.
»Und auf die Reparatur müssen wir warten?«
»Nein, nein – die wird mindestens einen Tag Arbeit brauchen. Wir haben alle ganz bequem in meiner Kalesche Platz. Gar kein Problem. Aber inzwischen sind wir so weit hinter der andern Gesellschaft zurückgeblieben, daß wir nicht noch mehr Zeit verlieren sollten. Miss Brereton, darf ich Ihnen hineinhelfen?«
Mit einigem Widerstreben, in der gleichen Begleitung weiterfahren zu müssen, wandte Charlotte sich um und war im Begriff, ihr ganz automatisch zu folgen, als Sidney erklärte, ihr Platz sei jetzt neben ihm auf dem Kutschbock.
»Aber will denn Mr. Brudenall nicht neben Ihnen sitzen?«
»Ach, Henry könnte unmöglich auf dem Bock sitzen. Er ist der schrecklichste Fahrgast. Komm schon, Henry, hinein mit dir.«
Nicht nur Charlotte stellte seine Einteilung in Frage. Auch

Miss Brereton erhob einen schwachen Protest, daß sie auf Charlottes Gesellschaft verzichten sollte, obwohl sie doch kaum noch ein Verlangen danach haben konnte; und Mr. Brudenall, schrecklicher Fahrgast, der er war, schien die Einteilung eines Gentleman für unwürdig zu halten.

»Aber Sidney, es besteht doch wirklich keine Notwendigkeit – so ein ungewöhnlicher Anblick –«

»Wird denn Miss Heywood da oben auch bequem sitzen? Lassen Sie uns doch schnell besprechen, wie wir am besten sitzen, Mr. Parker.«

»Vielleicht ist für mich auch noch im Wagen Platz?«

»Schrecklich eng. Zu dritt würde es Ihnen gar nicht gefallen«, beharrte Sidney. »Heute ist überhaupt kein Wind. Und Miss Heywood wird so viel mehr von der Landschaft sehen. Auf diese Weise werden wir alle sehr angenehm sitzen.«

Aus seiner Art zu argumentieren ging deutlich hervor, daß er an ihrem Einverständnis mit seinen Entscheidungen kaum einen Zweifel hegte und ihre Gegenargumente nur als reine Formalität zu betrachten schien, so daß er mit den Worten schloß –

»Im übrigen können wir ja alle fraglichen Punkte, die Sie vorbringen, während der Fahrt besprechen. Wie wir sitzen, ist glücklicherweise nicht so wichtig. Wir sind in viel zu großer Eile, und jetzt darüber zu diskutieren ist unnötig. Steig schon ein, Henry!«

Und zu Charlottes Überraschung fügten sich die andern Sidneys Autorität und stiegen in den Wagen.

»Ich bin überzeugt, es gibt noch eine bessere Lösung –«, insistierte sie und blieb hartnäckig im Fahrweg stehen.

Doch Sidney, der keinen Widerspruch gewöhnt und ungeduldig war, die andere Gesellschaft einzuholen, gestattete ihnen weder zu warten und die Situation zu besprechen, noch hörte er auf das, was Charlotte jetzt sagte, sondern packte ihre Hand und zog sie neben sich auf den

Kutschbock, da er die gemeinsamen Einwände der drei andern durch das Tempo seines eigenen Handelns zunichte gemacht hatte.

Halb ärgerlich und halb lachend, war Charlotte gezwungen, neben ihm zu sitzen, und die Kalesche rollte bereits, ehe sie noch Zeit hatte zu entscheiden, was sie im Grunde hätten tun sollen.

Überraschung, daß Sidney *sie* gewählt hatte, neben ihm zu sitzen, war nicht ihr geringfügigstes Empfinden. Daß er sie auf einer zweistündigen Fahrt als seine Reisegefährtin wählen und sie Clara Brereton vorziehen sollte, verwirrte und freute sie zugleich, und sie war zunächst viel zu verblüfft, um den Versuch zu machen, es zu verstehen.

Ihr neuer, günstiger Platz oben auf dem Kutschbock erwies sich wirklich als erfreulich, und minutenlang blickte sie vom höchsten Punkt der Küstenstraße, die sie soeben erreicht hatten, befriedigt umher.

Hin und wieder trübte eine Wolke den strahlenden Sonnenschein, aber sonst schien der Tag der vollkommenste dieses Sommers, und Charlottes Platz, so hoch oben in der frischen Luft, mit dem hohen, schönen Himmel über ihr und dem Meer unten, das ständig seine Farbe wechselte, wenn es gegen die Kliffs brandete, war ideal, um ihn zu genießen, und erfüllte sie mit Dankbarkeit für Sidney, der ihn für sie ausgewählt hatte.

Doch obgleich alles so heiter war, konnte sie sehr lange doch nicht recht froh werden. Einige Ungereimtheiten in dieser Situation irritierten sie. Warum sollte Henry Brudenall, wenn er schon so ein schlechter Reisender war, je den Wunsch gehabt haben, an einem sonnigen Sommertag vier Stunden in einem geschlossenen Wagen zuzubringen? Der kurze Zwischenhalt, der ihm erlauben würde, ein unbekanntes und wahrscheinlich uninteressantes Seebad zu besichtigen, schien ihr doch ein höchst zweifelhafter Beweggrund. Denn während es auch für Sidney Parker vielleicht ein trei-

bender Beweggrund sein mochte, war doch kaum anzunehmen, daß es bei einem apathischen Fremden große Begeisterung auslösen würde.
Dann waren da die Sache mit dem Rad und die verschmitzte Miene des Stallburschen bei Sidneys superklugen Erklärungen, und zum Schluß dann diese nochmalige, völlig unnötige Aufteilung der Gesellschaft in bestimmte Paare. Auf einem Spaziergang hatte sie es als zulässig hingenommen, auf einer Fahrt jedoch sah sie in einer so selbstherrlichen Einmischung einen Mangel an gutem Benehmen. Und nach einigem Zögern beschloß Charlotte, das Thema nochmals anzuschneiden.
»Unsinn«, sagte Sidney sofort darauf. »Daß Sie einen derartigen Wert auf Förmlichkeit legen, hätte ich von Ihnen nicht erwartet. Der familiäre Charakter unseres Ausfluges macht doch eine solche Prüderie nur lächerlich. Ich habe nichts weiter getan, als für uns alle die für jeden einzelnen komfortabelste Situation zu finden. Wollten Sie mir jetzt zu verstehen geben, daß Sie sich *nicht* wohl fühlen?«
»Danke, ich fühle mich außerordentlich wohl«, entgegnete Charlotte, in Erinnerung an das peinliche Gefühl auf ihrem Platz neben Miss Brereton.
»Dann zittern Sie also vor Angst, daß Sie zufällig von einem Bekannten mit konventionellen Vorurteilen gesehen werden könnten?«
»Wir werden bestimmt niemanden treffen, den ich kenne.«
»Dann werden wir bestimmt auch niemanden treffen, den *ich* kenne«, versicherte Sidney ihr heiter. »Und da Miss Brereton, die einen größeren Bekanntenkreis in dieser Gegend haben dürfte, jetzt wohlverborgen hinten im Wagen sitzt, haben wir nicht das geringste zu befürchten.«
»Sie machen sich wirklich über alles lustig«, sagte Charlotte, gegen ihren Willen lachend. »Ihre Argumente amüsieren mich nur, statt mich zu überzeugen.«
»Zumindest werden sie Sie davon überzeugen, daß ich ein sehr angenehmer junger Mann bin, was für mich letzten

Endes die glücklichste Überzeugung ist«, sagte Sidney galant. »Ich weiß nicht, wie sehr Sie diese Dinge schätzen, Miss Heywood, aber ich finde, das ist das wenigste, was ich nach all meinen Bemühungen verlangen kann. Es hat mich tatsächlich genug Kopfzerbrechen gekostet, mir für diese Fahrt angenehme Gesellschaft zu sichern.«

Das Lächeln auf ihrem Gesicht und die durch die Überraschung und Verwirrung hervorgerufene Röte auf ihren Wangen waren eine unbewußte Antwort auf dieses elegante Kompliment. Daß eine solche Erklärung für Sidneys seltsame Platzverteilung sich ihr schon aufgedrängt hatte, konnte sie nicht leugnen. Es wäre eine höchst willkommene Erklärung dieses Vorfalls für sie gewesen, wenn sie stimmen würde; doch es widerstrebte ihr zu glauben, daß er keinen anderen Zweck damit verfolgte. Sie hatte inzwischen oft genug beobachtet, wie Sidney Parker, entweder durch Provozieren, durch Hofieren, durch schlaues Manipulieren oder durch hartnäckigen Druck seinen Willen durchgesetzt hatte, um nicht zu erkennen, daß auch seine Verhaltensweise ihr gegenüber, *sie* zu wählen, und sein Bestreben, sich *ihr* angenehm zu machen, gleichfalls durch ein ganz anderes Motiv bestimmt sein mußte.

»Das ist eine sehr hübsche Bemerkung, Mr. Parker«, sagte sie mit soviel Haltung, als sie aufbringen konnte. »Aber leider würde ich doch lieber die Wahrheit hören.«

»Was für eine schwierige junge Dame Sie doch sind«, seufzte Sidney. »Das ist gar kein Versuch, Sie zu beschwindeln.«

»Ich finde, man muß nicht schwierig sein, um Lügen für unnötig zu halten.«

»Unnötig? O nein! Lügen sind oft sehr nützlich. Ich selbst finde sie sehr angenehm. Doch wollen wir in diesem Zusammenhang nicht darüber streiten. Ich habe nichts dagegen, Ihnen die Wahrheit zu sagen.«

Doch er hielt inne und starrte so lange auf die Köpfe seiner Pferde, daß Charlotte sich fragte, ob er jetzt vielleicht eine neue Reihe von Lügen zu ihren Gunsten erfinde.

»Nun?« sagte sie ermunternd.

»Ja, selbstverständlich werde ich Ihnen alles erzählen«, sagte er mit einem Lächeln. Ich überlege nur, wo ich am besten anfange. Also, soviel ich weiß – und von Rädern weiß ich überhaupt nichts –, war mit dem Wagen meines Bruders gar nichts los. Als Gegenleistung für ein kleines Entgelt hat Parsons sich bereit erklärt, die Pferde etwas weniger zu strapazieren und uns auf unserer Rückfahrt beim Stellmacher zu erwarten. Henry *ist* gar kein besonders schrecklicher Reisender. Aber gerade am heutigen Tage wollte ich ihm unbedingt eine angenehme Reisebegleitung sichern. Ich werde in Brinshore schon eine Gelegenheit herbeiführen, um mich bei Miss Brereton für ihre große Liebenswürdigkeit zu bedanken, daß sie mir diesen Gefallen getan hat.«

»Welchen Gefallen?« fragte Charlotte mißtrauisch. Sie war nicht ganz davon überzeugt, daß Sidney jetzt die Wahrheit sagte, aber von Neugier getrieben, hörte sie sehr bereitwillig zu.

»Da Sie ein so fein empfindender – ein so verständnisvoller Mensch sind, Miss Heywood, schulde ich Ihnen eine kleine Erklärung wegen des Spiels, das ich mit diesem ganzen Ausflug getrieben habe. Ihnen – wie auch allen andern – mag es so vorgekommen sein, als habe meine Schwester Diana den Tag für unsere Fahrt nach Brinshore gewählt. In Wirklichkeit aber hatte ich einen ganz speziellen Grund, gerade diesen Tag statt irgendeines andern dafür festzusetzen. Heute ist nämlich die Hochzeit von Henrys Kusine, und es ist mein sehnlichster Wunsch, daß er diesen Tag so unbeschwert wie nur möglich übersteht. Ich kann weder zulassen, daß er allein ist und Trübsal bläst, noch, daß er durch Außenstehende irritiert wird.

Gestern morgen beim Frühstück ist Henry doch wenigstens so lange aus seinem Zustand von Geistesabwesenheit seiner

Kusine wegen aufgetaucht, um festzustellen, daß Miss Brereton eine reizende junge Dame sei. Ich hatte bereits schon eine halbe Stunde von ihr gesprochen, doch mehr als eine Minute kann man Henrys Aufmerksamkeit in diesen Tagen nicht in Anspruch nehmen. Vielleicht darf ich hoffen, sie morgen schon auf zwei Minuten zu steigern.«

»Es wäre viel klüger von Ihnen, wenn Sie aufhören würden, irgendeine Art von Freundschaft zwischen Miss Brereton und Mr. Brudenall zu begünstigen«, riet ihm Charlotte.

Sidney wußte doch, daß Sir Edward ein Verehrer Claras war, und machte sich vielleicht ein Vergnügen daraus, ihn zu provozieren. Hätte er gewußt, daß Sir Edward ein so ernsthafter Bewerber um ihre Zuneigung war, hätte er möglicherweise gezögert, noch weitere Anlässe zur Rivalität herbeizuführen; und mit der drohenden Wahrscheinlichkeit einer Entführung noch in so lebhafter Erinnerung, glaubte Charlotte, daß ein solcher Zwischenfall zu katastrophalen Komplikationen führen könnte.

Doch sie hatte nicht die Absicht, das als Grund für ihren Rat anzuführen. Charlotte wäre ihrem eigenen Geschlecht gegenüber nicht so illoyal gewesen, als daß sie Sidney ihre vormaligen Befürchtungen in bezug auf Miss Brereton verraten hätte. Genauso unverzeihlich hätte sie es auch gefunden, das jetzt zu tun, nachdem ihre Befürchtungen sich bestätigt hatten. Und so fiel ihr nichts ein, was sie zur Bekräftigung ihres Ratschlags noch hinzufügen könnte, außer einem recht unbefriedigenden: »Es kann doch kaum Ihr Wunsch sein, Mr. Brudenalls Gefühle während seines letzten Monats in England von neuem durcheinanderzubringen.«

Sidney lehnte das als ganz unmöglich ab. Selbst Henrys liebebedürftiges Herz und seine Gefühlsbetontheit könnten nicht einen so schnellen Wechsel von einer jungen Dame zu einer andern bewirken. Er habe seine Kusine zehn Jahre lang geliebt. Die nächsten zehn Jahre mochten beweisen, daß er nicht untröstlich sei. Eventuell genügten auch schon zehn

Monate. Aber die kurze Zeit, die er jetzt hier zur Verfügung habe, genüge nicht, um einen solchen Wechsel herbeizuführen. Das einzige Positive, das man vernunftgemäß von ihr erwarten könne, sei Henrys Erkenntnis, daß es außer seiner Kusine noch andere charmante junge Damen gebe; und je mehr er jetzt Miss Brereton sehe, desto schneller werde er schließlich wieder aufleben.

Alle Einwände, die sie vorbrachte, überzeugten ihn nur noch mehr von der Wirksamkeit seines Planes. Sicherlich mochte es auch andere junge Damen in Sanditon geben, die seinen Freund erfolgreich trösten könnten. Aber sie müsse doch zugeben, daß Henrys Empfänglichkeit dafür abgestumpft sei und es keinen Sinn habe, das wenige Interesse noch unter mehreren Anwärterinnen aufzuteilen. Nein, nein, Miss Brereton sei die erste gewesen, die ein Interesse für ihn gezeigt habe, das, wie sie auch zugeben müsse, bereits einen eigenen Reiz habe. Die Einfachheit seiner geschickten kleinen Kabale gefiel ihm jedesmal mehr, wenn er daran dachte. Und das Impulsive an diesem Plan war ganz typisch für Sidney Parker, wie es Charlotte schien.

Sie versuchte es noch einmal.

»Aber es ist doch bestimmt ganz falsch, eine *spezielle* Art von Freundschaft zwischen Mr. Brudenall und Miss Brereton zu befürworten«, beschwor sie ihn. »Wenn man sie derartig zwingt, den ganzen Tag so wie jetzt zusammenzubleiben –«

»Meine liebe Miss Heywood, ich hatte doch auch keinen Moment lang im Sinn, daß wir zu Ehestiftern werden«, rief Sidney mit einem Ausdruck gespielter Empörung. »Glauben *Sie* denn, Henry und Miss Brereton seien für etwas von so dauerhafter Art geschaffen? Das ist nur ein vorübergehendes Hilfsmittel – zu meiner eigenen Entlastung, ich gebe es zu. Aber ich verspreche Ihnen, daß kein Schaden daraus entstehen wird. Henry ist gegenwärtig bestimmt gegen alle Reize immun, außer denen seiner Kusine. Und was Miss Brereton betrifft: da weiß ich, daß er ihr nur aus tiefster Seele leid tut;

aber sie müßte schon seine Kusine sein, um eine solche Niedergeschlagenheit reizvoll und eine derartig trübsinnige Unterhaltung vergnüglich zu finden.«

Obgleich Sidney den Gedanken lächerlich fand, daß sich für den einen oder den anderen Teil irgendwelche Gefahren oder Widerwärtigkeiten daraus ergeben könnten, hätte Charlotte noch weiterdiskutiert, wäre ihr nicht plötzlich der Gedanke gekommen, daß Mr. Brudenall vielleicht Clara wirklich auf irgendeine Weise von ihren problematischen Plänen, mit Sir Edward durchzubrennen, abbringen könnte. Und wenn auch nicht bereit, sich aktiv für Sidneys Pläne einzusetzen, sie weder zu fördern noch zu unterstützen, hatte Charlotte doch keine Bedenken, als passive Beobachterin dabeizusein. Damit begnügte sie sich.

»In jedem Fall würde ich Ihnen eher zur Vorsicht als zur Begünstigung raten«, sagte sie nur noch als schwache Warnung.

»Dachte ich's doch!« lachte Sidney. »Das ist genau der Rat, den ich von Ihnen erwartet habe. Vorsicht und Miss Heywood passen so gut zueinander. Wären Sie sehr dagegen, wenn ich meinen Pferden auf dieser so verführerisch guten Wegstrecke die Zügel schießen ließe?«

Charlotte lächelte ihre Zustimmung – und war auch gar nicht dagegen, daß er das Thema wechselte. Es tat ihr nur leid, daß er sie für einen solchen Feigling hielt, und dabei ängstigte sie diese Geschwindigkeit überhaupt nicht, mit der sie gleich darauf dahinrasten. Seine Pferde waren frisch und aufgeregt in der Erwartung eines Galopps, doch er schien sie fest im Zaum zu halten und nützte die günstige Gelegenheit der schönen, glatten Wegstrecke voll aus, um ihnen freien Lauf zu lassen, und brachte sie dann mühelos wieder zum Stehen.

»Brr! Meine Schönen, das ist ja schließlich keine Entführung!«

»Entführung?«

Das Wort erschreckte Charlotte. Sie erstarrte und sah Sidney Parker mit weit geöffneten Augen forschend an.
»Ja, natürlich, eine Entführung«, sagte er unbefangen. »Pferde müssen doch in solchen Fällen bekanntlich sehr schnell laufen, um wütenden Eltern zu entgehen und das Abenteuer noch aufregender zu gestalten – donnernde Hufe – die Romantik der Landstraße –«
Ganz überrascht von dem Ausdruck mißbilligenden Ernstes in ihrem Gesicht, streifte er sie mit einem kurzen Blick. »Bei einer Entführung oder einem Rennen. Wäre es Ihnen lieber gewesen, wenn ich gerufen hätte: Brr! Ihr da – das ist doch kein Rennen?«
Charlotte riß sich zusammen. Sidney hatte das Wort zweifellos ganz zufällig gebraucht. *Sie* aber, deren Gedanken noch halb mit dessen kürzlich ernsthafterer Erwähnung beschäftigt waren, merkte plötzlich, daß sie dem Wort eine Bedeutung beimaß, die er selbst gar nicht beabsichtigt hatte.
»Ja, es wäre mir lieber gewesen«, sagte sie kurz.
»Sie schätzen Entführungen nicht?«
»Gar nicht.«
»Auch in gewissen Fällen nicht?«
»Ich weiß von keinem, wo ich sie gutheißen würde.«
»Sie sind so überaus hartnäckig in Ihren Meinungsäußerungen, Miss Heywood. Aber könnten Sie nicht vielleicht doch ein winziges Hintertürchen für eine mögliche Entführung offenlassen, wenn es sich um zwei ernsthafte und aufrichtige Menschen handelt?«
Sie wußte, daß Sidney sich wieder über sie lustig machte, aber sie dachte nicht daran, ihren Standpunkt aufzugeben.
»Eine Entführung«, sagte sie, ihre Worte sehr sorgfältig wählend, »empfinde ich als unverantwortliches Verhalten. Sie löst bei Eltern Schmerz und Besorgnis aus, bei Freunden unnötige Sorgen und scheint überhaupt in den meisten Fällen unnötig.«
»Unnötig ist ein Lieblingswort von Ihnen, stelle ich fest.

Lügen sind unnötig. Entführungen sind unnötig. Aber hören Sie: Nehmen wir an, da sind gewisse Umstände – sture Vormünder, unvermeidliche Trennungen, Liebende, die man nicht aus den Augen läßt, überstrenge Eltern, vielleicht sogar Vorbereitungen zu einer erzwungenen Heirat – alles, was Sie sich nur vorstellen können, was eine Entführung als einzigen Ausweg offenläßt, um ein Paar zusammenzuführen, das sich innig liebt – wären Sie dann auch noch dagegen?«
»Die Fälle in Betracht zu ziehen, die *Sie* sich da vorzustellen belieben, ist bestimmt unnötig. Wer hat denn schon je, außer in Leihbibliotheksromanen, von solchen Fällen gehört? Welche Eltern sind denn heutzutage noch so diktatorisch, eine Heirat zu erzwingen, wenn ihre Tochter absolut nicht will?«
»Dann wollen wir uns einmal überhaupt nicht um Fälle kümmern. Wollen Sie denn auch keine Ausnahme machen, wenn es um die untrügliche Stimme des Herzens geht oder um die Leidenschaftlichkeit von Gefühlen? Oder halten Sie auch diese für unnötig?«
»Das ist wirklich kein Thema, über das ich diskutieren möchte«, entgegnete Charlotte unwillig. »Und ich halte es auch nicht im mindesten für wichtig festzustellen, welches meine Meinungsäußerungen über eine fiktive Entführung sein könnten.«
»Oh, Ihre Meinungen faszinieren mich aber«, erwiderte Sidney. »Sie sind so definitiv, daß ich unbedingt wissen möchte, ob sie sich ändern – vielmehr wie und wann sie sich ändern werden. Aber lassen wir das; wenn das Thema Sie ärgert, werde ich nicht darauf bestehen. Wir können uns ja auch ebensogut über etwas unterhalten, was *Sie* interessiert.«
Sidneys Bereitschaft, in jedem Gespräch auf ihre Wünsche und ihre Themenwahl einzugehen, war immer eine seiner bezauberndsten Eigenschaften. Und kurz darauf unterhielten sie sich mit der Vertrautheit alter Bekannter über die verschiedensten Dinge. London und Brighton, wo sie nie gewesen war, erstanden vor ihren Augen, als er sie beschrieb. Sogar

seinen gelegentlichen Neckereien hatte sie humorvoll zu begegnen gelernt. Die gewandten Komplimente, die er ab und zu einflocht, waren nicht so überspannt, wie Sir Edward sie zu produzieren beliebte, und sie nahm sie ruhig und mit Anstand, aber ohne sie im geringsten ernst zu nehmen, entgegen. Sie waren gezwungen, zwei Stunden nebeneinanderzusitzen, und sie wußte Sidney Dank für die natürliche, zurückhaltende Liebenswürdigkeit, mit der er seiner Pflicht, sie zu unterhalten, nachkam.

Charlotte schätzte sich nicht hoch genug ein, um für möglich zu halten, daß Sidney eine besondere Vorliebe für sie haben könnte. Er war allen jungen Damen gegenüber liebenswürdig und höflich. Seine guten Manieren, seine Ungezwungenheit und Leichtlebigkeit mußten ihn für alle ungemein anziehend machen; und sich vorzustellen, daß sie je, bei einer solchen so ganz der Allgemeinheit zugewandten Liebenswürdigkeit, eine besondere Bevorzugung erwarten könnte, war einfach absurd.

Durch ihre Vernunft auf diese Weise aufmerksam gemacht, daß es ganz töricht sei, zuviel über Sidney Parker nachzudenken, saß Charlotte weiter neben ihm, hörte seiner fesselnden Schilderung weiter zu und überließ sich weiterhin ganz der Freude an seiner Gesellschaft. Und im selben Maße, wie ihr die glückliche Mischung aus Vernunft und Willensschwäche keineswegs widersprüchlich schien, war die Gefahr eines erneuten Platzwechsels, wie er sich aus Sidneys Manöver ergeben könnte, für sie so schwerwiegend wie irgendeine, die sie für Mr. Brudenall befürchtet hatte.

Kurzum, daraus ist nur zu folgern, daß sie auf dem besten Wege war, sich selbst zu verlieben, und wahrscheinlich schon vollkommen darin versunken wäre, bevor ihr bewußt würde, daß sie sich regelrecht verliebt hatte. Trotz all ihrer Vernunft und Besonnenheit merkte Charlotte nicht, welche Falle sich vor ihr auftat – die allergrößte Torheit, jemandem ihre Wertschätzung zu schenken ohne die geringste Gewähr der Erwiderung. Und wie viele ihrer weniger vernünftigen Schwestern benahm sie sich in der normalsten und unvernünftigsten Weise.

Die einzige Beobachtung, die sie machte, war wiederum, daß mehrere mit Sidney Parker verbrachte Stunden so schnell vergingen, daß sie bereits in Brinshore ankamen, während Charlotte noch meinte, sie könnten höchstens erst ein Viertel der Entfernung zurückgelegt haben.

20

Zu der Zeit, als Sidneys Wagen bei dem Gasthof vorfuhr, war die übrige Gesellschaft bereits zu Fuß aufgebrochen, um Brinshore zu erforschen, so daß eine unmittelbare Erklärung für ihre ungewöhnliche Platzeinteilung sich als unnötig erwies. Charlottes Erleichterung darüber, daß Sir Edward nicht zugegen war, um sich über Clara Breretons Placierung aufzuhalten, und auch Miss Denham nicht, um Charlottes zu kritisieren, war ungefähr gleich groß, und sie war nur gespannt, ob es jetzt überhaupt noch zu Erklärungen darüber kommen würde. Daß Sidney darauf brannte, sich bei Miss Brereton zu entschuldigen und zu bedanken, ging deutlich aus der Art hervor, wie er, unter dem Vorwand, die andern zu suchen, mit ihr davoneilte.

»Sie müssen da irgendwo am Strand sein«, rief er Henry und Charlotte noch über die Schulter hinweg zu. »Kommen Sie, beeilen Sie sich!«

»Kommen Sie, beeilen Sie sich!« echote Mr. Brudenall mit einem leicht ironischen Tonfall, den Charlotte kaum von ihm erwartet hätte. »Wir müssen alle tun, was Sidney bei solchen Anlässen befiehlt. Er bestimmt, was zu unserem Besten ist, und das gescheiteste ist zu gehorchen.«

Charlotte neigte vollauf dazu, Sidney recht zu geben, daß die morgendliche Fahrt genau die glückliche Wirkung auf Henry Brudenall gehabt hatte, die von seinem Freund beabsichtigt war. Er war zwar immer noch recht ernst und hin und wieder geistesabwesend, doch stellte sie zu ihrer Überraschung fest, daß sie ihn zu einer annähernd normalen Unterhaltung bewegen konnte. Er war mit ihr darüber einig, daß die Umgebung von Brinshore flacher schien als die Sanditons, daß der Ort nicht gleich so reizvoll wirkte und daß der Strand tatsächlich von einer ungewöhnlichen Menge Seetang bedeckt war.

Da Charlotte immer versucht hatte, sich Henry Brudenalls Gesellschaft wo irgend möglich zu entziehen – und das besonders am Hochzeitstag seiner Kusine –, fand sei seinen plötzlichen Stimmungswechsel um so angenehmer, als er so verblüffend war.

Sie liefen auf den Planken entlang, tauschten noch verschiedene höfliche Kommentare aus und machten einander fast gleichzeitig auf die Hauptgruppe ihrer Gesellschaft aufmerksam. Alle hielten sich am anderen Ende des Strandes bei den Badekarren auf, und Charlotte und Henry steuerten, Sidneys Beispiel folgend, auf sie zu. Auf dem ganzen Weg knackten die von der Sonne ausgetrockneten, dürren braunen Seetangranken recht lustig unter ihren Füßen. Doch Charlotte hatte gerade erklärt – und Mr. Brudenall war derselben Meinung gewesen –, daß eine derartige Überfülle an Seetang für jeden Badeort eine ausgesprochene Plage sein müsse, als alle ihre Äußerungen über diesen Gegenstand beim Zusammentreffen mit den andern kein Echo fanden.

Die Misses Beaufort waren förmlich in Ekstase über den Seetang. Er sei anscheinend die Hauptursache für Brinshores Ruf – und ob sie die süßen Seetangbilder im Laden vor der Leihbibliothek gesehen hätten? Oh, also dann müßten sie alle sofort mitkommen und sie anschauen. Seetang sei für jedes Seebad eine ausgesprochene Attraktion, erklärten die Misses Beaufort. Man könne glückliche Stunden damit verbringen,

ganz besondere Exemplare zu sammeln; man könne sie zeichnen oder pressen und sie höchst künstlerisch arrangieren.
Sogar Arthur schien von ihrem Enthusiasmus leicht angesteckt – der ihn allerdings mehr als einen wissenschaftlichen Zeitvertreib auffaßte. Von Miss Beaufort und Miss Lätitia freigegeben, näherte er sich jetzt Charlotte und schwenkte eine Ranke schleimigen olivfarbenen Seetang, den er selber aufgelesen hatte.
»Was sagen Sie *dazu*?« fragte er ganz stolz. »Da ist nirgendwo ein Riß oder eine Druckstelle!«
»Stimmt«, bestätigte Charlotte und gab ihr einen leichten Stups. »Wahrscheinlich macht dieser ganze Schleim sie elastisch genug und verhindert das Zerreißen.«
»Und stellen Sie sich vor, wie faszinierend es sein muß, alle diese verschiedenen Sorten zu sammeln und zu identifizieren – es gibt nämlich Hunderte davon. Wir sind gerade einem Naturforscher auf seiner wissenschaftlichen Exkursion begegnet – in einer Hand hatte er einen Korb, in der andern einen Nagelstock, und er watete in die Ebbe hinaus, um noch mehr Arten zu entdecken. Das hier sei eine ganz gewöhnliche, erklärte er mir. Aber schaun Sie doch nur, wie schön sie ist, mit ihren zackigen Rändern und den schwungvollen Kurven.«
Charlotte betrachtete die Ranke, lehnte es aber ab, sie in die Hand zu nehmen. Doch Miss Lambe, die auch beschlossen hatte, sich Miss Heywood anzuschließen, bewunderte die Seetangranke so schüchtern und doch so unverhohlen, daß Arthur sehr befriedigt war, sie nun ihr zu überreichen.
Charlotte hingegen blieb von den Reizen des Seetangs völlig unberührt, auch als sie zu Miss Beauforts Laden kamen und gedrängt wurden, die gerahmten Seetangbilder zu bewundern. Getrocknet und vorsorglich unter Glas, präsentierte der Seetang sich jetzt in der Form von Körbchen

und Blumensträußchen, die über, unter oder um einen suggestiven, in feinste Kupferplatten gestochenen Vierzeiler arrangiert waren:

Nennt uns nicht Unkraut, wir sind Blumen der Meere –
Wir sind lieblich und bunt, daß ich's deutlich erkläre –
Ganz unbekümmert um Sonne und Regen,
Drum nennt uns nicht Unkraut – wir sind Ozeans Segen!

oder:

Wir wachsen nicht auf wie Blumen im Beet,
Wo Stürme nur sind, wie ein Abendwind weht.
Wir sind köstlich, erlesen, so lieblich und hehr –
Der Sturm unsre Wiege, unser Gärtner das Meer.

»Oh, ich bin ganz entzückt von diesen Seetangbildern!« rief Miss Lätitia aus. »Sobald wir nach Sanditon zurückkommen, müssen wir versuchen, dort Seetang zu finden. Und dann können wir unsere Bilder selber machen. Ich bin sicher, daß wir, nämlich bei Ebbe, irgendwo solche Stellen finden können.«

»Und vielleicht könnten wir sogar einen Herrn finden, der bereit wäre, uns dabei zu helfen«, rief Miss Beaufort schalkhaft. »Einen, der auch nichts dagegen hätte, seine Schuhe gelegentlich voll Seewasser zu haben, um uns einige Trophäen zurückzubringen.«

Dabei blitzte sie Sidney Parker derartig herausfordernd an, daß er instinktiv ein paar Schritte zurückwich. Er faßte sich jedoch so weit, um eine ganz diplomatische Antwort zu geben.

»Ich bin fest davon überzeugt, Sie werden einen finden. Arthur ist genau der Mann, den Sie brauchen. Er scheint bereits ein großes Interesse für Seetang gewonnen zu haben. Und wie ist es mit Ihnen, Miss Heywood? Sind Sie auch so hingerissen von Brinshores herrlichem Seetang? Ah, ja! Ich kann in Ihren Augen lesen, daß wir uns in dieser Sache völlig einig sind.«

Doch die Misses Beaufort waren an Charlottes Meinung gar

nicht interessiert und noch viel weniger daran, mit Sidney Parker in ihren Augen zu lesen. Hätten sie einmal aufmerksam in diese klaren grauen Augen geschaut, wären sie vielleicht über das ständige Zwinkern in deren ganz ungewöhnlicher Tiefe beunruhigt gewesen. Aber keine der Misses Beaufort hatte die Gewohnheit, die Vertreterinnen ihres eigenen Geschlechts sehr aufmerksam anzuschaun – oder höchstens auf ihre Kleider hin. Miss Brereton und Miss Denhams Meinungen beachteten sie sorgfältig. Miss Dianas Meinungsäußerung konnten sie nicht entgehen, und selbst der von Miss Parker hörten sie sogar sehr aufmerksam zu, denn sie alle hatten ihre Beaus oder Brüder, die ihr Interesse herausforderten und ihnen dazu verhalfen, den Mittelpunkt der lustigen kleinen Gruppen zu bilden, die sich innerhalb und außerhalb des kleinen Souvenirkiosks aufhielten.
Und trotz Sidneys Bemühungen, sie in die allgemeine Unterhaltung mit einzubeziehen, fand Charlotte sich mit Miss Lambe abseits über einen Ladentisch mit Muscheln gebeugt. Beide starrten stumm auf Muschelkästchen, Muschelbilderrahmen, Muschelboote und Muschelmedaillons hinunter, ohne sich jedoch über dieses Sammelsurium von Kitsch zu äußern. Charlotte war dessen bald überdrüssig und schon im Begriff, sich abzuwenden, als sie Miss Lambes entrückten Gesichtsausdruck bemerkte, während sie die ausgestellten Muschelscheußlichkeiten betrachtete. In diesem Moment blickte sie auf, als sie spürte, daß sie beobachtet wurde, und plötzlich lächelte sie Charlotte strahlend an.
»Ich liebe Muscheln«, gestand sie. »So zerbrechlich – so zart –«
Das war erst der zweite Satz, den Charlotte von Miss Lambe gehört hatte. »Ich liebe es, die Möwen zu beobachten«, war der erste gewesen. Charlotte fand die Zusammenstellung sehr interessant und wandte sich wieder den Auslagen zu, gespannt, was ihr Günstiges dazu zu sagen einfallen würde, um die Unterhaltung in Gang zu halten.

»Einige der Muscheln haben hübsche Formen und Färbungen«, gab sie schließlich notgedrungen zu, sagte es aber so liebenswürdig, daß Miss Lambe Mut bekam, von sich aus weiterzureden.
»Oh! Nicht diese. Diese meine ich nicht. Die sind doch eher grob – und alltäglich. Aber alle Muscheln erinnern mich an meine Kindheit. Daheim, in Barbados, gab es so wunderschöne Muscheln. Mein Vater hat eine Sammlung davon angelegt, und die habe ich jetzt. Würden Sie sie gern einmal sehen?«
Charlotte erwiderte, daß sie diese Sammlung sogar sehr gerne sehen würde, und hörte gespannt zu, als Miss Lambe sie beschrieb. Aber die Muschelsammlung interessierte sie weit weniger als die Verwandlung eines schüchternen jungen Mädchens in eine beschwingte Enthusiastin, während sie darüber sprach. Es war kein Problem mehr, Miss Lambe zum Sprechen zu bewegen. Sie fuhr ganz glücklich fort, von ihren exotischen Muscheln zu erzählen, bis sie wiederum von Sidney unterbrochen wurden. Diesmal rief er sie zu sich hinüber, um ein besonders geschmackloses Muschelkästchen zu bewundern, das seine Schwestern soeben erstanden hatten. Es war über und über mit solchen groben und alltäglichen Muscheln besetzt, als was Miss Lambe sie kurz zuvor bezeichnet hatte, und auf dem Deckel stand in Buchstaben aus winzigen Kieselsteinen »Brinshore«.
Während Sir Edward von deren »fragiler Erscheinungsform« als einer Tarnung für eine »stabile Konstruktion« sprach und sich den Kopf nach einem passenden Muschelzitat zermarterte, reichte Sidney das Kästchen zur Begutachtung weiter. Die Misses Beaufort waren sich darüber einig, daß es exquisit sei. Miss Denham meinte, ihre eigenen Dorfbewohner sollten dazu angehalten werden, gleichartige Kästchen, mit »Sanditon« auf dem Deckel, zu produzieren. Miss Brereton nannte es hübsch, Miss Lambe war verlegen und versank, nach einem geflüsterten »sehr interessant«, wieder in ihr gewohntes

Schweigen. Charlotte, die froh war, sich jeden Kommentars über das Kästchen enthalten zu haben, als es von allen andern pflichtschuldig gelobt worden war, erkannte etwas zu spät, daß Sidney sie und Miss Lambe nicht nur aus Gründen des Zartgefühls in die Gruppe hineingezogen hatte.
»Ich glaube, wir haben Miss Heywoods Meinung noch nicht gehört«, sagte er mit einer höflichen Verbeugung in ihre Richtung, was sie darüber aufklärte, daß er sie mit den Seetangbildern nur verschont hatte, um sie bei den Muschelkästchen um so genüßlicher zu überlisten.
Jetzt bedauerte Charlotte um so mehr, die Gelegenheit versäumt zu haben, sich Miss Lambes fast unhörbarem »sehr interessant« anzuschließen, und begann zu stammeln, daß sie selbstverständlich, daß sie bestimmt ihre Meinung schon geäußert habe. Sie merkte jedoch, daß sie nicht länger damit zurückhalten konnte, nachdem Sidney die allgemeine Unterhaltung zum Schweigen gebracht hatte, indem er auf sie zuging und ihr das Kästchen hinhielt. Sie streifte ihn mit einem flüchtigen Blick, sah das belustigte Funkeln in seinen Augen und sagte formell –
»Es ist außergewöhnlich hübsch.«
»Sie würden es nicht – äh – einen wertlosen Gegenstand nennen?«
»In diesem Fall keineswegs«, erwiderte sie und biß sich auf die Lippen, um das Lachen zu unterdrücken. Sie war bereit, Sidney zuzugestehen, daß er sie übertrumpft hatte, weigerte sich aber, in offener Anerkennung dieses Sieges zu ihm aufzuschaun. Sie hielt ihren Blick beharrlich auf das Kästchen gerichtet, entschlossen, sich wenigstens ihr Recht auf dieses Maß an Unabhängigkeit vorzubehalten. Doch Sidney, gleichermaßen entschlossen, seinen Willen bei jedem durchzusetzen, um den er sich zu bemühen beliebte, blieb weiter vor ihr stehen, bis Charlotte, in plötzlicher Verlegenheit, daß sie von allen beobach-

tet werden mußten – in einer unkontrollierbaren, plötzlichen Verwirrung –, nachgab und wieder aufschaute.
Sie hatte des öfteren festgestellt, daß der übermütige Ausdruck in Sidneys Augen ganz unausstehlich sein konnte, und hatte sich fest vorgenommen, ihm mit einem verständnislosen Blick unschuldigen Ernstes zu begegnen. Doch ehe sie sich soweit fassen konnte, merkte sie plötzlich, daß sie ihn unbewußt auch anlächelte, und gestand sich ein, daß Sidneys übermütiges Funkeln, ob unausstehlich oder nicht, fast etwas Unwiderstehliches für sie bekommen hatte.
In diesem Augenblick, als sie sich lächelnd gegenüberstanden, wurde Charlotte sich verschiedener widerstreitender Gefühle bewußt, zu denen hauptsächlich die folgenden gehörten: Ärger über sich selbst und ihre Unfähigkeit, ihre eigenen Handlungen zu beherrschen, Befriedigung darüber, daß Sidney diesen kleinen Sieg über sie errungen hatte, Heiterkeit und Verwirrtheit – etwas ganz Merkwürdiges, zwischen Bestürzung und Beglücktheit –, vor allem aber hätte sie am liebsten singen und jubeln und jauchzen mögen, was ihr das Gefühl gab, in eine völlig fremdartige Welt hineingeraten zu sein.
Und als Sidney sich entfernte, dröhnte ihr plötzlich ein Satz in den Ohren, den er am Morgen geäußert hatte: »Wollen Sie denn auch keine Ausnahme machen, wenn es um die untrügliche Stimme des Herzens geht?« Hatte er *das* damit gemeint? Konnte so etwas jemandem passieren, der so nüchtern und vernünftig war wie sie? Konnte *sie* so wenig Kontrolle über ihr persönliches Verhalten haben, daß Sidney sie veranlassen konnte, sich nach seinem und nicht nach ihrem Willen zu richten?
Sie sagte sich, daß es Wahnsinn sei, sich diesem Gedankengang zu überlassen; und sie versuchte, den Aufruhr, den eine solche Vorstellung in ihr hervorgerufen hatte, zu besänftigen, indem sie diesen unbedeutenden kleinen Zwischenfall ins rechte Licht rückte. Sie mochte veranlaßt worden sein, auf

Befehl zu lächeln, woraus nicht notwendigerweise folgte, daß Sidney sie auch zwingen konnte, andere Dinge zu tun. Wenn er auf ihrer Heimfahrt zum Beispiel wieder die gleiche Platzeinteilung vornehmen, wenn er eine gebieterische Hand ausstrecken würde, um ihr auf den Kutschbock zu helfen – wäre es durchaus möglich, daß sie ihm instinktiv gehorchte; und Gegenargumente und Einwände würden ihr viel zu spät einfallen, um noch von Nutzen zu sein. Aber war ihr das nicht auch auf der Herfahrt schon so gegangen? Sicher hatte sie Sidney gestattet, ihre persönliche Einstellung nicht gelten zu lassen, obgleich sie weder seine Beweggründe akzeptierte noch seine Pläne billigte. Aber wäre es jetzt, da sie die Schwäche und Inkonsequenz eines solchen Benehmens erkannte, wirklich die leichteste Sache der Welt, es zu rechtfertigen?

Als sie sich ehrlich prüfte und den erstaunlichen Einfluß erkannte, den Sidney auf sie gewonnen hatte, noch bevor sie es merkte, war ihre unmittelbare Reaktion zu versuchen, dem dadurch entgegenzuwirken, daß sie sich auf seine sehr deutlichen Charakterschwächen konzentrierte und sie für sich selbst aufzählte: Er war leichtfertig, oberflächlich, impulsiv, hitzköpfig, tyrannisch, aufdringlich, unnachgiebig, unverantwortlich und wahrscheinlich auch unzuverlässig. Doch dieses Register seiner Fehler machte ihr Lächeln nur noch fröhlicher denn je. Wann das Saatkorn dieser Nachsicht gesät worden war, konnte sie nicht sagen, doch es war unbeachtet zu einem blühenden und starken Baum herangewachsen, der jetzt seine Äste ausbreitete, um alle Schwächen, die sie namhaft machen konnte, in seinen Schutz zu nehmen: sie war überzeugt, daß er jede Lüge benutzte, die ihm gerade einfiel. Auch hatte sie den Verdacht, daß er ein ausgemachter Schwerenöter sei, der Komplimente nur dazu benutzte, um seinen Willen durchzusetzen. Sie ertappte sich wieder dabei, daß sie lächelte und mit einem etwas zögernden, aber sehr ausgeprägten Gefühl für die Wahrheit feststellte, daß ihr Vorbehalt

gegenüber Sidney Parkers wahrem Charakter sich verflüchtigt zu haben schien; und ihre Beurteilung seiner Charaktereigenschaften – ob gut oder schlecht – war jetzt völlig belanglos.
Plötzlich schoß ihr der Gedanke durch den Kopf, daß Clara Brereton vielleicht auf diese Weise fertiggebracht hatte, ihre Augen vor Sir Edwards vielen Charakterschwächen zu verschließen. Auch in ihr mußte ein solcher Baum der Nachsicht gewachsen sein, um seiner Torheit, seiner Affektiertheit, seiner Eitelkeit und seinem Eigennutz Unterschlupf zu gewähren, um sie mit immer dickeren Ästen vor ihren eigenen Blicken abzuschirmen, bis sie nicht mehr wichtig wären. War es das, was die Leute damit meinten, wenn sie sagten, Liebe mache blind? War das der Schlüssel, der ihr immer gefehlt hatte, um den Versuch zu machen, seltsame Beziehungen, ungewöhnliche Partnerschaften und einfach Menschen als solche zu begreifen?
Charlottes Bestürzung über diese ungebetenen Gedanken und neuartigen Betrachtungen steigerte sich mit jeder Sekunde, so daß sie gezwungen war, sich abzuwenden, sich über den Verkaufstisch mit dem Muschelwerk zu beugen und so zu tun, als wähle sie etwas aus, während sie ihre Gedanken wieder auf die ihnen zustehenden Plätze zurückpfiff. Sie war jetzt viel zu sehr durcheinander, um einen klaren Gedanken zu fassen. Sie zweifelte an ihrem eigenen Urteil, mißtraute ihren Gefühlen und war nicht willens, diese Art von Gedankengängen weiterzuverfolgen.
Doch nach und nach kehrte ihre Selbstbeherrschung zurück und mit ihr ein ausgeprägtes Empfinden für die ganze Lächerlichkeit ihres Verhaltens, sich inmitten ihrer augenblicklichen Reisegefährten und augenblicklichen Umgebung völlig von ihren persönlichen Problemen gefangennehmen zu lassen. Nach Fassung ringend blickte sie umher. Sie stand in dem überfüllten Souvenirkiosk eines kleinen Badeortes, am hellichten Tag, umgeben von Menschen, einem Stimmengewirr,

einer Aufregung und Unentschlossenheit, als die ganze Gesellschaft, wie es bei solchen Ausflügen unvermeidlich ist, sich zu verteilen begann.

»Aber wir müssen doch noch mehr von Brinshore sehen«, beschwerte sich Miss Denham, die genug davon hatte, in einer Gruppe herumzustehen. »Wer kommt mit mir auf einen Erkundungsspaziergang?«

Sidney, an den das hauptsächlich gerichtet war, erklärte sich gern bereit und schlug vor, daß Miss Denham inzwischen feststellen solle, wer mit von der Partie sei, während er noch dableibe, um seinen Schwestern bei ihren letzten Einkäufen zu helfen.

»O ja! Wir müssen alle noch mal an den Strand gehen und nach Seetang suchen«, war Miss Beauforts Zustimmung. Und »O gewiß!« war die ihrer Schwester. »Ich kann es schon nicht mehr erwarten, unsere Sammlung anzulegen und mit dem Pressen von Seetang für *unsere* Bilder zu experimentieren.«

Ob noch andere außer Miss Denham die Aussicht verabscheuten, in mit Seetang gefüllten Kutschen die Rückfahrt anzutreten oder auf mehr landeinwärts gelegenen Landstraßen – prinzipiell wurde die Trennung jetzt erörtert und von vielen begrüßt; und Miss Diana, die zielbewußt nach ihren eigenen Plänen handelte, unterteilte die Gesellschaft noch mehr. Sie hatte Eile, zum Gasthof zurückzukommen, um einen kalten Imbiß zu organisieren, und bestand darauf, daß sowohl ihre Schwester als auch Miss Lambe sie begleiten sollten, um in den großen Genuß einer kurzen Ruhepause zu gelangen. Sie konnten etwas Ruhe genießen, während sie sich, zum Wohle aller andern, selbst verleugnete.

Und auch Miss Heywood geriet zufällig unter ihren prüfenden Blick. Gerade als die kleine Gruppe sich auf den Weg machte, fiel Miss Diana Charlottes verwirrtes Aussehen auf, und sie wurde so liebenswürdig gedrängt, sich ihnen anzuschließen, daß sie unmöglich ablehnen konnte.

Trotz ihrer Verwirrtheit war sie imstande, wertvolle Hilfsdienste zu leisten, als sie beim Gasthof ankamen. Diese Notwendigkeit ergab sich aus dem unwahrscheinlichen Umstand, daß Miss Parker genau in dem Augenblick von einer Biene in die Nase gestochen wurde, als sie den Hof des Gasthauses betraten.

»Ach, meine arme Susan, was soll man bloß tun? Halten Sie sie. Miss Heywood, halten Sie sie! Nein, nein, fangen Sie Miss Lambe auf – ich bin sicher, sie wird ohnmächtig.«

Durch diese plötzliche Aufregung höchst unerwartet aus ihrer Träumerei gerissen, konnte Charlotte zunächst gar nicht begreifen, was eigentlich geschehen war, und Dianas Hilferufe machten die Lage auch nicht verständlicher.

»Ach, meine arme Susan, wie ich um deine Nerven bange! Werden sie einer solchen Heimsuchung standhalten? Ich muß mich nützlich machen, ich muß Hilfe herbeiholen!« Doch blieb sie nichtsdestoweniger da und klopfte ihre Schwester zärtlich, aber völlig ratlos auf die Schulter. »Ach, was kann man bloß machen?«

Soweit es um Herumlaufen und Herumreden ging, war Miss Diana geeignet, mit der täglichen Erledigung ihrer Angelegenheiten fertig zu werden, aber mit einer unerwarteten Krise konfrontiert, rang sie nur die Hände und redete unausgesetzt.

»Die arme liebe Susan neigt immer so zu solchen Unfällen. Sie würden es kaum glauben – *ist* sie schon mal einen Tag gesund, wird sie von einem Insekt attackiert, oder irgendein Hindernis bringt sie zu Fall. Immer ist irgend etwas in der Nähe, um ihre Konstitution zu untergraben. Aber was soll jetzt geschehen? War es denn nun eine Biene oder eine Wespe?«

»Es war eine Biene. Das habe ich gesehen«, sagte Miss Lambe ruhig und sehr bestimmt. »Wespen fliegen schneller, machen mehr Geräusch, haben längere Körper und sind unterwärts nicht gelb.« Und Charlotte hatte ein unmittelbares und blindes Vertrauen sowohl in ihre Kenntnis von Insekten als auch in ihre Fähigkeit, eine Ohnmacht abzuwehren. Und nachdem sie nun die Ursache des Zwischenfalls genau kannte, zögerte sie auch nicht länger, die Initiative zu ergreifen.

»Meine jüngeren Brüder sind schon oft von Bienen gestochen worden«, erzählte sie Miss Diana. »Es ist schmerzhaft, aber es besteht kein Grund zur Besorgnis. Stützen Sie sich auf meinen Arm, Miss Parker. Man kann nichts dagegen tun, bis Sie sich hingesetzt haben und erlauben, daß ich mir den Stich genau anschaue.«

Charlotte und Miss Lambe nahmen Miss Parker in die Mitte und führten sie in den Aufenthaltsraum des Gasthofs. Und während sie dem verdutzten Besitzer auftrugen, Ammoniak und ein sauberes Stück Leinen zu besorgen, gelang es Charlotte, ihre Patientin durch gütiges Zureden zu dem Sofa zu bringen.

»Na also. Liegen Sie still und lassen Sie mich schaun. Ich kann den Schmerz ein wenig lindern, wenn Sie mich den Stachel herausziehen lassen. Er ist in Wirklichkeit nur ein ganz feines Härchen, und wenn ich ihn herausziehen kann, werden Sie sich gleich viel besser fühlen.«

»Ja, ganz bestimmt«, pflichtete Miss Diana ihr bei, die unschlüssig herumstand. »Haben Sie den Besitzer nach einer Arznei geschickt? Ich weiß gar nicht, was ich in diesem Fall vorschlagen soll. Rosenwasser vielleicht? Oder eine Malvenblättertinktur? *Uns* ist eben ein solcher Unfall noch nie zugestoßen. Aber in jedem Fall ist es immer am besten, Medizinen im Liegen einzunehmen – am allerbesten in einer Stellung, die ihnen erlaubt, den Körper langsam zu durchdringen, statt sie hindurchzujagen. Herrgott! Hätte doch die Biene die arme Susan wenigstens ins Ohr gestochen, dann hätte ich einen Vorschlag machen können – eine geröstete Zwiebel im Ohr hat Fanny Noyce einmal fast augenblicklich von einem Ohrenschmerz geheilt. Das hat sie mir geschrieben und erzählt, und ich habe seitdem immer darauf gewartet, daß einer von uns Ohrenschmerzen bekommt, um es an uns selbst auszuprobieren. Aber eine Nase! In Nasen kenn' ich mich nicht aus!«

Während sie redete, war es Charlotte gelungen, Miss Parker so weit zu beruhigen, daß sie den Bienenstachel herausziehen konnte.

»Ich hoffe, ich habe ihr schon ein wenig Erleichterung verschafft«, sagte sie, während sie sich aufrichtete. »Wenn sie jetzt ruhig liegen kann und wir die Stelle mit etwas von dem Ammoniak betupfen, den der Besitzer bringt, wird sie sich in wenigen Stunden ganz wohl fühlen. Es ist nur eine Frage von Zeit und Geduld. Etwas anderes können wir nicht tun.«

Aber Miss Diana hörte nicht auf, lauter überflüssiges Zeug zu tun, indem sie den Gastwirt mit Fragen über Holunderblätter, rote Hartriegelblätter, Malvenblätter und Hammeltalg zur Verzweiflung trieb, um unbedingt herauszufinden, ob all das auch sofort zur Verfügung stehe, falls es plötzlich gebraucht werden sollte. Zudem war sie so offensichtlich außerstande zu erfahren, was die Speisekammer des Gasthofs an kaltem Braten zu bieten hatte, daß Charlotte stillschweigend auch das noch arrangierte, bevor sie ihren eigenen Gedanken gestattete, sie wieder völlig in Anspruch zu nehmen.

Inzwischen war ihr Kopf so voll von Sidney Parker (wie es auch in der vergangenen Woche schon, nur weniger bewußt, der Fall gewesen war), daß sie sich nicht mehr, außer auf das unmittelbar Notwendige, konzentrieren konnte, und der Zwischenfall mit dem Bienenstich hatte ihre praktischen Instinkte für kurze Zeit wiederbelebt. Doch jetzt versanken sie wieder unter dem Druck widersprüchlicher Gedanken und Gefühle. Und obgleich die Vernunft ihr riet, durch ihre Schweigsamkeit und ihr mangelndes Interesse nicht den Verdacht der andern zu erregen, war sie so in Gedanken versunken, daß sie sich ihres eigenen Benehmens nicht immer bewußt war. Sie schenkte auch ihrer Umgebung sehr wenig

Aufmerksamkeit. Von Brinshore, dem Gasthof und ihren Mitreisenden nahm sie sehr wenig Notiz, und die restliche Zeit ihres Aufenthaltes dort verging für sie in einem Fieber der Erwartung, ob sie wohl auch wieder in derselben Sitzordnung zurückfahren würden – und ob sie dagegen protestieren sollte oder nicht.

Bisher hatte noch niemand die Abfahrt eines der Wagen bemerkt oder sich darüber geäußert, und soweit Charlotte sehen konnte, hatten weder Sidney noch Henry Brudenall oder Clara Brereton die Absicht, sie zur Sprache zu bringen. War es *ihr* vorbehalten, sie in die Peinlichkeit einer allgemeinen Diskussion über dieses Thema zu verwickeln? Sie konnte sich nur allzu lebhaft Dianas Aufschrei, Sir Edwards Protest und das Befremden seiner Schwester vorstellen, und sie konnte es Sidney nicht verdenken, daß er vermeiden wollte, die ganze Gesellschaft über das persönliche Schicksal von Mr. Brudenall aufzuklären.

In der Anordnung, die Sidney auf der Fahrt getroffen hatte, lag keine ernstzunehmende Ungehörigkeit, sagte sich Charlotte. Und schon gar nicht, wenn er den ganzen Zwischenfall offen zur Sprache brächte und erklärte, daß die Parkerkutsche zusammengebrochen sei, und er eine neue Platzverteilung zur Diskussion stellte. Doch Sidney schien entschlossen, auch auf der Rückfahrt für Henry Brudenalls gute Laune zu sorgen, und Miss Brereton hatte anscheinend nichts dagegen, neben ihm zu fahren. Und während diese drei ein hartnäckiges Schweigen beibehielten, fühlte Charlotte sich gänzlich außerstande, sie der Neugier der andern auszusetzen, indem sie selber das Gespräch darauf brachte. Doch sie fürchtete, daß am Ende noch ein unglücklicher Zufall zur Entdeckung führen könnte, und hatte auch im Laufe des Nachmittags noch viele Zweifel und schlimme Bedenken.

Doch sie hätte sich nicht zu beunruhigen brauchen. Diana war viel zu besorgt um ihre Schwester, um Einspruch gegen ihres Bruders Vorschläge für die Rückfahrt zu erheben. Alle andern schienen von den Anstrengungen ihrer Jagd nach Tagespartnern für ihre Spaziergänge zu erschöpft, um sie auch als Partner für die Rückfahrt noch weiter zu jagen. Und so widersprach niemand, als Sidney seine gewohnte Spiegelfechterei begann, indem er sie zu einer überstürzten Rückkehr zu ihrem Bestimmungsort antrieb, bevor sie noch dazu kamen, sich auszusuchen, wie sie zu fahren wünschten.

»Wir haben unsern Tag in Brinshore schon um eine Stunde überschritten«, begann er seine Begründung, indem er gleichzeitig auf die Uhr schaute. »Und heute abend scheint nicht einmal der Mond. Ich habe angeordnet, die Wagen vorfahren zu lassen. Das beste wäre, in der gleichen Gruppierung zurückzufahren, wie wir gekommen sind – bist du nicht auch der Meinung, Diana? –, was uns eine Menge Zeit und Diskussionen über eine Neuregelung erspart! Und ich werde sowieso wieder als letzter fahren.«

Es hatte geklappt. Er hatte alles in Marsch gesetzt und streckte seine Hand zu Charlotte hinunter, ehe sie noch – nach banger Besorgnis, daß es ihm nicht glücken würde – erleichtert aufatmen konnte.

»Da wären wir wieder, Miss Heywood«, sagte er, während er seine Pferde vorsichtig aus dem Hof des Gasthauses lenkte. »Was für ein prachtvoller Tag das für Sie gewesen ist. So viele Gelegenheiten, Leute zu beobachten, wie Sie sich nur wünschen konnten.«

»Leute beobachten?« Charlotte merkte plötzlich, daß sie den ganzen Tag über fast auf nichts geachtet hatte. Sie erinnerte sich jetzt, daß die Fahrt am Morgen mit dem peinlichen, unerwarteten Geständnis Clara Breretons begonnen hatte. Danach hatte sie nur den einen Wunsch gehabt, Clara Brereton für den Rest des Tages zu meiden – und *diesem* Geständnis von ihr hatte sie kaum noch einen Gedanken gewidmet! Dunkel erinnerte sie sich einer

gewissen Verblüfftheit über Henry Brudenalls plötzlichen Stimmungswechsel – und dann an ihr wachsendes Interesse für Miss Lambe. Aber alles war in ihrer persönlichen Reflexion untergegangen.
»Ich weiß nicht recht –«, begann sie zögernd. »War da etwas besonders Bemerkenswertes, das mir entgangen ist?«
Der vorsichtig forschende Blick, den Sidney auf sie richtete, trieb ihr das Blut in die Wangen; doch sie hatte den Eindruck, daß seine Gedanken mit ganz anderen Dingen beschäftigt sein mußten.
»Ach, tun Sie nicht so, Miss Heywood, Sie sind doch die Beobachterin. Ich bin so mit Herumdirigieren beschäftigt, daß mir oft Kleinigkeiten entgehen, die Ihnen unweigerlich auffallen würden. Aber es war doch fraglos ein vielversprechender Tag für Ihre Fähigkeiten.«
Er wartete wieder, doch Charlotte konnte sich noch immer nicht darauf verlassen, mit einer gewissen Sachlichkeit zu antworten.
»Also gut, dann will ich mal sehen, was ich selbst mit viel Spaß beobachtet habe«, fuhr Sidney fort. »Sir Edward, zum Beispiel. Hat er *Sie* nicht auch mit Lord Byrons ›dark blue seas‹ beglückt? Er hat doch praktisch alle damit bedacht. Und die Misses Beaufort, die jede neueste Verrücktheit mit soviel Tamtam verkünden, selbst wenn es sich, wie in diesem Fall, um etwas so Reizloses wie Seetang handelt. Und Susan, die wie gewöhnlich einen absurden Unfall erleidet. Diana, die, eigensinnig und aufgeblasen, alles in ein heilloses Durcheinander organisiert. Miss Denham beleidigt, weil Henry und ich uns reserviert verhalten haben, und Arthur, der, jung und unerfahren wie er ist, wie ein verspielter junger Hund schnuppernd hinter jedem herläuft. Mir schien, wir haben uns alle ziemlich genau unserm Charakter entsprechend benommen und einer unbeteiligten Beobachterin wie Ihnen Gelegenheit geboten, über uns alle zu lachen.«
»Nein«, gestand Charlotte ein, »ich habe nur Menschen

genau beobachtet, die sich gar nicht ihrem Charakter gemäß benommen haben.«
»Tatsächlich! Und wen haben Sie genau beobachtet?«
Charlotte hatte in Wirklichkeit niemanden beobachtet außer sich selbst, nannte aber fast automatisch Clara Brereton und Adela Lambe als die beiden Menschen, die sie während des Tages am meisten interessiert hätten. Kaum hatte sie es gesagt, bedauerte sie es auch schon und hoffte nur, daß Sidney sie nicht fragen würde, weshalb Miss Brereton ihr besonderes Interesse erregt habe.
Doch er lachte nur.
»Miss Brereton und Miss Lambe! Das ist allerdings ein harter Schlag für meine Eitelkeit!« seufzte er mit gespielter Enttäuschung. »Da hatte ich nun gehofft, daß Sie sich doch zumindest, wenn Sie heute schon alle andern außer acht gelassen haben, darauf konzentriert hätten, meinen Charakter ganz nach Ihrem Belieben auseinanderzunehmen.«
Charlotte konnte sich durch diese Rede nicht erleichtert fühlen. Das war unmöglich. Es fiel ihr auch nichts ein, was sie darauf hätte antworten können.
»Nun, da kann man nichts machen. Ich fürchte nur, jetzt haben Sie Ihre beste Chance verpaßt«, sagte Sidney unbekümmert. »Und ich muß Sie bitten, *jedes* Urteil über *mich* zu verschieben, bis ich aus London zurückkomme.«
»Gehen Sie denn nach London?« fragte Charlotte. Und hätte sie es sich nicht schon selbst eingestanden, hätte ihr das jähe Gefühl der Enttäuschung verraten, daß Sidneys Anwesenheit in Sanditon von zunehmender Wichtigkeit für sie wurde. »Und wann reisen Sie?«
»Morgen, in aller Frühe. Hatte ich es nicht erwähnt?«
»Nein«, sagte Charlotte. »Ich nehme an, es bestand auch kein Grund dazu.«
Die Bedrücktheit, die sie bei der Ankündigung seiner plötzlichen Abreise nach London überfiel, hatte fast genausoviel mit seinem Charakter wie mit seiner bevorstehenden Abwesen-

heit zu tun. Eitelkeit, Extravaganz, Bedürfnis nach Abwechslung – diese Unrast, die ihr in allen Parkers aufgefallen war, der wunde Punkt der Familie – immer etwas tun zu wollen, immer in Bewegung – Achtlosigkeit andern gegenüber: all diesen zusätzlichen Schwächen unterlag auch er. Es paßte gar nicht zu der selbstlosen Warmherzigkeit der Freundschaft für Henry Brudenall, die sie in ihm wahrzunehmen geglaubt hatte. Beabsichtigte er, seinen Freund jetzt bedenkenlos im Stich zu lassen, nachdem er den Hochzeitstag seiner Kusine überlebt hatte? Würde er wohl alle seine Freunde mit der gleichen Gemütsruhe und Unbekümmertheit im Stich lassen? Charlotte war sich bewußt, daß ihre Niedergeschlagenheit durch diese Nachricht viel zu übertrieben war, und versuchte, sie zu überwinden. Sicher war sie deprimierter Stimmung, konnte sich jedoch noch soweit zusammennehmen, um unbeteiligt zu erscheinen. Und obgleich sie die Farbe wechselte, gelang es ihr, in einem erträglich beiläufigen Ton zu fragen: »Und wann werden Sie zurück sein?«
»Oh, das kann ich nicht mit Bestimmtheit sagen. Meine Angelegenheiten in London sind sehr kompliziert – und das um so mehr, als ich sie bereits um mehrere Tage verschoben habe. Ich würde meinen, daß ich es möglicherweise einrichten könnte, ungefähr in einer Woche oder zehn Tagen zurückzukommen und Henry abzuholen.«
Er klang nicht besonders interessiert daran, was Henry während seiner Abwesenheit zu seiner Zerstreuung zu tun beabsichtigte. Und wenn sie sich vorzustellen versuchte, was er selbst in diesen zehn Tagen alles tun würde, konnte sie nur eine Vision von einer unbekannten und eleganten Welt heraufbeschwören. Sie hatte gehört – sogar von Sidney selber –, daß London eine glanzvolle, aufregende, betriebsame Welt voller Vergnügungen und dem ganzen Reiz weltmännischen Esprits und unkonventioneller Beziehungen sei, und es war ihr klar, daß diese Welt sehr weit entfernt war von der Welt geruhsamer Seßhaftigkeit und fester ländlicher Werte, zu der

sie gehörte. Denn sie hatte auch gehört, daß London eine Welt endloser Hochstapeleien sei, in welcher gute Manieren vielleicht ein Ersatz für Moral waren; eine Stadt, die leicht dem kalten Betrug, dunklen Machenschaften und der Ausplünderung anheimfiel. Weshalb war ihr nur bisher nie der Gedanke gekommen, daß Sidneys Herkunft – seine natürlichen Wertbegriffe – so total unvereinbar mit ihrer eigenen war?

Sie ärgerte sich entsetzlich über sich selbst, das nicht früher bedacht zu haben; nicht erkannt zu haben, daß sie unbewußt den ganzen Tag Gefühle genährt und ausgekostet hatte, die sie hätte zurückdrängen sollen. Sie versuchte nicht zu leugnen, daß sie Sidney sehr hoch schätzte. Es war ihr auch schon fast gelungen, sich einzureden, daß sie in wichtigen Fragen kaum je die gleiche Meinung miteinander teilen könnten, als er sich ihr zuwandte und vergnügt sagte –

»Nun, Miss Heywood – da dies nun für einige Zeit unser letztes Beisammensein ist, wie sollen wir es am nettesten genießen? Wünschen Sie höchste Geschwindigkeit oder vernünftige Unterhaltung oder eine Kombination von beiden?«

Und sofort alles andere vergessend, beschloß Charlotte, Sidneys Gesellschaft zu genießen, solange sie sie noch genießen konnte. Mochte auch ihre Rückfahrt nach Sanditon vielleicht nicht ganz das gleiche sorglose Vergnügen bieten wie die Herfahrt, so bewahrte sie doch diese wenigen Stunden in ihrem Gedächtnis und hütete sie um so sorglicher, als sie ja wußte, daß sie für einige Zeit von der Erinnerung an sie würde zehren müssen.

21

Eine schlaflose Nacht, damit verbracht, ihr eigenes Verhalten zu überprüfen und mit ihren geheimsten Gefühlen ins Reine zu kommen, war für Charlotte etwas so Ungewöhnliches, daß sie fürchtete, der nächste Tag würde seinen Tribut in Nachwirkungen von Lethargie und Unbehagen fordern – vielleicht auch von Reminiszenzen, die nur dazu angetan wären, sie zu verwirren. Und wie groß war ihre Überraschung, als sie feststellte, daß sie bereits hellwach war, als die Morgensonne schließlich in ihr Zimmer blinzelte – wach überdies mit dem eigenartigen Bewußtsein eines ganz neuen, so intensiven Lebensgefühls, daß sie fast Angst bekam.

Das große Fenster ihres Schlafzimmers ging auf die Einfahrt hinaus, und sie war eben beim Ankleiden, als unverhofftes Pferdegetrappel unten sie an dieses Fenster lockte. Sie versuchte mühsam, durch den Tüllvorhang schräg hinunterzuschaun und sah Sidneys schönen Wagen gerade einen Augenblick vor dem Haupteingang anhalten. Und als sie sich dann den Hals noch mehr – und in einer höchst unschicklichen Manier – nach ihm ausreckte, konnte sie sogar teilweise sein Profil sehen. Er sprach mit Morgan, während er sich hinunterneigte und ihm lachend etwas übergab, wendete und fuhr durch die Tore von Trafalgar House wieder hinaus.

Sie stand barfuß auf Zehenspitzen und verfolgte, wie der obere Teil seines Kopfes sich in der Ferne verlor, bis er hinter Bodenwellen verschwunden war. Und obgleich sie über sich selber und ihre Torheit lächelte, halb angekleidet in der frühen Morgenbrise vom Meer her hinter einer Gardine zu stehen, hätte sie ihre ganze Selbstbezichtigung, ein solcher Kindskopf zu sein, nicht dazu bewegen können, vom Fenster wegzugehen, bis sie sicher war, daß keine weiter entfernte Bodenwelle den Wagen wieder in Sicht bringen würde.

Sie war so lächerlich glücklich, während sie sich fertig anzog; und auf der Treppe mußte sie mehrmals stehenbleiben, bis ihre Miene wieder ihren normalen, vernünftigen Ausdruck angenommen hatte, ehe sie es wagte, vor ihren Gastgebern am Frühstückstisch zu erscheinen.

Beim Betreten des Zimmers war sie gespannt, ob es ihr tatsächlich gelungen sei. Eine gewisse Reserviertheit bei der Begrüßung seitens Mr. und Mrs. Parker beunruhigte sie, und als sie ihren Platz am Tisch einnahm, merkte Charlotte, peinlich berührt, daß beide sie ziemlich neugierig anstarrten. Doch das fand seine Erklärung fast im gleichen Moment, als Mr. Parker ihr ein Päckchen überreichte und in seiner übereifrig inquisitorischen Art sagte –

»Welche Überraschung, Miss Heywood! – Das ist für Sie, und keiner von uns beiden kann sich vorstellen, was es wohl ist! Sidney war schon ganz frühmorgens hier, kam auf seinem Weg nach London schnell hier vorbei – und *er* hat dieses Päckchen für Sie dagelassen. Ich war noch nie im Leben so überrascht! War noch gar nicht unten, als ich den Tumult schon hörte – dieses Geschrei in der Einfahrt – und Morgan, der in Hemdsärmeln zur Tür rennt. ›Ich habe ja ganz vergessen, dieses Päckchen dazulassen‹, ruft Sidney von seiner Kutsche herunter. ›Jawohl, Sir‹, sagt Morgan, ›ich werde es Mr. Parker geben, sobald er herunterkommt.‹ ›Nein, nein, nicht meinem Bruder‹, schreit Sidney. ›Für Miss Heywood. Ich lasse das Päckchen für Miss Heywood da! Nur die kleine Broschüre ist für meinen Bruder.‹ Inzwischen war ich bei den Türstufen angelangt, verstehen Sie, und versuchte ihn zu fragen, was er meinte. Doch Sidney wendete sein Gespann und konnte mich nicht hören. Er lachte nur. ›Also, Tom, ich fahre jetzt los. Sieh zu, daß Miss Heywood ihr Päckchen bekommt!‹ Von da an haben wir uns natürlich gefragt, was Sidney Ihnen wohl dagelassen haben könnte.«

Er reichte ihr das sorgfältig eingewickelte und verschnürte Päckchen, das von einem unter die Schnur geschobenen Briefchen begleitet war. Ohne jeden Zweifel brannte er vor Neugier, den Inhalt zu erfahren. Selbst Mrs. Parker schien in ihrer ruhigeren Art über diese impulsive Geste ihres Schwagers befremdet.

Charlotte, die sehr wohl merkte, daß sie ganz genau beobachtet wurde, nahm das Päckchen in Empfang, legte es zur Seite, zog den Brief heraus und öffnete ihn. Da sie wußte, daß sie ihn würde vorlesen müssen, um Mr. Parker zufriedenzustellen, hatte sie selbst gewisse Befürchtungen; und wegen ihrer noch ungenügenden Kenntnis von Sidneys Charakter zitterte sie davor, was er wohl enthalten mochte. Sie überflog ihn –

Sehr verehrte Miss Heywood,
verzeihen Sie diese eiligen Zeilen. Ich konnte es gestern in Brinshore nicht lassen, das beiliegende Angebinde zu erstehen. Ich hatte es eigentlich zuerst meinem Bruder als Geschenk zugedacht, kam aber zu der Überlegung, daß er es vielleicht nicht so zu schätzen wissen würde, und er wird sich nun mit dem »Führer durch die Seebäder« begnügen müssen, den ich bereits für ihn gekauft hatte. Da ich überdies das große Glück hatte, noch ein genau gleiches Exemplar des Artikels zu finden, den meine Schwestern erworben hatten, scheint es mir jetzt plötzlich, daß meine Familie mit Erinnerungen aus Brinshore reichlich versorgt ist. Ihre eigene Bewunderung kam so klar zum Ausdruck, daß ich, meinem Gefühl nach, gar nichts Besseres tun kann, als Ihnen meinen übereilten Kauf zu verehren. Nach London könnte ich ihn sowieso nicht mitnehmen, weil er zu zerbrechlich und schwer einzupacken ist. Und Sie, dessen bin ich sicher, werden mir zustimmen, daß ein so »ungewöhnlich reizendes« und »nützliches« Kästchen etwas besseres verdient, als zerbrochen zu werden.

Ihr usw. Sidney Parker

Mit einem unterdrückten Lächeln gab Charlotte Mrs. Parker den Brief, und nachdem sie sorgfältig etliche Lagen Papier entfernt hatte, kam das Kästchen, mit »Brinshore« auf dem Deckel, zum Vorschein.

»Was ist das? Was ist denn das?« rief Mr. Parker. »Ein ganz mit Muscheln besetztes Kästchen? Und weshalb steht Brinshore aus diesen kleinen bunten Kieselsteinen drauf? Was macht man damit? Und was kann Sidney damit meinen, daß er Miss Heywood so etwas schickt?«

»Sidney schreibt, er wollte es ursprünglich dir schenken«, sagte Mrs. Parker und blickte vom Brief auf. »Was seine ursprünglichen Absichten *waren,* ist doch ganz klar. So typisch für seine Art von Humor! Er meint, es wäre sehr komisch gewesen, dir ein Kästchen mit Brinshore drauf zu schenken.«

Sie reichte ihrem Gatten das Briefchen hinüber. »Wieder einer seiner Scherze.«

»Warum hat er es denn dann Miss Heywood geschenkt?« fragte Mr. Parker völlig konsterniert.

»Möchten Sie es gern haben?« fragte Charlotte leicht beunruhigt. Sie merkte plötzlich, daß ihr sehr viel an dem häßlichen Kästchen lag.

»Ich? So einen unnützen Kasten, auf dem auch noch *Brinshore* steht, gern *haben* wollen? Nein, nein. Sidney hatte schon vollkommen recht: ›. . . kam aber zu der Überlegung, daß er es vielleicht nicht so schätzen würde.‹ Genau richtig. Aber darf ich's mal sehen? Also ein derartiges Zeug produziert Brinshore! Reden die sich ein, *damit* werden sie Badegäste anlocken? Ja, ja, ich sehe jetzt, das ist einer von Sidneys Scherzen, wie Mary sagt. Aber großer Gott! Ich würde doch so ein Ding nicht im Hause haben wollen! Ach! Also Susan und Diana haben auch eins gekauft – natürlich, das sieht ihnen ähnlich. Meine Schwestern sind sehr wertvolle Frauen, Miss Heywood, aber beide haben nicht die Spur von Geschmack. Sie sollten nur einige ihrer Nippsachen sehen, die bei ihnen zu Hause überall herumstehen – ganze Tische, vollgestopft mit verzierten Pillendöschen und lauter ausgefallenem Schnickschnack. Deshalb überrascht es mich auch gar nicht, daß sie noch etwas dazugekauft haben. Ach, das soll wahrscheinlich komisch sein: ›zu zerbrechlich und schwer zu packen.‹ Haben Sie es wirklich ›außerordentlich hübsch‹ gefunden?«

»Ich glaube, ich habe so etwas *gesagt*«, gab Charlotte zu. »Ihre Schwestern hatten doch schon eins gekauft, und die Misses Beaufort haben es so bewundert – und auch Sir Edward – kurzum, aus lauter Höflichkeit habe ich dann so etwas Ähnliches geäußert – es war nicht gut zu vermeiden.«

»Ha! Ich sehe genau, wie es dazu kam. Wie oft war ich gezwungen, irgendeine Scheußlichkeit, die Diana gekauft hatte, zu bewundern, und darüber hat Sidney sich dann lustig gemacht. Er kann nie der Versuchung widerstehen, sich über andere Leute lustig zu machen.«

Die Parkers hatten sich schließlich entschlossen, über Sidneys unverhofften Brief an Miss Heywood zu lachen, und das Kästchen wurde jetzt endgültig nur als einer von Sidneys Scherzen betrachtet, über den man beim Frühstück noch lächelte, aber nicht mehr weiter nachdachte. Charlotte, die zwar auch darüber lächelte, war eigentlich gar nicht überrascht festzustellen, daß es für sie viel mehr bedeutete als nur ein Scherz. Sie war froh, das Kästchen in einer Form bekommen zu haben, die ihr erlaubte, es zu behalten, ohne jemandes Argwohn zu erregen. Jedoch mußte sie zwangsläufig zugeben, daß die Parkers mit ihrer Einschätzung des Intermezzos den persönlichen Absichten Sidneys sehr viel näher kamen. Er hatte das Kästchen, einem plötzlichen Impulse folgend, gekauft, ohne überhaupt an sie zu denken. Das Briefchen hatte er in aller Eile kurz vor seiner Abfahrt nach London geschrieben und vorausgesetzt, daß der Scherz schon irgendwie verstanden würde, und es war ihm im Grunde gleich, wer den Besitz des Kästchens für sich beanspruchte.

»Er hat sich noch einen andern Scherz mit mir geleistet«, sagte Mr. Parker, während er eine Broschüre aus der Tasche zog. »Diesen *Führer durch die Seebäder* hat er mir dagelassen – alles dick unterstrichen, was Sidney an Plätzen, in Bezug auf mich, für wichtig hält. Und hier hat er eine Ecke umgekniffr, um mich auf das hier aufmerksam zu machen – ›Brinshore kommt gleich nach Brighton‹. Zwei Spalten darüber!«

»Aber vielleicht wäre es gar keine so schlechte Idee, sich darum zu kümmern, daß auch Sanditon in so einem Büchlein erwähnt wird«, schlug Mrs. Parker vor. »Sicher müssen doch viele Leute, die wir gar nicht kennen, erst in einer Bibliothek nachfragen oder diese Broschüre kaufen, bevor sie sich für einen Ferienaufenthalt am Meer entscheiden?«

»Unsinn, liebste Mary. Die Sorte von Menschen, die sich nach solchem Schund orientieren, sind nicht der Typ, den wir für Sanditon begeistern wollen. Welche Art von Fakten, welche Genauigkeit kann man schon von einer Publikation wie dieser hier erwarten? Sie erwähnt auch keinerlei Unterschiede. Auch wenn sie vielleicht versuchen, Brinshore zu loben, was haben sie schon wirklich Lobenswertes dort gefunden? Hört euch das mal an«, und er las mit sarkastischem Tonfall vor: » ›Die Möglichkeit, ohne exorbitante Kosten angenehm zu leben, dürfte in diesem verhältnismäßig abgelegenen und einfachen Ort eher in einer Weise gewährleistet sein, welche der strikten Einhaltung eines Budgets angepaßt ist als in einem bekannteren und luxuriöseren Seebad.‹ «

»Aber ich sehe nichts Tadelnswertes darin«, bemerkte Mrs. Parker sanft. »Brinshore weiß genau, daß es für die elegante Welt nicht in Frage kommt, und ist bemüht, sich die respektablen Pensionäre zu sichern.«

»Oh, zweifellos«, stimmte Mr. Parker ihr zu, der immer noch kritisch in seiner Broschüre las: »und in einer fast unkultivierten Sprache.« In verächtlichem Ton las er weiter vor: » ›Noch ein anderer, besonders vorteilhafter Vorteil‹ (*wer*, außer in Brinshore, würde sich zu einer so ungeschickten Formulierung versteigen?) ›ist, daß die öffentlichen Veranstaltungen frühzeitig beginnen und enden – ein wichtigerer Faktor zur Erhaltung respektive Wiederherstellung der Gesundheit, als im allgemeinen angenommen wird.‹ Ah! Da hat Sidney etwas an den Rand geschrieben«, und die Seite drehend, versuchte er, das Gekritzel zu entziffern. » ›Sanditon hat natürlich einen noch viel vorteilhafteren Vorteil für Invalide: nämlich das vollständige Fehlen jeglicher gesellschaftlicher Veranstaltungen.‹ Unverschämter junger Windhund!« Er schleuderte die Broschüre angewidert auf den Tisch. Mrs. Parker griff danach und begann, die beiden Spalten auf noch andere wissenswerte Einzelheiten hin durchzusehen als die, welche ihr Mann ihr vorgelesen hatte. Sie war auch bald auf etwas Interessantes gestoßen.

»Hier steht, daß Brinshore soeben die Annehmlichkeit einer neuen Strandpromenade für seine Badegäste anzeigt. Also *das* ist eine Sache, die für Kurgäste vielleicht ein Anreiz wäre. Sind Sie gestern auch darauf gegangen, Miss Heywood?«

»Nein, ich – das heißt – ich habe nicht darauf geachtet«, antwortete Charlotte in einiger Verwirrung. Sie genierte sich ziemlich, gestehen zu müssen, daß sie in Brinshore so wenig von allem Notiz genommen hatte, und hoffte nur, daß sie jetzt nicht jede Angabe in der Broschüre, die zu seinem Lobe dort gedruckt war, würde bestätigen müssen.

»Na, da siehst du's«, krähte Mr. Parker triumphierend. »Brinshore prahlt mit einer Strandpromenade, aber niemand bemerkt sie. Sanditon hat Promenaden im Überfluß – «

»Dann solltest du die Leute davon in Kenntnis setzen«, riet Mrs. Parker ihm in aller Ruhe. »Sieh mal, hier ist für jeden, der es lesen will, eine Liste von Brinshores Hauptvorzügen: Gute Voraussetzungen für die Wiedergesundung von Körper und Geist; ein Kurarzt und ein erfahrener Apotheker stehen jederzeit zur Verfügung; das Baden ist, dank der erstklassig ausgestatteten sechs Badekarren, außerordentlich bequem; Vergnügungsboote liegen zum Vermieten bereit; Tragsessel, Klappstühle, Rollstühle, Pferde, Gigs und Esel sind zu günstigen Bedingungen zu haben; denkwürdige See- und Landexkursionen; große Möglichkeiten für Geologen, Paläonthologen, Naturforscher und Sammler von Seetang und Muscheln; Säle für Zusammenkünfte – Ballsäle, Billard- und

Spielzimmer – alle in einem Gebäudekomplex; während der Saison finden alle vierzehn Tage Veranstaltungen statt. Diesen Vorzug hat Sidney natürlich unterstrichen.«

»Zeig mal her, zeig mal her!« rief Mr. Parker. »Als ob Sanditon im Aufzählen seiner Reize nicht überlegen wäre – ich könnte mindestens vier Spalten damit füllen, ohne dieses aufgeblasene Getöse nötig zu haben, mit dem Brinshore es tut. Ich würde mit einer ganz einfachen Vorsage beginnen: ›Es besteht kein Grund, daß Sanditon nicht in kürzester Zeit zu den reizvollsten Seebädern gehören wird.‹ Und dann, verstehst du, gehe ich dazu über, unsere besonderen Vorzüge aufzuzählen: die äußerst günstige Lage, da durch unsere eigene Hügelkette vor allen Winden geschützt außer dem Südwind, unser wohltuendes und mildes Klima, die Klarheit des Wassers, die reiche Fruchtbarkeit des Bodens und die Vielfalt und Schönheit unserer Umgebung. Dagegen würde Brinshores Liste allerdings recht kläglich wirken! Und wo bleiben sie mit *ihren* denkwürdigen See- und Landexkursionen? Haben *sie* in ihrer Umgebung etwas Ähnliches wie die Fordcliff Abtei? Haben *sie* einen Peak Hill oder eine Flußschwinde? Haben sie an *ihrem* Strand Teestuben errichtet? Sie würden doch nie wagen, Teestuben einzurichten, wenn sie dort keine anständige Tasse Tee servieren können. Wie war denn gestern der Tee in Ihrem Gasthof, Miss Heywood? Leicht salzig wahrscheinlich? Bestimmt ungenießbar, wie?«

»Ich glaube nicht, daß ich etwas daran auszusetzen hatte«, sagte Charlotte offen. »Der Tee schien, das heißt, ich glaube–«

»Im Gasthof importieren sie für den Tee wahrscheinlich Inlandwasser«, gestand Mr. Parker herablassend zu, »sonst hätten Sie bestimmt etwas geschmeckt. In der Nähe von Brinshore gibt es nirgendwo Süßwasser. Über den Bau einer Strandpromenade jedoch muß ich unbedingt mit Lady Denham sprechen. Allerdings wird sie bei uns selbstverständlich Esplanade heißen!«

Und von einem plötzlichen Enthusiasmus angefeuert, packte Mr. Parker den *Führer durch die Seebäder* und zog sich damit für den Rest des Morgens in sein Arbeitszimmer zurück, um ihn nach weiteren Ideen durchzustöbern und eine auf Sanditon abgestimmte Eintragung zu formulieren, die er den verantwortlichen Redakteuren einzureichen gedachte.

Während Charlotte zu Ende frühstückte, sann sie über das eigenartige Triumphgefühl nach, das der Beobachtung entsprang, wie ein wahrhaft überlegener Initiator einen weit weniger gewitzten überlistete, und mit welcher Begeisterung Sidney es begrüßt hätte, seinen Bruder so erfolgreich dirigiert zu haben – noch dazu aus der Ferne und ohne jegliche Überredungsversuche –, genau das Gegenteil von dem zu tun, was er beabsichtigt hatte.

Doch als sie dann das nun ihr gehörige Kästchen nahm und es behutsam in ihr Zimmer trug – ohne den beigefügten Brief zu vergessen –, wäre es ihr nie in den Sinn gekommen, daß auch sie vielleicht etwas tue, was Sidney beabsichtigt hatte.

Für eine junge Dame ist es an sich schon ein schwieriges Unterfangen, ihre persönlichen Vorzüge richtig einzuschätzen. Charlotte aber schätzte die ihren gewiß nie so hoch ein, um sie den ganzen Umtrieb einer dieser von Sidney so fein eingefädelten kleinen Intrigen für wert zu halten. Wenn sie nämlich hätte glauben können, daß Sidney das Kästchen ausschließlich für sie gekauft und sehr viel Mühe aufgewendet hatte, um einen scheinbar eiligen Brief zu formulieren, der es ihr ermöglichte, es zu akzeptieren, hätte sie das Geschenk noch viel mehr geschätzt.

22

Charlotte hatte sich vorgenommen, den Tag – und vielleicht auch noch die nächsten paar Tage – mit Mrs. Parker in ihrem neuen Gewächshaus zu verbringen. Wenn ihr auch ihres Gatten allgemeiner Enthusiasmus abging, hatte Mrs. Parker doch insofern ihren eigenen stillen Fanatismus entwickelt, indem sie eine leidenschaftliche Gärtnerin geworden war. Alle ihre Blumenstöcke zog sie selbst aus Samen, experimentierte mit neuen Sorten und war selten bereit, etwas dem Gärtner zu übergeben, bevor es zu groß für ihr Gewächshaus oder für ihn geworden war, um ihm durch mangelhafte Pflege zu schaden.

Sie war ständig damit beschäftigt, kleine Pflänzchen aus dem übervollen Setzkästen in jeweils größere Blumentöpfe umzupflanzen, wo sie sie goß, sie hegte und mit Geduld und Liebe zu den blühenden Büschen aufzog, von denen sie sich dann notgedrungen trennen mußte.

Froh und glücklich, alle ihre Morgenstunden still und allein mit der Pflege ihrer Pflanzen zu verbringen, begrüßte Mrs. Parker jedes ehrliche Angebot tatkräftiger Hilfe, wenn sich auch in ihren sanften Zügen so etwas wie die Andeutung eines Stirnrunzelns zeigte, wann immer sie in ihren eigenen Betätigungen unterbrochen wurde.

Charlotte nahm dieses Stirnrunzeln und einen leisen, wenn auch unterdrückten Seufzer wahr, als Lady Denham an diesem Morgen die Tür zum Treibhaus aufstieß.

»Du lieber Himmel, Sie sind ja schon wieder dabei! Morgan hat mir gesagt, daß ich Sie hier finden würde. Nein, nein, Mrs. Parker, behalten Sie doch Ihre Handschuhe an. Ich bin ja keine von denen, die bei ihren Nachbarn auf Formen bestehen. Ich möchte unter keinen Umständen, daß Sie das als einen Morgenbesuch betrachten – bin nur auf meinem gewohnten Spaziergang bei Ihnen vorbeigekommen und um mir die Zeit zu vertreiben – brauche mich auch gar nicht erst zu setzen, seien Sie versichert. Miss Clara ist nämlich unterwegs, um ihre Bücher wieder umzutauschen, und ich hatte keine Lust, so weit zu gehen. Aber *schade* ist es doch, daß Sie hier keinen Platz für ein paar kleine Bänke haben! Ach, meine liebe Mrs. Parker, ich kann bestimmt genausogut stehen. Kommen Sie doch meinetwegen nicht ins Haus zurück, ich bitte Sie!«

Doch Mrs. Parker hatte bereits ihre Geräte hingelegt, die Handschuhe ausgezogen und nickte Charlotte freundlich zu, ihr zu folgen, während sie aus dem Treibhaus hinaus voranging.

»Ihr junger Gast ist keine solche Herumtreiberin, sehe ich«, sagte ihre Ladyschaft anerkennend, als sie auf das Haus zugingen. »Ihr Kopf scheint nicht in Gefahr, sich unsinnigen Albernheiten zuzuwenden wie andere, die ich mit Namen nennen könnte. Durch alle diese jungen Leute, die sich derzeitig in Sanditon verlustieren, ist Miss Clara so zappelig und unruhig geworden – bleibt nie wohlerzogen zu Hause, wie es sich ziemt. Und wo sie die Zeit hernimmt, alle diese Bücher zu lesen, die sie von der Bibliothek ausleiht, ist mir ein Rätsel! Ich muß schon sagen – einundzwanzig ist das schlimmste Alter für junge Damen. Sie haben nichts anderes im Kopf als Kleider und Vergnügungen. Die Misses Beaufort sind genau aus dem gleichen Holz geschnitzt, das sehe ich.«

Mrs. Parker machte eine ihrer liebenswürdigen Bemerkungen über das Glücksgefühl und die Fröhlichkeit junger Menschen im allgemeinen, was Lady Denham keineswegs von ihrem persönlichen, ganz speziellen Groll abzulenken vermochte.

»O gewiß, das stimmt schon alles, ich gebe es zu. Aber ich sage Ihnen etwas, Mrs. Parker – *gewisse* junge Leute verfolgen nur ihre eigenen Interessen, ohne Rücksicht auf die Wünsche anderer. Aber ich bin auch keine Frau, die sich geniert zuzugeben, daß sie Fehler macht. Ich hätte von Anfang an sehen müssen, daß eine meiner älteren Nichten sich für *mich* als ständige Gesellschafterin besser geeignet hätte. Jedenfalls tritt jetzt klar zutage: Miss Clara ist zu jung und flatterhaft, um für immer bei mir zu bleiben. Aber durch Schaden wird man klug. Meine ursprüngliche Einladung für sie galt ja nur für sechs Monate, wie Sie wissen; und seien Sie überzeugt, ich habe die Wahrscheinlichkeit erwähnt, daß danach eins der andern Mädchen herkommt, um ihren Platz einzunehmen. Ja, ja, es ist höchste Zeit, daß ich den Wechsel vornehme.«

»Na, so etwas!« sagte Mrs. Parker einigermaßen überrascht. »Sie planen tatsächlich einen Austausch Ihrer Nichten? Das ist allerdings völlig unerwartet. Ich hatte keine Ahnung, daß Miss Brereton Sie verlassen würde.«

»Oh, das bleibt auch noch ganz unter uns. *Ihr* habe ich nur gesagt, ich werde ihre Kusine, Miss Elizabeth, für einige Wochen einladen. Und dann wissen Sie« – mit einem selbstgefälligen Lächeln über ihre Schlauheit – »steht es mir noch immer frei, mich für eine von beiden zu entscheiden. Sie können sich darauf verlassen, Mrs. Parker, ich gehöre nicht zu denen, die sich gegen ihren Willen in etwas hineinmanövrieren lassen; und solche Leute, die sich einbilden, sie könnten mich hineinlegen, werden bald merken, daß sie sich geirrt haben! Schließlich kann man von mir nicht erwarten, daß ich zwei Nichten beherberge und verköstige, wo eine für meine persönlichen Bedürfnisse vollkommen ausreicht. Wenn also Miss Elizabeth sich als tüchtig erweist und alle kleinen Pflichten von Miss Clara übernimmt – nun, dann werden wir weitersehen.«

Lady Denhams plötzliche Ungeduld, eine Nichte gegen die andere auszutauschen, gab Charlotte zu denken, ob wohl endlich eine dunkle Ahnung von Sir Edwards Neigung für Miss Brereton in diesen mißtrauischen, aber merkwürdig unempfindlichen Geist eingedrungen sei. Ihre Neugier war aufs höchste gespannt, doch sie wußte auch, daß es nicht zweckdienlich wäre, sich selbst an der Aufklärung zu beteiligen. Sie mußte sich da auf Mrs. Parker verlassen, ihren Gast über alle Einzelheiten auszufragen. Als Lady Denham sich dann zu einer längeren Visite in einem bequemen Lederstuhl niedergelassen hatte, war damit zu rechnen, daß ein ausführliches Bekenntnis sowohl ihrer Vermutungen als auch ihrer egoistischen Gegenmaßnahmen ohne besondere Aufforderung folgen würde.

»Ich war fest überzeugt, Miss Brereton würde jetzt für immer bei Ihnen bleiben«, bemerkte Mrs. Parker nach kurzem Zögern. »Wird es sie nicht vielleicht irgendwie kränken, auf solche Art zu ihrer Familie zurückgeschickt zu werden?«

»Ach *das* weiß ich natürlich nicht. Möglicherweise ist sie sogar froh über diesen Wechsel. Sie hat oft genug angedeutet, daß Miss Elizabeth sich viel besser für mich eignen würde als sie. Im übrigen kann ich mich auch um Miss Claras Gefühle in dieser Angelegenheit nicht kümmern. Ich bin auf der Suche nach einer zuverlässigen – einer *permanenten* Gesellschafterin für mich, und wer sagt mir denn, ob Miss Clara sich nicht eines schönen Tages plötzlich entschließt zu heiraten? Und was wird dann aus mir, frage ich Sie, falls ich nicht vorher schon andere Entscheidungen getroffen hätte? Ich kann doch nicht unversehens alle diese Gänge und Aufgaben selber übernehmen, deren Erledigung ich Miss Clara so mühsam beigebracht habe.«

Weshalb Lady Denham die Möglichkeit einer eventuellen Heirat Claras vorher nie in Betracht gezogen hatte, war für Charlotte ein ebensolches Rätsel wie das verspätete Erkennen des Problems jetzt.

»Natürlich wird Miss Brereton eines Tages heiraten«, sagte Mrs. Parker ganz selbstverständlich. »Gütig und sanft und noch schön dazu – wer könnte daran zweifeln, daß sie als Gattin sehr begehrt sein wird?«

»Daß *Sie* so denken würden, war mir klar«, erwiderte Lady Denham, mit einem ihrer durchtriebensten Blicke. »Ich bin nämlich durch diesen Schwager von Ihnen überhaupt erst auf den Gedanken gekommen. Sicher macht auch Sir Edward Miss Clara den Hof, aber ich weiß auch, daß das für *ihn* nicht die geringste Bedeutung haben kann. Er muß reich heiraten!

Doch wenn ein junger Mann, der es sich leisten kann zu heiraten, wo es ihm beliebt, anfängt, in ihre Richtung hinüberzuschmunzeln –«

»Ich folgere daraus, daß Sie auf meinen Schwager Sidney anspielen«, sagte Mrs. Parker, die diese Art von Klatsch nicht mochte. »Vielleicht sollten Sie seinem Benehmen kein allzu großes Gewicht beilegen. Ich fürchte zwar, daß seine Umgangsformen manchmal allzu liebenswürdig sind, was bei ihm allerdings selten etwas zu bedeuten hat. Darf ich Ihnen vielleicht eine kleine Erfrischung anbieten, Lady Denham?« Und sie läutete, als wollte sie diesem Gesprächsthema dadurch ein Ende machen.

»Nun gut, vielleicht steckt auch nichts dahinter, wie Sie sagen – nichtsdestoweniger hat es mir aber die Gefahr vor Augen geführt«, fuhr Lady Denham, unempfindlich für so zarte Winke, fort. »Und ich gestehe auch ohne weiteres, daß Mr. Sidney mir außerordentlich gut gefällt – sein Benehmen tut dem in *meinen* Augen keinen Abbruch. Nein, keineswegs, er ist im Gegenteil sehr höflich und höchst gefällig und respektvoll; er hat es sich sogar nicht nehmen lassen, mir gestern abend noch einen Abschiedsbesuch zu machen, als er Miss Clara heimbrachte. Auf mein Wort, er sagt und tut immer genau das Richtige. Als ich rein zufällig meinen letzten gefaßten Entschluß erwähnte, an Miss Elizabeth zu schreiben und sie nach Sanditon einzuladen, erbot er sich in der freundlichsten Weise, den Brief heute früh auf seinem Wege nach London abzuholen. So viele Tage gewonnen, im Vergleich zur gewöhnlichen Post! Nun wird sie bereits heute gegen Abend schon im Besitze meines Briefes sein – ist vielleicht auch dadurch in der Lage, ihre Reise schon in ein bis zwei Wochen anzutreten. Denn wie Mr. Sidney andeutete, wird er selber schon vorher wieder in Sanditon sein und kann mir ihre Antwort mitbringen.«

Charlotte nahm mit Interesse zur Kenntnis, daß Sidney noch immer in diese Kombine verwickelt war, Miss Elizabeth

Brereton nach Sanditon zu bringen, und sie hätte brennend gern gewußt, in welchem Zusammenhang er in die Affäre verwickelt war. In welchem Maße Sidneys zielstrebige Fürsprache Lady Denham beeinflußt hatte, konnte sie nur vermuten, und sie war gespannt, ob deren neuer Beschluß, nach welchem sie sich erlauben konnte, Miss Clara überhaupt zu ersetzen, völlig überraschend für ihn käme. Doch sie hatte Sidneys Methoden mittlerweile auch genügend studieren können, um seine lenkende Hand in dem ganzen Besuchsarrangement zu erkennen.

Nur Lady Denham schien keinen Verdacht zu hegen, in irgendeiner Weise von Sidney manipuliert worden zu sein; außer, daß ihre Aspekte in Bezug auf sein Organisationstalent eine Wandlung erfahren hatten, wie sich gleich darauf herausstellte, als sie freudestrahlend bemerkte –

»O ja, Mr. Sidney hat mir schon sehr gute Dienste geleistet, und ich beabsichtige, seine Begabungen sogar noch mehr in Anspruch zu nehmen, wenn er nach Sanditon zurückkommt! Ich bin fest überzeugt, ich kann mich ganz auf ihn verlassen, mir bei der Durchführung jedweden Plans zu helfen, der mir vorschwebt. Seine schnelle Auffassungsgabe, wenn es sich um eine heikle kleine Angelegenheit handelt, hat mich ganz besonders entzückt; denn«, fuhr sie mit gesenkter Stimme in einem sogar noch gesteigerten Vertrauensanfall fort, »ganz unter uns, wissen Sie, war der Hauptgrund, gestern dem Gebrauch meiner Kutsche und meiner Pferde auf dem Ausflug nach Brinshore zuzustimmen, der, Sir Edward und Miss Lambe für den ganzen Tag zusammenzubringen. Er kann es sich einfach nicht leisten, sich eine solche Erbin durch die Finger schlüpfen zu lassen, und das habe ich ihm dann auch gesagt! Oh, er weiß ganz genau, daß er Geld heiraten muß, hat aber eine derartig hohe Meinung von sich und denkt, damit könne er sich noch Zeit lassen. *Er* wird keinen Finger rühren, um Miss Lambe schnellstens festzunageln, wenn ich ihm nicht dazu verhelfe! Und da habe ich Mr. Sidney nur eine

ganz kleine Andeutung über meine Pläne gemacht – ihm gesagt, daß Sir Edward meinen Wagen übernehmen solle und Miss Lambe als einen seiner Passagiere vorgeschlagen. Und jetzt höre ich von Miss Clara, wie diskret alles arrangiert worden sei – auch *sie* scheint nicht den leisesten Verdacht geschöpft zu haben, daß Sir Edward und Miss Lambe nur auf meine Anordnung hin zusammensaßen, oder daß Mr. Parker das alles mir zuliebe durchgeführt hat.«
Diese zusätzliche Komplikation bei Sidneys Platzeinteilung für den Ausflug nach Brinshore überraschte auch Charlotte; und wenn sie es recht bedachte, mußte sie zugeben, daß alles mit soviel Delikatesse durchgeführt worden war, um auch nicht die geringste Neugier zu erregen. Jedoch hielt sie es nicht für wahrscheinlich, daß Lady Denhams Pläne dadurch gefördert worden waren. Weder in Brinshore noch sonst irgendwo hatten Miss Lambe oder Sir Edward das geringste Interesse für einander zur Schau getragen.
»Und ich habe noch eine andere Kombine in petto, die genausogut ist«, verkündete Lady Denham in triumphierendem Ton. »Aber *die* werde ich Sir Edward gegenüber nicht so ausposaunen. Er ist nämlich gerade im richtigen Alter, um selbst einen Hausstand zu gründen. Und ich habe beschlossen, daß er gleichermaßen gut zu Miss Clara oder Miss Esther passen würde. Beide haben keinerlei eigenes Vermögen und müssen demzufolge einen Gatten in guten Verhältnissen finden. Aber« – höchst großmütig – »ich werde ihm die Wahl zwischen beiden überlassen. So wohlsituierte, unabhängige junge Männer wie er lieben es nicht, allzusehr gegängelt zu werden.«
Der Trend dieses Gespräches machte Mrs. Parker jetzt ungeduldig. Sie war es gewöhnt, mit Lady Denham nachsichtig zu sein, und noch mehr gewöhnt, sie über alle ihre persönlichen, nichtssagenden Probleme drauflosschwadronieren zu lassen. Doch ihre Nachsicht gegenüber nahestehenden Nachbarn ging nicht so weit, deren sinnlose Hypothesen über einander

noch zu unterstützen. Nachdem sie das Thema schon mehrmals unmißverständlich gewechselt hatte, war sie sichtlich erleichtert, als ihr Besuch endlich aufstand, um zu gehen.
»Wie unerfreulich, auf solche Weise unsern Morgen zu verbringen!« sagte sie zu Charlotte auf dem Wege ins Treibhaus zurück. »Aber Gott sei Dank ist sie ja jetzt weg, und wir können es uns wieder gemütlich machen. Denn, ganz unter uns«, parodierte sie Lady Denham mit einem nachsichtigen Lächeln, »unterhalte ich mich nämlich bei weitem lieber über Blumen als über Menschen.«
In vollkommener Übereinstimmung legten sie ihre Gartenhandschuhe und Schürzen wieder an und nahmen ihre Arbeitsplätze an den entgegengesetzten Enden des langen Tisches wieder ein, jede mit ihrer Reihe von Töpfen und ihrer Art von Gedanken beschäftigt. Charlotte überließ sich ganz dem soeben Gehörten. Lady Denhams Pläne einer Heirat Sidneys mit Miss Denham kamen ihr genauso lächerlich vor wie ihre Erwartungen in Bezug auf Sir Edward und Miss Lambe. Hingegen erforderte ihre Erwägung einer Bindung zwischen Sidney und Clara Brereton ernsthaftere Überlegung.
Sicher herrschte auf der einen Seite Bewunderung und auf der andern ein starkes Bedürfnis, gefällig zu sein; doch darüber hinaus war Charlotte nichts weiter aufgefallen. Alles übrige waren nur Eindrücke, die anscheinend auf Lady Denhams rücksichtslosen Wunschträumen beruhten. Und an ihre Erfüllung zu glauben, neigte sie schon auf Grund der Tatsache wenig, daß deren Einfluß in einer genau entgegengesetzten Richtung zu wirken begann, als Lady Denham Sir Edwards viel stärkere Neigung für Miss Brereton kategorisch für bedeutungslos erklärt hatte: ». . . aber ich weiß auch, daß das für ihn nicht die geringste Bedeutung haben kann. Er muß reich heiraten!« Soviel planmäßige Blindheit in einer Hinsicht sprach nicht gerade für Glaubwürdigkeit in einer andern.
Charlotte konstatierte, daß es ihr sehr viel weniger gelang,

ihre eigenen Wunschträume unberücksichtigt zu lassen. Obgleich sie im Anfang durch Sidneys warme Anerkennung für Clara mißtrauisch geworden war, hatte sie sie in letzter Zeit nicht mehr so genau beobachtet, wenn sie zusammen waren. Ihr anfängliches Mißtrauen war überhaupt nur dadurch entstanden, daß Sidney eine ausgesprochene Vorliebe für Clara entwickelt hatte; aber sie hatte sich letzthin damit zufriedengegeben, seine eigene Erklärung für das Interesse zu akzeptieren, welches er Clara gegenüber gezeigt hatte, und seiner Versicherung Glauben zu schenken, daß er sich ihrer mitfühlenden Hilfe nur bediente, um seinen Freund zu trösten.

Sie versuchte jetzt ganz energisch, sich genau zu erinnern, was sie tatsächlich wahrgenommen hatte, und seine Erklärungen und ihre Mutmaßungen gänzlich außer acht zu lassen. Da war dieser erste Spaziergang durch den Wald, nach Alt Sanditon, und das gegenseitige Vertrauen, das sich sehr schnell zwischen Sidney und Clara eingestellt hatte, und seine häufigen Besuche in Sanditon House während der darauf folgenden Woche. Claras Bereitwilligkeit, sich ihm zuliebe Henry Brudenalls anzunehmen, und ihre wiederholten Zusammenkünfte und Gespräche, sowohl in Sanditon als auch in Brinshore. Doch nichts von alledem erbrachte den unwiderlegbaren Beweis einer tiefen und ernsthaften Beziehung, und alles hatte sich offen, und für ganz Sanditon sichtbar, abgespielt.

Demgegenüber – und aus eigener persönlicher Kenntnis – konnte Charlotte einen definitiven Beweis beibringen, welcher jegliches Vorhandensein einer solchen Beziehung zu widerlegen schien: Claras Geständnis ihr gegenüber, durchbrennen zu wollen. Ein so verzweifelter Plan verriet nur, wie wenig Clara auf Lady Denhams Einwilligung zu dieser von ihr beabsichtigten Verbindung hoffen konnte – während sie offenbar nicht das leiseste Bedenken gegen eine Verlobung zwischen Sidney und Clara hatte.

Hätte Charlotte nichts von Claras Vorhaben gewußt, wäre sie

vielleicht geneigt gewesen, mit Lady Denham und den Misses Parker einer Meinung zu sein. Nichtsdestoweniger war sie überzeugt, daß ein gewisser Kontakt – irgendeine geheime Übereinkunft – zwischen Sidney und Clara existieren *mußte*. Daß ihnen beiden anscheinend gleich viel daran lag, Lady Denham zu überreden, Claras Kusine Elizabeth nach Sanditon House einzuladen, stand für sie fest. Sollte Sidney Clara vielleicht seine Unterstützung in diesem Bestreben nur aus Dankbarkeit für ihre Mithilfe in Bezug auf Henry Brudenall versprochen haben?

Es war ein Thema, das unablässiger Überlegung bedurfte, die doch immer fruchtlos sein mußte. Und Charlotte beschloß energisch, an etwas anderes zu denken, während sie unter Mrs. Parkers Anleitung mit ihren Arbeiten fortfuhr. Die Gleichförmigkeit dieser Arbeit und das Entspannende, Sporadische der Unterhaltung, die sie begleitete, gefielen ihr.

»Diese neue Dahlienart kommt aus Chile, höre ich – oder war es Peru? Nächstes Jahr werde ich sie dann schon früher, aus Ablegern, züchten können.«

»Ja, bestimmt.«

»Ich bin ja so froh über meine Fuchsien. Wie kräftig sie schon aussehen. Diese vielen Knospen! Seien Sie nur vorsichtig, wenn Sie die Blätter hochheben.«

»Ja, natürlich.«

Doch Charlotte war kaum darüber hinausgekommen zu konstatieren, daß schon in der Sanditoner Luft allein etwas liegen müsse, wodurch jedermanns Verhalten – früher oder später – von einer wilden, zwanghaften Leidenschaft diktiert und von den andern ignoriert wurde, weil jeder völlig von seinen eigenen Problemen in Anspruch genommen war – und hatte kaum die Erde in zwei der neuen Töpfe festgedrückt – als Arthurs pausbäckiges Gesicht um die Treibhaustür herum auftauchte.

»Ach, du bist ja nur mit deinen Pflanzen beschäftigt, wie ich sehe, Mary – da störe ich dich wenigstens nicht weiter«, sagte er und lieferte Charlotte damit ungewollt eine neue Bestätigung für ihre neue Theorie. »Ich wollte nämlich Miss Heywood nur fragen, ob sie nicht mit mir und den Misses Beaufort auf die Seetangsuche gehen möchte.«

»Seetangsuche? Bis jetzt habe ich an diesem Sanditoner Strand überhaupt noch keinen Seetang gesehen.«

»Nicht genügend, um angeschwemmt zu werden«, stimmte Arthur zu, »aber Miss Beaufort meint, daß es möglicherweise drüben bei den Felsen etwas gibt, wenn wir nur nachforschten.«

»Aber was tut man damit? Man sucht, man sammelt und dann, was?«

Diese neueste Strandverrücktheit war Mrs. Parker völlig rätselhaft. »Kann man ihn verpflanzen? Würde er auch woanders wachsen, außer im Meer?«

»Also die Misses Beaufort haben die Absicht, ihn einzurahmen. Und Sir Edward Denham hat versprochen, einige Verse für die Seetangbilder zu verfassen, die sie zu kreieren gedenken. Aber ich würde ihn vorher gern klassifizieren«, erklärte Arthur. »Alles ist bereits abgemacht, und alle warten nur darauf loszugehen. Aber ich muß natürlich ein Extrapaar Schuhe mitnehmen, verstehst du, und einige Handtücher und trockene Socken – weil ich nämlich da hinauswaten soll, falls er unter Wasser ist. Miss Beaufort und Miss Lätitia sind sehr dankbar für alles, aber ich *dachte* doch, da Miss Heywood – na ja, da sie euer Gast ist – und wir doch bereits Freunde sind –«

Charlotte sah, wieviel ihm daran lag. Er suchte Schutz vor dem Enthusiasmus der Misses Beaufort. Ihrer Führung allein überlassen, hätte er sich vielleicht unschwer dazu überreden lassen, sich eine unnütze Erkältung zuzuziehen. Aber mit ihr als Wahrerin seiner Interessen, mit ihr als Garantin, würde er auf dem Ausflug nicht in nutzlose Anstrengungen oder waghalsige Unternehmungen verwickelt, er würde sich einfach wohler fühlen.

»Und ich bin sicher, Miss Heywood wird dich sehr gerne begleiten«, sagte Mrs. Parker verständnisvoll. »Du hast absolut recht, Arthur. Ein sehr vernünftiger Gedanke von dir. Miss Beaufort und Miss Lätitia sind, was ich so gesehen habe, sehr gutartige, reizende Mädchen – wenn auch vielleicht nicht sehr praktisch. Miss Heywood ist genau die Teilnehmerin, die ihr auf eurem Ausflug noch braucht. Und meine Pflanzen gehen ja nicht verloren. Sie kann mir also ebensogut an einem anderen Tag helfen.«
Nur sehr ungern legte Charlotte zum zweitenmal an diesem Morgen ihre Gartenschürze ab und erlaubte Arthur, sie den Hügel hinunter zum Terrace zu geleiten.

23

Ausgerüstet mit einem Arsenal von Utensilien, Sammelkörben, Zeichenpapier, Zeichenstiften, Preßplatten, grünen Augenschirmen und flatternden Schals, fieberten die Misses Beaufort danach, zu ihrer Exkursion aufzubrechen. Doch während sie noch laut ihre Leidenschaft für Seetang proklamierten, zögerten sie gleichzeitig, sich vom Terrace zu entfernen, ohne vorher noch andere Bewunderer, außer Arthur, um sich versammelt zu haben.
Sir Edward Denham, seine Schwester und Miss Brereton standen in einer unentschlossenen Gruppe beieinander und debattierten, ob sie sich ihnen anschließen sollten. Miss Denham schien lieber auf Vorschläge interessanterer Art von den jungen Männern im Hotel warten zu wollen. Miss Brereton äußerte sich überhaupt nicht, und Sir Edward ließ sich überschwenglich wortreich zugunsten der Seetangexkursion aus.
Charlotte, die jetzt wirklich ernsthaft zu verstehen suchte,

wie Clara Brereton sein Werben begünstigen konnte, war entschlossen, Sir Edward mit mehr Wohlwollen zu betrachten, als sie ihm gegenüber in letzter Zeit aufgebracht hatte. Und mit diesem löblichen Vorsatz beteiligte sie sich an seiner Unterhaltung mit seiner Schwester.

»Aber meine liebe Esther«, schloß er gerade, »es besteht keine Gewähr dafür, daß unsere gegenwärtige schwerfällige Konstellation in der Legalisierung deiner Wünsche kulminieren wird. Unsere neuen Freunde scheinen heute ihrem Morgenspaziergang ablehnend gegenüberzustehen. Wir könnten vielleicht sogar entdecken, daß sie uns, wie Burns Highland Mary, im Stich gelassen haben.«

Diese Anspielung hätte gleichfalls und ebenso unsinnig auf Burns Jean, seine Nancy oder seine Bonnie Lesley angewendet werden können, dachte Charlotte. Sie hatte seit langem jeden Versuch aufgegeben, Sir Edwards Zitate zu verstehen, und gab nun widerstrebend auch ihren neuen Vorsatz, *ihn* zu verstehen, auf. Aber da sie bezweifelte, daß Henry Brudenall ohne Sidney Parkers ausdrücklichen Wunsch zum Vorschein kommen würde, hoffte sie, daß etwas in Gang kommen könnte, wenn sie Sir Edward unterstützte.

»Wie ich höre, ist Mr. Parker heute früh geschäftlich nach London gefahren; und Mr. Brudenall dürfte etwas zu tun gefunden haben, was ihn in seinem Zimmer hält.«

Diese Mitteilung hatte nahezu genau die Wirkung, die sie beabsichtigt hatte: Sir Edwards Lächeln wurde strahlender, die Miene seiner Schwester verfinsterte sich noch mehr, und bei den Misses Beaufort breitete sich Enttäuschung aus. Die einzige, die diese allgemeine Verblüffung unberührt ließ, war Clara Brereton.

»Ach ja«, sagte sie gelassen, »als ich Ihnen erzählte, daß Lady Denham zugestimmt hat, meine Kusine Elizabeth einzuladen, einige Wochen ihr Gast zu sein, hatte ich zu erwähnen vergessen, daß Mr. Parker ja unsere Briefe

heute mit nach London genommen hat. Das sollte die notwendigen Reisevorbereitungen beträchtlich beschleunigen.«
Im Ton ihrer Stimme lag eine Zufriedenheit, welche die stille Gelassenheit eines sorgloseren Gemütes verriet und Charlotte überzeugte, daß Miss Brereton ihren kleinen Fieberwahn vom gestrigen Tag überwunden und sich darauf eingestellt hatte, jegliche Entscheidung über eine Flucht mit Sir Edward bis nach der Ankunft ihrer Kusine in Sanditon aufzuschieben.
Während seiner Antwort: »Ganz gewiß. Wir alle sehen Miss Elizabeths Ankunft in unserem Kreise mit Vergnügen entgegen«, schien er anzudeuten, daß er an einem günstigen Ausgang nicht zweifelte.
Für Miss Denham hingegen war das künftige Eintreffen einer zweiten Miss Brereton keineswegs eine Entschädigung für die augenblickliche Abwesenheit eines Sidney Parker, und sie machte ihrem Unmut Luft, indem sie rief –
»Also wenn das so ist, sehe ich keinen Grund, hier am Terrace herumzustehen! Dann können wir auch ebensogut mit Miss Beaufort und Miss Lätitia am Strand entlanglaufen«, und versank darauf in eisiges Schweigen.
Ebenso offensichtlich war Sir Edwards Entzücken bei dem Gedanken an die unerwartete Chance eines Spaziergangs, welche ihm allein das ungestörte Vorrecht – Arthur zählte gar nicht für ihn – über die ganze Schar junger Damen in Sanditon geben würde, bei der ihn selbst Lady Denhams heftigste Winke mit dem Zaunpfahl nicht dazu hatten bringen können, daß Miss Lambe für ihn zählte. Und Miss Brereton als Erster seinen Arm reichend, eilte er mit allen schleunigst vom Terrace davon, bevor sie es sich noch anders überlegen konnten.
Doch Sir Edward hatte Pech. Gerade als sie bei ihrem Abstieg hinunter zum Strand am Hotel vorbeikamen, erschien nicht nur Henry Brudenall allein, sondern in Gesellschaft eines höchst interessanten Fremden, einem so elegant gekleideten jungen Mann, daß es den beiden Misses Beaufort den Atem

verschlug. Diese Erscheinung zu ignorieren, wäre von jeder seiner fünf jungen Damen zuviel verlangt gewesen. Indem er sofort selbst auf Henry Brudenall zuging und ihm eine ganze Reihe völlig überflüssiger Fragen über Sidney Parkers Londoner Reise stellte, tat er sein Möglichstes, um jedes Bekanntmachen zu verhindern, und hoffte vielleicht, daß seine eigene Gesellschaft – wenn er Mr. Brudenall lange genug festhielte und seinen neuen Rivalen lange genug unglücklich stehen ließe – schließlich vorangehen und damit die Gefahrenzone verlassen würde.
Der Fremde ließ sich durch seine Unhöflichkeit nicht im mindesten einschüchtern. Nachdem er die Gruppe vor sich mit einem prüfenden Blick überflogen hatte, trat er gleich auf Charlotte zu, die allein etwas abseits von der Gruppe stand und sich unwillkürlich, trotz innerem Widerstand, köstlich über Sir Edwards taktloses Verhalten amüsierte.
»Henry ist im Augenblick zu sehr beschäftigt, mich Ihnen vorzustellen, so muß ich es wohl selber tun, wie mir scheint«, sagte er mit einem gewinnenden Lächeln. »Reginald Catton, zu Ihren Diensten. Und *Sie* müssen Miss Heywood sein.«
Charlottes Verblüffung war so deutlich auf ihrem Gesicht zu lesen, daß er herzlich darüber lachen mußte.
»Oh! Es ist mir ganz leicht gefallen, Sie unter allen andern herauszufinden. Ich bin erst sehr spät gestern abend angekommen – nicht zu spät für Sidney indessen, um mir schnell noch eine genaue Beschreibung von Ihnen zu geben. Wir haben bis Mitternacht zusammengesessen, wo er die Sanditoner Persönlichkeiten mit mir durchging und ich bei jedem Parker und Denham gegähnt habe. Aber ich bin doch froh, daß Sidney trotzdem darauf bestanden hat. Denn heute morgen ist er schon in aller Herrgottsfrühe verschwunden gewesen, so daß ich ihn gar nicht mehr gesehen habe. Ich selbst war nie dafür, so früh aufzustehen.«
Charlottes Freude darüber, daß Sidney es sich hatte angelegen sein lassen, sie seinem Freunde zu beschreiben, überstieg

bei weitem ihre Überraschung, sich als eine Persönlichkeit Sanditons betrachtet zu sehen. Sie hätte brennend gern erfahren, welcher Art diese Beschreibung gewesen war; und da sie es für unwahrscheinlich hielt, daß Mr. Catton von sich aus mehr darüber berichten würde, bemühte sie sich eifrig, ihn auf dieses Thema zurückzubringen, indem sie lächelnd sagte –

»Ich hoffe nur, daß Mr. Parkers Beschreibung nicht allzu unvorteilhaft war?«

»Unvorteilhaft? Nein, im Gegenteil! Wie sollte sie auch? Ich würde sie Ihnen bestimmt wörtlich wiederholen, wenn ich mich nur im einzelnen daran erinnern könnte«, sagte er freimütig. Und es fiel ihr auf, daß er viel von der Ungezwungenheit seines Freundes, aber nicht dessen lebendigen Geist besaß. Er schien sich mit aller Gewalt an etwas erinnern zu wollen, zuckte aber dann die Achseln und gab es auf. »Der Teil, an den ich mich genau erinnere, und weswegen ich auch gleich auf Sie zukam – die einzige Bemerkung, die ich im Gedächtnis behalten habe – ist etwas, was Sidney über ›lächelnde graue Augen‹ sagte.«

Dieses kleine Kompliment mußte ihr unfehlbar gefallen. Daß Sidney eine solche Äußerung getan haben sollte, ohne im mindesten daran zu denken, daß sie ihr hinterbracht werden könnte, war ein viel größerer Freudenquell für sie als irgendeins der Komplimente, die er ihr persönlich gemacht hatte. Und obgleich es aufreizend war zu wissen, daß da noch viele Einzelheiten in Mr. Cattons Unterbewußtsein schlummerten, war Charlotte schon sehr froh, diesen einen Tribut aus ihm herausbekommen zu haben, und bereit, das Gespräch seinen eigenen Interessen zuzuwenden.

»Ihre Rückkehr nach Sanditon scheint völlig überraschend? Haben Sie sich ganz plötzlich entschlossen, Ihre Freunde zu besuchen?«

»Plötzlich allerdings«, bestätigte er. »Aber es war kaum meine eigene Idee. Sidney hat den Stallburschen seines Bruders zu mir nach Brighton geschickt, um mich hierher zu beordern. Er wollte, daß jemand Henry Gesellschaft leiste, solange er in London ist.«

»Den Stallburschen seines Bruders? Parsons?«

»Ja, so heißt der Bursche. Kam gestern zu mir.«

Charlotte machte große Augen. Es fiel ihr schwer, diese neue Information mit irgendeiner vorangegangenen Erklärung für Sidneys Dispositionen auf der Fahrt nach Brinshore in Übereinstimmung zu bringen. In seiner persönlichen Erklärung dafür – vielmehr in den verschiedenen Versionen, mit denen er nacheinander aufgewartet hatte – war nie eine Andeutung dieser neuen Evidenz enthalten gewesen. Sie selbst hatte seine erste und sehr schmeichelhafte Entschuldigung, daß er sich ihre Gesellschaft für die Fahrt sichern wollte, nie geglaubt. Seiner Versicherung, nur von dem Wunsch beseelt zu sein, daß Henry den Hochzeitstag seiner Kusine so leicht wie möglich überstehe, hatte sie *fast* geglaubt. Und sie hatte das Vorhaben, Miss Brereton in das Komplott mit einzubeziehen, als typisches Beispiel für Sidneys rücksichtslose Leichtfertigkeit hingestellt. Selbst Lady Denhams Beitrag zu den Dispositionen dieses Tages hatte sie nur als schmückendes Beiwerk für seine eigenen Pläne betrachtet – ein zusätzlicher Trick, den Sidney seinem Hauptinteresse einzuverleiben durchaus imstande war.

Jetzt jedoch sah es so aus, als könne die ganze Angelegenheit eine viel einfachere Erklärung finden, und daß er eine ganze Serie unwahrscheinlicher und sogar widersprüchlicher Geschichten erfunden hatte, mit keinem wichtigeren Ziel vor Augen, als einen Wagen freizubekommen, um ihn mit einer Botschaft nach Brighton zu schicken! Und Charlotte begann sich zu fragen, ob nicht überhaupt in dem Ganzen noch mehr Unaufrichtigkeit steckte.

Rückblickend stellte der Tag in Brinshore ihre Beobachtungsgabe auf eine ausnehmend harte Probe. Je mehr sie darüber hörte, umso mehr oder weniger war sie imstande, sich ein Bild zu machen. Bis auf ganz ungewöhnliche und beglückende Momente in Szenen, an denen sie selber persönlich beteiligt gewesen war, und die sie noch lebhaft in Erinnerung hatte, verblaßte alles übrige der Exkursion zu schnell, um noch irgendeinen Sinn für sie zu haben. Plötzlich sah sie Sidneys Gesicht mit seinem übermütig-ironischen Ausdruck vor sich: »Nun, Miss Heywood, das war wohl ein prachtvoller Tag für Sie! Soviele Gelegenheiten, Menschen zu beobachten, wie Sie es sich nicht besser wünschen konnten.« Aber ihre eigenen Gedanken und Gefühle hatten sie in Brinshore zu sehr beschäftigt und aufgewühlt, als daß sie Sinn dafür gehabt hätte, wirklich von andern Notiz zu nehmen, oder alle die verschiedenen und einzelnen Ereignisse zu koordinieren. Sie schämte sich ihres Versäumnisses sehr. Daß sie, die so stolz auf ihre Beobachtungsgabe war, einen ganzen Tag so blind gewesen sein sollte – noch zumal ein Tag, an dem anscheinend so viel geschehen war. Wie beschämend festzustellen, daß Sidney Parker die Macht hatte, Vernunft und Denkvermögen so weit aus ihrem Hirn zu vertreiben, daß ihre eigenen, so sehr geschätzten Fähigkeiten vollkommen wertlos wurden! Sie war entschlossen, noch eine Nacht wachzuliegen, um den ganzen Tag in Brinshore noch einmal zu überdenken. Im Augenblick hielt sie es für besser, sich darauf zu konzentrieren, irgendwie herauszufinden, welche Rolle Reginald Catton in dem Ganzen spielte.

»Es ist doch sehr merkwürdig, wissen Sie“, sagte sie zögernd, »aber Mr. Parker hat einen ganz anderen Grund dafür angegeben, als er Parsons gestern mit dem Wagen weggeschickt hat.“

»So, hat er das? Ach, wissen Sie, es gibt doch keinen, der es so verstände wie Sidney, Komplikationen zu erfinden und für andere alles so verwirrend zu machen, wie nur möglich«, sagte Mr. Catton und lachte sehr viel mehr darüber, als Charlotte es in Anbetracht eines so sonderbaren Verhaltens für angebracht hielt. »Außerdem hat er immer Dutzende von

Gründen für alles, was er tut. Ich bezweifle sogar, daß er überhaupt imstande ist, sich nur *einer* Sache aufs Mal zu widmen! Oh! Auf etwas können Sie sich verlassen: Sidney tanzt immer mindestens auf vier Hochzeiten zugleich, hat immer drei Eisen im Feuer und noch ebensoviele in petto.«

Charlotte fand, daß dieses Gemisch von Metaphern, wie auch Mr. Cattons erneutes Gelächter, doch recht übertrieben war – indem es jede offene Erklärung einfach abschnitt; aber sie fuhr unbeirrt mit ihrer Interpellation fort.

»Außerdem ist es doch auch sehr merkwürdig, daß Mr. Parker gestern keinem von uns gegenüber etwas von Ihrem Kommen erwähnt hat.«

»Ach, da war er vielleicht noch unsicher, ob ich tatsächlich kommen würde«, gestand er ganz freimütig. »Er wirft mir immer vor, ich sei unzuverlässig. Aber ich habe ihm versprochen, mich um Henry zu kümmern ohne Rücksicht auf Unbequemlichkeiten. Und nicht viele von Sidneys Freunden würden es ablehnen, ihm einen Gefallen zu tun, wenn er darum bittet. Nun bin ich hier. Muß die Pferde in Trab halten.«

»Die Pferde?« fragte Charlotte völlig verdutzt.

»Ja, natürlich, die Pferde – müssen im Trab gehalten werden – das sagt man so, wissen Sie«, erklärte Mr. Catton mit einer komisch beunruhigten Miene, die er aber schnell unterdrückte, indem er noch unbändiger zu lachen begann. »Haben Sie diesen Ausdruck denn nie von Sidney gehört?«

»In der Tat nicht. Was bedeutet er?«

»Bedeuten? Ach, eigentlich gar nichts Besonderes. Nur so eine Redensart, die wir gebrauchen – für junge Leute in Henrys Lage, verstehen Sie?«

»Ach so. Aber –«

Hier wurden sie durch Henry selbst unterbrochen, dessen Nahen Mr. Catton mit offensichtlicher Erleichterung begrüßte. Sir Edward hatte schon eine ganze Weile mit zunehmendem Kummer beobachtet, daß der Fremde es für ihn

unmöglich machte, seine Eingliederung in die Gruppe aufzuhalten, und hatte es resigniert Henry überlassen, ihn allen vorzustellen und seiner Schwester, Miss Brereton und den Beaufortschwestern ihren Anteil an diesen impertinenten Artigkeiten zu verschaffen.
Doch als sie wenige Minuten später wieder weitergingen, benutzte Reginald Catton die erstbeste Gelegenheit, um sich Charlotte wieder anzuschließen, und ließ fast augenblicklich eine Reihe höchst indiskreter Bemerkungen fallen.
»Das war also Miss Denham! Gefährliche Person – Sidney hat mich gewarnt. Er meinte, von anderer Seite liefe ich sonst keinerlei Gefahr – die beiden Misses Beaufort könne ich leicht dirigieren – aber diese Miss Denham würde mich nicht mehr aus ihren Klauen lassen, sobald sie meinen Landauer gesehen hätte. Ich habe dem Stallburschen aufgetragen, ihn ganz hinten in der Remise unterzubringen.«
Charlotte fand das alles sehr amüsant. Reginalds Konversationsstil hatte eine entfernte Ähnlichkeit mit dem Sidneys und erinnerte sie an den ersten Abend, den sie in seiner Gesellschaft verbracht hatte – an die unverblümten und unbekümmerten Bemerkungen über seine ganze Familie und an ihre Verlegenheit, als sie versucht hatte, entsprechend darauf zu antworten. Aber sie merkte plötzlich, daß eine kurze Zeit in Sidneys Gesellschaft Konsequenzen hatte, die darin zum Ausdruck kamen, daß sie nicht einmal mehr den Versuch machte, seinen Freund mißbilligend anzusehen. Und obgleich sie irgendwie immer noch glaubte, daß sie ihm eigentlich eine Rüge hätte erteilen sollen, mußte sie stattdessen einfach laut über ihn lachen, was ihn bewog, sie außerordentlich erfreut zu betrachten.
»Ich sehe schon, Miss Heywood, wir werden großartig miteinander auskommen. Ich bin überzeugt, Sie verstehen meine Lage. Sehr glücklich, natürlich, Henry zu Diensten zu sein, aber ich sitze hier in Sanditon, bis Sidney zurückkommt – und was ich zu meinem eigenen Vergnügen tun werde, ist mir

vollkommen schleierhaft. Darum müssen Sie mich wissen lassen, wann immer ich Ihnen je in einer irgendwie delikaten Angelegenheit, die Sie beschäftigt, helfen kann. Ich wäre glücklich, Ihnen bei deren Durchführung behilflich zu sein – nicht, daß ich Sidneys Finesse hätte, aber ich werde mein Möglichstes tun.«

Charlotte wußte nicht recht, was sie aus dieser Rede machen sollte, und konnte nur annehmen, daß er sie insofern mit Sidney identifizierte, als er sie für eine Person zu halten schien, die ihr Vergnügen darin fand, ihren ganzen Bekanntenkreis in Komplikationen irgendwelcher Art zu verwikkeln.

»Wie lange gedenken Sie denn in Sanditon zu bleiben?« erkundigte sie sich.

»Wie lange? Nun, das kommt ganz darauf an. Sidney sagte, es sei noch nicht einmal sicher, wann Henrys Schiff nach Bengalen abfährt.«

»Aber plant denn Mr. Brudenall, solange in Sanditon zu bleiben? Ich habe geglaubt, er würde jetzt sehr bald nach London zurückkehren, nachdem doch die Hochzeit seiner Kusine vorüber ist.«

»Die Hochzeit seiner Kusine? Aber –« Er hielt inne, und sein Gesicht verriet eine solche Verlegenheit, daß Charlotte eilends hinzufügte: »Mit *mir* können sie ruhig darüber sprechen. Ich weiß, Mr. Brudenall wollte nicht, daß das genaue Datum der Hochzeit allgemein bekannt würde, aber Mr. Parker hat es mir gestern gesagt.«

»Hat er das? Ach, was soll ich dazu sagen –« Reginald lachte von neuem und zog sich dann sehr geschickt aus der Affäre: »Wissen Sie, es ist unglaublich schwierig für mich, genau festzustellen, wem Sidney was erzählt hat.«

»Ich habe keine Ahnung, wieviel er andern erzählt haben mag«, sagte Charlotte. »Aber soviel ich weiß, hat er die gestrige Hochzeit nur mir und Miss Brereton gegenüber erwähnt.«

»Ach ja, natürlich, Miss Brereton. Von *ihr* hat Sidney mir erzählt«, bestätigte Reginald. »Und ich war vielleicht schon ein wenig müde, als er alles andere erklärte. Oder besser gesagt: ich war zu eifrig bemüht, ihn dazu zu bringen, mir zuzuhören. Sie wissen ja, wie das mit Sidney ist – nicht die geringste Notiz hat er gestern von meinen Protesten genommen. Es ist immer daselbe. Wenn er etwas ganz Bestimmtes im Sinn hat, geht er rücksichtslos vor – kümmert sich nicht um Verabredungen – weder um seine eigenen, noch um die anderer. Ich meine nur, es kam mir verflixt ungelegen. Zwei Parties abgesagt – aber er tut das als Lappalien mit einer Handbewegung ab. Seine Freunde müssen nach seiner Pfeife tanzen, darin ist er ganz groß.«
»Ja«, bestätigte Charlotte. »Er dirigiert Menschen. Er ist –«
»Oh! – berühmt dafür«, unterbrach Reginald launig. »Behauptet natürlich immer, er tue es nur zu unserem Besten. Und in diesem Fall ist es Henrys, sagt er. Aber ich habe gestern abend noch zu ihm gesagt – nachdem er aufgehört hatte, mich vor all diesen komischen Leuten hier und den peinlichen Situationen zu warnen, in die ich geraten könnte – ich sagte zu ihm, es müsse ja mit dem Teufel zugehen, wenn ich eine ganze Woche in Sanditon sein sollte, ohne in Schwierigkeiten zu geraten. ›Oh, du kannst vollkommen beruhigt sein, Reginald‹, sagte er, ›halt dich an meine Freundin, Miss Heywood, dann kann dir gar nichts passieren.‹ Das waren genau seine Worte.«
Charlotte war glücklich, diese Worte zu hören, die dieser andere Mund ihr wiederholte, und spürte doch gleichzeitig auch etwas Herabminderndes in ihnen. Wie konnte Sidney so überzeugt sein, daß er in ihrer Gesellschaft sicherer sei als in irgendeiner anderen? Er neigte eindeutig zu Indiskretionen – was sie bereits nachsichtig hingenommen hatte. Oder war da noch etwas anderes, das er und Sidney zu verheimlichen suchten? Etwas, was sie ihrer Meinung nach übersehen oder verzeihen würde? Wiederum hatte sie das fatale Gefühl, eine

weitaus weniger scharfe Beobachterin zu sein, als sie immer gemeint hatte. Aber daß Sidney sie seinem Freunde so ohne jede Bedenken empfohlen hatte, erfüllte sie mit einer glühenden Befriedigung, daß sie schon fast versucht war, jede andere Deutung außer acht zu lassen und sich darauf einzustellen, es als Kompliment so hoch zu werten, wie ihre »lächelnden grauen Augen«.

Diese indirekten und unbewußten kleinen Huldigungen, die Reginald ab und zu einflocht, bewirkten, daß Charlotte seiner Unterhaltung mit einer Konzentration folgte, die sie an sich kaum verdiente. Er schien entschlossen, sie zu seiner Vertrauten zu machen, und plauderte munter drauflos, ohne je eine Antwort zu erwarten. Aber es war unvermeidlich, daß seine Unterhaltung sich größtenteils um Sidney drehte. Er hielt es für selbstverständlich, daß der Besitz dieses gemeinsamen Freundes ein ewiges Band der Sympathie zwischen ihnen bildete.

»Ich begreife natürlich schon, daß Sidney selbst nach London mußte. Vielbeschäftigter Bursche. Drei dringende Komiteesitzungen, sagte er, und es wäre ihm wohl kaum gelungen, mich auch dahin zu kommandieren. Ich hätte kein Wort von Gas, Beleuchtung und Kohle verstanden.«

»Gas, Beleuchtung und Kohle?«

»Oh, mein Gott, ja! Hat er das Ihnen gegenüber nie erwähnt? Nun, Sie haben vielleicht kein Geld zu investieren – mich versucht er jedenfalls ständig zu überreden, meins darin anzulegen. ›London mit Gaslicht beleuchten, Reginald‹, sagt er, ›ist ein Unternehmen, das zu unterstützen du stolz sein solltest.‹ Ich habe ihm erzählt, ich hätte in verschiedenen Zeitungen gelesen, daß es den Tranhandel kaputtmachen würde, und das hieße auch die Walfänger, die Seiler, die Segelmacher und die Mastbaumhersteller – eine Zeitung, die ich las, prophezeihte tatsächlich den völligen Zusammenbruch der Britischen Marine als Folge der Einführung von Gaslicht. Aber wissen Sie, was Sidney sagte? Er sagte, seine

Gesellschaft tue mehr zur Verhinderung von Verbrechen als sonst eine in England seit der Regierung Alfreds des Großen. Oh, Sidney hat ausgezeichnete Argumente für alles zur Verfügung, was er bei einem durchsetzen möchte – aber für mich ist oft ein zu großes Risiko damit verbunden, um ihm zuzustimmen.«

»Demnach hält also Mr. Parker nichts von Vorsicht?«

»Sidney – vorsichtig? Ganz gewiß nicht! Ich erinnere mich, daß er einmal zu mir sagte: ›Reginald‹, sagte er, ›wir leben in einem dynamischen Zeitalter. Diejenigen von uns, wie du, die sich damit zufriedengeben, auf ihrem Kapital sitzen zu bleiben, werden es nur verlieren. Hektische Jahre stehen uns bevor, und wir müssen alle lernen, mit ihnen Schritt zu halten.‹ Damals hat er mich zu überzeugen versucht, mein Geld in Dampfmaschinen anzulegen. Jetzt aber ist er völlig verrückt mit Gaslicht – kümmert sich überhaupt nicht um das Gespött und die Opposition, die es hervorgerufen hat. Oh, Sidney ist jederzeit bereit, Risiken einzugehen", er hielt inne, um seine Äußerung nochmals zu überprüfen. »Das heißt – allerdings nur *gewisse* Risiken. Weil ich mich nämlich andererseits auch erinnern kann, daß er mir von verschiedenen meiner Lieblingspläne abgeraten hat. Als ich zum Beispiel von den Entwicklungsplänen seines Bruders hier in Sanditon hörte – und es war Sidney selbst, der mir davon erzählt hat –, dachte ich, das wäre das beste Investitionsobjekt. Aber nein, sagt Sidney, warum willst du da dein Geld riskieren? ›Sanditon‹, sagte Sidney, ›ist sogar ein viel zu großes Risiko für *mich*. Also weshalb willst du dich darauf einlassen?‹ Seebäder sind Modesache, sagt er, und Mode ist eine Frage der Attraktion, und wer kann das schon mit Sicherheit voraussagen? Er sagte, sein Bruder mache aus Sanditon ein Hobby und kombiniere Geschäft mit Vergnügen, was für *ihn* eine gute Sache sei, aber eine Investition für einen Außenstehenden sei es eindeutig nicht. Mein Gott, hier rede ich ununterbrochen von Geld und Investitionen, was Sie wahrscheinlich nicht im mindesten interessiert. Unterbrechen Sie mich einfach, wenn es Sie langweilt, was ich sage. Alle meine Freunde tun das auch.«

»Ich langweile mich nicht im mindesten", sagte Charlotte, die so eifrig zugehört hatte, daß sie etliche erwägenswerte Gedankengänge unterdrücken mußte, um zu vermeiden, daß ihr möglicherweise einige von Reginalds Eröffnungen entgehen könnten. Denn obgleich er fraglos ein Schwätzer war und man von ihm normalerweise kaum viel Nützliches und Wissenswertes erwarten würde, hatte er das einzige Gesprächsthema erwischt, welches für sein Publikum im Augenblick von ausschließlichem Interesse war. Mochte es auch hie und da schwierig sein, den Verdrehtheiten und Krümmungen dieses sprunghaften Geistes zu folgen, aber Charlotte fand reichlich Entschädigung in ihrer hingegebenen Aufmerksamkeit und in den vielen Kleinigkeiten, aus denen sie an einem Morgen mehr über Sidneys wahren Charakter erfuhr, als Sidney ihr in einer Woche über sich erzählt hatte.

Wo Sidney auswich und sich lustig machte, plauderte Reginald, sich selbst überlassen und vielleicht nur durch ein, zwei Worte ermuntert, überhaupt alles aus, was er über jeden Gegenstand wußte. Und in dem glücklichen Glauben an seines Freundes überragende Fähigkeiten war er, ohne je darüber nachzudenken, bereit, von ihm dirigiert zu werden. Tatsächlich hegte sie gewisse Zweifel, ob Reginald überhaupt in irgendeiner Beziehung viel nachdachte. Er fing oft Sätze an, die in der Luft hängen blieben, und vieles von dem, was er sagte, war ihr nicht ganz klar. Aber bei den wenigen Gelegenheiten, bei denen sie ihn mit einer bestimmten Frage unterbrach, die ihr vielleicht geholfen hätte, seine Äußerungen besser zu verstehen, nahm sein Gesicht einen abweisenden Ausdruck an, als habe er plötzlich bemerkt, er sage zuviel, brach dann aber gleich darauf in eines seiner schallenden Gelächter aus und wechselte augenblicklich das Thema.

Seine Humorlosigkeit andererseits kam in dem Empörungs-

schrei zum Ausdruck, den er von sich gab, als er hörte, er sei Mitglied einer Seetangsammlergesellschaft geworden.
»Großer Gott! Sind die denn alle übergeschnappt? Wer kommt schon auf die Idee, dieses schleimige Zeug zu sammeln. Das ist doch bestimmt nicht Ihr Ernst, Miss Heywood?«
Sie versicherte ihm, daß zumindest drei der Sammler es vollkommen ernst nähmen, lachte über seine unverhohlene Skepsis und versuchte, seine skandalöse Unverblümtheit etwas zu dämpfen. Doch er hörte nicht auf, das ganze Unternehmen während des ganzen Vormittags durch gelegentliche Sticheleien mit beißendem Spott zu überschütten.
Er lehnte es strikt ab, mit Arthur hinauszuwaten, um den Seetang zu holen, und widerstand zunächst sogar den inständigen Bitten der Misses Beaufort, diesen Seetang zu bewundern. Doch sobald er die größere Gefahr erkannte, Miss Denham zum Opfer zu fallen, wurde er ein enthusiastischeres Mitglied der Gesellschaft. Sie war immer auf dem Sprunge, ihn sich zu schnappen, wenn Arthur Charlotte zu sich rief und sie bat, nach seinen trockenen Handtüchern, Socken und Schuhen zu schauen; und sie wurde nie müde, ihn zu sich auf den »bequemen Felsen« zu locken, den sie entdeckt hatte, während alle andern sich um die Exemplare von Seetang scharten, wie Sanditon sie hervorzubringen und Arthur sie zu finden vermocht hatte.
Doch Reginald hatte genügend Übung in gesellschaftlichen Finessen, um sich Miss Denham, vor der Sidney ihn so gewarnt hatte, immer wieder geschickt zu entziehen. Und Charlotte überhörte des öfteren höchst erheitert, wenn er plötzlich beim Anblick der letzten Spezies und gelegentlichen geringen Effusionen an Seetang im allgemeinen in ein leidenschaftliches Interesse ausbrach, was ihm erlaubte, im Orbit der harmlosen Misses Beaufort zu bleiben.
Gegen Ende des Vormittags war Charlotte fast ausschließlich mit Arthur beschäftigt, dessen Stolz, der einzige Mann zu

sein, der riskiert hatte, nasse Füße zu bekommen, seiner Angst vor der Möglichkeit schlimmer Folgen ungefähr gleichkam. Und Reginald schloß sich dann ganz und gar Miss Lätitia an und stand hinter ihr, während sie merkwürdige und komplizierte, an Seetang erinnernde Gebilde zeichnete. Sie hatte ihre Staffelei im Terrace gelassen, und man hörte sie unausgesetzt über dieses Faktum lamentieren, weil sie beteuerte, ohne Staffelei unmöglich naturgetreue Seetangskizzen machen zu können. Aber Reginald verteidigte galant selbst die mißglücktesten Versuche, indem er überzeugend erklärte, für ihn sähen sie genau wie Seetang aus. Und obgleich ihm sonst niemand beipflichtete, war Miss Lätitia doch so geschmeichelt, daß sie eifrig weiterzeichnete.

Charlotte verargte es Arthur nicht, daß er ihre ganze Aufmerksamkeit in Anspruch nahm; und daß sie ihm seine Handtücher reichte, seine Socken auswrang und ihn für seine Entdeckungen lobte, empfand sie als ein gewisses Äquivalent für das Vertrauen, das er in sie setzte.

Der Morgen hatte so wesentlich zur Erweiterung ihrer Kenntnis von Sidney beigetragen, daß sie vollauf befriedigt davon war – obgleich sie nicht genau wußte, wo sie mit der Katalogisierung von Reginalds bruchstückhaften Informationen beginnen sollte. Die hervorstechendste darunter, welche eine Zeit der Überlegung beanspruchte, war sein empörtes »Sidney – vorsichtig? Ganz gewiß nicht!« Das hatte sie im Gedächtnis behalten, mit Sidneys eigener Bemerkung: »Vorsicht und Miss Heywood passen so gut zusammen.« Aber sie verschob jede Grübelei über dieses Thema, bis sie allein war und alles genau überdenken konnte.

Wie anders erschien jetzt alles in dem, was Sidney betraf! Achtlosigkeit seinen Freunden gegenüber, Leichtfertigkeit, Oberflächlichkeit und Unvorsichtigkeit – sie konnte ihn dessen nicht länger bezichtigen. Und daß er tatsächlich sehr ernsthaft über einige Dinge nachdachte, konnte sie nicht länger bezweifeln. Aber das brachte sie dem Verständnis seines Charakters nicht näher; und nachdem sie Arthur bei seinen Schwestern wieder abgeliefert hatte, freute sie sich darauf, in ihr Zimmer zurückzukommen, das Muschelkästchen auszupacken, Sidneys Brief wieder zu lesen und über alles nachzudenken, was sie an diesem Tage über ihn erfahren hatte.

»Ach, da sind Sie ja!« rief Mr. Parker, der sie gerade auf ihrem Weg nach oben abfing. »Jetzt sollen Sie – und Mary – mir sagen, was Sie von diesem Beitrag über Sanditon halten, den ich zu Papier gebracht habe. Fakten, unwiderlegbare Fakten, was ich hier äußere. Ohne jede Übertreibung. Ich habe gesagt, daß wir eine Reihe prachtvoller Gesellschaftsräume haben, uns aber nicht, wie Brinshore, damit brüsten, vierzehntägige Veranstaltungen haben zu wollen. Denn das glaube ich natürlich nicht, wissen Sie. Sie mögen vielleicht die *Absicht* haben, vierzehntägige Veranstaltungen zu machen, aber ich bin fest überzeugt, sie tun es nicht. Ich hingegen habe nur erklärt, daß wir *gelegentlich* auch Veranstaltungen machen – würden Sie nicht auch sagen, das ist durchaus zulässig? Ich werde übrigens sofort beginnen, eine zu organisieren. Denn solange wir *eine* Veranstaltung organisieren, können wir getrost behaupten, gelegentliche Veranstaltungen durchzuführen. Ich werde mich augenblicklich darum kümmern: herausfinden, mit wie vielen Paaren wir rechnen können, und auch um Eintrittskarten, Kerzen, Stühle, Musik und was sonst noch dazu gehört. Das wird allerdings noch reichlich zu tun geben, aber ich möchte wetten, daß wir sehr schnell damit vorankommen. Ich werde also an Sidney schreiben, daß wir dabei sind, eine unserer gelegentlichen Veranstaltungen durchzuführen! Veranstaltungen! *Das* wird ihn sehr schnell wieder nach Sanditon bringen. Sidney kann nie einem Vergnügen widerstehen, das sich bietet – dieser Windhund! Wie ist es – hätten Sie Zeit, meine Notizen über Sanditon jetzt zu lesen? Ich kann sie in einer Sekunde aus dem Arbeitszimmer holen. Ach nein – vielleicht gebe ich sie doch lieber erst Mary

zu lesen. Eine viel bessere Idee, wenn ich es recht überlege. Sie ist schon den ganzen Tag drüben in diesem Treibhaus und wartet doch bestimmt auf eine Gelegenheit herauszukommen. Ich werde hinübergehen und sie erst einmal aus ihrer Eintönigkeit erlösen.«
Und mit dieser glücklichen Absicht ging er hinaus, um seine vollkommen zufriedene Gattin zu stören, und ließ Charlotte mit dem Entschluß zurück, sich nie wieder auf sein Urteil zu verlassen, selbst wo es die Interessen seiner eigenen Familie betraf.

24

Kaum hatte Mr. Parker seinen impulsiven Entschluß gefaßt, einen geselligen Abend zu veranstalten, verscheuchte seine Ungeduld seine eigenen früheren Argumente – und die von anderen wurden nicht einmal zur Kenntnis genommen. Bis er sich an diesem Abend zum Essen niedersetzte, hatte er bereits das endgültige Datum auf Donnerstag, den 27. August, festgesetzt und hatte voller Unternehmungslust und ansteckender Begeisterung im Geiste schon die Musiker engagiert, die Kerzen bestellt, Extrastühle gemietet und die annähernden Kosten für das Abendessen kalkuliert.
Auf die Einwände seiner Gattin, daß sie keine Zeit habe, einen geselligen Abend zu arrangieren, daß die Teilnehmerzahl in Sanditon viel zu klein sei und daß eine Woche nicht ausreiche, um alle notwendigen Vorbereitungen zu erledigen, ging er gar nicht ein.
»Also jetzt redest du Unsinn, meine Teure. Wenn man etwas vierzehn Tage vorher plant, braucht man vierzehn Tage dazu. Wenn man nur eine Woche zur Verfügung hat, dann genügt auch das immer. Solche Kleinigkeiten, wie Geschirr und

Kartentische – was ist das schon? Alles sehr schnell erledigt, wenn du dich richtig dahinter machst. Und außerdem, meine teure Mary – hast du denn vergessen, daß wir im Augenblick Diana bei uns haben? Du brauchst doch Diana nur zu fragen, und sie wird dir mit Rat und Tat zur Seite stehen, soviel du brauchst.«

Wäre Mrs. Parker daran interessiert gewesen, den geselligen Abend selbst zu organisieren, hätte sie Schwierigkeiten gehabt, ihre Schwägerin zurückzuhalten, ihr mit viel mehr Rat und Hilfe zur Seite zu stehen, als ihr lieb gewesen wäre. Aber da ihr viel mehr daran gelegen war, ihren eigenen Haushalt mustergültig zu führen und am nächsten Morgen ungestört wieder in ihrem Treibhaus zu arbeiten, hatte sie Dianas eifriges Angebot, alle Verantwortung für die Organisation des geselligen Abends zu übernehmen, angenommen.

Wenn sie überhaupt eine Spur von Eitelkeit habe, erklärte Miss Diana selbstgefällig, dann höchstens insofern, als sie ihrer Überzeugung nach wisse, wie man eine so groß angelegte Veranstaltung wie diese organisiere und wie man Leute erfolgreich beaufsichtige. Alle seien stets bereit, unter ihrer Leitung zu arbeiten. Hausangestellte – ihre eigenen und auch die anderer Leute – seien ihr immer treu ergeben. Selbst aus einem so enttäuschenden Material wie ihrer Sally könnte unter ihrer Führung noch ein gutes Dienstmädchen werden. Und das Organisieren einer Veranstaltung sei natürlich nichts weiter als eine Steigerung im Ausmaß jener Regeln, welche die gut organisierte Führung eines Haushalts bestimmten. Es erfordere nur einen klaren Verstand, die Fähigkeit, leichtverständliche, präzise Befehle zu erteilen, und den uneigennützigen, großen Energieaufwand, dafür zu sorgen, daß sie ausgeführt würden. Mrs. Parker brauche sich gar nicht stören zu lassen und zu versuchen, sich diese so unerläßlichen Fähigkeiten innerhalb einer Woche anzueignen, wenn sie, Miss Diana, sie doch bereits besitze. Sie wäre überglücklich, ihnen allen dienlich zu sein. Und demzufolge war Miss Diana dann auch sehr bald damit beschäftigt, zwischen dem Terrace und den Gesellschaftsräumen des Hotels hin und her zu eilen, mühsam den Hügel nach Trafalgar House zu erklimmen, um ihren Bruder wegen jeder Lappalie zu konsultieren, und die Woodcocks und ihre Angestellten durcheinanderzubringen, indem sie Leute zum Fensterputzen, Lüsterreinigen und Fußbodenpolieren abkommandierte, die sie bereits anderswo mit unnützen Aufträgen eingesetzt hatte.

Bei diesem ständigen Gerede über Daten und Pläne kam Charlotte langsam zu der Überzeugung, daß auch sie Pläne für ihre Rückkehr nach Willingden machen sollte. Davon war bisher nie die Rede gewesen – auch war die Dauer ihrer Badeferien nie vereinbart worden. Aber da Charlotte an dem für die Veranstaltung festgesetzten Tage schon einen vollen Monat in Sanditon gewesen wäre, hielt sie ihn für einen günstigen Zeitpunkt, um das Thema ihrer Heimreise mit ihren liebenswürdigen Gastgebern zu erörtern.

Die Eröffnung wurde mit allen Zeichen des Interesses und der Großzügigkeit aufgenommen, wie Charlotte es nach allem nicht anders von ihnen erwartet hatte. Aber wolle sie sie denn tatsächlich so bald schon verlassen? Sie hätten gehofft, sie würde den ganzen Sommer über bei ihnen bleiben. Sie könne doch nicht im Ernst eine so frühe Abreise ins Auge fassen. Charlotte dankte ihnen wärmstens, beharrte indessen auf ihrem Entschluß. Vielleicht brauche man sich nicht unbedingt an ein festes Datum zu klammern, aber gewisse Dinge müßten schließlich geregelt werden. So müsse sie ihrem Vater schreiben, um einen passenden Tag zu verabreden, wann die Heywoodkutsche sie in Hailsham abholen könne. Und obgleich Mr. Parker protestierte, sie könne doch jederzeit, wann immer sie wolle – und wann immer sie am Morgen »mit Heimweh erwache« – den ganzen Weg in seiner Kutsche zurückgebracht werden, bestand sie lächelnd darauf, ihre Eltern entsprechend zu benachrichtigen und ihre Heimkehr frühzeitig zu planen.

Nur in einem Punkt schwankte sie – sie ließ sich schließlich doch überreden, daß man alles doch auch »nach dem geselligen Abend« noch besprechen könne. Jetzt gebe es zuviel anderes zu überlegen, behauptete Mr. Parker. Diana, zum Beispiel, ließ sich durch solche Absichten nicht beunruhigen. Diana erklärte ununterbrochen, Miss Heywood sei die größte Hilfe in ihrer gesamten kleinen Equipe. Oh, nein, Diana könne sie einfach nicht entbehren.
Tatsächlich hatte Charlotte während der beiden letzten Tage viele wichtige Botschaften für Miss Diana überbracht und war so oft von ihr gerufen worden, daß man es den Parkers nicht verübeln konnte, wenn sie annahmen, sie gehe vollkommen in all den hektischen Aktivitäten ihrer Schwester auf. Aber sie hatte auch tatsächlich den größten Teil dieser beiden Tage damit verbracht, im Salon von Nummer Vier zu sitzen und buchstäblich nichts zu tun, als auf Miss Dianas Rückkunft mit neuen Botschaften zu warten.
Sie war dort sehr freundlich von Miss Parker empfangen worden, welche sie seit der Brinshore-Exkursion irgendwie ins Herz geschlossen hatte, wo sie durch ihre ruhige Geistesgegenwart Miss Parkers besondere Aufmerksamkeit erregte. Und obgleich sie außer der Episode mit dem Bienenstich kaum etwas miteinander gemein hatten, wurde Miss Parker nie müde, darüber zu reden. Sie blickte jetzt mit äußerster Befriedigung auf den Zwischenfall zurück, ganz stolz auf die Bedeutung, die er ihr verliehen hatte. Es war doch wirklich höchst sonderbar, daß von allen Menschen und allen Bienen an diesem Tag in Brinshore gerade sie für eine so deutliche Auszeichnung ausersehen worden war.
Charlotte hörte immer ganz geduldig zu, wenn sie wiederholt und mit allen Einzelheiten die wechselnden Schmerzstadien schilderte, die sie während des Geschehens, vom Stich der Biene an bis zu ihrer Heilung davon, erduldet hatte. Miss Parker würde niemals die qualvollen Stunden auf dem Sofa und die nervösen Krampfzustände vergessen, unter denen sie

gelitten hätte. Und obgleich sie es nie unterließ, Miss Heywoods großartige Hilfeleistung während dieses Zwischenfalls zu erwähnen, war doch klar, daß ihr Bewußtsein hauptsächlich von einem Gefühl ihrer eigenen Heldenhaftigkeit angesichts einer so akuten Krisensituation erfüllt war.

Durch das Fenster von Nummer Vier fiel Charlottes Blick gelegentlich auf die gewohnte Morgengesellschaft, welche sich beim Terrace versammelte, um den täglichen Spaziergang an der Küste entlang zu machen. Aber es machte ihr gar nichts aus, nicht daran teilnehmen zu können.

Die Misses Beaufort beglückwünschten sich zweifellos des öfteren zu dem Erfolg, dessen sie sich mit ihren Seetangexkursionen erfreuten. Arthur blieb ihr einziger ernsthafter Proselyt in ihrer Sammelmanie. Aber auch Reginald Catton und Henry Brudenall waren schließlich, in Ermangelung einer besseren Beschäftigung, reguläre Mitglieder der Gesellschaft geworden. Clara Brereton betrachtete diese organisierten Zusammenkünfte unverkennbar als einen ausgezeichneten Vorwand, regelmäßig aus Sanditon House wegzukommen. Sir Edward hielt die Misses Beaufort noch weiter mit seinen versprochenen Versen hin und benutzte sie als Grund für seine täglichen Zusammenkünfte mit Miss Brereton. Seine Schwester begleitete ihn stets, obgleich Charlotte sich oft wunderte, womit sie ihre fortgesetzte Präsens wohl rechtfertigen könnte, nachdem sie doch einen so offensichtlichen Abscheu vor Seetang bekundet hatte, immer nur auf ihrem bequemen Felsen saß und nie aktiv an den Vorgängen teilnahm. Miss Denham wäre kaum in der Lage gewesen, irgend jemandem ihren eigentlichen Beweggrund klarzumachen: ob es ihr darum ging, ihre Bekanntschaft mit den Gästen vom Hotel aus egoistischen Gründen voranzutreiben, oder um ein wachsames Auge auf ihres Bruders Benehmen Miss Brereton gegenüber zu behalten.

Welche Fortschritte letztere Affäre machte, konnte Charlotte nur aus der Entfernung mutmaßen. Von ihrem günstigen

Beobachtungsposten am Fenster aus hatte sie einmal bemerkt, wie Sir Edward versuchte, Miss Clara von der Hauptgruppe zu trennen, und hätte das energische Kopfschütteln, das er bei diesem Anlaß geerntet hatte, gern für gravierender gehalten als das verbindliche Lächeln, das er zu anderen Zeiten erntete.

Es gab für Charlotte auch noch mehr Anlässe zu Gedanken spekulationen, während sie so dasaß und Miss Parkers erschöpfendem Bericht über ihre Eindrücke von Brinshore zuhörte. Dabei versuchte sie sich vorzustellen, wie grundverschieden jeder Teilnehmer den Tag dieses Besuches rückblikkend bewerten würde. Für Henry Brudenall war es der Hochzeitstag seiner Kusine gewesen, für Arthur und die Misses Beaufort der ihrer Entdeckung des Seetangs, für Clara Brereton ein Tag unseliger Unentschlossenheit, der mit Lady Denhams Einladung ihrer Kusine geendet hatte, die ihr vielleicht einen vernünftigen Rat geben könnte. Für Sir Edward wahrscheinlich ein Tag der Enttäuschung, nachdem Clara ihre Entführung aufgeschoben hatte, was er ihr jetzt noch einmal dringend zu bedenken gab. Für Sidney Parker war er eindeutig eine Gelegenheit gewesen, sein Organisationstalent unter Beweis zu stellen und die Leute zu düpieren und zum Narren zu halten, und für die Misses Parker hatte er dieses denkwürdige Abenteuer mit dem Bienenstich mit sich gebracht. Und für sie selber? Für sie war es ein unvergeßlicher Tag gewesen, an dem sie vor Probleme gestellt worden war, deren Vorhandensein sie stets abgeleugnet hatte. Sie hatte gegen Gefühle angekämpft, welche sie gar nicht zu besitzen glaubte.

Es war so geruhsam, mit Miss Parker zusammenzusitzen und diese Brinshore-Erinnerungen zu vergleichen, und Charlotte war im Grunde auch niemals böse, wenn sie bei ihrer Ankunft in Nummer Vier erfuhr, daß Miss Diana wegen einer noch dringenderen Angelegenheit hätte fortgehen müssen und die Nachricht für sie hinterlassen habe, nur »ein paar Minuten«

zu warten – die sich dann ausnahmslos den halben Vormittag hinzogen.
Es war schon der dritte Morgen, daß sie wieder dorthin unterwegs war, in Begleitung von Arthur, der Miss Dianas jüngste Nachricht in Trafalgar House überbracht hatte, als sie plötzlich Miss Lambes blasses Gesicht erblickte, das versonnen aus einem zur Hälfte geöffneten Fenster des Eckhauses schaute. Ein Lächeln und ein Winken im Vorübergehen hätten genügt; aber Charlotte, die Miss Lambe seit ihrem Tag in Brinshore nicht mehr gesehen hatte, war zufällig Zeuge einiger beiläufiger Bemerkungen der Misses Beaufort gewesen, daß »die arme Adela durch die viele Reiserei ziemlich erledigt sei«, und »ihre Migränen sind ja etwas ganz Abscheuliches, weißt du – schon die kleinste Anstrengung scheint sie auszulösen.« Wenngleich sie sonst gezögert hätte, ihr einen Besuch zu machen und Mrs. Griffiths der Unbequemlichkeit auszusetzen, sie unterhalten zu müssen, war sie jetzt, da die Gelegenheit sich bot, entschlossen, sich genau zu erkundigen. Und als sie unter dem Fenster stehenblieb und einen fröhlichen Gruß hinaufrief, wurde sie dafür belohnt, als sie sah, wie Miss Lambes Gesicht plötzlich vor Freude aufleuchtete. Sie ließ das Fenster ganz herunter und lehnte sich aufgeregt hinaus.
»Oh, Miss Heywood! Ich habe ja so gehofft, Sie zu sehen. Mrs. Griffiths meint, ich sollte noch nicht ausgehen. Aber ich wäre so glücklich, wenn Sie die Zeit finden könnten – auch wenn es nur ein paar Minuten wären – hereinzukommen und meine Muschelsammlung anzuschaun.«
Charlotte hatte Miss Lambes Muschelsammlung schon fast vergessen. Sie hatte eigentlich auch gar nicht den Wunsch, sie zu sehen, konnte aber doch eine Aufforderung nicht ablehnen, wo ihre Zusage allem Anschein nach so viel Freude machen würde.
»Natürlich habe ich Zeit«, lautete demzufolge ihre warmherzige Antwort. »Ich bin nur auf dem Wege zu Nummer Vier,

für den einen oder anderen Auftrag, aber« – wandte sie sich an Arthur –, »vielleicht könnten Sie vorangehen und herausfinden, ob Ihre Schwester schon auf mich wartet?«
»Sie meinen Miss Diana Parker?« fragte Miss Lambe. »Es ist noch keine fünf Minuten her, daß ich sie hier, auf dem Wege zum Hotel, vorbeigehen sah. Wenn wir vielleicht das Fenster im Auge behielten, könnten wir sehen, wenn sie zurückkommt. Meine Muscheln anzuschauen nimmt gar nicht viel Zeit in Anspruch.« Und dann sehr eindringlich: »Ich habe *so* darauf gewartet, sie Ihnen zu zeigen.«
Einem solchen Geständnis konnte man nicht widerstehen. Charlotte ging sofort auf die Eingangstür zu, gefolgt von einem unschlüssigen Arthur, der ziemlich sicher war, daß die Aufforderung nicht auch ihm gegolten hatte, aber unsicher, wie er ihr jetzt entgehen könnte, und noch unsicherer, sich in irgendetwas hineinzudrängen, was ein eindeutig weibliches Tête-à-tête hätte werden sollen.
Er trat von einem Fuß auf den andern, unfähig, sich zu entscheiden, ob er sich empfehlen sollte, solange er noch konnte, oder ob er bleiben und irgendeine Entschuldigung vorbringen sollte.
»Also, wenn es sich um Hüte handeln würde, wüßte ich natürlich – aber Muscheln! Was würden *Sie* mir raten – was soll ich tun?« fragte er Charlotte. »Nein, nein! Bitte warten Sie einen Moment. Noch nicht klingeln.«
Doch Miss Lambe mußte die Treppe heruntergeflogen sein und hatte die Tür aufgemacht, bevor Charlotte noch die Klingel berührt hatte. Sie sah sehr durchsichtig und zart aus, zeigte aber keine Spur der Nervosität, die sie gewöhnlich überkam, wenn sie mehr als einer Person gegenüberstand. Das Gefühl, jetzt ihre Gastgeberin zu sein, mochte zu ihrem Selbstbewußtsein beigetragen haben; oder sie war vielleicht so glücklich, diesen Besuch bei sich zu sehen, daß sie ihre Schüchternheit vergaß. Was immer der Grund sein mochte – sie erkannte Arthurs Dilemma auf den ersten Blick und

sicherte sich seine Dankbarkeit, als sie ihm taktvoll zurief – »Oh, Mr. Parker, ich hoffe, Sie kommen auch herauf. Meine Muschelsammlung wird Sie zwar nicht sehr interessieren, aber Sie könnten vielleicht so freundlich sein, am Fenster Ausschau nach Ihrer Schwester zu halten – das wäre eine außerordentliche Hilfe für uns.«

Und Arthur, der sich jetzt weit weniger unsicher, ja sogar durch diesen Appell an seine außerordentliche Nützlichkeit in dieser Situation geschmeichelt fühlte, folgte beiden die Treppe hinauf.

Miss Lambe hatte ihren eigenen Wohnraum im zweiten Stock, ein freundliches, luftiges Zimmer zum Meer hinaus, das sie mit einer Menge persönlicher Schätze angefüllt hatte – ohne die zu reisen Charlotte durchaus für möglich gehalten hätte. Unter diesen fiel besonders ein messingbeschlagenes Schränkchen mit vielen kleinen Schubladen auf, von denen jede ihren eigenen schmalen Messinggriff hatte, und zu dem sie jetzt geführt wurden.

»Sie werden mich vielleicht für sehr albern halten, für einen kurzen Sommeraufenthalt so viel persönlichen Besitz mitzubringen«, sagte Miss Lambe, als habe sie Charlottes Gedanken erraten. »Aber ich bin soviel allein, und es macht mir Freude, schöne Dinge anzuschaun – und Mrs. Griffiths begreift das so gut –«

In ihrer Verlegenheit zog sie eine der Schubladen heraus, und weder Charlotte noch Arthur hörten diesen gestammelten Rechtfertigungen länger zu. Sie starrten auf eine solche Regenbogenfülle von Muscheln hinunter, von deren Existenz sie keine Ahnung gehabt hatten: zerbrechliche rosa, hellblaue und malvenfarbige, sorgfältig klassifizierte Häufchen in ihren wattierten Schälchen. Jede einzelne Muschel war exquisit – ob rund oder länglich, ob gestreift, getupft oder einfarbig – ob sie zu einem Häufchen derselben Art gehörte, oder einzeln im stolzen Besitz eines eigenen Schälchens war.

Als fürchtete sie, ihre Besucher könnten nicht den richtigen

Eindruck bekommen, wenn sie die Sammlung nicht im Ganzen und in großer Eile sähen, zog Miss Lambe mehrere Schubladen heraus und erging sich in weiteren Erklärungen. »Hier zuunterst habe ich die größeren. Sehen Sie, das hier ist die größte Concha – und diese hier ist eine Pinnidaea. Diese Perlmuttermolusken haben einen so wunderschönen grauen Schimmer, denke ich jedesmal. Und das hier ist eine ganz gewöhnliche Austernschale, aber noch mit der Perle. Haben Sie übrigens gewußt«, fuhr sie ganz beiläufig fort, »daß eine Auster jedesmal ihr Geschlecht wechselt, wenn eine Wolke über ihr dahinzieht?«

»Wer hat Ihnen das gesagt?« fragte Arthur ganz perplex.

»Mein Vater. Er wußte alles über Muscheln und Meeresfauna – und überhaupt über die Natur. Er las und studierte, und manchmal sprach er mit mir darüber.«

Dann fiel sie plötzlich wieder in ihre Schüchternheit zurück, drehte sich, wieder stammelnd, mit einem Ausdruck ängstlichen Flehens zu Charlotte um: »Ich hoffe, Sie sind mir nicht böse, daß ich Sie so gedrängt habe, hereinzukommen – und daß Sie den Eindruck gewonnen haben, meine Muschelsammlung war Ihres Besuches würdig?«

»Sie ist das Schönste, was ich je gesehen habe!« sagte Charlotte mit einer so aufrichtigen Zustimmung, daß Miss Lambe vor Freude tief errötete und ihr einen kurzen, strahlenden – fast anbetenden – Blick zuwarf. Aber sie sagte nichts, sondern berührte nur einige ihrer Muscheln ganz leicht und zärtlich, bevor sie sich abwandte. Und obgleich sie kaum mehr als ein halbes Dutzend Sätze gewechselt hatten, war es Charlotte plötzlich, als seien sie ganz intime Freunde. Die Muschelsammlung war eine eigenartige Vignette, die Miss Lambes ganze Persönlichkeit für sie illuminiert hatte.

»Möchten Sie auch gern einige meiner Aquarelle von den Muscheln sehen?« fragte Miss Lambe jetzt und zog die Schublade eines Tischchens heraus. Der Erfolg mit den Muscheln schien sie ermutigt zu haben, alle ihre Schätze zu

zeigen. Sie legte einen Stoß Zeichnungen auf die Tischplatte und begann sie sehr schnell umzudrehen. Mindestens ein halbes Dutzend war bereits beiseite gelegt, bevor Charlotte und Arthur nah genug herankommen konnten, um sie anzuschauen, als sie gleich darauf baten, jede einzelne genauer ansehen zu dürfen.
Miss Lambes Zeichnungen gehörten nicht zu der Art, die man flüchtig betrachtet – so unähnlich Miss Lätitias schnell hingeworfenen Skizzen wie nur möglich. Mehr die Zeichnungen eines Naturforschers als die eines Künstlers: das waren peinlich genaue, naturalistische Wiedergaben der originalen Muschel; jede Rippe, jede Vertiefung deutlich dargestellt, die entsprechende Farbe mit sorgfältiger Genauigkeit wiedergegeben. Die unterste im Stoß war ihre allerletzte Zeichnung – die der Seetangranke, welche Arthur ihr in Brinshore gegeben hatte.
»Donnerwetter!« sagte er, als er sie aufnahm, in diese und jene Richtung drehte, und sie schließlich in Armeslänge entfernt hielt, während Miss Lambe in plötzlicher Erwartung errötete. »Aber das ist ja brilliant! Das ist ja wirklich wunderbar! Diese verschiedenen Grün und Braun – so genau im Farbton. Eine naturgetreue Wiedergabe einer Enteromorpha.«
»Einer was?« fragte Charlotte.
Jetzt war Arthur an der Reihe zu erröten.
»Einer Enteromorpha – zumindest bin ich ziemlich sicher, daß es das sein müßte«, sagte er weniger emphatisch. »Aber das Problem ist das: seit ich versuche, diese ganzen Seetangarten zu sammeln und zu identifizieren, war ich einzig auf Beschreibungen angewiesen – und Enteromorphas sind sehr ähnlich wie Cladophoras, wenn man von der Farbe *absieht*. Spezies zu pressen hilft auch nicht viel – sie krümmen sich und verlieren die Farbe so schnell, wenn man sie aus dem Meerwasser herausnimmt. Um sie wissenschaftlich zu katalogisieren, müßte man naturgetreue Reproduktionen haben,

wie diese hier.« Etwas verlegen fragend zu Miss Lambe: »Sie hätten wohl kein Interesse, noch mehr Seetangbilder zu malen, nehme ich an?«

»Doch – natürlich – wenn Sie ihn mir bringen«, erbot sie sich mit der größten Bereitwilligkeit. »Ich habe ja auch alle meine Muscheln gezeichnet und immer und immer wieder versucht, ihre Farbe einzufangen – die englischen Muscheln interessieren mich, offengestanden, nicht. Und die Seetangfarben sind so zart und so subtil – so viele Schattierungen in Grün und Oliv und diese vielen verschiedenen Braun- und Rottöne – ach! Ich könnte ununterbrochen experimentieren und versuchen, sie genau zu kopieren.«

Charlotte, die Seetang weit weniger interessant fand als Muscheln, nahm etliche von Miss Lambes Aquarellen mit ans Fenster, um sie bei besserem Licht durchzuschauen, während Arthur, der inzwischen recht munter geworden war, Pläne zu machen begann, jeden Morgen frischen Seetang im Eckhaus abzuliefern.

»Wenn Sie ihn nämlich noch an dem gleichen Tag malen, an dem ich ihn sammle, haben wir die beste Gewähr, die korrekten Farben festzuhalten –«

»Und in ein paar Tagen vielleicht, wenn das Wetter so warm bleibt, kann ich dann selbst zum Strand hinunterkommen«, rief Miss Lambe, »und könnte die Farben direkt an Ort und Stelle mischen.«

Beide waren so mit ihren neuen Plänen beschäftigt und so in ihr Gespräch über Seetang vertieft, daß jetzt Charlotte diejenige war, die am Fenster nach Miss Diana Ausschau hielt. Und es dauerte volle zehn Minuten, nachdem sie Miss Diana im Haus Nummer Vier hatte verschwinden sehen, bis sie Arthur dazu bewegen konnte, sie zu begleiten.

25

Miss Lambes Interesse für Seetang stellte sich als dauerhafter heraus als das der Misses Beaufort. Sie waren enthusiastisch in ihrem Lob gewesen, energisch in der Zusammenstellung von Sammlergruppen, jede ekstatisch über die gepreßten Arrangements der andern – aber dann war ihre Leidenschaft ganz plötzlich abgekühlt.
Als das Datum des geselligen Abends näherrückte, wich der Seetang gesellschaftlichen Problemen, und die Strandgarderobe mußte sich dem Ballkleid zuliebe mit dem zweiten Rang begnügen. Sie hörten auf, Sir Edward wegen seiner Seetangverse für ihre Rahmen zu quälen und nahmen Arthurs Gefälligkeit, bei Ebbe zu den Felsen hinauszuwaten, nicht mehr in Anspruch. Sie zogen sich mit Schnittmustern, Zutaten, Bändern und Rüschen zurück und waren sogar bereit, während ihrer Vorbereitungen auf ihre täglichen Zusammenkünfte mit Henry Brudenall und Reginald Catton zu verzichten, um sie dann am Abend der Veranstaltung völlig zu überwältigen.
Doch Miss Lambe, die einen stillen, aber hartnäckigen Kampf gegen ihre Konstitution – und gegen Mrs. Griffiths Besorgnis deswegen – führte, war der Strand zu einem Ziel geworden, welches sie zu erreichen entschlossen war. An mehreren regnerischen Vormittagen mußte sie sich damit zufrieden geben, im Zimmer zu bleiben und die Seetangranken zu skizzieren, die Arthur von seinen persönlichen feuchten und einsamen Streifzügen mitgebracht hatte. Und wenn es ihr an einem besonders schönen, windstillen Tage gelungen war, ihr Ziel zu erreichen und, fest in Schals eingehüllt, einige Stunden in der geschütztesten Bucht zu sitzen, waren ihr Entzücken und ihr Eifer eine große Ermutigung für ihn.
Charlotte war wiederum dringend aufgefordert worden, sich bei den Sammlergruppen zu beteiligen. Aber diesmal stellte

sie interessanterweise fest, daß er ihre Hilfe, was seine eigenen Handtücher, seine Socken und Schuhe betraf, nicht mehr in Anspruch nahm. Diese waren alle in einem bequemen Bündel untergebracht, wurden herausgezogen, wieder hineingesteckt und den ganzen Morgen kaum erwähnt. Und obzwar sein Hauptinteresse an Bequemlichkeit und seine Sorge um die Gesundheit noch immer beträchtlich waren, galt seine ganze Besorgnis jetzt uneingeschränkt nur noch Miss Lambe.

Er bestand darauf, ihren Klappstuhl, ihre Staffelei und ihr Zeichenpapier zu tragen. Charlotte wurde gebeten, sich um ihre Schals und ihren Malkasten, um ihre Kissen und ihr Riechsalz zu kümmern. In Miss Lambe, konstatierte sie, war Arthur etwas in seiner bisherigen Erfahrung Einzigartigem begegnet – einer echten Invalidin, die ihre Schwäche verabscheute, der es widerstrebte, über ihre Symptome zu sprechen, und die in ihrer Sehnsucht, ein normales Leben zu führen, sooft sie nur imstande dazu war, ihre Kräfte überschätzte.

Und Arthur, der sich im allgemeinen über jemandes Wohlbefinden nicht viel Gedanken machte, außer seinem eigenen, war letzthin gezwungen gewesen, den Unterschied zwischen egoistischer Verweichlichung und lebensnotwendiger Schonung kennenzulernen. *Er* wollte Miss Lambes Seetangzeichnungen haben, und *sie* führte sie nur allzugern für ihn aus. Doch plötzlich hatte er gemerkt, daß die Gesundheit, die für ihn immer ein Vorwand gewesen war, sich zu benehmen, wie es ihm paßte, auch eine Spielverderberin sein konnte, die einen daran hinderte, seiner Lieblingsbeschäftigung nachzugehen.

Seine Schwestern hatten ihn immer ermuntert, seine kleinen Unpäßlichkeiten so ausführlich zu schildern, daß Arthur ganz erstaunt war, wenn Miss Lambe ihre Kopfschmerzen negierte, vortäuschte, sich besser zu fühlen, als es wirklich der Fall war, und so wenig klagte, daß es fast den Anschein hatte, als schäme sie sich ihres Gesundheitszustandes. Doch ein Tag der Überanstrengung konnte mehrere Tage Rekonvaleszenz bedeuten. Und da Arthur fürsorglich die Fortschritte seiner Seetangzeichnungen überwachte und ihretwegen ängstlich auf Ermüdungserscheinungen achtete, ergab es sich von selbst, daß er auch Miss Lambe fürsorglich überwachte.

Er entschied, wie lange ihre Sammelexkursion dauern durfte, *er* entschied, ob der Wind vom Meer her zu stark und die Wolken bedrohlich waren oder ob Miss Lambe ihre Kräfte überschätzte. Da er die Entscheidungen traf und darauf bestand, daß ihnen entsprochen wurde, überwand Arthur auch einen Teil seiner eigenen Unreife. Der Wandel war zunächst kaum spürbar, aber bei verschiedenen Gelegenheiten stellte Charlotte ihn fest und begrüßte ihn.

Sie war die einzige Person (wahrscheinlich mit Ausnahme von Mrs. Griffiths), die diese interessante Entwicklung in Arthurs Charakter beobachtete. Und sie wünschte oftmals, Sidney würde nach Sanditon zurückkommen, um mit ihr darüber zu sprechen und den Wandel in der Lebenseinstellung seines jüngeren Bruders zu bestätigen, den sie wahrzunehmen glaubte. Aber außer ein paar kurzen Zeilen an seinen Bruder mit ironischen Glückwünschen zu seinen Plänen für eine Veranstaltung hatte Sidney nichts von sich hören lassen.

Indessen gab Charlotte die Hoffnung, ihn beim Fest zu sehen, erst am Tage der Veranstaltung endgültig auf. Sie hatte mit diesen impulsiven Anwandlungen gerechnet, die in dieser Familie so vorherrschend waren, und geglaubt, Sidney würde spät nachts am Vorabend der Veranstaltung ankommen, um sie dann am Morgen alle zu überraschen.

Als es unten an der Haustür schellte, während sie beim Frühstück saßen, schien sich diese Vermutung zu bestätigen. Und obgleich Miss Dianas Erscheinen Charlottes erste zitternde Aufregung zurückgedrängt hatte, erwartete sie dennoch jeden Moment, die Ankündigung von seinem Eintreffen von ihr zu vernehmen. Doch Miss Diana sprach, völlig abwegig, ausschließlich von Brombeeren.

»Derartig viele Brombeeren wie dieses Jahr hat es auf den Downs noch nie gegeben! Ich habe so etwas mein Lebtag nicht gesehen – in knapp einer Stunde hätte man einen ganzen Korb voll. Duckworth und ich waren uns einig, daß zwei Körbe für ein angemessenes Sillabub* genügen würden. Und ich hatte auch schon alles so schön organisiert, nichts hätte besser geplant sein können, wenn nur vier der jungen Damen je eine halbe Stunde –«

»Also ist er nun gekommen oder nicht?« unterbrach sie Mr. Parker ungeduldig.

»Wovon redest du eigentlich, mein teurer Tom? Wer ist gekommen?«

»Na, Sidney natürlich. Bist du nicht hergekommen, um uns zu sagen, daß er eingetroffen ist? Die Nacht durchgefahren sozusagen?«

»Ach, Sidney! Nein. Nein, von Sidney weiß ich nichts – oder wenigstens kann ich euch sagen, daß er bestimmt *nicht* eingetroffen ist, weil ich nämlich selbst gerade vom Hotel komme. Im übrigen – was hat Sidney mit unseren Vorbereitungen für die Veranstaltung zu tun? Ich bin extra hergekommen, um mit dir und Mary wegen der Brombeeren zu sprechen. Möchtest du nicht vielleicht doch zuhören, was ich sage?«

Charlottes Enttäuschung war so groß, daß sie nicht imstande war, selbst diesem Appell zu folgen; und obgleich Miss Dianas völlige Unbekümmertheit um die Interessen anderer sie oft amüsiert hatte, brauchte es einige Zeit, bis sie auch dieses letzte Exempel ihrer Verbohrtheit genießen konnte.

Dianas origineller und optimistischer Plan hatte anscheinend

* Gesüßtes Dessert aus Rahm, Früchten und Wein.

darin bestanden, daß alle jungen Damen in Sanditon sich damit beschäftigen könnten, wilde Beeren für das Sillabub zu pflücken, das von Duckworth, dem Hotelkoch, erst in der allerletzten Minute serviert werden sollte – da die Frische der Beeren in Miss Dianas Spezialrezept das wichtigste Ingredienz war. Und sie hatte sich über die Ichbezogenheit dieser jungen Damen sehr gewundert, als sie erklärten, sie wollten sich durch das Bücken und Beugen nicht ermüden, ihren Teint nicht der heißen Sonne aussetzen noch mit Brombeerfingern oder Kratzern auf den Armen an der Veranstaltung teilnehmen.

»Also was soll jetzt geschehen?« rief sie verzweifelt aus. Duckworth hat keine Zeit, die Beeren selbst zu pflücken. Dieser Mann ist ein wahrer Schatz – ein geborener Koch, mehr als bereit mitzuhelfen und mir sehr ergeben – würde auch alles tun, was ich sage – aber ich würde doch nicht im Traum daran denken, ihm vorzuschlagen, Brombeeren zu pflücken. Oh nein! Duckworth und sein Personal sind heute bis zum Ende des Abendessens vollkommen mit Vorbereitungen beschäftigt. Und keiner kann schließlich von mir erwarten, daß ich hingehe und diese ganzen Brombeeren selber pflücke – denn ich werde bis Sonnenuntergang noch genug mit dem Überwachen der letzten Kleinigkeiten zu tun haben. Der Erfolg des ganzen Abends hängt immerhin von *mir* ab. Ich mache mich für diese selben jungen Leute kaputt! Unglaublich! Einfach unglaublich, daß sie nicht auch etwas für mich tun wollen!«

Mrs. Parkers sanfter Einwurf, daß das Fehlen eines solchen Brombeersillabubs das Vergnügen aller an diesem Abend sehr wenig beeinträchtigen dürfte, wurde mit der ganzen Entrüstung, die ihm nach Miss Dianas Meinung gebührte, quittiert. Im Gegenteil, das Brombeerdessert würde die Hauptattraktion des Buffets darstellen – kein geselliger Abend sei ohne ihn perfekt – kurzum, Miss Diana war entschlossen, ihren Willen durchzusetzen, und die Opposition, die ihr begegne-

te, bestärkte sie in ihrer Verbohrtheit noch, einen Sillabub herbeizuschaffen, den sowieso sonst keiner besonders gern essen wollte.
Charlottes Anerbieten, von Brombeerstrauch zu Brombeerstrauch zu traben, bis sie die zwei Körbe ganz allein vollgepflückt hatte, war weniger gedacht, Miss Diana einen Gefallen zu tun, als den andern ihre Litanei zu ersparen. Jede Aussicht auf ihr persönliches Vergnügen an diesem Abend schien jetzt höchst fraglich, und deshalb empfand sie es auch als gar kein besonderes Opfer, auf etwas einzugehen, was jeder vernünftige Mensch für eine ganz lächerliche Zumutung halten mußte. Auch entsprach es nicht ihrem Charakter, sich einzubilden, man habe es ihr irgendwie nahegelegt, so daß sie imstande war, Miss Dianas überschwengliche Dankesäußerungen zu beantworten, indem sie ihr vollkommen aufrichtig versichern konnte, daß sie an einem so sonnigen Morgen wirklich mit dem größten Vergnügen zwei Stunden Brombeeren pflücken würde.
Ihre Wünsche für den Abend konzentrierten sich jetzt fast ausschließlich auf Miss Lambe in der Hoffnung, daß wenigstens sie in guter Stimmung sei, um den geselligen Abend zu genießen. Und da sie überzeugt war, daß Mrs. Griffiths Wünsche mit den ihren übereinstimmen mußten, war sie in keiner Weise überrascht, als sie mittags, nachdem sie ihre beiden Körbe Brombeeren im Hotel abgegeben hatte, Arthur beim Terrace begegnete und erfuhr, daß sein Vorschlag einer Seetangexkursion am Morgen strikt abgelehnt worden war.
»Das Ganze ist ein solcher Unsinn«, beschwerte er sich. »Ich war gerade bei ihnen oben, und Miss Lambe ist in einer besseren Verfassung, als ich sie bisher gesehen habe. Sie hat Mrs. Griffiths heute früh so gebeten, sie doch hinunter an den Strand gehen zu lassen. Und ich bin ganz sicher, sie hätte heute morgen viel lieber Seetang gezeichnet, statt heute abend auf einen Ball zu gehen.«
Recht belustigt über die Hartnäckigkeit der Parkers, wenn es

um ihre eigenen, egoistischen Pläne ging, versuchte Charlotte, ihm klarzumachen, daß ein Ball für das weibliche Geschlecht im allgemeinen die reizvollere Alternative sei. Doch Arthur bestand eigensinnig darauf, daß Miss Lambes Neigung zur Naturwissenschaft schon so früh in ihrem Leben entwickelt worden war und ihre Kenntnis in diesen Belangen so weit reichte, daß es ein Jammer wäre, ihre Begabungen in einer andern Richtung zu verzetteln.

»Wissen Sie, was sie mir heute erzählt hat?« rief er, noch ganz außer sich von dem Gehörten. »›Ziegen sind die einzigen Tiere, die Arsenik ohne schlimme Folgen fressen können.‹ Also, was sagen Sie dazu?«

Diese merkwürdigen und beiläufigen, immer unvermittelt, verlegen und ganz impulsiv geäußerten Bruchstücke von Informationen waren für Arthur von brennendem Interesse; und während er dieses letzte Beispiel von Miss Lambes Gelehrsamkeit laut rühmte und sich zum zwanzigstenmal wünschte, daß er ihren bedeutenden Vater hätte kennenlernen können, dauerte es ein Weilchen, bis ihm einfiel, daß er ja auch eine Botschaft für Charlotte hatte.

»Ja, dann werde ich mit Ihnen bis zu den Teestuben gehen«, sagte er schließlich. »Dort werden Sie alle vorfinden.«

Charlotte dankte ihm für sein liebenswürdiges Angebot, erklärte jedoch, daß sie keineswegs die Absicht habe, sich mit irgendeiner Gesellschaft in den Teestuben zu treffen.

»Oh, Sie müssen aber«, erklärte Arthur einfach. »Sidney hat mir aufgetragen, Sie dorthin zu bringen.«

Die Plötzlichkeit der Mitteilung verschlug ihr einen Moment die Sprache. Und auch als sie ihre Selbstbeherrschung wieder halbwegs im Griff hatte, war sie dankbar, daß nur ein achtloser Arthur in der Nähe war, dem ihr Stottern gar nicht auffiel.

»Dann ist also S-s-s – Ihr Bruder – wieder in S-sanditon eingetroffen?«

»Oh ja. Schon vor mehr als einer Stunde. Bevor ich hineinging, um mit Mrs. Griffiths zu sprechen. Zu der Zeit standen sie alle hier beim Terrace, sogar die Misses Beaufort. Miss Lätitia erzählte Miss Brereton gerade, wie beschäftigt sie sei, eine neue Frisur auszuprobieren, und daß sie nur schnell herausgekommen sei, um alle zu begrüßen. Auch meine Schwestern waren hier und sprachen mit Lady Denham über irgendwelche Schachteln für die Pasteten, die ihr Koch heute zum Abendessen versprochen hat. Und Sir Edward, Mr. Catton und Mr. Brudenall – Sie können sich vorstellen, wie begeistert alle waren, als Sidney plötzlich vorfuhr, direkt vom Wagen oben hinuntersprang und ihn seinem Stallburschen zur Unterbringung im Hotel überließ. ›Ich bin doch ein Glückspilz‹, sagt er. ›Ganz Sanditon ist auf, mich zu begrüßen. Aber wo ist Miss Heywood?‹«

Charlotte, die nur halb hinhörte, was Arthur sagte, wurde plötzlich aufmerksam, als sie ihren Namen hörte, und paßte jetzt besser auf, während er sämtliche uninteressanten Bemerkungen wiederholte, die in Bezug auf ihre Abwesenheit gefallen waren. Wie Diana sich mit dem Brombeersillabub wichtig gemacht habe, dessen Zubereitung durch den Hotelkoch sie zu überwachen gedenke, sobald Miss Heywood liebenswürdigerweise alle Beeren dazu gepflückt habe; wie Susan behauptete, daß Miss Heywood unmöglich auch jetzt, in dieser prallen Sonne, noch damit beschäftigt sein könne, und bei ihrer Vermutung geblieben war, daß sie wahrscheinlich Mrs. Parker in ihrem Treibhaus helfe. Und wie Arthur (als er schließlich zu Worte gekommen sei) das Problem durch seine Erklärung gelöst habe, daß Miss Heywood sich mittags mit ihm zu einer Seetangexkursion träfe.

Obgleich ihr reizvoller Name in allen diesen Äußerungen gleichermaßen vorherrschte, gefiel er Charlotte nicht mehr. Es dauerte ziemlich lange, bis Arthur sich wieder zu Sidney vorgearbeitet hatte, doch wurde sie schließlich entschädigt, als sie hörte, daß er seinen Bruder mit der Aufgabe betraut hatte, sie zu der Gesellschaft in den Teestuben zu begleiten.

»Sogar Diana hat sich dorthin begeben, obgleich sie behauptet, noch tausenderlei Dinge zu tun zu haben. Und wissen Sie, warum?« Er strahlte über das ganze Gesicht. »Sie redet sich ein, Sidney sei nur zu der Veranstaltung heruntergekommen, um Miss Brereton zu treffen«, gestand Arthur. »Oh, ich habe selbst gesehen, daß er direkt auf sie zuging und ihr einen Brief übergab, wie er *sagte*, von irgendeiner Kusine. Aber da er dasselbe zu Lady Denham sagte und ihr auch einen Brief übergab, würde ich fast sagen, daß es stimmt.«

Charlotte hatte sich mittlerweile wieder soweit gefangen, um diese Mutmaßungen mit – was sie hoffte – nicht mehr als einem normalen Maß von Interesse zu behandeln.

»Sie selbst glauben also nicht, daß ernsthafte Gründe für die Mutmaßungen Ihrer Schwester bestehen?«

Also, was das betreffe, könne er nichts Definitives sagen, war Arthurs unbefriedigende Antwort. Jedenfalls seien alle bisherigen Mutmaßungen Dianas in Bezug auf Sidney immer falsch gewesen. »Das ist so ihre Art, sobald er jemandem auch nur ein bißchen den Hof macht. Sofort wird sie spionieren und Gerüchte verbreiten! Dabei sind Sidneys Flirts, meiner Meinung nach, zur Hälfte überhaupt nur vorgetäuscht, um sie zum Narren zu halten. Aber sobald sich herausstellte, er sei nur für diese eine Nacht heruntergekommen, hörte ich zufällig, wie Diana zu Susan sagte, er müsse es ernst meinen. Falls er nämlich tatsächlich den ganzen Weg von London hergefahren sei, nur um mit Miss Brereton zu tanzen, täten sie wohl am besten daran, bis zu den Teestuben mitzugehen, um die beiden zu beobachten.«

Arthur überließ sich dann wieder seinen eigenen Interessen, und während er über Seetang und Miss Lambe sprach, war sie in der Lage, ihr Gleichgewicht wiederzufinden. Charlotte war froh, daß er ihr Miss Dianas Vermutungen verraten hatte. Sie schämte sich, so nervös zu sein, nur weil sie Sidney wiedersehen sollte, und Arthurs Worte hatten einen ernüchternden Effekt, der diese Nervosität dämpfte und ihr zu dem

Vorsatz verhalf, irgendwelche Schmeicheleien, zu denen Sidney sich ihr gegenüber bemüßigt fühlen sollte, scheinbar uninteressiert hinzunehmen. Die Tatsache, daß diese Schmeicheleien ja doch wahrscheinlich eher Miss Brereton gelten würden, sollte – ja mußte einfach – ihre Hypernervosität zumindest etwas mildern.
Auf ihrem Weg über den Geschiebewall versuchte sie, ihre Gefühle etwas besser zu kontrollieren und sich zu sagen, wie unsinnig und absurd es sei, sich durch die doch so natürliche Ankunft Sidney Parkers am Tage der Veranstaltung – die sie noch dazu vorausgesagt hatte – in eine derartige Aufregung versetzen zu lassen. Einige Stunden früher hätte es sie nicht im mindesten überrascht! Doch jetzt war sie unendlich dankbar für die wenigen Momente der Vorbereitung, die ihr vergönnt waren, bevor sie die Teestuben betrat und Sidney in Person sehen würde.
Diese wenigen Momente waren viel zu schnell vorüber, und Charlotte war sich bitterlich bewußt, wie schwach die Kontrolle war, die sie über ihr eigenes Herz ausübte, als die Gesichter, die sich ihr und Arthur beim Eintreten zuwandten, verschwommen und unscharf wurden. Eine Sekunde lang erkannte sie Sidney, wandte aber ihren Blick schleunigst und entschlossen von ihm ab und heftete ihn schließlich auf das Gesicht Miss Diana Parkers. Ihr war sie zudem innerlich noch für die ersten artikulierten Worte dankbar, die deutlich über das Gebabbel hinweg, das ihr entgegenschlug, zu ihr drangen.
». . . und hier ist Arthur endlich mit Miss Heywood. Haben Sie alle Brombeeren gepflückt, meine Liebe? Oh ja, ich seh's an Ihren Händen – o je! Das tut mir aber leid! – die Dornen haben ja Ihr Kleid ganz aufgerauht!«
Charlotte, die schon gar nicht mehr an ihr Kleid gedacht hatte, wurde auf diese peinliche Weise erst wieder darauf aufmerksam gemacht, daß es ja das älteste war, das sie besaß – ein ausgeblichenes, abgetragenes blaues Baumwollkleid, das

sie speziell zum Brombeerenpflücken angezogen und gleich für Arthurs Seetangsammeln anbehalten hatte.

»Sie müssen an unsern Tisch kommen, meine Liebe. Aber wo wird Arthur sitzen?«

Charlotte war bereits dankerfüllt in den nächsten Sessel am nächsten Tisch gesunken, bevor sie feststellte, daß die andern Tischnachbarn Miss Denham und Miss Parker und auch zwei weitere Tische bereits voll besetzt waren. Während Arthur nachdrücklich erklärte, daß er keinen Platz brauche und jetzt bei Ebbe lieber hinauswate, um seinen Seetang zu holen, benutzte sie die Gelegenheit, sich flüchtig im Raum umzusehen, dabei begegnete sie wieder Sidneys Blick. Neben ihm saß Lady Denham, auf der andern Seite Miss Brereton und ihm gegenüber Mr. Brudenall.

Da die Aufmerksamkeit aller höflicherweise auf Arthur konzentriert war, nahm Sidney diesen günstigen Moment wahr, um seine Teetasse zu heben, ihr über den Rand hinweg sehr herzlich zuzulächeln und ihr zuzutrinken wie mit einem Weinglas. Charlotte spürte, wie sie errötete, und drehte sich schnell wieder um, als ihr klar wurde, daß er es durch diese einzige einfache Geste erreicht hatte, alle ihre sorgfältig konstruierten Abwehrpläne zu vernichten. Sie konnte keiner Unterhaltung mehr folgen und kam sich wie die größte dumme Gans der Welt vor, sich durch eine so harmlose und liebenswürdige Begrüßung derartig aus der Fassung bringen zu lassen.

Als sie sich wieder zur Vernunft gebracht hatte, stellte sie fest, daß Arthur bereits gegangen war und Miss Diana hier an ihrem gemeinsamen Tisch keine Unterhaltungsbeihilfe brauchte, da sie auf ein Thema zurückgekommen war, über das sie sich vor Charlottes Ankunft schon ausgiebig verbreitet hatte: ein ausführlicher Bericht über ihre Verhandlungen mit einheimischen Musikern.

»Zwei Violinen, habe ich gesagt, seien für ein kleines Fest vollkommen ausreichend – außer Klavier und Cello natürlich, denn ich behaupte, es werden kaum mehr als sechzehn Paare daran teilnehmen. Ja, wenn wir mit zwanzig oder fünfundzwanzig rechnen könnten, hätte ich vielleicht noch eine Harfe dazugenommen –«

Wie Miss Denham, die gähnte, und Miss Parker, die vor sich hinträumte, hörte auch Charlotte ihr nicht mehr zu und versuchte statt dessen herauszufinden, was am Nebentisch gesprochen wurde. Dort kämpften Miss Lätitia und Miss Beaufort um den Vorrang bei Sir Edward und Reginald Catton. Aber Sir Edward war in voller Fahrt über cottages ornés und ignorierte alle ihre Bemerkungen in Bezug auf die Veranstaltung und ihre mehr als deutlichen Anspielungen auf die neue Mode, sich schon vorher seinen Partner für die ersten beiden Tänze zu sichern.

»Ein Freund von mir«, erzählte er ihnen, »hat mich kürzlich um Rat gebeten. Er möchte seine kleine Jagdhütte in eine ähnliche cottage orné umbauen wie meine.«

»Ich glaube, das wird dieser Tage in London immer gemacht«, äußerte sich Miss Beaufort. »Und Miss Nichols berichtet mir, es sei überhaupt der letzte Schrei in Ramsgate.«

»Aber so ein Umbau, wissen Sie, ist eben doch nie so befriedigend wie ein von Grund auf geplanter Neubau. Natürlich kann man einige gedeckte Veranden mit schmiedeeisernem Gitterwerk anbauen, und nichts ist leichter, als Giebel, Terrassen und gotische Spitzfenster nachträglich anzubringen –«

»Ramsgate ist eben doch ein eleganterer Platz als Sanditon, wissen Sie«, kicherte Lätitia. »Aber ich muß dir recht geben, Lydia, diese modernen Sitten haben schon große Vorteile – man haßt es doch, immer so ekelhaft früh auf einem Ball zu erscheinen, nur um sich einen Partner zu sichern, bevor die Musik anfängt –«

»Ach wirklich? Ist das tatsächlich so leicht, Sir Edward?« rief Reginald, der so viel Interesse heuchelte, wie er nur

konnte, um sich mit einem ähnlichen Versuch gegen die Misses Beaufort taub zu stellen.
»Leicht schon – aber es hat eben nicht die gleiche Wirkung, als wenn es von vornherein in das Gesamtprojekt *eingeplant* war. Absolut nicht die gleiche Wirkung. Sorgfältiges Planen ist *die* Voraussetzung für einen so komplexen Stil.«
Erleichtert, daß diese Unterhaltung sie zu amüsieren vermochte, fühlte Charlotte sich langsam wieder normal und gab jetzt, umgeben von derartigen Banalitäten, ihre gewaltsame Konzentration auf. Sie hatte gerade beschlossen, schnell nochmals einen verstohlenen Blick in die Richtung von Sidneys Tisch zu wagen, als Sir Edward durch die Erwähnung eines ihr sehr vertrauten Ortsnamens ihre Aufmerksamkeit von neuem auf sich zog.
»Willingden Abbots – allerhöchstens fünf bis sechs Stunden Fahrt, würde ich meinen. Mein Freund Atwell verbringt den Sommer in der Schweiz und hat mir seine Schlüssel dagelassen. Ich werde also in der nächsten Zeit einmal hinüberfahren und einige Umbaupläne für ihn skizzieren. Irgendwo östlich von Hailsham, glaube ich.«
Charlotte war sehr froh, endlich einen ganzen Satz formulieren und äußern zu können, und sie war auch schon im Begriff, Sir Edward zu korrigieren, daß Willingden Abbots siebzehn Meilen südöstlich von Hailsham liege, als ihr durch das plötzliche Rücken von Stühlen an ihrem eigenen Tisch erst bewußt wurde, wie weit ihre Aufmerksamkeit tatsächlich gewandert war.
Sidney und seine Tischrunde standen bereits bei der Tür. Miss Diana eilte, nach einem bedeutsamen Blick zu Miss Parker, hinüber, um sich ihnen anzuschließen, und Miss Denham, die ebenfalls entschlossen schien, jedes Gespräch zwischen Sidney und Clara Brereton zu belauschen, jagte so schnell hinter ihnen her, daß ihr Tisch völlig verlassen war, bis Charlotte sich soweit gefangen hatte, um zu merken, was vorging.

»Oh, Miss Heywood!« rief Diana, sich ihrer notgedrungen erinnernd, und drehte sich bei der Tür um. »Sie sind vielleicht noch gar nicht so weit, um mit uns zum Terrace zu laufen?«
»Ja, natürlich, ich –« begann Charlotte ziemlich verwirrt und war im Begriff, sich zu erheben, ohne zu merken, daß sie ihre Tasse mit der Untertasse noch in der Hand hielt.
»Nein, natürlich nicht«, widersprach Sidney. Und nach einigen Riesenschritten durch den Raum nahm er ihr beides aus der Hand und stellte es wieder auf den Tisch. »Wie unaufmerksam du bist, Diana! Selbstverständlich möchte Miss Heywood hierbleiben und ihren Tee austrinken.« Er setzte sich an den Tisch. »Und ich werde dableiben und ihr Gesellschaft leisten.«
»Oh, aber ich – ich bin nicht – der Tee – nein, wirklich –« Wiederum schämte sie sich unendlich, so nervös zu sein. Trotz aller guten Vorsätze, jeder Liebenswürdigkeit Sidneys mit Gleichmut zu begegnen, hatte es ihr jetzt vor Verlegenheit fast die Sprache verschlagen, als sie plötzlich allein mit ihm sitzen blieb. Aber auch die Beine schienen gleichzeitig den Dienst zu verweigern, genau wie ihre Sprache; und obgleich sie sah, wie alle an ihr vorüber zur Tür gingen, fühlte sie sich außerstande, auch nur eine Bewegung zu machen.
Von Neugier geplagt und verblüfft, kam Diana nochmals zurück.
»Was soll das heißen, Sidney! Das sagst *du*. Aber ich bin überzeugt, Miss Heywood würde es vorziehen –«
»Natürlich«, wiederholte Charlotte nochmals und versuchte ganz mechanisch ein zweites Mal, sich zu erheben.
»Miss Heywood zieht es vor hierzubleiben«, sagte Sidney sehr entschieden. Als Charlotte den Versuch machte aufzustehen, hatte sie sich am Tisch festgehalten; und als wollte er seinen Worten Nachdruck verleihen, legte er seine Hand auf ihre. Sich halb zu seiner Schwester umwendend: »Ja, Diana, das sage *ich* . Wir holen euch noch ein, bevor ihr beim Terrace ankommt. Und jetzt, marsch, zu den andern.«

Ohne seine Hand wegzunehmen, schnellte er wieder zum Tisch herum. Sie versuchte sich einzureden, daß diese für sie so bedeutsame Wendung – diese Berührung zwischen ihnen beiden – für ihn nichts weiter bedeutete als eine eher unbewußte Freundlichkeit. Und dennoch war es schwierig, eine solche Meinung aufrechtzuerhalten, wenn Diana sie beide mit so maßloser Überraschung betrachtete. Charlotte sah ihren Gesichtsausdruck und den verblüfften Seitenblick, mit dem sie die beiden Hände streifte, die, für alle sichtbar, auf der Tischplatte lagen, bevor sie, so schnell sie nur konnte, aus den Teestuben davonstürzte.
Sie ließ eine Charlotte zurück, die Sidney unsicher anstarrte, und Sidney lächelte in einer halb scherzhaften, aber völlig rätselhaften Weise zurück. Einen Moment lang schwiegen beide. Dann zog Sidney seine Hand zurück und lachte.
»Wissen Sie, womit Diana jetzt zu Susan unterwegs ist?« sagte er in einem Tonfall unmißverständlicher Befriedigung. »›Sidney und Miss Heywood flirten hemmungslos miteinander.‹ Würden Sie es übelnehmen?«
Und plötzlich schoß ihr der Gedanke durch den Kopf, daß also in Sidneys Geste, ihre Hand so lange zu halten, doch keineswegs etwas Unbewußtes gelegen hatte. Es war kühle Berechnung gewesen. Ihm lag daran, daß Diana seinen Angehörigen von diesem Vorfall erzählte, damit sie glauben sollten, Charlotte sei der eigentliche Grund seiner Rückkehr nach Sanditon. Bei seinem ausgeprägten Spürsinn konnte es ihm nicht entgangen sein, daß Diana alles emsig verfolgte, was zwischen ihm und Miss Brereton vorging. Und dieses Intermezzo mit ihr war nichts anderes als ein Vorwand, der ihm dazu diente, einen wichtigeren Grund zu verschleiern. Diese Überzeugung half Charlotte ungemein, als sie nach Worten rang.
»Ich glaube nicht, daß es mir etwas ausmachen würde«, sagte sie sehr vorsichtig, »falls Sie wollten, daß sie es Miss

Parker erzählt. Allerdings glaube ich kaum, daß sie es in dieser Form wiedergeben wird.«

»Nein«, meinte Sidney mit einem tiefen Seufzer. »Sie haben ganz recht. Sie wird nur sagen, ›Sidney flirtet in den Teestuben hemmungslos mit Miss Heywood. Aber Miss Heywood ist so vernünftig wie immer‹.«

Charlotte merkte genau, daß sie ihm gegenüber noch befangener war als vorher, aber es beruhigte sie, daß er noch immer glaubte, sie sei so vernünftig wie je. Sie nahm sich ungeheuer zusammen und versuchte, es zu sein.

»Ihre Rückkehr war anscheinend gänzlich unerwartet«, sagte sie mit einer festeren und sachlicheren Stimme als gewöhnlich. »Werden Sie diesmal länger in Sanditon bleiben, Mr. Parker?«

»Nur für den geselligen Abend, Miss Heywood«, erwiderte er, ihren formellen Ton ironisch nachahmend, um dann gleich wieder mit seiner normalen Stimme fortzufahren: »Ich hoffe, Sie haben mir die ersten beiden Tänze reserviert, da das – ich versichere Ihnen – mein einziger Beweggrund war, die ganze Strecke von London hierher durchzufahren.«

»Sagen Sie lieber, Sie möchten gern, daß *das* alle glauben«, warf Charlotte liebenswürdig ein. »Aber von *mir* können Sie wirklich nicht erwarten, daß *ich* das glaube.«

Er sah sie einen Moment lang lächelnd und eindringlich an, bevor er antwortete:

»Würden Sie es denn glauben, wenn es der halbe Beweggrund gewesen wäre? Wenn Sie die Komplimente, die ich Ihnen mache, so wenig mögen, werde ich versuchen, daran zu denken, sie in Zukunft zu halbieren. Und falls Sie zustimmen sollten, Ihre im Ausgleich zu verdoppeln, werde ich sie auch glauben, das verspreche ich. Haben Sie mich überhaupt vermißt, Miss Heywood? Ich habe Sie genau die Hälfte der Zeit vermißt, die ich fort war. Werden Sie mir das nun glauben oder klinge ich noch immer zu sehr wie Sir Edward?«

»Sie könnten nie wie Sir Edward klingen«, entfuhr es Charlotte, die den heiteren Gleichmut, den sie zur Schau getragen und beizubehalten fest entschlossen gewesen war, komplett vergessen hatte.
»Nein? Also für mich selbst klinge ich, als ob ich versuchte, wie Sir Edward zu klingen. Galant zu sein ist eine wahrhaft schöne Tugend. Ein Jammer, daß die Art in Sanditon so heruntergekommen ist – man wagt ja kaum noch, sie anzuwenden. Aber ganz gleich, warum sollte Sir Edward mich daran hindern, etwas auszusprechen, was ich einem hübschen Mädchen so überaus gerne sagen möchte. Miss Heywood – ach, wollen Sie denn wirklich schon aufbrechen?«
»Wir müssen wohl«, sagte Charlotte zögernd. »Die andern dürften inzwischen schon fast beim Terrace angelangt sein.«
»Wir werden sehr schnell gehen«, sagte er im Aufstehen und legte ihren Arm in seinen. »Aber mein Kompliment lasse ich mir nicht nehmen. Miss Heywood, wie mein Bruder Tom sagen würde, die Sanditoner Luft hat Ihre Schönheit zur Vollkommenheit gebracht. Und Sie merken, wie raffiniert ich gewesen bin«, fügte er vergnügt hinzu, während sie den Geschiebewall überquerten. »Indem ich meinem Bruder die Worte in den Mund lege, kann ich mir ein volles Kompliment leisten. Eine halbe Vollkommenheit würde doch nicht annähernd so nett klingen.«
Die Hälfte hätte Charlotte schon genügt. Sie wagte nicht einmal zu hoffen, daß Sidney es vorbehaltlich meinte. Denn sie wußte sehr wohl, daß eine Schönheit wie die ihre einen so begehrten, eleganten und lebenslustigen jungen Mann kaum reizen konnte, daß sie keinerlei Vermögen hatte und daß ihre Art für seinen Geschmack ein wenig kleinbürgerlich und allzu bieder war. Doch war sie im Hinblick auf seine augenblicklichen Pläne und ihre gegenwärtige Bekanntschaft willens zu glauben, daß er sie für eine sympathischere Verbündete hielt, als sie die übrige, sehr begrenzte Sanditoner Gesellschaft sonst zu bieten hatte. Er war schwerlich dafür verant-

wortlich zu machen, weil ein einfaches Mädchen vom Lande, das, kaum über die Grenzen seines eigenen Kirchspiels hinausgekommen, so töricht gewesen war, sich auf eine so leichte Ermutigung hin in ihn zu verlieben. Sie sollte doch wenigstens noch so viel Stolz besitzen, sagte sie sich, zu verhindern, daß Sidney oder sonst jemand etwas merkte.
Aber selbst diese letzte instinktive Vorsicht hatte sie schon preisgegeben, noch bevor sie erkannte, daß sie es getan hatte. »Vorsicht und Miss Heywood passen so gut zueinander.« Aber warum sollten sie noch länger zueinander passen? Was konnte es denn schaden, ein Lächeln mit einem Lächeln zu erwidern, und dem charmantesten Mann, dem sie je begegnet war, zu erlauben, auch die wenigen, letzten Winkel ihres Herzens zu erobern, wo die Vernunft noch auf längst verlorenem Posten kämpfte? Sie hätte gewünscht, er wäre lange genug dageblieben, um ihm mit der Zurückhaltung zu begegnen, die ihm gegenüber, wie sie wußte, unerläßlich war. Aber ihr Schicksal wollte es, daß sie bei jeder Gelegenheit, wann immer sie sich in letzter Zeit begegnet waren, ihre Bestürzung über die jeweilige Ankündigung einer neuerlichen eiligen Abreise sie dazu getrieben hatte, wider ihr besseres Wissen, ganz gefühlsmäßig zu reagieren und nicht, wie sie sollte. Hätte Sidney beabsichtigt, länger in Sanditon zu bleiben, hätte sie vielleicht Zeit gehabt, zur Besinnung zu kommen und zu überlegen und den Versuch zu machen, ihre Gefühle zu überprüfen: ihre Freude an seiner Vitalität und ihre Nachsicht gegenüber seinen Fehlern. Doch auch jetzt war anscheinend wiederum nur Zeit, seine Gesellschaft zu genießen, und Charlotte beschloß, für eine kurze Zwischenperiode lieber glücklich statt vernünftig zu sein.
Sie fühlte sich mit allen verbunden, sah und hörte überhaupt nichts mehr außer, was Sidney sagte, wußte nicht, wie sie sich von der Gesellschaft am Terrace getrennt hatte, wurde kaum gewahr, daß Miss Diana sie den Hügel hinauf begleitete, und spazierte unentwegt weiter, auf Trafalgar House zu, ohne

etwas von der Aussicht zu sehen, ohne die Sonnenglut zu spüren, und lächelte nur immer wieder still vor sich hin.

»Ich werde nur schnell einen Moment im Treibhaus vorbeischauen und mit Mary sprechen«, bemerkte Miss Diana. »Sie brauchen nicht mitzukommen, meine Liebe. Nach dem, was wir alles noch vor der Veranstaltung heute abend zu besprechen haben«, fügte sie hinzu – was nicht sehr überzeugend klang.

»Ach ja – der gesellige Abend«, sagte Charlotte und lächelte auch Miss Diana verträumt an. Die Gedanken, die sie beschäftigten, stimmten sie freundlich gegen die ganze Welt und weckten ihr Mitleid für alle, die weniger glücklich waren als sie. Doch da Diana sie ganz eindeutig nicht im Treibhaus haben wollte, wanderte sie, etwas verwirrt, in den Garten, wo sie die kleine Mary mit ihrem neuen Sonnenschirm auf einer Schaukel sitzen sah. Und in einem plötzlichen Gefühlsüberschwang rannte Charlotte auf sie zu, hob sie hoch, drückte sie an sich und küßte sie.

»Oh, Miss Heywood! Nun habe ich Ihretwegen meinen Sonnenschirm fallen lassen«, klagte Mary.

»Das tut mir wirklich sehr, sehr leid«, sagte Charlotte, ließ sie wieder herunter und hob, selbst etwas bestürzt über ihren Gefühlsausbruch, den Sonnenschirm auf. Sie sagte sich, daß sie wahrscheinlich zu weit gegangen sei, sich von diesem berauschenden Glücksgefühl hinreißen zu lassen. »Hat es dir denn nicht gefallen, geküßt zu werden?«

»Oh doch. Es hat mir gefallen«, sagte Mary, noch ganz überrascht. »Aber ich bin es doch gar nicht gewöhnt. Sie haben ja vorher auch nie so etwas getan.«

»Nein«, gab Charlotte, jetzt erst richtig verlegen, zu. »Entschuldige, wenn ich dich erschreckt habe.«

»Aber es hat mir doch gefallen«, wiederholte Mary und schob ihre Hand in Charlottes. »Jetzt, wo ich weiß, wie es ist, hat es mir sogar sehr gefallen«, und schaute einen

Moment lang nachdenklich zu ihr auf. »Sie sehen aber auch heute ganz *anders* aus, Miss Heywood. Viel hübscher als sonst.«

Dieses unfreiwillige Kompliment aus dem Munde Marys gab Charlotte wieder den Mut, die Freude an ihrem Glück voll zu genießen. Sie spazierten fröhlich miteinander im Garten herum, pflückten vom Rasen am Wegrand Gänseblümchen zum Kranz und winkten Miss Diana mit derselben harmlosen Fröhlichkeit die Einfahrt hinunter nach. Und dann mußte Charlotte erst einmal eine volle Minute vor der Treibhaustür stehenbleiben, bis sie ihr Lächeln soweit gezügelt hatte, um sich zu Mrs. Parker hineinzuwagen. Doch der Gleichmut, den sie suchte, versagte sich ihr auch dort.

»Liebste Mrs. Parker«, rief sie in ihrer neuen, so uncharakteristischen überschwenglichen Art. »Da haben Sie nun den ganzen Tag hier gearbeitet! Wie müde müssen Sie auf dem Fest heute abend sein.«

»Ja«, stimmte Mrs. Parker unbekümmert zu. »Aber ich werde auch sehr froh sein. Denn gerade dieses Fest, wissen Sie, hat es mir ermöglicht, mit dem Umpflanzen dieser neuen Primelsetzlinge fertig zu werden. Außer Miss Diana, die eben nur für ein paar Minuten hier war, hat mich den ganzen Tag sonst niemand gestört.«

»Aber lassen Sie mich Ihnen wenigstens noch helfen, mit diesem letzten Kasten fertig zu werden«, machte Charlotte sich sofort erbötig. »Sie werden sich doch bestimmt noch um Ihr Kleid und Ihre Frisur kümmern wollen – ja, freuen Sie sich denn nicht auch auf diesen Abend? Jetzt, wo er da ist, sehe ich ihm schon mit ganz besonderer Freude entgegen, muß ich gestehen. Wieviel Freude doch eine Zusammenkunft dieser Art mit Musik und Tanz auch noch einem Kreis von Menschen bereiten kann, die gewöhnt sind, sich jeden Tag zu sehen.« Sie ergriff einen Blumentopf und begann ihn mit Erde zu füllen. »Sicher wird Miss Diana Parker Ihnen erzählt haben, daß ihr Bruder wieder in Sanditon eingetroffen ist?«

»Ja«, bestätigte Mrs. Parker sogar noch unbekümmerter und unterwarf sie, wie es Charlotte schien, demselben prüfenden Blick, mit dem Mary sie angesehn hatte. »Und auch, daß er nur den einen Tag dableibt. Alle wundern sich darüber und sind gespannt, warum er überhaupt für eine derartig kurze Zeit herkommt. Aber Sie wissen ja, Sidney hat gewöhnlich für alles, was er tut, einen triftigen Grund. Er mag sich lustig machen und vorgeben, er tue alles nur zu seinem Vergnügen, aber das ist im Grunde selten der Fall. Ich selbst bin ziemlich sicher, daß seine Rückkunft diesmal etwas mit Mr. Brudenall zu tun hat. Aber darauf soll keiner von uns kommen.«
Mrs. Parker beugte sich angelegentlich über eine ihrer Pflanzen, um die Erde ringsherum festzudrücken, und es mochte vielleicht diese Anstrengung gewesen sein, daß ihr Gesicht so gerötet war, als sie sich wieder aufrichtete.
»Ich habe Sidney sehr gern«, sagte sie aufrichtig. »Er war für mich vom Beginn meiner Ehe an der gütigste Bruder. Aber ich muß gestehen, so ganz verstanden habe ich ihn nie. Sein Charakter besteht aus einer solchen Mischung von Leichtsinn und Ernsthaftigkeit, daß es immer schwierig ist zu wissen, was er wirklich meint. Doch was er sagt und was er meint, sind manchmal ganz verschiedene Dinge. Und aus dem, was Diana mir da heute morgen von seiner übermütigen Stimmung erzählt hat, schließe ich, daß er sich vorgenommen hat, uns alle während dieses Besuches gründlich hinters Licht zu führen.«
Das war für Mrs. Parker eine ziemlich lange Rede, und so vage sie auch gewesen war, spürte Charlotte, daß sie bestimmt gewesen war, gewisse Hinweise für sie in Bezug auf ihr eigenes Benehmen zu enthalten.
»Er ist immer ein sehr angenehmer Gesellschafter«, sagte sie, während sie vorsichtig die Wurzeln von zwei aneinanderhängenden Setzlingen entwirrte und versuchte, eine unbeteiligte Miene vorzutäuschen.
»Ja«, sagte Mrs. Parker wiederum zustimmend, »gescheite

Leute können sich immer beliebt machen, wenn sie es wollen. Und Sidney ist bestimmt bei weitem der Gescheiteste in seiner ganzen Familie. Er versteht es, amüsant zu sein, ist vor allem aber integer und hat auch gute Grundsätze – aber was nützen sie, wenn Charakterfestigkeit und Würde fehlen? Menschen können durch Gedankenlosigkeit genausosehr verletzt werden wie durch Herzlosigkeit.« Sie hielt inne, als hätte sie noch etwas mehr sagen wollen, aber das verwirrte, ständig wechselnde Mienenspiel im Gesicht ihres jungen Gastes veranlaßte sie, ihre Absicht zu ändern und das bereits Gesagte auch schon für ausreichend zu halten. »Na also! *Den* Kasten hätten wir auch geschafft, und jetzt gehen wir beide in unsere Zimmer und ruhen uns aus. Tom schlägt vor, wir sollten uns erst nach dem Essen umkleiden, und da wir ja nur an uns und unsere eigene Bequemlichkeit zu denken haben, halte ich das für eine sehr gute Idee.«

Für Charlotte gab es in diesem Gespräch vielerlei Anlaß zur Überlegung. Ihr Gemüt befand sich in einem Zustand von Betroffenheit und Erregung, der sie nicht zur Ruhe kommen ließ. Die tanzenden, singenden und übermütigen Geister waren noch da, aber jetzt auch ein gewisses Angstgefühl, obgleich sie nicht wußte, wovor. Sie wollte allein sein, und sie wollte mit Menschen sein, beides zur gleichen Zeit. Aber sie wußte, bevor sie nicht eine Zeit ruhiger und ernsthafter Überlegung verbracht hatte, war sie außerstande, überhaupt mit jemandem zu sprechen.

Sie ging in ihr Zimmer, um sich diesem so wichtigen Prozeß des Nachdenkens ganz hinzugeben. Aber als sie zwei Stunden später zu einem frühen Dinner gerufen wurde, merkte sie, daß sie gar nichts getan hatte, außer mit einem häßlichen Muschelkästchen in der Hand dazusitzen und die kurzen Augenblicke in einem Souvenirkiosk und einige andere in irgendwelchen Teestuben noch einmal zu durchleben.

26

Mr. Parker war ausgezeichneter Stimmung, als sie sich zu Tisch setzten. Er konnte seine Ungeduld kaum zügeln, bis Morgan das Zimmer verlassen hatte, um dann ein Geheimnis preiszugeben, von dem er bereits einige deutliche Anspielungen hatte fallen lassen.

»Jetzt«, sagte er, kaum daß der Butler verschwunden war, »muß ich euch etwas Hochinteressantes erzählen. Soll ich euch raten lassen, was es ist?«

Mrs. Parker protestierte, sie habe das nun schon lange genug getan, und fügte, mit einem besorgten Blick zu Charlotte hin und einem beschwörenden zu ihrem Gatten hinüber, hinzu, sie wisse genau, daß er während der letzten Stunde mit Diana und Susan getratscht habe.

»Jawohl, ich war unten in Nummer Fünf«, gab Mr. Parker zu. »Und dort zerbrechen sich auch alle den Kopf und versuchen herauszufinden, warum Sidney wohl den ganzen Weg von London hätte herunterkommen sollen, nur um unser kleines Fest mitzumachen. Arthur meint dies und Susan etwas anderes, und Diana hat natürlich wieder die einzig richtige Vermutung von allen und versucht wieder mal, uns alle davon zu überzeugen.« Er lachte herzlich. »Nein, nein, aber *schön* wär's, wenn es stimmte«, meinte er, mit einem vielsagenden Blick zu seiner Frau hinüber, als hätten sie diesen speziellen Fall schon miteinander diskutiert. »Aber wir wissen auch alle, daß Diana dazu neigt, ihrer Phantasie freien Lauf zu lassen, und dann rennt sie überall herum, forscht nach und stößt auf Einzelheiten, die ihre Vermutung rechtfertigen. Wißt ihr, daß sie sogar mit Sidneys Stallburschen gesprochen und sich herausgestellt hat, daß er nicht einmal über Nacht hierbleibt? John sagte, sie führen von der Festlichkeit direkt nach London zurück. Er habe bereits alle Torzölle vorausbezahlt, um auf der Rückfahrt Zeit zu sparen

und die Torhüter nicht wecken zu müssen. Sie hätten sogar die Pferdewechsel bereits im voraus festgelegt und würden Sidneys eigene Pferde gegen neun Uhr früh in Croyden wieder einspannen, um die letzte Wegstrecke zurückzulegen. John habe gesagt, sie müßten wegen irgendeiner obskuren Besprechung, der Sidney großen Wert beimesse, gegen Mittag in London sein. Und Diana besteht darauf, daß nur ihre Theorie erklären würde, warum er wegen eines Abends diese lange Reise gemacht haben sollte.«
»Ich dachte, du wärst der Meinung, Dianas Theorien seien nicht wert, diskutiert zu werden«, unterbrach ihn Mrs. Parker, die wieder besorgt auszusehen begann. »Du sagtest doch, du habest uns etwas Interessantes mitzuteilen.«
»Habe ich auch, habe ich auch«, nahm ihr Gatte das Gespräch höchst vergnügt wieder auf. »Ich weiß etwas, was Diana *nicht* weiß, weil ich nämlich auf meinem Rückweg Sidney im Hotel aufgesucht habe. Mein Plan war der, ihm nach Möglichkeit die Würmer aus der Nase zu ziehen. Anfangs hat er sich natürlich geweigert, mir etwas zu sagen – du kennst ja Sidneys Art, wie er lacht und ausweicht, wenn man ihm eine direkte Frage stellt. Da habe ich ihn dann ganz ernsthaft gefragt – ihm zeigend, daß ich mir wirklich Sorgen mache –, daß diese Gerüchte Dianas in keiner Weise dazu angetan seien, von ihm noch genährt zu werden – in gar keiner Weise. Und schließlich hat er's mir dann gesagt. Vergiß nicht, daß es ein Geheimnis sein sollte, sagte er. Aber ich bin überzeugt, er hätte nicht das Geringste dagegen einzuwenden, daß es meine nächsten Angehörigen erfahren.«
»Wenn es ein Geheimnis sein sollte«, sagte Mrs. Parker, »erzählst du's uns vielleicht besser gar nicht.«
Inzwischen war Charlotte sehr neugierig geworden zu klären, was für ein mysteriöses Geheimnis Sidneys das sein könnte. Ihr waren sofort mehrere Möglichkeiten durch den Kopf geschossen, und obgleich sie die Spannung kaum aushielt, abzuwarten und zu hören, ob man auch sie in das

Geheimnis einweihen würde, beschäftigte sie sich weiter damit, einen Apfel in kleinere und noch kleinere Teile zu zerschneiden, was, wie sie hoffte, ein sicheres Zeichen ihrer Indifferenz darstellte.

»Oh! was das angeht, hat Sidney mir sogar so gut wie nahegelegt, zu Hause ganz offen davon zu erzählen. ›Laß Susan und Diana ruhig glauben, was sie wollen‹, sagte er, ›aber ich gebe zu, daß ihr beide, du und Mary, in einer ganz anderen Lage seid, und *sie* macht sich vielleicht weniger Gedanken, wenn du ihr den wahren Grund meines heutigen Besuches in Sanditon verrätst‹.«

Falls Mr. Parker die Worte seines Bruders genau wiedergegeben hatte, überlegte Charlotte, war von ihr in dieser Erlaubnis Sidneys nicht die Rede gewesen. Und einem beredten Austausch von Blicken zwischen Mann und Frau entnahm sie, daß sie diesen betreffenden Punkt unter sich besprechen wollten. Doch Mr. Parker hatte offenbar beschlossen, die Erlaubnis auch auf ihren Gast auszudehnen, und mit einem letzten beruhigenden Kopfnicken zu seiner Frau hinüber begann er in eindrücklichem Ton:

»Als ich den heutigen Tag als Datum unserer Veranstaltung festsetzte, war mir allerdings wenig von seiner Wichtigkeit für Sidneys Freund, Mr. Brudenall, bewußt. Sidney hat mir eben noch zu diesem unwahrscheinlichen Gefühl für Timing gratuliert. Wenn *er* einen Tag für unsere Veranstaltung hätte wählen können, hätte er den heutigen Tag dafür bestimmt – der geeignete Anlaß, der ihm vorgeschwebt habe, sagt er, um die Gedanken seines Freundes von dessen augenblicklichem Kummer abzulenken und ihm zu helfen, diesen speziellen Abend so schmerzlos wie nur möglich durchzustehen. Und Sidney hat mich soeben informiert, daß heute der Hochzeitstag von Henry Brudenalls Kusine ist.«

Charlotte war so nahe daran, über diesen Umschwung in lautes Gelächter auszubrechen, daß sie ihren Apfel wieder mit noch größerer Konzentration in noch kleinere Stücke schnitt. Eine solche Erklärung mochte Mr. Parker durchaus glaubhaft erscheinen. Und das wohlüberlegte Kompliment über die doch ganz zufällige Wahl eines wichtigen Datums hatte vielleicht den letzten überzeugenden Anstoß gegeben, seinen Glauben zu erzwingen. Doch dieser bewußte Hochzeitstag war zu einem so flexiblen Ereignis geworden, daß sie selbst sogar seine ganze Existenz zu bezweifeln begann. Jetzt war ihr auch klar, weshalb Sidney ihren Namen von der Einbeziehung in sein letztes Geheimnis ausgenommen hatte.

»Na siehst du, Mary«, fügte Mr. Parker beruhigend hinzu, »es gibt also doch eine ganz einfache Erklärung für das Geheimnis. Genau das, was ich dir heute früh schon gesagt habe. Ich war überzeugt, daß die Wahrheit, wenn wir sie erführen, sich als prosaischer erweisen würde als Dianas phantastische Vermutungen. Und weißt du, Sidneys Güte, seinem Freund in seiner schwierigen Lage beizustehen, ist so anerkennenswert, daß wir ihn unterstützen müssen, wo wir nur können. Er habe von Anfang an die Absicht gehabt, sagt er mir, heute abend in Sanditon zu sein, wenn er könne. Und er ist mir dankbar, daß ich ihm durch die Veranstaltung zu einer zusätzlichen Motivierung verholfen habe. Nie, sagt er, habe er bei Mr. Brudenall oder sonst irgendjemandem den Verdacht erwecken wollen, er sei aus einem gravierenderen Grunde heruntergekommen.«

Man konnte es Charlotte kaum verdenken, daraus zu folgern, daß Sidney Parkers Anwesenheit in Sanditon tatsächlich einen sehr schwerwiegenden Grund haben mußte. Sie war auch überzeugt, daß sie den wahren Grund nie erfahren würde, solange sie sich auf einen seiner Angehörigen verließ. Er tat ihr sogar etwas leid mit seinem ständigen Bestreben, sie hinters Licht zu führen. Die Parkers waren eine so neugierige Familie, und sie konnte sich sehr gut vorstellen, daß es ihm einen Heidenspaß machte, sie alle zum Narren zu halten. Während seines ganzen Lebens mußte es eine Quelle reinsten

Vergnügens für ihn gewesen sein, seine Brüder und Schwestern zu veranlassen, ihre Zeit mit amourösen Vermutungen und sinnlosen Diskussionen zu verschwenden, während er eine Mystifikation nach der andern erfand und beobachtete, wie sie ihrerseits auf jeden Schwindel hereinfielen.

Wenn es ihm half, seine Familie irrezuführen, verzieh sie ihm sogar den vorgetäuschten kleinen Flirt mit ihr. Was bedeuteten denn diese liebenswürdigen Aufmerksamkeiten ihr gegenüber schon – auf was liefen die letzten Endes hinaus, wenn sie sie mit Verstand betrachtete? Doch auf nicht mehr als eine leichte, freundliche Spielerei, und sie wäre wirklich töricht, sich einzubilden, sie seien etwas anderes. Es war kaum Sidneys Schuld, daß sie ihm ihr Herz schon lange geschenkt hatte, bevor sein übermütiger Geist auf einen solchen Plan verfallen war, seine Schwester Diana zum Narren zu halten, und daß ihre eigenen Gefühle seinen kleinen Plan nun weit über seine Absicht hinaus komplizierten. Sie wußte, daß es nicht Sidneys, sondern ihr Benehmen war, das Mrs. Parkers Besorgnis erregte. Und mit dem festen Vorsatz, während des ganzen Abends kühl und besonnen zu sein, ging sie hinauf, um sich für den Abend umzukleiden.

Wenn es noch eines Beweisstücks bedurft hätte, um diesen Vorsatz durchzuführen, bevor sie Trafalgar House verließ, war es das, was sie zufällig hörte, als sie eine Stunde später die Treppe wieder herunterkam. Mr. und Mrs. Parker debattierten auf ihrem Korridor noch immer über dieses Thema, während sie beim ersten Treppenabsatz ankam.

»Liebste Mary, bitte denke doch nicht mehr daran«, sagte Mr. Parker gerade. »Du mußt mir schon zugestehen, es am besten beurteilen zu können, und ich habe ganz bestimmt richtig gehandelt. Miss Heywood ist ein kluges Mädchen, aber sie kennt Sidney nicht, wie wir ihn kennen. Dieser Übermut bei ihm wird oft mißverstanden, und deshalb war es ganz gut, sie wissen zu lassen, daß Mr. Brudenall an diesem Abend die Hauptperson für ihn ist und nicht sie. Ich hoffe, ich habe ihr damit einen kleinen Wink gegeben, seine Aufmerksamkeiten nicht zu ernst zu nehmen. Jetzt ist mir auch ganz klar, daß er hauptsächlich darauf aus war, Diana zum Narren zu halten.«

»Das mag ja so sein – aber ist es auch Miss Heywood klar?« sagte Mrs. Parker bekümmert. »Er sollte sich vorsehen, nicht gleichzeitig auch unseren Gast zum Narren zu halten wie seine Schwester. Außerdem hast du ja jetzt auch Arthurs Bericht, der wiedergibt, welcher Art diese Aufmerksamkeiten waren: Sidney hat dringend darauf bestanden, daß er Miss Heywood zu den Teestuben begleiten sollte. Und auch Susan – sie sagt, sie habe Miss Heywood am Tisch zweimal etwas gefragt und beim Terrace dreimal und nie eine Antwort erhalten, und das überzeugt mich von der Gefahr beinah mehr als alles andere. Selbst das klügste Mädchen kann durch Aufmerksamkeiten irregeführt werden, wenn sie so eindrücklich sind, wie es diese anscheinend waren. Oh, Sidney meint es bestimmt nicht böse, aber es ist wirklich häßlich von ihm, so gedankenlos zu handeln.«

»Ich werde noch einmal mit ihm reden«, gelobte Mr. Parker. »Reiner Übermut, das wissen wir – aber schscht«, nachdem ihm endlich die Geräusche auffielen, welche Charlotte mit beträchtlicher Mühe auf der Treppe zu machen versuchte. »Wunderbar – alle sind fertig und bereit aufzubrechen! Es tut mir leid, daß ich darauf dringen muß, schon so frühzeitig unten in den Festsälen zu erscheinen. Aber Sie wissen ja, einer muß immer der erste sein. Einer muß immer den Anfang machen.«

Mr. Parker war jedoch keineswegs der einzige in Sanditon, der diese Ausnahme für sich in Anspruch nahm, denn Lady Denham, in Begleitung von Miss Brereton und Miss Diana Parker und flankiert von Arthur und Susan, stand bereits in der breiten Einfahrt, als sie eintrafen.

»Ah! mein lieber Tom, ich bin ja so froh, daß du endlich da bist«, rief Miss Diana. »Lady Denham meint nämlich, wir sollten doch die Kerzen in den Haupträumen schon anzünden lassen, hinaufgehen und oben Plätze belegen. Aber es dauert ja noch eine gute halbe Stunde, bis alle andern eintreffen.«

»Guten Abend, Lady Denham – ein großartiger Gedanke von Ihnen«, stimmte Mr. Parker zu. »In diesem Durchzug hier unten werden wir uns sonst alle noch erkälten. Ah! Da sind ja auch die Musiker, wie ich höre. Prächtig, prächtig! Gehen wir doch alle hin, um zu hören, wie sie sich einstimmen.« Und mit so viel Schwung und Getöse, wie ihm zur Verfügung standen, trieb er sie die Treppe hinauf.

Charlotte fand sich neben Miss Brereton, die, ganz im Gegensatz zu ihr, keine Veranlassung zu sehen schien, ihre Vorfreude über das bevorstehende Ereignis zu verheimlichen, heute abend vor ihnen zu tanzen. Ihre Augen strahlten in Erwartung, und mit einer offenherzigeren Lebhaftigkeit, als sie sie gewöhnlich zur Schau trug, gestand sie –

»Oh, Miss Heywood! Das wird bestimmt der bezauberndste Abend werden, den wir bisher in Sanditon erlebt haben. In meiner Ungeduld, endlich zu tanzen, habe ich während der ganzen letzten Stunde Schottische Schritte geübt. Ich kann es kaum erwarten, daß alle hier sind und die Musik anfängt. Geht's Ihnen nicht auch so?«

»Doch, doch – ja, natürlich«, lächelte Charlotte. Sie und Clara Brereton hatten einander seit ihrer Fahrt nach Brinshore geflissentlich gemieden. Das peinliche Bewußtsein des dargebotenen und zurückgewiesenen Vertrauens zwischen ihnen hatte alle weiteren Bemühungen um eine enge Freundschaft verhindert. Doch Charlotte hatte schon längst ihren Mangel an Güte in dieser Angelegenheit bereut und ging bereitwillig auf dieses freundliche Entgegenkommen ein. Da sie jedoch spürte, daß sie ihre Rollen getauscht hatten und daß sie es jetzt war und nicht Miss Brereton, die etwas zu verbergen hatte, suchte sie selbst auch nach einer entgegenkommenden Antwort. »Wie schade, daß Ihre Kusine nicht schon vor dieser Veranstaltung nach Sanditon kommen konnte.«

»Ja, aber sie kommt ja schon nächsten Dienstag in einer Woche«, rief Miss Brereton mit leiser, aber aufgeregter Stimme. »Das ist ein anderes Ereignis, das zu meinem Glück beiträgt. Meine geliebte Elizabeth schreibt mir in ihrem heutigen Brief, daß sie am achten September mit der Postkutsche bis Hailsham fahren wird, und Lady Denham hat bereits zugestimmt, daß ich sie dort mit dem Wagen abholen darf. Ich bin ja so glücklich über diese Art endgültiger und eindeutiger Entscheidungen. Durch Elizabeths Kommen wird sich alles für mich lösen.«

Und dann war Miss Brereton vielleicht unsicher geworden, ob sie nicht doch zu offen über ihre persönlichen Schwierigkeiten gesprochen hatte, für die Charlotte einmal taub gewesen war, und entfernte sich, um einige höfliche Worte mit Mrs. Parker zu wechseln. Charlotte hingegen blieb unter dem Eindruck zurück, daß Clara Brereton die meisten ihrer Probleme bereits zu ihrer vollen Zufriedenheit selbst gelöst hatte, daß sie jetzt keine Vertraute mehr brauchte und ihrer eigenen Urteilsfähigkeit, Entscheidungen zu treffen, ziemlich sicher war.

Charlotte, welche Clara um einen so zufriedenen Ausdruck der Selbstbeherrschung beneidete, an der es ihr selbst fatalerweise an diesem Abend gebrach, nahm sich fest vor, zumindest den Parkers gegenüber, um jeden Preis eine gleichmütige Miene beizubehalten. Sie war fest entschlossen, durch kein Wort und keinen Blick ihre wahren Gefühle preiszugeben, und ihre Hauptbeschäftigung bestand darin, ein gelassenes Benehmen vorzutäuschen, während die Gesellschaftsräume sich zu füllen begannen.

Ihr unpersönliches und nüchternes Aussehen verlor sich, als die Mathews und die Browns, die Fishers, die Misses Scrogg, Mrs. Davis und Miss Merryweathers von der Bibliotheksmitgliederliste zögernd hereinkamen. Sie wurden von Miss

Diana wie alte Freunde begrüßt, wobei sie etwas von ihrer ersten Befangenheit verloren, als sie alle die andern Gesichter als solche wiedererkannten, die ihnen schon seit langem auf ihren täglichen Strandspaziergängen vertraut gewesen waren.

Sir Edward und seine Schwester richteten es so ein, daß sie gleichzeitig mit den drei jungen Männern vom Hotel eintrafen. Mrs. Griffiths, die in großer Sorge um Miss Lambe zu sein schien und eifrig darauf bedacht war, sie so weit wie möglich aus der zugigen Einfahrt ins Kartenzimmer zu führen, bemerkte kaum, daß die Misses Beaufort sich ihrem Schutze entzogen hatten. Sie trödelten auf der Treppe, zupften an ihren Kleidern herum, steckten sich gegenseitig die Schleppen hoch, bis sie endlich, entschlossen fesch und vornehm spät, unter den ersten Klängen einer populären Melodie ihren Auftritt machten und gerade zurecht kamen, um sich aus der Gruppe junger Männer, die noch bei der Tür standen, ihre eigenen Tanzpartner zu wählen, bevor diese flüchten konnten.

Sir Edward und Mr. Catton boten sich gutwillig als die ersten Opfer des Abends an, und Sidney Parker ließ Henry Brudenall keine andere Wahl, als Miss Denham für die beiden ersten Tänze zu engagieren, indem er beide einfach stehen ließ, auf Charlotte zukam und sie aufforderte. Mittlerweile war sie über diese Bevorzugung gar nicht mehr sehr erfreut. Sie war sich sehr wohl bewußt, daß die neugierigen Blicke der gesamten Parkerfamilie auf sie beide gerichtet waren, und bedauerte es schon seit einer ganzen Weile, daß sie Sidney erlaubt hatte, diese Abmachung schon im vorhinein mit ihr zu treffen.

Andererseits bestärkten sie die fünf auf sie gerichteten Augenpaare noch mehr in ihrem Vorsatz, vollkommen ruhig und unbefangen zu erscheinen. Und da Sidney ihr das ermöglichte, indem er in der vernünftigsten und natürlichsten Weise mit ihr plauderte, hatte sie langsam das Gefühl, daß es ihr wirklich sehr gut gelang, ihre Verwirrung zu verbergen. Sie waren halbwegs an der ersten Gruppe vorbei, als Sidney eine seiner verheerenden Randbemerkungen machte.

»Diana und Susan schauen im Augenblick woanders hin«, flüsterte er. »Ich glaube, Sie könnten jetzt ohne Gefahr wenigstens einmal lächeln.«

Charlotte tat es ganz automatisch.

»Es sind schon viel mehr als nur Ihre Schwestern«, fuhr es ihr heraus. »Jetzt haben Sie auch noch mit Mr. und Mrs. Parker und mit Arthur zu rechnen.«

»Oh, Sie können versichert sein, daß man mir das deutlich genug zu verstehen gegeben hat! Ich hatte nur gehofft, sie besäßen soviel Taktgefühl, Sie zu schonen. Ihr zurückhaltendes Wesen mir gegenüber während der letzten zehn Minuten jedoch hat die Gemüter wieder beruhigt. Sogar Mary ist jetzt überzeugt, daß ihr Gast nicht mehr in Gefahr ist, den schamlosen Intrigen ihres skrupellosen Schwagers zum Opfer zu fallen. Schaun Sie nur – sie sitzt ganz gemütlich da drüben in der Ecke mit Lady Denham. Und Arthur ist vollkommen mit seiner lieben kleinen Miss Lambe beschäftigt. Wie lange geht denn das eigentlich schon?«

»Schon die ganze letzte Woche«, sagte Charlotte, die sehr froh war, mit ihm über dieses Thema sprechen zu können. »Ich war überzeugt, Sie würden es begrüßen. Es hat schon jetzt Arthurs Lebenseinstellung unglaublich verändert. Ich entsinne mich, daß Sie einmal gesagt haben, irgendeine noch verborgene persönliche Liebhaberei könnte ihn vielleicht zu einer Betätigung anspornen. Und das ist geschehen. Durch seine Leidenschaft für das Seetangsammeln und sein ängstliches Bemühen um Miss Lambes Wohlbefinden hat er seine eigene Gesundheit völlig vergessen.«

»Und welche dieser Liebhabereien hat wohl in dem armen Arthur diese ganzen Jahre geschlafen?« überlegte Sidney, während er zu seinem Bruder hinübersah. »Da sitzen sie nun, haben ungefähr alles im Saal vergessen, und niemand, außer

uns, scheint zu bemerken, was ihnen widerfahren ist. Sie kommen mir vor wie zwei Wichtel im Walde – oder sollte ich vielleicht sagen, in ihrem Seetangwald? Ich stimme Ihnen zu, das veränderte Wesen Arthurs ist so verblüffend, daß ich viel überraschter bin denn je zuvor. Was sich unter ihren Augen abspielt, sieht Diana nicht. Tom zufolge ist sie viel zu sehr damit beschäftigt, sich auf ihre Phantastereien zu konzentrieren.« Er hielt einen Moment inne und fuhr dann nach kurzem Nachdenken fort: »Glauben Sie *auch*, daß es nur Dianas Einbildung ist, Miss Heywood?«
Diese Frage versetzte Charlotte wieder völlig in Aufruhr. Sie merkte zu ihrer Bestürzung, daß sie plötzlich viel zu schnell atmete, und so sehr sich ihr auch eine Antwort aufdrängte, spürte sie umsomehr die Unmöglichkeit, auf ein derartiges Gesprächsthema einzugehen.
»Verzeihen Sie – ich meine – anscheinend habe ich nicht aufgepaßt – ich fürchte, ich habe an etwas ganz anderes gedacht«, schloß sie stockend.
Sie hatte die Augen niedergeschlagen, und sie wartete sehnsüchtig auf einen Stellungswechsel im Tanz, der sie für den Augenblick trennte. Aber eine solche wünschenswerte Unterbrechung gab es nicht, und nach einigen Momenten qualvollen Zuwartens hörte sie Sidney amüsiert fragen –
»An was haben Sie denn da gedacht, Miss Heywood?«
Der unumgängliche Zwang zu antworten und die Unterhaltung fortzusetzen, stellte sie vor eine Alternative und verlieh ihr die Entschlossenheit, die sie brauchte. Mit wiedergewonnener Heiterkeit hob sie den Kopf und sagte das Erstbeste, das ihr gerade einfiel.
»Ich habe mir gedacht, wie merkwürdig ich das von Ihnen fand, Mr. Brudenall ausgerechnet Miss Denham auszuliefern, nachdem Sie doch den Wunsch hatten, daß er die Hochzeitsnacht seiner Kusine so leichten Herzens wie nur möglich überstehe.«
Das kurze Stirnrunzeln, das plötzlich über Sidneys Gesicht

huschte, genügte, um sie zu überzeugen, daß er nicht im Entferntesten die Absicht gehabt hatte, dieses Geheimnis mit ihr zu teilen. Doch Sidney fand sich mit allem Unerwarteten immer sehr schnell ab.

»Oh, Sanditon hat bei Henry Wunder gewirkt. Er erholt sich prächtig. Aber ich gebe zu, daß ich mit diesen Hochzeitsdaten planmäßiger verfahren sollte. Ich sollte in meinem Notizbuch einen Vermerk machen, welches Datum die verschiedenen Leute damit verbinden.«

»Also geben Sie zu, daß Sie uns alle mit Mr. Brudenall und seiner Kusine irregeführt haben?« fragte Charlotte angriffslustig. »Ich frage mich, ob es einen solchen Hochzeitstag in Wirklichkeit überhaupt gegeben hat.«

»Eines Tages werde ich Ihnen alles erzählen«, versprach ihr Sidney. »Glauben Sie mir, ich würde nichts lieber tun, als Ihnen jetzt mein ganzes Vertrauen zu schenken. Doch in einem Ballsaal sind ausführliche Erklärungen unmöglich. Alles, was ich im Augenblick von Ihnen erbitten möchte, ist, daß Sie mir nur noch ein klein wenig länger vertrauen und *keine* von diesen Geschichten glauben, die Ihnen meine Familie je erzählen mag.« Und das sagte er so feierlich, daß Charlotte wieder ganz verwirrt schwieg. Erst als ihr Tanz vorbei war und sie später Zeit hatte, darüber nachzudenken, mußte sie sich sagen, daß Sidney Parker beides geglückt war: ihre Gedanken zu lesen und ihren Fragen auszuweichen.

Sie wußte kaum, wie der Rest ihres Abends verging. Nur, daß sie plötzlich kein Wort mehr von dem begriff, was jemand sagte und ihre Tänzer kaum noch voneinander unterschied. Sie tanzte und plauderte und tat so, als sei alles ganz normal; aber ihre Augen schienen, wie aus eigenem Antrieb, Sidney zu folgen, und sie beneidete jede seiner Partnerinnen. Sie umfaßten eine ziemliche Selektion, und zwischen *ihnen* zu unterscheiden fiel ihr gar nicht schwer – die Misses Beaufort, Miss Denham und Miss Brereton. Er überredete sogar Miss Lambe, eine halbe Runde mit ihm zu tanzen, bevor er sie

Arthur wieder übergab und sich eine halbe Stunde zu ihnen setzte. Dann führte er seine Schwestern zum Abendessen und saß schließlich noch einen Tanz hindurch mit Lady Denham – mit der er im besten Einvernehmen zu sein schien –, bevor er zu Charlotte zurückkam und den letzten Tanz des Abends von ihr beanspruchte.

»Kommen Sie, Miss Heywood«, sagte er und streckte seine Hand aus. »Ich habe den ganzen Abend die größte Rücksicht auf Ihre Situation genommen. Sie können mir also nicht verweigern, jetzt noch einmal mit mir zu tanzen. Diana wäre ja so enttäuscht, wenn wir ihr nicht noch etwas mehr Gesprächsstoff lieferten, und Sie können während des ganzen Tages zu Boden schaun, wenn es Ihnen das Gefühl gibt, daß Mary Ihr Benehmen dann nicht rügen wird.«

Charlotte hätte ihm keinen Korb geben können. Wenn sie sich vorstellte, daß *das* vielleicht ihr letzter Tanz mit ihm sein könnte, daß sie ihn vielleicht sogar zum letztenmal gesehen haben könnte, fühlte sie heiße Tränen hinter ihren Lidern brennen, und gerade seine Güte ihr gegenüber machte es schwieriger denn je, ihre Selbstbeherrschung zu bewahren. Ihr Herz war viel zu schwer und ihre Gedanken viel zu schmerzlich, um etwas vorzutäuschen, und ihre niedergeschlagenen Augen waren eher eine Notwendigkeit geworden als ein Bluff.

Sidney plauderte munter über lauter Nebensächlichkeiten, als erwartete er nie eine Antwort von ihr, doch an einem Punkt brachte er einen Ton mitfühlenden Verständnisses hinein.

»Es tut mir unendlich leid, daß ich nicht hier in Sanditon bleiben kann, um Sie vor meiner Familie zu schützen, Miss Heywood. Aber wenn ich Sie wäre, würde ich mich Diana gegenüber während der nächsten Tage sehr kühl verhalten. Das sollte wenigstens *sie* in ihre Schranken verweisen, wenn Sie ihr zeigen, wie empört Sie über das Brombeersillabub sind.« Charlotte blickte verständnislos auf. »Ja, haben Sie

denn beim Abendessen nicht gemerkt, was für eine Katastrophe das war? Ich gebe zu, es sah auch für mich wie ein ganz normales Sillabub aus, doch Diana behauptet, es sei tatsächlich eine ganz minderwertige Art. Irgendein Missetäter namens Duckworth scheint dafür verantwortlich zu sein. Sie habe sich völlig in ihm getäuscht, und es habe sich herausgestellt, daß er überhaupt kein Talent zum Kochen habe. Keine Zitronen, um den Wohlgeschmack herauszubringen! Wer hätte eine solche Unterlassung erwarten können, nur weil sie vergessen habe, dabei zu sein und diesen Duckworth zu überwachen, während er es zubereitete? Ihr eigenes, spezielles Rezept sei völlig ignoriert worden. Der arme Kerl habe nicht gewußt, wo sie es hingelegt hatte, und deshalb die Initiative ergriffen und getan, was er konnte: Sherry statt Rheinwein und eine Glasschüssel statt eines Steintopfes. Diana sagt, das Resultat sei jammervoll.«
Charlotte hatte nichts gegessen, hatte das Dessert nicht einmal gesehen und hatte ihre Anstrengungen beim Beerensammeln am Morgen vergessen. Sie wurde nur daran erinnert, als Sidney mit einem Finger leicht über einen Kratzer auf ihrem Handrücken strich.
»Also haben Sie sich diese Kratzer ganz umsonst zugezogen! Sie müssen Diana zeigen, wie empört Sie darüber sind, zum Pflücken so vieler unnützer Brombeeren verleitet worden zu sein. Es ist alles ihre Schuld – aber da sie Diana ist, wird sie selbstverständlich die Schuld schnellstens zwischen dem unglücklichen Duckworth und mir aufteilen. Ich werde sogar durch einen recht beträchtlichen Schuldanteil geehrt! Sie behauptet, es sei meine Ankunft und mein absurdes Benehmen gewesen, das sie so kopflos gemacht habe. Oh, Diana ist außer sich – ihr Dessert war ein Mißerfolg, die Veranstaltung ruiniert, und sie weiß nicht, was sie je verbrochen hat, mit einem so schwierigen Bruder geschlagen zu sein!«
In dieser munteren Art plauderte er weiter, doch Charlotte hätte den ganzen Tanz hindurch in Schweigen verharrt, hätte

er nicht ganz zum Schluß ihrer Hand einen leichten Druck gegeben und freundlich gesagt –

»Schaun Sie doch nicht so bekümmert aus, Miss Heywood. Inzwischen sind mir wegen meiner Verrücktheit am Morgen von meiner gesamten Familie die Leviten gelesen worden, und ich bitte vielmals um Verzeihung wegen aller Ungelegenheiten, die es Ihnen verursacht hat. Sagen Sie wenigstens, daß Sie mir verzeihen.«

»Da ist nichts zu verzeihen«, sagte Charlotte und fühlte, wie es sie in der Kehle würgte. Mehr zu sagen wäre ihr nicht möglich gewesen, doch es gelang ihr, mit einem zustimmenden Lächeln aufzublicken. Sie glaubte ihn verstanden zu haben und war von der Offenbarung seines Charakters, der aus dieser Bitte sprach, zutiefst bewegt: er war ein Zeichen von Güte und ein Beweis für sein eigenes warmes und liebenswertes Herz, an das sie nicht ohne Gefühle denken konnte, die so von Freude und Schmerz bestimmt waren, daß sie nicht wußte, welches überwog. Doch zumindest würde die Erinnerung an seine inständige Bitte um Verzeihung eine Freude für sie bleiben, weil sie ja sein Mitgefühl für ihre Verlegenheit und sein Bestreben einschloß, in freundschaftlicher Weise von ihr Abschied zu nehmen.

»Ich danke Ihnen«, sagte er und erwiderte das Lächeln. »Das läßt mich hoffen, daß meine Reise nach Sanditon doch kein völliges Debakel war, wie ich gefürchtet hatte.«

Sie war froh, daß Sidney nun in dem Bewußtsein eines reinen Gewissens zurückfahren konnte, und sie war froh, nichts getan zu haben, was sie vielleicht zu offensichtlich verraten hätte. Der Abend kam ihr fast endlos vor; und zu der Überzeugung, daß wenigstens eine Person in Sanditon, die sie immer der Intrige und der Falschheit verdächtigt hatte, befriedigteren und heiteren Gemütes war als sie selbst, kam sie, als Miss Brereton auf der Treppe hinunter mit derselben glückstrahlenden Miene sagte, die sie schon die Treppe hinauf zur Schau getragen hatte:

»Oh! Liebste Miss Heywood! Wie schnell doch alles vorbeigeht! Ich wünschte, wir könnten es alles noch einmal erleben!«

27

Charlotte hatte bei weitem noch nicht alle Gefühle erschöpft, welche in einer jungen Frau möglich sind, die das Pech hat, sich zu verlieben ohne irgendeine Gewähr, daß ihre Gefühle erwidert werden. Seligkeit und Pein, innerer Aufruhr und Ungewißheiten waren in einem zwischen Verträumtheiten und Zweifeln wechselnden Zustand durchlebt worden. Wieviele Morgen war sie mit Gedanken an Sidney erwacht, hatte sich die erste halbe Stunde jedes Tages versonnen in ihre Kissen zurückgelehnt, sich an Sätze erinnert, die er gesagt, an Scherze, die sie miteinander geteilt hatten, und an sein lebhaft wechselndes Mienenspiel, wenn er den Gesprächen anderer folgte. Und dann war da plötzlich ein Tag so voll von mannigfaltigen Begebenheiten gewesen, auf die sie mit einer solchen Intensität angesprochen hatte, daß die Leere der darauffolgenden Tage sie gänzlich unvorbereitet traf. Auf die Reaktion, die jetzt einsetzte, diesen dumpfen Schmerz, war sie nicht gefaßt gewesen.

Schließlich hatte die Vernunft sich wieder Geltung verschafft und ihr gesagt, daß alles zu Ende sei, und sie ermahnt, daß sie lernen müsse, für Sidney Parker nichts mehr zu empfinden. Und wenn das Herz ihr auch noch immer zeitweilige Verträumtheiten aufzwang, waren sie nicht mehr so beschwingt und nie mehr glücklich. Sie konnte nur hoffen, daß diese einseitige Faszination, die ihr ganzes Denken beherrschte, jeden derzeitigen Gedanken an Fröhlichkeit trübte und ihre ganze frühere Freude an Sanditon lähmte, mit der Zeit nachlassen und sich wandeln würde. Vielleicht würde dieses Intermezzo noch zu einer glücklichen und unbeschwerten Erinnerung werden, wenn etwas von ihrer seltsamen Zuneigung für ihn verblaßt war, wenn sie aus der stillen Geborgenheit ihres Elternhauses auf all das zurückblicken konnte. Dann hätte sie doch wenigstens die Erinnerung, daß es Dinge gegeben hatte, die man nie wieder erwarten konnte und die nie aufhören würden, ihr teuer zu sein.

Am Morgen nach der Veranstaltung kam Charlotte – als der besten und wirkungsvollsten Kur, die sie sich selbst verordnen konnte – nochmals auf ihre Abreise aus Sanditon zu sprechen. Sie hatte jede Hoffnung aufgegeben, daß sie Sidney vor ihrer Abreise noch einmal sehen würde, und hatte jetzt nur noch den dringenden Wunsch, diese Umgebung hinter sich zu lassen, mit der sich zuviele Vorstellungen verbanden.

Die Parkers sträubten sich immer noch, ihren jungen Gast zu verlieren, sagten in ihrem Protest sehr viele nette Dinge und erboten sich, sie in ihrem Wagen direkt nach Hause zu fahren, wann immer sie wollte, und stimmten schließlich ihrer Anregung zu, daß sie ihrem Vater schreiben und ein Abreisedatum in der zweiten Septemberwoche vorschlagen werde.

Nachdem Charlotte sich durchgesetzt und ihren Brief erst einmal geschrieben hatte, wurden die restlichen Tage, die sie noch in Sanditon verbringen mußte, mit all der geheimen Wehmut angesichts dessen, von dem sie eben im Begriffe war, Abschied zu nehmen, noch einmal besonders kostbar für sie. Nachdem ihre Tage sich unmittelbar nach dem Fest unausgefüllt dahingeschleppt hatten, füllten sie sich jetzt langsam mit kleinen Erlebnissen, der weiten Sicht, dem Rauschen des Meeres und mit Impressionen von einer friedlichen, sonnenbeschienenen Schönheit in Meer und Himmel, derer sie nie überdrüssig wurde, während sie in ihren Anblick versunken dasaß.

Einen Teil ihrer Zeit verbrachte sie auch weiterhin damit, auf den regelmäßigen Ausflügen, welche die jungen Leute von Sanditon noch immer eifrig arrangierten, in der Umgebung herumzuwandern. Die Misses Beaufort waren jeden Morgen beim Terrace zu finden, um der Gesellschaft Vorschläge zu machen, eine neue Chaussee, einen neuen Pfad, den sie entdeckt hatten, zu erforschen, und um ihre Begleiter in immer lebhafteres Geplauder zu verwickeln. Sir Edward war nach wie vor bei der Hand, um Miss Brereton mit seinem gewohnheitsmäßig besitzgierigen Blick im Auge zu behalten, die gleichfalls entschlossen schien, ihre täglichen Zusammenkünfte, und auch ohne Sidney Parker, fortzusetzen; und Miss Denham hielt offensichtlich die jungen Männer aus dem Hotel ihrer Aufmerksamkeit noch immer für würdig.

Charlotte war stets glücklich, auf diesen Ausflügen mit Reginald zu wandern und seinem gewandten, oberflächlichen Geplauder zuzuhören, das gelegentlich von einem klugen Ausspruch durchsetzt war – der jedesmal von „sagt Sidney“ präludiert wurde. Er machte kaum irgendwelchen Anspruch auf eigene Meinungsäußerungen, und sie lernte bald zwischen seiner üblichen verwuselten Art von Konversation und den akzentuierten Äußerungen Sidneys zu unterscheiden, auch wenn er es nicht erwähnte. Sie lernte auch, wie sinnlos es war, Reginald irgendwelche Fragen über die Länge seines Aufenthaltes in Sanditon zu stellen. Seine Ausflüchte und sein Gelächter steigerten sich nur noch, wann immer sie versuchte herauszubekommen, wie lange er und Henry Brudenall dazubleiben beabsichtigten. Ach Gott, er habe natürlich im Augenblick keine besonderen Pläne – er könne glücklicherweise über seine Zeit verfügen – vorläufig habe es auch gar keinen Sinn, endgültige Entscheidungen zu treffen – alles hänge von Sidney ab – außerdem sei ja auch noch gar nicht sicher, wann Henrys Schiff abfahre – seine eigenen Freunde in Brighton könnten ohne weiteres noch warten – und kurzum, es sei

doch höchst erfreulich, einige Zeit in einem so ruhigen Badeort in so reizender Gesellschaft zu verweilen.
Charlotte hörte zwar zu, verstand es aber nicht ganz. Hier war, im Unterschied zu seinem ersten Tag in Sanditon – wo er noch unbedingt so bald wie nur möglich nach Brighton hatte zurückkehren wollen –, ein völliger Wechsel in Reginalds Entschlüssen eingetreten. Sie lächelte über seinen Mangel an Konsequenz, indem er jetzt Entschlüsse kundgab, die in absolutem Widerspruch zu den ursprünglich geäußerten standen, verzichtete aber darauf, ihn auf seine Inkonsequenz aufmerksam zu machen und sich über ihn zu mokieren. Doch konnte sie sich irgendwie nicht zufriedengeben und hatte das Empfinden, daß seinen jetzigen Dispositionen etwas äußerst Kurioses anhaftete.
Viele ihrer Morgen verbrachte Charlotte auch mit Arthur und Miss Lambe am Strand. Sie beobachtete das Kreisen und Herunterstoßen der Möwen, während Miss Lambe eifrig ihre Seetangexemplare skizzierte und Arthur glücklich zwischen den Felsen herumpaddelte. Gesprochen wurde bei diesen Gelegenheiten nicht viel. Einige Kommentare aufrichtiger Bewunderung Charlottes, wenn sie die letzten Zeichnungen betrachtete, und einige wohldurchdachte Bemerkungen als Antwort machten fast die ganze Morgenunterhaltung der jungen Damen aus, deren stilles Beisammensein nur hin und wieder durch Arthurs freudiges Geschrei unterbrochen wurde, wann immer sein Nagelstock erfolgreich aus einer Felsspalte im Wasser auftauchte. Das Wenige, was Miss Lambe äußerte, hatte immer Hand und Fuß; hingegen überraschte sie Charlotte manchmal dadurch, daß sie mitten aus einem ihrer Gedankengänge heraus irgendeine scheue und scharfsinnige Betrachtung anzustellen begann.
»Wenn ich mein ganzes Leben am Meer zubringen könnte«, hatte sie eines Tages gesagt, nachdem sie eine halbe Stunde schweigend gezeichnet hatte, »wäre ich vollkommen glücklich.«

Und ein andermal –
»Wie glücklich Sie sein müssen, Brüder und Schwestern zu haben. Sie brauchen nie allein zu sein.«
Und zum Schluß –
»Ich wünschte, Sie würden mich Adela nennen.«
Diese Aussprüche wurden nie von irgendwelchem übertriebenen schmückenden Beiwerk begleitet, zu dem sich die Misses Beaufort bemüßigt gefühlt hätten. Und Charlotte reagierte mit denselben einfachen Worten darauf und wußte Adelas intelligente Art der Herzlichkeit, die sie vor Fremden so oft verbarg, ganz besonders zu würdigen und ihren sicheren feinen Instinkt, selbst für die unausgesprochenen Meinungen der wenigen Freunde, die sie hochschätzte.
Eines Morgens, als Charlotte im Eckhaus vorsprach, um sie abzuholen, fand sie Adela vor, die, mehr in ihre eigenen Gedanken vertieft denn je, schweigend ihr Zeichenmaterial zusammensuchte. Sie brachte kaum einen Gruß heraus, vermochte kaum zu lächeln, wandte sich hastig ab, um ihre Pinsel auszuwählen, und sagte ganz plötzlich, mit dem Rücken zu Charlotte hin –
»Bevor wir zum Strand hinuntergehen, muß ich Ihnen dringend etwas Wichtiges sagen«, und hielt in ziemlicher Nervosität inne. »Arthur hat um meine Hand angehalten, und ich habe eingewilligt.« Sie blickte sich mit einem kurzen flehenden Blick um. »Ich hoffe, Sie halten meine Entscheidung nicht für ein allzu großes Unrecht. Ich werde nie stark und gesund sein, aber ich bin nicht völlig invalide, und glücklicherweise habe ich eine ganze Menge Geld geerbt, daß ich einem Gatten in keiner Weise je zur Last fallen werde.« Und dann überschlugen sich ihre Worte, um eine zunehmende Verwirrung zu vertuschen. »Wir beabsichtigen, hier in Sanditon ein Haus für uns zu bauen, Mrs. Griffiths zu bitten, bei uns zu bleiben und für uns beide zu sorgen – oh! bitte, sagen Sie doch, daß Sie unsere Idee für gar nicht so töricht halten.«
Charlotte, die das Zittern in ihrer Stimme wahrnahm, konnte

sich die Tränen in Adelas Augen vorstellen, und da sie alle Worte in diesem Moment als nichtssagend empfand, lief sie spontan zu ihr hinüber und umarmte sie. Aber nicht einmal in diesem bewegenden Augenblick war Adela imstande, ihre Gefühle beredt zu äußern.

»Sie, hoffe ich, können verstehen, wie es zu so etwas kommen konnte. Aber glauben Sie – würden Sie uns vielleicht dabei helfen, es seinen Geschwistern zu erklären? Vielleicht können Sie ihnen *klarmachen*, daß Arthur niemals Grund haben wird, einen solchen Schritt zu bedauern? Ich bin überzeugt – kurzum, ich *weiß*, er wird glücklich werden. Wir haben doch beide Seetang so gern.«

Sonst hätte Charlotte über eine solche Quintessenz wahrscheinlich am liebsten gelacht, aber die tiefe Neigung, die Arthur und Adela füreinander hegten, war für sie so augenfällig, daß sie ihre Verschlossenheit, ihre Hemmung, vor andern darüber zu sprechen, begreifen konnte. Sie hatte beide sehr liebgewonnen und war selbst von ihnen als einem idealen Paar durchaus überzeugt, doch es mangelte ihnen an Selbstsicherheit, so daß beide nicht einmal ihrer Zuneigung zu ihr Ausdruck gaben. Selbst vor ihr sprachen sie nicht von ihrer Liebe, sondern von ihrer gegenseitigen Fürsorge – da Arthur annahm, seine Schwestern würden es gerade von *ihm* äußerst merkwürdig finden, daß *er* den Wunsch haben sollte zu heiraten, und mit Adela wären sie schon gar nicht einverstanden.

Sie waren tatsächlich so zaghaft in Bezug auf ihre Pläne, so nervös wegen der Aufnahme, die ihre Verlobung bei jedermann finden würde, daß Charlotte ihre ganze Überzeugungskraft einsetzen mußte, bevor sie sich dann endlich auch Mrs. Griffiths entdeckten. Arthurs erklärendes Gestammel und Adelas Verzeihung heischende Erklärungen wurden mit soviel ruhigem Verständnis aufgenommen, daß auch ihnen beiden langsam ihre Pläne gar nicht mehr so ausgefallen schienen und sie hofften, daß ihr ganzer Bekanntenkreis eine

Ehe zwischen ihnen vielleicht sogar für ganz normal halten könnte.
Doch Charlotte und Mrs. Griffiths waren wahrscheinlich die einzigen Menschen in Sanditon, welche die Verlobung nicht überraschte. Für alle andern war sie mehr als nur eine Sensation – sie war die Sensation der Saison. Verschiedene Kombinationen von verschiedenen Namen waren verschiedenen Leuten durch den Kopf gegangen, aber niemals diese.
Die Misses Parker konnten einander nur immer wieder emphatisch zurufen »Unmöglich!«, bevor sie sich dazu bereit fanden, es vor Arthur in »Höchst ungewöhnlich!« abzuwandeln und vor Adela in »Ganz erstaunlich!« Es war und blieb das Tollste, das es je gegeben hatte, und keine von beiden konnte es begreifen. Arthur sich verheiraten! Arthur in der Rolle eines Ehemannes!
Mr. Parker tat sein Bestmögliches, ihnen beizubringen, daß es eine durchaus wünschenswerte Partie sei. Er sei überzeugt, Arthur könne bis dahin lernen, für sich selbst einzustehen. Arthurs Ansprüche seien bescheiden, und er sei auch nie in Gefahr gewesen, sein eigenes kleines Vermögen zu vergeuden. Aber hatten denn seine Schwestern Miss Lambes großes Vermögen gar nicht bedacht, das ihm doch jetzt alles leicht machen würde? Das Vorhandensein des Vermögens war schon so lange zu einer Selbstverständlichkeit geworden, daß die Misses Parker infolge Adelas einfachem Lebensstil und schüchternem Benehmen tatsächlich in ihrer ersten Aufregung über die Verlobung gar nicht mehr daran gedacht hatten. Als sie jetzt seinen vollen Umfang erfuhren, waren sie von seiner Höhe derartig überwältigt, daß sie kein Wort des Widerspruchs mehr äußerten. Wer hätte denn aber auch *Arthur* je zugetraut, einen solchen Erfolg zu haben?
In vierundzwanzig Stunden war aus dem »Unmöglich!« ein »Durchaus akzeptabel!« geworden. Alles war hoch willkommen! Ganz bezaubernd! Das Gescheiteste, was Arthur jemals getan hat!

Die Parkers waren keine geldgierige Familie, aber ein Vermögen, auch wenn sie nicht darauf aus gewesen waren, hielten sie in jeder Familie für etwas sehr Gutes. Und dennoch wurde dieses Vermögen, das ihnen überhaupt erst nachträglich bewußt geworden und für Arthur und Adela selbst fast eine Bagatelle war, vom übrigen Sanditon sofort als der einzige Grund für diese Verbindung angenommen.

Lady Denham, die es Sir Edwards wegen beklagte, war immer überzeugt gewesen, daß irgendjemand noch vor dem Ende der Saison einen entscheidenden Vorstoß machen würde, um von ihm Besitz zu ergreifen.

»Solche Chancen ergeben sich, meiner Seel', nicht oft! Ich habe es Sir Edward nicht einmal, ich habe es ihm tausendmal geraten, ja keine Zeit zu verlieren. Aber dann habe ich beobachtet, wie jämmerlich seine Bemühungen waren. Die gequälte Miene, mit der er Miss Lambe ein paarmal zulächelte, sprach nicht gerade für ihn. Und das habe ich ihm denn auch gesagt. Aber wenn ich ehrlich sein soll, wird ihm diese Schlappe vielleicht doch den Star ein wenig stechen. Er gefällt sich nämlich viel zu sehr darin, herumzustolzieren und sich zu sagen, was für ein prachtvoller Kerl er doch sei! Oh, Sie können mir glauben, ich habe ihn oft genug darauf aufmerksam gemacht, daß ihm jeder dieser drei jungen Männer aus dem Hotel unsere Erbin glatt unter seiner Nase wegschnappen könnte. Und jetzt ist es sogar Mr. Arthur Parker gelungen! Aber egal – wenn es nur Miss Esther noch schafft, Mr. Sidney Parker an sich zu binden, werde ich diese Saison immerhin als nicht ganz verfehlt betrachten!«

Obgleich weder Miss Beaufort noch Miss Lätitia Arthur Parker je den Status eines echten Beaus zugestanden hatten, tat es ihnen dennoch leid, ihn als Heiratskandidaten und als ihren ersten Verehrer in Sanditon zu verlieren. In Bezug auf die Verlobung nahmen sie einen philosophischen Standpunkt ein – es war immer noch besser, Arthur in einem solchen Zusammenhang zu verlieren als irgendeinen der vier anderen

Kandidaten. Beide überboten einander, der »lieben Adela« überschwengliche und unaufrichtige Komplimente zu ihrer »Eroberung« zu machen, während sie ihre persönliche Eitelkeit durch die Überzeugung befriedigten, daß Arthur sie noch immer viel mehr bewunderte als seine Auserwählte, und daß keine von ihnen, wenn sie fünfzigtausend Pfund hätte, sich je an einen solchen Pudding wegwerfen würde.
Für Mr. Parker drängte Miss Lambes Entschluß, sich in Sanditon niederzulassen, fast alles andere in den Hintergrund. Denn obwohl Adela nicht willens war, über ihre Liebe zu Arthur zu sprechen, hatte sie zum Glück keine solchen Hemmungen, ihre aufrichtige Bewunderung für Sanditon zu äußern. Ihr Lob genügte, um sie bei Mr. Parker besonders beliebt zu machen, und er war ganz überrascht, daß Arthur so klug gewesen sein sollte, eine so intelligente Frau zu wählen.
Mrs. Parkers warmherzige Aufnahme ihrer neuen Schwägerin hätte schöner gar nicht sein können. Sie suchte immer wieder ihre Gesellschaft, bot ihr liebenswürdig ihre Hilfe bei allen ihren Vorhaben an und freute sich wie ihr Gatte in dem Gefühl, daß sie bald nahe Verwandte zu ihren nahen Nachbarn würden zählen können.
»Nun, diese Nachricht wird uns zumindest ein wenig über den Verlust unseres lieben Gastes hinweghelfen,« sagte sie an dem Montagabend, an dem sie von der Verlobung erfahren hatte. Am gleichen Morgen hatte Charlotte Nachricht von ihrem Vater gehabt, der den Vorschlag machte, ihr die Familienkutsche am kommenden Donnerstag nach Hailsham entgegenzuschicken. »Und da Sie und Adela nun so eng befreundet sind, mein liebes Kind, können wir Sie vielleicht oft wieder hier bei uns in Sanditon erwarten. Sie werden in Trafalgar House stets sehr willkommen sein – obgleich ich überzeugt bin, daß Arthur und Adela, wenn sie ihr neues Haus gebaut haben, Sie bestimmt als einen ihrer ersten Gäste beanspruchen werden.«
Charlotte lächelte etwas traurig angesichts dieser Pläne für

zukünftige Besuche, die nur dazu angetan wären, sie zu deprimieren. Daß ihre Freundschaft mit Adela und Arthur der Erinnerung an ihren Aufenthalt in Sanditon immer eine gewisse Süße verleihen würde, wußte sie, wenngleich diese in ihren Erinnerungen an diesen Sommer nur einen sehr kleinen Raum einnehmen konnte, einen Sommer, wie sie ihn nur selten in Erinnerung hatte: kaum Regen und auch keine besonders starken Gewitter.

So kam es, daß sie den ersten Donnerschlag sogar mit einer gewissen Erleichterung begrüßte, der ihr anscheinend beweisen wollte, daß das Wetter selbst in Sanditon auch weniger vollkommen sein konnte. Doch das Sommergewitter, das dieser Donnerschlag ankündigte, war so heftig, daß sie zur Zeit der Teestunde mit ihrem Gastgeber um seine Dachziegel, seine Markise und seine jungen Bäume zitterte. Ein kalter, wolkenbruchartiger Regen setzte ein, von derartigen Sturmböen begleitet, daß es schien, als müsse außerhalb des Hauses alles verwüstet werden, wie innen alles durcheinander gerüttelt und geschüttelt wurde.

Das Unwetter hielt die ganze Nacht an, und Charlotte, die viele Stunden schlaflos dalag, konnte das Aufschlagen der Wellen auf den Strand und den Regen gegen die Fenster peitschen hören, und hin und wieder ging selbst dieses Getöse im Krachen eines Donners unter.

Die Winde schienen sich auf Trafalgar House zu stürzen, durch die jungen Pflanzungen und die Schornsteine hinunter zu pfeifen, gegen diesen zähen Block des Widerstandes auf der Hügelspitze anzutoben, und rissen aus Protest und zum Beweise ihres unbändigen Mißfallens Mr. Parkers bunte Zeltstoffmarkise aus ihrem Gestänge und zerfetzten sie.

28

Es war wieder Sommerwetter, als Charlotte erwachte; das Meer war wieder ruhig, die Wolken hatten sich verzogen, und die Sonne schien auf die Zerstörung hinunter, die der Sturm der vergangenen Nacht angerichtet hatte.

Der erste Gedanke der Parkers nach dem Frühstück war, den Schaden zu untersuchen, den Sturm und Regen in ihren Lieblingswinkeln verursacht hatten. Mr. Parker, der drei entwurzelte Bäume aus seinen Neupflanzungen zu beklagen hatte, konnte beim Anblick seiner völlig irreparablen Markise nur den Kopf schütteln. Mrs. Parker freute sich, daß nur eine Fensterscheibe in ihrem Treibhaus zerbrochen war, und half Mary, ihre Schaukel aus den darüberhängenden Zweigen loszumachen, tröstete ihre Buben über den Verlust ihrer Baumhütte und schalt sie gehörig wegen zwei aufgeweichter Bücher und einer Jacke, die in einer Pfütze liegend gefunden wurden.

Charlotte nahm an all diesen Familienangelegenheiten teil und Anteil, doch nachdem sie überall zwischen den Büschen und Sträuchern herumgegangen war, um über die Hortensien und Rhododendren zu berichten, sich zwei fehlende Dachziegel und eine verbogene Wetterfahne gemerkt hatte, blieb sie einen Moment sinnend am Rande des Rasens stehen, überlegend, wieviel weiter sie sich auf ihrer Suche nach frischen Schäden noch vom Hause entfernen sollte.

Während sie dort stand und weit unten das ans Ufer geschwemmte Strandgut zu erkennen versuchte, sah sie Reginald Catton und Henry Brudenall durch die Eingangstore kommen und die Richtung wechseln, als sie sie bemerkten. Sie kamen auf sie zu, statt ins Haus zu gehen. Der Ernst in beiden Gesichtern überraschte sie, und es bedurfte ihrer bedrückten »Guten Morgen« gar nicht, um sie aufmerksam zu machen, daß sie mit dieser Morgenvisite eine ganz besondere Absicht verbanden.

Doch obgleich keiner von ihnen besonders heiter aussah noch sprach, schienen sie auch nicht gewillt, über ein paar banale Bemerkungen in Bezug auf das Unwetter, den Sturm und die entlaubten Bäume überall auf den Downs hinauszugehen, und bald versanken beide in ein verlegenes Schweigen.

Da Charlotte genau merkte, daß der eine auf den andern wartete, den Anfang zu machen, unternahm auch sie keinen Versuch einer Unterhaltung. Sie blickte nur kurz von einem zum andern und versuchte, ihre Beweggründe zu erraten, während die Überzeugung sich in ihr verstärkte, daß sie etwas von Sidney gehört hatten, das sie beide bedrückte. Sie war sicher, daß alles, was sie ihr mitzuteilen hatten, unangenehm sein müsse, und daß ihr Zaudern, es ihr zu sagen, sich aus beider Unsicherheit über den Grad ihrer Freundschaft mit Sidney ergab. Sie selbst brachte es nicht über sich, ein solches Gespräch anzufangen, sondern schaute ängstlich zu Reginald hinüber, in der Annahme, daß höchstwahrscheinlich er der geeignetere der beiden Freunde sei, den Anfang zu machen. Doch es war Henry Brudenall, der sich schließlich räusperte und begann –

»Wenn Sie etwas Zeit für uns hätten, Miss Heywood, würden wir Ihnen gern etwas sehr Wichtiges mitteilen.«

Der Gedanke, daß es sich tatsächlich um Sidney handelte – daß ihm vielleicht in dem Sturm der vergangenen Nacht etwas zugestoßen sei, daß er in ein Duell verwikkelt war oder mit seinem Wagen umgekippt sein könnte – einer dieser Gedanken nach dem andern schoß ihr durch den Kopf – und alle unterlagen sofort der Suggestion ihrer Befürchtungen, daß sie möglicherweise der Grund für eine so feierliche Eröffnung sein könnten.

Sie war sich kaum bewußt, was sie tat, noch wie sie re-

dete, aber sie hatte nicht mehr als nur seinen Namen gestammelt, als Reginald seinen Freund heftig unterbrach.
»Nein, nein – es ist doch nicht Sidney!« rief er und ergriff verständnisvoll ihre Hand, was mehr von Gefühl als von Überlegung zeugte. »Es ist wirklich hoffnungslos mit dir, Henry. Es hat mit Sidney überhaupt nichts zu tun, das schwör' ich Ihnen, Miss Heywood.«
Ganz überrascht von seiner Herzlichkeit, schämte Charlotte sich ihrer plötzlichen Schwäche ganz besonders, konnte aber ihres inneren Aufruhrs immerhin soweit Herr werden, um ihn zu bitten, doch endlich zu reden und ihr zu sagen, was der Grund für dieses schreckliche Hinauszögern sei. Die Ernsthaftigkeit in seinem Verhalten hatte sie, genau wie seine Worte, längst darauf vorbereitet, daß es etwas ganz Ungewöhnliches sein mußte. Doch Reginald, der diesen einen raschen Anlauf genommen hatte, schien der Meinung zu sein, daß alle weiteren Eröffnungen am besten von Mr. Brudenall gemacht würden, der jedoch ungeduldig und beschwörend zu seinem Freund hinüberblickte, dann aber, hochrot im Gesicht und in einer überstürzten Art, schließlich selber in einen neuen Anfang hineinstolperte.
»Die Sache ist nämlich die, Miss Heywood, daß wir – daß ich hergekommen bin, Sie um Ihre Hilfe zu bitten. Glauben Sie mir, wenn es im Augenblick einen andern Menschen in Sanditon gäbe, den ich bitten könnte, würde ich es vorziehen, mich an ihn zu wenden. Ich weiß, daß Sie nicht um Rat gefragt werden möchten, ich weiß auch, daß Sie nicht billigen, um was ich Sie bitten werde –«
Charlotte konnte ihn nur fassungslos anstarren, während Reginald Catton verzweifelt die Hände hob und einfach herausplatzte –
»Er meint, Miss Brereton habe ihm erzählt, daß Sie ihr Durchbrennen nicht billigten.«
»*Ihr* Durchbrennen? Plant denn Miss Brereton, mit *Mr. Brudenall* durchzubrennen?«

Eine Welle der Erleichterung überwältigte Charlotte, und sie war sich sofort bewußt, das war nicht nur Erleichterung darüber, daß Clara Brereton nicht die Absicht hatte, mit Sir Edward durchzubrennen. *Die* Möglichkeit, die sie *wirklich* gefürchtet hatte, war nie weiter als bis an die Grenzen ihrer Phantasie gelangt, um augenblicklich wieder zurückgedrängt zu werden. Doch sie war ehrlich genug mit sich selbst, um sich einzugestehen, daß sie immer dagewesen war, um sie aus dem Hintergrund zu verfolgen. Sie hatte sie so sehr gefürchtet, daß sie sie nie zugegeben oder sich auch nur gestattet hätte, auch die Möglichkeit in Erwägung zu ziehen, ob es nicht sogar Sidney selbst sein könnte, dem soviel an Clara lag.

»Jetzt gibt's nur noch *eins*«, sagte Reginald mit einer Art düsterer Entschlossenheit. »Henry segelt am Freitag, und für alles andere ist es zu spät. Wozu noch soviel reden und planen und doch nichts damit zu erreichen? Man hat schon seit Wochen versucht, eine bessere Lösung auszuarbeiten. Henry wollte immer mit offenen Karten spielen: einfach zu Lady Denham hinzugehen und zu sagen, er sei gekommen, um Clara abzuholen. Aber die Breretons waren so darauf versessen, die freundschaftliche Beziehung zu ihr aufrechtzuerhalten, aus Angst, sie könnte ihr ganzes Geld ihren Hollisens und Denhams hinterlassen, statt ihnen, daß sie Clara beschworen hatten, doch ja ihre Kusine dort hineinzubringen, noch bevor man die alte Dame in Aufregung versetzte. Jetzt muß man nur Clara noch begreiflich machen, daß für solche Manipulationen im Augenblick keine Zeit mehr ist.«

Charlotte, deren Gesicht ihre Verblüfftheit über diese unerwarteten und irgendwie nur angedeuteten Enthüllungen widerspiegelte, hatte das Gefühl, sie sollte zumindest ein paar Fragen artikulieren, die ihr Reginalds unverständliche Sätze verständlicher machen würden. Doch bevor sie sich noch äußern konnte, war er schon wieder in voller Fahrt.

»Wenn Sidney hier wäre, würde es ihm wahrscheinlich

gelingen, die alte Dame umzustimmen und zu veranlassen, sich billigerweise in alles zu fügen. Aber sie ist viel zu egoistisch und eigensinnig, um auf einen von *uns* zu hören, bevor Henrys Schiff abfährt. Sie haßt alles, was ihre Routine unterbricht. Das Theater und den Wirbel, den sie veranstaltet hat, bis Sidney sie dazu bewegen konnte, Elizabeth Brereton nach Sanditon einzuladen. Er war der Meinung, er habe zeitlich alles gut arrangiert, aber, wie es jetzt scheint, haben wir uns um einen oder zwei Tage verrechnet. Der bewußte Dienstag, an dem Clara ihren Vetter in Hailsham treffen sollte, ist nämlich schon *heute*!«

»Ja, richtig, jetzt erinnere ich mich auch: Miss Bretetons Vetter sollte heute in Sanditon eintreffen«, sagte Charlotte nachdenklich und fragte sich, wo alle diese Einzelheiten wohl letzten Endes ihren Knotenpunkt fünden würden? »Aber was ist mit Mr. Brudenalls Kusine?« fügte sie noch hinzu, wobei sie sich krampfhaft bemühte, die neuen Fakten und die alten Fiktionen auseinanderzuhalten.

»Clara Brereton ist seine Kusine«, erklärte Reginald jetzt kurz entschlossen. »Entfernte Kusine mütterlicherseits, und sie *lieben* sich tatsächlich schon seit ihrer Kindheit. Sidney hat zwar eine Menge Humbug über eine zerbrochene Liebe in die Welt gesetzt, um seine Familie zum Narren zu halten, ist aber bei der Wahrheit geblieben, wann immer er konnte. Sie sind Geschwisterkinder, und sie haben von jeher die Absicht gehabt zu heiraten, bevor Henry nach Bengalen ginge. Das war auch für die Breretons nie ein Geheimnis, nur daß sie zu Außenstehenden noch nichts von der Verlobung hatten verlauten lassen, bis Lady Denham dazwischen kam und ihre ganzen Pläne komplizierte. *Sie* fand sofort Gefallen an Clara und beschloß, sie nach Sanditon House einzuladen. Die ganze Breretonfamilie lag ihr in den Ohren, doch Elizabeth an ihrer Stelle als Gesellschafterin einzuladen. Aber nein! Sie war überzeugt, daß irgendetwas dahintersteckte. Je mehr sie versuchten, ihr Clara auszureden, desto mehr bestand sie darauf, sie zu bekommen, und sie war mittlerweile so mißtrauisch geworden, daß sie merkten, die reine Wahrheit wäre für sie zu unerquicklich, um sie ohne Groll und Argwohn hinzunehmen. Und da *sie* so unnachgiebig war, und *ihnen* soviel daran lag, sich ihr Wohlwollen zu erhalten, bedrängten sie Clara, nur für sechs Monate auf das Angebot einzugehen. Sechs Monate! Es könnten sechs Jahre werden, wenn keiner etwas unternimmt. Sidney hat Henry schon seit Monaten geraten, herzukommen und Clara aus Sanditon zu entführen. Und jetzt versucht er schon seit Wochen, Clara davon zu überzeugen, daß es keinen Sinn habe, das Ganze noch länger hinauszuschieben. Soll doch die alte Dame ihr Geld den Denhams statt den Breretons hinterlassen. Warum sollten Henry und Clara deswegen zu leiden haben?«

»Ja, warum eigentlich!« rief Charlotte. Und sie sprach mit soviel Wärme, daß Reginald sich triumphierend seinem Freund zuwandte –

»Na, was habe ich gesagt, Henry? Miss Heywood würde die Dinge genauso sehen wie wir. Schließlich ist ja Lady Denham nicht Claras Hüterin. Wenn eure beiden Familien ihre Verlobung mir dir gutheißen, bezweifle ich sogar, daß man das überhaupt eine Entführung nennen kann. Miss Heywood ist klug genug, um die Zusammenhänge zu verstehen. Das siehst du doch bestimmt auch selbst? Und, *bitte*, Henry, fahre jetzt fort.«

Charlotte wunderte sich nur, daß es da noch immer eine Fortsetzung gab. Reginalds eigene Redeweise mochte hastig, geschwätzig und konfus sein, doch die geäußerten Gefühle waren spontan und gänzlich unsentimental. Er dachte nicht sehr klar und gab sich auch nur selten Mühe, es zu tun, wenn er Sidneys Rat folgen konnte; doch die wenigen Meinungen, die er sich selber bildete, blieben sich, sowohl in ihrer Aufrichtigkeit wie in ihrer Klarheit, immer gleich. Und wenn auch sein Bericht, dem sie aufmerksam folgte, eine Entführung nicht unbedingt rechtfertigte, so bewies er doch zumin-

dest, daß Lady Denham in ihrem Verhalten Clara gegenüber äußerst herzlos und egoistisch und bar jeden Mitgefühls und jeder Einsicht gewesen war. Aber Reginald hatte ihr nichts erzählt, was sich nicht mit ihren eigenen Beobachtungen deckte, und was sie Lady Denham nicht zugetraut hätte. Ihre egoistischen und raffinierten Manöver hatten immer etwas Abstoßendes gehabt, und ihre Reaktionen auf irgendwelche Vorschläge waren stets unberechenbar gewesen.
Henry Brudenall hatte nicht die Fähigkeit Reginalds, seinem Herzen Luft zu machen, und nach Charlottes Einschätzung war er eher ein romantischer und ziemlich schwerblütiger Typ. Aber als sie sich jetzt mit einem ermutigenden Lächeln zu ihm hinwandte, verwandelte er sich vor ihren Augen aus einer schemenhaften Karikatur in einen lebendigen Menschen. Tiefernst und von einer leisen Rührung erfüllt, stand er ihr gegenüber und sagte –
»Erinnern Sie sich noch an den Fluß, Miss Heywood?«
»Den Fluß?« wiederholte Charlotte etwas verdutzt.
»Der Fluß, der aus Alt-Sanditon kommt und durch den Geschiebewall blockiert ist, wo er das offene Meer erreicht. Ich bin heute morgen wieder diesen Pfad entlanggegangen. Erinnern Sie sich noch an den ersten Tag, als wir dort entlanggingen, und ich sagte, was für ein träger Fluß das sein müsse, daß er sich zwischen den Kieseln hindurchwinden muß, statt sie links und rechts vor sich herzutreiben?«
»Ja, und Mr. Parker hat Ihnen noch zugestimmt«, rief Charlotte aus, der plötzlich ein Gedankenblitz den Grund dieser läppischen Unterhaltung enthüllte. »Aber Miss Brereton –«
»Ja, Clara sagte, das könne er nicht vor dem Winter tun«, ergänzte Mr. Brudenall. »Doch er hat seinen Kieselwall schon heute morgen durchbrochen. Nach dem gestrigen Gewitter hat der Fluß alles vor sich hergetrieben und fließt nun gerade und ungehemmt in das offene Meer. Glauben Sie nicht auch, daß das ein gutes Omen für uns ist? Wollen Sie

versuchen, mir zu helfen, auch Clara davon zu überzeugen?«
»Also wirklich, Henry!« unterbrach ihn Reginald, schon ganz desolat. »Was haben denn diese ganzen Flüsse und Omen mit der Sache zu tun? Zeige lieber Miss Heywood den Brief, den du heute früh in der Post hattest, und der besagt, daß dein Schiff von Hull abfährt statt von London. Erkläre ihr, daß dich das jetzt drei Reisetage statt einen kostet. Erkläre ihr, daß Sidney mit seinem Wagen noch nicht zurück ist, um dich dort hinzufahren, und daß Clara demzufolge heute früh mit *dir* abreisen muß, statt ihre Kusine in Hailsham zu erwarten. Und hör' um Himmelswillen auf, kostbare Zeit mit Flüssen, die ins offene Meer fließen, zu vergeuden!«
Charlotte lachte über diesen so typischen Ausbruch. Reginalds prosaische Art hätte ihm wahrscheinlich nie die Hand einer solchen romantischen und faszinierenden Schönheit wie Clara Brereton gewonnen; aber wenn er sie erobert hätte, dachte Charlotte, hätte er sie bestimmt mit mehr Schneid und weniger Skrupeln entführt als sein Freund. Seine eigenwillige Behauptung, daß eine von ihren beiden Familien sanktionierte Entführung sogar kaum noch diese Bezeichnung verdiente, hatte Charlotte überzeugt, daß man einige der Skrupel wegen der Durchführung getrost fallen lassen könnte. Wenn Lady Denhams Egozentrik der einzige Hinderungsgrund für diese Ehe war, fühlte Charlotte sich verpflichtet, ihre Hilfe anzubieten, um ihn aus der Welt zu schaffen.
»Sagen Sie mir, was ich für Sie tun kann?« fragte sie Henry; doch war sie keineswegs überrascht, daß es Reginald war, der sie unverzüglich in ihre gegenwärtigen Pläne einweihte.
Sein Landauer könne die Flüchtigen kaum die ganze Strecke nach Hull bringen. Sie müßten mit ihm nach Brighton fahren und dort für die längere Strecke eine Postkutsche mieten. Wäre sie bereit, ihn und Henry unverzüglich zu begleiten und Clara Brereton abzufangen, wenn sie sich nach Hailsham aufmache, um ihre Kusine abzuholen? Clara könne dann zu

Lady Denham einige kurze Zeilen der Erklärung schreiben, die ihre Kusine Elizabeth ihr überbringen würde. Charlotte müsse dann Claras Platz in Lady Denhams Kutsche einnehmen und Elizabeth Brereton in Hailsham erwarten. Und wenn Elizabeth, die klug sei, Humor habe und die ganze Situation sehr genau kenne, erst einmal dort im Hause sei, könne man es ihr vollkommen überlassen, die verworrene Sachlage geschickt auseinanderzusetzen.
»Aber was ist, wenn Miss Brereton mit dem ganzen Plan nicht einverstanden ist?« fragte Charlotte nach einigem Überlegen. »Glauben Sie, sie wird jetzt alle Vorsicht in den Wind schlagen und Lady Denhams Weigerung noch in letzter Minute riskieren, wenn sie doch schon in eine Entführung nicht einwilligen wollte und bis zur Ankunft ihres Vetters wartet, bevor sie sich ihr gegenüber auf irgendwelche Erklärungen einläßt?«
»Sie *muß*«, sagte Reginald mit kindlicher Hartnäckigkeit. »Henry hat seine Abreise nach Indien bereits dreimal aufgeschoben. Man kann doch schließlich nicht verlangen, daß er ewig hier in England herumsitzt und nichts tut. Sein Vater hat zwar versprochen, Claras Überfahrt zu organisieren, und seine Familie wird ihr Möglichstes tun, sie zu Henry hinüberzuschicken, wann immer sie möchte. Aber sie wird doch bestimmt auch sehen, daß noch mehr Verzögerungen und Verschiebungen kaum das Risiko wert sind? Der Weg nach Bengalen ist weit, und vieles kann während einer solchen Trennung passieren. Wenn sie Henry wirklich liebt, muß sie es jetzt auch ihm überlassen, über ihre gemeinsame Zukunft zu entscheiden. Die Chance, daß sie beide glücklich werden, hat Sidney selbst zu ihr gesagt«, fügte er eindrücklich hinzu, »hänge jetzt möglicherweise nur von ihr ab, den einzig richtigen Moment zu erwischen und zu nützen, ehe es zu spät sei. Warum sollte man, wie Sidney sagt, ein Leben lang verpaßten Gelegenheiten nachtrauern müssen?«
Sidneys Meinung wirkte auf Charlotte sogar noch überzeu-

gender. Für ihn hätten diese plötzlichen Pläne kein Element der Überraschung enthalten. Er hatte seine Freunde nun schon seit vielen Wochen beraten und war in der Lage gewesen, sich ohne Eile und ohne Aufregung über ihre Zukunft klar zu werden, und ganz plötzlich war sie fest überzeugt, auf Sidneys Charakter könne man sich durchaus verlassen.

»Ich bin gleich wieder da!« rief sie, im Begriff davonzustürzen, aber nicht so blindlings, als daß ihr nicht bereits etliche sehr praktische Überlegungen durch den Kopf geschossen wären. »Ich werde für die Fahrt nach Hailsham einen Umhang brauchen, und ich muß ja auch eine Entschuldigung für Mrs. Parker finden, daß ich den ganzen Tag nicht da sein werde.«

Es fiel ihr plötzlich auf, daß sie als erste dieser kleinen Gruppe Vorkehrungen traf, um dieses Täuschungsmanöver durchzuführen, als sie wenige Augenblicke später hinter der Treibhaustür verschwand und Mrs. Parker mit fester Stimme skrupellos anlog.

»Ich hoffe, Sie werden nichts dagegen haben, Ma'am, aber Miss Brereton hat mich soeben gebeten, ob ich sie nicht auf ihrer Fahrt nach Hailsham begleiten könnte, um ihre Kusine dort abzuholen. Wir wären allerdings den ganzen Tag fort – hätten Sie wohl etwas dagegen?«

Hätte sie die ganze Geschichte durch eine stotterige, langatmige Erklärung komplizieren sollen, daß Miss Brereton nicht selbst gekommen war, sondern die beiden jungen Männer, die nicht an dieser Fahrt interessiert schienen, als ihre Fürbitter gesandt hatte? Nicht gewöhnt, sich so zu exponieren, und erschrocken über ihre eigene Kühnheit, zitterte Charlotte vor der Möglichkeit, daß Mrs. Parker ihre Gartenschere hinlegen und sich gastfreundlich entschließen könnte, Miss Brereton persönlich zu begrüßen. Die Pause, welche folgte, war ganz schrecklich für sie, und sie konnte ihre äußere Fassung nur bewahren, indem sie versuchte, so gelassen zu scheinen, wie sie wußte, daß Sidney es in einer solchen Situation tatsächlich gewesen wäre.

»Was, liebes Kind? Nein, nein – durchaus nicht – wenn Sie gerne mitfahren möchten«, antwortete Mrs. Parker endlich und schaute von ihren Blumentöpfen und Setzkästen auf, blieb aber mit ihren Gedanken dort verhaftet. »Es ist natürlich für Miss Brereton sehr viel netter, auf der Fahrt Gesellschaft zu haben. Die Nelkenpflänzchen gedeihen ganz prachtvoll, schaun Sie nur. Nur zwei haben durch die zerbrochene Scheibe etwas gelitten – die Scherben habe ich gleich alle beseitigt. Zu schade, daß sie es nicht schon früher vorgeschlagen hat! Nehmen Sie aber unbedingt etwas Warmes mit – das Wetter ist im Augenblick so unbeständig. Es hat gar keinen Sinn, den alten Andrew jetzt etwas nach draußen verpflanzen zu lassen. Viel Vergnügen, liebes Kind – dann können wir Sie wahrscheinlich so um die Dinnerzeit zurückerwarten?«

Und Charlotte, die so ungeschoren davongekommen war, war sich darüber im klaren, zum ersten Mal in ihrem Leben einen arglosen Menschen schändlich hintergangen zu haben. Gerade *weil* Mrs. Parker so arglos war, hatte sie viel leichteres Spiel gehabt – was aber keineswegs ein Freibrief dafür war, so arglose Menschen gegen ihren Willen in eine ähnlich verzwickte Situation hineinzuziehen wie die ihre. Mrs. Parker würde bestimmt im Augenblick viel lieber überhaupt nichts von einer Entführung wissen wollen, und Charlotte konnte ehrlich überzeugt sein, ihr dadurch geholfen zu haben, daß sie ihr die Wahrheit vorenthalten hatte.

Diese tröstliche Theorie verließ sie auch nicht, als sie die jungen Leute zum Hotel hinunterbegleitete, und tröstete sie auch weiterhin noch, als sie sich den neugierigen Blikken der Misses Beaufort vom Balkon des Eckhauses ausgesetzt sah, während der Landauer aus dem Hof des Hotels hinausfuhr. Sie äußerte nur Reginald gegenüber ein leises Bedenken.

»Glauben Sie nicht, daß dieses viele Gepäck dahinten für alle, die uns sehen, ein ziemlich dubioser Anblick ist?«

»Henry kann doch schließlich nicht ohne saubere Hemden nach Indien abreisen«, entgegnete er überzeugend. »Und wollen Sie mir Vorwürfe machen, daß ich meine paar Kleinigkeiten auch gleich eingepackt habe? Doch völlig sinnlos für mich, jetzt noch länger in Sanditon zu bleiben und die hysterischen Ausbrüche der alten Dame über mich ergehen zu lassen. Es tut mir natürlich sehr leid, daß Sie einige Proben davon abbekommen werden. Aber es würde Ihnen auch nicht viel *helfen*, wenn ich noch dabliebe, verstehen Sie. Unangenehm wird es auf jeden Fall, wie immer man es ansehen mag.«

Charlotte hatte der Stichhaltigkeit dieser Argumentation nichts entgegenzuhalten. Sie wunderte sich zwar noch immer über sich selbst, daß sie sich auf ein so zweifelhaftes Abenteuer eingelassen hatte, war aber durchaus bereit, nach ihrer Rückkehr die Konsequenzen zu tragen. Indessen war sie irgendwie neugierig, Miss Elizabeth Brereton kennenzulernen, die, allem Anschein nach, dazu ausersehen war, die Rolle des zweiten Sündenbocks neben ihr zu übernehmen. Einige Erkundigungen bei Mr. Brudenall ergaben die Auskunft, daß Miss Elizabeth um die Dreißig, liebenswürdig und vielseitig sei – genau die passende Gesellschafterin für Lady Denham, wenn sie nur erst einmal zu ihr ins Haus vordringen könnte – eine Gesellschafterin, welche ihr von ihren Verwandten schon seit langem als die, im Vergleich zu Clara, viel geeignetere zugedacht gewesen sei, ihre Ansprüche zu befriedigen, und die jeder gegebenen Situation viel besser gewachsen war.

Langsam hoffte Charlotte, daß dieses ganze Abenteuer vielleicht doch noch erfreulicher und befriedigender für alle Beteiligten ausgehen könnte, als sie im Anfang gemeint hatte.

Sie durchlebte einige ungemütliche Augenblicke, hatte heftige Bedenken und alle möglichen Befürchtungen, während sie auf der Hailshamchaussee auf das Erscheinen von Lady Denhams Wagen warteten. Doch Reginalds heitere Überzeugung, daß diese Reise ja gar keine Entführung sei, und Henrys unerschütterliches Vertrauen, daß Clara auf diese plötzliche, wilde Zumutung richtig reagieren würde, hatte bei ihr bereits bewirkt, daß ihr seine Pläne weit weniger absurd schienen, als sie ihr noch vor kaum einer Stunde vorgekommen waren. Da hatte sie ihm ganz instinktiv ihre Hilfe angeboten, doch der Verstand hielt seine Zustimmung zurück, bis sie die Begrüßungsszene zwischen Henry und Clara gesehen hatte.

Da fielen alle Zweifel von ihr ab. Nachdem sie beide erst einmal zusammen gesehen hatte, war sie fest entschlossen, daß sie zusammenbleiben sollten. Sie wunderte sich nur, daß sie ihr vollkommenes Aufgehen ineinander vorher nie bemerkt hatte. Wie hatte ihr nur dieses warme Leuchten in Claras Augen entgehen können, wenn sie ihn ansah? Oder diese unverkennbare Zärtlichkeit, die in Henrys Stimme schlüpfte, wenn er mit ihr sprach? Es stimmte zwar, daß sie jetzt in Anwesenheit von Fremden nicht mehr auseinander rückten: doch ihre persönlichen Probleme besprachen sie nur vor bewährten Freunden. Aber daß ihr eine so tiefe gegenseitige Zuneigung hatte entgehen können, überzeugte Charlotte, daß ihr Wahrnehmungsvermögen im letzten Monat in der Tat bedenklich getrübt gewesen sein mußte. Hatte sie beide vorher je wirklich *zusammen* gesehen? Da sie Clara stets mit Sir Edward und Henry mit seiner fiktiven Kusine in Verbindung brachte, hatte sie wohl beide miteinander *beobachtet*, aber *gesehen* hatte sie eigentlich immer nur jeden für sich. Und sie hatten ihre Rollen gespielt, um diese Illusion aufrecht zu erhalten. Doch jetzt hatte alle Heimlichkeit ein Ende und damit auch jegliches Geflunker von Claras Seite, daß sie nicht gewillt sei, jederzeit mit Henry durchzubrennen, wann immer er einen solchen Schritt im Interesse ihres Glücks für unumgänglich hielte. Und ihre einzige Besorgnis wurde denn auch tatsächlich nach einigem verblüfften Starren und Zuhören und der erfolgten Übereinstimmung mit einem jetzt lebhaften Henry Brudenall nur in einem schwachen und sehr weiblichen Einwand geäußert.

»Aber Henry – nach dieser ganzen Zeit hier – ohne irgendwelche Vorbereitungen aus Sanditon weggehen! Meine Kleider, meine Bücher – persönliches Eigentum –« und in ziemlicher Verwirrung: »Es muß dir zwar lächerlich vorkommen, aber –«

»Oh, dafür haben wir längst gesorgt!« unterbrach Reginald sie mit einem seiner völlig unromantischen, äußerst praktischen Zwischenrufe. »Sidney meinte, er wisse genau, was sich abspielen würde, wenn wir diesen Punkt einmal erreicht hätten. Er sagte, Ihre persönlichen Sachen könnten Ihnen nachgesandt werden, sobald es ihm gelungen sei, sie Lady Denham zu entreißen. Unterdessen hat er meine Schwestern auf eine Einkaufstour geschickt, als er das letztemal in London war. Ausgezeichneten Geschmack, meine Schwestern. Die kennen sich auch aus. Außerdem, schreibt Laura, würde Ihnen Ihre jetzige Garderobe in Indien sowieso nicht die Spur nützen. Fischbeinstäbe, zum Beispiel, – wußten Sie, daß die in der Hitze brüchig werden? Es hilft Ihnen gar nichts, sagt Laura, Sie müssen einfach echt silberne haben, wenn Sie eine Memsahib werden. Ich möchte wetten, daß Sie von sich aus nie an solche Kleinigkeiten gedacht hätten – aber Ihre ganze neue Garderobe befindet sich in der schwarzen Reisetruhe dahinten, und Sidney sagt, das soll unser Hochzeitsgeschenk sein – seins und meins.«

Miss Brereton beantwortete diese wunderbare Voraussicht mit dankbarem Lächeln, ergriff Henrys Hand und stieg, ohne weitere Bedenken, in den Landauer. »Vielleicht würden Sie und Mr. Parker auch gern den Brief noch schreiben, den ich für Lady Denham zurücklassen sollte«, schlug sie scherzhaft vor.

»Nein, nein«, wehrte Reginald ab. »Henry kann Briefe viel besser diktieren als ich. Aber es muß gleich geschehen. Miss Heywood wird ihn in Hailsham Ihrer Kusine Elizabeth übergeben – und sie gibt ihn dann Lady Denham, wenn sie in Sanditon House ankommt. Die beste Lösung, die es gibt! Ein paar Sätze genügen vollkommen – aber Sie und Henry können sie am besten formulieren.«

Nichtsdestoweniger bemerkte Charlotte, daß Reginald derjenige war, der sich zu diesem Zweck mit Papier und Tinte versehen hatte, die er aus seiner Reisetasche zog und in den Wagen hineinreichte. Dann spazierte er mit Charlotte ein Stückchen die Straße hinunter, um ihnen Gelegenheit zu geben, den Brief aufzusetzen.

»Wie Sie jetzt deutlich sehen können, Miss Heywood, ist Henry ein romantischer Kindskopf – und Clara ist auch nicht viel besser«, sagte er mit warmherziger Toleranz. »Sidney findet, sie seien wie Gestalten, die geradewegs aus Märchen statt aus Häusern herausgetreten seien. Ganz gleich aus welchem Märchen, sagt er. Clara, meint er, könnte Aschenbrödel, Schneewittchen oder Dornröschen sein und Henry irgendeiner der Prinzen. Und sie haben auch annähernd genausoviel Ahnung, mit ihren eigenen Angelegenheiten fertig zu werden wie irgendeine dieser Gestalten. Und wenn nicht eine Zauberin oder eine gute Fee daherkommt und alles für sie in Ordnung bringt, würden sie ihre unmöglichen Träume weiterspinnen und nie etwas zuwege bringen. Beide sind so lange auf die Wünsche aller andern eingegangen, daß sie für sich selbst nie energisch etwas unternommen haben. Weit mehr Gefühl als praktischer Sinn. Ihre Herzen haben einander seit Jahren gehört – aber hätten *sie* sich, ohne unser Eingreifen, je dazu entschlossen, sie zu vereinen? Sich einzumischen, sagt Sidney, wäre eine Begabung, die ihm angeboren sei, aber mir hat er sie, von unserm ersten Schuljahr an, als wir auch Henry kennenlernten, erst beibringen müssen.«

»So lange kennen Sie sich schon?«

»Eine Ewigkeit«, sagte Reginald schlicht. »Henry wird uns sehr fehlen, wenn er in Bengalen ist. Er wird lernen müssen, für Clara zu sorgen, aber an wem werden wir in Zukunft unsere Begabung erproben?«

»Vielleicht finden auch Sie bald eine Clara«, sagte Charlotte liebenswürdig und merkte erst, als sie gesprochen hatte, daß sie sich auf den Singular beschränkte, während Reginald im Plural gesprochen hatte. Sie errötete leicht wegen dieses Lapsus'; er aber schien ihn für ganz natürlich zu halten.

»Ach, aber vielleicht sind nur die romantischen Henrys imstande, eine so tiefe Zuneigung zu wecken«, seufzte er. »Glauben Sie, irgendeine Clara würde mit mir so durch die halbe Welt strabanzen, wenn ich sie bäte? Nein, es gibt Menschen, die können Träume wecken, und andere, die ihnen zur Erfüllung verhelfen können. Und im allgemeinen fühle ich mich mit der zweitbesten Wahl wohler, obgleich Sidney sagt –« Doch es war Charlotte nicht beschieden zu hören, was Sidney zu diesem interessanten Thema zu sagen hatte. »Hallo, sollten sie mit ihrem Brief schon fertig sein? Ja, Henry, wir kommen schon!«

Nun, da alle Vorbereitungen getroffen und alle ihre Ängste vorüber waren, wollte Clara Brereton nur schnell noch ein paar Worte mit Charlotte sprechen, bevor sie losfuhren. Ihr Gesicht strahlte eine ganz ungewohnte Lebensfreude aus, und ihre Augen leuchteten vor Erregung und in freudiger Erwartung; jene völlige Unbekümmertheit und diese Daseinsfreude, welche Charlotte erstmals an jenem Morgen bei ihr aufgefallen waren, als sie im Meer badeten. Jetzt erinnerte sie sich auch, daß das der Morgen von Henry Brudenalls Ankunft in Sanditon gewesen war. Clara sprach sehr schnell – in großer Eile –, als fürchtete sie, nie mehr alles das sagen zu können, was ihr wichtig war.

»Ich kann Ihnen nie genug danken, liebe, liebe Miss Heywood. Ich hätte Sanditon niemals verlassen können, wenn ich nicht gewußt hätte, daß Elizabeth bald hier sein wird. Durch Ihre Bereitwilligkeit, mit Saunders in Lady Denhams Kutsche nach Hailsham zu fahren, werden Sie zu Ende führen, was ich zu tun versucht habe. Sagen Sie Elizabeth, ich hätte liebend gern auf sie gewartet – soviel Gutes verdanke ich ihrer Familie, und ich wäre froh gewesen, wenn ich es ihnen nach besten Kräften hätte vergelten können – aber Elizabeth wird Verständnis für mich haben. Wenn jemand es Lady Denham recht machen kann, ist sie es.«

»Ich wünschte, ich hätte Sie neulich, auf unserer Fahrt nach Brinshore, Ihre Erklärung wegen dieser Entführung beenden lassen«, sagte Charlotte und streckte impulsiv ihre Hand aus. »Können Sie sich vorstellen, daß ich geglaubt habe, Sie hätten Sir Edward gemeint?«

»Sir Edward?« rief Clara, ganz bestürzt. »*Das* haben Sie allen Ernstes von mir glauben können? Es ist wirklich ein Jammer, daß wir uns nie so gut kennengelernt haben, um unsere Meinungen über Sir Edward auszutauschen! Oh, diese Ichbezogenheit, diese Aufdringlichkeit! Ich habe nie gewagt, Lady Denham zu erzählen, wie oft er mir aufgelauert hat, ohne daß sie eine Ahnung hatte! Und sein albernes Gerede und die fragwürdigen Anträge, die er mir ununterbrochen gemacht hat! Und Lady Denhams Faible für ihn – wie hätte ich das untergraben können? Hätte ich ihr von seiner Torheit erzählt, hätte sie mich bloß verdächtigt, daß ich sie bewußt gegen die Denhams aufhetzen wolle. Aber Sir Edward und seine Schwester haben mir leider alles sehr schwer gemacht, genau wie Lady Denham selbst«, schloß sie mit einem traurigen Seufzer und einem erleichterten Schulterzucken. »Je näher ich die beiden Denhams kennenlernte, desto unsympathischer wurden sie mir. Beide so habgierig und servil und nur darauf aus, sich bei Lady Denham lieb Kind zu machen. Aber ich habe mich nie getraut, einem von ihnen zu nahe zu treten – ich bin überzeugt, Elizabeth wird auch mit dieser Situation viel leichter fertig werden. Jetzt, wo ich tatsächlich mit Henry weggehe, wird mir langsam klar, daß ich das schon längst hätte tun sollen. Ich bin nicht sehr geschickt darin, Menschen zu dirigieren und sollte das besser den Sidneys und den Elizabeths der Welt überlassen.«

»Und den Reginalds!« warf Mr. Catton mit gespielter Eifersucht ein, während er von seinem Stallburschen die Zügel übernahm. »Genau, was ich soeben schon Miss Heywood klargemacht habe. Also dann – fahren wir los.«

»Und nochmals vielen, vielen Dank, Miss Heywood«, rief Clara.

Henry Brudenall war sogar noch überschwenglicher. Er beugte sich noch im letzten Moment aus dem Landauer hinunter, ergriff Charlottes beide Hände und rief tief bewegt, aber gleichzeitig doch ein wenig dramatisch –

»Wir sehen uns vielleicht nie wieder, aber Clara und ich werden uns unser Leben lang daran erinnern, was Sie heute für uns getan haben. Ich wünschte, wir hätten schon früher gewußt, daß wir Ihnen so vertrauen können. Aber das hätte ich eigentlich wissen müssen – ich hätte mir doch sagen sollen, daß man sich auf alle Freunde Sidneys immer verlassen kann. Gott segne Sie, liebe Charlotte.«

Reginald knallte oben auf dem Kutschbock mit der Peitsche. Er war prosaischer in seinem Abschiedsgruß.

»Grüßen Sie Sidney von uns, wenn Sie ihn sehen«, rief er fröhlich. »Er wird sich freuen zu hören, daß wir zum Schluß alle noch vergnügt nach seiner Pfeife getanzt haben. Tschüs! Tschüs!«

Charlotte blieb allein auf der Chaussee zurück. Sie beobachtete den Landauer, bis er ihren Blicken entschwunden war, bevor sie sich Lady Denhams Kutsche und dem wartenden Kutscher wieder zuwandte, und auf der langen Fahrt nach Hailsham fand sie Zeit genug, um sich in die Gedankengänge und Zusammenhänge zu vertiefen, die ein so unerwartet ereignisreicher Morgen für sie hatte klären helfen. In wenigen Tagen würde auch sie Sanditon verlassen haben, und falls Sidney Parker, demselben natürlichen Instinkt folgend wie sein Freund Reginald vorhatte, allen Unannehmlichkeiten aus dem Wege zu gehen, täte er besser daran, seine Rückkehr nach Sanditon um einige Wochen zu verschieben. Von ihm jedoch erwartete sie eine solche Reaktion nicht. Die morgendlichen Enthüllungen hatten viel dazu beigetragen, ihr seinen Charakter zu offenbaren, und sie war fest überzeugt, daß er bereit wäre, für seine Freunde jegliches Maß an Schwierigkeiten und Unannehmlichkeiten auf sich zu nehmen.

Erst jetzt wurde ihr klar, wie gut er sein Geheimnis gehütet, seine Familie hinters Licht geführt und alles getan hatte, um Henry und Clara zu helfen – und alles mit dieser sorglosen Fröhlichkeit, die oberflächlich schien, aber nur ein Deckmantel war. Jetzt wurden ihr auch endlich die Hintergründe seines vorgetäuschten Flirts mit ihr klar, und bereitwillig sah sie auch dessen Zweckmäßigkeit ein, die Parkers vom wirklichen Sachverhalt abzulenken; und sie verzieh ihm ohne Groll.

Sie war jetzt vollkommen überzeugt, daß er nie ernsthaft die Absicht hatte, ihre Zuneigung zu gewinnen. Aber mit seinem starken Bedürfnis, liebenswürdig zu sein, seiner heiteren Ungezwungenheit und sehr viel Charme hatte Sidney wahrscheinlich nie gemerkt, wie wenig er zu tun brauchte, um ein Herz wie das ihre zu erobern, das vorher solche Versuchungen nicht gekannt hatte.

Und hatte er denn faktisch etwas getan, das *nicht* seinem Hauptanliegen gedient hätte, Henry und Clara zusammenzuführen? Er hatte auf der Fahrt nach Brinshore darauf bestanden, daß Charlotte neben ihm sitze, so daß Henry und Clara einige lange und wichtige Stunden vergönnt gewesen waren, um ihre Zukunft zu besprechen. Er hatte einen Vorwand gebraucht, um mit Elizabeth Breretons Antwort, Claras

Schiffstruhe und einer nochmaligen, letzten Versicherung nach Sanditon zurückzukehren, daß Henrys Abreisedatum feststehe und alles für die Überfahrt bereit sei. Und hätte Henry seiner neugierigen Familie einen besseren Scheingrund bieten können als einen kleinen Flirt? Dianas lebhafte Fantasie hatte ihm einen solchen bereits zugeschrieben – aber, wie gewöhnlich, hatte sie alles durcheinandergeworfen und von sich aus Clara diese Rolle zugedacht. Um diesen unzweckmäßigen Eindruck zu neutralisieren, hatte Sidney versucht, ihrer Fantasie eine andere Richtung zu geben.
Doch selbst dann noch hatte er sorgsam vermieden, mehr zu tun, als seine Hand, vor den Augen seiner Schwester, auf Charlottes Hand zu legen, nachdem alle anderen die Teestuben bereits verlassen hatten. Er hatte keinen Verrat an ihr begangen. Er hatte ihr unmittelbar danach seinen Beweggrund gestanden und war darauf, von einem vorwurfsvollen Bruder zur Rede gestellt, schlagfertig mit einer anderen Motivierung bei der Hand gewesen, die seine Rückkehr nach Sanditon rechtfertigte.
Bei dem geselligen Abend hatte er seine Klugheit und sein Feingefühl bewiesen, als diese ihm bewußt machten, daß sein kleines Manöver zwar seinen Zwecken gedient, aber ihren Seelenfrieden überfordert hatte, indem er gerade solange mit ihr tanzte, um Diana neue Rätsel aufzugeben. Dann hatte er sie für den Rest des Abends allein gelassen und sich später ganz reizend für sein Benehmen bei ihr entschuldigt.
Charlotte hegte den leisen Verdacht, Sidney könnte vielleicht inzwischen auch gemerkt haben, daß Vorsicht und Vernunft, deretwegen er sie immer neckte, sie nicht länger davon zurückhalten konnten, sich in ihn zu verlieben, wenn er seine Artigkeiten fortsetzte. Vielleicht hatte er es sogar schon früher in den Teestuben gemerkt? Doch seine Liebenswürdigkeit, seine Ungezwungenheit und Fröhlichkeit ihr gegenüber waren sich immer gleichgeblieben. Hatte er denn eigentlich überhaupt etwas getan, um ihre Zuneigung zu gewinnen,

außer daß er ihr einige reizende Komplimente gemacht und sie durch lustige Gespräche erheitert hatte? Getan hatte er gar nichts, außer daß er für sie, wie Charlotte sich mit einem etwas gequälten Lächeln erinnerte – in einem seiner typischen Anfälle von Übermut – ein scheußliches Muschelkästchen gekauft und ihr geschenkt hatte, welches sie als eine kostbare Erinnerung hüten würde. Und sie lächelte ein wenig wehmütig vor sich hin, als ihr einfiel, daß auf diesem – ihrem kostbarsten Souvenir aus Sanditon – faktisch Brinshore stand.

Dieser Morgen hatte sie zwar mit ausgiebigen und sehr ausführlichen Gründen für Sidneys jeweilige Aufmerksamkeiten versorgt, und die nüchterne Erklärung machte jegliche Hoffnung, die sie vielleicht gehegt haben mochte, zunichte, daß sie je ernsthaft gewesen sein könnten, gab ihr aber zum Trost doch wenigstens das Gefühl, stolz auf ihn sein zu können. Seinen Charme hatte sie immer anerkannt, aber seine Lauterkeit in Frage gestellt. Doch nun, da sie endgültig verlor, was ihr nie gehört hatte, fand sie einen gewissen Trost in diesem neuen Stolz auf Sidney. Seine Prinzipien waren genauso unerschütterlich wie ihre eigenen – und er hatte sehr viel mehr persönlichen Mut, nach ihnen zu handeln.

Sie hatte ihn oft mit seiner Schwester Diana verglichen und geglaubt, seine Einmischung sei so aufdringlich und unzulässig wie ihre. Beide schienen mit Begeisterung zu versuchen, den Lebenslauf anderer Menschen umzumodeln. Sich einmischen oder helfen – es lief auf das gleiche hinaus. Doch Sidneys Eintreten für andere hatte sich jetzt über jeden Zweifel als gerechtfertigt und uneigennützig erwiesen und daß es einzig und allein echter Hilfsbereitschaft entsprang. Er liebte den Erfolg nicht um des Erfolges willen, bildete sich nichts darauf ein, mehr zu tun als jeder andere und war nicht melodramatisch in Bezug auf seine Pflicht, anderen nützlich zu sein. Er half nur seinen Freunden, wenn sie es nötig hatten.

Es war doch klar, daß Sidney sie nie hatte lieben können! Es war einfach vermessen von ihr gewesen, es je geglaubt zu haben. Immerhin hatte er sie gern gehabt, respektiert und ihr vertraut. Zumindest, sagte sich Charlotte mit leiser Wehmut, zumindest konnte sie *dafür* dankbar sein.

29

Als sie jetzt in Lady Denhams Kutsche nach Hailsham hineinfuhr und an ihre bevorstehende Begegnung mit Elizabeth Brereton dachte, überkam Charlotte ein Gefühl der Besorgnis und Beklommenheit. Die zwei Stunden ihrer Reise waren ausschließlich mit ihren eigenen Problemen ausgefüllt gewesen, die sie jetzt energisch beiseite schob, um sich auf die Erklärungen vorzubereiten, die man sehr bald von ihr erwarten würde. Sie hoffte nur, daß Claras Vertrauen auf die verständnisvolle Reaktion ihrer Kusine sich wirklich als berechtigt herausstellte. Die stürmischeren Auseinandersetzungen in zwei weiteren Stunden, mit einer intoleranten, mißtrauischen – vielleicht sogar uneinsichtigen – Lady Denham würden einiges von ihrem Schrecken verlieren, wenn ihre neue Weggenossin tatsächlich jene Tugenden – Besonnenheit, Klugheit und Vielseitigkeit – besäße, mit denen Charlotte sie bereits ausgestattet hatte.
Der Anblick von Claras Brief auf dem Kutschersitz neben ihr weckte Vorstellungen, wie dieser Brief bei ihrer Rückkehr nach Sanditon geöffnet würde – und die lauten Proteste, Beschuldigungen und Wutausbrüche, die wahrscheinlich folgten! Würde sie gezwungen sein, die führende Rolle in diesem Drama zu übernehmen, oder würde Miss Elizabeth Brereton sich bereit erklären, alles zu übernehmen? Und was wohl die Parkers sagen würden, wenn sie erst merkten,

welche Rolle ihr Gast an diesem Morgen dabei gespielt hatte, ihre Beziehungen zu ihrer wichtigen Nachbarin zu gefährden? Ihr Mut war noch ungebrochen und ihre Überzeugung von der Notwendigkeit derartiger Maßnahmen noch unerschüttert, aber langsam begann sie doch, die Konsequenzen ihrer eigenen Beteiligung zu fürchten, als der Zeitpunkt für eine noch engere Verstrickung näher rückte.
Deshalb war sie ganz erheblich erleichtert, als sie nach Saunders' Erkundigungen in der Posthalterei des Gasthofs erfuhr, daß die Post aus London nicht vor einer knappen Stunde erwartet würde, und sie Zeit fand, draußen vor der Stadt herumzuspazieren, um wieder Mut zu fassen und ihre Gedanken zu ordnen, bevor sie sich in diese wichtige erste Begegnung mit einer völlig Fremden stürzte.
Da Claras Brief sich jetzt als zu groß sowohl für ihren Pompadour als auch für ihre Rocktasche erwies, überließ sie ihn vorübergehend der Obhut von Saunders; und mit dem unsinnigen Gefühl, eine schwere Verantwortung für eine Weile los zu sein, marschierte sie munter aus dem Posthof hinaus und einige saubere Sträßchen entlang, die fast bis aufs Land hinaus führten. Ein Wegweiser, der in südöstlicher Richtung nach Willingden wies, war ein tröstlicher Anblick: sie dachte an ihre eigene Familie und sagte sich, wieviel Unangenehmes, wie viele peinliche Szenen ihr auch während der nächsten paar Tage in Sanditon noch bevorstehen mochten – der Tag ihrer Heimreise war bereits festgesetzt. Am Donnerstag wäre sie dann noch einmal hier in Hailsham, wo die Familienkutsche sie erwarten und bestimmt einige ihrer Brüder und Schwestern sie begrüßen würden, die sie dann in drei Stunden sicher wieder in ihre eigene, ihr so teure Welt zurückbrächten.
Zum erstenmal, seit sie von zu Hause fort war, hatte Charlotte Sehnsucht heimzukehren. Die Abwechslung von Sanditon, die liebenswürdige Gastfreundschaft der Parkers und wie wohl sie sich in ihrer Gesellschaft gefühlt hatte – das alles

schien jetzt nicht mehr zu zählen. Und als sie die Landstraße entlang ging, die sie nun bald dorthin führen würde, hätte Charlotte am liebsten die noch dazwischen liegenden Tage und den verbürgt herzlichen Empfang ihrer Familie schon vorweggenommen – alles Wohltuende der Beständigkeit und jene friedlichen, unveränderlichen Ideale, welche die allgemeine Lebenshaltung in Willingden prägten.

So tief war sie in ihre Gedanken versunken, daß das Geräusch eines sich nähernden Gefährts hinter ihr kaum ihre Träumereien unterbrach. Und selbst als die Gangart aus einem Trab in einen Trott überging und das Geräusch aufhörte, als der Wagen neben ihr hielt, schaute Charlotte sich nicht einmal um. Und sie war ganz bestürzt, ein tiefes Lachen und eine männliche Stimme hinter sich zu vernehmen, die pathetisch ausrief –

»Sie haben mich einmal zuviel versetzt, meine schöne Verführerin. Aber diesmal werden Sie mich nicht so nachsichtig finden. Diesmal –«

Charlotte schnellte ganz entgeistert herum und sah sich Sir Edward in seinem Gig gegenüber. Ein Blick fassungsloser Bestürzung, der einem merkwürdig leidenschaftlichen Ausdruck folgte, den Sir Edward anzunehmen versucht hatte, verriet ihr augenblicklich, daß ihre Pellerine, ihre Haube und ihre Anwesenheit in Hailsham ihn dazu verführt hatte, sie von hinten für jemand anderen zu halten. Und sein überstürzter Ausruf – »Großer Gott! Aber wo ist Miss Brereton?« verriet, obgleich sie, abgesehen von dem ganz beträchtlichen Unterschied in ihrer Größe, auch in ihrer Gesichts- und Haarfarbe und in der Art der Kleidung geradezu lächerlich verschieden waren, daß diese Vermutung absolut zutraf.

Charlotte war so fasziniert von Sir Edwards Variationen von Grimassen, daß es ihr vorderhand unmöglich war, auch nur auf eine der hervorgestoßenen, sehr kuriosen Fragen zu antworten. Sie merkte genau, daß er ein solches ›Stelldichein‹

in Hailsham ohne Clara Breretons Wissen geplant haben mußte, und daß seine Absichten in Bezug auf Clara bei dieser Begegnung in Anbetracht seiner üblichen abstrusen Art von Galanterie genauso fragwürdig waren wie eh und je. Da sie es für das Beste hielt, sich so selbstverständlich wie nur möglich zu benehmen und nur mit Mühe einer sehr starken Versuchung zu lachen widerstand, sagte sie einfach –

»Guten Morgen, Sir Edward. Sie hier in Hailsham zu sehen, hätte ich am wenigsten erwartet. Was hat Sie hergeführt?«

»Wo ist Miss Brereton?« wiederholte Sie Edward nur, mit zusammengebissenen Zähnen.

»Ich habe keine Ahnung«, antwortete Charlotte völlig wahrheitsgemäß. »Ich habe Miss Brereton seit heute früh nicht mehr gesehen, als sie mich gebeten hat, sie zu vertreten und ihre Kusine in Hailsham abzuholen.«

»Sie lügen!« schrie Sir Edward, völlig außer sich vor Wut. »Ich habe soeben mit Saunders gesprochen, und er hat mir gesagt, es sie noch keine zehn Minuten hat, daß Miss Brereton den Gasthof verlassen habe und in diese Richtung gegangen sei –«

»Dann, fürchte ich, haben Sie sich geirrt«, entgegnete Charlotte liebenswürdig. »Sind Sie sicher, daß Sie ihn nicht vielleicht in einer andern Form, wie ›Ihre junge Dame‹, oder ›Ihr Fahrgast‹ gefragt haben, was Saunders mißverstanden und mit mir in Verbindung gebracht haben könnte? Es besteht gar kein Grund, sich aufzuregen, Sir Edward, glauben Sie mir. Ich bin gern bereit, Sie zum Gasthof zurückzubegleiten, wo Saunders die Sache in ein paar Sekunden aufklären kann.«

Eine neue Grimasse Sir Edwards, als er sein kurzes Gespräch mit Saunders rekapitulierte, bestätigte Charlotte, daß ihre Vermutung richtig gewesen war und daß er sich jetzt seinen Fehler selbst eingestand. Er ließ die Zügel so abrupt fallen, daß sein Pferd scheute und nach hinten ausschlug. Er preßte sein Gesicht in beide Hände, stöhnte und fluchte und ließ seinen Gefühlen freien Lauf und bot Charlottes kritischem Auge ein höchst abstoßendes Schauspiel. Er tat ihr nicht einmal leid. Seine Selbstgefälligkeit und sein eigenes hochtrabendes Getue hatten ihn in dieses lächerliche Abenteuer verstrickt – wo er seine Absichten gleich durch seinen ersten, besonders dummen Ausruf und jetzt in einem höchst unrühmlichen Wutanfall verraten hatte –, und sie dachte nicht im Traum daran, ihm das Herauskommen aus diesem Zustand zu erleichtern.

Sie spürte jedoch, daß es besser wäre, die Begleiterscheinungen des Zwischenfalls zu übersehen und so zu tun, als sei Sir Edwards superlativische Verletzung aller gesellschaftlichen Formen für einen Außenstehenden nicht erkennbar gewesen. Er hatte sich vor ihr als ein völliger Hohlkopf enthüllt, der sich als romantischer Held aufspielte, den sie aber, so gut sie konnte, wie einen gewöhnlichen Bekannten zu behandeln versuchte.

»Kommen Sie, Sir Edward. Lassen Sie uns doch nach Hailsham zurückfahren und Saunders aufsuchen. Ich glaube, es ist für mich sowieso an der Zeit, umzukehren und die Postkutsche zu erwarten.«

Als er keine Antwort gab und nur immerfort in der formlosesten Weise vor sich hin stöhnte und lamentierte, stieg Charlotte kurzentschlossen zu dem freien Sitz neben ihm hinauf, nahm die Zügel auf und begann das Gig zur Stadt zurück zu wenden.

»Zu spät! Sie kommen zu spät«, rief er mit einem fast hysterischen Lachen. »Es ist passiert – die Würfel sind gefallen. Unentrinnbarer Ruin steht mir drohend vor Augen. Jetzt kann ich mich nur noch in einem Strudel der Zügellosigkeit verlieren.«

»Wie bitte?« sagte Charlotte ganz erschrocken. »Welcher Würfel ist gefallen?«

»Saunders! Er ist auf dem Rückweg nach Sanditon. Mit vier Pferden. Mit einem haben wir keine Hoffnung, ihn einzuholen. Ich habe gestern drei Stunden hierher gebraucht, ließ mein Pferd über Nacht ausruhen und hatte vor – wie, mein Gott! wie ist es bloß *möglich*, daß meine Pläne so tragisch Schiffbruch erleiden müssen?«

Obgleich Charlotte versucht hatte, seine Pläne zu ignorieren und die höfliche Form mit ihm beizubehalten, würde ihr Sinn für das richtige Maß jetzt hart auf die Probe gestellt. Sie lenkte das Gig an den Straßenrand und hielt.

»Unter welchem Vorwand und auf wessen Anweisung haben Sie Saunders denn nach Sanditon zurückgeschickt?« fragte sie kurz. Sir Edward schien ausnahmsweise einer verständlicheren Antwort fähig.

»Ich habe ihm erklärt, seine Dienste würden nicht mehr benötigt, da ich erfahren hätte, Miss Brereton käme nicht mit der Postkutsche, und ich würde seine junge Dame selbst nach Sanditon zurückfahren. Aber ich habe ihm einen Brief mitgegeben, den er Lady Denham sofort nach seiner Ankunft übergeben wird, der alles erklärt – ich kann ihn jetzt nicht mehr aufhalten. Ich kann ihn auch nicht abfangen. Jetzt ist alles, alles aus! Was Sie vor sich sehen, Miss Heywood, ist ein erledigter Mann!«

Trotz ihrer Bestürzung über Sir Edward amüsierte sich Charlotte dennoch, wenn sie an die beiden für Lady Denham bestimmten, sich widersprechenden Briefe dachte, mit denen Saunders jetzt auf dem Rückweg nach Sanditon war. Sir Edwards Schilderung der Vorgänge des Tages, die natürlich im völligen Gegensatz zu denen Clara Breretons stehen mußten! Sie verbiß sich die scharfe Replik, daß er es seiner eigenen schwachsinnigen Fehlspekulation zuzuschreiben habe, wenn er erledigt sei und sagte ganz ruhig –

»Sir Edward, jetzt kann ich nicht länger so tun, als wüßte ich nicht, was Sie vorhatten. Soll das heißen, Sie haben Lady Denham einen Brief geschrieben, in dem Sie ihr Ihre Absicht mitteilen, heute mit Miss Brereton durchzubrennen?«

»Fünf Seiten«, nickte Sir Edward. »Ich habe mich ihr auf

Gnade und Ungnade ausgeliefert, ihre Verzeihung für uns beide erfleht und ihr stolz und unwiderruflich meine grenzenlose Leidenschaft enthüllt – daß ich, getrieben von so himmelanstrebenden, inbrünstigen Gefühlen, schließlich bereit sei, alles zu wagen und alles zu riskieren – selbst *ihren* Unwillen – wegen der unbändigen Heftigkeit dieses alles verzehrenden Feuers in meiner Brust. In wieviel Leid, in welche Tiefen der Verworfenheit hat sie mich gestürzt!«

Charlotte war vollkommen überzeugt, daß Sir Edward weder der Wahrheit fähig war, noch die Fähigkeit hatte zu leiden. Und wenn er nicht einmal genügend Urteilskraft besaß, um zu sehen, daß Clara Brereton nie in eine solche Flucht mit ihm eingewilligt hätte, und daß so ein Einspänner ein völlig ungeeignetes Vehikel war, um sie durchzuführen, dann hatte er seinen gegenwärtigen Ruin in jeder Beziehung verdient. Sie seufzte. Eigentlich verdiente er ihr Mitgefühl gar nicht, doch sie hoffte, daß er durch gütliches Zureden vielleicht einigermaßen zur Vernunft gebracht werden könnte. Schließlich war er ein Kind – kein sehr nettes Kind allerdings –, und seine Fehler waren, sich aufzuspielen und kindische Sticheleien, jedoch ohne die nötige Schärfe, um jemanden zu verletzen. Er war ein Strohkopf, doch sie fühlte sich verpflichtet, aus diesem zur Verfügung stehenden, sehr minderwertigen Material das beste zu machen und zu versuchen, Sir Edward zur Vernunft zu bringen.

»Ich habe nicht den Eindruck, daß Sie sich Ihre gegenwärtige Situation wirklich klargemacht haben, Sir Edward«, sagte sie mit bewundernswerter Geduld. »Ich bin überzeugt, daß wir Ihren Brief noch rechtzeitig wiederbekommen werden – oder wir geben ihn eventuell einfach als einen Scherz aus. Aber, sagen Sie, stimmte es tatsächlich, daß Miss Elizabeth Brereton nicht mit der Postkutsche ankommen wird?«

»Woher soll *ich* denn das wissen?« schrie er in einem derart hysterischen Anfall, der sie daran zweifeln ließ, ob sie ihn überhaupt dazu bringen könnte, ihr zuzuhören. »Sie kommt wahrscheinlich an. Aber *ihre* Anwesenheit in Sanditon ist *mir* persönlich höchst unerwünscht. Für sie habe ich auch einen Brief hinterlassen – im Postgasthof – der sie unverzüglich wieder nach London zurücktreiben wird, wo sie hingehört. Ich habe ihr mitgeteilt, daß niemand aus Sanditon sie abholen wird – sie werde dort nicht gewünscht, weder von ihrer Kusine, noch von Lady Denham, noch von irgendwem sonst.«

»Und warum sollten Sie das getan haben?«

»Warum sollte ich *nicht*? Ich habe dieses heutige Abenteuer sehr gründlich geplant, seien Sie versichert, und zwar bis ins kleinste Detail – ich habe mich einer Kusine zur gleichen Zeit entledigt, als ich mich der andern zu bemächtigen dachte –«

»Ja, ja«, gab Charlotte zu, »Ich sehe, Sie haben es tatsächlich sehr gut geplant. Aber Ihre Pläne sind nun mal gescheitert. Können Sie denn nicht einsehen, daß wir *sofort* über irgendeine Alternative nachdenken müssen, Sir Edward? – Bitte, hören Sie mir jetzt nur einen Augenblick sehr genau zu.« Ihr war plötzlich der Gedanke gekommen, daß es vielleicht eine günstige und ernüchternde Wirkung auf Sir Edward haben und ihn wieder einigermaßen zur Vernunft bringen mochte, wenn er von Claras langjähriger Bindung an Henry Brudenall und von ihrer heutigen Flucht mit ihm erführe. »Ich glaube, ich sollte Ihnen vielleicht doch lieber sagen, daß Ihre Erfolgschancen sehr viel geringer waren, als Sie sich eingebildet hatten. Als ich Ihnen vor einigen Minuten sagte, ich wisse nicht, wo Miss Brereton sei, stimmt das nur in einem gewissen Sinn. Ich weiß nämlich nur, daß sie irgendwo auf der Landstraße zwischen Brighton und Hull ist. Sie hat Sanditon heute effektiv verlassen, aber in einer ganz anderen Richtung. Sie wird auch nicht mehr zurückkehren – sie ist bereits auf dem Wege nach Indien. Sie ist mit ihrem Vetter, Henry Brudenall, durchgebrannt, mit dem sie schon seit ihrer Kindheit unwiderruflich verbunden ist.«

Sie sprach sehr langsam und sehr artikuliert, wie zu einem

unmündigen Kind, und er schien so ernsthaft konzentriert zuzuhören, was sie doch irgendwie hoffen ließ, daß ihre Worte die von ihr beabsichtigte beschwichtigende Wirkung hatten. »Es tut mir sehr leid, Ihnen sagen zu müssen, daß Sie nie hoffen konnten, Miss Breretons Zuneigung zu gewinnen. Sie wäre niemals mit Ihnen durchgebrannt.«

»Durchgebrannt?« schrie Sir Edward plötzlich außer sich vor Wut. »Wer hat denn etwas von durchbrennen gesagt? Ich habe zwar in meinem Brief an Lady Denham geschrieben, daß wir im Begriffe seien, durchzubrennen – aber das habe ich niemals, auch nur eine Sekunde in Betracht gezogen. Mir ging es um eine regelrechte Entführung und kein Durchbrennen«, brüllte er, als sei er auch noch stolz auf diese selbstherrliche Drohung. »Clara Brereton hat meine noble Leidenschaft, meine vorurteilslose Passion verschmäht – sie hat mein Herz durch ihre Gleichgültigkeit paralysiert. Der heutige Tag hätte ihr und nicht mir zum Verhängnis werden sollen!«

Es verschlug Charlotte fast den Atem ob der Unverschämtheit und Wildheit dieser lautstarken Aufgeblasenheit. Sir Edward war in der Tat ›erledigt‹. Er war abstoßend, unverschämt und von einem solchen Dünkel, der das bißchen Intelligenz, das er jemals besessen hatte, noch weiter dezimierte. Indessen glaubte sie immer noch, er sei durch vernünftiges Verhalten wieder zur Besinnung zu bringen, und war auch immer noch der Meinung, daß Sir Edward darauf ansprechen würde, wenn man nur die richtige Feder bei ihm erwischte und zurückschnellen ließe. Aber sie hatte nicht mit seiner augenblicklichen unverhältnismäßig übersteigerten Wut gerechnet. Unter seinem anziehenden und bestechenden Äußeren war Sir Edward ein rechthaberischer Tyrann, der vernünftiges Verhalten völlig in den Wind schlug, wenn er seine Absicht durchkreuzt fand.

Er entriß ihr die Zügel, und sein armes Pferd peitschend und rückwärts reißend, jagte er mit ihm in vollem Galopp die Willingdener Landstraße entlang.

»Sind Sie verrückt geworden?« schrie Charlotte vor Schreck, als das Gig hin und her schwankte und aufschlug und sie zwang, sich zur Sicherheit an ihrem Sitz festzuhalten. Im ersten Moment hatte sie geglaubt, das Pferd sei mit ihnen durchgegangen; und wenn sie auch von Sir Edwards rücksichtsloser Fahrweise nicht übermäßig begeistert war, merkte sie doch bald, daß er sein Pferd in der Gewalt hatte. Daran, daß er es immer noch weiter schlug, merkte sie aber auch, daß er nur versuchte, ihr Angst einzujagen, was erstaunlicherweise den gegenteiligen Effekt hatte – es beruhigte sie.

»Ist mir schon eine Circe entwischt, warum sollte ich nicht eine andere nehmen?« brüllte Sir Edward mit wildem Gelächter. Und als sie dann bei der ersten Gelegenheit, die sich ihr während dieser wahnsinnigen Fahrt bot, mit einem kurzen Seitenblick sein Profil streifte, sah sie, daß seine Züge wieder diesen sardonischen und leidenschaftlichen Ausdruck annahmen, den anzunehmen er am Anfang ihrer höchst sonderbaren Begegnung so bemüht gewesen war.

Charlotte war inzwischen voller Zorn, und sie war sehr viel zorniger als ängstlich. Sir Edwards letztes Bravourstück – seine wilde und theatralische Eskapade aufs Land hinaus – enthob sie ihm gegenüber aller noch verbleibenden Reste obligatorischer Höflichkeit. Und sie fuhr ihn genauso zornig an, wie sie war.

»Sir Edward – halten Sie jetzt augenblicklich an und lassen Sie mich aussteigen. Ich habe genug von diesen Albernheiten!«

»Anhalten – das könnte Ihnen so passen! Sie sind jetzt meine Gefangene, und Sie haben keine Chance zu entkommen. Haben Sie noch immer nicht begriffen, daß *Sie* inzwischen diejenige sind, die entführt wird?«

»In einem *Gig*?« rief Charlotte sarkastisch. Aber Sarkasmus war eine zu subtile Waffe, als daß sie eine Wirkung auf ihren Begleiter hätte haben können. Als er sich etwas beruhigt und seine Wut in dieser wilden Hetzjagd die Straße hinunter etwas abgekühlt hatte, konnte sie annehmen, daß auch noch Spuren von Vernunft wieder in ihm auftauchen würden. Es hätte der gegenwärtigen, hochdramatischen Demonstration kaum bedurft, um sie zu überzeugen, daß Sir Edward ein Gigant an Aufgeblasenheit und Egoismus war. Sie wunderte sich nur, warum er – ohne leidenschaftlich in sie verliebt zu sein oder es auch nur vorzutäuschen – gerade sie zu entführen beschlossen hatte. Ihrer Meinung nach mußte er sich so etwas Ähnliches wie eine echte Leidenschaft für Clara Brereton eingeredet haben. Aber es war ziemlich unverständlich, daß er sich am Morgen aufgemacht hatte, um eine bestimmte junge Dame zu entführen, und sich dann statt ihrer aus heiterem Himmel einer anderen bemächtigte. Aus einigen gehässigen und bornierten Bemerkungen, mit denen er sie, über seine Schulter hinweg, von Zeit zu Zeit traktierte, konnte sie nur schließen, daß sein aggressiver Geisteszustand genau seiner besonders üblen Laune entsprach, und in dem Fall stand es für sie fest, daß er kein Begleiter war, den sie noch meilenweit ertragen konnte.

Da die Richtung, der sie folgten, gegebenenfalls zu jedem Hafen des Kanals führen konnte, war ihre erste blitzschnelle Überlegung, daß Sir Edward geplant hatte, Clara Brereton nach Frankreich zu entführen. Doch nach ganz wenigen Sekunden schon war ihr bereits klar, daß ja Sir Edward niemals hatte hoffen können, je eine so lange und umständliche Reise mit einer widerspenstigen Begleiterin durchzuführen. Nochzumal es ihn schon am Tage vorher Mühe gekostet hatte, mit seinem einzigen Pferd von Sanditon nach Hailsham zu kommen, war es kaum anzunehmen, daß er im Sinn hatte, heute eine längere Strecke als gestern zurückzulegen. Nur wenige Sekunden mehr genügten ihr, um sie plötzlich auf einen Gedanken zu bringen, was höchstwahrscheinlich ihr Reiseziel sein könnte, als ihr Gesprächsfetzen in den Sinn kamen, die sie in den Teestuben überhört hatte: »Ein Freund von mir hat eine kleine Jagdhütte, die er in ein cottage orné umbauen möchte.« »Mein Freund Atwell verbringt seinen

Sommer in der Schweiz und hat mir seine Schlüssel dagelassen.« »Willingden Abbots.« »Irgendwo östlich von Hailsham, glaube ich.«
Wie typisch für Sir Edwards Geschicklichkeit im Planen, dachte Charlotte, daß er sich jetzt darauf beschränkte, eine junge Dame nur bis auf wenige Meilen von ihrem eigenen Zuhause zu entführen! Nachdem sie erst einmal zu diesem sehr ermutigenden Ergebnis gekommen war, betrachtete sie die wenigen, noch bevorstehenden Unannehmlichkeiten – die Charlotte nie in Schrecken versetzt hatten – als völlig belanglos. Jetzt war sie nur noch aufs Höchste gespannt zu beobachten, auf welche Weise Sir Edward schließlich wieder Vernunft annehmen würde.
Sie mußte sich eingestehen, daß sie selbst keine Methode gefunden hatte, um mit diesem dünkelhaften, bornierten Schwadroneur fertig zu werden. Sein Benehmen war einfach empörend, aber Entrüstung und Wut würden ihr auch nichts helfen. Und während sie noch immer einen Riesenzorn hatte, erschreckte es sie nicht im mindesten, an einem Sommertag in einem offenen Gig durch die Landschaft zu karriolen. Jetzt dachte sie auch nicht mehr im Traum daran, entweder abzuspringen oder Sir Edward anzuschreien, und sie hätte es als unverzeihliche Schwäche erachtet, in Tränen auszubrechen, selbst wenn sie damit etwas hätte erreichen können. Ihr gesunder Menschenverstand sagte ihr, daß Sir Edward – mochte er auch noch so wild auf sein einziges, das Tempo ziemlich gleichmäßig einhaltendes Pferd einschlagen, um einen gefährlichen Eindruck zu erwecken – früher oder später gezwungen wäre, seine augenblickliche Geschwindigkeit bis auf einen Punkt herabzumindern, wo wieder eine Unterhaltung möglich wäre. So saß sie denn nur da und hielt sich am Sitz fest, bis das Pferd in einen leichten Galopp fiel.
Seine üble Laune war in der Freude über die unerwartete Geschwindigkeitsexplosion, die er seinem Gig abgerungen hatte, ein wenig gemildert worden, und Sir Edward befand

sich in einem etwas besseren Gemütszustand. Wenn auch noch nicht so urteilsfähig, um die Dinge klar zu sehen, war er doch immerhin wenigstens soweit in Stimmung, um mit einem seiner Zitate aufzuwarten, das mit der gewohnten Ungenauigkeit und ebenso abstruser Interpretation vorgetragen wurde.

»Ihre Angst zu besänftigen, meine Schöne, muß jetzt mein Hauptziel sein. Jene Verse des Dichters werden mir als meine Richtschnur für unser zukünftiges, kurzes gemeinsames Abenteuer dienen –

Läßt sich ein schönes Kind betören
Und merkt zu spät, wie Männer sind –
Welch Zauber wird ihr Fleh'n erhören,
Wer trocknen ihre Tränen lind?

Deliziös! Deliziös! Dryden hat meinen Fall mit einer so unvergleichlichen, unsterblichen Erhabenheit gestaltet, daß ich ihn getrost zu meinem Leitstern und Mentor wählen kann.«

»Goldsmith«*, widersprach Charlotte brüsk. Sie fand, Sir Edward verdiente ihrerseits nicht einmal mehr auch nur die geringste Höflichkeitsbezeigung. Zwar glaubte sie, daß geschickte Schmeicheleien möglicherweise eine wirkungsvolle Methode gewesen wäre – wahrscheinlich ein ausgezeichnetes Manöver, um die Marionettenschnüre in Bewegung zu setzen, an denen Sir Edwards gutes Benehmen hing –, doch Spott war eine Methode, die ihr im Augenblick mehr zusagte.

»Und Ihr Zitat ist in diesem Fall sogar noch ungenauer und unzutreffender als gewöhnlich, Sir Edward«, fuhr sie, von der Giftigkeit ihrer Bosheit selbst überrascht, hartnäckig fort. »›Welch Zauber *kann* erhören' und ›Wer ihre Tränen trocknen lind?‹ heißt es korrekt. Und auf welche Tränen beziehen

* Oliver Goldsmith, engl. Dichter u. Romancier (1728–1774), aus seinem Hauptwerk »Der Vikar von Wakefield«. (Anm. d. Übers.)

Sie sich eigentlich? Zweifellos ist es Ihrer Aufmerksamkeit vollkommen entgangen, daß ich keine vergossen habe, und ich dürfte wohl auch kaum zu denen gehören, die sich betören lassen!«

Sir Edward war nicht klug genug, um mit demselben Sarkasmus zurückzuschlagen. Er stieß nur versteckte Drohungen aus, tobte während mehrerer Meilen wieder vor Wut und peitschte, mit dem Eigensinnskoller eines verwöhnten Kindes, wie verrückt auf sein erlahmendes Pferd ein. Jetzt fiel Charlotte die große Ähnlichkeit zwischen ihm und seiner Schwester auf, und mit ihrer neuen Genehmigung der Redefreiheit, die sie sich selbst erteilt hatte, äußerte sie sich entsprechend. Das verursachte einen neuen Tobsuchtsanfall, dem Charlotte mit der größten Gleichgütigkeit begegnete, wobei sie feststellte, daß sie es bei weitem vorzog, sich mit einem tobenden statt mit einem überschwenglichen Sir Edward abzugeben. Er konnte in seinen Komplimenten abscheulich übertrieben sein, aber seine ihm innewohnenden Manieren waren in der Tat abstoßend. Andererseits war sie irgendwie ganz froh, auf diese Weise einen Einblick in seinen wahren Charakter gewonnen zu haben.

Während sie Meile um Meile zurücklegten und die Geschwindigkeit des Gigs im Verlaufe des Nachmittags immer mehr nachließ, sagte sie noch sehr viele Dinge, an die Sir Edward sich, so hoffte sie, erinnern würde, wenn er endlich wieder zur Vernunft gekommen war.

Die Landschaft wurde ihr immer vertrauter, und in ihrer wachsenden Zuversicht begann sie ihm Vorhaltungen wegen seiner Torheit zu machen und ihm die Konsequenzen vor Augen zu führen, die sein Bravourstück für ihn haben könnte, auf das er sich mit solchem Aplomb und so wenig Vorbedacht eingelassen hatte. Bei verschiedenen Gelegenheiten auf dieser Reise schämte Charlotte sich sogar ihres mangelnden Mitgefühls. Doch sie tröstete sich selbst mit der Überlegung, daß Nachsicht kaum dazu beigetragen hätte, ein

sittliches Empfinden in Sir Edward wachzurufen, das ihm fehlte.
Er reagierte gelegentlich immer noch mit einigen irrsinnigen und wilden Ausbrüchen, aber sie sah auch deutlich, daß ihre Taktik vernichtenden Spottes schließlich doch eine gewisse Wirkung hatte und daß er es bereits aus tiefster Seele bedauerte, gerade sie in diesem Abenteuer zu seiner Mitwirkenden gemacht zu haben.
»Sie werden sehr isoliert sein, wenn Sie erst wieder in Denham Park sind, Sir Edward«, bemerkte sie. »Hatten Sie das einkalkuliert? Oder ist das auch wieder einer der peinlichen Fakten, die sie außer acht gelassen haben? Ich fürchte, Sie werden ein ziemlicher Paria sein, wenn die Geschichte der heutigen Geschehnisse publik wird. Und es ist höchst unwahrscheinlich, daß Ihre Beziehungen zu den Parkers sich durch die Entführung ihres Gastes durch Sie sehr verbessern werden.«
»Was liegt mir schon an den Parkers?« schrie Sir Edward, mit einer seiner weitausholenden, wegwerfenden Gebärden. »Und auch wenn mir etwas an ihrer Meinung liegen würde, wären *Sie* es, die sie verurteilen werden. Ich bin schließlich Sir Edward Denham, und auf mein Wort wird man in Sanditon mehr geben als auf das Ihre.«
»Allerdings«, gab Charlotte zu. »An seinem eigenen Wohnsitz ist man immer in einer viel günstigeren Position, sich auf seine Ehrenhaftigkeit zu berufen«, und sie lächelte angesichts der vertrauten Marksteine zu beiden Seiten der Straße, an denen sie jetzt entlangfuhren.
Sowohl Sir Edward als auch sein Pferd zeigten deutliche Zeichen von Ermüdung, und als das Gig einen langgestreckten Hügel hinaufzufahren begann, verlangsamte das erschöpfte Pferd seine Gangart sogar noch viel mehr. Charlotte hätte während der letzten Meilen mit Leichtigkeit abspringen können, sah aber keinen Grund, weshalb sie früher als nötig zu Fuß weitergehen sollte, jeder Abschnitt der Straße wäre

für sie geeignet gewesen. Aber sie beschloß trotzdem zu warten, bis sie sich, weiter oben, der Hügelspitze näherten. Hinzu kam noch, daß sie entschlossen war, jede Handgreiflichkeit und Bezichtigung zu vermeiden, und beobachtete indessen die Gestalten zweier Landarbeiter, die ihnen durch die schräg fallenden Strahlen der untergehenden Sonne den Hügel hinunter entgegenkamen. Sie wählte ihren Zeitpunkt sehr sorgfältig: als die Gestalten sich schon fast neben dem Gig befanden, sprang sie geschickt auf die Straße hinunter.
»Guten Abend, Thomas. Ich hoffe, die Kinder haben den Keuchhusten gut überstanden, John?«
Das müde Pferd war unwillkürlich stehengeblieben und gab dadurch dieser anscheinend unbeabsichtigten Heimkehr endgültig den Charakter einer normalen Ankunft. Sir Edward starrte von seinem Gig hinunter, viel zu verblüfft, um einzugreifen. Selbst für sein schwaches Begriffsvermögen war es klar, daß Miss Heywood, als sie die beiden kräftigen Landarbeiter so freundlich begrüßte, in dieser Gegend eine Persönlichkeit von einigem Ansehen war. Er hörte ein lustiges Hin und Her von Worten zwischen ihnen, und er hörte sogar Worte, die ihm galten, die aber, das wußte er, für die kleine Gruppe von Zuhörern bestimmt waren – diese Zuhörer, welche Miss Heywood von Willingden ihr Leben lang gekannt hatten, für die *er* aber ein völlig Fremder war.
»Vielen Dank für Ihre Liebenswürdigkeit, Sir«, sagte Charlotte, sich zurück zum Gig umwendend. »Es war außerordentlich freundlich von Ihnen, meinetwegen einen so großen Umweg zu machen. Aber ich möchte Sie nicht länger in Anspruch nehmen. Von hier aus sind es nur noch ein paar Schritte für mich. Jetzt werde ich in wenigen Minuten zu Hause sein. Ich wünsche Ihnen einen Guten Abend.« Mit einem letzten Lächeln für ihre Zuhörer und einem sehr kurzen Knicks für ihn drehte Charlotte sich kurzerhand um, und ohne einen Blick – weder des Triumphes, noch des Unwillens – zurück, ging sie quer durch die Felder davon.

30

Die Art, wie Mr. und Mrs. Heywood ihre Tochter bei ihrer unerwarteten Heimkehr begrüßten, sprach sehr zu ihren Gunsten als vernünftige Eltern. Ihre Überraschung, als sie ohne eine Begleitung, ohne jegliches Gepäck und ohne vorher eine Nachricht über ihre Absichten gegeben zu haben, plötzlich quer durch die Felder hereinspaziert kam, um den Tee mit ihrer Familie einzunehmen, kann man sich lebhaft vorstellen. Aber nach den ersten erstaunten Ausrufen waren sie bereit, Charlottes Erklärungen anzuhören, die in einer so gefaßten Art gegeben wurden, um mehr Erstaunen als Bestürzung auszulösen.

Nachdem Charlotte sich von der Straße entfernt hatte, war ihr noch genügend Zeit geblieben, um sich zu überlegen, was sie ihnen erzählen sollte. Und obgleich sie in allem, was sie allein betraf, nichts verschwieg und einfach bei der Wahrheit blieb, hielt sie es für durchaus verzeihlich, wenn sie Clara Brereton und Henry Brudenall unerwähnt ließ. Wären ihre Eltern Clara jemals begegnet, hätten sie in ihr wahrscheinlich die schöne und verführerische Hauptperson einer abenteuerlichen Liebesgeschichte wiedererkannt, und sie hätten von ihr erwartet, sie mit allen Einzelheiten eines wahr gewordenen Märchens zu unterhalten. Aber selbst für Charlotte, die doch Clara nun kannte, war es immer noch ein wenig rätselhaft, daß zwei junge Männer gleichzeitig den Plan gefaßt haben sollten, an ein und demselben Tag mit ihr durchzubrennen.

Sie war sehr schnell zu der Überzeugung gelangt, daß Clara und Henry ihre persönliche Geschichte nur noch mehr komplizieren würden, und so beschränkte sie ihre Erzählung auf ihre eigene, ereignislose Fahrt nach Hailsham, wohin sie in Lady Denhams Kutsche gefahren war, um Lady Denhams Nichte abzuholen, und wo sie – völlig unbegreiflich und unvorhergesehen – von Lady Denhams angeheiratetem Neffen entführt worden war. Selbst nur auf seine wesentlichsten Fakten beschränkt und ohne ihre ersten Reaktionen von Schreck und Empörung zu dramatisieren, hörte sich das Ganze für ihre teilnahmsvoll zuhörende Familie nichtsdestoweniger immer noch wie eine höchst schockierende Begebenheit an.

Immerhin war ihre Charlotte jetzt sicher und wohlbehalten wieder zu Hause, saß wieder an ihrem gewohnten Platz am Tisch, schenkte ihren jüngeren Geschwistern wieder den Tee ein, und ihr ehrlicher und ungefärbter Bericht über das schändliche Benehmen, das unmoralische Verhalten und den prinzipienlosen Egoismus, mit denen sie konfrontiert worden war, schienen zu abwegig, um ihre Eltern in einem sichtlichen Maße zu erschrecken. Ja, wäre es nicht ihre eigene vertrauenswürdige und aufrichtige Charlotte gewesen, die diese Geschichte erzählte, hätte man Mr. und Mrs. Heywood kaum Vorwürfe machen können, wenn sie sie nicht geglaubt hätten. Von Abenteuern wie dem ihrer Tochter hatte Mrs. Heywood in Romanen gelesen, die weit weg von England, in fernen Ländern spielten. Was Mr. Heywood betraf, so wäre es ihm nie zuvor in den Sinn gekommen, daß ein derartiger Wahnsinn ausgeheckt und noch viel weniger durchgeführt werden könnte. Und aus seinen wunderlichen Fragen ging hervor, daß Sir Edwards Benehmen ihn eher absurd als gefährlich dünkte.

»Du sagst, dieser junge Mann hat tatsächlich versucht, dich am hellichten Tage in einem offenen Gig zu entführen?«

»Ja, Sir.«

»Und ist mit dir bis fast hierher gefahren?«

»Ich kann mir kaum denken, daß er sich dessen bewußt war, als er diese Richtung einschlug, Sir«, sagte Charlotte. »Er kam mir von Anfang an nicht sehr intelligent vor, deshalb bezweifle ich, daß er je genau gewußt hat, wo ich daheim bin. Und vielleicht hatte Sir Edward auch in der Wahl seines Ziels nicht sehr viele Möglichkeiten. Ein Freund hatte ihm die

Benutzung seiner Jagdhütte angeboten, die wahrscheinlich eine entscheidende Rolle in seinen Plänen gespielt hat. Soviel ich weiß, sind seine persönlichen finanziellen Einkünfte sehr knapp bemessen.«

Charlotte amüsierte sich innerlich über ihre Versuche, Sir Edward wegen seiner Kopflosigkeit zu entschuldigen.

»Ach so! Das würde das Gig und das eine Pferd erklären«, stimmte ihr Vater zu und schüttelte nur den Kopf über derartig törichte Dispositionen. »Also, das hört sich für mich denn doch völlig hirnverbrannt an. Wirklich absurd! Noch dazu kein Geld, um sich derartige Abenteuer leisten zu können! Du meine Güte! Was es doch alles gibt! Ich muß sagen, Charlotte, du hast wieder einmal deinen Scharfsinn bewiesen. Es tut mir nur leid, daß deine Ferien dadurch so abrupt geendet haben. Aber es waren ja nur noch zwei Tage. Was mich betrifft, bin ich froh darüber, daß du nach Hause gekommen bist. Und du mußt sofort an Mr. und Mrs. Parker schreiben. Sehr wahrscheinlich werden sie sich doch wegen deines Verschwindens Sorgen machen.«

»Bestimmt sogar. Da sie ja deinen Charakter nicht so gut kennen wir wir, muß man annehmen, daß eine so schockierende Geschichte sie sehr aufregen muß«, äußerte Mrs. Heywood zustimmend.

»Morgen früh werde ich gleich als erstes schreiben«, versprach Charlotte. Und als sie merkte, daß ihre Eltern diesem Thema nichts mehr hinzuzufügen hatten, zog sie sich schnell in ihr Zimmer zurück, um ihre jetzt schon sehr bedrohliche Nervenkrise vor ihnen zu verheimlichen. Ihre Gefaßtheit hatte den Ereignissen des Tages und der langen, spannungsgeladenen Fahrt mit Sir Edward standgehalten; doch, trotz ihrer Haltung, ließ die Wirkung der unverhofften Wendung zu diesem glücklichen Ausgang ihres so unwahrscheinlichen Abenteuers erkennen, daß sie unter gewissen Schocksymptomen litt. Dieser Tag hatte beträchtliche Aufregungen für sie mit sich gebracht, die sie jetzt zu deprimieren begannen –

umso mehr, als sie ihnen vorher nicht nachgegeben hatte. Sie war daheim, und sie war in Sicherheit, aber sie war noch nie so mutlos und ihre Gedanken noch nie so hoffnungslos gewesen.

Nach einer unruhigen Nacht stand Charlotte früh auf, um ihren Brief an die Parkers zu schreiben. Sie zweifelte nicht daran, daß ihre liebenswerten Freunde außer sich sein mußten, wenn sie hörten, was ihr passiert war, während sie unter ihrer Obhut gestanden hatte. Und da sie ihnen noch besonders klarmachen wollte, daß auch nicht der Schatten eines Vorwurfs sie treffe, und sie sie von der Sorge befreien wollte, welche sie sich ihretwegen machen mußten – und außerdem auch versuchen wollte, Sir Edwards ganzes Verhalten zu erklären, das sie selber noch immer nicht ganz begriff – hatte sie in der Tat eine schwierige Aufgabe vor sich.

Sie schrieb, begann dann aber nochmals von neuem, um mit ihrem klaren und lebhaften Verstand genau zu berichten, was geschehen war, und erst als sie zu der Stelle in ihrem Brief kam, wo sie ihnen für ihre Gastfreundschaft dankte, ihrer innigen Freude an diesem Ferienaufenthalt bei ihnen Ausdruck gab und um die Rücksendung ihrer Reisetasche bat, ergab es sich, daß ihre Feder zu stocken begann und sie ihren Gedanken zu wandern erlaubte.

»Ich werde Sanditon nie vergessen«, schrieb sie nach langer Überlegung, »und der Sommer, den ich dort verbringen durfte, wird immer eine meiner glücklichsten Erinnerungen bleiben.«

Und als sie spürte, daß ihre Augen voller Tränen waren, unterschrieb sie den Brief schnell und siegelte ihn, ohne ihn noch einmal durchzulesen. Sie ließ ihn auf ihres Vaters Schreibtisch zurück und verschwand eilig zwischen den Hecken.

Es war vorbei. Es war wirklich nur noch eine Erinnerung. Und obgleich sie sich auf den sauberen Wegen auf und ab gehend, selbst zu überzeugen versuchte, daß sie mehr nie hatte erhoffen können, seufzte sie oft und hätte gewünscht, daß das Ende weniger abrupt gewesen wäre, und daß sie ein paar Tage Zeit gehabt hätte, sich darauf vorzubereiten.

Aus diesen Reflexionen wurde sie durch Margaret, ihre jüngste Schwester, aufgescheucht, die in größter Aufregung vom Rasen her nach ihr rief.

»Charlotte! Charlotte, wo bist du? Charlotte, bist du da? Mr. Parker ist gekommen. Mr. Parker ist da!«

Keineswegs unglücklich zu hören, daß ihre guten Freunde so besorgt um sie gewesen waren, daß Mr. Parker es sogar für nötig gehalten hatte, die lange Fahrt nach Willingden zu unternehmen, um ihre Eltern aufzusuchen, rannte Charlotte zu Margaret auf den Rasen, um sie zu fragen, und sah Mr. Parkers Wagen in der Einfahrt stehen.

»Ist er im Salon?« rief sie, während sie an ihrer Schwester vorbei auf die geöffneten Verandatüren zulief.

»Nein, nein, er *war* im Frühstückszimmer. John hat ihn hereingeführt, als Mama mir gerade Geschichtsunterricht gab. Wir waren ja so überrascht! Er schien furchtbar aufgeregt über etwas zu sein, und als Mama ihm sagte, daß du hier seist, hat er nur »Gott sei Dank!« gesagt, hat sich in einen Sessel gesetzt und hat so lange dagesessen, ohne etwas zu sagen, daß Mama gesagt hat, sie würde Papa rufen, und hat mich ganz allein mit ihm gelassen. und dann –«

»Wo ist er denn *jetzt*?«

»Ich *erzähl's* dir doch gerade«, sagte Margaret sehr wichtig. »Dann hat er plötzlich aufgehört zu dösen und hat mich gefragt, wo du denn wärst, und dann habe ich ihn ins Arbeitszimmer geführt, aber du warst nicht da, und da hat er dann nach Papa gefragt –«

»Liebste Margaret – sag mir nur eins: wo ist er jetzt hingegangen?«

»Zur zweiten Wiese, hinter dem Heufeld«, antwortete Margaret beleidigt. »Die, wo die Heckenschneider gerade arbeiten. Ich habe ihn bis zur Wegbiegung geführt, aber jetzt bin ich gar nicht mehr so sicher, ob Papa heute morgen überhaupt *dort* ist. Wenn du den Pfad beim Wäldchen nimmst –«

Aber Charlotte war schon durch den Garten davongerannt, wurde noch schneller, als sie die Böschung am anderen Ende hinunterlief und war bald hinter dem Wäldchen verschwunden. Auf einem schmalen Pfad lief sie um das Wäldchen herum und kam bei der Hecke an, die das Feld gegen die Straße abgrenzte, wo sie durch den Anblick eines Herrenhutes dahinter belohnt wurde. In ihrer Aufregung, mit Mr. Parker zu sprechen und ihn zu bitten, ihre Erzählung durch die Erwähnung von Miss Brereton und Mr. Brudenall nicht zu gefährden und ihre Eltern nicht durch die Nachricht von deren gelungener Flucht aus Sanditon zu verwirren, blieb sie keuchend und völlig außer Atem stehen und rief seinen Namen. Der Hut hielt inne, und Mr. Parker schien nach der Lücke mit dem Übergang zu suchen. Sie hatte auf dem Pfad schon ein paar weitere Schritte daraufzugemacht, als er selbst den Übergang erblickt haben mußte, und nach wenigen großen Schritten stand er davor. Aber zu Charlottes größter Überraschung gehörte der Hut, der durch die Hecke kam, nicht Mr. Parker, sondern Sidney.

»Oh! Aber meine Schwester hat doch gesagt, Mr. Parker sei gekommen«, sagte sie und starrte ihn wie vom Donner gerührt an. »Ich wollte Mr. Parker nämlich unbedingt erst sehen – bevor er mit meinem Vater spricht. Ich hoffe nur, sie haben sich nicht allzu sehr aufgeregt – wie befremdet sie gewesen sein müssen – man kann's ihnen nicht verdenken. Aber es *war* doch Mr. Parkers Wagen in der Einfahrt? Da habe ich natürlich geglaubt, es müsse Mr. Parker sein. Nicht Sie – ich meine –«

In dem dunklen Bewußtsein, daß sie wild drauflos redete, daß ihre Worte kaum einen Zusammenhang hatten und ihr selbst so wenig verständlich waren, daß sie für ihn wahrscheinlich überhaupt keinen Sinn mehr ergaben, löste Charlotte ihren wie hypnotisierten Blick von Sidney Parkers Gesicht und starrte auf einen Punkt vor ihren Füßen. Ihre Gedanken wurden klarer, sobald sie ihn nicht mehr ansah. War es *dieser* Mr. Parker, der »Gott sei Dank« gesagt, dann, wie benommen, in einen Sessel gesunken war und kein Wort mehr von sich gegeben hatte? Eine ganz seltsame Art von Atemlosigkeit, die aber nichts damit zu tun hatte, daß sie so schnell und so weit gerannt war, schien ihr die Kehle zugeschnürt zu haben, und die Farbe, die aus ihrem Gesicht gewichen war, kehrte jetzt mit einer umso tieferen Glut zurück. Aber solange sie ihn nicht ansah, behielt sie zumindest einen vollkommen klaren Kopf.

»Es gibt ja, außer meinem Bruder, auch noch andere Mr. Parker«, sagte Sidney, und sie hörte ihn die Hecke streifen, während er auf sie zukam. »Und nur im Alter von zehn Jahren scheint es noch keine sehr große Rolle zu spielen, ob man einen Unterschied zwischen ihnen macht oder nicht. Ich gebe auch zu, daß es der Wagen meines Bruders ist, der in der Einfahrt steht. Sehen Sie, seine beiden Pferde waren noch frisch, und meine letzten beiden Postpferde waren, nach meiner letzten Reisestrecke von London her, vollkommen erledigt. Ich hatte keine Hoffnung, sie gegen ein anderes gutes Gespann auszutauschen, ohne nach Hailsham zurückzufahren.«

Jedem dieser unwesentlichen Sätze ließ er eine Pause folgen, um sich zu vergewissern, ob sie schon bereit sei, etwas zu erwidern; und als er feststellte, daß sie es nicht war, redete er in demselben höflichen Plauderton weiter.

»Ja, übrigens waren Tom und meine Schwägerin natürlich sehr besorgt, obwohl ich während der kurzen Zeit, die ich in Trafalgar House war, alles versucht habe, um sie zu überzeugen, daß die vernünftige Miss Heywood einen so elenden Bewerber wie Sir Edward sehr bald überlisten würde.«

»Woher wußten Sie denn, daß Sir Edward etwas mit meinem Verschwinden zu tun hatte?« fragte Charlotte, die auf der Stelle vor Überraschung ihre Befangenheit verlor. Sie blickte sogar flüchtig zu ihm auf, sah, daß er über sie lachte, und blickte schnell wieder hinunter. Dieses vertraute, mokante Lächeln war mehr, als sie im Augenblick zu ertragen vermochte.

»Oh, zuerst war es natürlich *höchst* verwirrend! Als ich dort eintraf, hatte Lady Denham ihre beiden Briefe aus Hailsham gelesen, in denen beide Schreiber ihre Absicht ankündigten, mit ganz verschiedenen Personen durchzubrennen. Sie war auch schon überall herumgelaufen, hatte ihren Inhalt in ganz Sanditon verbreitet und hatte ihrerseits dafür lauter sich widersprechende Geschichten zu hören bekommen. Mary hatte ihr erzählt, Sie seien auf Miss Breretons spezielle Einladung mit ihr nach Hailsham gefahren; Miss Beaufort erzählte ihr, Sie seien in einem Landauer mit Henry und sehr viel Gepäck weggefahren – Hodges hat ihr erzählt, Sir Edward sei am Tage zuvor nach Hailsham abgefahren, und Saunders berichtete ihr, es sei Miss Heywood und nicht Miss Brereton gewesen, die Sir Edward dort getroffen habe. Alles sehr widerspruchsvoll, wie Sie sehen. Es bedurfte der gemeinsamen Anstrengungen von Miss Elizabeth Brereton und mir, um irgendwie Ordnung in dieses Chaos zu bringen.«

»Miss Elizabeth Brereton?« rief Charlotte erstaunt. »Wie ist *sie* denn nach Sanditon gekommen?«

»Na, ich habe sie natürlich dorthin mitgenommen. Ich fand sie, einige Stunden, nachdem die Postkutsche sie dort abgesetzt hatte, im Gasthof in Hailsham vor. Sie war ein wenig verzweifelt, was sie tun sollte – mit der nächsten Post nach London zurückkehren oder versuchen, einen Wagen nach Sanditon zu mieten. Und das Ganze wegen eines Briefes, den Sir Edward ihr geschrieben hatte. Was für ein Schwätzer dieser Bursche ist – immer schreibt er Briefe, oder er hält Reden! Und alles so langatmig und unverständlich! Aber diese war voller Bosheit und übler Drohungen – und andererseits so unklar, daß man kaum daraus klug werden konnte. Da Miss Elizabeth Sir Edward nie kennengelernt hatte, war sie etwas bestürzt und wußte nicht recht, ob sie seinen Brief ernst nehmen und ihre Reise aufgeben sollte. Oder ob sie besser daran täte, beides – sowohl den Brief als auch die Unhöflichkeit, von niemandem erwartet zu werden – einfach zu ignorieren und nach Sanditon weiterzufahren? Es gelang mir sehr bald, sie davon zu überzeugen, was für ein Nonsens das alles sei, und ihr zu erklären, daß Sir Edwards Reden, Briefe, Zitate, Komplimente oder Drohungen von keinem normalen Menschen jemals ernst genommen würden. Und so sind wir dann zusammen weitergefahren, und ich habe Miss Elizabeth in Sanditon House abgesetzt, wo sie bereits Halt und Stütze von Lady Denhams Haushalt ist.«

»Ach, ich bin ja so froh!« sagte Charlotte, von Dank erfüllt. Auch in ihrem gegenwärtigen aufgewühlten Gemütszustand war sie noch fähig, bei dieser Nachricht eine gewisse Befriedigung zu empfinden.

Außer ihren anderen Aufregungen hatte sie nicht aufgehört, sich darüber Gedanken zu machen, daß es ihr versagt gewesen war, Claras Pläne für ihre Kusine zu erfüllen. »Aber ich verstehe noch immer nicht ganz, wie –«

»Wie wir darauf gekommen sind, was sich in Hailsham tatsächlich abgespielt hat? Nun – nachdem Miss Elizabeth und ich uns zunächst einmal für die Nachricht in Claras Brief verbürgt hatten – und Saunders unser Zeugnis bestätigte, indem er das Treffen von Kutsche und Landauer auf der Straße nach Hailsham beschrieb – fiel es uns allen eigentlich gar nicht mehr schwer, darauf zu kommen, daß Sir Edward den Verstand verloren hatte und sich anderswo zu trösten versuchte. Ich kann Ihnen nur versichern, daß Ihr Schicksal in diesem Augenblick von ganz Sanditon bedauert wird. Ich habe alles versucht, die Leute zu überzeugen, daß Miss Heywood kein so schwacher Charakter sei, und Mary bestätigte, sie sei ganz gewiß imstande, mit einer solchen Situation besser fertig zu werden, als die meisten jungen Damen dazu in der Lage wären. Aber ich war doch wohl der einzige, der wirklich überzeugt war, daß Sie sich aus den Klauen unseres Dorfschurken befreien könnten.«

Das alles wurde in einem leichten Plauderton geäußert. Doch während Charlotte das Lachen in Sidneys Stimme hörte, mußte sie unwillkürlich an Margarets Beschreibung seiner Ankunft in Willingden denken: »Mr. Parker schien furchtbar aufgeregt über etwas zu sein, und als Mama ihm sagte, daß du hier seist –« Sie hatte eine wunderbare Gewißheit aus diesen Worten gewonnen, hatte aber eine Hemmung, sie ihm zu wiederholen, zu ihm aufzuschaun oder irgend etwas zu tun, was ihn veranlassen könnte, ihr seine wahren Gefühle zu zeigen. Und obwohl sie darauf brannte, alles gleichzeitig zu erfahren, versuchte sie, ruhig zu sein und den Dingen ihren natürlichen Lauf zu lassen. Hätte sie es über sich gebracht, seinem Blick zu begegnen, hätte sie sich wahrscheinlich selbst von seinen Gefühlen überzeugen können. Aber solange Sidney sich fortgesetzt auf ihre Kosten amüsierte, war sie auch nicht gerade in der Stimmung zu warten und stürzte sich in zu wenig überlegte Äußerungen.

»Oh, das Ganze war eine so plumpe Tölpelei! Aus Sir Edward wurde ich überhaupt nicht klug! Miss Brereton natürlich ist so schön und so romantisch, daß ich verstehen kann, warum er mit ihr durchbrennen wollte –«

»Sie sind also der Meinung, einer so vernünftigen jungen Dame wie Ihnen könnte dergleichen nie passieren?«

»Ganz sicher nicht«, entgegnete Charlotte, mit besonderem Nachdruck, da sie Clara um die Macht beneidete, derartig aufsehenerregende Abenteuer zu inspirieren. »Einem normalen Menschen würde doch etwas so Verrücktes nicht im Traum einfallen. Etwas Derartiges kann nur einem solchen Wuselkopf wie Sir Edward –«

»Der Teufel hole Sir Edward!« rief Sidney, irritiert und erheitert zugleich. »Es scheint mein Schicksal zu sein, mein ganzes Verhalten immer so einrichten zu müssen, daß kein Vergleich mit seinem aufkommen kann. Nach seinen Komplimenten haben Sie nie mehr eins von meinen ernstgenommen! Und wollen Sie mir jetzt glauben, daß ich – lange bevor der Wuselkopf, Sir Edward, auf eine solche Idee verfallen ist – entschlossen war, genau das zu tun, was er gestern getan hat?«

»Mit Miss Brereton durchzubrennen? Aber Sie wußten doch, daß –«

»Lassen wir mal Miss Brereton für einen Augenblick ganz beiseite. Meine Pläne hatten auch gar nichts mir *ihr* zu tun. Oh, ich habe in London viele junge Damen kennengelernt, die viel schöner und romantischer waren als Miss Brereton, aber es wäre mir nie eingefallen, mit einer von ihnen durchzubrennen. Soll ich Ihnen verraten, welcher Typ einer jungen Dame *mich* zu solchen Gedanken anstiften könnte?«

Charlotte merkte, daß ihr die Sprache versagte; Sidney jedoch schien ihr Schweigen als Ermutigung durchaus zu genügen.

»Ich habe mir immer gewünscht, jemanden mit soviel praktischem Verstand zu finden, daß es sie gar nicht reizen würde, durchzubrennen. So etwas käme ihr nie in den Sinn, außer, wenn sie vielleicht zufällig einen Liebesroman lesen würde. Schon bei dem Vorschlag allein würden sich sofort alle praktischen Bedenken melden – Rücksichtnahme auf die Eltern, das Törichte des ganzen Unternehmens, das Belastende einer so überflüssigen Reise. Sie sehen, ich selbst bin in meiner Art ein sehr prosaischer, unromantischer, vernünftiger Bursche, und ich war von jeher darauf aus, unbedingt die verständigste, vernünftigste, besonnenste Frau der Welt für mich zu finden. Andererseits aber ist es wiederum sehr wichtig für mich, daß sie einen ganz ausgeprägten Defekt hat: wo es um meine Person geht, muß jede Vernunft bei ihr aufhören. Sie würde mich nur einmal anschaun müssen und – ihre Vernunft könnte noch so unangreifbar sein – sie würde sie im Bruchteil einer Sekunde verlieren. Sie wäre im selben Augenblick, wo ich sie fragen würde, auf der Stelle bereit, mit *mir* durchzubrennen. Das ist der einzige Weg, daß ich mit

Sicherheit hoffen könnte, genau das gefunden zu haben, wonach ich suche. Aber wenn jemand ständig darauf schaut, daß seine Füße fest auf der Erde stehen, wie soll man da herausfinden, ob er mit seinem Kopf zuweilen auch in den Wolken ist? Gerade letzthin habe ich manchmal geglaubt, ich hätte vielleicht das gefunden, was ich mir immer so gewünscht habe. Aber gerade letzthin habe ich auch bemerkt, daß sie eine höchst irritierende Gewohnheit angenommen hat, immer nur auf die Erde zu schauen, wann immer wir uns sehen. Glauben Sie, Sie könnten versuchen, sie loszuwerden? Nun, Charlotte – wollen Sie mich nicht wenigstens *jetzt* anschauen?«

Es war das erste Mal, daß er sie bei ihrem Namen genannt hatte. Wie bei der Berührung seiner Hand in den Teestuben begann ihr Herz vor lauter Glück zu ungestüm, so unverhofft heftig zu schlagen, daß sie kein Wort hätte herausbringen können. Sie schlug die Augen zu ihm auf, und was sie in seinem Gesicht sah, war fast zu wunderbar für sie, um es zu glauben.

»Nun, meine Charlotte?« fragte er von neuem.

»Sie wissen ganz genau, ich könnte Ihnen nie eine Bitte abschlagen«, antwortete sie und war sich kaum bewußt, was sie sagte.

»Trotzdem möchte ich es gern von Ihnen selber hören«, beharrte Sidney, auf sie hinunter lächelnd, und streckte ihr seine Hand entgegen. »Wollen Sie jetzt auf der Stelle, ohne eine Sekunde zu überlegen, mit mir durchbrennen?«

»Ja«, sagte Charlotte, legte ihre Hand in seine und bewegte sich auf ihn zu, ohne im Grunde zu wissen, was sie tat.

»Auch wenn es vielleicht in eine regelrechte Entführung ausarten sollte, und ich Sie in einem Gig und geradewegs an Ihrem Haus vorbei in ein abgelegenes Bauernhaus verschleppen würde?«

»Ja«, wiederholte Charlotte. »Sie wissen sehr wohl, daß ich will. Und Sie haben es schon seit Wochen gewußt.«

»Ich habe es nur gehofft«, sagte Sidney zurückhaltend. »Doch jetzt bin ich ganz sicher. Wenn es um mich geht, haben Sie auch nicht die geringste Spur von Vernunft – geh'n wir auf die Suche nach Ihrem Vater.«

»Dann brennen wir also *nicht* durch?«

»Natürlich nicht«, sagte er in seiner gewohnten dominierenden Art von Autorität. »Ich habe viel zu viel Respekt vor Konventionen und Dekorum, als daß ich eine so lächerliche Handlungsweise auch nur erwägen würde.«

Doch dann machte er Charlotte – gänzlich unbekümmert um Konventionen – sehr glücklich, als er mit ihr durch Wälder, auf Heckenpfaden und über Felder wanderte, ohne den Versuch zu machen, Mr. Heywood mit seinen Heckenschneidern zu finden.

Das war für Charlotte eine Stunde so hochgespannter Glückseligkeit, die sie scheu fragen ließ, ob es wohl eine so vollkommene, himmlische und reine Glückseligkeit wirklich für jedermann geben könne. Alle kleinen Variationen ihrer Begegnungen und Gespräche wurden eingehend besprochen, und über den Anfang ihrer Zuneigung konnten sie überhaupt kaum ein Ende finden.

Da Charlotte genau den Moment angeben konnte, wann sie sich verliebt hatte – oder um präziser zu sein, genau den Moment, da sie sich dessen bewußt geworden war – interessierte es sie umso mehr zu hören, ob Sidney das auch konnte. Zunächst leugnete er, daß es einen solchen Moment der Erkenntnis für ihn gegeben habe, indem er erklärte, es sei ein viel zu allmählicher Prozeß gewesen, um überhaupt einen Anfang zu erkennen. Doch da ihm das Thema nicht unangenehm und er außerdem sehr neugierig war zu erfahren, welchen speziellen Augenblick Charlotte selbst als so entscheidend empfand, hatte er sie sehr bald dazu veranlaßt, ihre Gefühle in dem Souvenirkiosk in Brinshore zu beschreiben.

»Ach, da waren Sie aber ganz jämmerlich im Rückstand«, rief er. »Ich vermag vielleicht nicht genau zu sagen, wann es angefangen hat, aber bei mir hatte es bestimmt schon lange vorher angefangen. Am ersten Abend, als wir uns kennenlernten und Sie mich, sehr zu Recht, wegen meiner Leichtfertigkeit rügten, war ich von der Bestimmtheit, mit der Sie Ihre Meinung äußerten, beeindruckt und von deren Lauterkeit gerührt. Und ich erinnere mich noch ganz genau, wann ich zum erstenmal das unbeschreibliche Verlangen hatte, Sie in meine Arme zu nehmen – wir saßen damals auf einer grünen Bank beim Terrace, mit Miss Beaufort zwischen uns. Und obwohl Sie sich immer geweigert haben, es zu glauben – ich *habe* die Sitzordnung auf der Fahrt nach Brinshore absichtlich so arrangiert, um vier Stunden in Ihrer Gesellschaft zu verbringen. Es gab natürlich noch gewisse andere Beweggründe – aber der ausschlaggebende Faktor dabei waren ganz sicher nur *Sie*.«

Diese Einzelheiten nahmen Charlottes Interesse gänzlich gefangen, und die Angst, aus diesem glücklichsten aller Träume geweckt zu werden, bewog sie, einige Ungenauigkeiten und Widersprüche, die ihr aufgefallen waren, zu übergehen und Sidney völlig ungehindert reden zu lassen.

»Und ich kann mich auch noch ganz genau an einen anderen Moment erinnern«, setzte er triumphierend hinzu. »Als Sie nämlich zu mir sagten, daß Sie solche Abenteuer wie Durchbrennen mißbilligten, hatte ich mir vorgenommen, Sie innerhalb eines Monats dazu zu bringen, freiwillig mit *mir* durchzubrennen.«

Sidneys letzte Beteuerung jedoch, daß der Hauptgrund seiner Teilnahme an der Veranstaltung gewesen sei, mit *ihr* zu tanzen, überstieg Charlottes Gutgläubigkeit in einem solchen Maße, daß sie errötete, es in Abrede stellte und offen bezweifelte. Sie weigerte sich strikt, ihm zu glauben, und murmelte etwas Zusammenhangloses in Bezug auf Clara Breretons neue Reisetruhe, die er ihr gebracht habe.

»Als ob ich das nicht auch anders hätte arrangieren können, ihr den Koffer zukommen zu lassen«, rief Sidney sarkastisch.

»Außerdem hätten Sie doch eigentlich an diesem Tag aus meiner ganzen Art Ihnen gegenüber meine Gefühle für Sie deutlich erkennen müssen? Zumal ich Ihnen erklärt hatte – daran erinnere ich mich noch ganz genau –, daß ich nur deswegen direkt aus London durchgefahren sei, um mit Ihnen zu tanzen, und daß ich Sie die ganze Woche vermißt hätte. *Sie* waren es schließlich, die mich in meinem Ungestüm gebremst und mir begreiflich gemacht hat, daß ich für Sie viel zu schnell vorgehe, um sich mir anzupassen.«

»Ich dachte doch, Sie hätten mir die Komplimente nur gemacht, um Ihre Schwester Diana irrezuführen«, gestand Charlotte.

»Aber Diana war ja gar nicht dabei, als ich Ihnen Komplimente machte.«

»Sie war dabei, als Sie in den Teestuben meine Hand hielten.«

»Ja, richtig – ich hatte sie zwar zuerst kaum bemerkt. Aber sie war fest entschlossen zu spionieren. Und die Komplikationen, die sie dann noch im Laufe des Tages heraufbeschworen hat! Ich habe deutlich gesehen, wie peinlich Ihnen ihre Schnüffelei und ihr Gerede war. Und obwohl ich ursprünglich geplant hatte, eine Gelegenheit herbeizuführen, um mich Ihnen an diesem Tage zu erklären und Ihnen mein Herz und meine Hand anzutragen, war es meiner wahnsinnigen Familie mit vereinten Kräften wirklich noch gelungen, ein heilloses Durcheinander anzurichten. Diana hat Mary in Aufregung versetzt, indem sie ihr erzählte, daß ich Ihnen zuviel Aufmerksamkeit schenke! Tom, der eine Erklärung für mein Benehmen von mir verlangte – und der, als ich seinem Wunsch nachkam, nichts Eiligeres zu tun wußte, als Ihnen diesen ganzen Unsinn zu widerholen! Oh, es war mir klar, daß Sie mich nie mehr ernst nehmen würden, nachdem Tom mir mit dieser Farce über den Hochzeitstag von Henrys Kusine zuvorgekommen war! Ich wußte genau, jetzt würden Sie auch bezweifeln, daß es mir mit allem, was ich zu Ihnen gesagt habe, je ernst gewesen ist! Da merkte ich dann, daß ich mir alles verdorben hatte, und daß ich meine Ungeduld würde zügeln und es ein andermal wieder versuchen müssen.«

»Wie sehr wünschte ich, ich hätte Ihre Gedanken erraten können!« seufzte Charlotte. »Ich hatte den Eindruck, Sie schämten sich nur Ihres Benehmens in den Teestuben und versuchten nun, in freundschaftlicher Weise von mir Abschied zu nehmen.«

»Abschied zu nehmen? Derartig falsch konnten Sie doch meine Worte bestimmt nicht interpretiert haben? An dem geselligen Abend habe ich Ihnen doch noch gesagt, wie gern ich Ihnen mein ganzes Vertrauen schenken möchte. Ich habe Sie gebeten, nie etwas von dem zu glauben, was meine Familie über mich sagt, und ich habe Sie um Verzeihung wegen der Ungelegenheiten gebeten, die ich Ihnen verursacht hatte. Was hätte ich damals anderes sagen können? Ich hatte nur versucht, Ihnen die Situation verständlich zu machen und mir den Weg zu einem zweiten Versuch offen zu halten.«

»Und ich habe geglaubt, Sie wollten nur nett sein«, sagte Charlotte. »Mich wie einen Freund behandeln und mir klarmachen, daß Sie auch nie etwas anders hatten sein wollen.«

Sidney konnte nur immer wiederholen, daß er schon seit langem hatte sehr viel mehr sein wollen, und das machte er Charlotte jetzt so klar, daß sie keinen Grund mehr hatte zu zweifeln. Und sie war immer noch dabei, ihn zu veranlassen, diese Art von so beglückenden Erklärungen zu wiederholen, als Mr. Heywood sie fand.

Nachdem er von Sidney um die Erlaubnis gebeten worden war, seine Tochter zu heiraten, gab Mr. Heywood bereitwilligst seine Einwilligung. Die Klugheit und die guten Manieren seines zukünftigen Schwiegersohnes waren ihm sofort aufgefallen. Er sah auf den ersten Blick, daß er nicht zu den jungen Männern zählte, die herumgehen und Weiblichkeiten in Gigs entführen. Sidneys aufrichtige Gefühle für seine

Tochter und seine Charakterfestigkeit waren augenfällige Empfehlungen, und Mr. Heywood war überzeugt, daß dieser Eindruck sich bei näherer Bekanntschaft mit ihm bestätigen würde.

Aber Sidney konnte im Augenblick nicht so lange in Willingden bleiben, so gern er auch gewollt hätte, denn die Parkers warteten besorgt auf Nachricht von Charlotte. Und er empfand es als seine Pflicht, erst nach Sanditon hin- und zurückzufahren, bevor er die herzliche Einladung der Heywoods, als ihr Gast bei ihnen zu bleiben, annahm.

Als er zurückkam, überbrachte er die innigsten Wünsche seiner gesamten Familie. Denn obwohl er nur die eine Nacht in Sanditon geblieben war, hatte er es sich bei seinen Besuchen angelegen sein lassen, Glückwünsche für sich und Botschaften für Charlotte sowohl von seinen Angehörigen wie auch von Freunden zusammenzutragen.

Die Freude, mit der Adela die Nachricht aufnahm, daß sie und Charlotte bald Schwägerinnen wären, stellte wahrscheinlich alles Übrige in den Schatten. Sie schrieb fünf Seiten, in denen sie ihr Entzücken darüber zum Ausdruck brachte, und deren Ränder sie mit Muschel- und Seetangzeichnungen verziert hatte.

Sie wogen die leeren Beteuerungen und verlogenen Glückwünsche der Misses Beaufort auf, die ihre peinliche Überraschung nicht ganz unterdrücken konnten, daß die nüchterne und vernünftige Charlotte unter ihren eleganten und spinösen Nasen mit dem begehrenswertesten Junggesellen der Saison davonspaziert war.

Selbst Lady Denham sandte freundliche Grüße und verurteilte die verrückte Eskapade ihres Neffen in Grund und Boden. Sir Edward hatte es sich in der Tat gründlich mit Lady Denham verdorben – in einem Maße, daß sie sogar seiner Schwester nicht mehr erlaubte, nach Sanditon House zu kommen. Und Sidney Parkers Verlobung mit Miss Heywood berührte sie nur insofern, als sie ihre Schadenfreude über den

Schock erregte, den sie bei Miss Esther auslösen würde, und im Hinblick auf die Verzeiflung, die ihr Brief bei Sir Edward hervorrufen mußte, wenn er ihn in der Jagdhütte seines Freundes Atwell erreichte. Lady Denham war der Meinung, daß Sir Edward jetzt die ersten Geburtswehen von gesundem Menschenverstand durchlitt und nie wieder seinem Dünkel gestatten würde, seine Moral zu untergraben.

Es war nicht möglich, daß die Auswirkung dieses einen katastrophalen Abenteuers ihn über Nacht für den Rest seines Lebens in ein wohlüberlegtes, vernünftiges, selbstloses Wesen verwandeln könnte, aber eine gewisse Besserung war unvermeidlich. Ihrem gegenseitigen Einfluß für einige Zeit entzogen, mäßigten sich Bruder und Schwester in ihrem Hochmut, und wenn ihre wahren Charaktere auch keine Wandlung durchmachten, lernten sie doch zumindest, sie vor andern wirksamer zu verbergen.

Miss Parker und Miss Diana stellten fest, daß ihre Konstitutionen einen Sommer in Sanditon in eher gesünderer Weise überstanden hatten, als sie es sich je hätten träumen lassen, und sie begannen alsbald, Pläne zu machen, ganz dorthin zu übersiedeln – um nah genug bei der übrigen Familie zu sein und sich in alle ihre Angelegenheiten einmischen zu können und um sich für alle ihre Nervenkrisen ein zu beeindruckendes Publikum zu sichern. Sie versuchten Sidney zu überreden, sich auch mit Charlotte dort niederzulassen; doch diesem Vorschlag auszuweichen, fiel ihm nicht schwer, und er ließ sich auch nicht herbei, mehr zu versprechen als den gelegentlichen Besuch jeden Sommer, den sie dann beide mit Freuden machen würden. Denn obwohl Charlotte wußte, daß Sidney gezwungen war, in London zu leben, bewahrte sie ihre Vorliebe für Sanditon, das so viele beglückende Erinnerungen und gute Freunde beheimatete.

Sanditon selbst entwickelte sich – zur größeren Erleichterung der meisten seiner Bewohner und aller seiner Sommergäste – nie zu dem eleganten Modeseebad, zu dem Lady Denham und Mr. Parker es hatten machen wollen. Eine Esplanade, ein Waterloo-Crescent und sogar ein Wellington Square waren zwar mit der Zeit noch dazugekommen, und jedes Jahr kamen auch einige Sommergäste mehr, aber es behielt nach wie vor seinen friedlichen, idyllischen Charakter, selbst nach der Einführung der Gasbeleuchtung durch Sidney, der sein Bruder sich als einem parvenühaften Greuel solange er nur irgend konnte widersetzt hatte.

Ein Rechtfertigungsversuch ihrer Mitautorin

Die ersten elf Kapitel von *Sanditon* wurden zwischen dem 27. Januar und dem 18. März 1817 geschrieben. Zu diesem Zeitpunkt trat deutlich zutage, daß Jane Austen unheilbar krank war und physisch nicht mehr in der Lage, die Arbeit an Sanditon wieder aufzunehmen. Sie starb am 18. Juli 1817.
Das Fragment vermachte sie ihrer Nichte, Anna Austen-Lefroy, und es gehört jetzt dem King's College in Cambridge. In (James Edward) Austen-Leighs *Memoir*, veröffentlicht 1870, waren nur kurze Auszüge daraus zitiert, und es mußte mehr als hundert Jahre nach dem Tode seiner Autorin auf seine erste Auflage, durch Dr. (R. W.) Chapman, im Jahre 1925, warten.
Weitere fünfzig Jahre sind inzwischen vergangen, ohne daß jemand den Versuch gemacht hätte, die Erzählung zu Ende zu schreiben, und das allgemeine Lesepublikum hatte es schon fast vergessen. Wie alle unvollendeten Werke Jane Austens hat natürlich auch *Sanditon* die kritische Aufmerksamkeit erregt. Aber anders als bei den *Watsons* (von denen nicht weniger als drei vollendete Versionen existieren), *Lady Susan* oder *Catherine*, konnten keine wissenschaftlichen Theorien darüber vorgebracht werden, wann es tatsächlich geschrieben oder weshalb es nicht vollendet worden war. Niemand konnte unterstellen, es sei ein Vorläufer von *Emma* oder *Mansfield Park*. Niemand konnte andere, dem widersprechende Artikel schreiben. Die einzig zweckmäßige Einstellung war, dem Fragment seinen eigenen Wert als einem vereinzelten Beispiel für die »vermutliche Entwicklung« Jane Austens beizumessen.
Als solches war *Sanditon* Literaturkritikern seit langem bekannt. Ich möchte jedoch ausdrücklich betonen, daß weder dieser Rechtfertigungsversuch noch meine Vollendung des Manuskripts für sie bestimmt ist, sondern einzig für den

unbefangenen Leser von Jane Austen. Immer mehr Menschen, die den durchlöcherten Werten und dem kitschigen Blendwerk unserer heutigen Zeit zu entfliehen suchen, spähen in die Vergangenheit, um kurze Eindrücke vom Leben in anscheinend weitaus geruhsameren Zeiten zu erhaschen.
Beim Wiederlesen von Jane Austen sind wir in der Lage, ein wenig von dieser Epoche der Eleganz mitzuerleben, die uns im Zwanzigsten Jahrhundert zu oft abgeht. Angesichts dieser Form von Wirklichkeitsflucht sind wir unbelehrbar und flüchten uns zur Erholung, sei es auf Flugzeugreisen, in Familienkrisen und nach der völligen physischen Erschöpfung in unserer dienstbotenlosen Welt, in ihre sechs Romane. Wie Mr. Woodhouse* schätzen wir die Gesellschaft dieser alten Freunde am meisten. Und wenn wir auch ihre effektive Gesellschaft Gesprächen über sie vorziehen, wird doch alles, was sie betrifft, stets eine Faszination für uns behalten. *Sanditon* und seine Galerie von Charakteren haben diese Faszination auf mich ausgeübt, seit ich mich plötzlich von der Fortsetzung meiner kurzen Bekanntschaft mit ihnen abgeschnitten sah.
Die eigentliche Weiterführung der vorliegenden Erzählung erfolgt ungefähr in der Mitte des 11. Kapitels, nach dem letzten typischen Austen-Satz: »Armer Mr. Hollis! Es war unmöglich, nicht zu spüren, daß man kaum Wert auf ihn legte: in seinem eigenen Hause zurückgedrängt zu werden und den besten Platz beim Feuer ständig von Sir Henry Denham besetzt zu sehen.«
Wie hatte Jane Austen nach dieser Stelle fortfahren wollen?
Ihre Pläne in Bezug auf die Fabel stellten keine große Behinderung dar. Viele bekannte Kritiker hatten Jane Austens enge Themenwahl beanstandet. Sie haben – und zwar wiederholt – hervorgehoben: daß sie nur über ein Thema verfügt, daß ihr gesellschaftliches Milieu äußerst begrenzt ist,

* Der Vater von *Emma*. (Anm. d. Übers.)

daß niemand plötzlich stirbt, und daß es keine Katastrophen gibt.
Sie verstand nichts von Politik, ignorierte die napoleonischen Kriege und ließ sich nie auf eine Unterhaltung ein, wenn nicht noch eine Frau anwesend war. Die Wahl ihrer Gesprächsthemen war genauso begrenzt wie ihre Handlungsabläufe und ihre Schauplätze der Handlung. In fünf von ihren sechs Romanen lebt die Heldin in einem Landstädtchen, bis ein finanziell unabhängiger Junggeselle die Szene betritt. (In *Emma* und in *Mansfield Park* haben Mr. Knightley und Edmund Bertram immer dort gelebt, so daß man sie zunächst mit den falschen Junggesellen Frank Churchill und Henry Crawford durcheinander bringt). Nur in *Northanger Abbey* macht Catherine sich auf den Weg, in Richtung Bath, um Henry Tilney auf halbem Weg zu treffen. Jede Heldin hat gewöhnlich eine Gegenspielerin oder Rivalin. Aber das Happy-End ist immer gewiß.
Warum also von einer so bewährten und gebrauchsfertigen Formel abgehen? Warum sollte jemand auf die Idee kommen, daß Jane Austen selbst das in ihrem siebenten Roman getan hätte, wenn diese Formel sie doch so triumphal durch sechs andere getragen hatte? Keiner ihrer Leser stößt sich an der Gleichförmigkeit ihrer Themen. Wäre das bei anderen Autoren der Fall gewesen, hätte sich bestimmt niemand für sie besonders interessiert. In *Sanditon* jedoch hatte Jane Austen bereits alle wesentlichen Personen eingeführt. Ich habe nur Henry Brudenall und Reginald Catton und eine nicht in Erscheinung tretende Elizabeth Brereton hinzugefügt.
Charlotte war auch im Originalmanuskript klar als die Hauptperson beabsichtigt. Und außerdem haben wir noch das persönliche Zeugnis der Autorin, daß sie eines Tages eine Heldin Charlotte nennen würde. Am Montag, dem 11. Oktober 1813, hatte sie an ihre Schwester Cassandra geschrieben: »Ich bewundere die Klugheit und den Geschmack von Charlotte Williams. Diese großen dunklen Augen urteilen

richtig. Ich werde sie würdigen, indem ich eine Heldin nach ihr nenne.«
Auch Sidney ist bereits schon im 2. Kapitel vorgestellt und als der Held gekennzeichnet worden, wenn Jane Austen ausführt, daß Mr. Parker zwei Brüder habe, von denen der ältere, »auf Grund seiner Erbschaft von anderer Seite fast genau so wohlhabend sei wie er selbst«. Diese Art von Information registrieren ihre auf sie eingeschworenen Leser sofort als einen Hinweis, der allerdings in diesem frühen Stadium des Romans im Grunde ziemlich verfehlt ist, da Sidney ja in den folgenden zehn Kapiteln gar nicht in Erscheinung treten wird. Der zweite Hinweis auf ihn wird im 4. Kapitel so flüchtig hingeworfen, daß Jane Austen, bei einer endgültigen Durchsicht, gewißlich ihre Überlegungen doch wohl besser getarnt hätte. Ich habe die Stelle unverändert gelassen, so daß der Leser schon frühzeitig seine eigenen Schlüsse ziehen und Sidney ohne weiteres in die Liste der für Charlotte in Frage kommenden Heiratskandidaten eintragen kann.
Auch Jane Austens Absichten in Bezug auf Schauplatz und Atmosphäre der Handlung boten keinerlei Schwierigkeiten. Ihre eigenen Schilderungen von Sanditon in den Anfangskapiteln treffen fast genau auf Sidmouth zu, wie es im Sommer 1817 ausgesehen haben muß. 1801 scheint sie auch selbst dort gewesen zu sein. (Brief an Cassandra, Donnerstag, den 8. Januar 1801: »Sidmouth wird jetzt als Sommeraufenthalt für uns in Erwägung gezogen. Also sieh zu, daß du soviele Auskünfte darüber wie möglich von Mrs. C. Cage bekommen kannst.«) Und da ein späterer Besuch nicht mehr erwähnt wird, könnte sie vielleicht ergänzend die neuesten Informationen durch andere Familienmitglieder empfangen haben.
Im benachbarten Branscombe (Brinshore?) gab es tatsächlich ein Trafalgar House – und für diejenigen, die sich wundern, woher Jane Austen ihre Orts- und Personennamen nimmt: es

gibt ein Bartonhaus in Sidmouth, und es gab dort auch Dashwoods, Elliots und Willoughbys, die – nach Eintragungen im Kirchenregister – 1817 dort gelebt haben: und auf dem Friedhof der dortigen St. Nicolas und St. Giles-Kirche ist ein William Larkins gleich neben einem Frederick Woodhouse begraben. Jane Austen hat Sidmouth nur an die Sussex-Küste verlegt – wo sie nie gewesen ist –, hat es Sanditon getauft und irgendwo in der Nähe von Peacehaven angesiedelt.

Worüber also sollte man sich bei der Vollendung von Jane Austens letztem Manuskript sonst noch viel Gedanken machen? Nur über ihre Schreibweise. Ihre Sprache, ihre Unbestechlichkeit und ihre gewissenhafte Arbeitsmethode – diese erschreckend sorgfältige und peinlich genaue Art zu schreiben – wirken zusammen und geben uns in den sechs Romanen, in denen sie ihre Welt ins Leben rief und für uns wahrnehmbar machte, das gleiche Gefühl heiterer Gelassenheit und Zuversichtlichkeit. Keine dieser Eigentümlichkeiten kann originalgetreu wiedergegeben werden. Und so bitte ich für ihre Unzulänglichkeit in diesem siebenten Roman um Nachsicht.